CW01658852

Zonder gezicht

Stefan Ahnhem

Zonder gezicht

Vertaald uit het Zweeds
door Bart Kraamer

Ambo|Anthos
Amsterdam

MIX
Papier van
verantwoorde herkomst
FSC® C004472

ISBN 978 90 414 2531 7
© 2014 Stefan Ahnhem
Published by arrangement with Partners in Stories Stockholm AB, Sweden
© 2014 Nederlandse vertaling Ambo|Anthos *uitgevers*,
Amsterdam en Bart Kraamer
Oorspronkelijke titel *Offer utan ansikte*
Oorspronkelijke uitgever Forum
Omslagontwerp Studio Jan de Boer
Omslagillustratie © Mohamad Itani / Arcangel Images
Foto auteur © Thron Ullberg

Verspreiding voor België:
Veen Bosch & Keuning uitgevers n.v., Antwerpen

1

30 juni-7 juli 2010

In de herfst van 2003 voerde de psycholoog Kipling D. Williams een experiment uit waarbij hij zijn proefpersonen blootstelde aan sociale uitsluiting door ze Cyberball te laten spelen – een virtueel balspel waarin drie spelers elkaar de bal onderling toespelen. Na een tijdje gingen twee van hen ertoe over de bal uitsluitend naar elkaar te schieten. De derde, die zich er niet van bewust was dat hij tegen computers speelde, kreeg direct het gevoel buitengesloten en in de steek gelaten te zijn. Dat gevoel was zo krachtig dat ze met behulp van een MRI*-scanner een verhoogde activiteit konden meten in exact hetzelfde gebied van de hersenen als bij fysieke pijn.*

Proloog

OVER DRIE DAGEN

Hij werd wakker van de kraaien die op zijn blote buik landden en hun scherpe klauwen in zijn huid drongen. De eerste keren dat hij wakker was geworden, waren ze weggevlucht en hadden hem met rust gelaten. Maar nu lieten ze zich niet meer zo gemakkelijk wegjagen, ze bleven onverschillig over hem heen lopen, steeds ongeduldiger en steeds hongeriger. Het was slechts een kwestie van tijd voordat ze op hem in zouden beginnen te pikken. Hij schreeuwde zo hard als hij kon, waarop ze hun klauwen introkken en krassend wegvlogen.

Hij was de tel kwijtgeraakt hoeveel dagen er waren verstreken. In het begin had hij gedacht dat hij een nachtmerrie had en dat hij alleen maar wakker hoefde te worden en dat alles dan weer goed zou zijn. Maar toen hij zijn ogen had geopend, was er alleen maar duisternis geweest.

Er was een lap voor zijn ogen gebonden. De zwakke, zwoele bries had verraden dat hij zich in de buitenlucht bevond en naakt op iets hards en kouds lag, uitgespreid als op een tekening van Leonardo da Vinci. Dat was alles wat hij wist. Verder waren er alleen zich opstapelende vragen. Wie had hem hier neergelegd? En waarom?

De hoop ooit antwoord op die vragen te krijgen, had hij opgegeven.

Hij deed nog een poging zich los te rukken, maar hoe meer hij zich inspande hoe dieper de riemen in zijn polsen en enkels sneden. De pijn was als een scherpe discanttoon en herinnerde hem aan de pijn die hij had gevoeld nadat hij er als negenjarige niet in was geslaagd de tandarts ervan te overtuigen dat de verdoving nog niet werkte.

Maar dat was niets vergeleken bij de pijn die één keer per dag kwam en meestal een paar uur aanhield, die als een lasvlam in hem drong en langzaam over zijn naakte lichaam kroop. Soms hield de pijn plotseling op, om even plotseling weer terug te keren. Soms kwam hij helemaal niet. Hij had geprobeerd erachter te komen wat het was, of iemand hem martelde, maar ten slotte had hij alle pogingen om het te begrijpen opgegeven en al zijn kracht ingezet om het te doorstaan.

Hij schatte dat er weer een uur was verstreken en riep zo hard als hij kon om hulp. Hij hoorde zelf hoe armzalig het klonk en deed een nieuwe poging, waarbij hij zijn best deed zijn stem krachtiger en lager te laten klinken. Maar in de wegstervende echo kon hij horen hoe de schrille frequenties van de wanhoop erdoorheen schemerden. Hij gaf het op. Er was toch niemand die hem hoorde. Niemand behalve de vogels.

Hij deed nog een poging te reconstrueren wat er was gebeurd, hij wist niet voor de hoeveelste keer. Misschien had hij een klein detail gemist dat hem antwoorden kon geven?

Hij was iets na zes uur 's ochtends van huis gegaan, meer dan drie kwartier voordat hij op zijn werk moest zijn. Hij had besloten de auto te laten staan, wat hij altijd deed als het weer het toeliet. De wandeling door het Bibliotekspark nam toch nooit meer dan twaalf minuten in beslag, dus hij had tijd genoeg.

Zodra hij zijn huis had verlaten, had hij zich onrustig gevoeld. Dat gevoel was zo sterk dat hij was blijven staan en zijn blik door de wijk had laten gaan. Maar hij had niets gezien wat anders was dan normaal. Dat wilde zeggen, niets anders dan de buurman die problemen had met het starten van zijn roestige oude Fiat Punto, en een vrouw met mooi blond haar die voorbij was gekomen op haar fiets. Haar jurk wapperde in de wind en haar fietsmand was versierd met plastic margrieten. Het leek of ze alleen maar rondfietste om vreugde om zich heen te verspreiden.

Maar zelf was hij er totaal niet ontvankelijk voor. De onrust had hem in zijn greep en hij was met gejaagde passen de straat overgestoken hoewel het stoplicht op rood had gestaan. Iets wat hij normaal gesproken nooit deed. Maar deze ochtend was anders, zijn hele lichaam was gespannen als een veer, en na een kort stukje door het park was hij er zeker van geweest. Iemand volgde hem. De stappen in het grind achter hem klonken als gympen. Zelf droeg hij zijn leren schoenen, die veel meer geluid maakten.

Hij had gemerkt dat hij sneller was gaan lopen en zijn best gedaan zijn pas weer te vertragen. De stappen achter hem waren steeds dichterbij gekomen en hij had de impuls onderdrukt om over zijn schouder te kijken. Zijn hartslag versnelde en het koude zweet brak hem in steeds nieuwe golven uit. Het voelde alsof hij elk moment flauw kon vallen en ten slotte had hij het opgegeven en zich omgedraaid.

De man die op hem af kwam had inderdaad gympen gedragen. Een paar zwarte Reeboks. Hij had donkere kleren met veel zakken aan. Om zijn schouders hing een volgepakte rugzak en in een hand droeg hij een lap. Maar pas toen de man opkeek en hun blikken elkaar kruisten, zag hij zijn gezicht.

Daarna was alles heel snel gegaan. De pijn was alle zenuwen van zijn lichaam in geschoten toen de vuist hem recht in zijn maag trof. Hij had naar adem gehapt, was op zijn knieën gezakt en had gevoeld hoe de lap tegen zijn gezicht werd gedrukt.

Het volgende dat hij zich herinnerde, was dat hij wakker werd van klauwen die in zijn buik drongen.

Hoog boven hem schoof een eenzaam wolkenplukje voor de zon. Een redding die even vluchtig was als een kasteel in het zand. Toen het plukje ten slotte verder dreef en verdween, was de hemel perfect blauw, zoals hij alleen op een Zweedse hoogzomerdag kan zijn. De zon kon nu met volle kracht recht op de zorgvuldig geplaatste lens schijnen, die op zijn beurt de stralen op een brandpunt naast de uitgespreide man richtte. De rest nam de rotatie van de aarde voor haar rekening.

Het laatste wat hij hoorde was het venijnige knetteren van zijn brandende haar.

I

Fabian Risk had het traject al ontelbare keren gereden. Maar nog nooit had het zo licht en goed gevoeld als deze keer. Precies zoals ze hadden gepland, waren ze vroeg in de ochtend vertrokken en ze hadden tijd genoeg voor een lange lunchpauze in Gränna.

De onrust over hoe de verhuizing zou gaan, was toen al aan het verdwijnen. Sonja was vrolijk geweest, bijna sprankelend, en had aangeboden het laatste stuk door Småland te rijden zodat hij een biertje kon nemen bij de Oostzeeharing. Het was bijna te gezellig geweest en de gedachte had hem bekropen dat het uiteindelijk allemaal alleen maar uiterlijke schijn was. Als hij heel eerlijk was, had hij diep vanbinnen zijn twijfels gehad of het wel echt zou werken om eenvoudig weg te vluchten van je problemen en opnieuw te beginnen.

De kinderen hadden precies zo gereageerd als ze hadden verwacht. Matilda zag het als een spannend avontuur, al zou ze op een nieuwe school en in een compleet nieuwe klas naar groep 7 gaan. Theodor was wat minder positief geweest en had zelfs gedreigd dat hij in Stockholm zou blijven. Maar na de lunch in Gränna was het alsof hij besloten had het allemaal een kans te geven en tot ieders verbazing had hij een paar keer zijn koptelefoontje van zijn oren gehaald en met de anderen gepraat.

Maar het beste van alles was dat het gegil was opgehouden. Het gegil en de smekende kreten die hem het laatste halfjaar hadden achtervolgd, zowel in zijn dromen als wanneer hij wakker was. Eindelijk hadden ze het opgegeven.

Hij had het ter hoogte van Södertälje voor het eerst gemerkt, maar was ervan uitgegaan dat het inbeelding was. Pas nadat ze Norrköping waren gepasseerd, was hij er echt zeker van geworden, en met elke kilometer die ze achter zich lieten, hadden de stemmen aan kracht ingeboet. Nu ze er waren aangekomen, 556 kilometer verderop, waren ze helemaal verstomd.

Het was alsof er een tijd bestond van voor en na hun periode in Stockholm en de gebeurtenissen in de herfst. En eindelijk, eindelijk bevonden ze zich in de tijd erna, dacht Fabian, en hij stak de sleutel in het slot van hun nieuwe huis – een van de Engelse rijtjeshuizen van rood baksteen op de Pålsjögatan. Tot dit moment was hij als enige van het gezin in het huis geweest, maar hij maakte zich totaal geen zorgen over wat de anderen ervan zouden vinden. Zodra hij had gezien dat het te koop stond, had hij zeker geweten dat ze daar en nergens anders hun nieuwe leven zouden beginnen.

Pålsjögatan 17 in Tågaborg, op een steenworp afstand van de stad en met het Pålsjöbos om de hoek. Daar zou hij 's ochtends joggen en het tennissen weer oppakken op de gravelbanen. Als je naar zee wilde, hoefde je alleen de Halalidbacken maar af te lopen en dan was je bij Fria Bad, waar hij als kind altijd gezwommen had. In die tijd had hij gefantaseerd dat hij in deze wijk woonde in plaats van in de gele huurkazernes in Dalhem. Nu, dertig jaar later, was de droom uitgekomen.

'Papa, waar wacht je op? Moet je niet opnemen?' vroeg Theodor.

Fabian werd uit zijn geluksroes gerukt en besefte dat de rest van zijn gezin op de stoep stond te wachten tot hij het mobieltje zou pakken dat in zijn zak overging. Hij haalde het eruit en zag dat het Astrid Tuvesson was, zijn nieuwe, of liever gezegd toekomstige chef op de rechercheafdeling van de politie van Helsingborg.

Op papier werkte hij de komende zes weken nog in Stockholm. Naar buiten toe had het geleken of het zijn eigen beslissing was geweest om op te stappen. Maar het leed geen twijfel dat zijn meeste oud-collega's precies wisten hoe het werkelijk gegaan was en dat hij daar nooit meer een voet zou kunnen zetten.

Zes onvrijwillige vakantieweken, die steeds verleidelijker begonnen te worden. Hij kon zich niet herinneren dat hij zo lang vrij had gehad sinds hij van school was. Of het lang genoeg was, zou nog moeten blijken. Het plan was om zich eerst in alle rust in het huis te installeren. Daarna zouden ze hun nieuwe thuisstad leren kennen en afhankelijk van het weer en of ze er zin in hadden, zouden ze een reisje maken naar een plek waar het warm was. Het laatste wat ze van plan waren te doen was stressen. Van dat alles zou Astrid Tuvesson op de hoogte moeten zijn.

Toch belde ze.

Er moest iets gebeurd zijn en hij stond op het punt uit te vinden wat. Maar hij en Sonja hadden elkaar iets beloofd. Deze zomer zouden ze weer een gezin zijn en de verantwoordelijkheid delen. Misschien zou ze zelfs de energie vinden om de laatste schilderijen af te maken voor de tentoonstelling in de herfst. Bovendien waren er toch wel anderen bij de politie van Helsingborg die geen vakantie hadden?

'Nee, dat kan wachten,' zei hij en hij stopte het mobieltje terug in zijn zak, draaide de sleutel om en hield de deur open voor Theodor en Matilda, die vochten om als eerste naar binnen te gaan. 'Als ik jullie was, zou ik met de tuin beginnen!' Hij draaide zich om naar Sonja, die naar hem toe kwam lopen met een iPod-luidspreker in haar armen.

'Wie was dat?'

'Niet belangrijk. Kom, dan gaan we het huis bekijken.'

'Het was toch niet...'

'Nee, die was het niet,' zei Fabian. Maar hij kon aan haar ogen zien dat ze hem niet geloofde en dus hield hij het mobieltje omhoog om het haar te laten zien. 'Het was mijn toekomstige chef, die ons waarschijnlijk alleen welkom wilde heten. Kom.' Hij nam de luidspreker van haar over en leidde Sonja met zijn handen voor haar ogen het huis binnen. 'Tada!' Hij haalde zijn handen weg en ze keek om zich heen door de ongemeubileerde woonkamer met de open haard en de keuken, die uitkeek op de kleine tuin aan de achterkant van het huis, waar ze Theodor en Matilda op een grote trampoline konden zien springen.

'Jee... Het is helemaal... Helemaal fantastisch.'

'Is het goedgekeurd? Bevalt het je?'

Sonja knikte. 'Heeft het verhuisbedrijf gezegd wanneer ze zouden komen?'

'Alleen dat het ergens tegen de avond zou zijn. We kunnen dus hopen dat ze vertraagd zijn en pas morgen komen.'

'Waarom dan, als ik vragen mag?' vroeg Sonja en ze legde haar armen om zijn nek.

'We hebben hier alles wat we nodig hebben. Een schone vloer, kaarsen, wijn en muziek.' Fabian plaatste de luidspreker op het keukenblok, drukte zijn oude bekraste iPod Classic erin en zette Bon Ivers *For Emma, Forever Ago* op – sinds enige weken zijn lievelingsplaat. Hij had Bon Iver pas laat ontdekt. Had de plaat bij de eerste luisterbeurt saai gevonden, maar hem nog een kans gegeven en toen ingezien wat voor meesterwerk het was.

Hij pakte Sonja beet en begon te dansen. Ze lachte en deed haar best om zijn geïmproviseerde passen te volgen. Hij keek in haar groenbruine ogen en zij maakte de haarklem los en liet haar bruine haar vallen. De sportschool, zoals de therapeut haar had voorgeschreven, had zichtbaar resultaat opgeleverd. Zowel lichamelijk als geestelijk. Ze was zeker vijf, zes kilo afgevallen. Ze was nooit dik geweest, eerder het omgekeerde. Maar haar gezichtstrekken waren duidelijker geworden, wat haar goed stond. Hij maakte plotseling een draai en liet haar in zijn armen vallen. Ze lachte weer, en hij besefte hoezeer hij dat had gemist.

Ze hadden verschillende oplossingen besproken. Alles van verhuizen uit het appartement bij Södra Station om een huis te kopen in een van de buitenwijken van Stockholm tot het kopen van een klein appartement om op proef uit elkaar te gaan en om de beurt voor de kinderen te zorgen. Maar geen van de alternatieven had goed aangevoeld. Of dat kwam doordat de angst om te scheiden te groot was of doordat ze ergens diep vanbinnen echt van elkaar hielden, zou de tijd uit moeten wijzen.

Pas nadat hij het huis aan de Pålsjögatan had gevonden, was alles op zijn plaats gevallen. De baan als brigadier bij de politie van Helsingborg, de vrije plekken op de Tågaborgsschool en de grote zolderkamer, die met zijn dakramen een perfect atelier was voor Sonja. Het was alsof iemand zich over hun lot had ontfermd en had besloten hun een laatste kans te geven.

'En de kinderen? Waar moeten zij slapen?' fluisterde Sonja in zijn oor.

'Er is vast wel plaats in de kelder, waar we ze op kunnen sluiten.'

Sonja wilde antwoord geven, maar hij onderbrak haar met een kus en begon weer te dansen toen de deurbel ging.

'Zijn ze er al?' Sonja verbrak de kus. 'Misschien kunnen we dan toch in onze bedden slapen.'

'Terwijl ik me zo op de vloer had verheugd.'

'De vloer is er toch nog? Bovendien zei ik slapen. Verder niets.' Ze kuste hem, liet haar handen over zijn buik gaan en onder zijn broekband glijden.

Dit gaat lukken en we zullen de rest van ons leven gelukkig zijn, kon hij nog net denken voordat ze haar hand weer omhoogtrok en naar de deur liep.

'Hallo. Mijn naam is Astrid Tuvesson. Ik ben een van de nieuwe collega's van uw man.' De vrouw in de deuropening stak haar hand uit naar Sonja. Met haar andere hand duwde ze de zonnebril omhoog in haar blonde, krullende haar, dat er samen met de kleurige jurk, de dunne, bruine benen en de sandalen voor zorgde dat ze er tien jaar jonger uitzag dan haar tweeënvijftig jaar.

'Ja? Hallo?' Sonja draaide zich om naar Fabian, die aan kwam lopen en Tuvesson de hand schudde.

'Je bedoelt toekómstige collega. Ik begin tenslotte pas op 16 augustus,' zei Fabian en het viel hem op dat het oorlelletje van haar linkeroor compleet ontbrak.

'Toekomstige chéf, als we gaan muggenziften.' Ze lachte en schikte haar haar zo dat het over haar oor viel, en Fabian betrapte zich erop dat hij zich afvroeg of het door een verwonding kwam of dat het aangeboren was. 'Sorry, ik wil jullie echt niet storen midden in jullie vakantie en jullie zullen wel doodmoe zijn van de reis, maar...'

'Maakt niet uit,' onderbrak Sonja haar. 'Kom binnen, kom binnen. Maar we kunnen u helaas niets aanbieden, omdat we nog steeds op de verhuiswagen wachten.'

'Dat geeft niet. Het enige wat ik nodig heb, is een paar minuten met uw man.'

Sonja knikte en Fabian leidde Tuvesson naar het terras aan de achterkant en sloot de deur achter hen.

'Uiteindelijk ben ik ook gezwicht en heb een trampoline gekocht.

De kinderen zeurden er al jaren om voordat ik toegaf en toen waren ze er eigenlijk te oud voor.'

'Neem me niet kwalijk, maar waar gaat het om?' Fabian had helemaal geen zin om zijn vakantie te besteden aan gebabbel met zijn toekomstige chef.

'Er is een moord gepleegd.'

'Ja? Tja, dat soort dingen gebeuren nu eenmaal. Helaas. Ik wil me nergens mee bemoeien, maar is het niet beter als je dit met je collega's bespreekt die geen vakantie hebben?'

'Jörgen Pålsson. Komt die naam je bekend voor?'

'Is dat het slachtoffer?'

Tuvesson knikte.

Fabian herkende de naam, maar was niet in de stemming om er verder over na te denken. Het laatste wat hij wilde was werken. Hij voelde zich als een volgeladen olietanker die gekaapt was door piraten en gedwongen werd weg te varen van zijn paradijselijke eiland.

'Misschien helpt dit?' Tuvesson stak hem een plastic hoesje met een foto toe. 'Dit lag op het lichaam van het slachtoffer.'

Fabian pakte de insteekhoes aan, keek naar de foto en besefte meteen dat hij het paradijselijke eiland kon vergeten. Hij herkende de foto, al kon hij zich niet herinneren wanneer hij er voor het laatst naar had gekeken. Het was een klassenfoto van zijn laatste schooljaar. De laatste foto waarop ze allemaal verzameld waren. Zelf stond hij op de tweede rij en schuin achter hem stond Jörgen Pålsson.

Doorgekruist met zwarte inkt.

2

Een uur lang had hij in het huis mogen zijn. Een uur voordat er werd aangebeld. Natuurlijk begreep hij waarom Tuvesson contact met hem had opgenomen. Dat niet doen, zou bijna een ambtsovertreding zijn geweest. Misschien herinnerde hij zich iets wat het onderzoek kon versnellen en uiteindelijk zelfs levens kon redden? Maar Fabian kon zich bijna niets van zijn schooltijd herinneren en eerlijk gezegd had hij er ook totaal geen zin in om die tijd weer tot leven te wekken.

'Het is die witte Corolla daar,' zei Tuvesson en Fabian stak achter haar aan de straat over. Ze had aangeboden hem zowel erheen als weer terug naar huis te brengen, zodat Sonja in alle rust de auto uit kon laden. 'Dat je het maar weet, ik waardeer het echt dat je de tijd neemt mee te gaan terwijl je midden in je vakantie zit.'

'Die is nog maar nauwelijks begonnen.'

'Ik beloof dat dit niet langer dan een uur zal duren.' Tuvesson stak de sleutel in het slot en draaide hem om. 'De auto heeft centrale vergrendeling. Maar het portier klemt, dus je moet een beetje kracht zetten.'

Fabian rukte het portier open en zag een passagiersstoel die in beslag genomen werd door lege koffiebekertjes, geopende Marlboro-pakjes, sleutels, etensresten, gebruikt keukenpapier en een doosje tampons.

'Sorry. Wacht even, dan zal ik...' Ze schoof alles op de vloer behalve de sleutels en de sigaretten. Die stopte ze in haar tas. Fabian ging zitten en Tuvesson startte de auto en reed weg. 'Is het oké als ik er een opsteek?' Voordat Fabian had kunnen antwoorden, had ze al een sigaret aangestoken en het raampje omlaag gedraaid. 'Ik moet eigenlijk stoppen. Ik weet het, dat zegt iedereen altijd en in plaats van het te zeggen en te beloven, moet je het gewoon doen. En dat ga ik ook doen. Alleen niet nu,' ging ze verder en ze nam een diepe teug terwijl ze linksaf de Tågagatan insloeg.

'Maakt niet uit,' zei Fabian met zijn blik gericht op de klassenfoto en het doorgekruiste gezicht van Jörgen. Waarom kostte het hem zoveel moeite om zich te herinneren wie Jörgen Pålsson was? Als hij zich iemand zou moeten herinneren, was het Jörgen wel. Hij had hem op zich nooit gemogen en misschien was dat wel de reden? Hij had hem gewoon verdrongen. 'Waar is hij gevonden?'

'In de Fredriksdalsschool. Ik heb begrepen dat hij daar als handenarbeidleraar werkte.'

'En hij heeft er op school gezeten.'

'Ja, niet iedereen vertrekt naar Stockholm... Trouwens, wat weet je van hem?'

'Niets eigenlijk. We zijn nooit met elkaar omgegaan.' Fabian dacht terug aan de lamswollen Lyle & Scott- en Lacoste-truien en hoe de tv naar binnen werd gerold en de les werd onderbroken zodra Ingmar Stenmark zich van de heuvel zou storten. 'Als ik heel eerlijk ben, mocht ik hem niet.'

'Nee? Waarom niet?'

'Hij was de stoere jongen van de klas en altijd vervelend. Je kent ze wel, deed precies wat hem inviel.'

'Zo een hadden wij er ook. Hij verstoorde alle lessen en pakte dienbladen met eten af en dat soort dingen. En niemand durfde hem tegen te spreken. Zelfs de leraren niet.' Tuvesson trok de laatste nicotine uit de sigaret en schoot de peuk uit het raam. 'Dat was in de tijd dat er nog geen ADHD bestond.'

'Bovendien luisterde hij alleen naar Kiss en Sweet.'

'Wat is er mis met Kiss en Sweet?'

'Niets. Integendeel. Maar dat ontdekte ik een paar jaar geleden pas.'

Fabian stapte uit de auto en keek naar de Fredriksdalsschool, die zich met zijn twee verdiepingen en rode bakstenen muren achter het verlaten schoolplein uitstrekte. Twee baskets, met versleten netjes, staken omhoog uit het asfalt als een herinnering aan het feit dat dit normaal gesproken een plek voor kinderen was. Hij liet zijn blik langs de lange rij gevangenisachtige raampjes gaan en kon moeilijk begrijpen hoe hij drie jaar in dit gebouw door had kunnen brengen zonder compleet de weg kwijt te zijn geraakt. 'Wie heeft hem gevonden?'

'Zijn vrouw belde eerst om hem als vermist op te geven, maar we konden niet veel doen.'

'Wanneer belde ze?'

'Woensdag een week geleden. De dag ervoor was hij naar Duitsland gereden om bier te kopen voor het midzomerfeest en hij zou 's avonds weer terug zijn.'

'Bier kopen in Duitsland? Levert dat nog steeds iets op?'

'Als je maar genoeg koopt. Veertig kronen voor een volle laadbak en je krijgt het geld van het veerbootkaartje terug als je er niet langer dan drie uur blijft.'

Het hele eind naar Duitsland rijden om de auto tot de rand te vullen met bier. Hoe langer Fabian erover nadacht, hoe beter het bij Jörgen paste, die langzaam weer tot leven begon te komen in zijn hoofd. Jörgen en misschien ook Glenn. 'Maar hij is nooit in Duitsland aangekomen, of wel?'

'Jawel, hij is er geweest. We hebben het gecheckt bij de Sontbrug. Hij keerde zoals gepland dinsdagavond terug. Maar daarna houdt elk spoor op. We zijn gisteren pas weer verder gekomen toen een glasbedrijf belde dat er een auto weggesleept moest worden die in de weg stond van hun hefkraan.'

'Zijn auto?'

Tuvesson knikte en ze liepen de hoek om naar de achterkant van het schoolgebouw. Zo'n twintig meter verderop stond een Chevrolet-pick-up naast een hefkraan. Het afzetlint was al aangebracht met een ruim bemeten straal en twee agenten in uniform hielden de omgeving in de gaten.

Ze werden begroet door een man van middelbare leeftijd met dun haar, gekleed in een blauwe overall voor eenmalig gebruik en met zijn bril voor op zijn neus geschoven.

'Dit is Ingvar Molander, onze forensisch onderzoeker, en dit is Fabian Risk, die eigenlijk vakantie heeft en pas in augustus begint,' zei Tuvesson.

'Ach... Een vakantie meer of minder. Wat maakt het uit als er zich een onderzoek voordoet waar je echt je tanden in kan zetten. Of wat zeg jij?' Molander schoof de bril nog verder op de punt van zijn neus en keek Fabian nieuwsgierig aan terwijl hij hem een hand gaf.

'Je wordt in elk geval nieuwsgierig,' loog Fabian terwijl hij Molander de hand schudde.

'Daar zul je helemaal gelijk in krijgen. Je zult niet teleurgesteld worden, dat kan ik je beloven.'

'Ingvar, hij is hier alleen om even een kijkje te nemen.'

Molander wierp haar een blik toe die, al was het dan schoorvoetend, Fabians nieuwsgierigheid wekte. Molander leidde hen het schoolgebouw in en reikte hun blauwe overalls aan. 'Als jullie zo goed willen zijn.'

Het was voor de eerste keer in dertig jaar dat Fabian zich in de school bevond. Hij zag er precies hetzelfde uit als hij hem zich herinnerde. De rode bakstenen muren in de gang en de geluiddempende platen aan het plafond die eruitzagen als samengeperste pulp. In de gang achter in het gebouw was het handenarbeidlokaal. Een vak waarin hij totaal niet geïnteresseerd was, tot hij had bedacht dat je je eigen skateboards kon maken. Na één semester had hij zoveel multiplexplaten verwarmd, gebogen en uitgezaagd dat hij ze had kunnen doorverkopen en een paar echte Tracker Trucks bij elkaar had kunnen sparen.

'Sta mij toe u welkom te heten op een moordplek die zonder enig probleem in de top tien komt van de ergste moordplekken die ik ooit heb gezien.' Molander leidde Fabian en Tuvesson door een deur. 'Gelukkig heeft de dader de centrale verwarming op de laagste stand gedraaid. Anders was het de top vijf geweest, aangezien het lichaam hier al langer dan een week ligt.'

Het was inderdaad koud in het handenarbeidlokaal. Fabian had het gevoel dat hij in een ijskast stapte, al gaf een thermometer aan dat het tussen de 12 en 13 graden was. Achterin waren drie mannen in overalls bezig foto's te nemen en technisch bewijs te onderzoeken en te verzamelen. De bekende geur van hout en zaagsel was vermengd met een bedompte zoete stank. Fabian liep naar het lichaam van Jörgen Pålsson, dat onbeweeglijk in een grote poel opgedroogd bloed vlak bij de deur lag. Het slot en de deurkruk waren besmeurd met bloed. Het grote, afgetrainde lichaam was gekleed in een versleten, los zittende spijkerbroek en een met bloed doordrenkt wit T-shirt zonder mouwen.

Fabian herinnerde zich niet dat Jörgen zo groot was. Stoer en sterk, maar niet groot. Hij moest zo sterk als een os zijn geweest. Toch was het de dader gelukt de handen van allebei zijn getatoeëerde armen bij de polsen af te zetten. De stompen waren bloederig en rafelig en Fabian kon zich niet eens beginnen voor te stellen hoeveel pijn het moest hebben gedaan. Waarom juist de handen?

'Zoals jullie aan de bloedsporen op de grond kunnen zien is hij van de werkbank daar naar de deur gegaan waardoor we binnen zijn gekomen,' zei Molander. 'Die kan weliswaar niet op slot, maar hij kon niet weten dat hij aan de andere kant geblokkeerd was met banken, stoelen en tafels. Daarna is hij hiernaartoe gegaan en heeft geprobeerd door die deur naar buiten te komen. Maar hoe makkelijk is het om een deurknop om te draaien als je geen handen hebt?'

Fabian bestudeerde de bloederige deurknop.

'Hebben jullie het slot al onderzocht?' vroeg Tuvesson.

'Vastgelijmd met superlijm. Wat dit verklaart.' Molander haalde een medische tang tevoorschijn en tilde Jörgens bovenlip op om te laten zien dat zijn voortanden gebroken waren.

'Dus hij heeft de deurknop om proberen te draaien met zijn mond?' vroeg Tuvesson.

Molander knikte. 'Over overlevingsdrang gesproken. Zelf zou ik ongetwijfeld gestorven zijn met onbeschadigde tanden.'

'Maar... Ik begrijp het niet. Hij moet zich toch verweerd hebben?' vroeg Tuvesson.

'Dat is een goede vraag. Misschien heeft hij dat ook wel gedaan? Misschien was hij gedrogeerd? Ik weet het niet. We zullen moeten afwachten waar Vlecht mee komt.'

'En hoe lang heeft dit geduurd?'

'Drie, vier uur.' Molander leidde hen door het lokaal naar een van de werkbanken, die ook besmeurd was met opgedroogd bloed. 'Met deze lijmtang heeft de dader zijn armen vastgezet en met deze handzaag zijn zijn handen afgezet.' Hij wees met de medische tang naar de bloederige zaag die op de grond was gegooid.

'Hebben jullie trouwens het glasbedrijf gecheckt dat belde om de auto weg te laten halen?' vroeg Fabian.

Tuvesson draaide zich naar hem toe. 'Hoezo? Bedoel je dat ze er iets mee te maken kunnen hebben?'

'Als je het mij vraagt, ziet dit er niet uit als het werk van iemand die iets van het toeval af laat hangen.'

Tuvesson en Molander wisselden een blik uit en knikten.

'Ik heb het nummer hier.' Tuvesson pakte haar mobieltje, toetste het nummer in en belde met de luidsprekerfunctie aan. Het toestel verzond het signaal, maar dat ging na een tijdje over in een foutmelding. 'Het ziet ernaar uit dat je gelijk hebt. We moeten checken wie de hefkraan heeft ingehuurd, en Ingvar, jij zult ook daar sporenonderzoek moeten doen.'

Molander knikte.

'En de handen?' ging Tuvesson verder.

'Zoeken we nog steeds naar.'

Tuvesson knikte en wendde zich tot Fabian. 'Nou? Wat zeg jij ervan? Gaat er een belletje rinkelen?'

Fabian liet zijn blik over de werkbank en de bloederige handzaag gaan en volgde het bloedspoor naar het lichaam met de afgezaagde handen. Daarna keek hij naar Tuvesson en Molander en schudde zijn hoofd. 'Helaas.'

'Helemaal niets? Niet eens een vermoeden of het iemand uit de klas kan zijn, of waarom iemand dit juist Jörgen Pålsson heeft aangedaan?'

Fabian schudde zijn hoofd.

'Nou ja, het was in elk geval een poging waard.' Tuvesson bewoog zich in de richting van de uitgang. 'Maar als je iets te binnen schiet, wat dan ook, dan moet je me beloven dat je me belt of langskomt op het bureau. Oké?'

Fabian knikte en liep achter Tuvesson het handenarbeidlokaal uit met een vraag in zijn hoofd die hem niet met rust zou laten voordat hij er een antwoord op had gekregen.

Waarom juist de handen?

◆

18 augustus

Dit is de eerste keer dat ik je schrijf hoewel ik je twee kerstmissen geleden van mama heb gekregen en ze heeft gezegd dat het goed is om te kunnen schrijven om niet te vergeten dus nu doe ik dat. Gisteren heb ik mijn hele kamer opgeruimd en een hele zwarte vuilniszak met rotzooi gevuld. Mama was hartstikke blij en toen vond ik het c3po-mannetje dat ik van papa heb gekregen en dat al langer dan een jaar weg was helemaal achterin onder het bed.

Vandaag was iedereen terug op school. Iedereen behalve Hampus. Alle anderen waren vrolijk over het nieuwe klaslokaal en de nieuwe boeken. Maar ik niet want nu is het mijn beurt en het begon al in de eetzaal. Ze keken naar me terwijl ik niets had gedaan. Ik probeerde gewoon net als anders te zijn en niet op te vallen. Maar ze bleven naar me staren en ik weet wat dat betekent. Iedereen weet het.

Ik wist dat het zo zou worden. Ik heb het de hele tijd geweten. Toen Hampus vertelde dat hij ging verhuizen wist ik het meteen. Ik hoopte dat ik het fout zou hebben, maar dat is niet zo. De hele zomer heb ik alleen maar hieraan gedacht.

Bij Engels ging ik helemaal vooraan zitten zodat ik het niet zou zien als ze staarden. Maar ik weet dat ze het de hele tijd deden en dat ze papiertjes naar me gooiden. Ik deed alsof ik het niet merkte. Ik heb me niet omgedraaid. Niet één keer.

Jesper las een van de papiertjes en er stond dat ik lelijk was en stonk. Ik was mezelf altijd heel erg goed en het afgelopen jaar heb ik deodorant gebruikt omdat het zweet sterker rook maar mama heeft gezegd dat dat bij iedereen zo is.

Heb geprobeerd te ruiken of ik stink. Geloof het niet.

Maar ik weet dat ik lelijk ben. Afschuwelijk lelijk.

ps: Morgen is Laban jarig dus ik ga vandaag zo'n rad, een nieuwe drinkbeker en nieuw zaagsel kopen.

3

Toen Fabian Risk thuiskwam was het verhuisbedrijf druk bezig hun huisraad naar binnen te brengen. Een blik in de verhuiswagen maakte duidelijk dat ze al iets meer dan de helft gedaan hadden. Over was nog een wand met verhuisdozen, oude vloerlampen, hockeysticks, de vlekkerige Klippanbanken, de ellipstafel met zijn replica-Mierstoelen, de oude beeldbuistelevisie die ze op Theodors kamer hadden gezet maar waar hij nooit naar keek, ski's, fietsen, nog meer lampen, de vitrinekast waarvan blijkbaar een ruitje was gebroken en overal propvolle zwarte vuilniszakken.

Was dit echt alles wat hij in zijn drieënveertig levensjaren had weten te verzamelen? Een paar versleten banken en stoffige lampenkappen. Fabian had zin om tegen de verhuizers te zeggen dat ze konden ophouden de spullen naar binnen te brengen en de hele vracht naar de stortplaats konden rijden. Het was alsof hij net een dure nieuwe computer had gekocht en als eerste alle oude bestanden met virussen en al overzette. Hij wilde echt opnieuw beginnen. Voor één keer maling hebben aan het geld en nieuwe dingen kopen. Het plastic lostrekken en de geur van ongebruikte dingen ruiken.

Hij knikte naar de verhuizers, die een van de oude avocadogroene ladeblokken uit de wagen tilden die hij had gekregen toen hij twaalf was. De afgelopen twintig jaar hadden ze op zolder gestaan. Het zag er zwaar uit en er waren twee verhuizers voor nodig. Wat woog er zoveel? Hij dacht na over wat er in de ladeblokken kon zitten en kon zich niet herinneren wanneer hij ze voor het laatst had geopend.

Toen hij een uur later, nadat hij Sonja had geholpen om een paar verhuisdozen naar de keuken te verplaatsen, bedacht wat er in de ladeblokken zat, kon hij niet wachten. Sonja had ze in de kelder laten zetten en op weg ernaartoe besefte Fabian dat hij nog nooit een voet in de kelder van het huis had gezet, terwijl het de eerste ruimte zou moeten zijn die elke serieuze koper bezocht.

Zelf had hij blind op de makelaar vertrouwd, die hem had gegarandeerd dat het huis in een prima staat verkeerde. *Prima.* Alsof het een patiënt was die hersteld was van een zware ziekte. Maar hij maakte zich toch geen zorgen. Dit was tenslotte een oud huis met dikke bakstenen muren en natuurlijke ventilatie, niet zoals de pas gebouwde woningen met gevelisolatie in Mariastaden, of Schimmelstad zoals het tegenwoordig in de volksmond werd genoemd.

Hij had de verkoper van het huis ook nooit ontmoet. Otto Paldynski, blijkbaar een echt pietje-precies die voor het huis had gezorgd alsof het zijn eigen kind was gedurende de dertig jaar dat hij er met zijn gezin had gewoond. Vanwege privéomstandigheden had hij het snel af willen handelen en hij was bereid geweest een flink stuk onder de prijs te gaan. Iets wat volgens de makelaar een lot uit de loterij was. Een kans die je nooit meer zou krijgen.

Nu moest Fabian toegeven dat hij niet echt overgehaald hoefde te worden. Maar hij kon het toch niet laten om te speculeren over die 'privéomstandigheden'. Hij was zelfs zover gegaan het aan de makelaar te vragen, die had geantwoord dat het niet zijn gewoonte was zich te bemoeien met het privéleven van zijn cliënten en soepel verder was gegaan over de voordelen die het voor Fabian als koper met zich meebracht. Hij had het antwoord met een glimlach en een hoofdknikje geaccepteerd en besloten zich er niet meer mee bezig te houden.

Hij liep naar het avocadokleurige ladeblok, trok de bovenste la eruit en vond direct waar hij naar zocht – het jaarboek van de negende klas. Hij ging op het ladeblok zitten en zocht zijn klas op. Het was dezelfde foto die de dader achter had gelaten op de moordplaats, met dit verschil dat er geen hoofden waren doorgekruist.

De kapsels waren de duidelijkste tijdsmarkering. 1982. In die tijd kamde iedereen zijn haar. Seth Kårheden met zijn donzige snor en Stefan Munthe en Nicklas Bäckström, die op dezelfde binnenplaats woonden als hij en zich net als hij helemaal thuis voelden op hun skateboard. Om nog maar te zwijgen van Lina met haar blonde lokken. Zelfs Jörgen zag er pasgekamd uit met zijn middenscheiding. Ze leken een groepje echte nerds. Vooral hij zelf met zijn in zijn broek gestopte overhemd, de te hoog zittende broek en het thuis geknipte haar dat weigerde zich te voegen zoals het moest.

Hij bedacht dat hij met niemand van zijn klas contact had gehad sinds hij naar Stockholm was verhuisd. Zelfs niet met Lina. Het was alsof hij zijn hele jeugd in een verhuisdoos had gestopt en die had achtergelaten in Helsingborg, waar hij al die jaren had gestaan, vergeten en bedekt met spinnenwebben.

Tot nu toe.

'Dus hier heb je je verstopt?'

Fabian schrok en zag dat Sonja voor hem stond.

'Sorry, ik wilde je niet laten schrikken.'

Hij sloeg het jaarboek dicht alsof hij op heterdaad betrapt was. 'Ik had alleen niet gehoord dat je er was.'

'Wat zou je ervan zeggen als we een pauze hielden en een pizza of zo gingen eten? De kinderen hebben razende honger.'

Fabian legde het jaarboek weg en kwam overeind. 'Ja, dat is een goed idee. Er is in elk geval een heel goede pizzeria maar een paar straten hiervandaan.' Hij draaide zich om en wilde naar de trap lopen, maar Sonja pakte hem bij zijn arm.

'Lieverd, gaat het?'

Fabian draaide zich om en knikte, maar kon aan haar ogen zien dat ze hem niet geloofde.

Met elk een pizza van Tågaborgs Pizzeria liepen ze naar de strandpromenade en gingen op de door de zon verwarmde muur met uitzicht op de Sont en Denemarken zitten. Het was mooi. Veel mooier dan hij zich herinnerde. De strandpromenade was verbreed en gevuld met flanerende mensen die genoten van de avondbries. Verderop bij het strand waren de kleedhuisjes omgebouwd tot restaurants en het complete oude spoorterrein was vervangen door grasmatten met jeu-de-boulesbanen en barbecueplekken. Nog iets verder weg kon je de palmen onderscheiden die er tijdens de woonbeurs van 1999 waren neergezet. Dat was, zo had Fabian begrepen, inmiddels een attractie geworden en wat ooit een vergeten strandje was geweest was nu een van de populairste stranden van Helsingborg en werd Tropical Beach genoemd. Het was of hij terug was verhuisd naar een compleet nieuwe stad.

'Dit is de beste pizza die ik ooit heb gehad,' riep Matilda uit en Fabian was geneigd het met haar eens te zijn. Nog nooit had een pizza zo goed gesmaakt.

Ze bleven naar de boten zitten kijken die heen en weer voeren op het traject tussen Helsingborg en Helsingør, dat met zijn Kronborg Slot het bewijs leverde dat ze zich nu dichter bij de rest van Europa bevonden. Fabian nam zich voor nooit meer ook maar een meter naar het noorden te verhuizen en draaide zich om naar Theodor, die met een lege blik naar de Sont staarde. 'En hoe smaakte jouw pizza? Was die ook de beste die je ooit hebt gehad?'

'Nee, maar hij was prima.'

'Een 4 of een 5?'

'3,5.'

'Dan moet je de mijne proeven. Die was op z'n minst een 6,' zei Matilda en ze gaf hem een stuk.

Theodor nam een flinke hap en knikte. 'Oké, die kan ik een 4 geven. Maar meer ook niet.'

'God, wat ben je zuinig! Dat is hij toch, mama?'

Sonja knikte en keek Fabian aan. Hij had zijn best gedaan om het te vermijden en tot nu toe had ze niet gevraagd wat Tuvesson had gewild. Er was evenwel geen twijfel aan dat ze begreep dat niet alles was zoals het hoorde. Zoals gewoonlijk had ze dwars door zijn zielige pogingen heen gekeken om aanwezig te lijken, ook al had ze er vanavond voor gekozen mee te spelen en te doen alsof ze zich gewoon op de verwarmde muur van de strandpromenade bevonden en genoten van de rode avondzon en het geluid van de golven die over de stenen spoelden.

Die nacht bedreven ze de liefde precies zoals hij had gefantaseerd toen hij hier in de auto naartoe gereden was.

De vloer.

Wijn en kaarsen.

For Emma, Forever Ago...

4

Fabian en Sonja werden wakker van Matilda, die over hen heen klom en vroeg waarom ze op de woonkamervloer sliepen. Ze redden zich eruit door te beweren dat de bedden nog aangepast moesten worden. Zelfs Theodor kwam even later meehelpen om de tafel op het terras te dekken, terwijl Sonja en Matilda gauw naar de supermarkt gingen om boodschappen te doen voor het ontbijt. Even later zaten ze samen in de ochtendzon te eten. Het enige wat ontbrak was de ochtendkrant, die Sonja was vergeten, zoals ze zei.

'Wat gaan we vandaag doen?' vroeg Matilda.

'We gaan verder met uitpakken en...'

'De bedden aanpassen! Zodat jullie niet meer op de grond hoeven te slapen!'

'Ja, dat ook,' lachte Sonja. 'En ik dacht dat we vanmiddag kunnen gaan zwemmen.'

'Jaaa!'

'Papa, gaan wij dan eerst een snorkel en een duikbril kopen?' vroeg Theodor.

'Het spijt me. Jullie zullen vandaag zonder mij moeten gaan zwemmen.'

'Wat? Waarom?' riep Matilda uit. 'We hebben toch vakantie?'

'Ja, maar papa moet wat dingen regelen,' zei Sonja. 'En dat vindt hij even vervelend als wij. Hopelijk duurt het niet zo lang.' Ze keek hem aan, en hij kon aan haar blik zien dat ze in de winkel de krant had gelezen.

Fabian stapte het pasgebouwde witte politiebureau binnen, dat vlak bij de E4 en op maar een steenworp afstand van de oude kasteelachtige gevangenis in Berga lag. Hij liep naar de man die achter de receptiebalie zat, waar het *Helsingborgs Dagblad* en de *Kvällsposten* naast de *Dagens Nyheter* en het *Svenska Dagbladet* lagen.

HANDENARBEIDLERAAR DOODGEMARTELD IN ZIJN KLASLOKAAL

Een typische kop voor de *Kvällsposten*. Had Sonja die gelezen? Het *Helsingborgs Dagblad* had een iets getemperde formulering gekozen, maar met ongeveer dezelfde foto als in de *Kvällsposten*. Allebei de foto's waren van een afstand genomen en lieten de hefkraan en Jörgens auto zien, die voor het schoolgebouw stonden. Het kenteken van de auto was weliswaar weggepoetst, maar het bloedrode gebouw, met zijn lange rijen met celramen, maakte direct duidelijk om welke school het ging. En hoeveel handenarbeidleraren werkten er?

Fabian stelde zich voor aan de man achter de receptie en legde uit dat hij eigenlijk pas halverwege augustus zou beginnen maar dat Tuvesson hem gisteren al had ingeschakeld bij de zaak van de vermoorde handenarbeidleraar en dat hij langs kon komen als er iets was. De receptionist, die in de dertig was en een politie-uniform droeg, begon op het toetsenbord te ratelen. Fabian vond dat het kapsel van de man aan het Duitsland van de jaren dertig deed denken en was ondanks alles onder de indruk van zijn rechte houding.

'Neem me niet kwalijk, wat is uw naam?'

'Risk. Fabian Risk. Maar ik denk niet dat je me daar kunt vinden. Mijn dienstverband begint zoals ik zei pas in augustus.'

De receptionist negeerde hem en worstelde met de muis, toetste het commando in, staarde naar het scherm en zag er steeds gestrester uit. 'Het spijt me, maar ik kan je naam niet vinden.'

'Nee, dat zei ik net. Maar als je Tuvesson belt, dan...'

'Astrid Tuvesson zit in een vergadering en dan wil ze niet gestoord worden.'

'Dat is de vergadering waar ik bij moet zijn. Ze zit nu vast op me te wachten,' loog Fabian en hij besefte dat hij onnodig kwaad klonk. 'Denk je dat het helpt als ik haar probeer te bellen?'

'Ik ga er niet over wie jij belt. Maar ik kan je verzekeren dat ze niet zal opnemen. Dat doet ze nooit als ze in vergadering is.'

Fabian dacht dat de man gelijk had. Hij had al geprobeerd haar te bellen maar er werd niet opgenomen. 'Oké, hoe lossen we dit dan op? Ik moet tenslotte naar binnen.'

'Ja, dat weet ik ook niet. Dat moet je niet aan mij vragen, ik heb geen idee. Ik kan niet iedereen zomaar binnenlaten. Toch? Daar kun je je wel iets bij voorstellen.'

'Jij moet Fabian Risk zijn,' klonk een vrouwelijke stem achter hem.

Fabian draaide zich om en zag een vrouw van een jaar of vijfendertig. Ze was goed getraind en gekleed in een geruit overhemd met korte mouwen en een versleten spijkerbroek die ter hoogte van de knieën was afgeknipt. Haar donkere haar was kortgeknipt en ze droeg minstens twintig oorbellen in haar ene oor.

'Tuva zei dat je hier waarschijnlijk zou staan en binnen probeerde te komen, als ze je een beetje kende. Ik dacht dat je pas in augustus zou beginnen.'

'Dat dacht ik ook,' antwoordde Fabian en hij vroeg zich af hoeveel Astrid Tuvesson eigenlijk over hem te weten was gekomen.

Ze gaven elkaar een hand.

'Irene Lilja.'

'Kun jij deze man er misschien van overtuigen dat hij me binnen moet laten?'

'Hij staat niet in het register en ik heb uitgebreide instructies gekregen om onder geen enkele omstandigheid iemand binnen te laten die niet...'

'Het is in orde. Hij gaat met mij mee naar binnen, dan zorg ik dat hij wordt ingeschreven.' Lilja knikte naar Fabian dat hij haar door de gesloten glazen deur moest volgen naar de lift. 'Je hebt geluk dat ik laat was. Florian is meestal nogal overijverig.'

Ze stapten in de lift en Lilja drukte op het knopje van de bovenste verdieping.

'Nou? Heb je iets ontdekt?'

'Nee, helaas niet!'

'Wat doe je hier dan? Ik heb begrepen dat je hier net naartoe bent verhuisd en het dus heel druk moet hebben.'

Fabian zocht naar een antwoord, maar voordat hij dat gevonden had gingen de liftdeuren open.

Lilja leidde Fabian de vergaderruimte binnen – een ruime kamer met een weids uitzicht over Helsingborg, de Sont en het hele stuk naar Denemarken. Midden in de kamer stond een ellipsvormige tafel en de muren eromheen waren verlicht en fungeerden als whiteboards en als schermen voor de projectoren aan het plafond. Fabian had nog nooit zo'n moderne vergaderruimte gezien. Zelf was hij gewend vergaderingen te houden in raamloze kamers zonder ventilatie.

'Nee, hij heeft niet ontdekt wie de dader is, dus jullie kunnen weer ademhalen,' zei Lilja.

'Ik wil alleen graag horen wat jullie hebben ontdekt en er even bij komen zitten. Als dat tenminste goed is?' zei Fabian.

'Absoluut. Natuurlijk. Kom erbij zitten,' zei Astrid Tuvesson en ze stelde hem voor aan de rest van de groep. Behalve Astrid Tuvesson, Irene Lilja en Ingvar Molander was er nog Sverker 'Rots' Holm, een stevige man van iets over de vijftig. 'We moeten het zonder Hugo Elvin stellen. Hij is net naar Kenia vertrokken en komt pas over vier weken terug.'

'Kenia,' mompelde Rots. 'Daar moet je dus naartoe om vrij te krijgen.' Hij draaide zich om naar Fabian. 'Fabian. Je heet toch Fabian?' Fabian knikte. 'Ik waarschuw je. Als je op die stoel gaat zitten, kun je elke gedachte aan vakantie vergeten. Als je vakantie wilt zul je naar Kenia moeten. Of nog verder weg. Zelf moest ik genoegen nemen met het huis van mijn schoonouders op Koster en kijk waar ik nu zit.' Rots spreidde zijn armen.

'Het was je eigen keuze om je vakantie uit te stellen en hiernaartoe te komen. Waar ik je trouwens erg dankbaar voor ben,' zei Tuvesson terwijl ze een portretfoto van Jörgen Pålsson boven de foto's van de moordplaats op de muur hing.

'Keuze? Denk je dat ik op een steiger aan mijn navel kan liggen peuteren terwijl er een dader vrijloopt die hiertoe in staat is?'

'Je klaagt anders altijd over dat huis en zegt altijd dat het eerder werk dan vakantie is om daar te zijn,' zei Lilja.

'Ik ben natuurlijk honderd keer liever bij mijn familie dan hier en daarom zou het volgens mij verboden moeten worden om in vakantietijd ernstige misdaden te begaan.'

'Ja, ik zou een motie voor een wetsvoorstel indienen als ik jou was,' zei Tuvesson op een toon die aangaf dat het gepraat over koetjes en kalfjes voorbij was. 'En Fabian, je hoeft je geen zorgen te maken. Hoe graag ik het ook zou willen, ik kan je vakantie niet uitstellen, omdat je nog in Stockholm in dienst bent.'

Fabian knikte en ging zitten.

'Maar zeg straks niet dat ik je niet gewaarschuwd heb,' zei Rots.

'Neem me niet kwalijk, maar ik wilde iets vragen. Hebben jullie misschien de handen gevonden?' vroeg Fabian.

'Daar wilden we het net over hebben.' Tuvesson knikte naar Molander, die overeind kwam en op een afstandsbediening drukte. Een projector aan het plafond ging aan en liet een foto zien van de twee afgezaagde handen die op een witte, maar nu bloederige vloer lagen.

'Deze foto is genomen in de doucheruimte voor de jongens, die naast de gymnastiekzaal ligt.'

'We hebben het over dezelfde school?' vroeg Rots, en Molander knikte.

'Zijn jullie al aan een daderprofiel begonnen?' vroeg Fabian.

'Nou, wat zei ik,' merkte Rots op. 'Hij is zonder dat hij het zelf doorheeft al aan het werk.'

'Nog niet,' zei Tuvesson. 'Het enige wat we weten is dat bijna alles erop wijst dat we te maken hebben met het ergste type dader – een alleen werkende gek die iets wil zeggen, een plan heeft en bovendien slim genoeg is om dat ten uitvoer te brengen.'

'Waarom is het zo zeker dat hij of zij alleen werkt?' vroeg Lilja terwijl ze een kop koffie inschonk.

'Dit is zo extreem.' Tuvesson wees naar de foto's van de moordplaats. 'Tegelijkertijd is het zo goed gepland en uitgevoerd dat het niet meer dan één persoon kan zijn geweest. Wanneer zo'n krankzinnige daad door een groep wordt gepleegd, gebeurt dat bijna altijd in een opwelling en onder invloed van drugs. Er worden fouten gemaakt en ze laten een boel sporen en technisch bewijs achter. Hier zijn geen fouten begaan. Er zijn geen vingerafdrukken gevonden. Geen haren. Niets. En trouwens, Fabian, je had gelijk over het glasbedrijf. Dat bestaat niet en de hefkraan was in werkelijkheid verhuurd aan het bouwbedrijf Peab, die er geen idee van hadden dat hij weg was. Met andere woorden. De moord op Jörgen Pålsson was geen ongelukkig toeval maar tot in het kleinste detail voorbereid. Waar hij plaats zou vinden, hoe hij zou worden uitgevoerd en wanneer.'

'De vraag is alleen: waarom?' zei Molander.

'Ja, dat is een goede vraag,' zei Lilja. 'Waarom hak je iemands handen af?'

'Misschien had hij iets gestolen?' stelde Rots voor. 'Volgens de islamitische wet is dat de straf voor diefstal.'

'Je bedoelt dat de dader moslim zou kunnen zijn?'

'Waarom niet?' zei Rots en hij pakte de klassenfoto op en wees. 'Deze hier ziet er behoorlijk moslimachtig uit. Wat vind jij, Fabian?' Hij gaf de foto aan Fabian. 'Herinner je je hem?'

Fabian knikte. 'Jafaar Umar. Hij werd Jaffe genoemd en was een erg grappige jongen, een beetje de lolbroek van de klas. Er was niets waar hij geen grapje van kon maken.'

'Klinkt niet meteen als onze man,' zei Lilja.

‘Het afhakken van handen komt in meerdere culturen voor,’ zei Molander. ‘Neem de oorlog in Rwanda. Daar hakken ze de handen van hun krijgsgevangenen af zodat ze niet meer kunnen vechten.’

‘Ze hakten van hele dorpen de handen af,’ onderbrak Rots hem. ‘Mannen, vrouwen en kinderen, alleen maar om te voorkomen dat ze vinger- en handafdrukken op de stembiljetten kunnen zetten.’

‘Hoezo handafdrukken?’ vroeg Lilja. ‘Stemmen is toch juist iets dat je anoniem doet?’

Fabian geloofde niet dat de moord een islamitische straf voor diefstal was. Hij kon zich niet herinneren dat Jörgen Pålsson diefachtig was. Herrieachtig, maar niet diefachtig. De vraag was dus wat het kon betekenen. Afgehakte handen die in de doucheruimte waren gelegd. Het was duidelijk dat de moordenaar er iets mee wilde zeggen.

‘Risk. Waar denk jij aan?’

Hij keek op en zag de vragende blik van Tuvesson. ‘Wat wil de dader hiermee zeggen? Betekent het iets dat de moord plaatsvond op Jörgens werkplek of is het toeval dat hij op de plek werkte waar hij naar school is gegaan?’

‘Je bedoelt dat het een leerling geweest kan zijn?’

‘Ik weet het niet. Of een leraar. Iemand aan wie hij zich heeft vergrepen.’

‘Vergrepen? Wat bedoel je daarmee? In de zin van verkracht?’ vroeg Rots.

‘Dan hadden ze wel iets anders dan zijn handen afgehakt,’ zei Lilja.

‘Nog één ding,’ ging Fabian verder terwijl hij zich afvroeg waar hij in godsnaam het woord *vergrepen* vandaan haalde. ‘Als Jörgen Pålsson echt de Sontbrug over is gegaan, dan zouden er beelden van moeten zijn, toch?’

‘We weten dat hij de brug is overgestoken,’ zei Rots en hij schoof een uitdraai naar hem toe. ‘Hier heb je de exacte tijdstippen van zowel de aankomst als het vertrek bij de tolpoort van Lernacken.’

‘Maar aan de andere kant kan het geen kwaad om het op een foto bevestigd te zien. Als je wilt, kun je contact met ze opnemen,’ zei Tuvesson.

'Doe ik. Oké,' zei Fabian en hij besefte dat Rots helemaal gelijk had gehad. De vakantie zakte steeds verder weg in zijn gedachten.

'Rots en Irene, ik wil dat jullie informatie over iedereen in de klas verzamelen zonder direct contact met hen op te nemen. Omdat de dader een van hen kan zijn, wil ik dat we het zoveel mogelijk voor onszelf houden tot we meer weten. Oké?'

Lilja en Rots knikten.

'En Fabian dan? Wat doen we met hem?' vroeg Lilja. 'Hij zat tenslotte ook in de klas.'

De anderen draaiden zich om naar Fabian.

'Ik zorg wel voor hem,' zei Tuvesson.

'Oké,' zei Lilja en ze ontweek Fabians blik.

'En dan is de vrouw van het slachtoffer er nog,' zei Rots. 'Of de weduwe. Wie neemt contact met haar op?'

'Je bedoelt Lina Pålsson,' zei Tuvesson.

'Lina? Heet ze zo?' vroeg Fabian en Tuvesson knikte. 'Dan is zij het misschien?' ging hij verder en hij wees het blonde meisje met krultangkrullen op de foto aan die naast de doorgekruiste Jörgen stond. 'Ze waren toen al bij elkaar. Ongelooflijk. Als jullie willen, kan ik contact met haar opnemen?'

'Ik begrijp waarom je dat wilt,' zei Rots en hij keek naar de klassenfoto. 'Ze zag eruit als een lekker ding.' Hij sloeg Fabian op zijn schouder.

'Hoe ze er daar uitzag zegt niets over hoe ze er nu uitziet,' zei Molander. 'Helaas.'

'Nee, kijk maar naar Fabian,' zei Lilja. De anderen barstten in lachen uit, pakten hun papieren bij elkaar en liepen de kamer uit. Iedereen behalve Tuvesson.

'Ik weet niet hoe jij erover denkt. Maar als je werkelijk zin hebt om mee te werken aan het onderzoek, zou ik je buitengewoon dankbaar zijn. Al zou ik het echt begrijpen als je liever vakantie met je gezin wilt vieren. Dus de keuze ligt helemaal bij jou.'

'Ik help graag mee,' zei Fabian en hij bedacht hoe verkeerd Tuvesson het zag. Hoe zou hij een keuze kunnen hebben als je dacht aan wat er was gebeurd? Dit was niet de eerste keer dat hij met een zaak te maken had waarin de dader zich minutieus had voorbereid. Maar dit was anders. Een van zijn oude klasgenoten uit de bovenbouw was bruut vermoord en een paar dagen later gevonden, precies op de dag dat hijzelf met zijn gezin in de stad was aangekomen. Dat kon natuurlijk toeval zijn. Maar iets zei hem dat het even weinig met toeval te maken kon hebben als de afgezaagde handen.

'Heel goed. Ik wil alleen dat je één ding goed beseft.' Ze keek hem aan. 'Ik weet niet hoe jullie in Stockholm werkten. Maar hier zijn we een team en werken we samen, en dat geldt ook voor jou.'

Fabian knikte.

'Prima. Je salaris is al uitonderhandeld, ik zorg ervoor dat je het vanaf vandaag krijgt.'

'En je moet me in het systeem zetten zodat die Florian me in het vervolg binnenlaat.'

'Natuurlijk. Bovendien moet je een pasje krijgen. Om voor de hand liggende redenen is je werkplek nog niet gereed, maar je kunt zolang die van Hugo Elvin gebruiken. Zoals ik zei blijft hij toch nog een paar weken weg. Kom, dan laat ik het je zien.'

Fabian volgde Tuvesson door de afdeling. Maar hij verstond geen woord van wat ze zei. Zijn gedachten waren heel ergens anders. Vanaf het moment dat hij had gehoord dat Jörgen Pålsson was vermoord, had er iets aan zijn onderbewuste geknaagd dat weigerde naar de oppervlakte te komen. Maar tijdens de vergadering was dat toch gebeurd. Dat hij het woord vergrepen had gebruikt, was geen toeval geweest. De herinneringen uit zijn schooltijd begonnen steeds duidelijker te worden en versterkten het gevoel dat bij hem op was gekomen sinds Tuvesson contact met hem had opgenomen.

Het gevoel dat Jörgen Pålsson precies had gekregen wat hij verdiende.

5

In het begin had Lina Pålsson niet eens begrepen wie hij was. Hoewel hij zich met zijn voor- en achternaam had voorgesteld en haar eraan had herinnerd dat ze de hele basisschool lang in dezelfde klas hadden gezeten, had ze zo weinig respons gegeven dat Fabian er ten slotte aan begon te twijfelen of ze echt wel Lina uit de klas was. Pas toen hij zich voorstelde als Fabbe had ze het begrepen en hem direct uitgenodigd om dezelfde dag nog rond één uur koffie te komen drinken, wat hem genoeg tijd gaf om zich op zijn nieuwe werkplek te installeren en contact op te nemen met de Sontbrug.

Hugo Elvins bureaustoel zag er weliswaar uit als een geavanceerd experiment uit de toekomst, met een heleboel wieltjes en hendels, mooi was hij helaas niet. Hij zat ook niet comfortabel, en Fabian begon aan de hendels te draaien terwijl hij aan de centrale van de Sontbrug uitlegde waarvoor hij belde. Hij werd doorgeschakeld en tussendoor lukte het hem om de perfecte instelling van de stoel te vinden. Hij kon het niet laten zich af te vragen wat Hugo Elvin eigenlijk voor lichaam had.

'Ben je er net zo een als Kurt Wallander?' vroeg een vrouw plotseling aan de andere kant van de lijn en Fabian, die niet had gemerkt dat het overgaan van de telefoon was opgehouden, legde uit dat Wallander commissaris was en geen inspecteur. Als hij tenminste werkelijk had bestaan. 'Maar zijn jullie in het echt ook zo slim?'

Vijf minuten later lukte het Fabian het gesprek zo om te buigen dat hij de vragen stelde en de vrouw antwoord gaf. Ze vertelde dat alle voertuigen die de tolpoort in Lernacken passeren door twee camera's gefotografeerd worden. Een van voren, om het nummerbord erop te krijgen, en een recht van boven om de lengte van het voertuig te meten. Dit alles om de juiste prijs van het kaartje vast te kunnen stellen en bewijs te hebben als ze er eventueel vandoor probeerden te gaan.

Fabian vertelde dat het om een Chevrolet-pick-up met het kenteken BJY-509 ging, die de tolpoort op dinsdag 22 juni vlak voor halfzeven 's ochtends gepasseerd moest zijn in de richting van Denemarken. De vrouw beloofde dat ze de foto's zou verzamelen en vroeg om zijn e-mailadres. Fabian, die er zelf nog geen had, gaf haar dat van Tuvesson, bedankte voor de hulp en verliet het gebouw.

Lina Pålsson had hem haar adres gegeven en zijn gps vertelde hem dat hij moest afslaan naar Ödåkra en leidde hem verder door de villabuurt, die er net zo uitzag als alle villabuurten, tot aan de Tögatan, waar hij stopte voor het huis met nummer 9. Hij stapte uit de auto en liep naar de villa met twee verdiepingen die in hetzelfde rode baksteen was gebouwd als de Fredriksdalsschool. Jörgen en Lina... Hij kon niet begrijpen dat ze meer dan dertig jaar bij elkaar waren gebleven. Toentertijd had hij niet eens gedacht dat ze het een semester lang vol zouden houden.

Fabian belde aan en moest denken aan de eerste keer dat hij bij haar aan had gebeld. Hij zat toen in de vierde en had niet durven wachten, maar was weggerend en had zich een verdieping hoger verborgen voordat haar vader open was komen doen. Later had hij elke ochtend aangebeld wanneer ze naar school moesten en hij had de wandeling ernaartoe als het hoogtepunt van de dag beschouwd. Dan had hij haar helemaal voor zichzelf en ze hadden gepraat en gelachen, en hij had er alles aan gedaan om zo langzaam mogelijk te lopen zodat het langer duurde.

Rots had gelijk gehad. Lina was zonder meer de knapste van de klas geweest, en Fabian kwam tot zichzelf door zich vlak voordat de deur openging af te vragen of ze nog steeds even knap zou zijn.

Een stevige vrouw, op de grens van dik, stond in de deuropening. Ze was gekleed in een bruine, wijde jurk en haar haar was zwartgeverfd, op de uitgroei na die grijs oplichtte. Ze zag er moe en versleten uit. Ze zag er vooral ouder uit dan haar drieënveertig jaar, dacht Fabian en hij constateerde dat Molander ook gelijk had gehad.

'Jij moet Fabian Risk zijn,' zei ze en Fabian knikte, waarop ze elkaar de hand schudden. 'Agneta. Lina's nicht. We zijn om de beurt bij haar, zodat ze niet alleen hoeft te zijn. Kom binnen.'

Fabian volgde haar naar binnen en liet zijn blik door de woonkamer gaan, die mooier was dan de buitenkant van het huis deed vermoeden. Lina was nergens te bekennen.

'Wacht hier, dan ga ik koffie halen,' zei de vrouw en ze verdween naar de keuken.

Fabian liep naar de boekenkast. Zelfs in het digitale downloadtijdperk was de boekenkast nog steeds een van de plekken in huis waar de meeste geheimen te vinden waren.

Deze boekenkast bevatte precies wat je kon verwachten. Een verzameling gekleurde drankflessen met kristallen glazen in verschillende groottes en een paar souvenirs uit Griekenland en de Canarische Eilanden vulden de planken in het verlichte vitrinegedeelte. De platenverzameling bestond uit verschillende verzamel-lp's en de dvd-verzameling voor de ene helft uit Disney en de andere helft uit Zweedse politieseries. De spaarzame boekenverzameling bestond voor op zijn minst drie vierde uit titels die geschreven waren door Guillou, Mankell en Grisham en verder uit plichtmatige banden van Strindberg, Shakespeare en Dickens. Het enige wat het beeld verstoorde, of verlichtte zo je wilde, waren Paul Auster, Cormac McCarthy en Jonathan Franzen.

Fabian concludeerde dat die van Lina moesten zijn en ontdekte een paar fotoalbums op de onderste plank. Het eerste bevatte foto's van Jörgen en Lina's bruiloft en Fabian kon het niet laten te denken aan wat voor slechte keuze hij vond dat ze had gemaakt. Het volgende album was gevarieerder en bevatte allerlei soorten foto's, van kerstavonden en verjaardagen tot zomerfeesten en kinderdopen. Op een aantal foto's poseerde Jörgen met ontbloot bovenlijf terwijl hij zijn getatoeëerde en getrainde spieren liet zien.

'Heb je iets interessants gevonden?'

Fabian keek snel op van het album en zag Lina. 'Daar ben je.' Hij legde het album neer en aarzelde of hij haar moest omhelzen, maar besloot ten slotte haar een hand te geven, hoewel de binnenkant van zijn hand vochtig aanvoelde. 'Hoi.'

'Krijg ik geen knuffel?'

'Jawel, sorry. Ik wilde niet...' Hij omhelsde haar voorzichtig.

'Ik herken je nauwelijks. Ik hoorde dat je naar Stockholm was verhuisd.'

'Ja, maar ik ben nu terug. En jou herken ik wel. Je bent niets veranderd.'

'Dank je.'

Fabian besefte dat hij geen idee had hoe hij de stilte moest verbreken en voelde zich als het jongetje dat net had aangebeld maar niet op tijd was weggerend om zich te verbergen. Agneta kwam terug uit de keuken met een blad met koffie en zette dat op het salontafeltje.

'Lina, wil je dat ik erbij blijf?'

'Nee, Agge, het is oké. Het gaat prima.'

Agneta verdween weer en Lina en Fabian namen op de bank plaats.

'Zo, dus je bent agent en je houdt je met dit onderzoek bezig?' vroeg Lina terwijl ze de koffie in begon te schenken. Maar haar handen trilden en het ging bijna niet.

'Wacht, laat mij het doen,' zei Fabian en hij nam de koffiekan van haar over en schonk in.

'Sorry. Sorry.' Lina begon geluidloos te huilen. 'Ik begrijp het niet. Ik begrijp niet hoe iemand zoiets kan doen. Iedereen mocht hem graag. Ik begrijp er niets van.'

Hij wilde dichter bij haar gaan zitten en een troostende hand op haar bevende schouder leggen, maar besloot dat hij beter kon blijven zitten. Hij was hier namens de politie en dat was alles. 'Lina. Ik begrijp dat dit heel erg moeilijk voor je is. Maar heb je enig... ook maar enig idee wie hier achter kan zitten?'

Lina schudde haar hoofd. 'Nee, totaal niet. Zoals ik al zei was hij enorm geliefd. De leerlingen op school verafgoodden hem. Hij wist hoe hij ze aan moest pakken. Vooral de lastigen. Hij wist het precies.'

'Ja, dat kan ik me voorstellen. Hij was zelf tenslotte een beetje... Hoe moet ik het zeggen, druk in zijn schooltijd.'

Lina hief haar hoofd op en keek Fabian aan. 'Wat bedoel je?'

Ze heeft het verdrongen of ze kan het niet aan, dacht Fabian en hij zette het kopje op de glazen tafel. 'Lina. Als we ook maar enige kans willen maken om degene die dit gedaan heeft te pakken, dan zal ik bepaalde stenen om moeten draaien.'

Lina wendde haar blik af. Fabian deed niets om de stilte te verbreken en ten slotte gaf ze toe en knikte.

'Ik heb begrepen dat hij naar Duitsland is gegaan om bier te kopen. Weet je of hij er samen met iemand naartoe is gegaan?'

'Nee, hij ging altijd alleen.'

'En hij kan deze keer geen uitzondering hebben gemaakt?'

Lina schudde haar hoofd. 'Als hij de laadvloer zou moeten delen, zou het niets opleveren.'

'Ik dacht misschien alleen als gezelschap?'

Lina schudde haar hoofd. 'Wie zou dat moeten zijn? Heen en

terug naar Duitsland in een auto zonder dat je iets kan kopen.'

Ze heeft gelijk, dacht Fabian, die nog steeds niet begreep waarom iemand er überhaupt naartoe ging. 'Ik weet het niet. Een vriend misschien? Had hij trouwens contact met iemand uit de klas? Behalve dan met jou.'

'Nee, alleen met Glenn. Je kent Glenn Granqvist nog wel.'

Fabian knikte. Er kwam steeds meer boven. Glenn en Jörgen waren al voordat ze naar school gingen beste vrienden geweest en ze waren, voor zover Fabian zich kon herinneren, van hetzelfde laken een pak. Een gesprek met Glenn zou het volgende punt op zijn lijstje zijn.

'In dat album daar. Hij zag er enorm goed getraind uit.'

'Ja, hij deed altijd zijn best om in conditie te blijven. Toen de kinderen klein waren, leek het alsof hij meer tijd in de sportschool doorbracht dan bij ons.'

'Dus hij trainde veel,' zei Fabian en hij bedacht dat het er nu op aankwam. 'Je weet niet of hij iets nam om sterker te worden?'

Lina keek hem aan alsof dit de allerlaatste vraag was die ze had verwacht. 'Ik begrijp niet waar je het over hebt. Anabole steroïden?'

Zelf wist Fabian zeker dat Jörgen steroïden gebruikte. Maar dat was niet waar het om ging. Het ging erom wat Lina antwoordde, en ze loog.

'Heeft hij je ooit geslagen?'

Lina was nu beter voorbereid. Kalm en afstandelijk. Ze haalde haar neus op en schudde haar hoofd. 'Ik begrijp eerlijk gezegd niet waar je naartoe wilt. Jörgen was een van de fijnste mensen die je je maar kunt voorstellen en hij zou mij nooit iets aandoen, een ander ook niet trouwens.'

'Lina. Ik wil Jörgen niet zwartmaken. Maar we weten allebei hoe hij op school was en het enige wat ik wil weten is of hij...'

'Ik denk dat je nu moet gaan.' Ze kwam overeind. 'Ga alsjeblieft.'

'Lina. Sorry. Het was niet mijn bedoeling om...'

'Agge! Je kunt komen! We zijn klaar!'

6

Fabian ging in zijn auto zitten en stak de sleutel in het contact. Het leed geen twijfel dat hij precies had gekregen waar hij op uit was, en het gevoel waarmee hij had rondgelopen was niet langer alleen maar een gevoel. Jörgen Pålsson had zijn eigen graf gegraven. Maar Fabian wist dat hij haar veel te hard had aangepakt, zonder er rekening mee te houden dat ze net haar man had verloren.

Wat zat hem dwars? Dat Lina van iedereen net met Jörgen was gegaan en dat ze nog steeds bij elkaar waren geweest? Wat had hij voor recht om vraagtekens te zetten bij haar keuze? Alsof hij wist wat het beste voor haar was.

Hij deed het handschoenenkastje open, trok het laatste keuringsbewijs eruit en schreef achterop dat het hem enorm speet dat hij haar gekwetst had en verzekerde haar dat ze meer dan welkom was om contact met hem op te nemen wanneer ze maar wilde. Hij schreef ten slotte zijn adres en mobiele nummer op het briefje, ondertekende het, vouwde het op en stopte het in haar brievenbus. Terwijl hij dat deed had hij de hele tijd het gevoel dat ze achter een dun gordijn naar hem stond te kijken en vlak voor hij in de auto ging zitten en wegreed, keerde hij zich om en glimlachte en wuifde naar haar.

Een paar minuten later ging de telefoon. Het bleek echter Tuvesson te zijn.

'De foto's uit Lernacken zijn er.'

'Is er iets op te zien?'

'Ik denk dat het het beste is als je hiernaartoe komt.'

Er waren vier foto's van de tolpoort. Tuvesson had ze op de server van het politiebureau gezet zodat ze er in de vergaderruimte naar konden kijken, waar ze op de muur werden geprojecteerd.

'Vertel me nou niet dat de melk alweer op is,' zei Lilja met een kop net gezette koffie in haar hand.

'Er is toch koffiemelk,' zei Rots terwijl hij een paar druppels in zijn kopje deed. 'Nog maar een paar jaar geleden had niemand daar problemen mee...' Hij werd onderbroken doordat zijn mobiel afging, haalde hem tevoorschijn en keek erop.

'Moet je niet opnemen?' vroeg Lilja.

Rots zuchtte en nam op. 'Hoi schat. Ik zit in een vergadering... Wat? Nee, alweer?' Hij zuchtte weer. 'Maar Berit, ik heb het toch al zo vaak gezegd. Je kan niet zoveel wc-papier gebruiken. Dan...' Berits stem was nu in de hele kamer te horen. 'Jaja, oké, ik regel het en bel... Nee, niet nu meteen. Zo snel als ik kan. Schat, ik moet nu ophangen. Dag.' Rots legde zijn mobieltje weg en spreidde zonder iets te zeggen zijn handen.

'Zullen we beginnen?' vroeg Tuvesson en ze zette de projector aan.

De eerste foto was van voren genomen. Je zag Jörgen Pålssons Chevrolet staan voordat hij de brug naar Denemarken op ging. Onder in de ene hoek stond de tijd en datum: 06.23 22-06-10, en je kon duidelijk zien dat Jörgen Pålsson achter het stuur zat. De volgende foto was van bovenaf genomen en daarop zag je Jörgen zijn getatoeeerde arm uitsteken met een creditcard in zijn hand.

'Daar zat zijn hand in ieder geval nog op de goede plek,' zei Rots.

'Nu wordt het pas interessant.' Tuvesson liet de derde foto zien: 23.18 22-06-10. Deze was veel donkerder dan de eerste foto's en Jörgens gezicht was in duisternis gehuld. Maar het leed geen twijfel dat hij achter het stuur zat. Zijn schone witte T-shirt lichtte op in het donker.

Maar het was de man die naast Jörgen in de passagiersstoel zat die hun aandacht opeiste. De man die donkere kleren droeg en een pet over zijn hoofd had getrokken zodat zijn hele gezicht in de schaduw lag. Daar zat hij – de dader die ze zochten en die als een contourloze geest met de rest van het donker samenvloeide.

'Ik kan proberen de foto te bewerken om te kijken of we de contrasten duidelijker kunnen maken,' zei Molander.

'Goed genoeg om hem naar buiten te brengen?' vroeg Rots.

Molander haalde zijn schouders op. 'Dat betwijfel ik. Maar we zullen zien.'

'Maar weten we echt honderd procent zeker dat dat de dader is?' vroeg Lilja.

'Nee, maar er is een boel dat erop wijst,' zei Tuvesson. 'En natuurlijk brengen we niets naar buiten voordat we meer hebben.'

'Het kan heel goed zomaar iemand zijn,' zei Lilja.

'Hoezo zomaar iemand?'

'Een lifter bijvoorbeeld.'

'Wie neemt er tegenwoordig nog lifters mee?' zei Rots. 'Je kan trouwens bijna nergens stoppen.'

'Ik. De wereld is echt niet zo verschrikkelijk als je binnen deze muren zou kunnen gaan denken,' zei Lilja.

'Nee, hij is nog erger,' zei Molander.

'Ook als het de dader niet is, is het waarschijnlijk de laatste persoon die Jörgen in leven heeft gezien. Dus we willen hem hoe dan ook vinden. Maar laten we er even van uitgaan dat de man op de foto werkelijk de dader is,' zei Tuvesson. 'Dan is het de vraag waarom Jörgen Pålsson hem heeft opgepikt?'

'En waar?' zei Lilja.

'Kunnen ze hebben afgesproken?' vroeg Tuvesson.

'Nee, volgens Lina ging hij altijd alleen,' antwoordde Fabian.

'Dat denkt ze ja. Maar wie zegt dat ze gelijk heeft?' zei Rots. 'Mijn vrouw weet in ieder geval niet alles van mij.'

'Daar mag ze de hemel voor danken,' merkte Molander op.

'Maar als we bedenken hoe goed de moord gepland was, mogen we ervan uitgaan dat de dader er tamelijk zeker van moet zijn geweest dat hij werd opgepikt,' ging Fabian verder en de anderen knikten. 'En wat Rots zei klopt. Vrijwel het hele stuk is snelweg en daar kun je niet stoppen. Dus vraag ik me af of we Jörgens creditcardnummer niet moeten laten checken om te zien wat hij voor aankopen heeft gedaan.'

'Precies, hij heeft de man opgepikt op een plek waar hij toch gestopt zou zijn,' zei Tuvesson.

'Niet slecht,' zei Rots en hij richtte zich tot Tuvesson. 'Hij is niet achterlijk, die nieuwe. Helaas zal dat even duren. De banken houden ervan om dat soort dingen eindeloos te vertragen.'

Fabian wist dat Rots gelijk had. De oplossing heette Niva Ekenhielm van het Nationaal Radio-Instituut van Defensie. Als geen ander kon ze zich door de dikste firewalls heen hacken om de juiste informatie te vinden. Niva had hem heel goed geholpen bij het laatste onderzoek waarbij hij betrokken was. Maar de hulp had een prijs gehad en Fabian had zichzelf beloofd dat hij nooit meer contact met haar zou opnemen.

De vrouw van de centrale van de Sontbrug herkende Fabians stem direct en vroeg hoe het met de zaak ging en of ze de moordenaar al hadden gevonden. Fabian antwoordde ontwijkend dat het onderzoek vorderingen maakte en dat ze alles in het werk stelden om de zaak zo snel mogelijk op te lossen.

'Ah, ik begrijp het. Je hebt zwijgplicht en mag geen details onthullen die met het onderzoek te maken hebben,' zei de vrouw met een vet Skåns accent. 'Maar het is vast de man die naast hem in de passagiersstoel zit? Niet?'

'Zoals je vast wel zult begrijpen, kan ik niet alles vertellen wat we weten,' zei Fabian en hij hoopte dat het genoeg zou zijn. Hij had haar hulp nodig en wilde liever niet onaardig tegen haar zijn.

'Dat vat ik op als een ja. Maar je hoeft je geen zorgen te maken, ik ga er niet mee naar de kranten. Nog niet in elk geval.'

Fabian bedacht dat het misschien beter zou werken als ze zich een ingewijde zou voelen.

'Ik verwachtte ook niet dat je dat zou doen. Daar ben je te slim voor en we willen tenslotte niet dat de dader uitvindt hoeveel we weten, toch?'

'Nee, natuurlijk niet.'

'En juist omdat je al zoveel van deze zaak weet, heb ik je hulp nog ergens bij nodig.'

'Jaaa?'

'Denk je dat je achter het nummer kunt komen van de creditcard waarmee de bestuurder heeft betaald?'

Pas na een lange stilte gaf ze antwoord. 'Je weet dat we dat soort gegevens niet door mogen geven. Niet zonder toestemming van de officier van justitie.'

Ze is niet dom, dacht Fabian. Het probleem was dat er geen tijd was om te wachten op een officier van justitie.

'Maar alleen omdat jij het bent, Fabian Risk, mijn eigen kleine Wallander, zal ik een uitzondering maken. Op één voorwaarde.'

'Wat dan?'

'Dat je de volgende keer dat je oversteekt gedag komt zeggen.'

Met de headset van zijn mobieltje in zijn oor zocht Fabian het keukentje op, waar een groot koffieapparaat stond met een lange rij keuzeknoppen. Hij drukte op de cappuccinoknop en hoorde hoe het apparaat begon te werken terwijl hij op zijn telefoon drukte. Ze zag dat hij belde, dat wist hij zeker. Ze zat vast op dit moment naar het mobieltje in haar hand te kijken.

'Hoe durf je me in godsnaam te bellen?'

Fabian was helemaal van zijn à propos en zocht naar woorden.

'Hallo? Denk je dat ik niet weet dat jij het bent? Dus verdomme...'

'Niva. Het was niet de bedoeling dat...'

'We zijn klaar met elkaar. Ben je dat alweer vergeten?'

'Nee, dat ben ik niet en daarom bel ik je ook niet.'

'Nee, je belt zeker om te vertellen wat een gelukkig gezinnetje jullie zijn, nu jullie het veld hebben geruimd en naar Skåne zijn geëmigreerd?'

'Ik bel omdat ik je hulp nodig heb bij een onderzoek en het belangrijk is dat het snel gebeurt,' zei Fabian en hij vatte de stilte positief op. Ze was een beetje tot rust gekomen. 'Ik ben bezig met een onderzoek naar de moord op een oud-klasgenoot. Je hebt er vast over gelezen in de krant. De handenarbeidleraar van wie de handen zijn afgezaagd.'

'O dat, ja, zo Skåns... Dus het is een oud schoolvriendje van je?'

'Vriendje is misschien wat veel gezegd. We zaten in dezelfde klas en ik moet uitzoeken welke aankopen hij heeft gedaan op 22 juni.'

'Sms zijn creditcardnummer maar en ik kom erop terug.'

'Oké. Dank je wel. Heel lief van je. En dat je het maar weet, het was helemaal niet de bedoeling dat...'

'En verder?'

'Nou, we zijn net verhuisd, dus het gaat een beetje op en neer. Maar het voelt... Ik denk dat het wel goed komt. En jij?'

'Net als anders, rottig en eenzaam. Volgens de therapeut zal het nog wel even duren voor ik weer verder kan.'

'Het zal wel snel beter gaan, dat zul je zien, nu ik verhuisd ben en je heel Stockholm voor jezelf hebt.'

'Wat schiet ik daarmee op als je de hele tijd blijft bellen?'

Fabian wilde antwoord geven, maar hij kreeg de tijd niet. Ze had opgehangen. Hij pakte de cappuccino, proefde ervan en goot de rest in de gootsteen.

7

'Papa, weet je wat we hebben gedaan?' riep Matilda en ze rende naar Fabian toe, die net binnenkwam. 'We hebben gezwommen! Er waren superhoge golven en het was hartstikke koud! En morgen gaan we weer en mama heeft beloofd dat ik dan een nieuw badpak krijg!' Ze sprong in zijn armen. 'Kun je dan niet mee? Alsjeblieft?'

'Ik weet het niet. Denk je niet dat het veel te koud voor me is?' Hij liep de keuken in met Matilda in zijn armen.

'Alsjeblieft, papa. Alsjeblieft.'

Fabian liep naar Sonja toe, die de tafel aan het dekken was, en gaf haar een kus.

'Het eten is net klaar,' zei ze met een glimlach. 'Hoe ging het? Heb je gedaan wat je moest doen?' Ze deed haar schort af en keek hem aan.

'Lieveling. Het...'

'Oké, ik begrijp het. Vergeet dat ik het heb gevraagd. Vergeet dat je eigenlijk vakantie zou moeten hebben.'

'Lieveling...'

'We praten er niet meer over. Ga Theo maar halen.'

'Goed, waar hangt hij uit?'

'In zijn kamer.'

'Daar heeft hij de hele dag gezeten,' zei Matilda.

'Dus hij was niet mee zwemmen?'

'Nee, hij had gehoopt dat jij mee zou gaan en dat jullie samen een snorkel en een duikbril zouden kopen,' zei Sonja.

'Papa, beloof dat je morgen meegaat. Alsjeblieft, beloof het.'

'Oké, ik beloof het. Ik zal mijn uiterste, uiterste...'

'O, je bent zo stom.' Matilda wurmde zich uit Fabians greep.

Fabian wilde naar de trap lopen toen de telefoon ging. 'Is hij al aangesloten?'

'Blijkbaar.' Sonja liep naar de telefoon en nam op. 'Hallo, dit is Sonja Risk... Aha. Ja, hij is hier. Voor jou.'

Fabian begreep door de bitse toon meteen wie het was. Die achterbakse slang, dacht hij voordat hij de hoorn overnam en naar de woonkamer liep.

'Ja, dit is Fabian Risk,' zei hij met zijn meest formele stem.

'Ha schatje,' zei Niva aan de andere kant van de lijn. 'Ik dacht dat het beter was om je thuisnummer in plaats van je mobiele nummer te bellen, zodat het niet verdacht overkomt. Want er valt niets te verbergen aan dit gesprek, toch?'

'Nee, absoluut niet.' Fabian haalde zijn schouders op naar Sonja. 'Heb je iets gevonden?'

'Altijd zo heetgebakerd. Eerlijk gezegd begrijp ik niet hoe Sonja het volhoudt. Als het eindelijk zover is, is het alweer voorbij.'

'Niva. We wilden net gaan eten.'

'Wat ben je toch aardig. Het benzinestation in Lellinge, 22.22 uur, 739 Deense kronen. Verder alleen de grenswinkel in Puttgarden, waar hij genoeg bier moet hebben gekocht voor een Oktoberfest.'

'Oké, dank je wel voor je hulp.'

'Geen dank.'

Fabian legde de hoorn neer en ging aan de eettafel zitten. Sonja was duidelijk nieuwsgierig. En terecht.

Maar ze moest wachten.

Wachten tot hij weer thuiskwam.

Het was over tienen toen Fabian het huis verliet, de auto startte en het donker in reed. De benzinepomp in Lellinge lag ter hoogte van Køge, enkele tientallen kilometers ten zuiden van Kopenhagen, en hij verwachtte dat hij er vlak voor middernacht zou zijn.

Hoewel Theodor had geweigerd de deur van zijn kamer open te doen en Matilda nog steeds kwaad op hem was, om nog maar te zwijgen van Sonja, had hij besloten om niet tot de volgende dag te wachten. Hij had wat tijd gewonnen en kon het zich niet veroorloven die te verspillen door een nacht voorbij te laten gaan.

De dader kon niet weten waar en hoe vaak Jörgen zou stoppen.

Maar hij moest erop hebben gerekend dat hij minstens één keer moest stoppen om te tanken. Volgens Molander had er in de benzinetank van de Chevrolet 88 liter 95-octaanbenzine gezeten. Er kon in totaal 120 liter in, wat betekende dat Jörgen 32 liter had verbruikt voordat hij zijn noodlot tegemoet ging in het handenarbeidlokaal. De benzinepomp waar hij had getankt lag daar, inclusief de brug, 144 kilometer vandaan. 32 liter in 144 kilometer betekende dat de volgetankte Chevrolet 0,22 liter per kilometer liep, wat heel waarschijnlijk was en op zijn beurt betekende dat hij geen onnodige omwegen had gemaakt maar rechtstreeks naar het handenarbeidlokaal was gereden.

Jörgen Pålsson had zijn creditcard maar één keer gebruikt in Denemarken. Om 22.22 uur had hij 739 Deense kronen betaald, wat overeenkwam met ongeveer 75 liter benzine. Als je ervan uitging dat hij zijn reis in Ödåkra met een volle tank was begonnen en pas in Lellinge, 380 kilometer verderop, had getankt, dan klopte 75 liter vrij goed. 56 minuten later, om 23.18 uur, was hij de tolpoort in Lernacken gepasseerd. Een rit die niet langer dan 40 minuten zou hoeven duren. Dat betekende dat hij tussen de 15 en 20 minuten bij de benzinepomp was gebleven voordat hij weer vertrok.

Dit keer met een passagier naast zich.

De man in het hokje gaf de creditcard terug aan Fabian en de boom voor hem ging omhoog. Hij drukte het gaspedaal in en liet de automatische versnellingsbak voor de rest zorgen terwijl hij naar een van zijn favoriete liedjes op de radio luisterde. Hij draaide het volume omhoog zodat Kate Bush de hele auto met haar stem vulde.

Dit was de eerste keer dat hij over de brug reed. Het uitzicht was bijna magisch. De hemel glinsterde met donkerblauwe en gouden tinten in het schijnsel van de halve maan, en ver daaronder vormde het rustige water van de Sont een gigantische spiegel.

And if I only could
Make a deal with God
And get him to swap our places
Be running up that road
Be running up that hill

8

Glenn Granqvist ging aan de keukentafel zitten, draaide de deksel van de glazen pot en keek naar de stukjes haring die rondzwommen in het troebele vocht. De pot was een overblijfsel uit de tijd dat hij met Anki samenwoonde, zelf hield hij niet van haring. Het had met de consistentie te maken en hij moest ze daarom in één keer doorslikken, en om te voorkomen dat ze weer naar boven kwamen het liefst wegspoelen met een koud biertje.

Maar nu was het bier op. In feite was bijna alles op waar Glenn van hield en hij maakte nu conservenpotten op waarvan de houdbaarheidsdatum allang was overschreden. Olijven, augurken, mosterd, remouladesaus en al die verdomde haringen van Anki. Hij viste er een van de stukjes uit, drukte dat in zijn mond en spoelde het weg met het vocht van ingeblikte ananas.

Sinds hij het nieuws over Jörgen had gehoord, kon hij zich niet meer ontspannen. Hij kon moeilijk stilzitten en was voortdurend in beweging. Zijn hele lichaam was tot het uiterste gespannen en hij had het gevoel dat zijn hart twee keer zo snel sloeg. Zijn beste vriend was dood. Niet door een tragisch ongeval of een snel ziekteverloop. Iemand had hem willens en wetens van zijn leven beroofd op een zo berekende en wrede manier dat alleen de gedachte eraan al koude rillingen over zijn lichaam joeg.

Hij dacht aan al het plezier dat ze in de loop van de jaren hadden gehad. Zevenendertig waren het er geweest. Een heel leven. Het was een duizelingwekkende gedachte. Ze hadden elkaar voor het eerst in de eerste klas ontmoet. Al na een paar minuten waren ze in een vechtpartij verzeild geraakt. Sindsdien waren ze de beste vrienden geweest en hadden elkaar door dik en dun gesteund.

Ze hadden ook domme dingen gedaan. Heel wat eigenlijk, nu hij erover nadacht. Het meeste hadden ze achter zich gelaten en af en toe hadden ze elkaar geholpen door elkaar ervan te overtuigen dat ze zich nergens voor hoefden te schamen. En dat had gewerkt. Al die jaren had hij vrijwel perfect geslapen en een even schoon geweten gehad als mensen in een reclamespotje. Tot nu.

Het was meer dan twee dagen geleden dat Lina hem had gebeld en het had verteld en hij was nog steeds in shock. Hij had direct begrepen wat er aan de hand was en sindsdien waren de herinneringen in een constante stroom op blijven duiken. Oude, vergeten herinneringen, die platgetrapt waren tot een harde, onherkenbare korst die geasfalteerd werd om nooit meer het daglicht te hoeven zien.

Toch was dat precies wat nu gebeurde.

Het kwam door die afgezaagde handen.

Als dat detail van die handen er niet was geweest, had hij vast nog steeds goed geslapen. Hij had om Jörgen kunnen rouwen en Lina kunnen steunen. Nu durfde hij niet eens iets van zich te laten horen. De handen waren Jörgens specialiteit geweest. Met zijn vuisten te slaan. Niets anders, alleen zijn vuisten. Het maakte niet uit hoe bloederig en kapotgeslagen ze werden. Dat was altijd zijn ding geweest. Pas na de laatste klas was hij boksbeugels gaan gebruiken. Zijn eigen specialiteit was schoppen met zijn roodgelakte en met metaal versterkte Dr. Martens-schoenen.

Achteraf kon hij niet begrijpen waarom ze er zo lang mee waren doorgegaan. In de schooltijd was het anders geweest. Daar hadden ze zich doodverveeld en ze hadden iets nodig gehad om de tijd mee te verdrijven. En waarom geen slachtoffer vinden dat alles deed wat je zei en van angst begon te beven zodra je je liet zien. Maar daarna? Het was alsof ze verslaafd waren geraakt en er niet mee op konden houden voordat het slachtoffer doodging. Wat ze ook dachten dat gebeurd was na hun laatste ontmoeting met hem. Zo noemden ze het.

Een ontmoeting.

Die meer dan vijf uur duurde.

Elf jaar nadat ze van de basisschool af waren.

Na de basisschool hadden ze hem met rust gelaten en zich met anderen beziggehouden. Eigenlijk hadden ze genoeg van hem en ze waren hem ook min of meer vergeten. Maar jaren later op een dronken avond in Kopenhagen was Jörgen plotseling op het idee gekomen om het contact weer op te pakken en nog een laatste ontmoeting te hebben.

Er waren tabellen waarop je kon zien hoeveel een lichaam verbrandde wanneer je hardliep, seks had of gewoon lag te slapen. Maar er was geen tabel die vertelde hoeveel het lichaam tijdens een vechtpartij verbrandde. Het moest in elk geval veel zijn geweest, want na drie uur was zowel hij als Jörgen volledig uitgeput geweest.

Hij had geschreeuwd, gehuild en om genade gesmeekt. Had gezegd dat ze zijn geld mochten hebben, dat hij alles wilde doen, als ze maar ophielden. Maar er was niets wat hij kon doen. Alleen sterven. Het opgeven.

Maar dat had die klootzak geweigerd. Ze hadden natuurlijk een mes in hem kunnen steken. Maar dat zou geknoei zijn geweest. Handen en voeten, that's it. Verder niets.

Ze hadden het appartement verlaten en waren naar de Tre Hästar gegaan om biefstuk met frites en bearnaisesaus te eten met een grote cola erbij. Glenn kon zich nog steeds herinneren hoe goed het had gesmaakt. Het was alsof hun lichamen schreeuwden om nieuwe bloedsuikers. Daarna hadden ze geflipperd. Hij had meerdere extra ballen verdiend en zou zijn persoonlijke record hebben verbeterd als het spel niet op tilt was geslagen. Ondertussen hadden ze geen woord gezegd over de mishandeling. Maar er had een stilzwijgende afspraak in de lucht gehangen. Ze zouden ermee doorgaan tot hij het op zou geven. Tot hij het echt opgaf. Voor eens en altijd.

Toen ze terugkeerden bleek dat hij erin geslaagd was zich naar de hal te slepen en de telefoon van de tafel te trekken. Hoe had hij ook kunnen weten dat ze de kabel hadden doorgeknipt?

Twee uur later gaven ze het op. Het was voor de eerste keer in hun leven dat ze er genoeg van kregen om te slaan. Het laatste halfuur was vooral eentonig en saai geweest en hij herinnerde zich hoe ze hadden beredeneerd dat hoewel hij nu nog niet dood was, hij binnen een paar uur vanzelf dood zou gaan.

De weken daarop hadden ze de kranten uitgespeld op zoek naar een overlijdensadvertentie of een berichtje over de moord. Maar ze hadden niets gevonden. Zelfs geen politiebericht. Na twee maanden waren ze teruggegaan naar zijn appartement en hadden ontdekt dat het helemaal leeg was. Hij was verdwenen. In rook opgegaan.

Een knagende onrust had de kop opgestoken. Onrust over waar hun slachtoffer naartoe was gegaan. Zat hij op wraak te zinnen? Ze hadden er meerdere keren over gesproken en waren tot de conclusie gekomen dat het niet iets was om je echt zorgen over te maken en na nog een paar jaar hadden ze er geen gedachte meer aan gewijd.

Beide handen afgezaagd. Allemachtig!

Betekende dat dat ook hij snel aan de beurt zou zijn? Zouden zijn voeten worden afgezaagd?

Hij ging op de keukenbank liggen en sloot zijn ogen. Over een paar uur waren er drie hele dagen verstreken en hij had nauwelijks een oog dichtgedaan. Het was alsof de vermoeidheid hem langzaam van binnenuit opat. Maar hij durfde niet in slaap te vallen en bovendien waren de paar uur waarin hij wel had geslapen een nog ergere ervaring geweest dan wakker te liggen. De dromen waren vreemder dan ooit geweest. Verdrongen herinneringen die weer tot leven kwamen en werden verwrongen tot de natte droom van elke horrorfilmregisseur.

Hij had gelezen over een onderzoeker die het gelukt was elf dagen wakker te blijven. Na vier dagen was hij begonnen te hallucineren en had zich in zijn hoofd gehaald dat hij Diego Maradona was. Na zes dagen had hij zich hersteld en was er zelfs in geslaagd zijn assistenten te verslaan bij het flipperen voordat hij ten slotte in slaap was gevallen.

Elf dagen. Dat betekende nog zeven dagen erbij, dat zou hem nooit lukken.

Het was belangrijk om helder te denken en zijn focus niet te verliezen. Scherp te blijven. Hij ging rechtop zitten, wreef in zijn ogen, stopte nog een stukje haring in zijn mond en probeerde het door te slikken, maar dat ging niet. Het ananasvocht was op en de stukjes haring bleven maar naar boven komen, tot hij zich vermande en begon te kauwen. Hij moest eten. Hij moest zijn lichaam aan de gang houden als hij een kans wilde maken wanneer het erop aankwam. Want hij was van plan zich te verdedigen. Wat er ook gebeurde, hij zou zich verzetten.

Niemand kon hem verwijten dat hij de laatste dagen had liggen luieren. Bijna alle voorbereidingen waren klaar. Hij had zich bewapend, sloten op alle ramen van het huis gemonteerd en alle lampen aan elkaar gekoppeld, zodat hij ze uit kon zetten met één druk op de afstandsbediening die hij altijd bij zich droeg. Op het gazon achter het huis had hij prikkeldraad gelegd, dat hij met vislijn verbonden had aan het windklokkenspel dat aan het raam op de bovenverdieping hing.

Het enige wat hij nog moest doen was de deurspion op de buitendeur monteren, maar dat moest tot morgen wachten wanneer het weer licht was. De oude deur had er een gehad. Toen de deur vervangen moest worden, had hij het een onnodige uitgave gevonden. Al na een paar weken had hij spijt gekregen en er een gekocht die hij er zelf in kon zetten. Dat was drieënhalf jaar geleden. Maar morgen zou hij erin gemonteerd worden.

Eigenlijk was het hartstikke stom van hem dat hij in het huis was blijven wonen nadat Anki ervandoor was gegaan. Het was alleen maar om haar dwars te zitten. Hij hield niet eens van het huis. Niet dat hij er in het algemeen iets op tegen had om in huizen te wonen. Maar dit huis voelde als speculatiebouw, met zijn dunne gipsen muren die naar schimmel roken hoewel ze nog maar tien jaar oud waren. Om nog maar te zwijgen over de buitendeur, die hij al had moeten...

Glenns gedachten werden onderbroken door de deurbel. Het was halftwaalf 's nachts. Wie kon dat in godsnaam zo laat nog zijn? Er werd weer gebeld.

Hij had erop gerekend dat de aanvaller via de tuin aan de achterkant zou komen, vanwaar er geen inkijk was. Dan zou hij maar één keer over het gespannen prikkeldraad hoeven struikelen en Glenn zou boven op hem springen en hem het huis in slepen. Als de aanvaller tegen alle verwachtingen in helemaal tot bij het huis zou kunnen komen, zouden de grote glazen deuren gemakkelijk te forceren zijn. Maar daar was Glenn op voorbereid. Hij had er niets op tegen als de aanvaller zijn werkkamer binnenkwam. Hij zou er namelijk niet meer uit kunnen.

In ieder geval niet voordat Glenn rustig de politie had gebeld en de deur had opengemaakt. Hij keek er al naar uit om in de krant te komen als de held die de moordenaar gevangen had genomen. Dat zou Anki in haar zak kunnen steken.

Het probleem was dat er aan de deur werd gebeld, wat niet in zijn plan paste. Hij kon tenslotte niet naar de voordeur lopen en gewoon aanbellen. Dat kon niet. Dus wie kon het dan zijn?

Het klokkenspel had gisternacht al alarm geslagen. Rond twaalf uur had hij alle lichten in het huis uitgedaan en was naar de tuin gerend. Maar het bleek een verdwaalde hond te zijn die vast was komen te zitten in het prikkeldraad en voordat hij erbij had kunnen komen om hem te helpen, had de hond zich los weten te rukken en was weggerend.

Misschien was het de eigenaar van de hond die aanbelde? Glenn vroeg zich af of het verboden was om prikkeldraad in je tuin te spannen. Het was tenslotte zijn eigen grond.

Gefocust blijven en helder nadenken.

Hij pakte de honkbalknuppel en liep voorzichtig naar beneden om open te doen.

Er werd weer gebeld. Lang en aanhoudend.

Verdomme, had hij die stomme deurspion er nu maar ingezet. Hij haalde de deur van het slot en deed open.

9

Het was nog geen halftwaalf toen Fabian Risk vaart minderde op de Ringstedvej in Lellinge en de gps meedeelde dat hij bijna bij zijn eindbestemming was. De rit was sneller gegaan dan hij had gedacht. Er was bijna geen verkeer geweest en geïnspireerd doordat 'Running Up That Hill' op de radio was geweest, had hij naar de cd *Hounds of Love* geluisterd, wat op zijn beurt zijn gedachten terug in de tijd had geleid.

Hij had Jörgen Pålsson nooit gemogen. De hele basisschool lang had hij ervoor gezorgd dat hij zo ver mogelijk uit zijn buurt bleef. Niet omdat hij bang voor hem was. Nee, om de waarheid te zeggen was het meer uit lafheid geweest, om de mishandeling niet te hoeven zien en gedwongen te worden partij te kiezen. Het was het makkelijkst geweest om het je rug toe te keren, wat zou kunnen verklaren waarom zijn herinneringen zo vaag, zo armzalig waren.

Nu herinnerde hij zich in elk geval dat het Jörgen Pålsson en Glenn Granqvist waren geweest die de klas angst aan hadden gejaagd en wie ze als slachtoffer hadden uitgekozen.

Claes Mällvik.

Het was al begonnen in de eerste klas, toen de namen van alle leerlingen werden afgeroepen, en daarna had het helemaal tot aan de negende en laatste klas geduurd. Iets waar iedereen in de klas zich heel goed van bewust was. De leraren ook. Toch had niemand iets anders gedaan dan zijn blik afwenden.

Maar er was één gebeurtenis waar Fabian zijn ogen niet voor had kunnen sluiten. Een gebeurtenis die hij had verdrongen, maar die tot leven was gewekt door de afgehouwen handen in de doucheruimte. Een gebeurtenis waarover hij zich even schuldig voelde als Jörgen en Glenn.

Ze hadden net lichamelijke opvoeding gehad en liepen naar de kleedkamer. Claes douchte nooit. De leraren waren daarachter gekomen en dreigden Claes een onvoldoende te geven als hij er niet mee zou beginnen. Douchen na de lichamelijke opvoeding was een hygiënische aangelegenheid, niet alleen voor jezelf maar ook voor je omgeving, vond de leraar, die waarschijnlijk geen idee had waar hij Claes op dat moment aan blootstelde.

De doucheruimte had witte kalkmuren en in totaal acht douches langs twee van de wanden. Iedereen had aangevoeld wat eraan zat te komen en was snel gaan douchen. Iedereen behalve Jörgen en Glenn. *Waar kijk je naar? Ben je een flikker of zo? Nee, hij is een travestiet. Moet je zijn lul zien! Zo klein dat-ie eruitziet als een kut!*

Fabian kon zich nog steeds herinneren dat Claes met een smekende blik naar hem had gekeken en dat hijzelf had gedaan alsof hij zeep in zijn ogen had en ze had dichtgeknepen. Op dat moment had hij de eerste klap gehoord en toen hij weer had gekeken had Claes in foetushouding op de harde tegelvloer gelegen en geprobeerd zich te beschermen tegen de trappen van Glenn tegen zijn geslacht en de klappen van Jörgen tegen zijn hoofd.

Laf als hij was, was hij er samen met de anderen vandoor gegaan. Claes had geen kik gegeven. Hij schreeuwde niet en zei niets. Hij smeekte niet eens dat ze moesten stoppen. Het enige wat hij had gedaan was stilletjes de klappen en de trappen in ontvangst nemen. Pas toen ze de douche op zijn heetst hadden gezet was hij begonnen te schreeuwen.

Nu meer dan dertig jaar later had de dader de handen van Jörgen afgezaagd en ze in exact dezelfde doucheruimte gelegd.

Als iemand een goed motief had dan was het Claes Mällvik.

De benzinepomp was een door asfalt omringd gebouw. Nadat hij een rondje had gereden, parkeerde Fabian in een hoek naast een vuilniscontainer en stapte uit de auto. Hij vulde zijn longen met de nachtlucht, die nog steeds verzadigd en warm was. Als het zo doorging zou hij binnenkort in de krant kunnen lezen dat het de warmste julimaand in honderd jaar was.

Hij liep rond en keek om zich heen en besefte na een poosje dat hij totaal geen idee had waar hij naar zocht, hoewel het gevoel dat hij onder het rijden had gekregen er nog steeds was. Een vaag gevoel dat het belangrijk was dat hij er nu naartoe ging en niet wachtte. Hij doorzocht de omgeving rond de pomp en het gevoel werd steeds sterker. Hoewel hij het niet zeker kon weten, raakte hij er steeds meer van overtuigd dat de dader hier en nergens anders contact had gelegd met zijn slachtoffer.

Maar dat Jörgen Pålsson had besloten juist hier te tanken, had de dader niet van tevoren kunnen plannen. Het enige waar hij rekening mee had kunnen houden, was dat hij onderweg naar huis ergens zou moeten stoppen. Daarom moest hij achter hem aan hebben gereden in zijn eigen auto. Een auto die hij hier achter had moeten laten en als hij hem nog niet was komen ophalen, was er een kans dat hij er nog steeds stond.

Fabian liep om de pomp heen terwijl hij zich een beter beeld probeerde te vormen van Claes Mällvik. Hij herinnerde zich hem als buitengewoon verlegen en voorzichtig. Iemand die in de klas zijn hand nauwelijks op durfde te steken om antwoord te geven op een vraag. En nu zou hij dus zover zijn gegaan om zijn plaaggeest op een zo brute en berekenende manier om het leven te brengen dat het vrijwel nergens mee te vergelijken was? Fabian wist niet goed wat hij ervan moest denken. Aan de andere kant waren er bijna geen grenzen aan wat geweld en psychische terreur met een mens konden doen. Eigenlijk was dit precies de manier om een monster te creëren.

Aan de achterkant stonden vijf auto's en niet een ervan leek bij een van de klanten in het winkeltje te horen. Drie ervan stonden op de parkeerplekken voor het personeel en waar de andere twee stonden waren helemaal geen parkeervakken. Op de ene auto zat een dikke laag vuil en opgedroogde bladeren. Fabian liep naar de laatste auto, een Peugeot 206, en bekeek hem. Behalve Zweedse nummerborden had hij een dun laagje stof, dat aangaf dat hij er een paar dagen of maximaal een week onaangeraakt had gestaan.

Hij zou Tuvesson moeten bellen, maar het risico was te groot dat ze kwaad zou zijn omdat hij op eigen houtje had gehandeld. In plaats daarvan belde hij Lilja.

'Ja, met Irene Lilja.'

'Hoi, met Fabian Risk, je nieuwe...'

'Ik weet wie je bent.'

'Ik hoop dat ik je niet wakker heb gebeld.'

'Nee hoor. Ik ben nog steeds op kantoor en probeer een leerlingenlijst van je klas te pakken te krijgen, wat compleet onmogelijk lijkt te zijn. Het was toch 9C?'

'Ja, maar met wat geluk is dat misschien helemaal niet nodig. Het is voorlopig nog maar een wilde gok. Maar als je JOS 652 na zou kunnen zoeken, dan zou dat...'

'Ik bel je terug.'

Fabian haalde diep adem, stopte het mobieltje in zijn zak en liep naar de nachtwinkel. Als Claes Mällvik de eigenaar van de Peugeot zou blijken te zijn, was er concreet bewijs voor zijn vermoeden en dan zou het onderzoek in één klap in zijn eindfase terechtkomen: lokalisatie en het oppakken zelf.

Een fase die weliswaar nog een tijd zou kunnen duren. Maar hij zou zijn deel hebben geleverd, en nog wel meer dan dat, en met een goed geweten vakantie kunnen gaan vieren. Morgen zou hij meteen na het ontbijt met Theodor naar het warenhuis gaan om een snorkeluitrusting te kopen en daarna zou hij met het hele gezin naar zee gaan, waar ze zouden zonnen en snorkelen tussen de rotsen voordat hij ze mee uit eten zou nemen naar het Grand Hôtel van Mölle.

In het winkeltje kocht hij een koffie verkeerd uit het apparaat, een Daim-reep en een flesje mineraalwater, of sodawater zoals de Denen het water uit Helsingborg bleven noemen. Achter de kassa stond een jonge verkoopster. Ze zag er niet ouder uit dan twintig jaar en had drie gepiercete ringen in haar onderlip. Veel te jong om hier alleen de nachtdienst te doen, dacht Fabian en hij zette zijn spullen neer.

'Is dat jouw auto?' Ze knikte naar de Peugeot.

'Nee, maar weet je hoe lang hij er al staat?'

'Iets langer dan een week.'

'Stond hij er afgelopen dinsdag al, op 22 juni?'

'Geen idee.' Ze haalde haar schouders op en begon zijn aankopen te scannen. 'Ik werk niet op dinsdagen en woensdagen. Ik zag hem donderdag pas. Het is achtenzeventig kroon.'

Fabian gaf zijn betaalkaart en stelde vast dat de Peugeot er heel goed sinds vorige week dinsdag kon staan. Hij tekende de bon en verliet de winkel op het moment dat zijn mobieltje begon te trillen.

'Met Irene Lilja. Zijn naam is Rune Schmeckel.'

'Sorry? Wat zei je?' Fabian bleef staan bij de water- en luchtinstallatie, waar het druppelde en siste. Hij had zich er zo op ingesteld dat ze Claes Mällvik zou zeggen dat hij ervan uitging dat hij het verkeerd had verstaan.

'Rune Schmeckel. Rottige achternaam, hè?'

Fabian zuchtte. Als het nu tenminste nog een huurauto of zoiets was geweest, iets wat houvast gaf. Ze hadden in elk geval geen Rune Schmeckel in de klas gehad.

'Is hij als gestolen opgegeven?'

'Nee, daar dacht ik ook als eerste aan.'

Verdomme, schold Fabian bij zichzelf. Dan was het misschien toch niet de auto van de dader? Of zat hij op het verkeerde spoor? Ging het helemaal niet om de wraak van een slachtoffer dat gepest was?

'Fabian, ben je er nog?'

'Ja, het was alleen niet het antwoord dat ik had verwacht.'

'Zijn huisadres is in elk geval Adelgatan 5 in Lund en hij werkt bij het ziekenhuis in Lund.'

'Oké. Maar ik moet nu ophangen. We spreken elkaar later.'

'Oké. Tot morgen.'

Fabian hing op. Hij had geen zin meer om te praten. Had tijd nodig om te denken.

Zich te herbezinnen.

10

Het was iets na twee uur 's nachts, maar het begon al licht te worden en op de terugreis naar Zweden had Fabian vast kunnen stellen dat het uitzicht over de Sont zichzelf had overtroffen. Maar hij had er niet van kunnen genieten. Hij had niet eens zin om naar muziek te luisteren. Hij bleef maar denken aan Claes Mällvik en alles wat hij in zijn schooljaren door had moeten maken. Er waren meer herinneringen bovengekomen, de ene nog erger dan de andere, die het motiefverhaal sterker maakten. Het probleem was dat hij niets concreets had dat naar hem wees. Hij had alleen een paar vage herinneringen uit een verdwenen tijd.

Hij remde voor de tolpoort van Lernacken en stopte voor de gesloten slagbomen, waar hij zijn creditcard aan de man in het hokje gaf. Hij hoopte dat Sonja al zou slapen wanneer hij thuiskwam. Anders zou het gesprek over waarom Niva had gebeld hen de hele nacht wakker houden.

'Zou u zo vriendelijk willen zijn achteruit te rijden en naar het gebouw daar te gaan,' zei de man in het hokje terwijl hij hem zijn creditcard teruggaf.

'Is er een probleem? Ik heb nog een andere kaart als het daarom gaat.'

De man schudde zijn hoofd en wees naar het barakachtige gebouw. Fabian had geen idee wat er aan de hand was. Zelfs niet toen hij de zwaarlijvige vrouw op zich af zag komen lopen.

'Fabian Risk. Je wilde er toch niet tussenuit knijpen, hè? Je hebt me een date beloofd de volgende keer dat je hierlangs zou komen,' zei ze.

Fabian stapte uit de auto, schudde haar hand en wou dat hij heel ver weg was. De vrouw stelde zich voor als 'Kickan' en trok hem mee de barak in, waar ze de oude koffie uit het koffieapparaat gooide en nieuwe zette. Fabian telde het aantal scheppen dat ze in het filter deed en besefte dat Sonja net zo goed wakker kon zijn als hij thuiskwam. Van slapen zou toch niets meer komen.

'Je bent echt mooi! Nog mooier dan ik dacht,' zei Kickan terwijl ze de zwarte koffie in twee koppen schonk. 'Single? Of is dat te veel gevraagd? Ik houd van lange wandelingen en romantische etentjes. Al moet ik eerlijk zeggen dat ik de voorkeur geef aan de etentjes.'

'Het spijt me, maar ik ben getrouwd,' stamelde Fabian en hij vroeg zich af wat hij had gedaan om dit te verdienen.

'Daar hoef je je niet voor te verontschuldigen. En ik heb de ring gezien. Ik ben niet achterlijk. Maar je moet het proberen, anders ga je dood. Of hoe was het ook alweer?'

'Eten.'

'Wat?'

'Je moet eten, anders ga je dood.'

'Precies. Wat me eraan doet denken: wil je een koekje?'

'Nee, dank je, ik hoef niets,' zei Fabian en hij kwam meteen overeind nadat hij de koffie naar binnen had gewerkt. 'Ik moet weer verder naar huis, maar het was gezellig om je te ontmoeten en dank je wel voor de koffie.'

'Geen dank. Ik hoop dat je niet geschrokken bent van mijn gebabbel. Het kan hier een beetje eenzaam zijn. Maar daar denkt niemand aan. Iedereen is op weg ergens naartoe. Iedereen behalve wij.'

'Ja, ik begrijp dat het hier eenzaam kan zijn. Maar heb het goed.' Fabian draaide zich om in de richting van de deur.

'Hé, ik had nog iets bedacht over die zaak waar je aan werkt.'

'Ja?' Het lukte Fabian niet om een gaap te onderdrukken.

'Stel dat het de dader was die in de passagiersstoel zat, op die foto die je van mij hebt gekregen, en dat hij ook Zweeds is. Dan moet hij in een andere auto over de brug zijn gereden, die hij later in Denemarken achterliet. Toch?'

'Dat klopt. Maar er zijn nog steeds veel te veel vraagtekens om iets concreets op te leveren. Helaas,' zei Fabian op een toon waaruit duidelijk bleek dat hij er niets meer aan toe te voegen had, al was hij onder de indruk van het vermogen van de vrouw om conclusies te trekken.

'Maar wacht nu even. Als we er nu van uitgaan dat het zo is gegaan, dan moet hij hier ongeveer gelijktijdig met het slachtoffer langs zijn gekomen. Toch?'

Fabian zag in dat hij deze volkomen logische conclusie die Kickan nu naar voren bracht volledig had gemist. 'Daar heb ik eigenlijk niet aan gedacht. Maar zo moet het geweest zijn, ja. Is er een mogelijkheid om foto's te vinden van de auto's die ervoor of erachter reden?'

De vrouw hield glimlachend een bruine envelop op en zwaaide ermee, daarna maakte ze hem open en spreidde de zwart-witfoto's van de bewakingscamera uit op de koffietafel. 'Ik dacht eerst dat hij vlak achter het slachtoffer in dezelfde rij langs zou komen. Maar ik denk niet dat het een van deze is.' Ze legde haar wijsvinger op een paar foto's. 'Daarom zocht ik de auto's in de andere rijen op.' Ze legde nog meer foto's neer. 'En toen bleef ik op deze hangen. Ik kan het natuurlijk verkeerd hebben. Maar wat denk jij?' Ze legde de laatste foto voor hem neer, waarop een Peugeot met het kenteken JOS 652 stond.

'Waarom bleef je juist bij deze hangen?'

'Zie je hoe hij wegduikt? Dat gebeurt bijna nooit. Mensen staan er niet bij stil dat ze worden gefotografeerd. Maar deze man was zich ervan bewust en had totaal geen zin om op de foto te komen. Bovendien betaalde hij contant.'

Fabian bestudeerde de foto waarop de bestuurder van de auto zijn gezicht verborg door naar voren te buigen. Kickan had gelijk en niet alleen dat. Ze had ook een groot deel van zijn werk gedaan. Hij bedankte haar, nam de foto's mee en beloofde dat hij de volgende keer dat hij langskwam niet zou vergeten om koffie te komen drinken.

'Koffie? Nee, nee, nee. De volgende keer is het een andere date. Dan moeten we proberen wat verder te komen.' Ze knipoogde overdreven en lachte.

Onzeker of ze echt een grapje maakte, ging Fabian in de auto zitten en reed terug over de brug.

Terug naar Denemarken.

Hoewel het halfdrie 's nachts was ging de telefoon maar twee keer over voordat Tuvesson opnam.

'Waarom heb je me niet laten weten dat je op een solotour in Denemarken bent?'

'Het spijt me, maar ik wilde je niet voor niets wakker maken.'

'Voor niets?'

'Ja, voordat ik wist waar het toe zou leiden.' Hij hoorde zelf hoe dom het klonk en besloot maar gewoon door te gaan. 'Heeft Lilja niet gebeld over de eigenaar van de auto? Ene Rune Schmeckel die in Lund schijnt te wonen.'

'Jawel, en de politie van Lund is er al geweest. Maar er was niemand thuis.'

Hij kon horen dat ze een trek van haar sigaret nam.

'Jullie weten van het ziekenhuis? Misschien heeft hij dienst?'

'Hij is met vakantie. Fabian, nu wil ik weten waar je ergens bent.'

'Op weg naar huis,' loog Fabian. 'De vraag is wat we met de auto moeten doen. Die staat nog steeds bij het benzinestation en zou onderzocht moeten worden. Is Molander trouwens op de hoogte?'

'We kunnen toch niets doen voordat we toestemming hebben gekregen van onze Deense collega's en in dit soort gevallen laten ze er graag een paar dagen overheen gaan. Je weet hoe het gaat als de grote broer de kleine broer om een dienst vraagt.'

'Dan kan het te laat zijn.'

'Hij heeft hem er al meer dan een week laten staan. Waarschijnlijk gaat hij hem helemaal niet meer ophalen.'

'En de woning? Wanneer kunnen we daarin?'

'Het is midden in de vakantietijd, maar ik zal aandringen.'

'Oké. We zien elkaar morgen.'

'Laten we dat hopen. En Fabian?'

'Ja?'

'Zoals ik eerder vandaag al zei ben ik enorm dankbaar dat je midden in je vakantie meehelpt. Maar vergeet verdomme niet dat we een team zijn!'

Ze had opgehangen voordat Fabian de kans kreeg om antwoord te geven.

Veertig minuten later draaide hij het terrein bij de benzinepomp in Lellinge weer op en reed een rondje om te controleren of er geen pottenkijkers waren. Niemand anders behalve hijzelf en het gepiercete meisje in de winkel. Hij had precies bedacht wat hij ging doen en de voordelen tegen de nadelen afgewogen, en was zich er volledig van bewust dat het tegen bijna alle regels inging die hij kon bedenken. Als hij ooit ter verantwoording werd geroepen voor zijn handelwijze zou hij niet veel argumenten hebben. Toch was hij ervan overtuigd dat dit het enige juiste was wat hij kon doen.

Om geen tijd te verliezen parkeerde hij naast de Peugeot, pakte de krik uit de kofferbak, zette die onder de Peugeot en draaide tot het achterwiel van de grond kwam. Met behulp van de kruissleutel maakte hij de vier wielmoeren los en haalde het wiel eruit.

Het gepiercete meisje achter de toonbank keek op van een krant.

'Hallo, mijn naam is Fabian Risk en ik ben van de politie in Helsingborg.' Hij liet zijn legitimatie zien.

'Oké?' Er verscheen meteen een vragende bezorgdheid in haar blik.

Het maakte niet uit op wiens deur hij klopte. Zolang het een onverwacht bezoek was, hoefde hij zich alleen maar voor te stellen om die blik op te zien doemen. *Wat heb ik gedaan?*

'Het gaat over die Peugeot met het Zweedse nummerbord buiten. Zodra al het papierwerk tussen onze landen klaar is, moeten we hem meenemen voor een technisch onderzoek in verband met een Zweedse moordzaak.'

'Oké. Oké. Geen probleem.' Het meisje haalde haar schouders op en knikte met een geforceerd glimlachje.

'Maar daar heb ik jouw hulp voor nodig,' ging Fabian verder en hij zag hoe de glimlach verdween en de bezorgdheid terugkeerde. 'Waarschijnlijk heeft de eigenaar de auto hier voorgoed achtergelaten. Maar als hij tegen alle verwachting in terug zou komen om hem op te halen, wil ik dat je direct contact met me opneemt. Oké?' Hij schreef zijn naam en mobiele nummer op een briefje.

Het meisje keek naar het briefje en zoog aan de piercings in haar lip. 'Hoe kan ik weten dat hij het is? Wat als hij er gewoon vandoor gaat?'

'Dat kan hij niet, want jij hebt het achterwiel.' Fabian deed de deur open en rolde het wiel de winkel in. Het meisje nam hem over, zij het met tegenzin, en rolde hem achter de toonbank.

'Ik moet echt mijn chef bellen.'

'Dat is prima. Hij mag me bellen als hij wil.'

Fabian stopte het handgeschreven briefje in een insteekhoes en stopte die achter de ruitenwisser van de Peugeot, ging in zijn auto zitten en reed naar huis.

DEZE AUTO STAAT OP PRIVÉTERREIN. NEEM ALSTUBLIEFT CONTACT OP MET HET PERSONEEL.

◆

20 augustus

Ik haat school. Haat het er! Iedereen ziet het. Ik weet dat ze dat doen. Toch is er niemand die iets doet. Of jawel, lachen en wegkijken.

Wilde blijven zitten in de pauze, maar het mocht niet van de juf. Ze zei dat iedereen naar buiten moest, de frisse lucht in. Ik zei dat ze stom waren. Zij zei dat er twee voor nodig waren om te dansen. Maar moest je dat überhaupt. Verborg me op de wc en hoorde hoe ze zochten en riepen dat ik een homo was als ik niet tevoorschijn kwam. Maar ik bleef toch zitten want ik weet dat ik geen homo ben. Ik houd van meisjes. Ik weet dat ik dat doe. Hoewel ik nog nooit met een meisje ben geweest, weet ik het zeker. Bijna iedereen die ervoor uitkomt en durft te vertellen dat ze homo zijn zeggen dat ze het al wisten vanaf dat ze klein waren en dan zou ik het nu geweten moeten hebben, wat ik niet doe. Dus kan ik geen homo zijn.

Op weg naar huis stonden ze voor het schoolplein op me te wachten. Hampus zei altijd dat je niet moest rennen omdat dat was wat zij wilden. Ik wilde rennen maar liep net als anders. Ze gingen voor me staan. Ik probeerde om ze heen te lopen maar ze hielden me de hele tijd tegen. Ik zei dat ze uit de weg moesten gaan maar zij zeiden dat ik te lelijk was en stonk en dat ik hun tassen moest dragen. Ik zei dat ik helemaal niet stonk. Toen stompten ze me in mijn buik en zeiden dat het mijn eigen schuld was. Dat ik een grote mond had.

Beloof hierbij:

1. Om nooit meer een grote mond te hebben.

2. Om nooit meer iets tegen iemand op school te zeggen.

3. Nooit meer.

ps: Laban heeft zijn looprad niet één keer gebruikt. Verdomde klotehamster.

II

De kreten echoden door het meer dan honderd meter lange magazijngebouw. Zielige, hulpeloze kreten. Hoewel hij een plek had gekozen aan het andere eind van het gebouw bleven de kreten een weg vinden tussen de hoge magazijnkasten door. Als een speenvarken.

Hij hield niet van gegil. Vooral niet als het van een man was. Het was een teken van zwakte en gebrek aan zelfcontrole. Hij had op dit moment al in moeten zien dat het voorbij was. Dat hij er geen invloed meer op had. Dat hij ongeacht wat er zou gebeuren, zou sterven. En waarom zou je dat dan niet waardig doen? Dat was het minste wat je mocht verwachten.

Het was halfvier op vrijdagochtend en Åstorps Bouwartikelen, dat gesloten was voor de vakantie, zou pas op maandag na het weekend opengaan. De plek die hij had uitgekozen, lag er iets van afgezonderd, ingeklemd tussen twee magazijnkasten. Daar had hij zijn deken op de betonnen vloer uit kunnen spreiden en plaats kunnen nemen met zijn zakje van McDonald's.

Het afgelopen etmaal had hij niet gerust en niet gegeten. Niet omdat hij geen trek had of moeilijk in slaap kon komen. Hij had geen tijd gehad. Toch lag hij nu een etmaal achter. Een klein incident had hem vertraagd en het hele plan in gevaar gebracht. Maar nadat hij de situatie grondig door had genomen, had hij kunnen constateren dat er geen groot gevaar dreigde. Hij had speling en morgen zou de orde weer zijn hersteld.

Dan zou hij de auto op gaan halen in Lellinge en hem in de haven buiten Ishøj parkeren. Als hij daar stond, zou het lang genoeg duren voor hij werd gevonden. De auto zou waarschijnlijk toch pas worden ontdekt als hij al lang klaar was. Maar hij zag het als een extra veiligheidsmaatregel en bovendien hoorde het bij het plan.

Over iets meer dan een week zou hij klaar zijn. Dan zou hij achterover kunnen leunen en konden de anderen op gaan ruimen. De stukjes verzamelen en het proberen te begrijpen. Analyseren en zich verbazen over wat hij tot stand had gebracht. Ze zouden er jaren werk aan hebben en zijn naam zou op ieders lippen liggen.

Hij scheurde de vochtige papieren zak open en propte de koude, sponsachtige hamburger en de bijna zoutloze frites naar binnen. Het appelgebak bewaarde hij, dat zou zijn ontbijt worden. Hij likte het frituurvet van zijn vingers en zette de timer op vier uur. Als er daarvoor tegen alle verwachting in iemand zou komen, zou hij wakker worden van het geluid en op zijn minst een minuut hebben om zijn deken te pakken en door het raam naar buiten te klimmen. Dat ging weliswaar naar boven toe open, wat een nadeel was, maar hij had de haakjes al losgemaakt en er een stok tussen gezet die hij van buitenaf makkelijk kon verwijderen.

Als hij íéts was, dan was het wel voorbereid. Hij had alle denkbare scenario's keer op keer doorgenomen en was even gefocust als Björn Borg in zijn tijd moest zijn geweest. Hij was er heilig van overtuigd dat juist in de minutieuze voorbereidingen en het totale gefocust zijn de sleutel tot succes lag. Daarom had hij zich de afgelopen drie jaar uitsluitend gewijd aan de voorbereiding.

In de lente van 2007 had hij het besluit genomen. De gedachte eraan was er op zich al aanzienlijk langer geweest. Zolang hij zich kon herinneren had hij met die woede rondgelopen. Een wond die niet wilde helen en met elke dag die verstreek ontstokener raakte. Hij had zich als een wandelende snelkookpan gevoeld, iemand die vriendelijk probeerde te zijn en er alles aan deed om aardig gevonden te worden. Nu walgde hij van zijn vleierige, kleffe gedrag en kon niet begrijpen hoe hij dat zo lang had volgehouden.

Maar dat zou nu gauw voorbij zijn. De wond zou eindelijk opengemaakt worden en ontdaan worden van zijn pus, en iedereen die schuld droeg zou ter verantwoording worden geroepen. Al die klerelijers die dachten dat ze zich nergens voor hoefden te schamen en die 's nachts goed sliepen, zou het betaald worden gezet.

De rekening lag nu eindelijk op tafel.

Hij moest denken aan Fabian Risk, die onverwacht op het toneel was verschenen. Hij had Risk altijd een laffe klootzak gevonden. Braaf en tegelijkertijd stiekem, altijd met een eigen agenda en voortdurend bezig anderen tevreden te stellen terwijl hij nooit durfde te zeggen wat hij eigenlijk vond. Dat hij bij de politie was gegaan, hoefde dus niemand te verbazen.

Het was wel verrassend dat hij weer hiernaartoe was verhuisd. Daar had hij geen rekening mee kunnen houden en dat had een aantal aanpassingen bij de start van het plan noodzakelijk gemaakt, al was het niets ingrijpends geweest. Hij zag het juist als een onverwachte bonus en nadat hij kennis had genomen van Risks carrière in de hoofdstad was de laatste bezorgdheid verdwenen.

Een paar moordzaken, een aantal waardetransportovervallen en een pedofiliezaak, waarbij iedereen werd vrijgesproken op grond van onvoldoende bewijs. En van de winter was hij min of meer de laan uit gestuurd nadat hij op een even onbegrijpelijke als onwettige manier de Israëlische ambassade was binnengedrongen. Nee, Fabian Risk vormde geen grote bedreiging, niet voor hem en niet voor waar hij mee bezig was. Bovendien spaarde het de twee dagen uit die hij uit had getrokken om naar Stockholm te reizen.

In tegenstelling tot Risk was Jörgen Pålsson buitengewoon voorspelbaar geweest. De afgelopen drie jaar was hij in de dagen voor het midzomerfeest naar Duitsland gereden om bier te kopen. Dus dit jaar ook. Het plan had niet beter kunnen verlopen. Hij hoefde hem alleen maar in zijn opzichtige pick-up naar Malmö te volgen en daarna over de brug naar Rødby, en vlak nadat hij op de terugweg gestopt was om te tanken had hij gedaan alsof hij hem toevallig tegen het lijf liep.

Het enige waarover hij zich zorgen had gemaakt, was of het lichaamsvolume een probleem zou kunnen worden, en toen hij oog in oog met hem stond, had hij gedacht dat het lichaam er zo opgepompt uitzag dat het bij de minste aanraking uit elkaar zou kunnen spatten. Maar het was te laat geweest om het nog af te blazen, en bovendien waren bodybuilders zelden zo sterk als ze eruitzagen.

Jörgen had hem niet herkend en hij had niets gedaan om daar verandering in te brengen. Hij had verteld dat zijn auto het had begeven en dat hij nu terug moest zien te komen naar Helsingborg. Jörgen had meteen gehapt en hem een lift aangeboden.

Daarna was het een enorme opgave geweest om de hele terugweg naast Jörgen te zitten en naar zijn amoebegebabbel te moeten luisteren. Het was een beproeving zonder weerga en hij had een paar keer op het punt gestaan om de doordrenkte lap uit de zak te pakken en die in zijn tronie te drukken, alleen maar om die idioot zijn mond te laten houden. Maar hij had zich beheerst en het juiste moment afgewacht: de Larmvägen in Fredriksdal, waar hij had beweerd te wonen.

Jörgen had erop gestaan hem helemaal naar huis te brengen en toen ze er waren had hij eindelijk de lap tevoorschijn kunnen halen. De rest was op rolletjes gegaan. Jörgen had door de hele operatie heen geslapen en was, als je de kranten mocht geloven, op het juiste moment wakker geworden en er niet in geslaagd om eruit te komen. De superlijm in het slot was de kroon op zijn werk geweest en hij werd nog steeds vrolijk als hij eraan dacht.

Met Glenn Granqvist was het minder soepel gegaan. Hij had er rekening mee gehouden dat het nieuws over Jörgens lot hem waakzaam en onrustig had gemaakt omdat hij wist dat hij nu aan de beurt was. Hoe had hij de afgehouwen handen anders op moeten vatten? Maar dat hij zover was gegaan in zijn beveiligingsmaatregelen was een totale verrassing voor hem geweest en had de hele operatie in gevaar gebracht. Hij moest het toegeven. Hij had Glenn onderschat en was recht in zijn val gelopen.

Het plan was geweest om zijn Eksjö-huis Villa Harmoni binnen te komen via de terrasdeur aan de achterkant en daarna naar de bovenverdieping te gaan waar Glenns slaapkamer was. De overval zelf zou eenvoudig zijn. Maar zover kwam hij nooit. Hij was al in de tuin blijven steken, die vol bleek te liggen met uitgerold prikkeldraad dat op zijn beurt gekoppeld moest zijn aan een soort alarm.

In minder dan vijftien seconden had Glenn in de tuin gestaan, gewapend met een honkbalknuppel. Hij had geen andere keuze dan zich op de grond te laten vallen en zich te verschuilen achter een paar bessenstruiken en zijn best te doen om niet te schreeuwen van de pijn door het prikkeldraad dat in zijn keel was gedrongen. Op dat moment was hij er zeker van geweest dat het voorbij was en dat drie jaar werk teniet zou worden gedaan. Wat ook zeker het geval zou zijn geweest zonder de hond, die uit het niets kwam en ook in het prikkeldraad bleef steken. Glenn was ernaartoe gelopen en had geprobeerd hem te helpen, maar de hond had zich losgerukt en was jankend weggerend.

Vijf minuten later was Glenn teruggekeerd in het huis en hij had voorzichtig het prikkeldraad uit zijn keel kunnen halen. Hij had hevig gebloed en moest zich terugtrekken. Thuis had hij vastgesteld dat de wonden zo diep waren dat ze gehecht moesten worden. Wat hij zelf voor de spiegel in de badkamer had gedaan. Het was niet fraai geworden. Maar het was schoon en het bloeden was gestopt.

Hij ging met zijn vingers over de bobbelige hechtingen in zijn keel en besloot dat de littekens een constante herinnering moesten zijn aan het feit dat hij zijn tegenstander nooit meer moest onderschatten. Hij ging op de deken liggen en stelde vast dat het gegil eindelijk was opgehouden. Alles was nu onder controle en wanneer hij morgen de Peugeot had verplaatst zou de orde zijn hersteld en kon hij in alle rust verder gaan met de volgende stap.

Hij sloot zijn ogen en dacht aan hoeveel mensen zijn puzzel probeerden op te lossen en erachter probeerden te komen hoe het allemaal in elkaar stak. Terwijl hij nog maar net was begonnen. De laatste gedachte spoelde als een warme, behaaglijke golf door zijn lichaam voordat hij in slaap viel.

Binnenkort zou de hele klas wakker liggen.

12

Fabian Risk sloot de deur zo zachtjes mogelijk achter zich, trok zijn Converses uit en liep de woonkamer in. Die zag eruit alsof er net een autobom was ontploft. Zwarte vuilniszakken lagen verspreid door de kamer en overal stonden verhuisdozen, geopend en voor de helft geleegd. Het was bijna vier uur en de schemering was zover gevorderd dat het meer dag dan nacht was. Om niemand wakker te maken poetste hij zijn tanden en waste zich in de keuken en na een paar minuten naar een handdoek te hebben gezocht, gaf hij het op en droogde zich met zijn overhemd af voordat hij naar boven liep.

Sonja sliep languit aan de rand van het bed en had haar rug naar zijn kant gewend. Dat was een slecht teken. Ze was nog kwaad geweest toen ze in slaap viel. Hij kroop voorzichtig onder het dekbed en ze reageerde door diep adem te halen en zich op haar rug te draaien, een beweging die opgevat kon worden als een uitgestoken hand en het was aan hem om er iets mee te doen.

Hij besloot een poging te wagen en zocht haar been met zijn ene hand, die hij voorzichtig over haar dij liet glijden. Ze reageerde niet en bleef diep slapen. Hij liet zijn hand verder omhooggaan en constateerde bij haar heupen dat ze geen slipje aanhad. Hij was er nu zeker van dat hij de beweging goed had geïnterpreteerd, trok het dekbed weg en spreidde haar benen. Ze werkte niet mee, maar bood ook geen weerstand. Hij dook neer en liet zijn tong zo lichtjes als hij kon over de binnenkant van haar dij gaan. Eerst aan de ene kant en daarna aan de andere. Elke keer liet hij zijn tong dichterbij komen.

Hij hoorde hoe haar ademhaling veranderde en toen het puntje van zijn tong haar schaamlippen bereikte, reageerde ze door haar onderlichaam tegen hem aan te drukken. Hij antwoordde door een vinger binnen te leiden terwijl hij haar tegelijkertijd met zijn tong bleef strelen. Haar lichaam kronkelde van genot en een paar minuten later begroef ze haar gezicht in het kussen en kermde terwijl ze klaarkwam.

Toen ze zich hersteld had, schoof ze zijn hoofd van zich af en werd haar ademhaling steeds langzamer. Alsof ze niet eens wakker was geworden. Fabian voelde zich gefrustreerd, maar hij wist dat het geen zin had en sloot zijn ogen.

De beelden die hij zo lang had weten te verdringen kwamen nu recht op hem af als een volleybal. Hoe iedereen zijn naam had geroepen en hoe hij zonder na te denken op was gesprongen en met al zijn kracht tegen de bal had geslagen. Hoe Claes in het andere team was geraakt en hoe zijn bril kapot was gegaan. Hoe het bloed uit zijn neus liep en hoe iedereen had gelachen. Zelfs de gymnastiekleraar. Zelfs hij. Hoe Jörgen naar hem toe was gekomen en een high five had gemaakt. *Netjes Fabbe!* En hoe hij de high five had beantwoord. Hoe Claes had gehuild en geprobeerd had naar huis te gaan, maar hoe de leraar hem had tegengehouden. *Hier douchen we na de les!* De witte tegels en de douches langs de muren. *Waar kijk je naar!* Claes' smekende blik en zijn verraad toen hij deed alsof hij zeep in zijn ogen had gekregen.

'Hé papa! Mama zei dat je heel erg moe was en moest slapen.'

Fabian kwam de trap af lopen en tilde Matilda op. De herinneringen hadden hem de hele nacht achtervolgd. Uit hun samenhang gerukt waren ze overgegaan in steeds onbegrijpelijkere nachtmerries en hij was doorweekt van het zweet wakker geworden en had gezien dat het al bijna halftien was.

'Matilda, ga boven je tanden poetsen, dan kunnen we zo weg,' hoorde hij Sonja roepen.

'We gaan naar Denemarken!'

Fabian liet Matilda los, die de trap op rende, en liep naar de keuken, waar Sonja het ontbijt afruimde.

'Goedemorgen. Goed geslapen?'

Fabian knikte.

'Zoals je hoorde gaan we vandaag naar Denemarken. Naar het Louisiana Museum.'

'Aha, wat leuk. Wat is het voor tentoonstelling?'

'Maar Theo wil niet mee.'

'Nee? Waarom niet?'

Sonja haalde haar schouders op. 'Hij wil blijkbaar sowieso niets doen als jij niet mee gaat.'

'Sonja. Niemand had liever gewild dan ik dat...'

'Ik weet het. Je doet wat je moet doen. Wat zou je anders moeten doen?' Ze keek hem aan. 'Maar als die Niva nog één keer durft te bellen, kun je je spullen uitpakken en hier in je eentje intrekken.'

'Lieveling. Het is helemaal niet wat je denkt.' Hij liep naar haar toe en pakte haar handen. 'Ze belde alleen om...'

'Je hebt geen idee wat ik denk.' Ze trok haar handen terug en begon de vaatwasmachine te vullen.

Fabian wist precies wat Sonja dacht. Net zoals hij wist dat hij daar nooit van zijn leven iets aan kon veranderen. Na een paar mislukte pogingen had hij de gedachte opgegeven dat hij uit zou kunnen leggen wat er echt was gebeurd. Of vooral wat er niet was gebeurd.

'Sophie Calle.'

'Wat? Sorry, maar...'

'Je vroeg wat voor tentoonstelling het was. Je weet wel, die Française die kunst maakte van een mailtje waarin haar vriend het uitmaakte.'

Tuvesson, Molander, Lilja en Rots waren al aan de gang toen Fabian zich bij hen aansloot, en te oordelen aan de geplunderde fruitschaal waren ze al een tijdje bezig. Fabian ging op een vrije stoel zitten en voelde direct dat de stemming bedrukt en ernstig was. Er was iets gebeurd.

'Nu je er eindelijk bent, zou een verklaring misschien op zijn plaats zijn,' zei Tuvesson.

Iedereen aan tafel keerde zich met een vragend gezicht naar hem toe en Fabian besefte dat het om hem ging.

'Sorry, maar ik geloof niet dat ik het begrijp?'

'Ik heb het over je solotoer van vannacht.'

'Ja? Oké.'

'Je hebt blijkbaar gedachten en ideeën waar je ons om een of andere reden buiten wilt houden. Klopt dat?'

'Ik wilde wachten tot ik meer had. Tot ik er zeker van was.'

'Fabian, zoals ik zei, ik weet niet hoe jullie daarboven in Stockholm werken,' zei Tuvesson en ze drukte twee nicotinekauwgompjes uit de knarsende verpakking. 'Ik weet alleen dat we hier in groepsverband werken. Of we ergens zeker van zijn of niet. Dat maakt niet uit.' Ze stopte de kauwgompjes in haar mond en kauwde erop alsof de nicotine niet snel genoeg kon komen.

Fabian had het gevoel dat hij weer in de schoolbanken zat en voor de rest van de klas de les werd gelezen. 'Ik dacht dat ik een goed motief had, maar het houdt helaas geen stand.'

'En als het dat wel doet?'

'Aangezien we toch niets anders hebben,' zei Lilja.

Fabian besefte dat het te laat was om zich eraan te onttrekken en stond op, liep naar het whiteboard en zette een cirkel om de foto van Jörgen. 'Ik denk dat Jörgen Pålsson in zekere zin precies heeft gekregen wat hij verdiende.' Vanuit zijn ooghoek zag hij hoe de anderen blikken uitwisselden. 'Ik weet niet hoe hij in zijn latere leven was, maar toen we op school zaten was hij een pestkop van het ergste soort. Het was zijn specialiteit om met zijn handen te slaan, of liever gezegd met zijn vuisten. Hij kon ermee doorgaan tot zijn knokkels bloederig waren.'

'En waarom vertel je dat nu pas?' vroeg Tuvesson.

'Ik was zelf niet een van de slachtoffers en deed hetzelfde als alle anderen. Ik keek weg en probeerde te doen alsof er niets aan de hand was. Uiteindelijk was het alsof het nooit was gebeurd en gisteravond herinnerde ik me pas dat hij iemand in precies die doucheruimte heeft mishandeld.' Hij trok een pijl naar een van de foto's waarop de afgezaagde handen op de tegelvloer lagen.

'Wie mishandelde hij?' vroeg Tuvesson.

'Claes Mällvik.' Hij omcirkelde Claes op de vergrote klassenfoto en de anderen kwamen kijken.

'De enige met een bril,' zei Lilja.

'Meer is ook niet nodig,' zei Rots terwijl hij de laatste peer uit de fruitmand pakte.

'Dus je bedoelt dat de moord op hem wraak kan zijn geweest?' vroeg Tuvesson.

Fabian knikte.

'Ging hij zomaar iedereen te lijf?' vroeg Lilja.

'In het begin waren er ook anderen, maar uiteindelijk hielden ze het alleen bij Mällvik.'

'Ze? Waren er meer dan Jörgen Pålsson?' vroeg Tuvesson.

'Ja. Glenn Granqvist ook.' Fabian omcirkelde Glenn op de klassenfoto. 'Ze waren altijd samen en Glenn gaf altijd gehoor aan de kleinste wenk van Jörgen.'

'Had hij ook een specialiteit?' vroeg Molander.

'Schoppen.'

'Dus als je theorie klopt, is hij ook in gevaar.'

Fabian knikte. 'Ik had gehoopt dat de Peugeot in Denemarken van Mällvik zou zijn.'

'Maar dat was niet zo,' zei Molander.

'Nee, hij staat op naam van ene Rune Schmeckel. En voor zover ik weet hadden we geen Schmeckel in de klas.'

'Oké, dit is nog een spoor dat we moeten onderzoeken,' zei Tuvesson en ze nam de laatste slok uit haar kopje. 'Irene, jij zoekt alles bij elkaar wat je kunt vinden over Mällvik en Schmeckel, en Rots, hoe gaat het met de rest van de klas?'

'Matigjes, als ik eerlijk moet zijn. Het hele land ligt in een hangmat. We zijn er niet eens in geslaagd een goede klassenlijst in handen te krijgen.'

'Misschien heeft Fabian er een?' vroeg Tuvesson.

'Nee, het enige wat ik heb gevonden is het jaarboek uit de negende klas. Maar ik kan vragen of Lina Pålsson er een heeft?'

Rots lachte en sloeg Fabian op zijn schouder. 'Ik kan me voorstellen dat je dat kan, maar dat heb ik al gedaan.'

'Oké, en wat zei ze?'

'Dat ze er geen had. Maar ik heb in ieder geval een paar namen en telefoonnummers gekregen, waarvan de meeste uit het stenen tijdperk lijken te komen.'

'Zei ze verder nog wat?'

'Nee, wat zou dat moeten zijn?'

'Ik dacht dat haar misschien nog iets te binnen was geschoten nadat ik met haar heb gesproken,' zei Fabian en hij besefte dat hij zich in een hoek liet drijven. 'Hoe dan ook... op de school moeten ze toch wel een klassenlijst hebben?'

'Dat zou je denken,' zei Rots. 'Maar volgens de conciërge kunnen ze niet verder terug in de tijd dan 1988. Wat klassenlijsten betreft en zo.'

'Waarom juist 1988?' vroeg Lilja.

'Toen werd hun computersysteem geïnstalleerd. Daarvoor waren het stencils in een papierarchief.'

'En dat is zeker niet bewaard?'

'Nee, ze hebben alles al lang geleden naar het Stadsarchief gestuurd.'

'Heb je dan geïnformeerd bij het Stadsarchief?' vroeg Tuvesson.

'Nee, maar het staat op mijn lijstje.'

'Goed,' zei Tuvesson en ze draaide zich om naar Fabian. 'En jou wil ik over vijf minuten in mijn kantoor zien.'

Het kantoor van Tuvesson zag er compleet anders uit dan Fabian had verwacht. Na de rit in haar doorrookte auto had hij alles verwacht behalve deze spaarzaam gemeubileerde kamer met een groot, opgeruimd bureau in het midden, een leren bank in de hoek en een paar ingelijste affiches van Lunds kunstgalerij aan de witgeverfde muren.

Hij scande de rij met boeken op de plank langs de korte muur. Behalve een aantal studieboeken stond er een solide verzameling misdaadromans met alles van Josephine Teys *Een koninkrijk voor een moord* tot Graham Greenes *Derde man*.

Hij liep naar het raam en bewonderde het uitzicht. Aan de overkant van de snelweg kon hij het gebouw van het *Helsingborgs Dagblad* zien en een paar kilometer verder lag de Fredriksdalsschool. Hij probeerde vast te stellen welke van de rode gebouwen het was, maar het was te laag en werd aan het oog onttrokken door de huizen ervoor.

Een blik op de klok liet zien dat Tuvesson nu anderhalve minuut te laat was en Fabian vroeg zich af of dat expres was. Nog een halve minuut later kwam ze binnen met twee net gekochte bekers latte die ze op het bureau neerzette. Ze rook naar sigarettenrook en Fabian vroeg zich af of zijn uitstapje naar Denemarken de reden was van haar toegenomen nicotinebehoefte.

'Ik weet niet of je de koffie hier al geproefd hebt?'

'Ja, helaas wel,' zei Fabian terwijl hij in de bezoekersstoel ging zitten.

‘Dat apparaat heeft een klein vermogen gekost en heeft zeker dertig verschillende knoppen en displays en god weet wat. Het enige wat het niet heeft is goede koffie. Als je dat wilt hebben, moet je met de auto naar Café Bar Skåne op de Bergavägen.’

Fabian nam een slok van de koffie en kon niet anders dan het met haar eens zijn dat dit een bijna perfecte latte was. Niet te warm en niet te melkachtig.

‘Fabian. Nu wil ik weten wat je op de vergadering niet begreep.’ Haar glimlach was compleet verdwenen.

‘Sorry? Ik weet niet of ik...’

‘Wat was er niet duidelijk toen ik zei dat alles wat we hier doen groepswerk is? Teamwork.’

‘Niets.’

‘Jawel. Er moet iets zijn geweest, aangezien je het nog steeds niet lijkt te begrijpen.’ Ze zweeg en gaf hem de ruimte om iets te zeggen, maar hij wist niet wat. ‘Je bent hier weliswaar in terechtgekomen zonder duidelijke introductie over hoe ik wil dat we werken. Ik bedoel, we kennen elkaar nauwelijks. Wat op zich een geldig excuus is. Maar ik had gehoopt, of ik had eigenlijk verwacht, dat je vandaag op de vergadering de kans aan zou grijpen om alles te vertellen. Maar dat deed je niet. Vannacht bijvoorbeeld, toen we elkaar over de telefoon spraken, zei je dat je op weg naar huis was. Maar dat was niet zo, hè?’

Hoe kon ze dat weten?

‘Je bent teruggegaan naar de benzinepomp. Waarom?’

‘Ik werd gesterkt in mijn geloof dat de auto met de dader te maken heeft en wilde voorkomen dat hij hem weg zou kunnen halen.’

‘Hoe dan?’

‘Ik heb er een achterwiel uit gehaald en in de winkel afgegeven.’

Tuvesson keek alsof ze even na moest denken om te begrijpen wat hij eigenlijk had gezegd. ‘Je hebt dus het wiel eruit gehaald en aan het personeel van de benzinepomp gegeven?’

‘Ja. En ze hebben beloofd het me te laten weten als iemand ernaar vraagt.’

Tuvesson zag eruit alsof ze niet kon beslissen hoe ze erop moest reageren. Ze verkeerde in tweestrijd. Welke kant ze ook koos, het zou hun werkrelatie nog lange tijd beïnvloeden.

'Oké. Laten we hopen dat hij de auto met rust laat tot de Denen er vaart achter zetten.'

'Heb je ze benaderd?'

Tuvesson knikte. 'En voordat ik het vergeet. Hier is je pasje.' Ze schoof het plastic kaartje naar Fabian toe. 'De code is 5618. Oké?'

Fabian knikte, pakte het pasje en verliet de kamer.

'Heb je op je kop gekregen?'

Fabian bleef staan en stak zijn hoofd door de deuropening van Irene Lilja's kamer. 'Een beetje.'

'Dan had je het vast verdiend. Eigenlijk houd ik niet van vrouwelijke chefs. Maar zij is goed, dat je dat weet. Als ik in haar positie had gezeten, had ik je niet eens in de buurt laten komen van dit onderzoek. Kom binnen, ik heb een cadeautje voor je.'

Fabian stapte het kantoor binnen, dat precies het tegenovergestelde van dat van Tuvesson was. Het kamertje stond vol met op elkaar gestapelde spullen, zo hoog dat hij zich afvroeg of ze aan elkaar vastgelijmd waren om niet om te vallen. Het raam was bedekt met een oranjegele Indiase stof, met gouden olifanten en spiegeltjes erop genaaid, en op de grond lag in een hoek een uitgerolde slaapzak op een matje. De ene muur zag eruit als één groot prikbord, met daarop foto's en aantekeningen die zich door middel van pijlen in verschillende richtingen vertakten en vreemde symbolen, en te midden van dat alles zat Lilja achter een opvallend klein bureautje.

'Mag ik vragen waarom?' zei Fabian en Lilja lachte.

'Spreekt dat niet vanzelf? Ik begrijp waarom Tuvesson het doet. Je beschikt zeker over waardevolle informatie. Maar er is niets wat jou minder verdacht maakt dan iemand anders in de klas. Behalve je theorie over Mällvik.'

'Ja, daar heb je natuurlijk helemaal gelijk in,' zei Fabian terwijl hij naar iets zocht om zijn blik op te vestigen. 'Je zei iets over een cadeautje?' Lilja begon te stralen en klikte met haar muis, waarop een printer begon te brommen.

'Daar.' Ze knikte naar de printer die verborgen stond achter boeken en ordners.

Fabian trok het document er zo voorzichtig mogelijk uit om niet alles in elkaar te laten storten en keek ernaar. 'Glenn Granqvist?'

'Jörgen Pålssons rechterhand, als we jou mogen geloven. Er zijn er maar drie met die naam en de ene woonde in Älvsbyn en de andere in Örebro, dus ik ging ervan uit dat het degene in Ödåkra was. Hij komt niet over als het scherpste mes in de la. Zijn laatste les kreeg hij in de negende klas, daarna ging hij in militaire dienst en hij kan binnenkort zijn vijfentwintigjarig jubileum vieren als vrachtwagenchauffeur voor een bouwmagazijn in Åstorp.'

'Waarom verbaast dat me niet?' zei Fabian en hij maakte aanstalten om te gaan. 'Ik ga proberen hem te pakken te krijgen, misschien kunnen we daarna lunchen?'

'Ja, waarom niet?'

'En als je net zoiets over Rune Schmeckel vindt, kan ik me zelfs voorstellen dat ik trakteer.'

Lilja glimachte en Fabian wist precies wat ze dacht.

'Maak je geen zorgen, je mag me evengoed blijven verdenken.'

Fabian ging in Hugo Elvins geavanceerde toekomststoel zitten, die nu heel comfortabel was, en begon het nummer van Glenn in te toetsen op zijn mobieltje.

'Je hebt je draai gevonden zie ik.'

Fabian keerde zich om en zag dat het Molander was.

'Ik wilde vragen of jij en je gezin misschien zin hadden om vanavond te komen barbecueën?'

'Vandaag al?'

'Ja, ik begrijp het als jullie andere plannen hebben. Maar als jullie die niet hebben, het is tenslotte vrijdag en de zon schijnt en zo. En alle anderen komen, dus...'

'Het klinkt hartstikke gezellig. Ik moet even overleggen met mijn vrouw.'

'Natuurlijk. Geen probleem.' Molander verdween weer en Fabian vroeg zich af of hij nu paranoïde was of dat hij ook in Molanders ogen een potentiële dader was en dat dat de eigenlijke reden voor de uitnodiging was. Hoe dan ook zou hij moeten gaan.

Vijf minuten later kwam Molander terug met een volle beker

koffie. 'En? Heb je al groen licht van je vrouw?'

'Nee, maar je kunt in ieder geval op mij rekenen.'

'Leuk,' zei Molander en hij maakte aanstalten om weer door te lopen.

'O, trouwens, die Hugo Elvin, die hier eigenlijk zit, wat is dat voor type?'

'Hugo?' Molander schoot in de lach. 'Die man is onmogelijk te beschrijven. Je moet hem in het echt meemaken. Maar als ik jou was zou ik niet te veel aan zijn spullen rommelen. Vooral niet aan de instellingen van zijn stoel. Elvin is niet iemand die je onnodig op stang moet jagen, om het maar zo te zeggen. Tot vanavond.' Molander verdween.

Fabian richtte zijn blik op de vele hendels van de stoel, besefte dat het te laat was en richtte zijn aandacht weer op zijn mobieltje en belde Glenn. Nadat de telefoon zes keer was overgaan hoorde hij de stem van Robert de Niro: '*You talking to me?*'

13

Elke seconde dat hij geslapen had was een puur genoegen geweest gedurende de vier uur die hij op de deken had gelegen voordat hij wakker werd van het lawaai. Hij had diep geslapen. Dieper dan hij had gewild, wat inhield dat hij zich had ontspannen en zich veilig had gevoeld. Te veilig, zo zag hij een paar minuten later in toen hij zijn spullen inpakte en zag dat hij bezoek had gehad.

De verpakking van het appelgebak was kapotgescheurd en op een paar kruimels na was het gebak verdwenen en vervangen door rattenkeutels. Ze waren hongeriger geweest dan hij had verwacht. Hij had opnieuw geluk gehad en moest zichzelf inprenten dat geluk niet iets was waar je op kon rekenen.

Hij verliet het magazijngebouw door het raam en wandelde naar zijn auto, die verborgen achter struiken aan de overkant van de weg stond. Geen levende ziel te bekennen. Alleen hij en de ochtend. Hij trok rustig zijn schoenen en de donkere werkkleren uit, waste zich met water uit de jerrycan in de kofferbak en trok een zandkleurige korte broek aan met grote zijzakken, een lichtblauwe tennistrui, een geel petje van Bubba Gump Shrimp Co. en ten slotte een paar groene Crocs.

Hij voelde zich een clown in die nieuwe kleren, maar het ging erom dat hij eruit moest zien als een doodgewone Zweed die naar Denemarken rijdt om bier te drinken. In zijn rugzak stopte hij nog een extra roze trui, een flesje met water, handschoenen, een systeemcamera, een touw, de autosleutels van de Peugeot, een zaklamp en een stanleymes, en een spuit met Propofol. Dat laatste was een veiligheidsmaatregel en zou waarschijnlijk niet gebruikt worden.

Hij kwam ruim op tijd aan bij het centraal station van Helsingborg en op de reis over de Sont kon hij dat bier nemen en een groot broodje garnalen met veel te veel mayonaise. Hij propte alles naar binnen. Het zou even duren voor hij weer tijd had om te eten. Om 10.55 uur nam hij de trein uit Helsingør en om 11.41 uur kwam hij aan in Kopenhagen. Daar had hij negentien minuten om een toilet te bezoeken dat zo smerig was dat hij bijna de S-trein naar Ringsted miste. Vierendertig minuten later kwam hij aan op het station van Ringsted en ging vandaar te voet verder naar het busstation.

De zon had bijgeschakeld en duwde de temperatuur omhoog naar 35 graden en hij was blij dat hij dunne kleren aan had getrokken. Zelfs de Crocs waren verrassend comfortabel. Om 13.00 uur stapte hij de bus in en ging zo ver mogelijk voorin zitten. Hij hield er niet van om achterin te zitten. Vooral niet als het zo warm was en de bus vol zweterige medepassagiers zat.

Om 13.28 uur stapte hij de bus uit voor de Lellinge-school en kon eindelijk een paar keer diep inademen zonder de collectieve zweetgeur op de koop toe te krijgen. Het benzinestation, waar hij de auto anderhalve week geleden geparkeerd had, lag minder dan driehonderd meter van de school en het zou hem niet meer dan twee minuten kosten om ernaartoe te lopen. Maar hij nam een omweg en liep via verschillende kleine straatjes in een wijde boog om het benzinestation heen om zich ervan te vergewissen dat er geen politie stond.

In het begin voelde hij zich opgelucht, maar toen hem na een tijdje opviel dat hij helemaal niemand tegenkwam en dat het hele dorp onnatuurlijk verlaten leek, werd zijn onrust sterker. Waar was iedereen? Had hij iets gemist? Pas toen hij een huis met geopende ramen passeerde en het geluid van een televisie hoorde, vielen de dingen op hun plek. In tegenstelling tot Zweden had Denemarken zich geplaatst voor het WK-voetbal in Zuid-Afrika en ze speelden nu een poulewedstrijd.

Het was met andere woorden het ideale moment om de auto op te halen. Hij liep verder langs een tuin met tuinkabouters en verborgen achter een paar bomen haalde hij de systeemcamera tevoorschijn en zoomde in op het benzinestation een meter of vijftig verderop. Er waren geen mensen te zien en de Peugeot stond precies waar hij hem had achtergelaten. De enige verandering was een briefje achter de ruitenwissers. Dat was niet vreemd.

Hij stopte de systeemcamera weg en liep met vlugge passen over het asfaltterrein naar de auto. Zijn hartslag nam met elke stap toe, maar hij wist dat die weer rustig zou worden zodra hij het contactsleuteltje had omgedraaid en wegreed. Het betekende alleen maar dat zijn lichaam adrenaline aanmaakte en dat hij gefocust was.

Maar hoe dichter hij bij de auto kwam, hoe sterker het gevoel werd dat er iets niet klopte. De auto helde vreemd voorover, alsof hij om dreigde te vallen. Pas toen hij ervoor stond, zag hij wat er aan de hand was en rukte het briefje naar zich toe. DEZE AUTO STAAT OP PRIVÉTERREIN. NEEM ALSTUBLIEFT CONTACT OP MET HET PERSONEEL.

14

Irene Lilja had voorgesteld dat ze elkaar rond één uur bij Olsons aan het Mariatorget zouden ontmoeten. Fabian kende de plek en was er meerdere keren geweest in de laatste jaren voordat hij naar Stockholm verhuisde. In die tijd was het net geopend en hip. Nu was het oud en klassiek.

Terwijl hij over de Hälsobacken liep kreeg hij Sonja te pakken, die met Matilda zat te lunchen op het buitenterras van het Louisiana

Museum met een uitzicht dat blijkbaar de hele reis waard was. Hij vertelde over de uitnodiging voor de barbecueavond bij Molander en tot zijn verbazing zei ze dat het haar een goed idee leek. Ze moesten tenslotte toch nieuwe mensen leren kennen en als hij nu aardige collega's had, waarom niet? Fabian dacht eerst dat ze het ironisch bedoelde. Sonja was er nooit erg in geïnteresseerd geweest om zijn vrienden te ontmoeten. Laat staan zijn collega's. Maar daarna besloot hij het te interpreteren alsof ze alleen maar deed wat ze overeen waren gekomen – hun nieuwe leven een eerlijke kans te geven. Ze spraken af om elkaar rond vijf uur thuis te zien en hij zou voor de wijn zorgen.

Hij vond een leeg parkeervak op de Hästmöllegränden tegenover de drankwinkel, waar hij langs de schappen liep in de hoop een creatieve ingeving te krijgen. Zoals altijd eindigde hij met een paar verschillende rioja's, op goed geluk gepakt. Maar wel van de dure plank.

Tot voor een paar jaar geleden had zijn gebrekkige kennis van wijn als een irritante wasinstructie in zijn nek geschuurd. Zodra de wijnkaart bij hem terechtkwam, met de verwachting dat hij zou kiezen, werd hij bevangen door paniek. Hij had geprobeerd ervan af te komen door mee te doen aan een wijnproefgroepje. Maar al na een paar bijeenkomsten, waarin hij geprobeerd had enthousiast te worden over wijn gorgelen en discussiëren over jaren en druivensoorten, had hij geaccepteerd dat zijn wijnkennis nooit iets zou worden waarmee hij kon pronken.

Hij stapte Olsons binnen en zag dat Irene Lilja al zat te wachten aan een tafel bij het raam in de hoek.

'Wat zou je zeggen van Skåns ree met cantharellen, pastinaakpuree en aardappelblini met kalfsjus die op smaak is gebracht met vossenbessen?'

Fabian knikte en ging zitten.

'Prima, want ik heb al voor ons allebei besteld. Bovendien was het het duurste,' ging ze verder terwijl ze een map op tafel legde.

'Schmeckel?'

Lilja knikte.

'En?'

'Ik heb tot dusver alleen op internet gekeken, maar hij is absoluut interessant en lijkt nogal wat te verbergen te hebben. Net als jij is hij van '66. Hij is alleenstaand zonder kinderen en werkt in het ziekenhuis van Lund als, en nu wordt het interessant, chirurg.'

'Chirurg? Een speciale richting?'

Lilja knikte en nam een hap van het brood. 'In 1997 begon hij in het ziekenhuis van Lund en werd al snel een van de besten in het opereren van prostaatkanker. Maar in 2004 vond er een incident plaats en hij kreeg een werkverbod van twaalf maanden.'

'Wat voor incident?'

'Hij liet twee plastic klemmen achter in een patiënt.'

'Je bedoelt dat hij ze vergat in de...'

Lilja knikte en nam een slok mineraalwater. 'In de urineblaas. De patiënt Torgny Sölmedal moest ze uitpissen en hij schijnt gezegd te hebben dat het een van de ergste dingen was die hij ooit heeft meegemaakt. Ironisch met het oog op Runes achternaam, vind je niet?'

'Hield het daarna op?'

'Nee, naar ik heb begrepen kwam er een afschuwelijk onderzoeksrapport. Het werd vreselijk opgeblazen. Er bleek sowieso uit dat hij aan slaapgebrek leed en evenveel pillen slikte als Michael Jackson om zijn baan aan te kunnen. Wat hij blijkbaar evengoed niet kon. Maar de ziekenhuisleiding steunde hem de hele tijd en een jaar later kon hij zijn scalpel weer oppakken en nu houdt hij zich in hoofdzaak bezig met liesbreuken en blindedarmen.'

'Nog meer incidenten?'

'Zover ik weet niet.'

'Oké, en wat weet je over zijn jeugd?'

'Vrijwel niets en hier begint het fishy te worden. Vanaf 1994 ziet alles er over het algemeen normaal uit. Zijn opleiding en betrekkingen, verschillende huisadressen, telefoonabonnementen, welke auto's hij had enzovoort. Hij heeft bijvoorbeeld elk jaar de Springtimeloop hier in Helsingborg gedaan.'

'Vanaf wanneer?'

'Vanaf 1994, en dat is het hem juist. Van daarvoor is er vrijwel niets. Het enige wat ik kon vinden, stond op Wikipedia, waar je kunt lezen: "Rune Schmeckel groeide op in Malmö, waar hij zijn eindexamen haalde met de hoogst mogelijke cijfers in de natuurwetenschappelijke richting. Daarna bracht hij zijn diensttijd als groepscommandant door in Kristianstad." That's it. Behalve dat is het alsof hij niet eens bestond.'

'Dus je gelooft die informatie niet?'

'Hij heeft in ieder geval niet in Kristianstad in dienst gezeten. Het is alsof hij een paar gegevens heeft verzonnen om het goed te laten klinken.'

'Waarom zou je zoiets doen?'

Lilja begon te stralen en boog zich naar hem toe.

'Om te verbergen dat er eigenlijk niets staat.'

Lilja had een punt. Op zich stond internet in de kinderschoenen in de jaren negentig. Maar over het algemeen was er toch genoeg informatie te vinden om je een beeld te kunnen vormen van de persoon in kwestie. Gaten hadden de neiging opgevuld te worden. Maar blijkbaar niet als het ging om Rune Schmeckel.

'Heb je een foto van hem gevonden?'

'Op de derde pagina.' Lilja gaf de map aan Fabian, die voelde hoe iets in hem reageerde toen hij de foto van Rune Schmeckel zag. Hij had de man nooit eerder gezien. Toch was er geen twijfel aan dat er iets bekends aan hem was. Hij probeerde te bedenken wat dat kon zijn, maar gaf het op toen het eten kwam.

Een paar minuten later verbrak Irene de stilte. 'Hand op je hart. Jij en je gezin. Verhuizen jullie naar Helsingborg of vluchten jullie uit Stockholm?'

Fabian moest het stukje Skåns ree dat hij net in zijn mond had gestopt eerst fijnkauwen voordat hij kon antwoorden. 'Ik begrijp het niet. Wat bedoel je?'

'Jij en je vrouw.'

'Sonja, ze heet Sonja.'

'Jij en Sonja, gaat het goed met jullie samen of is het net als bij de meeste anderen.'

Fabian voelde geen enkele twijfel over wat het antwoord moest zijn. Des te moeilijker was het om te bedenken hoe hij moest reageren.

'Sorry, het was niet mijn bedoeling om tegen een zeer been te schoppen.'

'Maakt niet uit. Ik was alleen even overrompeld. Maar ik zou toch zeggen dat we naar Helsingborg zijn verhuisd. Al hebben we net als de meeste anderen onze toppen en dalen. En jijzelf? Hoe lang woon je al op het bureau?'

'Sinds vorige week. Het is heel stom. Hij weigert te verhuizen terwijl het eigenlijk mijn woning is.'

'Misschien hoopt hij dat je terugkomt?'

Lilja snoof. 'Dat kan hij vergeten. Je hebt geen idee wat voor stomme idioot het is en nu is het godverdomme voorbij, al moet ik de rest van de zomer op het bureau slapen.' Ze at zwijgend verder en keek hem aan. 'Trouwens. Wat er afgelopen winter in de Israëlische ambassade is gebeurd, waren dat geen collega's van je?'

Fabian had zitten wachten tot de vraag kwam en knikte zonder iets te zeggen.

'Wat is er eigenlijk gebeurd?'

'Tja, wie zal het zeggen. Ik heb eigenlijk geen idee.'

'Het wordt nog steeds onderzocht. Maar heeft er niet merkwaardig weinig over in de kranten gestaan? Ik bedoel, er zijn toch twee agenten omgekomen. Of wat vind jij ervan?'

'Ik weet het niet,' zei Fabian en hij haalde zijn schouders op. 'O, ik heb geprobeerd Glenn Granqvist te pakken te krijgen…'

'Het lijkt bijna alsof de hele zaak in de doofpot is gestopt. Vind je niet?'

'Zoals ik zei, ik heb geen idee.'

'Sorry. Je mag het misschien niet eens vertellen. Het gaat me ook niets aan. Vergeet het. Koffie?'

Fabian knikte en Lilja liep weg. Hij kon haar nieuwsgierigheid goed begrijpen. Waarschijnlijk zou hij in haar situatie precies dezelfde vragen hebben gehad. Met dit kleine verschil dat hij ze nooit gesteld zou hebben. Maar Lilja wilde antwoorden hebben en durfde er ook naar te vragen, en ondanks dat ze zich als een dolle wesp tegenover hem gedroeg mocht hij haar.

'Je hebt geprobeerd Granqvist te pakken te krijgen.' Lilja zette de koffiekopjes neer.

'Ja, maar hij nam niet op, dus ik ben van plan naar hem toe te rijden.'

'En ik ben van plan contact op te nemen met het bevolkingsregister om te zien wat ze over Schmeckel hebben,' zei Lilja en ze dronk haar koffie in één teug op.

'We moeten zo snel mogelijk een kijkje in zijn woning gaan nemen.'

'Ja, Tuvesson heeft beloofd om te doen wat ze kan, maar de vakantie gooit roet in het eten en als het slecht uitpakt kan het pas eind volgende week worden.'

'Oei. Laten we hopen dat het er eerder van komt.'

'Hoezo hopen?' zei Lilja terwijl ze overeind kwam.

Een politieagent hóópt niet. Een politieagent handelt en werkt methodisch verder tot de dader gepakt kan worden en zorgt ervoor dat er voldoende bewijs is om hem veroordeeld te krijgen. Hopen is de taak van de familie, niet van de politie. Toch had hij zich net zo uitgedrukt. Hij vroeg zich af waarom, draaide het contactsleuteltje om en draaide de Drottninggatan op.

Had hij het al opgegeven en ingezien dat de slag verloren was? Dat hij, wat er ook gebeurde, geen invloed meer op de uitkomst had en dat het enige wat hij nog overhad de kleine hoop was dat alles op het eind goed zou komen. Alsof het een film was. In werkelijkheid had hij geen idee hoe het zou aflopen. Het enige wat hij zeker wist, was dat iets aan deze zaak hem angst aanjoeg. Voor de eerste keer in lange tijd was hij bang.

Voor het feit dat het nog lang niet voorbij was.

Voor de consequenties als zou blijken dat hij had gefaald.

Opnieuw.

Fabian drukte het gaspedaal in om de laatste druppel uit de groene golf te persen die hem al vanaf Hälsobacken volgde. Hij kwam langs het politiebureau met een snelheid van 145 kilometer per uur en ter hoogte van Våla belde Tuvesson.

'Ik heb net met Sten Hammar gesproken over de huiszoeking bij Schmeckel.'

'En?'

'Helaas. Hij vond dat er onvoldoende redenen waren en dat verbaast me niet. Het enige wat we hebben is een auto die ongeveer tegelijkertijd met het slachtoffer over de Sontbrug is gereden en nu op een benzinestation in Denemarken staat. Dat is niet voldoende. We hebben iets concreters nodig.'

Tuvesson had gelijk. Het probleem was dat er waarschijnlijk in de woning *iets concreters* te vinden was.

Hij stopte Radioheads *Hail to the Thief* in de cd-speler en draaide het volume omhoog. Op de laatste maten van '2+2=5' sloeg hij af naar Ödåkra en kon al snel op de Jupitervägen op de rem trappen voor het huis van Glenn Granqvist. Hij stapte uit de auto en keek om zich heen. De omgeving was even verlaten als na een kernramp.

Granqvists huis zag er net zo uit als de andere: witgestuukte voorgevel, twee verdiepingen met een schuin dak en een vrijstaande garage. Het grootste deel van het perceel lag aan de achterkant van het huis.

Fabian liep naar de voordeur en het viel hem op dat de buitenverlichting brandde, hoewel de zon nog steeds hoog aan de hemel stond. Hetzelfde gold voor de plafondlamp in de woonkamer. Betekende dat dat hij te laat was gekomen? Had Glenn zijn straf al gekregen? Of zou het hele plaaggeestenspoor een doodlopende steeg blijken te zijn?

Hij belde aan en liet het signaal lang en krachtig klinken. Hij keek op zijn horloge en volgde de secondewijzer. Hij had besloten zestig seconden te wachten.

Hoewel hij hoopte dat Glenn zou komen opendoen en tiptop in orde zou zijn, kon hij niet ontkennen dat een klein deel van hem duimde om het tegenovergestelde. Dan zou alle twijfel over het motief zijn verdwenen.

De deur bleef dicht.

Hij belde opnieuw aan. Deze keer nog langer.

Op straat liep een vrouw met een kinderwagen voorbij, die wantrouwend naar hem keek. Hij glimlachte naar haar.

'Hallo! Degene die hier woont, Glenn Granqvist. Je weet niet toevallig of hij thuis is?'

De vrouw schudde haar hoofd.

'Er brandt namelijk licht. Heb je hem de afgelopen dagen misschien gezien?'

Ze schudde haar hoofd weer en haastte zich verder.

'Nee dus, oké.' Hij haalde zijn mobieltje uit zijn zak en toetste het nummer van Glenns huistelefoon in. Hij kon duidelijk horen hoe de telefoon overging.

Vanaf het mobieltje...

Vanuit het huis...

'You talking to me?

Deze keer sprak Fabian een bericht in, waarin hij zich voorstelde en Glenn vroeg zo snel mogelijk iets van zich te laten horen. Daarna belde hij Glenns mobieltje en sprak exact dezelfde mededeling in terwijl hij naar de achterkant van het huis liep.

De tuin bestond uit een groot gazon, omringd door een heg die nog niet hoger dan een meter was gegroeid. Aan de andere kant van de heg begon een open akker. Perfect voor iemand die onverwacht op bezoek wilde komen. Maar daar ging het niet om. Het ging om het prikkeldraad.

Fabian begreep het niet. Waarom zou je in godsnaam prikkeldraad over je hele gazon leggen? Hij ging op zijn hurken zitten en voelde voorzichtig aan het scherpe draad, dat in lange spiralen over het gazon kronkelde. Op dat moment hoorde hij een klokkend geluid. Hij draaide zich om, maar het hield zo snel op dat hij het niet kon lokaliseren. Hij pakte het prikkeldraad met zijn wijsvinger en duim vast en trok eraan. Weer was het klokkende geluid te horen en deze keer was het luid genoeg om te kunnen deduceren dat het van achter een van de ramen kwam die op een kier stonden op de bovenverdieping. Hij stond op en zette een paar stappen in de richting van het huis om het beter te kunnen zien en liep recht tegen een vislijn aan, die gespannen was tussen het prikkeldraad en wat een bamboeklokkenspel bleek te zijn dat voor het raam hing.

Glenn had dus dezelfde conclusie getrokken als hijzelf. Nu met Jörgen was afgerekend, was hij aan de beurt en hij was blijkbaar niet van plan geweest om even onvoorbereid te zijn als Jörgen. Het was echter de vraag of zijn vermoedens klopten. En of hij zich in dat geval had weten te verdedigen.

Fabian werd uit zijn gedachten gerukt door zijn mobieltje. Hij haalde het tevoorschijn en zag dat het Glenn Granqvist was.

'Ja, met Fabian Risk.' Hij probeerde zo kalm en neutraal mogelijk te klinken. Maar er kwam geen antwoord. Alleen een afwachtende stilte. Hij kon horen hoe iemand aan de andere kant van de lijn ademde. 'Hallo? Met wie spreek ik?'

'Je hebt me gezocht.'

'Spreek ik met Glenn Granqvist?'

'Ja.'

'Ik weet niet of je je mij herinnert, maar we zaten in dezelfde klas op de basisschool.'

'Fabbe? Ben jij het?'

'Ja, precies. Hoe gaat het met je?'

'Ach, je weet hoe het is. Het gaat. En met jou? Ik heb gehoord dat je een smeris bent en in Stockholm woont.'

'Ja, dat klopt. Maar ik ben nu terugverhuisd en werk bij de recherche hier in Helsingborg.'

'Aha, kijk eens aan. Dan kan ik me maar beter gedragen.'

Fabian lachte en besloot het gesprek een andere richting in te sturen. 'Ik ga ervan uit dat je begrijpt waarom ik je zocht?'

'Jögge.'

'Precies.'

'Ja, dat is klote. Ik heb er in de kranten over gelezen en... Jezus. Hebben jullie enig idee wie erachter zit?'

'We werken aan... meerdere parallelle sporen.' Fabian had op het punt gestaan antwoord te geven, maar had zich ingehouden. Hij kon er de vinger niet op leggen wat het was. Maar iets maakte hem onzeker en zorgde ervoor dat hij op zijn hoede was.

'En ben ik er een van?'

'In zekere zin. Jullie waren tenslotte beste vrienden, dat herinner ik me tenminste van school. Dus ik dacht dat jullie misschien nog steeds wel contact hadden?'

'Ja, Jögge was absoluut mijn beste vriend.'

'Ja, ik begrijp het. Het moet afschuwelijk voor je zijn. Maar ik dacht dat we elkaar misschien zouden kunnen ontmoeten. Ik heb een paar vragen waar je me mogelijk mee zou kunnen helpen.'

'Natuurlijk kunnen we elkaar ontmoeten. Maar niet nu. Als je tenminste niet van plan bent om hiernaartoe te komen.'

'Waar is dat?'

'Sunny Beach, Bulgarije. Ik heb nog nooit zoveel mooie meisjes op één strand gezien.'

Verdomme. Die vervloekte vakantieperiode maakte het onmogelijk om je werk te doen. Hij kon net zo goed zelf vakantie nemen en wachten met het oplossen van de zaak tot 16 augustus, wanneer de meeste mensen weer terug waren. Aan de andere kant had de reis naar Sunny Beach waarschijnlijk Glenns leven gered.

'Wanneer ben je vertrokken?'

'Gisteren, 1 juli. Ik blijf twee weken, tot de vijftiende.'

Gisteren. Dat was dezelfde dag waarop de kranten met de moord waren gekomen. Als hij het nieuws daarin had gelezen, zoals hij beweerde, had hij niet voldoende tijd gehad om prikkeldraad over het hele gazon te spannen.

'Wanneer heb je voor het eerst van de moord gehoord?'

'Lina belde een paar dagen geleden om het te vertellen. Waarom? Word ik ergens van verdacht of zo?'

'Voelde je je bedreigd toen je van de moord hoorde? Ben je daarom weggegaan?'

'Waarom zou ik me bedreigd voelen?'

Glenn loog, of het was iemand anders, stelde Fabian vast. 'Ik dacht dat de manier waarop hij vermoord is en de keuze van de plek je misschien ongemakkelijk hadden doen voelen.' Hij had nu meer onthuld dan hij hoorde te doen. Dat moest wel. Hij wilde een reactie uitlokken. Wie hij ook aan de lijn had zover krijgen dat hij kleur bekende.

'Neem me niet kwalijk, maar waar heb je het in godsnaam over?'

Fabian besloot de duimschroeven nog wat meer aan te draaien.

'Waarom zou je anders allemaal prikkeldraad achter je huis hebben neergelegd en het verbonden hebben aan een windklokkenspel op de bovenverdieping?'

Afwachtende stilte.

Lang genoeg om Fabians twijfel weg te nemen.

Het gesprek werd verbroken.

◆

18 oktober

Heb hun tassen nu een paar weken gedragen. In het begin lachte iedereen, maar nu zijn ze eraan gewend dat ik hun slaafje ben.

Hoorde niet wat de juf vandaag zei. Zag dat haar mond bewoog maar hoorde alleen dat iedereen lachte. Het was alsof het echode in mijn hoofd. Toen klopte Jonas die achter me zat op mijn schouder. Eerst wilde ik me niet omdraaien en doen alsof er niets aan de hand was maar toen deed ik het toch want ik weet dat hij meestal een van de aardigen is. Hij spuugde me in mijn gezicht en zei dat het een groet was van 'je weet wel wie'. Aan zijn ogen was te zien dat hij het eigenlijk niet wilde doen. Ik zou hetzelfde hebben gedaan.

Vandaag vroeg mama waarom ik blauwe plekken had. Ik zei dat ik gevallen was met gymnastiek. Denk dat ze me geloofde. Ik heb het aan niemand verteld. Aan helemaal niemand. Zal dat ook nooit doen.

Ze deden het vandaag evengoed weer in de pauze. Ze zeiden dat ik gekletst had, al had ik dat niet gedaan. Ik liep een bloedneus op en toen pakten ze mijn pet en pisten erin en dwongen me hem weer op te zetten. Ik weet dat Hampus zei dat je het niet moest doen maar ik rende weg ook al hadden we nog een paar lessen. Ik rende en rende en toen ik thuiskwam douchte ik en waste de pet en droogde hem met mama's föhn.

Denk niet dat ze iets gemerkt heeft. Hoop het niet.

Ik zou iets terug moeten doen maar durf het niet. Zij zijn met z'n tweeën en ik ben alleen. Bovendien slaan ze met gebalde vuisten hoewel dat niet mag. In een film gaat het zo. Maar niet in het echt.

Over mijzelf:

1. Laf.

2. Onnozel.

3. Zwak.

4. Lelijk.

ps: Als ik in dezelfde klas als mezelf had gezeten had ik mij ook gepest. Ik ben het laagste van het laagste. Een misgeboorte. God wat haat ik mezelf.

15

Iets meer dan een halfuur geleden had Fabian thuis moeten zijn om Sonja en de kinderen op te halen voor de barbecueavond bij Molander. Toch was hij allesbehalve op weg naar huis. Hij mocht nu geen kostbare tijd verspillen. Hij had Tuvesson gebeld en een kort bericht op haar antwoordapparaat achtergelaten. Waarschijnlijk deed ze haar best om groen licht van de Denen te krijgen om de Peugeot op te kunnen halen. Ze kon tenslotte niet weten dat de informatie die hij nu had haar taak veel eenvoudiger zou maken. Terwijl hij wachtte tot Tuvesson terug zou bellen, was hij, via de tuindeur, Glenns huis in gegaan en had het doorzocht, zonder iets interessants te vinden.

Toch wist Fabian heel zeker dat het motief dat hij eerder naar voren had gebracht klopte. Glenn Granqvist was niet ergens op Sunny Beach in Bulgarije. Glenn Granqvist was dood. Even zeker was hij ervan dat hij met de dader had gepraat. Ze hadden hun rol goed gespeeld, al was er geen twijfel aan dat ze allebei precies hadden begrepen hoe het eigenlijk in elkaar zat.

Fabian parkeerde voor het politiebureau en ging gauw naar binnen. De receptie was verlaten en hij moest voor het eerst zijn pasje gebruiken. Tot zijn eigen verbazing herinnerde hij zich de code en op weg naar boven in de lift maakte hij van de gelegenheid gebruik om naar huis te bellen.

'Hé papa. Mama zegt dat je hier al een halfuur geleden had moeten zijn.'

'Ja, kleintje, mama heeft helemaal gelijk.' Hij stapte uit de lift. 'Er zijn wat dingen gebeurd op het werk waar papa voor moet zorgen.'

'Dat was precies wat zij zei. En toen zei ze dat de barbecueavond waarschijnlijk niet door zou gaan en dat jij het ongetwijfeld was die belde.'

'Zei ze dat? Hoe kon ze dat allemaal weten?'

'Ik weet het niet. Maar jij en die ene vrouw die niet mag bellen zijn de enigen die ons nieuwe nummer hebben, en als je met mama had willen praten had je haar mobieltje wel gebeld. Nu had je kans dat ik of Theo op zou nemen.'

Ze zou een goede agent zijn, dacht Fabian en hij vroeg aan zijn dochter om door te geven dat de barbecueavond vrijwel zeker was afgelast omdat Molander ook de hele nacht door zou moeten werken.

Hij liep de afdeling in, die ook verlaten was. Waar was iedereen? Het was weliswaar vrijdag, maar ze zaten midden in een onderzoek dat zich heel goed kon ontwikkelen tot een van de ergste zaken die de politie van Helsingborg ooit had gehad. Hij deed de deur van Astrid Tuvessons kantoor open, dat even leeg en verlaten was als de rest van de afdeling. Hij liep naar het panoramaraam en haalde zijn mobieltje tevoorschijn om haar te bellen. Maar voor hij de kans kreeg, begon het mobieltje in zijn hand te trillen. Het was Molander.

'Hallo. Waar ben je?'

'Eh? Op het bureau?'

'Wat doe je daar in vredesnaam?'

'Er zijn wat ontwikkelingen in het onderzoek, dus ik denk dat we vanavond af moeten lasten en...'

'Hoezo aflasten? De barbecue is al aangestoken. Er wordt niets afgelast,' zei Molander zonder enige interesse in wat er gebeurd zou kunnen zijn met het onderzoek.

'Het spijt me, Ingvar, maar ik moet helaas werken. We moeten het een andere keer doen. Weet je trouwens waar Tuvesson is?'

'Hier. Waar zou ze anders moeten zijn?'

Fabian keek naar zijn mobieltje alsof dat van een andere planeet kwam.

'Hallo en welkom! Jullie moeten de nieuwen zijn,' riep de vrouw, die heel erg trots leek te zijn op haar iets te gebruinde huid. 'We wachtten alleen nog op jullie. Ik ben Gertrud Molander. Kom binnen, kom binnen! Wat willen jullie drinken?'

Sonja en de kinderen volgden Gertrud het huis in en Fabian voelde zich al wat opgelucht. Het autoritje had meer dan een kwartier geduurd, maar het was opvallend en bijna ondraaglijk stil geweest. Hij had naar het Louisiana gevraagd. Of het zo mooi was als iedereen beweerde en of ze er nog een keer naartoe wilden. Sonja had niet de moeite genomen ook maar op een van zijn vragen antwoord te geven. Maar nu waren ze er en hij kon al horen dat ze in een beter humeur was. Blijkbaar hadden ze precies iemand als Gertrud nodig.

Fabian volgde de anderen door het huis en constateerde dat Ingvar Molander met een echte verzamelaar was getrouwd. Aan de ene muur in de woonkamer hing een van de grootste bordenverzamelingen die hij ooit had gezien en in de verlichte vitrinekast stonden geen glazen of flessen maar kristallen uilen in alle denkbare vormen, kleuren en groottes.

'Zijn ze niet mooi?' riep Gertrud uit en ze liep naar hem toe.

Fabian knikte, al had hij de charme van kristallen prullen nooit begrepen. 'Verzamel jij ze?'

'Nee, maar ik ben er wel mee begonnen tijdens mijn eerste treinreis.'

'Dus Ingvar verzamelt ze?'

'Ingvar? Denk je dat hij zich bezighoudt met kristal?' zei ze alsof het een van de domste dingen was die ze ooit had gehoord. 'Nee, als ik eerlijk ben weet ik niet wie het doet. Maar ik denk dat de meesten van mijn vrienden eraan hebben bijgedragen. Je weet wel, van tijd tot tijd duikt er ineens een nieuw uiltje op.'

'Dus mensen kopen ze en zetten ze er neer zonder iets te zeggen?'

'Dat moet je niet aan mij vragen. Kom, we gaan iets te drinken voor je halen.'

Gertrud bracht hem naar de tuin achter het huis. Een tuin die er precies zo uitzag als Fabian had verwacht nadat hij het huis had gezien. Een gazon dat zo minutieus was geknipt dat het computergeanimeerd leek en met hier en daar tuinkabouters, kleine windmolens en fonteinen. Er was zelfs een vijvertje met een brug erover. Voor Matilda was het een paradijs en ze rende rond alsof ze overal tegelijk wilde zijn.

'Papa! Er zitten allemaal vissen in de vijver! Kom eens kijken!'

'Straks misschien! Kun je het niet aan Theodor laten zien?' riep hij terug en hij kreeg een vermoeide blik van Theodor, die blijkbaar toch in staat was om zijn blik van zijn mobieltje te halen.

Iedereen van het bureau was er. Zelfs Florian Nilsson, die ter ere van de avond een rood overhemd met knopen aan de zijkant aan had getrokken, waardoor Fabian aan Midge Ure moest denken en hoe lang het geleden was dat hij naar 'After a Fashion' had geluisterd. Molander zelf stond bij de barbecue en leek zijn taak bloedserieus te nemen.

'Daar ben je! Fabian, je moet hier komen!' riep Irene Lilja, die naast een kortgeknipte, gespierde man met een versleten spijkerbroek, een roze overhemd en een grote portie pruimtabak onder zijn lip stond. Fabian liep naar ze toe om hen te begroeten.

'We vroegen ons al af waar je bleef,' zei Lilja. 'Dit is Fabian, mijn nieuwe collega, en dit is Hennep.'

'Aha, zit je ook bij de politie?' vroeg Fabian terwijl hij de hand van de man schudde.

'Nee, ik ben haar vriend,' antwoordde de man met een zo brede glimlach dat meer dan de helft van de dot pruimtabak zichtbaar was.

'Aha. Zo zie je maar.' Fabian wierp Lilja een blik toe, maar kreeg geen enkele hulp.

'Dus je blijft met je vingers van haar af. Anders krijg je hiermee te maken,' ging de man verder en hij spande zijn biceps.

'Wow,' zei Fabian en hij schoot in de lach, maar voelde hoe hol het klonk. 'Ik denk dat ik maar iets te drinken ga halen.' Hij liep naar het tafeltje waarop de drank stond, maakte een biertje open en vroeg zich af of eentje wel genoeg zou zijn.

Sonja leek al aan haar tweede glas rode wijn bezig te zijn en was verwikkeld in een discussie met Gertrud over haar kunst, zodat Fabian van de gelegenheid gebruikmaakte om naar Astrid Tuvesson en Rots te lopen, die allebei een gin-tonic in hun hand hadden, om te vertellen dat hij vermoedelijk door de dader was gebeld.

'En waarom denk je dat?' vroeg Rots.

'Hij belde met Glenn Granqvists mobieltje en ik ben ervan overtuigd dat Glenn dood is.'

'Hoezo, bedoel je dat hij is vermoord?' Tuvesson nam een flinke slok van haar drankje.

Fabian knikte. 'Zijn tuin zat vol met prikkeldraad en alarmsystemen, alsof hij erop voorbereid was dat de dader achter hem aan zou komen. En dat is precies wat er volgens mij gebeurd is.'

'Allemachtig, wat zei hij toen hij belde?' vroeg Tuvesson.

'Ik had hem geprobeerd te bellen en hij belde terug.'

'Met Glenns mobieltje?' vroeg Rots.

Fabian knikte.

'Hij beweerde dat hij op vakantie in Sunny Beach in Bulgarije was, en dat hij donderdag was vertrokken. Dat wil zeggen op de dag dat de moord op Jörgen Pålsson in de kranten stond.'

'Nee, het lijkt me inderdaad vrij zinloos om energie te stoppen in het neerleggen van allemaal prikkeldraad om vervolgens naar Bulgarije te gaan,' zei Rots.

'We moeten navraag doen bij de luchtvaartmaatschappijen,' zei Tuvesson.

'Dat ga ik morgen meteen doen,' zei Rots.

'Goed.'

'Maar moeten we niet in het huis gaan kijken?' zei Fabian.

'Absoluut,' zei Tuvesson en ze dronk haar glas leeg. 'Ik moet alleen eerst contact opnemen met Högsell en om toestemming vragen.'

'Wil iemand anders nog een drankje?' Rots hield zijn lege glas omhoog.

'Ik zeg geen nee tegen nog een glas,' antwoordde Tuvesson en ze liep samen met Rots weg.

Fabian wist niet of hij moest lachen of huilen. Ze zaten midden in een zaak met allemaal touwtjes waaraan getrokken kon worden. En in plaats daarvan hielden ze zich bezig met geroosterd vlees en alcohol. Hij begon met de gedachte te spelen er zelf naartoe te rijden om een kijkje in het huis te nemen, maar werd onderbroken door Lilja.

'Ah, hier sta je te filosoferen.' Ze gaf hem een geopend bierflesje aan. 'Kom, ik wil je iets laten zien.'

'Ik weet niet of ik wel durf.'

'Ach, maak je geen zorgen om Hennep. Hij maakte maar een grapje. Bovendien blijft hij altijd in de buurt van de barbecue.'

'Ik neem in elk geval aan dat jullie elkaar terug hebben gevonden in de afgelopen uren?'

'Dan neem je te veel aan. Om een of andere reden, vraag me niet waarom, heeft Molander hem ook uitgenodigd. Dus toen ik hier aankwam, was hij er al. Maar genoeg daarover,' zei ze en ze trok Fabian mee het huis in en liep naar de kelder. 'Als Molander mijn collega niet was geweest en ik hem niet had gekend, zou ik totaal geflipt zijn.' Ze deed het spotje aan het plafond aan en toen begreep Fabian pas waar ze het over had.

Ze bevonden zich in een ruimte die volgepakt was met planken, uitstalkasten en vitrinemeubels, die op hun beurt gevuld waren met allerlei voorwerpen die in verschillende groepen waren ingedeeld. Als in een verzamelmuseum. Fabian moest denken aan een plek ergens op Gotland, waar iemand een museum had gemaakt van zijn eigen verzamelwoede. Maar dit was luxer, mooier. Bovendien was de verzameling niet onevenwichtig als die op Gotland, die uit alles had bestaan van toverstokjes tot schrijfmachines. Hier was er één overheersend thema: moord. Maar met een hele reeks onderverdelingen, zoals de jacht en visserij, giftige stoffen en wapens, alles van handvuurwapens tot messen en doodgewone werktuigen.

Na een nader onderzoek kwam Fabian tot de conclusie dat er naast moord een ander hoofdthema was: visserij. Bijna de helft van de verzameling bestond uit aan de visserij gerelateerde spulletjes. Blinkers en hengels, visnetten en schepnetten en een enorme hoeveelheid opgezette vissen. In een uitstalkast was zelfs een verzameling gedroogde vliegen in rijen opgeprikt op een kussen.

'Hij heeft zonder meer gevoel voor detail,' zei Fabian terwijl hij een verzameling scalpels bestudeerde.

'Daarom is hij ook een van de beste forensisch onderzoekers. Juist door dat nerderige.' Lilja trok een la open die was bekleed met rood fluweel, bedoeld om sieraden in te tonen, maar die in plaats daarvan een verzameling kogels bevatte, waarvan elke voorzien was van een nummer. 'Ze hebben allemaal iemand gedood.' Ze trok nog een la met kogels open. 'En deze hebben alleen maar iemand verwond.'

Fabian keek naar de rijen kogels, die allemaal in meer of mindere mate vervormd waren. In de eerste la telde hij achtendertig gedoofde levens. Hoeveel rouwende nabestaanden er waren achtergebleven, kon niemand weten.

'Vraag je niet of ik iets te weten ben gekomen over Claes Mällvik?'

'Ben je dat? Ik wist niet of ik tot maandag moest wachten. Het lijkt of iedereen hier vrij heeft genomen.'

Lilja schonk hem een venijnig glimlachje, dat werd onderbroken door haar mobieltje.

'Ja, wat is er? Wat? Ik laat Fabian alleen even Molanders verzameling zien... Hou toch op. Je hoeft alleen maar naar beneden te komen als je me niet gelooft.' Ze drukte het gesprek weg en sloeg haar ogen ten hemel. 'Sorry, waar waren we?'

'Mällvik.'

'Precies. Na de basisschool volgde hij een vierjarige technische opleiding aan de Tycho Braheschool. Topcijfers. Daarna studeerde hij medicijnen aan de universiteit van Lund en in 1990 begon hij hier in Helsingborg te werken als huisarts.'

'Was Rune Schmeckel ook geen arts?'

'Jawel, maar op een aanzienlijk hoger niveau. Rune is chirurg en een van de beste van het land op zijn vakgebied. Hoe dan ook, in 1993 gebeurt er iets. Dan wordt Claes binnengebracht op de eerste hulp hier in Helsingborg en luister hier eens naar.' Lilja haalde een opgevouwen papiertje uit de zak van haar spijkerbroek, vouwde het open en las het voor: 'Gebroken kaakbeen, zwaar hoofdletsel na harde slagen op het hoofd, waarschijnlijk schoppen. Vijf gebroken ribben, inwendige bloedingen, enzovoort enzovoort. Kijk hier eens naar.' Ze gaf hem een foto, waarop een kapotgeslagen, opgezwollen en een dermate mishandeld gezicht stond dat het pijn deed om ernaar te kijken.

'Dus iemand heeft hem mishandeld.'

'Ik zou het kwalificeren als een poging tot moord. Hij heeft zesendertig operaties ondergaan. Het is een klein wonder dat hij het heeft overleefd.'

'Staat er iets over waar de verwondingen vandaan kwamen?'

Lilja schudde haar hoofd.

'Ze hebben het hem gevraagd, maar hij weigerde antwoord te geven.'

'En daarna?'

'Niets.'

'Hoezo niets?'

'Dat is het laatste wat ik over hem kan vinden. Natuurlijk kan ik verder zoeken en misschien vind ik nog wat. Maar op dit moment is dit het enige.'

'Kan hij dood zijn gegaan?'

Lilja haalde haar schouders op. 'Misschien. Of het land uit?'

Fabian zette zijn tanden in een kotelet en realiseerde zich hoe hongerig hij was.

'Deze kotelet is de beste die ik ooit heb gegeten,' zei Sonja en ze kreeg bijval van de andere gasten.

'Dank je wel, Sonja,' zei Molander. 'Maar dat je het weet. Dit is geen kotelet.'

'Nee?'

'Nee, het is varkensrib.'

'Ingvar, begin daar nu niet weer over,' zei Gertrud.

'Maar het is varkensrib. Waarom zou je het anders noemen?'

'Omdat het niet even aangenaam en smakelijk klinkt.' Gertrud richtte zich tot Sonja. 'Let maar niet op hem. Maar als je het geheim wilt weten waardoor het zo goed smaakt, dan is het zijn marinade. Niemand kan marinade maken zoals Ingvar. Ik zeg altijd dat hij een kookboek zou moeten maken met alleen maar marinades.' Ze hief haar glas. 'Proost, en bedankt dat jullie zijn gekomen.'

Ze toostten en de avond schreed voort. Hoe meer ze dronken, hoe gezelliger het werd en de gesprekken gingen van de ene oppervlakkigheid naar de andere. Het ene moment konden ze het hebben over hoe schuldig de dokter eigenlijk was aan de plotselinge dood van Michael Jackson om het volgende moment het WK-voetbal te bespreken, waar Zweden niet eens aan meedeed.

'Ongelooflijk mooi,' riep Rots uit, die vertelde dat dit de eerste eindronde in lange tijd was waarbij hij geen last van zijn maag kreeg.

Sonja had het ook naar haar zin en glimlachte voortdurend over de tafel naar Fabian.

'Wat voor soort schilderijen maak je?' vroeg Tuvesson.

'Onderwaterafbeeldingen van vissen, krabben, verschillende scholen enzovoort.'

'Ik houd van vissen,' zei Molander en hij hief zijn glas.

'Nee, jij houdt ervan om vissen te vermoorden,' zei Gertrud.

'En het verkoopt goed?' vroeg Tuvesson, die echt geïnteresseerd leek.

'Iets te goed zelfs. Ik heb geen tijd om iets nieuws te ontwikkelen. Iedereen wil alleen maar die verdomde vissen hebben.'

'Ik heb een vriend die in dezelfde situatie terechtkwam,' zei Tuvesson. 'Hij is ook kunstenaar en maakte een bank van beton waarop in het midden met uitgehouwen letters *leugenbank* stond. Dat is inmiddels jaren geleden, maar die maakt hij nog steeds het meest. En de koper mag zelf beslissen wat er moet staan. Hartstikke slim en hij kan de huur betalen. Ik geloof dat hij er zelfs een paar voor het huwelijk van prinses Victoria en Daniel heeft gemaakt. Maar de vraag is: is hij nu kunstenaar of betonwerker?'

'Voor het antwoord daarop is op zijn minst een uitgebreide lunch nodig,' zei Sonja en ze hield haar lege wijnglas omhoog. 'En nog een glas wijn.'

'Daar wordt voor gezorgd,' zei Tuvesson en ze schonk Sonja's glas vol.

'Waarom zijn jullie eigenlijk hiernaartoe verhuisd?' vroeg Lilja. 'Stockholm is tenslotte een geweldige stad.'

'Stockholm is een enorme klotestad als je het mij vraagt,' zei Hennep. 'Ik ben er drie keer geweest en ik zou bij god niet weten waarom je er zou willen wonen. De Stockholmers zijn zo gestrest dat ze niet eens stil kunnen staan op de roltrap. Ze rennen zelfs naar de metro, terwijl er een minuut later altijd een andere komt.'

'Goed, Hennep, maar ik vroeg het niet aan jou maar aan Sonja.'

Hennep dronk zijn bier leeg en iedereen richtte zijn aandacht weer op Sonja, alsof ze een duidelijk en beknopt antwoord van haar verwachtten. Terwijl Fabian heel goed wist dat zij dat niet had. Hij had erop aangedrongen en zij was gezwicht. Hij maakte aanstalten om het antwoord voor zijn rekening te nemen, maar werd tegengehouden door Lilja, die het van Sonja wilde horen en van niemand anders.

'Tja, ik heb altijd van Skåne gehouden. De lente komt een maand eerder en de herfst een maand later. En ik hoopte dat de wisseling van omgeving mij zou helpen met mijn schilderen en toen dook die baanmogelijkheid voor Fabian op, en daarna was er eigenlijk geen twijfel meer.' Ze hief haar glas. 'Proost! Op Skåne!'

Ze toostten en Fabian wierp Sonja een handkus toe. Ze had het er goed afgebracht. Zo goed dat hij haar bijna zelf geloofde.

'Zo makkelijk leid je me niet om de tuin,' zei Lilja met een glimlach en Sonja keek haar vragend aan. 'En als ik eerlijk ben, denk ik dat dat ook voor de rest van het gezelschap geldt. Zoals je weet werken we bij de politie en zijn we eraan gewend om de ene uitvlucht na de andere te horen.'

'Maar ik moet zeggen dat ik deze best goed vond,' zei Tuvesson.

'Ja, absoluut. Vooral dat over het belang van een wisseling van omgeving. Daarmee had ze me te pakken en als ze op dat moment niet weg had gekeken, was het een tien geweest. Nu zou ik niet meer dan een zeven geven.'

De anderen lachten.

'Oké, oké, oké!' onderbrak Sonja hen en Fabian kon merken dat ze dronken begon te worden. 'Willen jullie de waarheid horen?'

'Jaaa!' riepen de anderen.

'Oké, het zit zo. Het huwelijk van Fabian en mij is de laatste jaren meer en meer op een latrelatie gaan lijken, hoewel we hetzelfde bed delen.' Sonja liet haar blik rondgaan langs de anderen, die zonder iets te zeggen op het vervolg zaten te wachten. 'Maar omdat we ondanks alles nog steeds van elkaar houden, besloten we een paar belangrijke veranderingen door te voeren. Opnieuw beginnen en proberen elkaar terug te vinden... Proost.' Ze hief haar glas en werd beloond met applaus en gejuich.

'Dat zou ik een vijftien willen geven,' zei Lilja en Fabian voelde hoe gelijk Sonja had gehad. Hoeveel hij van haar hield.

Toen Fabians mobieltje overging was hij compleet vergeten dat ze midden in een ingewikkeld onderzoek zaten en hij was eerst niet eens van plan op te nemen.

Tot hij zag dat het een Deens nummer was.

'Hallo, je spreekt met Mette Louise Risgaard. Van het benzinestation,' legde de stem aan het andere eind van de lijn uit en Fabian zag direct haar piercings voor zich. 'Hij is er nu,' zei ze, waarna de verbinding werd verbroken.

16

Kim Sleizner voelde zijn mobiele telefoon in zijn zak trillen. Maar hij wilde niet opnemen. Niet nu. Hij had de hele week naar dit moment uitgekeken en was niet van plan om alles te laten verpesten door een of ander onbenullig telefoongesprek. Het moment was te waardevol. Het leven te kort. Hij kon zich net zo goed in een tunnel of in een lift met een slechte ontvangst bevinden. Dit was zijn beschermde zone. Zijn eigen bubbel waar niemand iets mee te maken had.

Hij moest aan Viveca denken en of hij zich schuldig moest voelen, maar besloot dat dat het laatste was wat hij moest doen. Het enige waar zij zich om bekommerde was haar yoga en of er geld was, en als je bedacht hoeveel hij de laatste tijd op zijn bordje had gehad, was het überhaupt een wonder dat hij 's ochtends zijn bed nog uitkwam. Niet alleen Viveca was ervan afhankelijk dat hij functioneerde en zich enigszins in orde voelde, maar alle Deense staatsburgers.

Het alternatief, zoals hij zelf altijd zei, was anarchie. Hij leunde achterover en genoot van de beloning die hij aan zichzelf had gegeven.

17

Morten Steenstrup zat op het politiebureau in Køge en stopte zijn politieoverhemd in zijn broek en deed de riem goed rond zijn middel. Hij zat ongemakkelijker dan anders. Alsof hij scheef zat en er op een of andere manier iets schuurde. Hij had al gecontroleerd of zijn pistool, zaklamp en radio zaten zoals ze moesten, dus dat was het niet. Dat wist hij.

Eigenlijk wist hij heel goed wat er schuurde.

Er was nu precies een maand verstreken sinds Else hem had verlaten en hoe graag hij ook wilde, hij kon zichzelf niet wijsmaken dat het beter met hem begon te gaan. Het was eerder andersom. De druk op zijn borst was nog steeds niet afgenomen en hij was er bijna aan gewend geraakt om rond te lopen met een constant gevoel van ademnood.

De dokter had hem aangeraden een vriend in vertrouwen te nemen. Maar hij kende niemand die het zou begrijpen. Hij had een poging gedaan met Niels. Maar de enige reactie die hij had gekregen was het voorstel om mee te gaan naar een prostituee. Niels had zelfs aangeboden dat hij het zou betalen als hij mee mocht doen.

Hij had met de gedachte gespeeld om haar terug te winnen, maar ingezien dat hij er nooit in zou slagen. Else bevond zich op een heel andere golflengte. Daar waren ze zich allebei van bewust geweest. De hele tijd. In een stilzwijgende afspraak hadden ze ervoor gekozen hun ogen ervoor te sluiten en te doen alsof ze gelijkwaardig waren. Af en toe was het gelukt. Dan had hij zich de gelukkigste mens op aarde gevoeld. Maar dat duurde nooit lang en elke keer drong het inzicht zich weer op en bleef voortdurend op de achtergrond aanwezig als een dreigend gerommel in de verte. Ten slotte was hij eraan gewend geraakt en dacht er bijna niet meer aan. Had zich het geloof eigen gemaakt dat er geen bedreiging was. Dat ze gelijkwaardig waren. Dat hij even goed als zij was en dat zijn aandoeningen er niet toe deden. Ze hielden tenslotte van elkaar.

Nu beleefde hij nergens meer vreugde aan. Alles kostte moeite.

Bij alles moest hij tegen de stroom in zwemmen. Zelfs ademen kostte wilskracht. Hij zou nooit iemand anders kunnen vinden. Else was de vrouw van zijn leven. Zijn hazenlip en fibrotische huid hadden haar niets uitgemaakt. Ze had hem over zijn schrale lichaam gestreeld alsof het de zachtste babyhuid was, hoewel zijn huid ruw en schilferig bleef, en ze had hem gekust alsof ze hem en niemand anders wilde.

Hij leunde achterover in zijn stoel en twijfelde of hij een kop koffie of een kop thee zou nemen. Hij besloot koffie te nemen, liep naar het keukentje en schonk een bodempje in zijn ongewassen kopje. Niels zat aan de koffietafel te treuren over de verloren WK-wedstrijd en Morten wist dat het geen zin had om met hem te praten voordat hij eroverheen was.

Zelf had hij nooit enige interesse in voetbal gehad. Laat staan in het Deense voetbal. Zijn enige zorg was of het verlies tot onlusten zou leiden. De statistieken wezen uit dat het beide kanten op kon gaan. A: het wordt extra stil, of B: de alcoholconsumptie stijgt en daarmee de vrouwenmishandelingen en vooral het vandalisme. In tegenstelling tot wat je zou denken werd het altijd alternatief B bij eventuele winst.

Hij ging weer op zijn plek zitten met het kopje in zijn hand en kon niet verhinderen dat zijn gedachten weer teruggingen naar Else. Ze vond dat hij te conflictvermijdend en bangelijk was. Exact zo had ze het gezegd. Alsof hij laf was. Daar zat natuurlijk wel wat in. Hij had geprobeerd minder conflictvermijdend te zijn, maar dat lag niet in zijn natuur. Hij had nooit van ruzie gehouden en zo belangrijk was zijn eigen mening niet.

Hij knoopte zijn pistoolholster open, haalde het pistool eruit en hield het in zijn handen. Wat kreeg hem elke keer zover dat hij opstond, douchte, zich aankleedde en naar zijn werk ging? Waar wachtte hij eigenlijk op? Het zou zo eenvoudig zijn. Even druk zetten met zijn wijsvinger en het lijden zou voorbij zijn. Zijn verdriet en ademnood zouden zijn verdwenen. De eenzaamheid. Maar hoe hij het ook wendde en keerde, het zou niets anders zijn dan een pathetisch einde van een pathetisch leven en niemand zou meer doen dan zijn schouders ophalen.

De telefoon ging. Op het schermpje zag hij dat het een Zweeds nummer was en toen hij opnam begreep hij meteen dat dit hetgene was waarop hij had zitten wachten.

Zeven minuten later deed Morten Steenstrup zijn autogordel om, stak het sleuteltje in het contact en draaide het om. De motor begon te brommen en hij overwoog of hij de sirene aan zou zetten, maar hij besloot te wachten tot hij een eindje van het bureau verwijderd was. Hij wilde niet dat Niels aan zou komen rennen en zich af zou vragen wat er aan de hand was. Hij had alleen tegen hem gezegd dat hij even naar buiten ging. 'De politie zichtbaar maken', zoals dat zo mooi heette. In plaats daarvan zette hij zijn favoriete uitvoering van Vivaldi's *Vier jaargetijden* op en draaide het volume omhoog. Niemand kon het zo mooi uitvoeren als Carlo Chiarappa. Vooral het eerste allegro-deel van de lente, dat hem om een of andere reden altijd positieve energie gaf.

Het telefoontje kwam uit Zweden. Helsingborg om precies te zijn. Hij kon Zweeds nooit goed verstaan en om een of andere reden vond hij Skåns nog onbegrijpelijker. Een vrouw had zich voorgesteld als Astrid Tuvesson, hoofd van de rechercheafdeling in Helsingborg, en verteld dat ze er niet in was geslaagd Kim Sleizner te pakken te krijgen, haar collega in Kopenhagen. Daarom had ze nu direct maar het politiebureau in Køge gebeld. Tot zover had hij het begrepen.

Daarna werd het moeilijker. Er was iets met een auto die geparkeerd stond op het benzinestation in Lellinge en eventueel toebehoorde aan een verdachte achter wie de Zweedse politie aan zat. Ene Mette Louise Risgaard had hen gebeld en beweerd dat hij er nu was om de auto op te halen.

De rest van het gesprek kon hij zich totaal niet herinneren. Maar dat maakte niet uit. Hij had toch niet meer hoeven horen om in te zien dat dit zijn kans was. Hij wist precies wie Mette Louise was. Hij tankte vaak in Lellinge wanneer hij nachtdienst had en dan werkte zij altijd. Een jaar geleden had ze haar onderlip laten piercen en hij had de stoute schoenen aangetrokken en haar gevraagd waarom ze dat gedaan had. Waarom zou je zo'n mooie lip verpesten? Hij kon zich nu nog herinneren hoe ze gereageerd had, met één enkele blik en daarna had ze niet eens meer zijn kant op gekeken. Zelfs niet toen hij haar nieuwe haarkleur had geprezen.

En nu was ze misschien in gevaar? Hij begreep niet waarom ze de Zweedse politie had gebeld in plaats van hem. Terwijl hij zelfs zijn visitekaartje had achtergelaten zodat ze in elk geval het nummer van het bureau had. En hoe kon ze weten dat de man gezocht werd in Zweden?

Hij was nu ver genoeg van het bureau om de sirene aan te kunnen zetten en de snelheid op te voeren. Hij voelde hoe de adrenaline door zijn lichaam begon te pompen. Eindelijk gebeurde er iets. Eindelijk had hij een kans om het aan Else te laten zien. Te laten zien dat hij helemaal niet bangelijk was.

Hij zette de muziek zachter, die net overging in het largo-deel van de lente, en draaide het benzinestation van Lellinge op, waar alles precies even rustig leek als normaal. Sommigen noemden het doods. Zelf noemde hij het vredig, ook al was hij op dit moment een beetje teleurgesteld. Hij reed langzaam om het winkelgebouw heen en constateerde dat het zelfs rustiger was dan normaal. Het enige wat hij zag was een man met een zandkleurige korte broek, een lichtblauwe tennistrui en een gele pet die op zijn knieën bij een Peugeot zat, die omhoog gehouden werd met een krik. Op het asfalt ernaast lag een autowiel en in zijn hand had hij een kruissleutel.

Kon dat de man zijn die hier was om zijn auto op te halen en die er de reden van was dat Mette Louise gevaar liep? Mette Louise was in elk geval niet te zien en de man zag er niet bijzonder gevaarlijk uit, leek eerder een suffe toerist. Maar Morten had één ding geleerd in zijn jaren bij de politie: je moest altijd het zekere voor het onzekere nemen.

De man zou nog minstens vijf minuten bezig zijn voordat hij kon vertrekken, en Morten besloot om eerst te gaan kijken of alles in orde was met Mette Louise. Hij reed door en parkeerde aan de andere kant, om rustig uit de auto te kunnen stappen zonder dat de man hem zag. Hij voelde aan zijn riem of zijn pistool en wapenstok er nog zaten en liep naar de winkel.

Zodra hij naar binnen stapte wist hij dat er iets niet klopte. De ruimte was verlaten. Er stond zelfs niemand achter de toonbank. Hij riep Mette Louise, maar kreeg geen antwoord en liep vlug langs de toonbank naar achteren. Dit was de eerste keer dat hij in de personeelsruimte kwam, die veel kleiner was dan hij had gedacht. Een keukentje, een tafel met een stapel beduimelde kranten, een paar stoelen, aan de muur een kalender van Michelin en een toilet waarvan de deur gesloten was. Hij klopte op de deur en vroeg of er iemand binnen was.

Door de stilte begonnen steeds meer alarmbellen bij hem te rinkelen. Waar was ze? Hij liep snel de winkel weer in en keek om zich heen en vond een schroevendraaier waar hij het slot van de wc mee open kon draaien. Hij trok de deur open en zag dat het toilet leeg was. Hij probeerde zijn gedachten te ordenen en had plotseling dorst, alsof zijn mond veranderd was in schuurpapier. Hij pakte een cola uit de koeltoonbank en liet de bruisende, suikerige drank zijn mond vullen voordat hij slikte en hij voelde hoe hij weer energie kreeg.

Mette Louise zou de benzinepomp nooit onbeheerd achterlaten, wat inhield dat ze bij de man in de Peugeot moest zijn. Hij had haar daar niet gezien, maar aan de andere kant had hij alleen maar in het voorbijgaan een snelle blik geworpen.

Morten Steenstrup verliet de winkel en liep naar de man, die nog steeds op zijn hurken bij de Peugeot zat met zijn rug naar hem toe. Toen hij dichterbij kwam, kon hij zien dat de man de wielmoeren aandraaide met de kruissleutel en dat hij zich totaal niet bewust leek te zijn van zijn aanwezigheid.

'Neem me niet kwalijk. Wil je overeind komen? Benen spreiden en handen boven je hoofd.'

Nog steeds kwam er geen reactie van de man, die onbekommerd de volgende moer aandraaide. Is hij doof? Of verstaat hij niet wat ik zeg?

'Hallo. Dit is de politie! Ik wil dat je nu overeind komt!' zei hij en hij probeerde de Zweedse uitspraak na te doen die hij van tv kende. Hij was nu vlak bij de man en kon in de auto kijken en vaststellen dat die leeg was. Daar was Mette Louise dus ook niet.

In zijn bijna twintigjarige carrière had Morten Steenstrup drie keer zijn pistool getrokken, het ontgrendeld en op iemand gericht. Eén keer had hij een schot afgevuurd. De man was onder invloed van drugs geweest en had zich bedreigend gedragen met een mes en hij had hem in zijn been geschoten en zijn handen achter zijn rug geboeid. Helemaal volgens het boekje.

Dit zou de vierde keer worden.

De beweging was zijn tweede natuur geworden, hij had haar ontelbare keren thuis voor de spiegel uitgevoerd. Zijn rechterhand langs zijn heup bewegen en de holster openen, zonder de man voor zich uit het oog te verliezen. Het pistool gleed zonder problemen tevoorschijn en hij kon het met zijn linkerhand ontgrendelen.

'This is the police! I order you to stand up! Right now!'

Hierna ging alles zo snel dat hij zich achteraf het exacte verloop niet meer kon herinneren.

De man kwam snel overeind terwijl hij tegelijkertijd om zijn as draaide met zijn rechterarm uitgestrekt. Morten Steenstrup begreep niet wat er gebeurde tot hij het kon horen kraken bij zijn rechteroor op het moment dat de kruissleutel hem met volle kracht trof. Alles werd zwart voor zijn ogen en een vlammende pijn sloeg over hem heen met een hoge, woedende toon. Vlak voordat zijn hoofd tegen het asfalt sloeg, trof de gedachte hem dat hij nooit meer in stereo van *De vier jaargetijden* zou kunnen genieten.

Het getuut in zijn oor ging onverminderd door en hij kon zijn eigen hartslag horen. Hij leefde nog. Hij voelde met zijn hand aan zijn oor. Het was nat en kleverig. Zijn zicht kwam langzaam terug, maar het duurde nog een paar seconden voordat hij begreep wat hij eigenlijk zag. Alles was negentig graden gedraaid. Een paar decimeter voor zich zag hij wat de binnenkant van een autowiel moest zijn en ernaast een Crocs-sandaal.

Vanuit zijn ooghoek kon hij zien hoe de ene arm van de man rondjes draaide en nu besefte hij pas dat de man bezig was de auto te laten zakken met de krik. Hij zag hoe de kruissleutel het asfalt raakte en hoe de Crocs-sandaal uit het zicht verdween. Vlak daarna schudde de uitlaat en hij hoorde een dof gerommel.

Bescherm je hoofd. Bescherm je hoofd, bleef hij in gedachten herhalen toen de auto achteruit begon te rijden.

Eerst het achterwiel.

Hij spande zijn rug- en borstspieren zoveel als hij kon, maar voelde toch hoe zijn ribben een voor een knakten en hoe de pijn zich als gloeiende lava vanaf zijn borst naar de rest van zijn lichaam verspreidde.

Daarna het voorwiel.

Hij zag de achterkant van de Peugeot verdwijnen en links afslaan op de Ringstedvej. Zijn hoofd was er dus goed van afgekomen. Gesterkt door het besef dat hij nog niet dood was, dat hij zowel kon zien als denken, registreren en besluiten nemen, trotseerde hij de pijn in zijn borst en ging op zijn knieën zitten zodat hij zijn pistool kon pakken, dat nog op het asfalt naast de kruissleutel lag. Daarna krabbelde hij overeind en probeerde bij zijn auto te komen.

Zijn linkerbeen weigerde dienst en hij moest het met allebei zijn handen vooruithelpen. De brandende pijn in zijn borst veranderde langzaamaan in een dof kloppende pijn en hij kon zien hoe steeds meer bloedvlekken zich over zijn politieoverhemd verspreidden. Eigenlijk zou hij contact op moeten nemen met Niels zodat hij het kon afhandelen en een ambulance kon sturen. Maar dat zou niet alleen betekenen dat de Zweed vrijwel zeker zou ontsnappen, maar ook dat Else gelijk zou krijgen.

In een uiterste krachtsinspanning draaide Morten Steenstrup het contactsleuteltje om, reed achteruit en was al snel onderweg naar het oosten over de Ringstedvej. Hij drukte het gaspedaal in en dankte God dat hij een automaat had. Als dat niet zo was geweest, had hij nu nooit kunnen rijden. Niet met zijn linkerbeen. De pijn in zijn borst was nu bijna helemaal verdwenen. Het enige wat hij voelde was een dof bonzen. Zijn overhemd was roodgekleurd en kleverig van het bloed en hij nam zich voor om niet meer omlaag te kijken.

Het was beter zich op de weg voor hem te concentreren en te bedenken hoe de Zweed gereden kon zijn. Hij had iets minder dan twee minuten voorsprong, maar was al uit het zicht verdwenen. Omdat er geen reden was om verder te rijden naar Køge besloot hij de E55 te nemen en noordwaarts naar Kopenhagen en de brug naar Zweden te gaan.

Hij voelde hoe hij langzaam weg aan het zakken was en deed de sirene en de zwaailichten aan om wakker te blijven. De auto's voor hem minderden direct vaart en verplaatsten zich naar de binnenste baan, en hij trapte het gaspedaal zo ver mogelijk in en zag dat de snelheidsmeter de 200 passeerde en naar de 220 ging. Hij was totaal niet bang meer. Het was alsof hij zijn angst in Lellinge achter zich had gelaten. Alles kon nu gebeuren. Het maakte niet uit. Hij zou het halen. Iedereen laten zien dat hij best wel durfde. Als hij maar bij bewustzijn kon blijven.

De rode naald wees 230 aan, maar de auto schudde niet erger dan zijn eerste auto, een Simca 1000, had gedaan als hij 85 kilometer per uur reed. Als hij deze snelheid vast kon houden, zou hij hem over een paar minuten in moeten kunnen halen, ervan uitgaande dat de Zweed zich aan de snelheidslimiet hield. Tien kilometer verder kon hij de Peugeot zien en hij zette de zwaailichten uit.

Maar te laat.

De Zweed had hem gezien en verhoogde zijn snelheid terwijl hij de eerstvolgende afslag nam. Morten reed achter hem aan en voelde dat zijn lichaam instinctief reageerde met een golf koud zweet – het besef dat het nu snel voorbij zou zijn. De auto voor hem slipte met gierende banden rechts de Cementvej op. Zelf deed hij het iets rustiger aan. Wilde niet riskeren dat hij in de greppel reed nu hij zo ver was gekomen.

De Peugeot sloeg onverwacht krachtig rechts af een grindweg in. Een blik op de gps leerde dat die naar een akker op de boshelling leidde om eromheen te gaan en weer terug te keren. Had de Zweed zich in een hoek gemanoeuvreerd of had hij hetzelfde op zijn gps gezien en wilde hij een hinderlaag leggen?

Morten zette de motor uit en draaide het autoraampje naar beneden. Het geluid van de motor van de Peugeot, aan de andere kant van de boshelling, was duidelijk te horen. Hij weerstond het verlangen om zijn ogen te sluiten en in slaap te vallen, stapte de auto uit en liep de grindweg op, met zijn linkervoet achter zich aan slepend en een tak als kruk. Het overhemd kleefde aan zijn buik en borst, maar hij gaf niet toe aan zijn instinct om naar beneden te kijken.

Zo'n vijftig meter verder zag hij de Peugeot ogenschijnlijk verlaten tussen een paar struiken staan met een stationair draaiende motor. Met het pistool in zijn hand hinkte hij naar de auto. Hij ging er met een boogje naartoe, maar zag niets anders dan bomen en een open akker, dus liep hij het laatste stukje naar de auto. Hij leunde naar voren en hield zijn handen bij zijn ogen om in de auto te kunnen kijken.

Het laatste wat hij meekreeg was dat de auto leeg was.

Daarna werd alles zwart.

18

Op het moment dat Fabian Risk het telefoontje van Mette Louise Risgaard had aangenomen was de feestelijke stemming verdwenen. In één klap was de barbecueavond bij Molander veranderd in een politievergadering. Zij het in aanwezigheid van echtgenoten en met heel wat alcohol in het bloed.

Astrid Tuvesson had meteen haar Deense collega Kim Sleizner in Kopenhagen gebeld, maar omdat hij niet had opgenomen, had ze een bericht op zijn voicemail ingesproken, waarin ze hem had geïnformeerd over de ontstane situatie en hem had laten weten dat ze nu zelf contact op zou nemen met het lokale bureau in Køge. Daarna had ze de chef van de Zweedse rijkspolitie gebeld, die op zijn beurt had beloofd direct contact op te nemen met zijn Deense collega Henrik Hammersten.

De bal was aan het rollen gebracht. Het enige wat ze nu konden doen was afwachten en verder eten. Sonja zei niets, maar Fabian kon duidelijk zien dat haar goede humeur verdwenen was. En hij begreep haar. Hij probeerde nieuwe gespreksonderwerpen te vinden, maar behalve Gertrud Molander ging niemand erop in. Iedereen wachtte tot Tuvessons mobieltje over zou gaan.

Een uur later was het zover.

Het was Kim Sleizner en Tuvesson zette de luidsprekerfunctie aan zodat iedereen het kon horen. 'Jens-Ove Ries zegt dat je me gebeld hebt. Maar ik heb er genoeg van om te zeggen dat ik geen telefoontje van je heb ontvangen.'

'Ja, ik heb gebeld. Ongeveer een uur geleden,' zei Tuvesson. 'Maar je nam niet op en daarom heb ik een bericht ingesproken.'

'Als je dat had gedaan, zou ik een onbeantwoorde oproep en een bericht moeten hebben, toch? En die heb ik dus niet. Misschien ben je vergeten 0045 in te toetsen? Ik weet het niet.'

Tuvesson wierp de anderen een blik toe en schudde haar hoofd.

'Maar ik weet wel dat Morten Steenstrup, een van mijn dienders in Køge, de jacht op de dader heeft ingezet.'

Mijn dienders, dacht Fabian en hij vond dat het klonk alsof Sleizner de agenten als zijn bedienden zag.

'En dat ondanks dat hij zwaargewond was en een heleboel bloed verloren had. Als ik niet zo kordaat was geweest om aan de bel te trekken en er een paar auto's op af te sturen zodra ik hoorde wat er aan de hand was, was hij nu dood geweest.'

Fabian vroeg zich af of er verder niets te vertellen was of dat Sleizner een pauze inlaste om Tuvesson te dwingen iets te vragen. Tuvesson moest hetzelfde hebben gedacht. Ze leek niet van plan te zijn de stilte te verbreken, die op de grens van ondraaglijk werd totdat Sleizner het kruis op zich nam en zelf verderging.

Het bleek dat Morten Steenstrup overreden was door de dader en nu op de intensive care lag en op het randje van de dood balanceerde. Hij had klaarblijkelijk een echte heldendaad verricht, waarbij hij er tegen alle verwachtingen in in geslaagd was beslag te leggen op de Peugeot. De dader was echter ontkomen en het enige spoor dat hij had achtergelaten was een paar Crocs-sandalen in de buurt van de auto.

Het feit dat ze de auto hadden, was op zich een groot succes en vast en zeker een even grote tegenslag voor de dader. Maar Fabian bleef maar denken aan wat er met Mette Louise was gebeurd. Voorlopig was er nog geen spoor van haar te vinden. Had hij haar meegenomen als gijzelaar? Maar waarom dan?

Het was na middernacht toen ze thuiskwamen. Theodor, die de hele avond in een hoek had gezeten met zijn mobieltje, verdween direct naar zijn kamer en Matilda beweerde dat ze nog heel fris was en wilde niet naar bed. Na drie hoofdstukken uit Harry Potter sliep ze nog niet.

'Papa, is het een seriemoordenaar of een massamoordenaar of alleen maar een gewone moordenaar?' Matilda keek hem met klaarwakkere ogen aan. Hij wilde eigenlijk niet begrijpen waar ze het over had, maar vond toch dat ze een eerlijk antwoord verdiende.

'Lieveling, ik weet het niet. Voorlopig gaat het maar om één moord, al ben ik er vrij zeker van dat hij er op zijn minst twee heeft begaan.'

'Hoe kun je daar zo zeker van zijn?'

'Omdat het mijn baan is.'

'Betekent dat dat hij een seriemoordenaar is?'

'Nee, dan moeten er op zijn minst drie doden zijn. Maar ik denk toch niet dat ik hem als seriemoordenaar zou categoriseren.'

'Waarom niet?'

'Een seriemoordenaar moordt om het moorden zelf. Deze moordenaar heeft een heel andere reden waarom hij moordt,' legde Fabian uit en hij praatte verder over de zaak, hoe hij dacht te weten dat de dader wraak wilde nemen op degenen die gemeen tegen hem waren geweest, maar dat hij het nu niet meer zeker wist, tot hij ontdekte dat Matilda als een blok in slaap was gevallen.

Hij liet haar alleen, liep naar de keuken en trok de kurk uit een van de wijnflessen die hij vergeten was aan Molander te geven.

Sonja was boven in haar atelier bezig haar schilderijen uit te pakken en maakte geen aanstalten zelfs maar Fabians kant op te kijken toen hij binnenkwam met de wijn, twee glazen en de iPod. Eigenlijk moesten ze praten, maar ze waren te moe. Bovendien was er niets wat niet al gezegd was. In plaats daarvan ging hij op de grond zitten, schonk de wijn in en zocht 'I Would Die 4 U' op – het liedje waarop ze hadden gedanst toen ze elkaar voor het eerst ontmoetten, en dat daarna hun liedje was geworden.

Die nacht bedreven ze de liefde in het atelier.

De volgende ochtend kreeg Fabian toestemming van Astrid Tuvesson om in het weekend thuis te blijven, zolang hij maar beloofde zijn mobieltje binnen handbereik te houden. Tuvesson beloofde op haar beurt hem alleen te bellen als er iets was waarbij zijn aanwezigheid absoluut vereist was.

De hele zaterdagmiddag ging voorbij en ze konden rustig verhuisdozen uitpakken, de laatste plastic zakken legen, planken vastschroeven en hij had zelfs tijd om samen met Theodor de stereoinstallatie aan te sluiten. En na een late lunch in de schaduw van de parasols op het terras stapten ze in de auto om een snorkeluitrusting voor Theodor te kopen en koffie te drinken bij Fahlmans aan het Sortorget. Daarna maakten ze een wandeling langs de nieuwe jachthaven en vonden een paar vrije vierkante meters op Tropical Beach.

Op zondag hingen ze de schilderijen op, zetten de boeken in alfabetische volgorde, hielpen Matilda om haar kamer op orde te brengen en slaagden er tot Theodors grote vreugde in om de router van het draadloze netwerk aan de gang te krijgen. Ze hielpen allemaal mee en kregen eindelijk het gevoel dat ze nu echt in de woning waren getrokken. 's Avonds vierden ze het met een etentje bij café Pålsjö.

Het hele weekend ging voorbij zonder dat Fabians mobieltje ook maar één keer was gegaan. Er was niet eens een sms'je gekomen. Maar Fabian had de hele tijd aan de gebeurtenissen van de afgelopen dagen moeten denken. Aan wat er met Mette Louise was gebeurd en aan wat Molander in de Peugeot zou vinden. Aan Lina, die nog steeds niets van zich had laten horen, en of hijzelf zou moeten bellen om zijn excuses aan te bieden, aan hoe hij met haar had gedanst op 'Rivers of Babylon' op het feestje van zijn twaalfde verjaardag en zeker had geweten dat zij tweeën de rest van hun leven samen zouden blijven.

Op maandagochtend werd de stilte pas verbroken en ging zijn mobieltje over.

'Je moet hiernaartoe komen. Nu meteen...'

19

Gusten Persson hield van de vroege ochtend. Bovendien scheen de zon alsof hij er nooit mee op zou houden. Toch was Gusten al in een slecht humeur toen hij vanaf de Gruvgatan afsloeg en naar de achterkant van het hoofdgebouw reed, waar hij parkeerde op een van de plekken met het bord: ALLEEN PERSONEEL – ÅSTORPS BOUWARTIKELEN.

Deels kwam het omdat de vakantie voorbij was, deels omdat hij het hele weekend bezig was geweest met het timmeren van de veranda en niet eens een glimlach van Inga had gekregen. Van zijn vaste grap *geen ingang bij Inga* had hij al lang geleden genoeg gekregen. Van vrienden had hij gehoord dat de menopauze voor sommige vrouwen een moeilijke periode kon zijn. Maar niemand had het erover hoe vervelend het voor mannen kon zijn.

Hij stak de sleutel in het slot en duwde de deur open, liep het grote magazijngebouw binnen en sloot de deur achter zich. Het duurde nog een kwartier voordat ze opengingen na twee weken vakantie en als hij de deur niet op slot deed, liep hij het risico dat het gebouw een kwartier voor openingstijd al volliep met klanten.

Hij moest aan Thailand denken en dat Glenn had gevraagd of hij van de winter niet mee wilde. Blijkbaar waren er gewillige en vooral goedkope meisjes in overvloed. Hij had ervoor bedankt en een vieze smaak in zijn mond gekregen van het idee. Hij had nooit betaald voor seks en was ook niet van plan dat te gaan doen.

Maar na dit weekend wist hij het niet meer zo zeker. Waarom zou hij niet af en toe een nummertje mogen maken? Wat was er zo vreselijk verkeerd aan? Zijn lust was toch precies even natuurlijk als Inga's menopauze? Als het andersom was geweest – dat de mannen in een menopauze kwamen en de vrouwen almaar geiler werden – was prostitutie vast en zeker volledig geaccepteerd geweest. Dan zouden de yogaweekends seksweekends zijn geweest en de roddelblaadjes pornoblaadjes.

Als het al de menopauze was. De laatste tijd had hij steeds meer de indruk gekregen dat Inga dat eigenlijk alleen als excuus gebruikte.

Nee, hij zou bij Glenn informeren of er toch nog niet een mogelijkheid was dat hij mee kon gaan, dacht hij terwijl hij de alarmkast opende.

Je had vijfenveertig seconden om het alarm uit te zetten nadat de deur was geopend. Als je het niet haalde, ging het alarm af en dan kreeg je te maken met een stortvloed van telefoongesprekken en codes voordat de orde weer was hersteld. Hij durfde er niet eens aan te denken hoeveel zo'n grap kostte. In het begin was hij altijd bang geweest dat hij het niet zou halen en was hij naar de kast gerend om het alarm uit te zetten. Inmiddels wist hij precies hoe lang vijfenveertig seconden duurden en kon hij op zijn gemak naar de kast lopen. Het was bijna een sport voor hem geworden om zo dicht mogelijk bij de vijfenveertig seconden te komen.

Het vreemde was dat het alarm al uitstond. Gusten begreep niet hoe dat kon. Was hij zelf vergeten het aan te zetten toen ze voor de vakantie afsloten? Of was er al iemand voor hem geweest die had opengedaan? Hij had in elk geval geen auto gezien en in al de jaren dat hij daar verantwoordelijk voor was, was het hem alleen gelukt om het door iemand te laten overnemen toen hij een maand ziek thuis lag na zijn bypassoperatie.

Gusten liep de ruimte binnen en maakte zijn gebruikelijke ochtendronde, die neerkwam op het aanknippen van de tl-buizen aan het plafond, het starten van presentatiefilms en het op hun plek leggen van artikelen. Hij kon bij god niet begrijpen waarom het zo moeilijk voor klanten was om de artikelen terug te leggen op de plek waar ze ze hadden gepakt. Het was bijna even onbegrijpelijk als Inga's slechte humeur.

Hij bleef staan en richtte zijn blik op het raam. Dat was weliswaar gesloten, maar de haken zaten niet dicht. Hij liep ernaartoe en voelde aan het raam, dat naar buiten opensloeg. De kabel naar de alarmcontactdoos zag eruit zoals het hoorde. Stond het alarm daarom uit? Er was vaker ingebroken dan Gusten zich kon herinneren, maar niet één keer nadat ze bijna drie jaar geleden het nieuwe alarmsysteem hadden geïnstalleerd. Het had honderdduizenden kronen gekost en hij herinnerde zich nog hoe sceptisch hij geweest was en had gedacht dat een paar incidentele diefstallen goedkoper zouden zijn. Maar in het voorjaar hadden ze de kosten eruit gehad en sindsdien hadden ze in de plus gezeten, los van wat er nu was gebeurd.

Hij onderbrak zijn ronde en liep rechtstreeks naar zijn kantoor, waar hij het koffiezetapparaat aandeed terwijl hij wachtte tot het computersysteem op was gestart. Daarna logde hij in en klikte verder naar de plek waar hij direct kon constateren dat Glenn Granqvist het alarm donderdagnacht om 02.33 uur had uitgezet. Gusten begreep er niets van. Glenn?

'*You talking to me?*'

Gusten Persson luisterde naar de voicemail, maar hij sprak niets in. Glenn lag vast nog gewoon te slapen en had meer belsignalen nodig om wakker te worden. Hij deed een nieuwe poging en telde het aantal signalen. Bij het zevende gaf hij het op en legde neer. Had hij een verkeerd nummer ingetoetst?

Het nummer stond in zijn eigen mobieltje, maar hij had gebeld van de vaste telefoon van het werk. Het was tenslotte een zakelijk gesprek en er was geen reden waarom hij voor de kosten op zou moeten draaien. Hij toetste het nummer nog een keer in en controleerde het cijfer voor cijfer. Maar hij kwam niet aan het laatste toe. Zijn blik bleef op de monitor hangen, die nu tot leven was gekomen en afwisselend de verschillende bewakingscamera's liet zien.

In de afdeling voor ramen en deuren stond een heftruck die het hele middenpad blokkeerde. Wat deed die daar? Die hoorde helemaal achter in gang C te staan. Bovendien was er iets met de hoek wat niet klopte. Hij boog zich dichter naar de monitor toe om het beter te kunnen zien, maar toen kwam er al een andere camera in beeld.

Gusten kon zich niet herinneren wanneer hij voor het laatst gerend had. Ze hadden elektrische karretjes, maar hij was er nooit handig mee geweest en had er de voorkeur aan gegeven om te lopen, had gedacht dat het goed was voor zijn conditie. Nu wou hij dat hij het niet zo makkelijk had opgegeven. De ramen- en deurenafdeling lag helemaal achter in het gebouw en hij was nu al buiten adem.

Er schoot een rat voor hem langs over de cementen vloer. Er waren een boel ratten, dat wist hij. Maar zo openlijk als nu lieten ze zich nooit zien. Er kwam er nog een onder een pallet met gipsen platen vandaan, die in dezelfde richting liep als hijzelf. Wat was er gebeurd? De gedachte aan een verborgen camera kwam bij hem op, maar hij verwierp die bijna meteen weer. Dit was geen practical joke. Wat het ook was, het was serieus.

Zijn hartslag ging tekeer als een mitrailleur en zijn ademhaling leek op die van een hond bij veertig graden warmte. Eindelijk kwam hij de hoek om en kon hij de heftruck zien, die inderdaad midden in de gang stond. Er was dus ingebroken. Ja, waarom niet? Deuren en driedubbel beglaasde ramen behoorden tot de duurste spullen die ze hadden. Nog vier ratten kwamen uit verschillende richtingen en verdwenen naar de andere kant van de heftruck.

Hij kon nu duidelijk zien wat hij in het kantoor al had vermoed. De heftruck steigerde. De voorwielen hingen vijftien centimeter boven de vloer vrij in de lucht. De vork was tot aan de bodem omlaag gelaten en tussen de vork en de cementen vloer zag hij Glenns kapotgedrukte schoenen. Er was geen twijfel mogelijk. Hij herkende de Dr. Martens met de stalen punten waar Glenn zo vaak propaganda voor had gemaakt meteen. Maar tegen zoveel druk waren zelfs de Dr. Martens niet bestand. De gedachten wervelden door Gustens hoofd, even chaotisch als een kompasnaald op de Noordpool.

Het geluid hielp hem om zijn focus terug te krijgen. Het kwam van de andere kant van de heftruck en hij begreep in het begin niet wat het was. Het klonk alsof er iets piepte of tjilpte. Een zwerm... Hij besefte dat de vloer vol ratten was, die heen en weer liepen naar iets aan de andere kant van de heftruck. Hij verzamelde moed en liep ernaartoe om te kijken. De aanblik zou hem de rest van zijn leven achtervolgen. Dat Glenn dood was had hij diep vanbinnen al begrepen en daar had hij zich op voorbereid. Wat hem choqueerde, was wat de ratten hadden gedaan.

◆

26 november

Vorige week speelden we volleybal met gym. Ik werd als laatste gekozen hoewel ik net zo goed ben en niemand speelde de bal naar me toe. Toen we douchten zeiden ze dat ik een homo was en naar hun lul keek. Ik zei niets maar ze gingen maar door en zeiden dat ik aan hun lul wilde zuigen. Hoorde daarna hoe ze lachten in de kleedkamer maar durfde er niet uit te komen voordat ze weg waren en toen was mijn jas er niet. Een bijna gloednieuwe gewatteerde jas waarvan mama zei dat hij veel te duur was. Hij lag in het toilet en ik probeerde hem eruit te halen maar hij was hartstikke vies.

Vond er net zo een bij de JC. Liep naar de kassa en ze haalden het alarm eraf en stopten hem in een zak en zeiden wat ik moest betalen maar ik rende gewoon weg. Ze riepen en kwamen achter me aan maar ik was sneller en rende maar door zonder ook maar één keer om te kijken.

Ben nu al een paar dagen niet naar school gegaan en vanavond belde die stomme klotejuf om het te vertellen. Papa was niet thuis maar mama werd heel erg kwaad. Ik wist niet wat ik moest zeggen en zweeg alleen maar. Ze vroeg waarom ik geen antwoord gaf. Maar ik zei niets. Ben heel goed geworden in stil zijn.

Maar alleen daarom zei ze dat ze volgende week mee naar school zou lopen en een paar lessen bij zou wonen. Ik zei dat ik dat niet wilde maar toen was zij het die geen antwoord gaf. Verdomme, ze zullen denken dat ik gekletst heb en me er ongenadig van langs geven. Ik weet het. Dat is precies wat er zal gebeuren.

Bovendien hadden we koolrolletjes met gehakt. Ik haat koolrolletjes en dat weet ze. Toch zei ze dat ik alles op moest eten en toen kwam papa en die begon te zeuren over hoe belangrijk het is dat je naar school gaat. God, wat haat ik ze. Ze begrijpen er helemaal niets van.

ps: Goot mijn eigen pis in Labans drinkflesje. Eerst weigerde hij te drinken, maar daarna deed hij het toch. Heel weerzinwekkend.

20

Het afzettingslint hing er al toen Fabian Risk aan kwam rijden en voor Åstorps Bouwartikelen parkeerde. Een paar nieuwsgierigen, waarschijnlijk personeelsleden, stonden in een groepje toe te kijken. Rots stond een beetje afzijdig en hield een eerste verhoor met Gusten Persson, die nog niet was bekomen van wat hij op de afdeling deuren en ramen had gezien.

'Hij doet hier blijkbaar elke ochtend open,' zei Molander toen hij Fabian op kwam halen en onder de versperring door liet.

'Waar is Tuvesson? Moet zij hier niet zijn?'

'Ze moest naar Malmö komen.'

'Malmö?'

'Een crisisvergadering over hoe ze het conflict met de Denen aan moeten pakken. Ze zijn daar blijkbaar chagrijnig omdat we de bazen hebben gepasseerd en onze eigen mensen ernaartoe hebben gestuurd zonder hen in te lichten.'

'We hebben toch gebeld? Maar ze namen niet op.'

'Niet volgens hen.' Molander haalde zijn schouders op en liep het gebouw binnen. Fabian volgde hem tussen de overvolle magazijnrekken door die zich tot aan het dak uitstrekten. Ze kwamen bij een lang middenpad dat door het hele gebouw heen liep. Molander bleef staan en knikte met zijn hoofd naar het eind van de gang. 'Daar is het.'

De heftruck stond een tiental meter verderop en zijn voorwielen staken in de lucht. Molanders assistenten liepen in hun blauwe overalls rond om foto's te nemen en monsters te verzamelen. Het lichaam lag op zijn rug met de voeten vastgeklemd onder de vork van de heftruck en naar wat Fabian kon zien was er niet veel van over. De rest van het lichaam was verborgen achter de patholoog-anatoom en zijn assistenten.

'Gaat het goed daar?'

'Ja, maar het zal nog wel even duren voordat hij geïdentificeerd is.'

'Ik kan hem identificeren.' Hoewel Fabian geen recente foto's van Glenn had gezien, zou het hem geen enkele moeite kosten om hem te herkennen.

'Ik denk het niet.' Molander legde zijn hand op Fabians schouder. 'Ik wil er sowieso niet meer mensen dan noodzakelijk is bij hebben voordat mijn mannen en Vlecht klaar zijn. De ratten hebben het al moeilijk genoeg gemaakt.'

'De ratten?'

Molander knikte. 'Maar ze hebben ook iets nuttigs gedaan. Kom, dan kun je het zien.' Fabian volgde Molander van de moordplek naar het andere eind van de ruimte.

'Ze worden aangetrokken door eten en als je hun sporen volgt, dan wordt duidelijk dat ze een hele hoop lekkers hebben gehad.' Molander verliet het middenpad en liep verder tussen twee rekken door en bleef staan bij een verborgen plek achterin, onder een raampje dat openstond. 'Ik denk dat hij hier heeft overnacht, en vooral heeft gegeten.'

Fabian keek naar de betonnen vloer maar kon geen sporen van etensresten ontdekken. 'Maar de ratten hebben alle resten opgegeten, zeker?'

'Alles behalve dit.' Molander stak hem een plastic zakje toe met McDonald's-papier erin. 'Als ik me niet vergis is dit een Chili McFeast Deluxe. Erg lekker voor McDonald's en het bijzondere ervan is dat het slechts een dag in de week wordt verkocht en alleen in bepaalde zaken. Met een beetje geluk heeft hij het in een van de zaken hier in de buurt gekocht.'

'Hallo, komt u maar, belgerinkel!' liet een knarsende stem in Molanders walkietalkie weten, waarna ze terugkeerden naar de steigerende heftruck.

'Die patholoog-anatoom. Hoe is hij?'

'Einar Greide? Hij ziet eruit als een doorgewinterde hippie die niets anders uitvoert dan high zijn en roken, maar hij is een van de beste pathologen die er in dit land zijn. Alleen al dat hij erop stond om hiernaartoe te komen voordat we het lichaam zouden verplaatsen, zegt een hele...'

Molander raakte de draad kwijt toen hij zag dat de patholoog-anatoom op hen af kwam lopen. Zijn lange zilvergrijze haar zat in twee vlechten en zijn puntbaard in één. Om zijn keel hingen meerdere amuletten en de gehaakte, gekleurde broek onder de plastic overjas deed aan twee Twist-ijsjes denken.

'Hij is in elk geval een van de beste.' Molander liep weg met een van zijn assistenten.

'Hallo, Einar Greide. En jij moet Fabian Risk zijn.' Greide stak zijn hand uit, waarvan om elke vinger minstens één ring zat, en schudde Fabians hand. 'Er staat ons een spannende tijd te wachten,' vervolgde hij en hij trok aan zijn puntbaardje. 'Deze dader weet godsamme precies waar hij mee bezig is.'

'Wat heb je ontdekt?'

'Eén ding tegelijk en deze staan als eerste op de lijst.' Greide hield een paar verfrommelde blauwe schoen- en haarbeschermers op. Fabian deed de schoenbeschermers over zijn Converses, zette de haarbeschermer op en volgde de patholoog-anatoom naar de andere kant van de heftruck, waar het levenloze lichaam op zijn rug lag.

Beide armen lagen dicht tegen het lichaam aan, vastgesnoerd met spanband bij de dijen. De kuiten verdwenen onder de vork van de heftruck en van de voeten en schoenen was niet veel meer over dan heel veel bloed dat uitgelopen en gestold was op de betonnen vloer. Fabian liet zijn blik omhoog glijden over het lichaam en begreep nu waarom Molander het over ratten had gehad en vooral waarom hij dacht dat Fabian het lichaam niet zou kunnen identificeren.

Niet alleen de voeten waren weg, het gezicht ook. Opgegeten. Alles was weg. De ogen, net als de lippen en de mond. Er was alleen een vlezige rode massa over en behalve aan het haar eromheen kon je alleen aan het neusbeen, de jukbeenderen en de tanden die eruit staken zien dat het toch echt om een mens ging. Het leek zo weinig op een gezicht dat het er niet eens weerzinwekkend uitzag.

Fabian kwam overeind en voelde geen enkele twijfel. Al was het onmogelijk om te zien, hij was er zeker van dat het Glenn was. Dit was zijn werkplek, hij was verdwenen en hij had zijn voeten gebruikt wanneer hij en Jörgen Claes te grazen namen.

Alles klopte.

Einar Greide knikte naar zijn mannen, die het lichaam voorzichtig op zijn zij rolden, waarna hij op zijn hurken ging zitten en naar een wondje in de nek wees.

'Zoals je ziet heeft hij een harde klap achter op zijn schedel gekregen, wat zo goed als altijd een behoorlijke bloeding tot gevolg heeft.' Greide wees naar het gestolde bloed in het haar rond de wond. 'Maar als je hier op de grond onder de wond kijkt is er nada. Helemaal geen bloed.' Hij keek Fabian aan.

'Dus hij heeft die klap eerder gekregen?'

Greides gezicht klaarde op. 'Hij is goed, die nieuwe,' riep hij naar de anderen in de ruimte terwijl hij tegelijkertijd naar zijn mannen gebaarde dat ze het lichaam in een lijkzak moesten tillen. 'Kom. Mijn dokter zegt dat ik veel te weinig beweeg.'

Fabian volgde Greide op een wandeling door het troosteloze gebouw met de rekken vol dromen over een nieuw mooi huis.

'Er is dus een kans dat hij al dood was voordat hij hier kwam?'

'Nee, alleen de wond op zijn achterhoofd is eerder ontstaan,' zei Greide en hij pakte een handvol toffees uit de schaal die op de toonbank van de verfafdeling stond. 'Maar zo uit de losse pols zou ik zeggen dat hij drie, vier dagen geleden is overleden.'

'We hebben het dus over donderdag of vrijdag?'

Greide knikte. 'En hoewel het voorlopig nog giswerk is, ziet het ernaar uit dat de doodsoorzaak bloedverlies is. In zijn gezicht.' Hij peuterde het papiertje van een toffee en stopte hem in zijn mond. 'Door de ratten is de wond in zijn gezicht open gebleven, anders had hij vermoedelijk nog geleefd.'

'Dus hij moet dankbaar zijn?'

'Dat hangt ervan af hoe je het ziet.'

'Dus als we ervan uitgaan dat de dader wilde dat het slachtoffer dood zou gaan, zijn de ratten geen toeval?'

'Ik heb meer tijd nodig, maar het zou me niets verbazen als er iets op het gezicht is gesmeerd dat de ratten heeft gelokt.'

'Zoals wat?'

'Honing? Kaviaar? Leverpastei? Ze eten praktisch alles.'

Fabians mobiele telefoon ging. Het was Tuvesson.

'Ze hebben het meisje gevonden.'

21

WAAROM? VRAAG FABBE.

Fabian zat tegenover Tuvesson in haar kantoor en staarde naar het met de hand geschreven briefje en las de drie woorden steeds opnieuw. 'Waarom? Vraag Fabbe.'

De vraag was meer dan gerechtvaardigd. Hoe kon hij zo dom zijn geweest? Hij had een onschuldig meisje bij een zaak betrokken en haar in levensgevaar gebracht. Nu was ze dood, en de dader kon het niet duidelijker hebben gezegd. Mette Louise Risgaard maakte geen deel uit van zijn plan.

'De Denen hebben haar in de kofferbak van de auto gevonden,' zei Tuvesson en ze deed haar best om haar woede in bedwang te houden.

'En het briefje?'

'Zat in haar mond gepropt.'

Fabian sloot zijn ogen en voelde hoe hij steeds dieper naar beneden werd getrokken. Waar hij het hele weekend bang voor was geweest, was nu dus een feit.

'Fabian. Het lijdt geen twijfel dat het onderzoek een grote en in veel opzichten waardevolle stap vooruit heeft gemaakt. Maar de prijs daarvoor... Er is niets wat daar tegen opweegt. De Denen hebben nu een agent die op het randje van leven en dood zweeft en een vermoord jong meisje. Ze geven ons de schuld – het Zweedse politiewezen.'

'Het Zweedse politiewezen? Maar dit is mijn fout.'

'Daar heb je helemaal gelijk in. Maar ik kom op voor mijn mannen.' Ze keek hem recht in de ogen. 'Ondanks dat ze op soloavonturen gaan zonder het te laten weten en om mijn toestemming te vragen. Maar het is absoluut jouw fout en dat is iets waar je mee moet leren leven.'

Fabian knikte. Hij kon het alleen maar met haar eens zijn en dacht erover na of hij er ooit beter in zou worden om de gevolgen van zijn daden te overzien.

'Ik kom net uit Malmö, waar ze net als wij een klacht van de Denen hebben ontvangen. Ik en Bengt-Åke Persson hebben besloten één lijn te trekken om onze handelingen te verdedigen. We hebben tenslotte geprobeerd Sleizner te pakken te krijgen en toen die agent er in zijn eentje op uittrok, was dat op eigen initiatief, tegen alle denkbare regels in. Wat niet iets is waarvan wij de schuld kunnen krijgen.'

Fabian begreep precies waar Tuvesson naartoe wilde. Ze zou zijn identiteitsplaatje en pasje vragen en hem uit het onderzoek zetten. Dat was een logische stap. Het probleem was dat het voor hem te laat was om eruit te stappen. De zaak was voor hem meer dan alleen een zaak. Het was persoonlijk geworden.

Waarom? Vraag Fabbe.

'Eigenlijk zou ik je uit het onderzoek moeten zetten en je weer op vakantie moeten sturen. Maar...' Ze zweeg alsof ze nog een keer na moest denken. 'Helaas geloof ik dat het onderzoek je nodig heeft.' Ze kwam overeind. 'De anderen wachten.'

Rots, Molander en Lilja zaten er al toen Fabian en Tuvesson de vergaderruimte binnenkwamen. Niemand zei iets, maar het was duidelijk dat iedereen wist dat er een derde slachtoffer was, een jonge Deense vrouw die niets met de zaak te maken had behalve dat Fabian haar een opdracht had gegeven.

'Nu we hier met zijn allen zijn wil ik beginnen met te vertellen dat Fabian ondanks de recente gebeurtenissen door zal gaan.'

Rots en Molander knikten en glimlachten vaag naar Fabian. Lilja verroerde daarentegen geen vin.

'Irene? Heb je er iets tegen in te brengen?' vroeg Tuvesson en Lilja schudde haar hoofd. 'Goed. Want het is nu belangrijker dan ooit dat we als een groep optreden en voor elkaar opkomen.' Ze richtte haar blik op iedereen behalve op Fabian. Maar het was duidelijk genoeg. De woorden waren tegen hem en tegen niemand anders gericht. 'Oké, dan beginnen we.'

Ze liepen de laatste ontwikkelingen na. Foto's van Glenn Granqvist op volwassen leeftijd werden samen met foto's van de moordplaats en van de twee verdachten Claes Mällvik en Rune Schmeckel op het whiteboard gehangen.

'Ingvar, ik weet dat jullie nog niet klaar zijn. Maar hebben jullie nog iets anders gevonden dan de verpakking van McDonald's?' vroeg Tuvesson.

'Jawel,' zei Molander en hij hield een plastic tasje omhoog met een dikke zwarte viltstift erin. 'Helaas is hij natuurlijk helemaal schoon en moet hij vooral worden gezien als een bewijs dat de dader een zekere mate van humor bezit. Of hij vindt het een onnodig grote belasting voor het milieu om voor elk slachtoffer een nieuwe foto uit te printen.' Molander haalde de viltstift uit het plastic zakje, liep naar het whiteboard en zette een kruis over Glenn op de uitvergrote klassenfoto.

Tuvesson zuchtte en schudde haar hoofd. 'Hij speelt met ons.'

'Hoe zit het met de Peugeot?' vroeg Fabian. 'Komt die hiernaartoe?'

'Helaas zal dat nog wel even duren,' zei Tuvesson. 'Als ik Sleizner een beetje ken, zal hij er alles aan doen om het uit te stellen zodat zijn eigen afdeling de zaak op kan lossen.'

'Hoezo, dit is toch ons onderzoek?' zei Rots.

'In hun ogen is het hun onderzoek. Ze hebben zowel de moord op een jong meisje als een agent die op sterven na dood is, en blijkbaar heeft *Extra Bladet* hem al uitgeroepen tot de held van dit decennium.'

'Welk decennium dan? De jaren tien zijn net begonnen,' zei Molander.

'We hebben niet de hele dag. Hoe gaat het met het McDonald's-spoor?'

'Er zijn acht vestigingen binnen een straal van twintig kilometer vanaf Åstorp,' zei Rots. 'Maar slechts zes ervan werken met verschillende dagmenu's. Een in Ängelholm, drie in Helsingborg, een in Ödåkra en een in Hyllinge.'

'En wanneer wordt de Chili McFeast Deluxe verkocht?' vroeg Molander.

'Op donderdag. Dus dat klopt.'

'We zouden dus rond moeten gaan om te zien of een van de medewerkers Mällvik of Schmeckel herkent. Doe jij dat, Rots?' vroeg Tuvesson.

'Alrighty mighty.'

'En ik dacht dat jij en Fabian dit konden doen.' Tuvesson hield een document in de lucht en gaf het aan Lilja.

'Und was ist das?'

'Een huiszoekingsbevel voor Schmeckels woning.'

'Hoe is dat je gelukt?' vroeg Rots. 'We hebben geen duidelijk motief en geen technisch bewijs. Voorlopig is zijn auto het enige dat naar hem verwijst.'

'Die waarschijnlijk is gestolen,' zei Molander.

'Maar hij heeft hem niet als gestolen opgegeven,' zei Tuvesson.

'Dat zou nooit overeind blijven in de rechtszaal,' ging Rots verder. 'En als ik Stina Högsell een beetje ken, zal ze dat ook precies hebben gezegd.'

'Dat klopt. Maar ze heeft blijkbaar een Deense ex-man.'

Fabian ging in Hugo Elvins stoel zitten en voelde zich compleet leeg. Hij was verward. Niets in het onderzoek leek samen te hangen. Hij had gelijk gehad wat Glenn en zijn verpletterde voeten betrof en samen met Jörgens afgezaagde handen wees alles op Claes Mällvik. Als iemand een motief had, was hij het. Maar waar was hij gebleven? Na 1993 had Lilja niets meer over hem kunnen vinden. Het was alsof hij volledig in rook was opgegaan.

En wie was Rune Schmeckel eigenlijk? Was zijn auto alleen maar gestolen terwijl hij op vakantie was of had hij ook iets te maken met Jörgen en Glenn? Iets buiten de klas om. Misschien had het helemaal niets met de klas te maken? Misschien was de klassenfoto alleen maar een poging om hen in de verkeerde richting te leiden? Hij leunde achterover in zijn stoel en besefte dat hoe meer hij nadacht en probeerde te begrijpen hoe alles samenhing, hoe verder hij bij de oplossing vandaan leek te raken.

Hij besloot een pauze te nemen en trok de bovenste la van Hugo Elvins bureau open, die leeg bleek te zijn. Verbaasd over het feit dat er helemaal niets in de la zat, trok hij de volgende open. Die was ook helemaal leeggeruimd en hetzelfde gold voor de derde. De vierde en vijfde bleken daarentegen op slot te zitten, een duidelijk signaal van de heer Elvin dat hij niet wilde dat iemand in zijn spullen snuffelde, dacht Fabian.

'Het huis van de Risks. U spreekt met Matilda Risk.'

'Hoi Matilda. Met papa. Ik wilde alleen even horen hoe het met jullie gaat?'

'Weet je? Het spookt in de kelder.' Matilda klonk alsof het over leven en dood ging. 'Ik en mama waren er om haar penselen te zoeken en toen ging een van de lampen kapot en daarom verwisselden we hem, maar toen ging die ook kapot.'

'Het is vast alleen maar kortsluiting.'

'Nee, we hebben de stoppen bekeken en daar was niets mis mee en mama zegt dat er echt spoken zijn.'

'In dat geval zijn het vast aardige spoken. Is mama er trouwens?'

'Maaamaaaa! Het is papa! Hij gelooft niet dat het spookt!'

'Hé...'

Fabian probeerde Sonja's toon te peilen, maar er viel niets uit af te leiden. Hij had eigenlijk gebeld om haar te vertellen hoe het onderzoek onder zijn huid begon te kruipen en dat hij nu bovendien het leven van een jonge vrouw op zijn geweten had. Hij moest met iemand praten, vertellen hoe hij zich voelde. Maar niet nu. En absoluut niet met Sonja.

'Dus jullie hebben de spoken in de kelder begroet? Waren ze aardig?'

'Ik weet dat je niet in dat soort dingen gelooft. Maar dat je het maar weet, de kelder is te klein.'

'Hoezo te klein?'

'Hij is kleiner dan hij zou moeten zijn. Het is alsof er een extra kamer is, maar geen deur.'

'Misschien hoort het bij het huis van de buren? Ik weet het niet.'

'Ja. Misschien. Maar we hebben een oven gevonden. Wist jij dat die er was?'

'Nee? Wat voor oven?'

'Zo'n op hout brandende broodoven, een soort gat in de muur. Best wel groot eigenlijk. Matilda en ik wilden proberen of hij werkt.'

'Dat lijkt me geen goed idee. Ik kan me vergissen, maar ik geloof dat de makelaar zei dat de schoorsteenpijp geblokkeerd was.'

'Aha, wat jammer.'

Fabian begreep precies wat voor oven het was. Zijn grootouders hadden er net zo een gehad in hun huis in Värmland en hij had het altijd heerlijk gevonden wanneer ze hem aanstaken. Behalve dat ze er brood en pizza's in bakten verwarmde die een grote stenen bank in de woonkamer. Dat was de grote trots van zijn grootvader geweest. Hij had de oven zelf bedacht en gemetseld, en ervoor gezorgd dat de warme rook door de bank werd geleid voordat die door de schoorsteen verdween.

Hij was een keer in de oven gekropen en had zich erin verborgen toen hij en zijn zus verstoppertje speelden met hun neven en nichten. Ze maakten geen kans om hem daar te vinden en hij had er een tijd gelegen en genoten van de vage warmte van de dag ervoor. Hij was zelfs in slaap gevallen en werd een uur later bij toeval gevonden toen zijn grootmoeder de oven aan wilde steken. Pas toen hij volwassen was, had hij begrepen hoe gevaarlijk het eigenlijk was geweest.

'Heb je vandaag trouwens nog met Theo gepraat?'

'Ik kreeg de kans niet. We hebben een nieuw slachtoffer.'

'Hoezo, uit de klas?'

'Ja. Glenn Granqvist, de beste vriend van Jörgen Pålsson.'

'Mijn god... Is er kans dat er meer...'

'Sonja, we weten het niet. Op dit moment kan het onderzoek nog alle kanten op gaan.'

'Oké, ik begrijp het,' zei ze en ze zuchtte. 'Ik hoop echt dat jullie het oplossen.'

'We hebben geen keus.'

'Nee, dat hebben jullie ook niet. En niet om nog meer op je schouders te leggen. Maar probeer alsjeblieft de tijd te nemen om Theo vandaag een keer te bellen. Nu hij internet heeft weigert hij zijn kamer uit te komen en zit vastgenageld voor de computer.'

'Ik beloof dat ik het zal proberen.'

'Ik hou van je.'

'Ik hou ook van jou.'

Ze hingen op en Fabian dacht na over wat de oorzaak zou kunnen zijn van Theodors gedrag. Hij had weliswaar niet zoveel gezegd en zich voornamelijk teruggetrokken in zijn kamer, en toen ze waren gaan zwemmen had hij een eindje bij hen vandaan gelegen en in zijn eentje gesnorkeld. Maar was dat niet volkomen natuurlijk gedrag voor een vijftienjarige? Was hij zelf niet op precies dezelfde manier met zijn ouders omgegaan?

Volgens Sonja was het precies andersom. Zij was van mening dat Theo zijn vader miste en een enorme behoefte had aan een, zoals ze zo vaak zei, mannelijk voorbeeld dat voor tien uur 's avonds thuiskwam. Waar ze natuurlijk gelijk in had. Maar het schoot tekort als verklaring. Zelf vermoedde hij dat Theodor zich nog meer had afgesloten door de verhuizing.

Hij toetste het nummer van zijn zoon in en terwijl de telefoon overging begon hij in het jaarboek te bladeren dat hij van huis had meegenomen. Klas na klas met rijen puisterige leerlingen met kapsels waardoor je je afvroeg aan wat voor experiment ze blootgesteld waren geweest.

'Ja,' klonk een vermoeide stem aan de andere kant van de lijn.

'Ha Theo. Wat ben je aan het doen?'

'Niets bijzonders. CoD'en.' Wat Theodor altijd deed. Dagen achter elkaar rende hij rond in platgebombardeerde steden op jacht naar andere soldaten. Fabian was ervan overtuigd dat de meeste jongeren onderscheid konden maken tussen computerspelletjes en de werkelijkheid. Maar over het aantal uur dat Theo voor het scherm zat, begon hij zich toch een beetje zorgen te maken.

'Hé, ik begrijp dat het niet zo makkelijk voor je is nu al je vrienden in Stockholm zitten. Maar ik kan je verzekeren dat het zodra je in augustus met school begint...'

'Heeft mama je gevraagd om te bellen?'

'Nee, maar ze heeft me verteld dat je alleen maar in je kamer zit en niets wilt doen.'

'Er is hier nu eenmaal niet zoveel te doen.'

'Dat is er wel. Helsingborg is meer dan alleen een gat met een snackbar op een winderig plein.'

'Oké, wat moet ik dan doen?'

Fabian besefte dat hij geen idee had. Er waren vast een heleboel dingen. Maar wat? Helsingborg was niet meer de stad die hij had verlaten. Het was van karakter veranderd en van een grauwe Zweedse doorsneestad een pareltje geworden dat zijn gezicht naar de Sont had gekeerd en had ingezien dat terrassen en wandelboulevards de weg naar succes waren. Het probleem was dat Theodors belangstelling voor terrassen en wandelboulevards zo goed als nihil was. Bovendien was hij vast nog steeds teleurgesteld dat hij niet naar het Sweden Rock Festival had mogen gaan.

'Wat zou je ervan zeggen als jij en ik vanavond samen iets gingen doen?' hoorde hij zichzelf zeggen en hij had het gevoel dat hij zonder parachute van een rots sprong.

'Wat dan?'

'Ik weet het niet. We kunnen iets gaan eten en dan naar de film, zoiets. Of we kunnen kijken of er een concert is waar we naartoe kunnen gaan.'

'Dat heb ik al gedaan en het enige wat hier is, is het Kasteel van Sofiero.'

'Aha, wie treden er daar op?'

'Niets. Alleen The Ark, Kent en Robyn en zo.'

'We kunnen naar Kent gaan? Toch? Ze hebben ook een stuk of wat stevigere liedjes gemaakt.' Fabian hoorde hoe belachelijk hij klonk en hij beet op zijn tong.

Lilja kwam langslopen en knikte naar Fabian dat hij mee moest komen.

'Maar ik moet nu ophangen. Je kunt er even over nadenken en dan spreken we elkaar later?'

'Tuurlijk.'

Meer kwam er niet en Fabian hing op.

22

Om inbraak tegen te gaan was de cilinder voorzien van een aantal vergrendelingen van gehard staal en de verende stiften waren gecoat met extra hard chroom. Dit was niet zomaar een cilinderslot. Dit was een slot met een extra hoog beveiligingsniveau. Om het open te maken moest de sleutel de stiften niet alleen naar de juiste hoogte schuiven. De sleutel moest ook in exact de juiste richting draaien. Maar er was geen sleutel. In plaats daarvan werkte een zes millimeter dikke watergekoelde diamantboor zich door het slot heen, met een precisie van een honderdste millimeter om de vergrendelingen te ontwijken, en versplinterde stift na stift.

Een paar minuten later kon de slotenmaker de boor uit het cilinderslot trekken, een haakje in het gat steken, dat omdraaien en de deur opendoen.

Fabian Risk en Irene Lilja stapten de kleine hal binnen, waarvan de vloer bedekt was met een hoop post, reclame en kranten. Bovenop lag het kerstnummer van *National Geographic* met een aangetaste doodskop op het omslag en de kop '*4 Million Year Old Woman*'. De hal mondde uit in een open ruimte met de woonkamer aan de linker- en de keuken aan de rechterkant. Recht voor hen leidde een trap naar de bovenverdieping. Het huis, dat in de oudere wijk van Lund lag en ergens in de achttiende eeuw was gebouwd, was met zachte hand gerenoveerd en voelde zowel fris als modern aan.

Fabian was eigenlijk liever alleen als hij voor de eerste keer het huis van een slachtoffer of in dit geval van een mogelijke dader bezocht. De kamers moesten tegen hem spreken, niet iemand anders. Alles kon een spoor zijn dat hen verder kon brengen. Het kleinste detail was misschien net het puzzelstukje dat ze misten om het hele plaatje te zien. Lilja leek op precies dezelfde manier te werken. Zonder een woord te zeggen liep ze de trap op naar de bovenverdieping.

Zoals Rots had gezegd, waren er geen concrete bewijzen dat Rune Schmeckel de man was die ze zochten. Maar nu hij hier midden in de woonkamer stond en langzaam om zijn as draaide, voelde hij dat er iets met Schmeckel was wat bleef zeuren. Iets wat niet klopte. Wie was Rune Schmeckel eigenlijk?

De kamer was spaarzaam gemeubileerd met een klassieke Newport-bank van lichtbruin, vintageachtig versleten leer en een doorgezeten Bruno Mathsson-fauteuil met een voetenbankje bij het raam. Er was geen tv. Wel een Bang & Olufsen-stereo-installatie. Aan de muren hingen een paar ingelijste zwart-witfoto's van een heuvelachtig landschap rond een oudere stad met een opeenhoping van huizen. De foto's waren niet in Zweden of Denemarken genomen, dat kon hij zien. Waarschijnlijk ergens in Zuid-Europa. Maar of het Spanje, Italië, Portugal of misschien wel Griekenland was, daar had hij geen idee van.

Er stonden geen planten op de vensterbanken en hij zag nergens iets wat op huisdieren wees. Op een dun laagje stof na was het er opgeruimd en schoon. Alles zag eruit alsof het op zijn beoogde plek lag. Had Schmeckel zijn verdwijning voorbereid of was hij gewoon ordelijk en had hij schoongemaakt voordat hij met vakantie ging?

Fabian liep naar de Bang & Olufsen-stereo-installatie die aan de muur hing en zette hem aan. Hij hoorde een cd draaien en al snel kwam er klassieke muziek uit de kleine luidsprekers. Fabian wist hoegenaamd niets van klassieke muziek. Niet omdat hij het geen kans had gegeven. Dat had hij ontelbare keren gedaan, maar elke keer was hij tot de conclusie gekomen dat het niets voor hem was. Net als golfen en jagen. Of kwaliteitswijnen.

Op het hoesje, dat boven op de stereo-installatie stond, kon hij lezen dat het *Berlioz – Symphonie Fantastique: Witches' Sabbath* was.

Hij ging voorzichtig in de Bruno Mathsson-fauteuil zitten, leunde achterover en verbaasde zich erover dat het geluid even breed als diep was. Hij kon alleen de kleine satellietluidsprekers zien, maar besefte algauw dat er een flinke subwoofer achter de bank stond. Zelf had hij in de loop der jaren een beangstigend groot bedrag aan zijn hifi-installatie uitgegeven en Sonja was zelfs in huilen uitgebarsten toen hij haar de nieuwe luidsprekers had laten zien – een paar Bowers & Wilkins 802 Diamond. Achteraf moest hij haar gelijk geven dat het niet de allermooiste boxen waren. Maar ze klonken fantastisch.

Hij legde zijn voeten op het voetenbankje, sloot zijn ogen en bedacht dat je op deze manier naar klassieke muziek moest luisteren. Een mooie fauteuil, een goede installatie en vooral... in totale eenzaamheid. Zo zat het in elkaar. Hij deed zijn ogen open. Schmeckel was alleen. De hele kamer straalde eenzaamheid uit. Waarschijnlijk had hij geen familie en geen vrienden. In plaats daarvan bracht hij zijn vrije tijd door met lezen en naar muziek luisteren. Met kennis opdoen.

Fabian kwam overeind uit de fauteuil en liep naar de tegenover gelegen muur die van de vloer tot aan het plafond bedekt was met een ingebouwde boekenkast. Een gedeelte bevatte cd's, voornamelijk opera en klassiek en een beetje jazz. Maar het grootste deel van de boekenkast werd ingenomen door boeken en nog meer boeken. Het literaire deel nam twee planken met klassieken in beslag. De andere planken waren gevuld met non-fictieboeken, die op thema gerangschikt waren, zoals 'Medicijnen', 'Zelfverdediging & Vechtsporten' en 'Natuurkunde & Biologie' – allemaal met kleine dymo-etiketten. Onder 'Psychologie' waren meerdere titels als: *Ik wil niet sterven, ik wil alleen niet leven*, *Het was mijn schuld niet: over de kunst om verantwoordelijkheid te nemen*, *Krenkingen en vergeving* en *Anger Management: The Complete Treatment Guidebook for Practitioners*.

Fabians eerste indruk was geweest dat hier een eenzaam maar enigszins harmonisch persoon woonde. Een man die genoot van de aangename dingen des levens. Maar hoe meer titels hij in de boekenkast zag, hoe sterker een ander beeld opkwam. Het beeld van een persoon met een laag gevoel van eigenwaarde. Onderworpen. Misschien zelfs mishandeld.

Hij trok een fotoalbum uit de kast en sloeg het open. Eerst waren er foto's van een reis naar een of ander land in Zuid-Europa. Daarna volgden foto's van een Halloween-feest op de afdeling in het ziekenhuis van Lund waar Schmeckel werkte. Op een van de foto's was hij verkleed als een bloedige beul, terwijl hij een afgehouwen vinger van marsepein opat. Geen foto die je naar buiten wilde brengen na het schandaal met de achtergelaten plastic klemmen. Daarna was het album leeg. Fabian bladerde verder, maar er kwamen geen foto's meer.

Dat was het probleem van de nieuwe techniek. Niemand ontwikkelde zijn foto's nog. In plaats daarvan stonden ze op een harde schijf in een of ander onleesbaar formaat. Tegenwoordig vond je alleen nog oude foto's in de boekenkasten van mensen. Keurig in een album geplakt met handgeschreven commentaar. Hier was het precies andersom.

Nu drong het pas tot hem door.

Fabian liet zijn blik door de kamer gaan en besefte dat er niets was wat uit Schmeckels kindertijd of jeugd kon komen. Geen oude nostalgieplaten van Kiss of The Who of, zoals bij hemzelf, Duran Duran. Hier waren alleen 'volwassenenplaten' voor gerijpte luisteraars met een goede smaak. Hetzelfde gold voor de boekenkast. Geen *Transgalactisch liftershandboek* of *Het geheime dagboek van*

Adrian Mole. Het was alsof Schmeckels hele jeugd was uitgewist.

Alsof die nooit had bestaan.

Fabian verliet de woonkamer en liep naar de keuken en keek daar om zich heen. Er stond een wijnkoeler met Franse wijnen, gesorteerd naar regio. Rune was werkelijk een pietje-precies tot in zijn vingertoppen. Hij deed de roestvrijstalen koelkast open.

De stank kwam als een totale verrassing en zette direct een braakreflex in werking. Hij had verwacht dat de koelkast leeg en schoongemaakt zou zijn. Het tegendeel was het geval. Behalve verrotte groente en oude melk lag er een halve krab op een bord. Een krab die er ondanks zijn overlijden uitzag alsof hij iedereen om het leven zou kunnen brengen. Een verse krab in de koelkast achterlaten was niets voor Schmeckel. Hij had het met andere woorden niet gepland dat hij niet thuis zou zijn.

Onzeker of het echt iets betekende of alleen maar een vals spoor was dat moedwillig was achtergelaten, zocht Fabian verder in de keuken naar aanwijzingen. De planken in de kast onthulden niets. De provisiekast en de vriezer ook niet. Ten slotte liep hij de laden door. In de eerste la lag bestek. In de tweede verschillend keukengereedschap. De derde was gevuld met spullen waarvan je niet weet waar je ze anders moet laten. Pennen en gummen, munten van verdwenen valuta, elastiekjes, plakband, een leeg notitieboekje en een paar sleutels, waarvan een eruitzag als een autosleutel. Hij pakte hem op en bekeek hem.

In de kop van de sleutel stond Peugeot gegraveerd.

Hij kreeg een idee en stopte hem in zijn zak.

23

De koude stalen wanden drukten tegen de linkerkant van haar naakte lichaam. Aan de rechterkant was niet veel meer plek. Hoogstens drie, vier centimeter. De ruimte waarin ze lag was op de rand van te krap. Bovendien was het donker. Zelfs als iemand een lamp aan zou doen zou het geen fractie lichter worden. Koud was het er ook. Om precies te zijn tweeëntwintig graden onder nul. Maar hoewel ze naakt op haar rug lag had ze het totaal niet koud.

Dunja Hougaard haatte het om te wachten. Voor haar was het het toppunt van respectloosheid om andere mensen te laten wachten. Om de tijd van anderen te verspillen alsof die niet even waardevol was als die van jezelf. Oscar Pedersen was zoals gewoonlijk te laat en Dunja was daarom op eigen initiatief naar de wand met koellades gelopen en had de lade met het handgeschreven bordje 'Mette Louise Risgaard' eruit getrokken. Ze keek naar de jonge vrouw die naakt op haar rug lag met het donkere haar als een waaier rond haar hoofd uitgespreid. Ze was mooi en op de gepiercete lip en de getatoeëerde diamant op haar rechterschouder na was ze op een of andere manier onbedorven. Het leven was nog niet begonnen in te teren en zijn sporen na te laten. De dood was het voor geweest.

Toch zag ze er zo levend uit. Alsof ze alleen maar diep lag te slapen. Wat een verspilling. Dunja kon niet begrijpen wat de Zweedse politie had bezield toen ze verzuimd hadden contact met hen op te nemen, terwijl ze toch wisten dat er zich een levensgevaarlijke misdadiger bij de benzinepomp bevond.

De deur achter haar ging open en Oscar Pedersen kwam binnen met zijn gebruikelijke arrogante glimlach. Een glimlach die liet zien dat hij wist dat hij te laat was en dat het hem niets kon schelen.

'Hé spetter. Ik dacht wel dat je je handen niet in bedwang zou kunnen houden. Heb je iets ontdekt?'

'Ik ben hier om te horen wat jij te zeggen hebt.'

'Wat een verspilling van zo'n mooi meisje, vind je niet? Denk aan hoeveel vreugde ze nog had kunnen verspreiden.' Hij lachte om zijn grapje en klapte de zijkanten van de lade omlaag.

Dunja had Oscar nooit gemogen en ze was ervan overtuigd dat hij om heel verkeerde redenen patholoog-anatoom was geworden. Zodra er een vrouwelijk slachtoffer op zijn tafel belandde was hij in een extra goed humeur. Vooral als ze jong waren. Helaas was hij een van de beste pathologen in Denemarken en in zijn bijna dertig jaar lange carrière had hij nooit een spoor gemist of een doodsoorzaak niet kunnen vaststellen.

'Deze dader weet hoe je iemand van het leven berooft. Kijk hier.' Hij legde het hoofd van het slachtoffer naar achteren zodat de keel bloot kwam te liggen, waarna hij het hoofd eerst naar de ene en daarna naar de andere kant draaide. 'Zie je?'

Dunja knikte. Twee kleine blauwe plekken aan weerszijden van de keel.

'Hij heeft haar gewurgd met de zogenaamde tanggreep, waarbij je alleen de duim en de wijsvinger gebruikt. Zo.' Hij illustreerde het met zijn eigen vingers voor Dunja's gezicht. 'Het is een van de effectiefste manieren om iemand met de hand te wurgen.'

'Oké.' Dunja moest haar best doen om niet achteruit te deinzen voor zijn klauwachtige hand.

'Veel beter dan om, zoals de meeste amateurs doen, de hele keel te omklemmen. Niet alleen heb je daar allebei je handen voor nodig. Het duurt op zijn minst een kwartier voordat het slachtoffer de handdoek in de ring werpt. Als iedereen zijn lesje even goed uitvoerde als deze man, zou ons veel lijden in de wereld bespaard blijven.'

Dunja wist niet goed of hij een grapje maakte, maar besloot zijn woorden serieus op te vatten. 'Bedoel je dat de dader geschoold kan zijn in verschillende technieken om te doden?'

'Dat kan hij natuurlijk zijn. Maar eigenlijk is het voldoende om anatomisch enigszins op de hoogte en vooral koel genoeg te zijn.'

Dunja stapte in de lift en drukte op de groene knop. Ze voelde hoe ze omhoogging en hoe het meteen makkelijker werd om adem te halen. Ze had er nooit van gehouden om onder de grond te zijn en kon niet begrijpen waarom de forensisch-geneeskundige afdelingen zich daar altijd moesten bevinden. Voor de overledenen maakte het niet uit. Maar wel voor iedereen die er werkte. Zelf hield ze het nooit langer dan dertig minuten vol.

Ze zou graag nog een paar verdiepingen hoger zijn gegaan om met Morten Steenstrup te praten. Maar hij lag nog steeds onder narcose op de operatietafel en de artsen konden voorlopig nog geen prognose geven. Ze kon alleen maar hopen. Niet alleen voor hemzelf en zijn verwanten, maar ook voor het onderzoek. Op dit moment was de gewonde politieman haar enige kans om uit te vinden wat er nu eigenlijk was gebeurd op het benzinestation in Lellinge.

Ze liep langs de kiosk van het Rijksziekenhuis en stelde vast dat zijn gezicht nu op alle aanplakbiljetten van de kranten stond. In de loop van het weekend was hij de grote held geworden. De kleine agent uit Køge die geweigerd had op te geven en was blijven strijden, hoewel hij alleen en ernstig gewond was. In Dunja's ogen was het het toppunt van domheid. Zijn gedrag ging niet alleen in tegen alles wat ze op de politiehogeschool hadden geleerd. Het ging tegen elk gezond verstand in. Maar wat gaven de mensen daarom? Ze wilden een held en dat hij nu tussen leven en dood zweefde maakte het er niet slechter op. Misschien was de aandacht nog groter geworden als hij een nijlpaardjong was geweest, dacht Dunja en ze liep het ziekenhuis uit.

Ze reed op haar fiets langs de Ravnsborggade en het Nørrebro-theater en ging linksaf de Nørrebrogade in toen ze haar mobieltje hoorde. Ze nam zonder te stoppen op.

'Je zocht me.' Het was Kjeld Richter, hun forensisch onderzoeker.

'Ja, hoe gaat het met de Peugeot?' vroeg Dunja.

'Dat gaat goed. Hij zou nu bij het politiebureau moeten zijn. En ik heb contact opgenomen met Peugeot en een sleutel besteld met behulp van het chassisnummer, maar die zal in deze vakantieperiode minsten twee weken op zich laten wachten.'

'Dus je bent nog niet begonnen de auto te onderzoeken?'

'Wanneer had ik dat moeten doen? Ik ben nog steeds in Lellinge. Ben je hier weleens geweest? Wat een gat. Bovendien heb ik in het weekend niet kunnen werken omdat zowel Agnes als Malte buikgriep heeft en Sofie kan ze niet de hele tijd hebben.'

Dunja dankte god dat ze geen kinderen had en fietste over de Dronning Louise-brug, die zich over de meren uitstrekte, waar mensen nog steeds hun hardlooprondjes hielden, hoewel een rondje overeenkwam met een half pakje sigaretten door de uitlaatgassen.

'Oké, maar dan moeten we hem toch doorsturen naar Zweden? Zoals ik het begrijp kunnen ze hem daar niet snel genoeg krijgen.'

'Dat is precies wat ik tegen Sleizner zei. Maar zolang het conflict met Zweden niet is opgelost, krijgen ze blijkbaar niets. En je weet hoe hij is als hij zo'n bui heeft.'

Dat wist Dunja. Maar al te goed. Als je een aanvaring met Sleizner had, kon je net zo goed inpakken en emigreren. Niemand was zo goed in dwarsliggen als hij. Hij was als een nijdige das die weigert je been los te laten tot hij het geluid van verbrijzeld bot hoort. Al op de politiehogeschool had ze verhalen over hem gehoord. Toen had ze gedacht dat het wel mee zou vallen. Nu hij haar chef was wist ze wel beter.

'Maar we kunnen hem hier toch niet zomaar twee weken laten staan. Dan is het beter als de Zweden hierheen komen om hem te onderzoeken.'

'Daar bemoei ik me niet mee. Als je zin hebt om Sleizner uit te dagen, ga je gang. Als je maar niet op mij rekent when the shit hits the fan.'

Ze beëindigden het gesprek en Dunja's slechte humeur was nu zo mogelijk nog slechter. Ze overwoog of er, naast Sleizners obstinate persoonlijkheid, nog een argument was waarom ze niet moesten samenwerken en besloot, terwijl ze over het Kultorvet reed, om zodra ze op het politiebureau was aangekomen contact op te nemen met de Zweedse politie in Helsingborg. Er was daar vast iemand die er hetzelfde over dacht als zij.

24

'Dus hier ben je. Iets interessants gevonden?' Fabian Risk liep de slaapkamer op de bovenverdieping binnen. Irene Lilja stond achter het eenpersoonsbed gebogen over een stapel boeken op het nachtkastje. Ook hier was een Bang & Olufsen-stereo-installatie en aan de ene muur hingen nog een paar uitvergrote foto's van hetzelfde landschap als in de woonkamer.

'Ik weet het niet.' Ze spreidde haar armen. 'Als ik heel eerlijk ben, word ik niet wijs uit hem. Aan de ene kant lijkt hij heel... Wat zal ik zeggen. Bedaard, alsof hij zijn leven onder controle heeft. Goede smaak. Belezen en bijna ziekelijk precies.'

Fabian knikte. Lilja was tot dezelfde verwarde conclusie gekomen als hijzelf.

'Maar dan vind je dit.' Ze reikte hem een blauw notitieboekje aan met de handgeschreven titel: MIJN SLAAPDAGBOEK.

'Slaapdagboek? Wat is dat voor iets?'

'Open het maar, dan zie je het.'

Fabian sloeg het boekje open waarvan elke pagina van boven tot onder met de hand volgekrabbeld was, van kaft tot kaft. Boven in de rechterhoek stonden op elke bladzijde de datum en tijd. Fabian las een stukje voor.

> Twintig mei 1994, 03.12 uur. Rende zo hard als ik kon, maar het ging evengoed in slow motion. Ze kwamen steeds dichterbij. Wolven met vlijmscherpe tanden. Kwam bij een lift en drukte op de knop. Maar er gebeurde niets. Bonsde er zo hard als ik kon tegenaan. De deuren gingen open. Veel te langzaam. Ze haalden me in. Ik deed niets. Wilde wel maar kon het niet. Was als verlamd. Stond er alleen maar en liet het op me neerkomen. Wilde hen in hun gezicht spugen, durfde dat niet eens. De kleinste van misschien acht jaar kwam naar me toe en gaf me een duw. Ik was er totaal niet op bedacht en verloor mijn evenwicht en viel recht omlaag de afgrond in.

Fabian stopte met lezen en keek op. 'Dus het zijn opgeschreven dromen?'

Lilja knikte, pakte het boekje weer en bladerde naar het eind. 'Luister hier eens naar, van 12 december 2001, 05.38 uur.'

> Hij lag op de grond, en ik sloeg en schopte zodat mijn witte Nikes rood kleurden. Toch ging ik door tot zijn gezicht geen gezicht meer was.

Ze keek hem aan. 'Je hoort het zelf. Helemaal normaal is hij in elk geval niet.'

Fabian moest het er wel mee eens zijn en vertelde over de zelfhulpboeken die hij in de woonkamer had gevonden, en ze waren het erover eens dat Molander het over moest nemen en een grondig onderzoek door het hele huis moest doen. Ze verlieten de slaapkamer en onderweg naar de hal bleef Fabian plotseling staan en draaide zich om naar Lilja. 'Heb je de zolder bekeken?'

'Nee, er lijkt nergens een zolder te zijn. Ik heb in alle kamers gekeken.'

'Waar gebruikt hij dit dan voor?' Fabian pakte een lange, smalle witgeverfde stalen pen met een haak aan het ene uiteinde, die aan een spijker aan de deurpost hing.

Lilja haalde haar schouders op en Fabian begon rond te lopen door de bovenverdieping en keek naar de plafonds. Lilja had gelijk. Er was in geen van de kamers een zolderluik. Pas toen hij op een stoel ging staan en de plafondlamp in de hal onderzocht, die deed denken aan een omgekeerde paraplu, vond hij het verborgen luik. Met behulp van de stalen pen kon hij het omlaag trekken, waarna een steile ladder naar beneden kwam.

Ze klommen de ladder op en kwamen op een donkere zolder, waar het plafond zo laag was dat ze gebukt moesten lopen. Toen Lilja het licht aandeed, besefte Fabian dat hij nog totaal geen grip had op wie Schmeckel was. Net als in zijn eigen huis aan de Pålsjögatan werd deze zolder als atelier gebruikt, al was hij aanzienlijk kleiner dan die van Sonja en waren er geen dakramen. Bovendien stonden de penselen schoongemaakt in potten met de borstel naar boven en de verftubes lagen gesorteerd op kleur. Überhaupt was er niets te merken van de kunstzinnige chaos die hij gewend was van Sonja.

'Gatver. Kijk hier eens naar.' Lilja tilde een van de schilderijen op en zette het op de ezel. Hoewel het schilderij abstract was uitgevoerd met dikke penseelstreken in sterke kleuren was het niet moeilijk om te zien dat het een kapotgeslagen mensenhoofd voorstelde. Sonja zou vast en zeker zeggen dat Schmeckel begaafd was en het schilderij interessant. Voor Fabian was het alleen maar weerzinwekkend. Het hoofd zweefde vrij tegen een witte achtergrond. Van de schouders gerukt. Vanaf de nek hingen eindjes van de keel, pezen en aderen. De neus was ingeslagen en de huid op grote delen van de linker gezichtshelft was afgepeld, zodat de pezen, het skelet en delen van de linkeroogkas ontbloot werden.

'Je kunt zeggen wat je wilt. Maar hij heeft in ieder geval talent.' Lilja hield een paar van de andere schilderijen op. Ze stelden allemaal mishandelde en kapotgeslagen lichaamsdelen voor. Een paar afgezette voeten naast een bloedige bijl. Een torso met een twintigtal verschillende messteken en in een ervan zat het mes nog, een kwartslag gedraaid. Enzovoort.

'Ik weet niet wat jij denkt, maar ik vind dat dit beter bij het beeld past van de man waar we jacht op maken,' zei Lilja.

'Het is zelfs maar de vraag of het een en dezelfde persoon is,' zei Fabian.

'Wat bedoel je daarmee?'

'Ik weet het niet goed, maar hij daarbeneden lijkt de harmonie zelve te zijn, terwijl alles tegelijkertijd zo oppervlakkig lijkt dat je je wel moet afvragen wie hij diep vanbinnen is. En dan hebben we hem hier.'

'Misschien woont er iemand bij hem? Iemand die zijn auto heeft gebruikt?'

'Er was toch niet meer dan één slaapkamer boven?'

Lilja schudde haar hoofd.

Ze zwegen en liepen allebei een andere kant op. Het was alsof ze allebei behoefte hadden om na te denken, samenhang te vinden. Ze keken rond tussen de verftubes, de ezels en de bizarre schilderijen. Achter de potten met penselen stond een oud metalen kistje, waar de blauwe verf aan de randen af was gebladderd. Fabian tilde het voorzichtig op en maakte het kistje open. Er zat een vijftigtal polaroidfoto's in, en zodra hij het kapotgeslagen gezwollen gezicht zag begreep hij precies hoe alles in elkaar stak.

◆

16 december

Gister was ik in het ziekenhuis.

Ze stonden me op te wachten op mijn binnenplaats. Ik rende weg maar ze pakten me en brachten me naar de speelplaats. Probeerde me te beschermen maar viel en toen bleven ze me maar trappen. Ik hield mijn hoofd vast maar ze gingen gewoon door. Eerst deed het enorm veel pijn. Later was het alsof het niet meer uitmaakte. Hoorde hoe ze lachten en elkaar verschillende manieren van trappen lieten zien. Maar toen kwam er een oudere man die schreeuwde en toen renden ze weg.

Probeerde overeind te komen maar dat ging niet. Alles draaide. De man hielp me en vroeg hoe ik heette en zei dat mijn hoofd bloedde en dat ik naar het ziekenhuis moest. Ik zei mijn naam niet al bleef hij erom zeuren. Ten slotte ging hij weg en toen kon ik naar huis gaan al was het moeilijk en duurde het heel erg lang.

Mama begon te huilen. Heb haar nog maar één keer eerder zien huilen, toen ze ruzie had met papa. Maar niet zoals nu. Ik zei dat ik in een vechtpartij was beland en dat het mijn eigen schuld was. Ze wilde weten met wie, of het iemand uit de klas was. Ik zei dat ik ze nooit eerder had gezien.

Denk dat ze me geloofde.

Wat goed is, is dat twee ribben waren gebroken en dat ik een hersenschudding en meerdere diepe wonden had want nu mag ik helemaal tot aan de kerstvakantie thuisblijven :)

ps: Toen ik thuiskwam lag Laban stil in zijn kooi alsof hij sliep, maar hij sliep niet. Ik stak een naald in zijn rug en eerst piepte hij en probeerde weg te komen, maar ik hield hem heel stevig vast. Daarna rende hij rond door de kooi alsof iemand hem achternazat. Erg grappig.

25

'Weet je het zeker?' Tuvesson keek naar de polaroidfoto's die verspreid over de tafel lagen en het kapotgeslagen gezicht lieten zien.

'Ja.' Fabian wist het heel zeker. Op het moment dat hij de foto's op de zolder in Lund had gezien, had hij het begrepen. Claes Mällvik en Rune Schmeckel waren een en dezelfde persoon. 'Dan hebben we een duidelijk motief en een verband met zowel de auto als de moorden op Jörgen en Glenn. Ik begrijp niet waarom ik er niet eerder aan heb gedacht.'

Ze waren met zijn tweeën. Tuvesson zou de anderen inlichten zodra ze uitgepraat waren.

'Oké, dus Claes Mällvik heeft zijn identiteit veranderd naar Rune Schmeckel.' Tuvesson keek op van de foto's en richtte haar blik op Fabian. 'Waarom?'

'Waarschijnlijk om voor eens en altijd te vluchten voor zijn plaaggeesten en dat niet nog een keer mee te hoeven maken.' Fabian knikte naar de polaroidfoto's van het kapotgeslagen gezicht. 'In 1993 werd hij opgenomen in het ziekenhuis van Helsingborg, meer dood dan levend volgens het rapport. Zesendertig operaties waren er nodig om hem te redden en dan zijn de cosmetische operaties niet eens meegeteld.'

'En met plaaggeesten bedoel je Jörgen en Glenn.'

Fabian knikte en liep naar de twee portretten die naast elkaar aan de whiteboardmuur hingen en die Claes Mällvik en Rune Schmeckel voorstelden. Hij kon nu zien dat het dezelfde persoon was. Schmeckel had duidelijk plastische chirurgie gehad en zag er anders uit. Maar als je je er maar bewust van was, kon je het niet missen.

'Hij heeft dus niet eens aangifte gedaan?' ging Tuvesson verder.

'Nee, hij ging ondergronds en nam een andere identiteit aan om in alle rust zijn wraak te kunnen plannen.'

'Dat is zonder meer een sterk motief,' zei Tuvesson. 'De vraag is of hij nu klaar is. Of kunnen er nog meer uit de klas in gevaar zijn?'

'Je bedoelt of er meer waren die hem hebben mishandeld?'

Tuvesson knikte. Fabian dacht na en keek naar de uitvergrote klassenfoto, waarop hij zelf stond en Jörgen en Glenn waren doorgekruist. Maar hij kon niemand bedenken die Claes iets had gedaan. Zelf had hij hem nooit iets anders misdaan dan zijn blik afwenden en doen of er niets aan de hand was. Hij schudde zijn hoofd.

Tuvesson knikte en keek door het panoramaraam uit over Helsingborg. 'Ik ga een persconferentie houden, daar brengen we het opsporingsbericht naar buiten.'

Fabian ging aan Elvins bureau zitten met het jaarboek uit de negende klas voor zich en bladerde door de oude klassenfoto's. Hij had al meerdere keren gekeken, maar wilde er zeker van zijn dat hij niets had gemist. Hadden echt alleen Jörgen en Glenn Claes gepest? In zekere zin droeg de hele klas er schuld aan omdat ze het met zijn allen hadden laten voortduren. Om het niet over de leraren te hebben.

Hij richtte zijn blik op Lina. Ze had nog steeds niets van zich laten horen en zou dat waarschijnlijk ook niet doen. Hij moest denken aan hoe ze samen aan de Dalhemsvägen hadden gewoond. Hij op 143C en zij in het huis ertegenover op 141B, en aan de keer dat hij haar voor het eerst had ontmoet.

De zomer voordat ze naar de eerste klas zouden gaan. Hij had met zijn Tennis Trainer op de parkeerplaats gestaan en had geprobeerd de bal zo lang mogelijk in het spel te houden. Hij had niet gemerkt dat ze aan was komen lopen. Opeens had ze daar op de stoeprand toe zitten kijken. Als een openbaring met haar lange blonde vlechten, groene rok en kniekousen. Ze had zelfs een eigen tennisracket bij zich.

Geen van hen had iets gezegd, en hij had zijn best gedaan om niet te kijken en te doen alsof hij niet wist dat zij er was. De gedachte om haar het te laten proberen was niet eens bij hem opgekomen en de poging om een nieuw record te vestigen was plotseling totaal onbelangrijk geworden. Het enige waar het nu om ging was zo hard mogelijk te slaan.

Ten slotte was het blauwe elastiek dat op meerdere plekken aan elkaar was geknoopt gebroken en de bal was in een lange boog weggevlogen en een paar seconden later ver weg in de Dalhemsvägen geland. Ze hadden hem een tijdje na staan kijken. Ze hadden allebei niets gezegd en hij herinnerde zich hoe sullig het had gevoeld om daar te staan. Hij deed tenslotte nog steeds alsof hij niet had gezien dat zij er was en had geen idee hoe hij zich hieruit moest redden.

'Wil je dat ik je help om de bal te zoeken?'

Hij herinnerde zich elk woord alsof het het lottorijtje was dat hem miljonair had gemaakt. De stilte was verbroken en hij had zich eindelijk naar haar toe kunnen draaien.

'Nee. Ik ben toch van plan om een nieuwe te kopen,' had hij geantwoord en hij had haar en de Tennis Trainer de rug toegekeerd en was weggelopen. Pas uren later was hij teruggeslopen om hem te halen. Maar toen was hij weg geweest.

Zijn mobieltje ging en Fabian schrok en stootte een glas water om. Een stroompje water liep over het bureau en Fabian haalde gauw het jaarboek en de stapel met documenten weg terwijl hij opnam.

'Risk.'

'Mijn naam is Dunja Hougaard en ik bel van de rechercheafdeling van de politie van Kopenhagen.'

'Ja?'

'Het gaat om de moord op Mette Louise Risgaard en de poging tot moord op politieagent Morten Steenstrup. Als ik het goed begrepen heb, zijn we op zoek naar dezelfde dader.'

'Dunja, ik stel het op prijs dat je belt. Maar ik denk dat het het beste is als je met mijn chef spreekt, Astrid Tuvesson.'

'Dat is nu precies wat ik wil vermijden.'

Fabian had de meeste documenten kunnen redden van de overstroming, die nu een kleine geul gevormd had die op zijn beurt overging in een kleine waterval die vanaf de rand van de tafel op de grond stortte.

'En waarom, als ik mag vragen?' Hij kroop onder de tafel en offerde het *Helsingborgs Dagblad* op.

'Mijn chef Kim Sleizner heeft mijn afdeling duidelijke richtlijnen gegeven om geen contact met jullie op te nemen. Vraag me niet waarom.'

'Dus dit is met andere woorden een informeel gesprek.' Fabian zag hoe de eerste pagina van de krant, waarop een vage foto stond van de schuin staande heftruck in Åstorps Bouwartikelen, donkerder werd naarmate het water zich verspreidde.

'Precies. Misschien kunnen we elkaar helpen?'

'Hoe gaat het met de auto? Hebben jullie iets gevonden?' Fabian wilde net opstaan toen zijn oog op een vastgetapete sleutel aan de onderkant van het bureau viel.

'Ik wil het er liever niet door de telefoon over hebben. Het is beter als we elkaar kunnen ontmoeten.'

'Oké. Ik moet er even over nadenken en dan kom ik erop terug.'

'Natuurlijk. Je weet waar je me kunt vinden.'

Fabian drukte het gesprek weg en dacht na. Als hij Tuvesson nog een keer zou passeren, zou dat consequenties hebben. Ze had hem een tweede kans gegeven en tegelijkertijd volkomen duidelijk gemaakt dat het de laatste was.

Hij maakte de tape voorzichtig los, pakte de sleutel en hield hem in zijn hand. Hij stond op, controleerde of niemand naar hem keek en stak de sleutel in het slot van de la die hij niet open had kunnen krijgen. De sleutel gleed er probleemloos in en toen hij hem omdraaide, hoorde hij een klik. Hij keek nog een keer over zijn schouder en trok de la voorzichtig open. Die zat tot de rand toe vol.

Bovenop lag een kalender en ernaast een pennendoosje. Hij tilde het doosje op om te kijken wat eronder lag en voelde meteen hoe zwaar het was. Hij overwoog of hij toe moest geven aan zijn nieuwsgierigheid en het moest openmaken, maar besloot het te laten zitten, waarna hij de la weer dichtschoof en afsloot en de sleutel weer op zijn plek onder de tafel vasttapete.

26

De camera's klikten, de neergezette stoelen werden bezet en de microfoons werden op Astrid Tuvesson gericht, die samen met de hoofdaanklager Stina Högsell achter een overdekte tafel op een podium zat. Fabian stond aan de zijkant tegen de muur geleund en stond versteld van wat een witte, pas gestreken blouse, wat gepruts aan je haar, een beetje lippenstift en wat poeder op de wallen onder je ogen voor het uiterlijk van een vrouw konden doen. Een metamorfose die weinig mannen was vergund.

'Kalm! Iedereen kan naar binnen,' riep een bewaker, hoewel de zaal al tot barstens toe vol zat. Er waren niet alleen journalisten en fotografen uit Zuid-Zweden, maar uit het hele land en zelfs flink wat uit de buurlanden. Zowel TV4 als SVT waren er, maar ook DR en TV2 uit Denemarken en NRK uit Noorwegen. De belangstelling was enorm en Fabian kon begrijpen waarom. De zaak was in hoge mate spectaculair. Dit was niet zomaar een lichaam dat verkracht en vermoord in een bos was gevonden. Nee, dit was een zaak die goed doordacht en zorgvuldig voorbereid was.

'Ik wil beginnen met u allen welkom te heten op deze persconferentie,' riep Tuvesson te midden van het geroezemoes, dat snel afnam. 'Voor degenen die niet weten wie ik ben, mijn naam is Astrid Tuvesson en ik ben verantwoordelijk voor de rechercheafdeling van de politie van Helsingborg. Naast me zit Stina Högsell, hoofdaanklager.'

'Klopt het dat een van jullie agenten in dezelfde klas heeft gezeten als de twee slachtoffers?' riep iemand in het publiek.

'Er zal straks tijd zijn om vragen te beantwoorden,' zei Tuvesson. 'Sinds de moord op Jörgen Pålsson en vlak daarna op Glenn Granqvist zijn we voornamelijk bezig geweest met het vinden van een steekhoudend motief en een mogelijke dader. Nadat we ons eerst met meerdere parallelle sporen bezighielden, springt er nu een uit als het meest interessante. Daarom komen we vandaag met een opsporingsbericht voor deze man.' Tuvesson pakte de afstandsbediening en richtte hem op de projector aan het plafond. Achter haar was nu een grote portretfoto van Rune Schmeckel te zien. 'Deze foto kan van onze website worden geplukt en meteen na de persconferentie zullen we een telefoonlijn openen, waar mensen vierentwintig uur per dag terecht kunnen met tips.'

'Hebben jullie een naam?'

'Hij heet nu Rune Schmeckel, een naam die hij in 1993 heeft aangenomen. Daarvoor heette hij Claes Mällvik. Hij zat in dezelfde klas als de twee slachtoffers, die hem gedurende de hele basisschool hebben blootgesteld aan mishandelingen. Er zijn zelfs tekenen die erop wijzen dat dit tot lang na de schooljaren heeft voortgeduurd.'

'Dus u bedoelt dat het motief wraak is omdat hij werd gepest?'

'Dat is een van de motieven die momenteel onderzocht worden.'

'Zal hij opnieuw toeslaan?'

'Dat is iets waar we om begrijpelijke redenen onmogelijk antwoord op kunnen geven. Maar op het moment gaan we uit van de theorie dat hij klaar is en zich schuilhoudt. Misschien zelfs wel buiten de grenzen van Zweden. Daarom brengen we ook een internationaal opsporingsbericht uit. Ik wil van de gelegenheid gebruikmaken om te benadrukken dat zelfs als hij klaar is met wraak nemen op zijn twee plaaggeesten, hij extreem gevaarlijk is en er niet voor teruggedeinst meer levens te nemen als dat zo uitkomt. Zoals we in Denemarken hebben kunnen zien.'

'Maar is het niet jullie schuld dat het zo is gelopen?' vroeg een Deense journalist. 'Hadden jullie de politie van Kopenhagen niet moeten bellen om hen te informeren dat de dader zich in Denemarken ophield?'

'Ik vind niet dat we in deze kwestie fout hebben gehandeld. Meer kan ik er echter niet over zeggen omdat het onderzoek nog loopt. Op dit moment zetten we al onze krachten in om de dader te vinden en te grijpen en dat is ook waar deze persconferentie om draait.'

Fabian kon het niet laten onder de indruk te zijn van Tuvessons vermogen om het roer in handen te houden en de gebeurtenis in Denemarken terzijde te schuiven en hem tegelijkertijd te verdedigen zonder zelfs maar zijn naam te noemen.

'Ik heb een vraag die eigenlijk voor Fabian Risk is! Hoe goed kende hij de verdachte?'

'Ja, Fabian Risk is hier nu niet. Dus ik moet jullie verzoeken jullie vragen...'

'Hij staat daar!' zei iemand en wees naar hem.

Tuvesson draaide zich naar Fabian toe, die knikte en zijn hand opstak. 'Ja, het klopt. Ik ben hier! En mijn antwoord is dat ik hem in feite totaal niet kende.'

'Wist je dat hij gepest werd?'

Fabian dacht even na voordat hij knikte. 'Ja, dat wist ik. Ik denk dat de hele klas het wist.'

'En jullie deden er niets aan? Hadden jullie toen al niet...'

'Zoals jullie begrijpen kunnen we niet op alle details ingaan,' onderbrak Tuvesson hem. 'Maar we hebben dus een verdachte die zich op dit moment op vrije...'

'Het geeft niet. Ik wil best antwoord geven,' zei Fabian.

Tuvesson knikte en leunde achterover in haar stoel.

'Natuurlijk hadden we iets moeten doen. Ik evengoed als alle anderen. Maar de angst om je nek uit te steken en het risico te lopen dat je het volgende slachtoffer werd was te groot. Ik denk dat het iets is waar de meesten van ons zich in kunnen herkennen. Ik ben er niet trots op. Het is juist een van de redenen geweest dat ik bij de politie ben gegaan. Ik kon mezelf niet zien als iemand die zich afwendt en zijn ogen sluit. Het is dus de ironie van het lot dat ik hier nu zit.'

Tuvesson liet de woorden bezinken en boog zich toen naar de microfoon toe. 'Zijn er nog meer vragen?'

'Ik heb een vraag over de auto die jullie in Denemarken hebben gevonden,' riep iemand vanuit het gedrang. Maar het was duidelijk dat het een Deen was die Zweeds probeerde te praten.

'Op het ogenblik is de auto in het bezit van de Deense politie. En omdat er een onderzoek gaande is naar de gebeurtenissen in Denemarken kunnen we er geen commentaar op geven.'

'Alright. Ik vraag het evengoed, dan zien we wel of jullie er antwoord op kunnen geven of niet. Was het in opdracht van jou dat Fabian Risk een wiel van de auto haalde en daarna de hele verantwoordelijkheid daarvoor overdroeg aan de jonge vrouw die er later met haar leven voor moest betalen?'

Fabian probeerde te zien wie de vraag stelde, maar de man zat verborgen achter de andere journalisten. Hij richtte zich tot Tuvesson, die vragend keek.

'Neem me niet kwalijk, wie stelde de vraag?'

'Dat was ik!' Er kwam een man overeind, die zijn hand omhooghield. 'Mijn naam is Svend Møller en ik werk voor de *Sjællandske*.' De man was blond, had een roodachtige baard, een ronde bril en was gekleed in beige Fjällrävenkleren.

'En wat was je vraag precies?' ging Tuvesson verder.

'Ik heb informatie dat de auto van de verdachte een achterwiel miste en dat er een briefje op het raam zat waarop stond dat het wiel opgehaald kon worden in het benzinestation,' zei de man in gebrekkig Deens-Zweeds. 'Naar ik begrijp was dat om de dader te verplichten contact met het personeel op te nemen, die de opdracht hadden om de politie te alarmeren. Mijn vraag is of dit door jou gesanctioneerd was? Het heeft tenslotte een onschuldig Deens meisje het leven gekost.'

De stilte duurde niet langer dan een paar seconden. Toch verraadde die overduidelijk dat Tuvesson geen antwoord had. Fabian begreep niet hoe de journalist zo goed op de hoogte kon zijn. Was er een lek? Ze waren hun grip op de situatie aan het verliezen en hij besloot het heft in eigen handen te nemen.

'Neem me niet kwalijk, maar waar heb je die informatie vandaan?'

De journalist met de baard richtte zich tot Fabian en zag er tevreden uit.

'Die heb ik van de twee collega's van Mette Louise Risgaard. Zij beweren dat er een autowiel in bewaring was van donderdag de eerste tot vrijdag de tweede, toen de dader ernaartoe moet zijn gekomen. Ze gaven me dit als bewijs.' De man hield het geplastificeerde briefje omhoog, zodat iedereen het kon lezen: DEZE AUTO STAAT OP PRIVÉTERREIN. NEEM ALSTUBLIEFT CONTACT OP MET HET PERSONEEL.

Alle aandacht was nu op de journalist gericht die het briefje glimlachend voor de camera's hield en de vragen van zijn collega-journalisten beantwoordde met de aanbeveling het volgende nummer van de Sjællandske te kopen, of, nodig beter, een abonnement te nemen.

Een van de journalisten van het *Helsingborgs Dagblad* richtte zich tot Tuvesson, die nog steeds niet in Fabians richting had gekeken. 'Kun je bevestigen dat deze informatie klopt?'

'Ik kan in de huidige situatie niets bevestigen wat te maken heeft met details in het werk van de politie. Dat heeft deels te maken met onderzoekstechnische redenen, maar ook met het nog lopende onderzoek in Denemarken. Maar ik wil van de gelegenheid gebruikmaken om te benadrukken dat ik de volledige verantwoordelijkheid voor het optreden van de politie op me neem, dat nu tot de identificatie van de verdachte heeft geleid. Dat het een onschuldige het leven heeft gekost is natuurlijk zeer betreurenswaardig. Al moeten we niet vergeten dat de dader haar van het leven heeft beroofd. En niet de politie.'

'Maar de dader heeft de schuld volledig bij Fabian Risk gelegd in zijn bericht! Dat is toch zo?'

De inlichting dat de dader zich rechtstreeks tot Risk zou hebben gewend, sloeg in als een bom bij de journalisten in de zaal. De Fjällrävenman had gewonnen door middel van knock-out en al de andere journalisten roken nu bloed en overstelpten Tuvesson met vragen.

'Geen commentaar!' herhaalde Tuvesson en ze verklaarde de persconferentie voor gesloten.

Fabian wrong zich door de menigte van journalisten, die elkaar allemaal probeerden te overstemmen met vragen, naar de plek waar de Deense journalist had gestaan. Maar toen hij er aankwam was de plek leeg en de man was nergens te zien. Fabian klom op de lege stoel en liet zijn blik over de mensenmassa gaan. Kon hij het lokaal echt zo snel hebben verlaten? Hij keek naar het podium en zag dat Tuvesson al op weg naar buiten was.

27

Dunja Hougaard stond te wachten tot de liftdeuren open zouden gaan. Haar hartslag was nog steeds hoog en ze voelde hoe het zweet door haar poriën drong en haar overhemd aan haar rug liet kleven. Zweten op een verkeerd moment was een van de ergste dingen die ze kende. Toch bleef ze de fout herhalen om te hard te fietsen. Het was alsof ze haast kreeg op het moment dat ze op haar fiets stapte.

Deze keer was ze op weg naar Morten Steenstrup, wiens toestand een staatsaangelegenheid was geworden en door de media gevolgd werd alsof hij van koninklijken bloede was. Experts uit zowel Duitsland als Engeland waren ingevlogen en na een lange reeks gecompliceerde operaties waren ze erin geslaagd de inwendige bloedingen te stoppen en zijn situatie kon nu bestempeld worden als redelijk stabiel. Wat haar een kleine kans bood om hem te spreken voordat hij klaargemaakt zou worden voor de volgende operatie.

De liftdeuren gingen open en ze stapte de lift in en drukte op het knopje van de vierde verdieping. Maar de lift bleef al op de tweede etage staan en twee mannen in operatiekleding met kapjes om hun nek stapten naar binnen en drukten op het knopje van de derde etage.

'Hoe oud zei je dat ze was?'

'Tweeënveertig.'

'Kinderen?'

'Drie. En dat is het hem. Ik reageer er meestal niet op. Maar juist door haar leeftijd en het feit dat ze drie kinderen had, en ze waren perfect.'

'Waren ze echt?'

'Ik denk het wel.'

'Je denkt het?'

'Dat is het probleem juist. Je kon het niet zien.'

'Je kan het altijd zien.'

'Geloof me, ik heb goed gekeken.'

'Dan blijft er nog maar één ding over.' Hij kneep met zijn handen in de lucht. 'In welke zaal zei je dat ze lag?'

Ze barstten in lachen uit en verlieten de lift op de derde verdieping.

Dunja stond op het punt om achter de mannen aan te lopen en naar hun namen te vragen, maar ze bedacht zich en liet de lift verder gaan naar de vierde etage. Ze was al laat.

Ze stapte uit de lift en schudde de gedachte van zich af of Steenstrup zonder zijn glorie dezelfde medische zorg zou hebben gekregen. Ze moest nu gefocust zijn en haar tijd goed gebruiken. Drie minuten had de behandelend arts haar na herhaaldelijk aandringen gegeven. Drie minuten. En geen seconde meer, had hij haar duidelijk gemaakt. Steenstrup was pas kortgeleden ontwaakt en kon geen lang verhoor aan. Hij besefte nauwelijks waar hij zich bevond. En al helemaal niet wat een opschudding zijn optreden had veroorzaakt. Maar dat maakte Dunja niet uit. Ze wist precies wat ze moest vragen en daar had ze maar een halve minuut voor nodig.

Ze liep door een lange gang die uitmondde in een wachtkamer die vol journalisten zat. Een paar zaten op hun notebooks te tikken en anderen waren aan het schaken. Ze kon zien dat het de *Jyllandsposten* tegen *Politiken* was en constateerde teleurgesteld dat de *Jyllandsposten* de overhand had.

Een van de journalisten zag haar en haastte zich naar haar toe met een bombardement aan vragen, waardoor de andere journalisten ook tot leven kwamen. De camera's begonnen te klikken alsof zij de dader was en de vragen werden in het rond geworpen en troffen haar als natte sneeuwballen die langs haar rug omlaag gleden. Haar blouse was doorweekt van het zweet. Toch had ze het koud. En niemand leek te horen dat ze de hele tijd zei dat ze op dit moment geen enkel commentaar kon geven.

Ten slotte gaf ze het op en draaide zich naar de groep journalisten en hun camera's toe en vertelde dat ze voor het eerst een heel kort gesprek met Morten Steenstrup zou hebben, die zojuist wakker was geworden. Daarna legitimeerde ze zich voor de dienstdoende agent en liep de afdeling op. Pas toen de deur achter haar werd gesloten, kon ze weer ademhalen.

De behandelend arts ontving haar en keek haar zonder een spier te vertrekken aan. 'Dunja Hougaard?'

Ze knikte.

'Als ik stoppen zeg, is het stoppen, niet doorgaan maar stoppen. Oké?'

Dunja had nu al een hekel aan hem en liep verder door de gang zonder hem antwoord te geven.

'Ik hoop dat je begrijpt dat dit een uitzondering is en dat de verantwoordelijkheid voor het leven van de patiënt bij mij en bij niemand anders ligt,' ging de arts verder en hij sloeg links af weer een andere gang in. 'En wat je er ook van vindt, ik ben van plan die verantwoordelijkheid te nemen.' De arts bleef voor een deur staan die werd bewaakt door twee geüniformeerde agenten, en keek Dunja recht aan. 'Ik hoop dat je nu de ernst van de situatie inziet en dat ik erop kan rekenen dat je ervoor zorgt dat je mijn patiënt een hoop onnodige uitweidingen bespaart.'

'Ik stel voor dat je de deur opent voor hij alzheimer krijgt.'

Morten Steenstrup lag achter in de kamer en zag er allesbehalve uit als een held. Allebei zijn benen zaten in het gips. Om zijn nek zat een steunkraag en een groot deel van zijn haar was weggeschoren. Hij lag aan een infuus en een bliepend apparaat dat zijn waarden in de gaten hield. Zijn mond stond half open en zijn blik was schuin omhoog op het plafond gericht en hij reageerde niet toen Dunja de kamer binnenkwam.

Haar eerste gedachte was dat hij dood was. Dat hij een seconde voordat ze de kamer in kwam was overleden en dat ze door die irritante arts niet kon doen waarvoor ze gekomen was. Ze pakte een stoel en ging naast zijn bed zitten.

'Hoi Morten. Mijn naam is Dunja Hougaard en ik werk als rechercheur bij de politie van Kopenhagen.' Ze wachtte op een reactie en negeerde de arts, die zijn keel schraapte en vast naar zijn horloge wees. Maar er kwam geen reactie.

'Ik heb maar een paar minuten en wil je niet onnodig vermoeien. Het enige wat ik wil weten is of dit de man is die je heeft overvallen?' Ze haalde de opsporingsfoto van Rune Schmeckel tevoorschijn en hield die voor het gezicht van de agent, maar ook nu bleef een reactie uit.

'Morten. Zie je de man op deze foto?'

'Ja,' antwoordde de politieman met een zwakke, fluisterende stem.

'Is dit dezelfde man die je heeft overvallen?'

'Nee.'

Het antwoord kwam als een volslagen verrassing. De mogelijkheid dat hij de dader niet zou herkennen, was niet eens bij Dunja opgekomen.

'Weet je het zeker. Ik wil dat je nog een keer heel goed kijkt.'

'Ik weet het zeker. Het is hem niet.'

'Ik wil je nu niet onder druk zetten, maar ik kom over twee dagen terug. Dan kunnen we...'

'Het is hem niet.'

'Oké, Morten. Kun je zeggen wat er anders aan hem is? Is het zijn haar of iets anders wat makkelijk te veranderen is? Neem alle tijd die je nodig hebt om erover na te denken. Het heeft geen zin om een antwoord te forceren.'

De arts schraapte zijn keel, deed een stap naar voren en tikte op zijn horloge.

'Alles,' fluisterde Morten.

'Alles? Ik weet niet of ik begrijp wat je bedoelt.'

'Alles is anders. Het is hem niet. Jullie hebben de verkeerde persoon.'

28

De aanplakbiljetten van de kranten waren vervangen door foto's van Rune Schmeckel.

GEZOCHT

Fabian Risk dronk zijn espresso op, nam een hap van de pecannotenvlaai en begon de homepages van de kranten op zijn mobieltje te bekijken. Hij had de auto bij het politiebureau laten staan en een lange wandeling naar de stad gemaakt, waar hij in de hoek achter in lunchroom Fahlmans plaats had genomen. Daar kon hij rustig zitten terwijl alle anderen elkaar verdrongen onder de luifel op het terras.

Na de persconferentie was hij direct naar Tuvessons kantoor gegaan. Ze was er niet geweest en dus was hij gaan zitten wachten – in de overtuiging dat ze vast met hem zou willen spreken en hem waarschijnlijk uit het onderzoek zou willen zetten. Maar toen hij na een uur begreep dat Tuvesson niet van plan was te komen, had hij het politiebureau verlaten en was naar de stad gewandeld.

Onderweg had hij gezien dat de aanplakbiljetten van de kranten waren verwisseld en dat het allemaal steeds meer op een drijfjacht begon te lijken. Zijn ambtsovertreding was bijna even groot nieuws als het feit dat de moordenaar nu was geïdentificeerd. Meerdere kranten hadden foto's van hem afgebeeld en sommige gingen zelfs zover om hem van moord te beschuldigen. Hij kon niet zeggen dat hij verbaasd was. De persconferentie was op de klippen gelopen en alle aandacht was op hem gericht geweest.

Hij dacht na over wat hij zou moest doen als hij eruit werd gezet. De geplande vakantie weer oppakken of op eigen houtje verdergaan? Hij koos voor het eerste, al wist hij diep vanbinnen dat het op het laatste zou uitdraaien.

De *Kvällsposten* was zonder meer de krant die de meeste pagina's aan hem had gewijd. Indrukwekkend snel waren ze erin geslaagd zijn verleden in kaart te brengen met oude foto's en interviews met mensen die hem kenden. Het was niet voor het eerst dat hij dacht dat de politie zou moeten rekruteren onder nieuwsreporters. Ze hadden onder meer een gepensioneerd oud-voetbaltrainer gevonden die beweerde dat hij hem getraind had en die zei dat Fabian nooit een teamspeler was geweest maar altijd geprobeerd had helemaal in zijn eentje doelpunten te maken.

Zelf kon hij zich niet herinneren dat hij ooit langere tijd gevoetbald had. Balspelen hadden hem nooit echt geïnteresseerd. Maar dat hij geen teamspeler was kon hij niet ontkennen. Voor hem was het doel altijd belangrijker geweest dan de weg ernaartoe.

VERLIEFD OP VROUW VAN SLACHTOFFER

De kop trof hem als een zweepslag. Het artikel ging erover hoe Lina Pålsson zijn grote jeugdliefde geweest zou zijn en stelde de vraag of die gevoelens nog steeds bestonden en of dat er de reden van kon zijn dat hij zijn beoordelingsvermogen was kwijtgeraakt. Hoe waren ze daarachter gekomen? Zelf had hij het nooit tegen iemand gezegd, en tot voor een paar dagen geleden had hij er geen moment meer aan gedacht.

De enige verklaring was dat ze met Lina hadden gesproken. Hij kon zich niet herinneren dat hij haar ooit had verteld wat hij voor haar voelde. Ze had Jörgen gekozen en hij had er op zijn beurt voor gekozen om zijn gevoelens zo diep te begraven dat niemand ze ooit meer zou kunnen vinden. Hoe dan ook was het nu publiek gemaakt en hij kon er niets meer aan veranderen.

Het was niet verbazingwekkend dat *Aftonbladet* ervoor had gekozen het zo groot te brengen. Het risico dat het hem in zijn onderzoekswerk beïnvloedde was levensgroot aanwezig. Hoe zou hij niet beïnvloed kunnen zijn door het feit dat het slachtoffer samen was geweest met zijn grote jeugdliefde? Hij pakte zijn mobieltje en toetste haar nummer in, maar bedacht zich zodra hij de telefoon over hoorde gaan. Hij had toch geen idee wat hij zou moeten zeggen.

Toen hij klaar was met de kranten wandelde hij langs Helsingborgs stadstheater en verder naar het noorden langs de strandpromenade. De wind was aangewakkerd en het koele zoute water van de golven die over de muur sloegen raakte hem in zijn gezicht. Hij besefte hoezeer hij Helsingborg had gemist, en om nog natter te worden klom hij op de muur en liep er de rest van de weg overheen.

Pas toen hij de hal in stapte en zijn natte kleren uittrok, voelde hij hoe moe hij eigenlijk was. De dag die was begonnen met het bericht van Glenns dood en er na een chaotische persconferentie mee was geëindigd dat hij in ongenade was geraakt, voelde als een hele week en toch was het pas zeven uur 's avonds.

Hij liep verder het huis in en werd verwelkomd door een compacte stilte en drie lege pizzadozen op de aanrecht. Ze hadden zonder hem gegeten. Dat was niet vreemd. Hij wist tenslotte zelf niet eens wanneer hij thuis zou komen. Hij wist niet eens of hij honger had. En of hij zin zou hebben gehad om te eten, als hij honger had gehad. Het was alsof de vlaai als een zware deksel op hem drukte en alle gevoelens tegenhield. Zowel honger als angst.

Hij liep de trap op naar de tweede verdieping, keek in Matilda's kamer en verbaasde zich erover hoe ze al was opgeschoten. De posters van *Grease*, *Highschool Musical* en *Dirty Dancing* hingen en de boekenplank was gevuld met haar boeken en alle kleine plastic spulletjes die ze verzamelde. Het bureau stond met pennendoos en gum te wachten op de start van de school in augustus. Het bed was opgemaakt en op het plafond had ze lichtgevende stickers van haar sterrenbeeld Vissen geplakt.

Het enige wat ontbrak was Matilda zelf. Hij keek in de slaapkamer, maar die was ook leeg, en nadat hij droge kleren had aangetrokken liep hij naar Theodors kamer en klopte op de deur, zonder een reactie te krijgen. Maar toen hij de deur opendeed en naar binnen keek zag hij Theodor op zijn buik op het bed liggen, zo goed als onbeweeglijk, en ergens kwam een fluitend geluid vandaan.

'Theo? Hallo? Theo, hoor je me?' zei hij zonder zijn stem te veel te verheffen, maar Theodor gaf nog steeds geen teken van leven. 'Hallo?! Theodor?!' Hij liep naar het bed en legde zijn hand op Theodors schouder. Theodor draaide zich met een ruk om en trok een van de koptelefoontjes uit zijn oor.

Gripping your pillow tight…

'Wat is er?'

'Hoorde je me niet roepen?'

'Nee.'

Exit light…

Theo haalde zijn schouders op en drukte het oortelefoontje terug. Fabian trok het weer uit zijn oor en het andere ook.

Enter night…

'Wat wil je verdomme?!'

'Waar zijn de anderen?'

'Hoe moet ik dat weten?'

Take my hand…

Het was niet zo dat Fabian er niet op voorbereid was dat de tienertijd moeilijk zou worden. Hij had alleen meer schreeuwerige conflicten verwacht, gesmijt met deuren en laat thuiskomen na een avondje uit. Deze stilte was iets heel anders en hij had geen idee hoe hij ermee om moest gaan.

We're off to never never-land…

'Hoe gaat het eigenlijk met je?'

Theodor zuchtte en zette de muziek stil.

'Mis je je vrienden uit Stockholm? Ik kan me voorstellen dat je dat…'

'Welke vrienden?'

'Weet ik veel. Waar je mee speelde?'

Theo sloeg zijn ogen ten hemel.

'Of mee optrok of hoe noemen jullie dat?' ging Fabian verder en hij voelde zich als een blinde op een koord. 'Maar je zult hier nieuwe vrienden krijgen. Nou ja, misschien niet precies hier. Je moet natuurlijk wel je kamer uit komen en naar buiten gaan en… en…'

'Ben je klaar?'

Fabian knikte en besefte dat als hij zichzelf als vader had gehad hij waarschijnlijk precies hetzelfde had gereageerd als Theodor. Hij liep de kamer uit en kon er niets aan doen dat hij zich een beetje opgelucht voelde.

Sonja vond hij boven in het atelier, waar ze aan een groot nieuw schilderij werkte met brede, agressieve penseelstreken. Hij liet zijn blik op haar rusten, hoewel hij wist dat ze er niet van hield om bekeken te worden als ze schilderde. Maar hij hield ervan, vond dat zij dan op haar mooist was – onopgemaakt, verfvlekken op haar gezicht en die volledige concentratie, die alles om haar heen afschermde.

Ze stond met haar zij naar hem toe en had in elke hand een penseel. Haar haar was opgestoken met een paar penselen en ze was gekleed in haar overall, waar zoveel verfvlekken op zaten dat het een kunstwerk op zich was. Eronder droeg ze de rode bh die ze tweeënhalf jaar geleden van hem met de kerst had gekregen.

'Hé, lieveling.'

'Hoi,' antwoordde ze met een glimlach. Maar haar blik sprak boekdelen. Ze ging verder met verf uitsmeren over het schilderij.

'Mag ik binnenkomen?'

Ze gaf geen antwoord, en dus liep hij de kamer in en ging achter haar staan. 'Wat goed dat je weer begonnen bent.'

Het schilderij leek op niets wat ze eerder had gemaakt. Hij wist dat ze naar iets nieuws zocht nadat ze al die jaren met vissen had gewerkt. Het was een succesvolle tijd geweest met inkomsten die zijn loon verre hadden overstegen, hoeveel overuren hij ook maakte. Het was alsof iedereen haar onderwaterschilderijen van scholen vissen, inktvissen en krabben wilde hebben.

Het was de grote droom van elke kunstenaar. Maar voor Sonja was het ten slotte een nachtmerrie geworden. Toen het op zijn ergst was, had ze een wachtlijst van meer dan een jaar gehad. De klanten hadden de grootte bepaald, evenals de kleuren omdat die bij de inrichting moesten passen. Sonja had zich totaal geen kunstenares meer gevoeld en was ten slotte ingestort.

Dat was iets meer dan een halfjaar geleden en sindsdien had ze gezocht en geëxperimenteerd. Een tijdje had het ernaar uitgezien dat vogels de rol van de vissen over zouden nemen. Ze had vogelnestjes geschilderd, eieren en zwermen in de lucht. Maar dit was dus iets heel anders. Een heftige kakofonie waarin de ene nuance nog roder was dan de andere.

'Lieverd. Ik ben aan het werk.'

'Ik ga ervan uit dat je de kranten hebt gelezen?'

'Je moet niet alles geloven wat je leest.'

'Dat jonge meisje. Daar was ik verantwoordelijk voor. Het is mijn fout.'

'En die Lina Pålsson?'

Fabian had erop gewacht dat de vraag zou komen, en hij kon het haar niet kwalijk nemen. Na wat er met Niva was gebeurd, was haar vertrouwen in hem kapotgegaan en het hing nu aan een dun draadje. Als het dat al deed.

'Ja, ik was verliefd op haar en ja, ik wilde niets liever dan dat we samen zouden zijn. Maar, Sonja, dat was toen. In de bovenbouw. En het is nooit iets geworden. Waar ik nu heel erg blij om ben.'

Sonja draaide zich naar hem toe en keek hem in de ogen. De verf van de penselen druppelde op de vloer. 'Dus ze betekent nu niets meer voor je?'

'Niet meer dan dat ze een oud-klasgenote is, wier man net bruut vermoord is.'

'Oké.' Sonja keerde terug naar het schilderij en hij bleef staan en overwoog of hij naar haar toe moest gaan om haar te omhelzen toen zijn mobieltje ging.

'Ja, hallo?'

'Hoe is het met je?' Het was Irene Lilja.

'Tja, zoals ik verdien, zou mijn moeder zeggen.' Fabian ging een paar passen achteruit om niet geraakt te worden door de verfspetters van Sonja, die weer was begonnen te schilderen. 'Maar het komt nu niet zo goed uit. Kan ik je terugbellen?'

'Maar, zeg eens? Klopt het echt?' onderbrak ze hem. 'Dat met Lina Pålsson?'

'Ja.'

Het werd stil en Fabian kon horen dat Lilja precies hetzelfde dacht als hijzelf. *In welke mate had het hem beïnvloed bij het onderzoek?* Hij ging het atelier uit en liep de trap af.

'Maar dat je het weet, ik was me er zelf in het begin niet eens bewust van. Het is alsof ik mijn hele jeugd heb verdrongen.' Hij voelde de behoefte om het uit te leggen. Te zorgen dat ze het begreep. 'Daarom zei ik niets en later...'

'Zeg, dit kun je beter met Tuvesson bespreken. Je hebt vast een heel goede verklaring.' De ironie in haar stem was onmogelijk te missen. 'Maar daarom belde ik niet. We hebben een nieuw sterfgeval.'

Fabians gedachten werkten op volle toeren om erachter te komen wie het kon zijn. Wie had hij over het hoofd gezien?

'Het is niemand uit de klas.'

'Nee? Oké, wie...?'

'Monika Krusenstierna. Jullie klassenlerares.'

Het weinige dat Fabian zich van Monika Krusenstierna kon herinneren was dat ze altijd knielange rokken droeg die vaak geruit waren en dat ze nooit lachte. Haar lessen moesten volgens een bepaald schema verlopen. Wiskundesommen moesten worden berekend, blinde landkaarten ingevuld en boeken hardop voorgelezen, hoofdstuk na hoofdstuk. Discussie en reflectie kwamen nooit aan bod. Hoe meer hij erover nadacht, hoe meer de jaren met Monika Krusenstierna aanvoelden als één lang dictee.

'Thuiszorg vond haar in haar appartement. In een fauteuil om precies te zijn. En het heeft blijkbaar een tijdje geduurd voordat ze doorkregen dat ze dood was, omdat ze geen zichtbare verwondingen had.'

'Dus ze zat er gewoon? Hebben ze de doodsoorzaak al vast kunnen stellen.'

'Hartstilstand. Vlecht belde net met een voorlopig rapport en blijkbaar waren haar aderen erger dichtgekalkt dan een oud koffiezetapparaat.'

'Het was dus geen moord?'

'Nee. Ik wilde alleen dat je ervan zou weten voordat het in de kranten staat. We weten tenslotte hoe ze het zullen interpreteren. Een pikant detail is dat de *Kvällsposten* van vandaag opengeslagen op haar knie lag.'

'Welke pagina?'

'Die waarop ze zich afvragen hoe het mis heeft kunnen gaan.'

Fabian wist precies om welke pagina het ging. De kop luidde: DE LERARES DIE HAAR OGEN SLOOT.

Het artikel ging over hoe Claes Mällvik stelselmatig door Jörgen en Glenn was mishandeld en dat niemand er iets aan had gedaan. Zelfs de volwassenen had het niets kunnen schelen, en ze vroegen zich af waarom Monika Krusenstierna geen alarm had geslagen en waren van mening dat ze moest hebben vermoed dat er iets niet goed zat in de klas. Fabian leed met haar mee. De aanklacht in het artikel moest vreselijk voor haar zijn geweest om te lezen en was ongetwijfeld de indirecte oorzaak van haar dood.

'Oké. Bedankt voor het bellen.'

'Dat was niets. Tot ziens. Mister loverboy.'

29

Hij had te laat ingezien hoe verkeerd hij Fabian Risk had ingeschat. Het incident in Glenns tuin, dat hem een dag had gekost, had Risk genoeg tijd gegeven om de auto in Denemarken te vinden. Hij had nagedacht, alles wat er gebeurd was van alle kanten bekeken, maar hij had nog steeds geen idee hoe het in zijn werk was gegaan. Dat Risk bovendien het ene achterwiel eruit had geschroefd, was als een volslagen verrassing gekomen. Risk was een aanzienlijk grotere bedreiging gebleken dan hij ooit had kunnen vermoeden en van hoe diep het ook moest komen, hij moest toegeven dat hij onder de indruk was.

Wat hij zich had voorgenomen – het verplaatsen van de auto – was mislukt. Hij had het op moeten geven, de auto achter moeten laten en moeten vluchten. Nu was hij in bewaring bij de Deense politie. Wat op zich beter was dan wanneer hij bij de Zweden was geweest. De Denen zouden niet veel interessants vinden. Het was alleen de vraag hoe lang hij daar zou blijven.

Hij had serieus overwogen om het plan af te breken en nu al de boot te nemen, die volgetankt en bevoorraad in Råå lag te wachten, maar had toch besloten om de mogelijkheid te onderzoeken om het plan gedeeltelijk aan te passen. Voorlopig had het hem weer een dag vertraging opgeleverd. Maar hij had geen keus. Het alternatief – om ermee te stoppen – was een zo grote nederlaag dat het hoogst onwaarschijnlijk was dat hij ermee zou kunnen leven.

In het oorspronkelijke plan had Risk maar een kleine bijrol gehad, te vergelijken met die van een figurant. Als nog iemand in de rij. Maar nadat duidelijk was geworden dat hij met zijn gezin zou verhuizen, had hij een iets actievere rol toebedeeld gekregen. Maar het was anders gelopen en hij had aanzienlijk meer plek ingenomen dan oorspronkelijk de bedoeling was. Risk moest onder controle worden gebracht en op zijn plaats worden gezet voordat het uit de hand liep. Hoe hij dat precies voor elkaar moest krijgen, wist hij nog niet. Maar hij had eerder nadelen in voordelen veranderd en er was geen reden om eraan te twijfelen dat het deze keer ook niet zou lukken.

De laatste uren hadden hem bovendien in de kaart gespeeld. Zijn gastoptreden als Deense journalist was boven verwachting goed gelukt. Het had Risk in het middelpunt van de belangstelling geplaatst, wat het hele politieonderzoek zou bemoeilijken en waarschijnlijk ook vertragen. Dat de Denen daarna zowel zichzelf als de Zweden beentje hadden gelicht, was iets wat je alleen maar dankbaar kon accepteren. En als kers op de taart reed vlak voor hem een auto weg die recht voor Risks rijtjeshuis een lege parkeerplaats achterliet.

Hij bevestigde de kleine webcamera met een zuignapje aan de binnenkant van het zijraampje, draaide de antenne erop en sloot de stroomvoorziening aan op de kabel die hij uit de accu had getrokken. Hij zette hem aan, zodat het ledlampje begon te knipperen als een autoalarm, pakte zijn mobieltje en stuurde een zescijferige code in een sms naar een specifiek nummer. Een seconde of tien later kwam het beeld van zijn mobieltje tot leven en kon hij de camera op de deur van Risks woning richten en de scherpte instellen.

Hij stapte uit de huurauto en deed hem op slot. Zijn handschoenen had hij de hele tijd aangehouden. Die vergissing zou hij niet nog een keer maken. Hij liep naar links over het trottoir en telde vier opritten voordat hij naar rechts de hoek omsloeg naar de Brommagatan. Meteen na de verlichte etalage van Skandia-makelaars, die gevuld was met objecten die alleen naar Helsingborg verhuisde Stockholmers zich konden veroorloven, liep hij naar rechts een grindweg op en kwam langs een paar vuilnisbakken en een bordje dat meldde dat toegang alleen bedoeld was voor inwonenden.

Aan de achterkant van de rijtjeshuizen verdrongen de tuintjes elkaar, het ene nog opgesmukter dan het andere. Hij telde tot hij bij Risks huis was en stelde vast dat de vorige eigenaars ervoor hadden gekozen zich buiten de tuinenrace te houden. Hij stapte over het half verrotte hek heen en verschool zich achter een gereedschapsschuurtje. Vanaf daar kon hij recht het huis in kijken.

Fabian kon zijn ogen nauwelijks openhouden. Toch zou hij niet kunnen slapen. Zijn gedachten weigerden hem met rust te laten, en hij kon het gevoel niet kwijtraken dat alles wat hij ondernam barsten kreeg en in elkaar aan het storten was.

Hij zat aan de keukentafel met zijn laptop en keek op Mette Louise Risgaards blogsite. In het begin had hij gedacht dat die nergens over ging en vooral uit een hoop nietszeggende korte bijdragen bestond waarin ze beschreef wat ze moest doen of wat ze had gedaan. In een enkel geval zat er een gedachte of een reflectie tussen.

Maar hoe meer bijdragen hij las, over naar de benzinepomp gaan om te werken, vrienden ontmoeten, nadenken over nieuwe tatoeages en dvd's, hoe meer hij in haar leven werd getrokken. Er kwam een beeld naar voren van een intelligent jong meisje dat vol gedachten en ideeën zat, maar er niets mee kon in het gat waar ze opgroeide. Mette Louise Risgaard haatte Lellinge meer dan wat dan ook en zou liever zelfmoord plegen dan daar oud te moeten worden.

Er viel niet uit op te maken of ze een vriendje had. En Fabian kon over zichzelf lezen, als de Zweed die een autowiel kwam brengen en daarmee voor de spannendste gebeurtenis van de week zorgde. Twee bijdragen verder, een over een koffiezetapparaat dat kapot was gegaan en een over de buurman die pornofilms kocht, hield de blog abrupt op. Als je niet wist wat er was gebeurd, zou het een paar dagen duren voordat je begreep dat de blog verlaten was.

Dood.

Fabian klikte verder naar een andere site die meldde dat de begrafenis overmorgen om 13.00 uur in de kerk van Lellinge zou worden gehouden. Hij besloot dat hij erbij aanwezig moest zijn, ongeacht of Tuvesson hem verder liet werken aan de zaak of niet. Dat was het minste wat hij kon doen.

Hij sloot de computer af en ging zijn tanden poetsen in de extra badkamer toen er aan de deur werd gebeld. Hij keek op zijn horloge en zag dat het iets na middernacht was. Hij draaide de kraan dicht. Misschien had hij het verkeerd gehoord? Hij ging verder met tandenpoetsen en spuugde de tandpasta uit toen er weer werd gebeld. Deze keer was het niet te missen. Er belde iemand aan.

Fabian veegde zijn mond af en ging opendoen. Op weg naar de buitendeur dacht hij erover na wie het kon zijn, maar hij kon niemand bedenken die zo laat nog aan zou kunnen bellen. Hij besloot zodra hij tijd had een deurspion te monteren.

Waarna hij het slot opendraaide en de deur opendeed.

30

Hij moest het bericht een paar keer lezen om te begrijpen wat er was gebeurd. De eerste keer was hij niet in staat om het in zich op te nemen. Het voelde alsof het niets met hem te maken had. Een bericht uit een andere parallelle werkelijkheid. Maar na het nog twee keer gelezen te hebben trof het bericht hem als een emmer koud water. Kon het echt waar zijn? Hij zocht op andere nieuwssites en zag hoe het nieuws steeds groter werd. Het was echt gebeurd.

Monika Krusenstierna was dood.

'Verdomme,' brieste hij bij zichzelf. Alles met Risk was gegaan zoals gepland en hij had net de tweede huurauto gehaald en was onderweg om haar op te halen toen hij de laatste nieuwtjes op zijn mobieltje had doorgenomen. Hij moest aan de rand van de weg blijven staan om het korte artikel voor de derde keer te lezen. Kon het een andere Monika Krusenstierna zijn? Hij had haar naam in een telefoonboek op internet opgezocht en maar één treffer gevonden. En dat was in Helsingborg op een adres dat hij tegen was gekomen tijdens zijn research. Toch had hij zich gedwongen gevoeld erheen te rijden om het met zijn eigen ogen te zien. Zich ervan te verzekeren dat het niet weer een van Risks trucjes was.

Monika Krusenstierna woonde op Dalhelmsvägen 69, op de vijfde verdieping in de laatste van de vier flats die net nieuwe plaatijzeren gevels hadden gekregen. Geel was vervangen door grijs. Hij had de auto bij de Dalhemsschool geparkeerd en het laatste stukje gelopen. Op de loopbrug over de Dalhemsvägen had hij gezien hoe de zwaailichten weerspiegeld werden boven de huizen en dat de parkeerplaats vol stond met politieauto's. Het was wel degelijk zijn Monika.

De voorbereiding met betrekking tot de oude klassenlerares had niet alleen kostbare tijd en middelen gekost, ze zou bovendien de kroon op zijn werk worden. Het laatste puzzelstukje waardoor alles op zijn plek viel. Nu zou niets ervan werken, en hij zou weer gedwongen zijn om terug te keren naar de tekentafel.

Het grootste probleem was tijd. De marges waren overschreden en hij kon zich niet nog meer dagen permitteren om nieuwe plannen te maken. Morgen was al helemaal ingevuld. Dan zou hij teruggaan naar Denemarken en afronden wat hij was begonnen. Hij wist ook niet waarom hij het niet meteen had gedaan. Bij zijn plan was het doden van onschuldige buitenstaanders niet inbegrepen en hij was eerst door het meisje en later door de politieman overrompeld. Hij had geaarzeld en besloten te vluchten in plaats van het af te maken. Maar dat was de laatste keer geweest. Van nu af aan zou niets hem meer in de weg staan.

Zijn mobieltje bromde en het schermpje lichtte op. Hij pakte het op en constateerde dat de camera in de huurauto voor de ingang tot leven was gekomen. Hij had een vertraging ingeprogrammeerd op de bewegingsdetector zodat die niet op elke voorbijganger zou reageren maar alleen als iemand het trapje van het huis op liep. Hij toetste de code in en wachtte af.

Toen de beelden tevoorschijn kwamen op het schermpje, en hij kon zien hoe Risk de deur opendeed en zijn late bezoek binnenliet, viel alles op zijn plaats. In plaats van Monika Krusenstierna zou Fabian Risk de hoofdrol krijgen. Van nu af aan zou hij het centrale en beslissende onderdeel in het hele bouwsel zijn. De oplossing was even simpel als geniaal en nu achteraf kon hij niet begrijpen waarom hij er niet meteen aan had gedacht.

31

Lina Pålsson zat naast Fabian Risk op de bank. Haar gezicht was opgezwollen en haar ogen zagen rood van het huilen. Hij gaf haar een zakdoek en schonk thee in. Toen hij zag dat Lina Pålsson voor de deur stond had hij, met het oog op Sonja's reactie op het krantenartikel, geaarzeld of hij haar binnen moest laten. Hij had gevraagd wat ze wilde en zij had gevraagd of ze binnen mocht komen. Hij had zijn vraag herhaald en zij had sorry gezegd en was in huilen uitgebarsten en hij had haar omhelsd.

Nu zaten ze hier elk met een kop dampende thee op een tijdstip dat volgens de dvd-speler 01.33 uur was. Fabian liet de stilte over de kamer neerdalen, vond dat het aan haar was om die te verbreken. Een halfuur daarvoor had hij gehoord hoe Sonja naar beneden was gekomen vanuit haar atelier en hoe ze de trap af liep, maar was blijven staan en weer naar boven was gegaan. Twintig minuten later was ze naar beneden gekomen, alleen gekleed in haar Japanse kimono, waarvan ze wist dat hij ervan hield. Ze had Lina gedag gezegd en haar gecondoleerd, waarna ze hem goedenacht had gekust en terug naar boven was gegaan. Hij had haar nageroepen dat hij zo zou komen en zij had geantwoord dat ze alle tijd moesten nemen die ze nodig hadden.

'Eerlijk gezegd weet ik eigenlijk niet eens waarom ik huil. Ik denk dat ik nooit van hem gehouden heb.'

'Ooit moet je toch wel van hem gehouden hebben?' zei Fabian en hij had er direct spijt van. Dit was een gesprek dat ze niet moesten voeren. Lina schudde haar hoofd.

'Ik begrijp echt niet waarom ik iets met Jörgen heb gekregen. Als ik heel eerlijk ben, dacht ik de hele tijd dat wij iets zouden krijgen.' Ze lachte en nam een slokje van de hete thee.

'Waarom dan toch Jörgen?' Hij wilde het niet, maar kon het niet laten.

'Herinner je je dat klassenfeest? Dat we in het begin van de zevende klas hadden in een van de lokalen in de buurt waar we woonden?'

Fabian herinnerde het zich maar al te goed. Het was een gekostumeerd feest en hij en Stefan Munthe hadden gezwoegd om hun eigen gevangeniskostuums te maken. Ze hadden oude lakens genomen en er strepen op geverfd met een spuitbus en afplaktape en daarna genaaid, genaaid en genaaid. Het had alle avonden en de hele zaterdag in beslag genomen en ze waren helemaal bezeten geraakt. Ze moesten de mooiste kostuums hebben en het was of het om leven en dood ging. Bovendien had hij besloten Lina om verkering te vragen. De tijd was er rijp voor en hij zou eindelijk vertellen wat hij voor haar voelde.

Maar toen ze op het feest waren aangekomen, bleken ze de enigen te zijn die zich hadden verkleed en ze hadden beseft dat iedereen hen achter hun rug uit stond te lachen. Alles voelde verkeerd en een kwartier later waren ze naar huis gefietst om hun gewone kleren aan te trekken.

'In elk geval heeft hij me toen gekust,' ging Lina verder. 'En hij zei dat hij en ik nu met elkaar waren en ik weet het niet. Ik had gehoopt dat jij het zou zijn. Maar jij leek je er niet echt druk om te maken. Je ging weg en kwam pas veel later weer terug en... Ja, en toen gebeurde er wat er gebeurde.' Ze haalde haar schouders op en zweeg.

Fabian knikte zonder iets te zeggen, volledig in beslag genomen door de herinnering aan hoeveel pijn het had gedaan. 'Lina... Is er iets wat je wilt vertellen dat ons kan helpen met het onderzoek?'

Lina reageerde niet op de vraag. Ze dronk van haar thee en nam de tijd om het kopje terug te zetten. 'Ze hebben heel veel domme dingen gedaan, hij en Glenn. En soms was ik echt bang voor hem.'

'Sloeg hij je?'

'Nee, maar hij kon behoorlijk hardhandig zijn.'

'Op welke manier was hij hardhandig?'

'Bijvoorbeeld wanneer we seks hadden. Dan kon hij heel ver

gaan, als je dat zo zegt. Ik probeerde het er met hem over te hebben, maar hij zei alleen dat hij kon zien dat ik ervan genoot en dat het maar voor de grap was. Voor hem was bijna alles alleen maar spel.' Ze zweeg en dronk het laatste restje thee op.

'Lina. Ik begrijp dat je er behoefte aan hebt om te praten. Maar ik weet niet of ik daar de juiste persoon voor ben.'

Lina knikte en legde een goudkleurige sleutel op de salontafel. 'Die is van een kluis bij Glenn thuis.'

Fabian pakte hem op en bestudeerde hem. Molander en zijn mannen waren al in Glenns huis geweest en hadden een eerste inspectieronde gedaan. Omdat er niets echt interessants was opgedoken, had een grondigere doorzoeking minder prioriteit gekregen. Als ze een gesloten kluis hadden gevonden, zou hij er absoluut van hebben gehoord.

'Hij moet ergens in de keuken zijn. Ik heb geprobeerd uit te zoeken waar, maar heb hem niet kunnen vinden.' Lina hief haar hoofd op en keek hem aan. 'Maar ik weet dat hij daar ergens moet zijn.'

'En hoe ben je aan de sleutel gekomen?'

'Glenn durfde hem niet in zijn huis te bewaren. Hij vond het al genoeg dat hij de kluis had.'

'Hoe weet je dat allemaal? Ik kan me niet echt voorstellen dat Jörgen erover heeft verteld?'

'Ze waren niet altijd even nuchter en oplettend en voor mij was het een verzekering voor het geval dat Jörgen het in zijn hoofd zou halen om te ver te gaan.'

'Weet je wat erin zit?'

Lina antwoordde met een vermoeide glimlach en kwam overeind. 'Dank je voor de thee en dat je de tijd hebt genomen om te luisteren. Ik kom er zelf wel uit.'

'Wacht, ik breng je naar huis.'

'Nee, dat hoeft niet. Ik ben met de auto gekomen.'

'Dan loop ik in ieder geval tot daar met je mee. Dat is het minste wat ik kan doen.' Fabian stond op en volgde haar naar de hal.

'Fabbe, het hoeft echt niet. Bovendien staat hij hier een eindje vandaan.'

‘Des te meer reden dat ik…’

‘En als ik heel eerlijk ben, geloof ik niet dat je vrouw het zal kunnen waarderen.’

‘Nee, daar heb je op zich een punt,’ zei Fabian met een glimlach. Hij deed de deur open en liep toch met haar mee.

Hij pakte haar bij haar arm en ze liepen over de lege stoep. Ze zeiden geen van beiden iets en de stilte voelde op alle mogelijke manieren natuurlijk aan. Pas toen ze bij de auto waren gekomen, draaide Lina zich om en keek hem aan.

‘Herinner je je de keer nog dat we in de pauze aan het knikkeren waren en dat jij al je knikkers had verloren en mijn laatste mocht lenen?’

Fabian knikte. Dat was een van zijn eerste grote momenten geweest. Met behulp van Lina’s knikker was hij erin geslaagd de ene na de andere piramide om te gooien. Hij begreep nu nog steeds niet hoe het mogelijk was geweest. Het was alsof hij op dat moment een magische hand had. Bijna al zijn klasgenoten waren erbij komen staan, en al snel ook leerlingen van de andere klassen, om naar zijn uitzonderlijke vaardigheid te kijken. Of was het gewoon geluk? Hoe dan ook had hij een grote zak met knikkers gewonnen, die hij aan haar had gegeven.

‘Ik heb die knikkers nog altijd, weet je.’ Ze omhelsde hem en gaf hem een kus op zijn wang voordat ze het portier opende en in de auto stapte.

Fabian kroop zo voorzichtig als hij kon onder het dekbed om Sonja niet wakker te maken. Maar ze was al wakker, draaide zich naar hem toe, legde haar arm over zijn borst en tilde haar hoofd op zodat hij zijn arm onder haar kon steken. Ze was warm en naakt. Hij was te moe.

‘Fabian, houd je van me?’

‘Ja, natuurlijk doe ik dat.’

‘Weet je het zeker?’

Hij drukte haar naakte lichaam tegen zich aan en boog zich over haar heen voor een kus. Maar ze legde een hand op zijn mond.

‘Ik heb ergens over nagedacht.’

Hij zuchtte en rolde op zijn zij. 'Sonja. Ik weet dat dit helemaal niet zo...'

'Lief, laat me uitpraten. Ik heb er lang over nagedacht en ik denk dat het het beste is als ik en de kinderen voor een poosje teruggaan naar Stockholm. Anders raak ik hier alleen maar verbitterd en dat is het laatste wat onze nieuwe start nodig heeft. Dus stel ik voor dat we die even op pauze zetten tot dit allemaal voorbij is.'

Hij wilde protesteren. Haar op andere gedachten brengen en beloven dat alles vanaf nu veel beter zou gaan als ze maar bleef.

'Ik heb al met Lisen gepraat en we kunnen het gastenhuis op Värmdö de rest van de zomer gebruiken en dan kan Matilda met haar neven en nichten spelen.'

Maar het enige wat hij kon doen was knikken.

'En zodra je klaar bent en tijd voor ons hebt, komen we en dan doen we dit hier samen. Je weet wel, zoals we het eigenlijk van plan waren.'

'En dan, wanneer alles klaar is, vind ik dat we samen ergens naartoe moeten gaan. Alleen jij en ik. Ver weg.'

'Oké.'

32

Het gedruppel van de bladeren maakte de stille regen kenbaar, die het feit in herinnering bracht dat het mooie weer van de afgelopen week eigenlijk niet normaal was. Helsingborg was normaal gesproken een winderige en regenachtige stad. Aan de andere kant was er niet veel dat deze week als normaal bestempeld kon worden, dacht Fabian terwijl hij samen met Astrid Tuvesson door het Pålsjöbos wandelde.

Ze had hem 's ochtends gebeld en voorgesteld dat ze een wandeling zouden maken en tot dit moment hadden ze het over van alles gehad behalve over waar ze elkaar eigenlijk voor hadden ontmoet. Ze had hem gevraagd hoe het zijn gezin beviel in hun nieuwe woonplaats en hoe de kinderen het vonden om naar een andere school te gaan. Fabian had zo eerlijk mogelijk antwoord gegeven op alle vragen, maar er wel voor gezorgd dat hij niet te veel uitweidde.

Het beukenbos opende zich en ze kwamen bij het Pålsjöslot. Het waren een paar stille minuten geweest en Fabian had het gevoel dat de stilte een eigen leven ging leiden. Ze liepen naar de andere kant van het slotspark, langs het labyrint, en staken het natte gras over naar de lange laan, waarvan de bomen samen een donkere looptunnel vormden. Fabian herinnerde zich hoe ze hier tikkertje hadden gespeeld en hoe vreemd hij het had gevonden dat de bomen precies zo groeiden dat ze een tunnel vormden, tot hij een tuinman met een motorzaag bezig zag.

'Fabian... Zonder jou en je inhaalmanoeuvres was dit onderzoek nergens geweest, daar ben ik me heel goed van bewust. Maar zoals het zich allemaal ontwikkeld heeft, kan ik als verantwoordelijke niet langer verdedigen wat er in Lellinge is gebeurd. Dat zou betekenen dat ik ook zou moeten vertrekken en dat het hele onderzoek naar Malmö zou worden verplaatst en dan weten we hoe het zal eindigen.'

Fabian begreep waar ze op doelde. Malmö stond jaar in jaar uit bovenaan in de statistieken van onopgehelderde onderzoeken.

'Net als jij wil ik deze zaak zo snel mogelijk oplossen. Maar niet ten koste van alles.'

'Je hebt een zondebok nodig.'

'En in dit geval is het niet zo moeilijk om er een te vinden.' Voor de eerste keer tijdens de wandeling veroorloofde ze zich een glimlach. 'En dan hebben we het nog niet eens gehad over je vermeende tienerverliefdheid.' Hij wilde het uit gaan leggen, maar hield ermee op toen ze afwerend een hand opstak. 'Wat we niet gaan doen ook.'

Ze liepen de bomentunnel uit, het licht in. De regen was opgehouden en de hemel werd al lichter. Tuvesson bleef bij het uitzichtpunt staan en keek uit over de druk bevaren Sont, waar het Kronborg Slot al baadde in het zonlicht.

'Ik stel voor dat je weer vakantie gaat houden en zoals de bedoeling was begint op 16 augustus. En als ik in jouw schoenen stond zou ik met mijn gezin optrekken en er zoveel mogelijk van genieten. Dit weer duurt hoogstens nog een paar weken en dan is het alweer herfst. Zoals altijd.'

Fabian knikte en Tuvesson maakte aanstalten om weg te gaan.

'Als ik vakantie ga houden, is het misschien beter als jullie deze voor jullie rekening nemen.' Fabian hield het messingsleuteltje tussen duim en wijsvinger omhoog en liet het in haar hand vallen. 'Die past op een kluis in het huis van Glenn.'

Tuvesson keek hem vragend aan.

'Ergens in de keuken. Meer weet ik niet.'

Ze knikte kort en liep met snelle passen weg.

Fabian richtte zijn blik op Denemarken en dacht na over wat er was gezegd. Hij had niet anders verwacht dan dat Tuvesson hem eruit zou zetten. Het was het enige wat ze kon doen in de ontstane situatie. Het probleem was dat er aanzienlijk meer nodig was dan het gebruikelijke formele politiewerk wilden ze een kans maken om te slagen.

◆

24 december

Hoi dagboek en goede kerst.

Heb geprobeerd gewoon te doen maar zowel mama als papa merkte dat er iets was en dachten dat ik niet blij was met de cadeautjes hoewel ik zei dat ik er hartstikke blij mee was. Had een keyboard met statief gekregen. Papa wilde hem aansluiten maar ik kon het niet. Zei dat ik moe was en ging naar mijn kamer hoewel het nog niet eens elf uur was.

Las over iemand die voor de trein gesprongen was. Ze was even oud als ik en ze hadden net zo tegen haar gedaan als tegen mij. Alles wat ze in haar brief had geschreven gold ook voor mij. Echt alles.

Kan het aan niemand vertellen maar dat je het weet, ik heb ook aan springen gedacht. Meerdere keren, maar ik durf het niet. Nog niet. Maar ik heb er zo ongelooflijk genoeg van om bang te zijn. Ben het nu al een halfjaar. Bang om naar de eetzaal te gaan en te eten. Bang voor de pauze. Bang om mezelf belachelijk te maken in de les. Bang voor hen die ooit mijn vrienden waren. Bang om naar huis te gaan. Bang omdat de vakantie voorbij zal gaan.

En toen kwam mama binnen hoewel ik gezegd had dat ik met rust wilde worden gelaten en ze vroeg waarom ik niet op het keyboard wilde spelen. Ik wilde geen antwoord geven maar ze bleef maar doorgaan en toen begon ik te huilen. Ik probeerde te stoppen maar dat ging niet en toen zei ik dat ik niet terug naar school wilde omdat ze allemaal zo stom waren en toen vroeg ze of er iemand was die me pestte en ik zei dat het daar niet om ging en toen zei ze dat zij vond dat het zo leek en toen vertelde ze dat ze de juf tegen was gekomen en erover had gepraat maar dat de juf niets had gemerkt behalve dat ik afwezig en stil was en het bij de proefwerken slechter deed en toen ik niets zei ging ze.

Ik kan niet begrijpen dat ze achter mijn rug om zijn gegaan. Allemaal onzin over me hebben verteld. Over twee weken begint die verdomde kloteschool weer en ik was eerst van plan om te spijbelen, maar nu heb ik me bedacht. Nu heb ik eindelijk een besluit genomen. Heb er ik weet niet hoe vaak over nagedacht en ben er voor de eerste keer heel zeker van. Heb niets te verliezen. Het kan me niet verdommen wat er gebeurt. Het kan toch niet erger worden.

Goedenacht.

ps: Heb geen kerstcadeau voor Laban gekocht. Het leek hem niet uit te maken. Hij begint op meerdere plekken zijn vacht te verliezen. Misschien van alle pis die hij heeft gedronken? Hij is zo stom en lelijk en vies. God wat haat ik hem.

33

Astrid Tuvesson ging samen met Lilja, Molander en Rots in de vergaderruimte zitten en zette een blad met lekker ruikende bekers latte neer en een zak met croissantjes. De vermoeide mondhoeken gingen direct omhoog en Rots maakte een grapje over hoeveel hij zou aankomen als ze de zaak niet snel oplosten.

'Ik wil om te beginnen vertellen dat Fabian Risk vanaf nu geen deel meer uitmaakt van het onderzoek,' zei Tuvesson terwijl ze de bekers uitdeelde.

'Jammer. Hij was best goed, vind ik,' zei Rots.

'Dat is hij zeker, en ik zou niets liever willen dan dat hij er nog bij kon zijn. Maar het was onhoudbaar.'

'Dat spreekt toch vanzelf,' zei Lilja. 'Hij zat in de klas en we kunnen geen verschil maken tussen hem en de anderen.'

'Maar je verdenkt hem toch niet?' vroeg Molander.

'Verdenken, verdenken. Als je het concreet bekijkt, dan...'

'Ik denk dat we het onderwerp nu maar moeten laten rusten,' onderbrak Tuvesson hen terwijl ze Lilja strak aankeek. 'Oké?'

Lilja en de anderen knikten, waarna ze de actuele stand van zaken door begonnen te nemen. Lilja vertelde dat ze contact had opgenomen met alle luchtvaartmaatschappijen, maar dat niemand de afgelopen dagen een Rune Schmeckel aan boord had gehad. Of laat staan een Claes Mällvik.

'Maar hij kan net zo goed gewoon in een andere auto vanuit Denemarken zijn doorgereden en al lang door Duitsland heen zijn,' zei Rots en hij nam nog een croissantje.

'We hebben het opsporingsbericht ook internationaal uit doen gaan, maar voorlopig werken we vanuit de theorie dat hij zich nog in Zweden bevindt. Hoe gaat het trouwens met het in kaart brengen van de klas?'

'Ja, dat is min of meer klaar. Of wat zeg jij, Irene?' zei Rots.

'Zo goed als,' zei Lilja. 'Ik had het het liefst willen checken met een echte klassenlijst, maar het lijkt onmogelijk te zijn om daar aan te komen.'

'Hoezo, hebben ze er dan ook niet een op het Stadsarchief?' vroeg Tuvesson en ze draaide zich naar Rots toe.

'Dat hebben ze zeker wel. Maar de digitale archiefcatalogus is blijkbaar gecrasht.'

'Hoezo gecrasht?'

'Herinneren jullie je die cyberattack tegen Helsingborg waarover in mei zoveel te doen was?'

'Ja, hadden ze toen niet een e-mailbombardement uitgevoerd?'

'Ja, en er zaten ook een boel virussen en trojans tussen. Ze hebben in elk geval onder andere de servers lamgelegd waar ook de catalogus van het Stadsarchief was opgeslagen.'

'Dat is toevallig.' Tuvesson zuchtte.

'Iets te toevallig, als jullie het mij vragen.'

'Maar ik begrijp het niet. Als de klassenlijsten toch in het fysieke archief zijn, dan zouden ze ze er toch gewoon uit moeten kunnen pakken,' zei Lilja.

'Ja, maar zonder de archiefcatalogus heb je geen archiefnummer en als je dat niet hebt is het zoeken naar een naald in een hooiberg, maar dan moeilijker. Ze hebben beloofd het te proberen, maar het zal weken duren. Als we geluk hebben.'

Tuvesson zweeg even en schudde toen haar hoofd. 'Het is absurd, maar we kunnen niet veel anders doen dan gewoon doorgaan.' Ze wendde zich tot Lilja. 'Van degenen die jullie getraceerd hebben. Weten we hoeveel er nog in Skåne wonen?'

'De meesten eigenlijk, behalve eentje die in Oslo woont.'

'Maar op het moment zijn er een boel op vakantie naar het buitenland,' zei Rots.

'We moeten een prioriteitenlijst maken voor in welke volgorde we contact met ze moeten opnemen. Het is belangrijk om er zo snel mogelijk achter te komen of er nog iemand in gevaar kan zijn.'

'Ik ben al begonnen en heb er al een paar gevonden,' zei Lilja.

'En?'

Lilja schudde haar hoofd. 'Nee, voorlopig beschrijven ze elkaar allemaal als heilige boontjes, die niets anders dan warmte en liefde om zich heen verspreidden.'

Rots lachte en schudde zijn hoofd.

'Laten we hopen dat het alleen Jörgen en Glenn waren,' zei Tuvesson en ze richtte haar blik op Molander. 'Ben je klaar met het onderzoeken van Schmeckels woning?'

'Min of meer. En nee, behalve wat vingerafdrukken en zo heb ik niets interessants gevonden. Ik had op zijn minst op een extra sleutel van zijn auto gehoopt, maar zelfs die heb ik niet kunnen vinden.'

'Misschien heeft hij een tweede huis?' zei Rots.

‘Er staat niets op zijn naam,’ zei Lilja.

‘Over een tweede huis gesproken,’ zei Molander en hij liet kopieën rondgaan van de ingelijste zwart-witte landschapsfoto’s uit Rune Schmeckels woning. ‘Misschien heeft hij er daar een? Als het in het buitenland is, is het helemaal niet zo vanzelfsprekend dat het geregistreerd staat in Zweden.’

De anderen keken naar de foto’s, die het heuvelachtige landschap met de dichtbebouwde stad lieten zien.

‘Weet je waar het is?’ vroeg Rots en Molanders gezicht begon te stralen.

‘Ik dacht eerst dat het Carcassonne was. Ik heb daar altijd naartoe gewild, het is een van mijn absolute lievelingsspelletjes.’

De anderen keken hem niet-begrijpend aan.

‘Hebben jullie nooit Carcassonne gespeeld?’

De anderen schudden hun hoofd.

‘Is dat dan een spel?’ vroeg Rots.

‘Ach lieve heer. Jullie weten niet veel,’ zei Molander en hij schudde zijn hoofd.

‘Maar het is Carcassonne dus niet,’ zei Tuvesson.

‘Nee, precies. Het is Grasse, ook in Zuid-Frankrijk, maar iets meer naar het oosten. En daar ben ik feitelijk geweest. Heeft een van jullie misschien van *Het parfum* gehoord?’

‘Ja, maar wacht even,’ zei Rots. ‘Was dat niet die... Jullie weten wel, die...’

‘Die was het vast, maar kunnen we het daar een andere keer over hebben?’ onderbrak Tuvesson hem. ‘Probeer liever uit te zoeken of hij daar een vakantiehuisje heeft. En we hebben deze.’ Ze hield de sleutel op die ze van Fabian had gekregen. ‘Ik heb hem van Risk gekregen en volgens hem moet hij op een kluis in de keuken van Glenn passen.’

‘Ik heb die keuken al doorzocht en er is geen kluis,’ zei Molander.

‘Ik wil toch dat jij en Irene nog een keer gaan kijken. Voor de zekerheid.’ Tuvesson schoof de sleutel over de tafel naar Lilja toe en wendde zich tot Rots. ‘En hoe gaat het met het McDonald’s-spoor?’

‘Ik heb contact met alle vestigingen opgenomen, maar voorlopig heeft niemand hem nog herkend.’

'Voorlopig?'

'Ze werken in ploegendienst, dus ik heb nog niet iedereen gesproken.'

'Oké. Wat hebben we nog meer? O ja, is er iets interessants binnengekomen na het opsporingsbericht?'

'Niet direct,' zei Rots.

'Hoezo niet direct?'

'Om een lang verhaal kort te maken hebben we niets binnengekregen wat het waard is om aan onze kleinkinderen te vertellen,' zei Rots.

'Oké, maar op dit moment wil ik graag het hele verhaal horen.'

'Okidoki,' zuchtte Rots en hij wierp een blik op het laatste croissantje. 'Behalve de gebruikelijke kletskousen die hem in Farsta, Bollmora en Grums hebben gezien, om maar een paar plaatsen te noemen, hebben twee van zijn patiënten iets van zich laten horen. De ene beweerde dat Schmeckel een gps-zender in zijn buik had aangebracht zodat hij hem altijd zou kunnen vinden als hij behoefte had aan mensenvlees.'

'Aardig.'

'Ja, toch?'

'En de tweede?'

'Die is eigenlijk best grappig. Hij beweert dat Schmeckel hem heeft verkracht terwijl hij onder narcose was.'

'Zei je grappig?' vroeg Lilja en ze pakte het laatste croissantje voor zijn ogen weg.

'Ik ben nog niet klaar.' Rots volgde Lilja's croissantje met zijn blik. 'Dit zou ergens in 1998 geweest moeten zijn. Ik vroeg hem waarom hij de aanranding toen niet heeft aangegeven en hij antwoordde dat hij na de verkrachting aambeien had gekregen. Wat hij te pijnlijk vond om aan de politie te vertellen.' Rots lachte zo hard dat zijn buik op en neer ging.

Lilja wisselde een blik uit met zowel Tuvesson als Molander en ze moesten alle drie hun best doen om niet mee te lachen.

'En waarom durfde hij het nu wel te vertellen?' vroeg Tuvesson.

'Als ik het goed heb begrepen, beginnen ze nu pas een beetje af te nemen.'

'De aambeien?' vroeg Lilja en toen Rots knikte kon ze zich niet langer inhouden.

'En Linkert Pärsson, heeft hij niets van zich laten horen?' vroeg Molander.

'Linkan? Ik wilde net over hem beginnen. Hij beweert exact te weten waar de moordenaar zich bevindt.'

'Nee, meen je dat nou?'

'Zei hij ook hoe hij erachter is gekomen?'

'Jawel. Zoals altijd heeft hij zijn eigen, unieke theorie, die er in grote lijnen op neerkomt dat Claes zijn wraak al tijdens zijn schooltijd plande en dat alles te lezen staat in het gekrabbel op de muren. Hij vindt daarom dat we alle krabbels op de verschillende toiletten van de Fredriksdalsschool moeten laten verzamelen en ontcijferen.'

Het werd stil. Niemand leek te weten wat hij moest zeggen. Iedereen in het politiebureau van Helsingborg kende Linkert Pärsson. Achtenzestig jaar oud en met een aandoening die nooit gediagnosticeerd was. Hij werd onder meer *Linkan* en *Pärssons syndroom* genoemd. Linkert Pärssons grote droom was om politiecommissaris te worden, maar na vijf mislukte pogingen om op de politiehogeschool te komen, was hij maar conciërge geworden op juist de Fredriksdalsschool, waar hij werkte tot hij werd aangeklaagd wegens overtreding van de grenzen van eerbaarheid nadat hij een kijkgat in de doucheruimte van de meisjes had geboord. Hoewel de aanklager een gevangenisstraf had geëist, was het vonnis een geldboete en klinische zorg. Hoeveel goed de zorg hem had gedaan, was iets waar de meesten in het bureau een eigen mening over hadden.

Tegenwoordig betitelde hij zichzelf als detective met zelfgemaakte visitekaartjes. LINKERT PÄRSSON – LOST HET ONOPLOSBARE OP

In de afgelopen vijf jaar hadden Tuvesson en haar groep niet één onderzoek uitgevoerd zonder dat Linkert met een theorie kwam. De ene nog vergezochter en merkwaardiger dan de andere. Iedereen mocht hem en om de stemming in de groep te verbeteren nodigden ze hem af en toe uit om zijn theorieën te komen vertellen en koffie te drinken.

Maar deze keer was er niemand die lachte. Het was op meerdere manieren een typische Linkan-theorie, even gek en onwaarschijnlijk als gewoon. Toch kon niemand van hen de theorie van zich af zetten. Misschien omdat ze allemaal het gevoel hadden dat in dit onderzoek alles mogelijk was? Dat de dader aanwijzingen zou hebben achtergelaten tussen het gekrabbel was net zo'n goed idee als alle andere.

'Wat wil hij hebben?' vroeg Tuvesson.

'Hetzelfde recept. Koffie en mergpijpjes,' zei Rots.

'Wil hij niet altijd een amandelgebakje?' vroeg Molander.

'Dat was voordat hij het in zijn hoofd kreeg dat het Feministische Initiatief ze vergiftigde met vrouwelijke geslachtshormonen om het patriarchaat in te laten storten.'

'Hadden ze dan niet juist de mergpijpjes moeten nemen?'

34

Toen hij in Helsingør in de trein stapte had hij de hele wagon voor zichzelf, maar naarmate ze dichter bij Kopenhagen kwamen stapten er steeds meer passagiers in en bij het station van Hellerup waren alle zitplaatsen bezet. De meesten zaten met oortelefoontjes aan hun mobieltjes gekoppeld in gratis kranten te bladeren, die meerdere pagina's wijdden aan de zoektocht van de Deense politie naar hem. HIER IS DE ZWEEDSE MOORDENAAR! ZIJN NAAM: RUNE SCHMECKEL.

Hij pakte een achtergelaten krant en bladerde naar de artikelen die uitvoerig beschreven hoe hij Jörgen en Glenn en als laatste het Deense meisje Mette Louise Risgaard van het leven had beroofd.

De pagina's die over het ontstane conflict tussen de Deense en Zweedse politie gingen maakten hem zo hard aan het lachen dat de vrouw naast hem verbaasd opkeek. Op het laatste kwartier na had hij de hele treinreis langs de Deense Goudkust gebruikt om zijn nieuwe plan uit te denken en te verfijnen en hoe meer hij erover na had gedacht hoe meer stukjes op hun plek waren gevallen. Het idee was afgelopen nacht tot hem gekomen. Op het moment dat Risk de deur voor Lina Pålsson had geopend, had de oplossing zich in hem uitgekristalliseerd en was even duidelijk als vanzelfsprekend geworden.

Waarom het idee juist op dat moment tot hem was gekomen kon hij niet verklaren. Het had helemaal niets met Lina Pålsson te maken. Misschien kwam het doordat hij met twee grote en schijnbaar onoplosbare problemen had geworsteld? Monika Krusenstierna's onverwachte hartstilstand en Fabians op zijn zenuwen werkende politiewerk. Het zou in dat geval niet voor het eerst zijn dat hij het voordeel ervoer van het hebben van twee problemen in plaats van één. Eerder als regel dan als uitzondering losten die twee elkaar op. Dus ook deze keer zou het weer zo blijken te zijn.

Hij kwam boven vanaf het Østerportstation en het trof hem hoe groot en breed de straten van Kopenhagen waren. Drie, vier banen in elke richting, brede fietspaden en stoepen. Er waren niet veel straten in Stockholm die zo breed waren. Toch had Stockholm de titel *The Capital of Scandinavia* voor de neus van de Denen weggekaapt. Logisch dat ze chagrijnig waren. Die klote-Denen.

Hij liep verder over de Dag Hammarskjölds Allé naar Østerbro en kon vaststellen dat min of meer alle aanplakbiljetten van de kranten over de jacht op hem en Risks misstap gingen en dat hij nu bovendien internationaal gezocht werd. Niet slecht, helemaal niet slecht, dacht hij en hij ging aan een lege tafel op het terras van Café Dag H zitten.

Hij nam de laatste hap van de kipsalade en dronk het glas sodawater leeg. De serveerster kwam zijn tafel leegruimen en hij maakte van de gelegenheid gebruik om een dubbele espresso te bestellen. Hij had niets te klagen. Op dit moment ging bijna alles zoals het moest, dacht hij en hij liet zijn blik over de andere gasten glijden. Terwijl zijn naam op ieders lippen lag herkende niemand hem. Vroeger zou hij daar misschien genoegen mee hebben genomen. Een paar dagen in de schijnwerpers op alle voorpagina's. Maar nu niet meer. Nu wilde hij meer. Als hij klaar was zou niemand hem ooit nog over het hoofd kunnen zien of vergeten.

Hij dronk de espresso op en keek op zijn horloge. Het was bijna halfdrie en volgens de gps was het een kwartier lopen. Hij liet een flinke fooi achter en zette koers naar het Rijksziekenhuis.

Het was tijd om nog iemand van het leven te beroven.
Nog een onschuldige.

35

'*After you.*' Ingvar Molander tilde het afzettingslint op en liet Irene Lilja voor hem het terrein voor Glenn Granqvists huis op lopen. Ze stak de sleutel in de tong van het slot, draaide hem om en deed de deur open.

'Ik weet het niet helemaal zeker, maar ik denk dat hij hem hier heeft gepakt.'

Lilja keek om zich heen in de langwerpige hal en liep verder het huis in. 'Hier?'

Molander knikte. 'Waarschijnlijk heeft hij aangebeld en gewacht tot zijn slachtoffer kwam opendoen. En toen hij dat ten slotte deed, heeft hij hem gedrogeerd tot hij bewusteloos was.'

'Net zoals hij met Jörgen had gedaan.'

'Precies,' zei Molander duidelijk geïrriteerd omdat hij werd onderbroken. 'Hoe dan ook zakte hij in elkaar en stootte zijn hoofd hiertegen.' Hij wees naar de scherpe hoek van een gietijzeren schoenenrek. 'Wat de wond op zijn achterhoofd verklaart.'

Lilja leunde voorover, maar zag niets meer dan een doodgewoon schoenenrek.

'Daarna heeft hij hem verder de hal in gesleept en door het hele huis naar de achterkant, waar niemand naar binnen kan kijken.'

'Maar als hij een wond op zijn achterhoofd had en door de hal is gesleept, zou er hier toch een bloedspoor moeten zijn?' Lilja liet haar blik over de linoleumvloer glijden, maar zag niets wat op bloed leek.

'Kijk hier eens naar.' Molander haalde zijn wijsvinger over de hoek van het schoenenrek en hield hem op voor Lilja, die nog steeds niets zag en ongeduldig begon te worden. Molander negeerde dat en haalde zijn vinger over een andere plek op het schoenenrek en hield zijn nu stoffige vingertop voor Lilja. 'Zie je? Hij heeft erna schoongemaakt. In alle andere kamers ligt een laagje stof. Maar niet in de hal.

Die is helemaal schoongemaakt.' Hij wees naar de vloer van de hal, kwam overeind en liep verder het huis in. Lilja volgde hem.

'Maar waarom zou je de moeite doen om wat bloedsporen weg te vegen wanneer de vindplaats er vol mee ligt?'

Molander draaide zich met een glimlach om naar Lilja.

'Ik heb mezelf precies hetzelfde afgevraagd en het enige antwoord dat ik kon bedenken is dat het niet bij zijn plan hoorde. Hij had er niet op gerekend dat zijn slachtoffer tegen een schoenenrek aan zou vallen en een gat in zijn hoofd zou krijgen. En deze dader doet er ongetwijfeld alles aan om zich aan zijn plan te houden. Niet dat wij er iets aan zouden hebben wanneer we het bloedspoor in de hal zouden zien. Maar hij heeft geen tijd om de consequenties te overzien en kiest er daarom voor het spoor zo snel als hij kan weg te halen. Alles om zich aan het plan te houden.'

'En als dat niet gaat? Wat doet hij dan?'

'Een nieuw plan.'

'En de zwabber? Heb je die gevonden?'

'Hij heeft een dweil gebruikt.' Molander opende de deur van een washokje onder de trap. 'Hij heeft hem zelfs schoongespoeld en goed uitgewrongen.'

Lilja keek in het washokje, waarin zich naast een stofzuiger, een emmer en een paar flessen met reinigingsmiddelen een roestvrijstalen gootsteen bevond. Ze voelde aan de dweil, die aan een haak hing, bekeek de vloer er recht onder en vond inderdaad niets wat erop wees dat hij had gedruppeld.

'Oké, we kunnen maar beter beginnen voordat Tuvan belt.' Molander liep door naar de keuken. Lilja bleef nog even staan. Het was alsof iets binnen in haar in het washokje wilde blijven om het nauwkeuriger te onderzoeken. Ze probeerde zich te concentreren.

'Irene!'

Ze gaf het op en liep naar Molander toe.

'We kunnen het altijd navragen bij Risk, maar ik ben er vrij zeker van dat Glenn spijbelde bij huishoudkunde.' Molander deed de keukendeur open. 'After you, dear.'

Lilja stapte de keuken in en besefte direct dat Molander een punt had. Op de aanrecht lag een stapel aangekoekte afwas en op de eettafel een kleine berg van pizzadozen en half opgegeten pizza's – allemaal Hawaï. Op de oven stond een pan met groenachtige pasta en nog een met oude gehaktsaus waarin kleine wormpjes rondkropen. In de lucht zoemde een zwerm vliegen in opgewonden extase rond alsof ze niet wisten waar ze aan hun feestmaal moesten beginnen. Elke ademteug in de dikke lucht voelde als een stap dichter bij de dood en Lilja probeerde ze tot een absoluut minimum te beperken terwijl ze snel naar het raam liep en dat wijd openzette.

'Oké, laten we even goed nadenken.' Molander liet zijn blik door de kamer gaan. Lilja deed voorzichtig de koelkast open en sloeg hem snel weer dicht.

'Omdat je niet meteen een kluis ziet, zouden we ervan uit kunnen gaan dat hij ergens verstopt zit.'

'Nee, meen je dat nou?' Lilja wierp hem een quasi-verbaasde blik toe.

'Ik ben nog niet klaar, oké? Waar ik naartoe wil is dat ook al is de kluis verstopt, je evengoed niet wilt dat hij al te moeilijk bereikbaar is als je hem open wilt doen. Toch?'

'Nee, dat klopt. Kom, laten we gaan zoeken.' Lilja trok de koelkast van de muur, zodat ze er met de zaklamp achter kon schijnen en stelde vast dat er zich niets interessants bevond.

'Daarom zit hij bijvoorbeeld niet achter de koelkast,' ging Molander verder. 'Als hij er tegen alle verwachtingen in toch had gezeten, zouden er in elk geval duidelijke sporen op het linoleum moeten staan.'

Lilja keek naar beneden en zag de kras die ze op de vloer had gemaakt. Ze gaf het met een zucht op. Het was niet voor niets dat Molander werd beschouwd als een van de allerbeste technische rechercheurs van het land. Tot nu toe had ze nooit meegemaakt dat hij iets over het hoofd had gezien en ze had geleerd de glimlach die nu rond zijn lippen speelde te duiden. Dit was alleen maar spel voor hem. Een spel waarin hij kon uitblinken en ze gunde het hem graag en begon te lachen.

'Oké, waar is hij? Zeg het maar. Je weet het, hè?'

'Nee, ik weet niet waar hij is. Ik heb geen idee.' Hij spreidde zijn armen en zweeg betekenisvol. 'Maar als ik mij aan een intelligente gok zou moeten wagen, zou het een plek zijn die zowel verstopt als makkelijk toegankelijk is.'

Lilja keek om zich heen. Er waren geen schilderijen waar je achter kon kijken, alleen een poster van Thai Airways met een foto van een mooi strand. Ze trok hem van de muur, maar daar zat ook geen kluis achter. Toen kreeg ze een idee en draaide zich om naar de pannenkast.

'Waarom niet,' zei Molander en Lilja liep naar de hoekkast en haalde de steel- en braadpannen, een vergiet en een paar ovenvaste schalen uit de twee carrousels. Daarna ging ze op haar hurken zitten en richtte haar zaklamp naar binnen. Als ze niet precies had geweten waarnaar ze zocht, had ze het nooit ontdekt.

Het deurtje was net als de muur witgeverfd en het enige wat zijn bestaan verraadde was het zwarte sleutelgat. Lilja stak haar arm tussen de carrousels naar voren, stopte de sleutel in het slot en draaide hem om, waarna het kleine maar dikke deurtje openging.

De kluis was min of meer leeg, op een donker vierkant kistje na. Lilja ging op een paar handschoenen zitten, tilde het zware kistje voorzichtig op en hield het in het licht. Een dunne lichtstreep strekte zich rond het kistje uit en verraadde dat het een deksel had. Molander trok de deksel voorzichtig omhoog, die zo strak sloot dat de verstikkende keukenlucht er nauwelijks in binnendrong.

Het kistje was gevuld met zelfgebrande dvd's. Lilja haalde er een uit en las de tekst die met viltstift op de dvd stond geschreven. *Thailand – 97*. Op een andere stond: *Dronken vrouw – 01*.

'Kijk hier eens naar,' zei Molander en hij hield een schijfje omhoog. *Bezoek aan Mjälle – 93*.

36

'Nou, wat vond je ervan?' vroeg Fabian zodra ze op waren gestaan uit hun fauteuils en naar de uitgang schuifelden. Hij had er meteen spijt van. Om zelf direct na een filmervaring dezelfde vraag in je gezicht geworpen te krijgen was een van de ergste dingen die hij kende. Hij kon nog steeds een kleur krijgen als hij dacht aan de keer dat hij net uit een niet ondertitelde premièrevertoning van Quentin Tarantino's *Reservoir Dogs* op het Stockholms Filmfestival kwam en TV4 een microfoon in zijn gezicht had geduwd met de vraag wat hij ervan vond. Hij had bijna niets verstaan van de snelle dialogen en geantwoord dat de muziek in elk geval goed was en dat laten volgen door een *ouga shaga ouga shaga*.

'Hij was wel oké,' antwoordde Theodor en hij haalde zijn schouders op. Fabian had aan Theodor gezien hoe hij van de film genoten had, maar zei er niets over. Zelf wist hij al dat hij hem erg goed vond. *Inception* was dan ook een film waar hij al meer dan een jaar naar had uitgekeken.

Hij had zo lang als hij zich kon herinneren al een zwak voor actiefilms. Actiefilms die meer wilden dan alleen maar actie laten zien. Een paar van de beste filmervaringen die hij ooit had gehad, waren dat soort films geweest. Zoals de eerste *Star Wars*-film. Hij had met open mond naar de intro zitten kijken, waarin ze langs een schijnbaar eindeloos ruimteschip vlogen. Hij had nog nooit zoiets gezien. Daarna was het alleen maar beter en beter geworden en toen de jacht rond de Death Star op het eind afgelopen was, was hij, twaalf jaar oud, op trillende benen de bioscoop uit gewankeld, voor altijd veranderd.

Fabian keek verbaasd om zich heen voordat het tot hem doordrong dat ze zich in de Smedjegatan aan de achterkant bevonden in plaats van dat ze door de ingang op de Södergatan naar buiten waren gegaan. Hij had nooit begrepen waarom je je klanten zou behandelen alsof ze het vuilnis van de lagere klasse waren dat zo snel mogelijk afgevoerd moest worden voordat het zou gaan stinken.

'Wat zou je zeggen van een toertje?'

Theodor keek hem vragend aan, wat precies de reactie was waarop Fabian had gehoopt. Hij legde uit dat een toertje een van de dingen was die Helsingborg tot een van de beste steden van de wereld maakte. Het kwam er in grote lijnen op neer dat je met een enkeltje op de veerboot naar Helsingør stapte en dan belastingvrij bleef zitten eten en drinken tot je niet meer wist in welk land je je bevond. Theodor wist een ongeïnteresseerd 'oké' uit te brengen.

Fabian en Theodor werden in het restaurant naar een van de tafels bij het raam geleid, met een wit tafellaken en witte servetten, mooi bestek en brandende kaarsen. Fabian liet Theodor precies bestellen wat hij wilde en nam zelf hetzelfde. Een hamburger met patat en een grote cola. Hij probeerde een gesprek op gang te brengen en vroeg hoe het met Theodor ging en hoe het was om naar een andere stad te verhuizen. Maar de antwoorden die hij kreeg waren even eenlettergrepig als nietszeggend en voelden als nagels aan de kist waarin hun relatie lag, levenloos en de redding voorbij.

Toen ze klaar waren met eten lag de stilte als een natte deken over de tafel en zoog de meeste zuurstof uit de lucht. De serveerster kwam naar hen toe, vroeg of ze klaar waren en begon af te ruimen.

'Willen jullie een dessert?'

'Theo? Wat zeg jij?'

'Nee, dat hoeft niet. Ik heb genoeg gehad.'

'Oké, ook niets meer te drinken? Nog een cola misschien?'

'Nee, ik hoef niets.'

'Oké, ik neem in ieder geval een biertje.'

De serveerster knikte en verdween. Ze begreep het vast wel, dacht Fabian en hij keek door het raam. De haven van Helsingør kwam dichterbij. Veel te langzaam. Daarna moesten ze het hele eind nog terug.

Hij had er spijt van dat hij aan de druk van Sonja toe had gegeven. De hele opzet was haar idee geweest – praten over moeilijke dingen in een gezellige omgeving. Het was gedoemd te mislukken. In Theodors plaats had hij waarschijnlijk precies hetzelfde gedaan en was hij ook dichtgeklapt.

'Theo, het is toch niet zo dat je nog steeds kwaad bent over dat met Sweden Rock?'

Theodor rolde met zijn ogen en keek om zich heen alsof hij een plek zocht om naartoe te vluchten.

'Je moet weten dat het alleen maar uit bezorgdheid was en volgend jaar, of het jaar daarna, mag je zeker gaan.'

'Vast.' Theodor hield zijn blik strak gericht op het lege colaglas.

'Ja ja. Maar hoe voel je je nu?'

'Hoezo?'

'Ja, je weet wel... Met de verhuizing en zo?'

'Dat heb je al gevraagd.'

'Ja, maar ik heb niet echt een antwoord gekregen. De kamer bijvoorbeeld, ben je daar tevreden over?'

Theodor haalde zwijgend zijn schouders op.

'Je hebt je er de laatste tijd zo'n beetje in opgesloten, dus zo heel erg slecht kan die niet zijn en...' Hij zuchtte en dacht na hoe hij verder moest gaan. 'Ik begrijp dus hoe moeilijk het is met vrienden en zo, dat doe ik echt. Maar ik ben ervan overtuigd dat...'

'Maar wat zit je toch te zeuren. Heb ik gezegd dat het moeilijk is? Nou? Heb ik dat gezegd?'

'Theo, maak je niet druk. Zo bedoelde ik het helemaal niet.'

'Nee nee, wat bedoel je dan wel? Jij en mama hebben het moeilijk. Daarom zijn we verhuisd. Denk je dat ik dat niet heb begrepen?'

Het geluid van het bierglas, dat drie minuten later op tafel werd gezet en de stilte verbrak, voelde als een klap in zijn gezicht. Als het definitieve bewijs van zijn mislukte vaderschap. Een rol waar hij blijkbaar niet toe in staat was zonder alcohol. Hij besloot het bier niet aan te raken en zich voor te bereiden op de lange reis naar huis.

37

Het was eenvoudiger geweest dan hij had durven hopen om uit te vinden waar Morten Steenstrup zich bevond. De politieman weigerde te sterven. Hij had het niet eens bij de receptie hoeven vragen. Daar had een journalist van *Politiken* vlak voor hem voor gezorgd. Daarna had hij hem alleen maar hoeven volgen en in de wachtkamer tussen de andere journalisten plaatsnemen. Drie uur later had hij alles gehoord wat hij moest weten om zijn taak uit te voeren. In welke kamer Steenstrup lag, hoe hij eraan toe was, welke behandeling hij kreeg en het belangrijkste van alles – wat voor bewaking hij had.

Er was een agente gekomen en iedereen was als een zwerm vliegen op haar af gedoken zodat hij ongemerkt het medische tijdschrift dat hij de laatste uren zogenaamd had zitten lezen kon wegleggen op hetzelfde moment dat het rode bezetteken van de wc op groen werd gedraaid. Hij stond op en liep naar de wc-deur, die werd geopend door de journalist van *Politiken*. Hij ging naar binnen, deed de deur op slot en constateerde dat de maag van de journalist niet in orde was.

Hij maakte van de gelegenheid gebruik om zijn blaas te legen en zijn vochtgehalte met een paar glazen koud water aan te vullen en stelde vast hoe slecht het kraanwater was zodra je ook maar een stap buiten Zweden zette. Hij stopte zijn broekspijpen in zijn sokken, trok de veters van zijn schoenen strak en haalde een touw met een haak aan het eind uit zijn rugzak. Ten slotte pakte hij een paar dunne handschoenen, deed ze aan en trok ze strak tot alle vouwen eruit waren en ze als een tweede huid om zijn handen zaten.

Hij was zover.

Hij pakte de bezem, die in de hoek tegen de muur stond, deed de wc-deksel met zijn ene schoen omlaag en klom op de handvaten voor gehandicapten, waar hij wijdbeens op ging staan. Met behulp van de bezem drukte hij een van de platen in het plafond weg en bevestigde de haak aan een kabelbrug, sprong op de grond, zette de bezem terug en deed de deur open, zich ervan bewust welk gevaar dat inhield. Maar hij ging ervan uit dat het risico dat een gesloten wc-deur onnodige aandacht zou trekken nog groter was.

Het harde trainen van de afgelopen twee jaar kwam nu goed van pas want het kostte hem geen enkele moeite om zich aan het touw omhoog te trekken. Aanzienlijk moeilijker was het om zich het laatste stukje door het gat te wringen. De ruimte naar het echte plafond was krapper dan hij had gedacht en om in de kabelbrug te passen moest hij de rugzak afdoen.

Hij trok het touw omhoog en stopte het in het buitenvak, legde de plafondplaat terug, deed een mondkapje voor en begon zich voorzichtig naar voren te bewegen met zijn handen langs de stoffige kabelbrug, die ondanks zijn gewicht geen teken gaf dat hij het zou begeven.

Hij liet het toilet achter zich en kwam boven de wachtkamer. Daar was de hoogte van het plafond aanzienlijk genereuzer en hij kon overeind komen en op handen en voeten langs de kabelbrug kruipen, langs ruisende ventilators. Onder zich hoorde hij de opgewonden stemmen van de journalisten, die protesteerden tegen de karige informatie die ze van de arme agente kregen, die niets anders kon doen dan het antwoord herhalen dat ze van haar chefs had gekregen. 'Met het oog op het onderzoek kunnen we op dit moment geen commentaar geven, maar we zullen een persconferentie houden zodra we...' Hij wist precies wat dat betekende.

Ze wisten helemaal niets.

Hij kroop verder door de een centimeter hoge stoflaag op de kabelbrug en kwam bij een punt waar die zich negentig graden naar links en naar rechts vertakte. Hij pakte zijn zaklamp – een Neofab Legion II, die met zijn 742 lumen de sterkste zaklamp ter wereld was. Ondanks het ronddwarrelende stof dat het meeste licht weerspiegelde kon hij zo'n vijftig, zestig meter naar rechts kijken en zo'n dertig meter naar links. Hij was met andere woorden bij de gang aangekomen die rechts naar de uitgang leidde en links naar de bewaakte afdeling.

Hij volgde de kabelbrug in de richting van de afdeling en toen de deur ervan recht onder hem was haalde hij een rol visdraad tevoorschijn die hij met behulp van stukjes plakband in verschillende lengtes had verdeeld tot aan een halve meter. Hij bevestigde het einde van de lijn ter hoogte van de deur en hoorde hoe er vlak onder hem twee agenten aan kwamen.

'Hallo? Waar blijven jullie verdomme?'

'Effe dimmen, we zijn onderweg! Idioot,' klonk er een stem uit een krakerige walkietalkie.

Hij liet de agenten achter zich en ging verder de afdeling in. Soms moest hij zich door een nauwe passage heen wringen of over een ventilator heen klimmen. De hele tijd liet hij de vislijn vieren en hield de plakbandmarkeringen in de gaten. Bij de 23-metermarkering hield hij halt, deed de zaklamp aan en zag een wirwar van kabels, slangen en buizen in verschillende maten voor zich, die zich door het plafond vertakten als een klimplant die zich ongehinderd uit kon breiden. Hij wist niet of het betekende dat hij op de juiste plaats was aangekomen. Het probleem was dat de kabelbrug zich niet naar de linkerkant afsplitste, wat hij had moeten doen als er een nieuwe gang of een onderzoekskamer was. Het enige wat hij door de glazen deuren van de wachtkamer had kunnen zien was hoe de agenten en artsen ergens op dit punt naar links gingen. Hij had hun stappen geteld vanaf de deur van de afdeling en was tot de conclusie gekomen dat het ongeveer drieëntwintig meter de gang in moest zijn.

Hij deed de zaklamp uit en klom over een ventilator en kon vanaf daar bij de behuizing van een tl-buis komen. Hij probeerde de kap op te tillen maar die zat vastgeklonken. Waarom had hij geen blikschaar meegenomen? Hij zuchtte diep en voelde hoe het vocht in het mondkapje begon te druppelen en over zijn kin liep. Hij moest nadenken en zijn keuzemogelijkheden nalopen. Hij keerde terug naar de kabelbrug, ging op zijn rug liggen en sloot zijn ogen.

Pas toen hij weer stemmen van politieagenten onder zich hoorde besefte hij dat hij in slaap was gevallen. Hij volgde hen en hij bleek zich te hebben verrekend, pas zo'n twee, drie meter verder was het tijd om naar links te gaan. Daar vertakte de kabelbrug zich ook en hij kon hen, opgelucht, nog ongeveer tien meter volgen tot ze bleven staan. Onderweg kon hij horen hoe de agenten het over Morten Steenstrups heldendaad hadden en het erover eens waren dat het eerder onbezonnen en dom was dan iets anders.

'Maar god, hij kan heel veel wijven krijgen als hij terug is. Als hij wil kan hij zwemmen in de wijven.'

De agenten waren hoogstwaarschijnlijk onderweg om de ingang te bewaken van de kamer waar Morten Steenstrup lag. Maar er waren meer kamers en hij kon onmogelijk weten welke het was. De kabelbrug splitste zich in meerdere richtingen en het enige wat hij kon doen was afwachten.

De oplossing kwam in de vorm van de politievrouw, die er blijkbaar voor de tweede keer tegen de wil van de arts was. De agenten vroegen haar zich te legitimeren, waarna ze de deur opendeden en haar samen met de arts binnenlieten, onwetend van het feit dat ze op datzelfde moment het doodvonnis van hun collega tekenden.

38

Op wie joegen ze eigenlijk? Op de dader of op het slachtoffer? Irene Lilja droogde haar tranen en keek haar aantekeningen door terwijl ze op weg was naar de vergadering met de anderen. Ze wilde ergens op inslaan. Op iemand. Haar vingers in haar keel stoppen en overgeven. Maar in plaats daarvan was ze gedwongen haar tranen te drogen en haar gevoelens weg te stoppen. Zich professioneel te gedragen.

> Midden jaren tachtig. Overgenomen van videoband. Slechte kwaliteit, handcamera. Glenn en Jörgen hebben seks met verschillende vrouwen. Voornamelijk normale seks. Vriendinnen of prostituees? Spelen pornofilmpje. Groepsseks met Glenn en Jörgen + Jörgens vrouw Lina. Allemaal dronken. Giechelig. Voor de grap. Verschillende standen. Jörgen duwt zijn lid in Lina's mond. Braakreflex. Klap in gezicht. Glenn lacht, masturbeert. Meer seks. Meer geweld. Betere camera, op statief. Thailand, minderjarigen. Anaal. Urine. Gedrogeerde jonge vrouw, verward, vastgeketend. Vuilniszak over hoofd. Sigaret tegen tepel.

'En zo gaat het maar door,' zei Lilja en ze keek op van haar aantekeningen.

'Dus Glenn en Jörgen verkrachtten en mishandelden vrouwen structureel?' vroeg Tuvesson.

Lilja knikte.

'Wat zijn het voor vrouwen?' vroeg Rots. 'Prostituees?'

'Ik weet het niet. Aan een paar van de eerste films uit het begin van de jaren negentig doet Jörgens vrouw, Lina, mee. Maar nadat hij haar mishandelde en dwong tot orale seks voor de camera is ze er niet meer bij. Het lijkt alsof ze erop uit gingen om willekeurige vrouwen mee naar huis te nemen, te drogeren en daarna waarschijnlijk ergens te dumpen.'

'En dat hebben ze dus allemaal gefilmd?' zei Rots en Lilja knikte.

'En daarna hebben ze het ook nog van de videobanden overgezet op dvd.'

'Dat is hartstikke ziek,' zei Rots en hij schudde zijn hoofd.

'Wat is er ziek aan?' zei Molander. 'Het is alleen maar een manier om iets opnieuw te beleven en je te herinneren. En bovendien werkt het als een verzameling trofeeën.'

Rots wendde zich tot Molander. 'Ingvar, dit is ziek.'

'Hoe dan ook wil ik dat jullie deze bekijken,' onderbrak Lilja hen en ze hield een van de dvd's omhoog. 'Deze is anders dan de andere.'

'Op welke manier?' vroeg Tuvesson.

'Hier staan geen vrouwen op. Alleen onze slachtoffers en... onze dader.' Ze schoof het schijfje in de dvd-speler en drukte op play. Op de witte muur verscheen een trillerig, korrelig beeld, gefilmd met een handcamera.

Een trappenhuis met kale flikkerende tl-buizen aan het plafond en graffiti op de muren. In de rechter onderhoek een tijdsmarkering: 13-04-1993 18.17. Jörgen komt in beeld. Hij is gekleed in een spijkerbroek en een sweater met capuchon, duidelijk dronken. In zijn ene hand heeft hij een biertje, waarmee hij naar de camera proost, terwijl hij aanbelt bij een van de deuren. Zijn lippen bewegen zich, maar er is geen geluid te horen.

Hij slaat het laatste restje bier achterover en wijst naar de grond. De camera volgt zijn vinger en zoomt in. In onscherp beeld is te zien hoe Jörgen zijn gulp opent en zijn penis tevoorschijn haalt.

De scherpsteller focust afwisselend op het etiket op de fles en Jörgens penis, die in de fles urineert.

'Wat een zwijnen.' Tuvesson schudde haar hoofd.

'Wacht maar, het is nog niet eens begonnen.'

'Waarom is er geen geluid?' vroeg Molander.

'Ik denk dat ze het vergeten zijn aan te zetten. Wat ze na een tijdje doorhebben.'

Jörgen houdt de fles grijnzend op naar de camera. Glenns hand verschijnt in beeld en pakt de fles aan terwijl Jörgen een boksbeugel over zijn vingers schuift en opnieuw aanbelt, deze keer houdt hij de bel langer ingedrukt. Na een tijdje wordt de deur geopend door Claes

Mällvik. Zijn mond beweegt en zijn blik gaat heen en weer tussen de camera en Jörgen. Uit zijn ogen spreekt angst. Zijn mond beweegt weer. Jörgen antwoordt door hem in zijn gezicht te boeren en hem het appartement in te duwen.

De beverige handcamera volgt hem mee naar binnen. Het beeld beweegt zich in verschillende richtingen terwijl de buitendeur wordt dichtgedaan en afgesloten. De camera wordt op een halspiegel gericht en Glenn verschijnt helemaal in beeld terwijl hij zichzelf filmt. Hij proost glimlachend met het gevulde bierflesje. De glimlach verdwijnt en hij zet het flesje op een tafel en drukt op een knop van de camera.

Op hetzelfde moment werd het geluid ingeschakeld en de gevoelsmatige afstand die Tuvesson en de anderen tot nu toe in stand hadden kunnen houden was gelijk verdwenen. Nu waren ze erbij.

Bij Glenn, Jörgen en Claes.

Uit de verborgen luidsprekers in het plafond en de subwoofer onder de tafel kwam het geluid van wat niet in beeld te zien was – Claes' steeds zwakkere stem, die smeekte en bad of ze op wilden houden, tussen Jörgens harde slagen door, die klonken alsof een hamer tegen een watermeloen sloeg.

De camera verlaat de hal en baant zich een weg het appartement in tot bij Claes, wiens gesmeek dat ze moeten stoppen is opgehouden. Hij ligt nu levenloos op de vloer en ontvangt klap na klap van Jörgens boksbeugel. Zijn gezicht is rood van het bloed en slijm en ziet er meer en meer uit als één grote open wond. Jörgen houdt op met slaan. Hij is buiten adem en bezweet en droogt zijn bebloede hand af aan Claes' overhemd.

'Verdomme, zo makkelijk mag hij niet opgeven,' zegt Jörgen grijnzend. 'Ik denk dat hij dorst heeft. Geef hem wat te drinken!'

De camera zakt omlaag tot bij Claes' bloederige gezicht en Glenns hand verschijnt in beeld met het bierflesje. Hij giet de urine in de mond van Claes, die ontwaakt en begint te hoesten. Een groot deel komt op zijn gezicht terecht.

'Zo ja, brave jongen. Drink het maar op.' Hij drukt de flesopening in zijn mond en giet het flesje leeg. 'Zo ja.'

13-04-1993 20.03. Met zijn armen boven zijn hoofd uitgestrekt hangt Claes nu als een bokszak aan de lamphaak in het plafond. Zijn polsen zijn aan elkaar gebonden met gaffertape dat op zijn beurt is vastgemaakt aan de haak. Hij probeert zijn kapotgeslagen hoofd omhoog te houden, maar dat geeft de hele tijd toe aan de zwaartekracht en zakt op zijn borst. Voor hem danst Glenn, alsof hij aan een karatewedstrijd bezig is. Af en toe springt hij omhoog en trapt tegen Claes' hoofd, dat met volle kracht opzij slaat.

'Houd je hoofd recht, zeg ik! Je moet je hoofd recht houden!' roept Jörgen van achter de camera. Hij loopt naar Claes toe en geeft hem een paar oorvijgen. 'Jezus, wat ben je toch walgelijk! Vieze teringlijer!'

Claes probeert het, maar kan zijn hoofd niet meer overeind houden. Zijn mond beweegt, maar er komt geen woord uit. In het begin niet. Dan is een gefluister te horen.

'Alsjeblieft... Dood me... Alsjeblieft...'

Glenn verschijnt in beeld.

'Kom. We gaan bikken.'

13-04-1993 22.28. Claes ligt levenloos op de vloer in de hal met de telefoon naast zich. Zijn polsen zijn nog steeds aan elkaar geplakt.

'Hoe is hij in godsnaam hier gekomen?'

De camera zoomt in op Jörgen, die zijn schouders ophaalt.

'Je kan je afvragen waarom, aangezien de kabel was doorgeknipt.' Jörgen laat grijnzend de doorgeknipte telefoonkabel zien. 'Maar daar dacht je niet aan, hè, kleine stomme teringlijer! Toch? Daar dacht je niet aan!' Jörgen pakt de telefoon op en geeft er een paar dreunen mee tegen Claes' hoofd.

'Hé! Alleen handen en voeten,' klinkt Glenns stem. Waarop Jörgen de telefoon weggooit, Claes bij zijn voeten pakt en hem de kamer weer in sleept.

Lilja drukte op stop en draaide zich om naar de anderen. 'En zo gaat het nog meer dan een uur lang door.'

Niemand zei iets. Het was alsof alle energie uit ze was weggestroomd.

'Allemachtig,' wist Rots ten slotte uit te brengen. 'Op deze manier begin je je af te vragen aan welke kant je eigenlijk staat.'

'Ik begrijp niet hoe hij dat heeft kunnen overleven,' zei Tuvesson en ze kwam overeind. 'Neem me niet kwalijk, maar ik heb even pauze nodig.'

'Zullen we een tijd afspreken wanneer we weer bij elkaar komen?' vroeg Lilja.

'Nee,' zei Tuvesson en ze verliet de kamer.

39

Hij werd wakker van de pijn. De pijn in zijn borst. Het voelde als een getand mes dat zich in hem boorde. Recht in zijn borst. Steeds dieper naar binnen bij elke ademhaling. Hij stak zijn hand uit naar de knop waarmee de dosis morfine werd verhoogd en drukte erop, maar voelde geen verschil. Hij drukte nog een keer.

Ergens dook een vage herinnering op van in het wit geklede mannen. Waarschijnlijk artsen. Ze hadden zijn geval besproken. Hij had eruit opgemaakt dat hij het zou redden, maar dat het jarenlange revalidatie zou kosten als hij kans wilde maken ooit weer te lopen. Of was het andersom? Dat geen revalidatie ter wereld hem ooit weer op de been zou krijgen.

Hij had geprobeerd de dagen te tellen dat hij wakker was geweest, maar dat was moeilijk. Alles had de neiging in elkaar over te lopen tot één waas van dagen, verpleegsters, onderzoeken en maaltijden. Hij had begrepen dat hij ernstig gewond was en zich in het ziekenhuis bevond. Vermoedelijk het Rijksziekenhuis in Kopenhagen.

Hij herinnerde zich delen van wat er was gebeurd. De beelden van toen hij naar de dader toe liep die bezig was het wiel op de Peugeot te schroeven hadden zich in hem gegrift. Hoe hij naar zijn pistool had gegrepen maar te laat was om het te trekken en verrast werd door de kruissleutel die hem op zijn oor had geraakt. De herinneringen waren alleen maar beelden. Stills. Fragmenten.

Er was vandaag een vrouw op bezoek geweest. Hij had gehoopt dat het Else was. Elke keer als hij wakker werd was zij het eerste waar hij aan dacht. Had ze gehoord wat er was gebeurd? Miste ze hem? Was er überhaupt iemand die hem miste? Maar toen de vrouw dichterbij kwam had hij gezien dat het iemand anders was. Ze was ook mooi, echt mooi. Maar niemand was mooier dan Else.

De vrouw was van de politie geweest, al droeg ze burgerkleding, en ze had beweerd dat ze hem twee dagen geleden al had bezocht. Ze zat blijkbaar achter de dader aan en dacht dat ze wist wie hij was. Ze had hem een foto laten zien. Maar het was hem niet geweest. Hij dacht in elk geval niet dat hij het was. Maar nu wist hij het plotseling niet meer zeker. Wist niet meer goed wat hij had gezegd en wat hij had gezien.

Hij probeerde zich te concentreren op waar hij heel zeker van was. Wat hij eigenlijk gezien had, kleine details die de rest van zijn geheugen misschien tot leven konden brengen. Maar de enige conclusie die hij kon trekken was dat hij nergens helemaal zeker van kon zijn.

Stel je voor dat niets van dit alles echt was gebeurd. Stel je voor dat het allemaal maar een droom was. Een droom die elke seconde op zou kunnen houden wanneer zijn wekkeralarm afging. Dat vreselijke alarmsignaal. Hij had er al vaker over nagedacht maar nu had hij een besluit genomen. Als dit allemaal een droom zou blijken te zijn, zou hij zijn wekker verruilen voor een klokradio.

Hij drukte weer op de morfineknop. De pijn was er nog steeds, maar een stuk doffer nu. Die scherpe, snijdende discanttoon was bijna helemaal weg. Wat over was gebleven was een kloppende, zeurende pijn. Zijn gedachten dobberden een vormeloze zee in. Misschien moest hij gewoon ophouden met ademen? Zijn adem lang genoeg inhouden. Kon dat? Else… Hij hield van Else… Wist ze wat er was gebeurd? Had ze er spijt van dat ze hem had verlaten? Dacht ze aan hem? Kon het haar ook maar iets schelen?

Een van de platen in het plafond verdween en er bleef een gat achter. Of was er nooit een geweest? En zijn collega's? Had hij zich in hun ogen belachelijk gemaakt? Hij haalde diep adem en voelde hoe het mes om werd gedraaid op een plek ergens diep binnen in hem. Een donkergeklede gestalte liet zich langs een touw door het gat in het plafond zakken en kwam naar hem toe en voor de eerste keer in lange tijd was al zijn twijfel verdwenen. Hij hoefde zijn gezicht niet eens te zien. Hij was er compleet zeker van. Hij was er zeker van dat de man die nu een injectienaald leegspoot in het infuuszakje dezelfde man was die hem met de kruissleutel had geslagen en met de auto over hem heen was gereden. Een Peugeot. Een Zweed. Wat was het kenteken ook al weer? Zou hij zich dat ook nog kunnen herinneren? De man trok de injectienaald eruit en kneep in het infuuszakje.

JOS 652... Precies.

Een golf van voldoening spoelde over hem heen en het laatste wat hij zich herinnerde was het geluid van de apparaten waarvan het alarm begon te krijsen. Hij vond dat het klonk als waanzinnige apen in een te kleine kooi.

40

De klokken luidden al in Lellinge toen Fabian Risk aankwam. Een monotoon verdovend geklingel. Dat je in herinnering bracht dat alles eindig was. Hij had zijn zwarte kostuum niet kunnen vinden en daarom maar zijn zwarte spijkerbroek en een donkergrijs wollen colbert, dat nu veel te warm aanvoelde, aangetrokken. De kerk was tot de rand toe vol en hij moest zich een weg banen naar een lege staanplaats aan de zijkant. Zij die dacht dat ze geen vrienden had.

De dominee had Mette Louise Risgaard zowel gedoopt als geconfirmeerd en sprak over haar als een fantastisch meisje vol vreugde en levenskracht. Veel van de toehoorders huilden openlijk en zelfs de dominee kostte het moeite om zijn tranen te bedwingen. Hij vertelde hoe Mette Louise had gehuild, of beter gezegd geschreeuwd, tijdens de doopceremonie. Zo luid dat zelfs het kerkorgel haar niet kon overstemmen. Maar op het moment dat het gewijde water op haar hoofdje was gevallen, was ze stil geworden, had haar blik omhoog gewend en de verzamelde gemeente een glimlach geschonken die al het poolijs had kunnen doen smelten.

De dominee wist zeker dat ze God had gezien en dat God haar had gezien. Een wetenschap die volgens hem kon werken als een uitgestrekte hand, en hulp kon bieden in het rouwproces dat iedereen nu te wachten stond.

'God heeft een doel met alles. Zelfs deze keer. We begrijpen het niet altijd. Maar alleen je daarvan bewust te zijn kan hulp bieden.'

Als het de bedoeling was dat de klomp in zijn borst moest groeien dan was God daarin geslaagd, dacht Fabian. De dader had gelijk gehad. Het was helemaal zijn schuld.

Na de ceremonie in de kerk verwees de koster iedereen naar het gebouw ernaast voor koffie met cake. De meesten leken elkaar te kennen en na een kwartier was het geroezemoes in volle gang. Fabian stond alleen met zijn espresso en wilde alleen maar zo snel mogelijk weg. Maar iets zei hem dat het belangrijk was dat hij bleef en niet wegvluchtte. Dat hij bleef, zo schuldig als hij was.

Hij vond het moeilijk om stil te blijven staan en begon rond te lopen tussen de rouwenden. Een paar kinderen stonden rond een mobiel, en aan een ronde tafel zaten een paar oudere heren in pak. Naar wat hij begreep hadden ze het over de warme zomer en beweerde een van de mannen dat het niets was vergeleken bij de zomers in de jaren dertig.

Een kleine ronde vrouw van zijn eigen leeftijd stond een beetje achteraf in het gezelschap en richtte haar blik met regelmatige tussenpozen op hem en elke keer beantwoordde hij die met een glimlach en een kort knikje. Maar hij kreeg geen glimlach terug. Terwijl ze met de anderen in het gezelschap praatte, begon de vrouw er steeds ontdaner uit te zien.

Fabian begreep dat het Mette Louise Risgaards moeder moest zijn en overwoog of hij naar haar toe moest gaan. Maar hij hoefde niet lang na te denken omdat de vrouw al op hem afkwam lopen. Hij stak zijn hand uit, maar die wilde ze niet aannemen. In plaats daarvan vroeg ze wie hij was en hij stelde zichzelf voor en beloofde alles te zullen doen wat in zijn macht lag om de dader te grijpen.

'De dader? Jíj bent de dader! Het is jouw schuld!' schreeuwde de vrouw. 'Jij hebt haar doodgemaakt. De dood in gezonden!' De vrouw sloeg met gebalde vuisten op zijn borst en bleef roepen dat hij de moordenaar was en het verdiende om in de hel te branden.

Fabian nam de slagen in ontvangst zonder zich te verweren. De rest van het gezelschap was stil geworden en keek naar hen. Een man met kortgeknipt haar en bretels kwam naar hen toe.

'Wat is hier in vredesnaam aan de hand? Ben jij die Zweedse politieman?'

Fabian knikte en voordat hij de kans kreeg om te reageren gaf de man hem een duw waardoor hij zijn evenwicht verloor en viel en koffie over zijn witte overhemd morste. De man ging schrijlings op hem zitten en wilde hem nog een keer slaan. Maar Fabian was hem voor en greep de arm van de man, trok hem naar de grond toe en gebruikte de kracht van de beweging om zichzelf omhoog te helpen, waarna hij de arm van de man op zijn rug kon wringen.

'Rustig aan nu. Oké?' Hij oefende druk uit op de arm van de man om hem te laten begrijpen dat hij het meende. Meer kon hij niet doen voordat hij achteruit werd getrokken door drie andere mannen, die hem aanraadden dat hij maar het best zo snel mogelijk kon verdwijnen. Fabian volgde hun raad op en liep snel weg. Achter zich hoorde hij dat er werd geroepen hoe belangrijk het was om Denemarken schoon te houden en die klote-Zweden tot de grens te volgen.

Ontdaan ging hij achter het stuur zitten, sloot de centrale deurvergrendeling en probeerde de sleutel in het contact te steken. Maar zijn bevende hand weigerde hem te gehoorzamen en pas na een paar keer diep in- en uitgeademd te hebben lukte het hem om de sleutel er met beide handen in te steken en om te draaien.

Terwijl hij het parkeerterrein voor bezoekers van de kerk af reed, dacht hij na over de rede van de dominee en kwam tot de conclusie dat als er nu werkelijk een bedoeling achter Mette Louises dood school het moest zijn dat de dader werd gepakt voordat er nog meer onschuldige slachtoffers vielen. En hij kon er zijn vinger niet op leggen, maar iets zei hem dat hoe hard zijn collega's ook werkten, het toch van hem afhing.

Hij schakelde, liet de koppeling los en reed weg in de richting van Kopenhagen.

41

Dunja Hougaard schrok wakker van het geluid van een wc die werd doorgetrokken. Ze verloor bijna haar evenwicht, maar kon nog net met haar linkerhand tegen de muur steunen. Het duurde een paar seconden voordat ze begreep dat ze zich in een van de toilethokjes op de rechercheafdeling van het politiebureau van Kopenhagen bevond.

Morten Steenstrups dood had alles op zijn kop gezet. Het bericht had haar dinsdagnacht vlak na halfdrie bereikt en dinsdag was altijd haar avondje uit. Haar enige avondje uit van de hele week. Dat was het geweest sinds ze Carsten had verlaten, op zomaar een dinsdagavond bijna acht maanden geleden.

Om hem te verrassen was ze naar Stockholm gereden, waar hij samen met andere Nordea-werknemers op een trading-seminar was, en als in een slechte film had ze haar levenspartner-aanstaande-man-en-vader-van-haar-toekomstige-kinderen in bed aangetroffen met een van zijn Zweedse collega's.

Zonder een woord te zeggen had ze rechtsomkeert gemaakt en zich rechtstreeks in de Stockholmse nacht begeven met een wraakzucht die aan het kookpunt zat. Uiteindelijk was ze in de Kvarnen beland – een oude kroeg in het hart van Stockholm. Daar was het geen probleem geweest om iemand te vinden. Hoe hij heette kon ze zich niet herinneren. Misschien had hij zijn naam niet eens genoemd? Het enige wat ze zich herinnerde was dat hij roodharig was en groter dan Carsten.

Iets meer dan een week later had het haar verbaasd hoe snel ze over hem heen was. Sinds de roodharige Zweed had ze geen gedachte meer aan hem gewijd en ze had ingezien dat dat precies was wat een man in haar situatie zou hebben gedaan. En het had gewerkt. Ze had zich vrolijker en opgewekter gevoeld dan in lange tijd en besloten er een traditie van te maken. Elke dinsdag zou ze uitgaan om bevestiging te zoeken.

Tot aan vandaag was ze maar drie keer niet gegaan. Twee keer kon ze aan de griep wijten. De derde aan haar vaders nieuwe vrouw, die overleed na een lange en moeilijke strijd tegen longkanker. Ze had al een paar drankjes op toen haar vader haar had gebeld en ze had direct spijt gehad dat ze had opgenomen toen ze begreep dat hij het was. Maar ze had het niet over haar hart kunnen verkrijgen om op te hangen en had ermee ingestemd hem gezelschap te houden hoewel ze zijn vrouw nooit had ontmoet en ze het contact jaren geleden verbroken hadden.

Twintig minuten later was ze aangekomen in het Rijksziekenhuis, waar hij had gewaakt. Ze was naast hem gaan zitten en had zijn handen in de hare genomen. Geen van hen had iets gezegd. De hele nacht geen woord. Pas toen de zon op was gekomen, had hij zijn handen teruggetrokken en gezegd dat ze kon gaan. Vanaf nu zou hij haar hulp niet meer nodig hebben.

Sindsdien hadden ze geen contact meer gehad. Ze wist dat hij nog steeds leefde en waar hij woonde en af en toe dacht ze erover na hoe ze op zijn dood zou reageren. Ze hoopte dat het haar koud zou laten en dat ze haar schouders op zou halen, al wist ze diep vanbinnen dat ze toch van streek zou zijn. Om alles wat ze nooit hadden kunnen uitpraten. Om alles wat ze zo vaak in haar gedachten had gezegd dat ze nu elk woord ervan uit haar hoofd kende.

Deze dinsdag had ze in Kødbyen doorgebracht, waar ze een zwarte Amerikaan had ontmoet die als reclamefilmregisseur werkte. Zijn Amerikaanse Deens had haar in een goed humeur gebracht en na een paar mojito's waren de problemen op het werk even vaag geworden als de muntblaadjes achter het beslagen glas.

Het telefoontje was net gekomen toen de Amerikaan haar blouse had opengeknoopt en bezig was haar borsten te kussen, en toen ze vijfentwintig minuten later in het ziekenhuis was aangekomen, was het er een complete chaos. Niemand wist iets. Wat was de doodsoorzaak? Had hij zich van het leven beroofd of had iemand hem vermoord? En in dat geval wie en hoe? De hele afdeling had tenslotte onder strenge bewaking gestaan. Bovendien was ze nog steeds aangeschoten geweest, of als ze heel eerlijk was dronken. Wat ze trouwens nog steeds was.

Een blik op haar mobieltje leerde haar dat ze zevenenveertig minuten geslapen had. Ze kwam overeind van de wc-pot, deed haar haar goed en werkte haar lippenstift bij voordat ze het toilethokje verliet. Op de weg terug naar haar werkplek dacht ze er nog een keer over na hoe de dader het aangepakt zou kunnen hebben. Tot nu toe hadden ze geen enkel technisch spoor kunnen vinden dat haar theorieën in een bepaalde richting kon leiden. Richter was trouwens nog steeds ter plekke met zijn team. Voor de tweede keer, nadat ze duidelijk had gemaakt dat ze als ze niets vonden opnieuw moesten beginnen. En opnieuw.

Haar dronkenschap begon nu eindelijk af te nemen en ze had nu voornamelijk last van een kater. Ze blies in haar hand om haar adem te ruiken en besloot dat ze moest proberen haar adem de rest van de dag in te houden, toen Jan Hesk naar haar toe kwam en vertelde dat de patholoog-anatoom Oscar Pedersen net had laten weten dat hij de doodsoorzaak had vastgesteld.

'Verstikking.'

'Verstikking? Er zijn toch geen tekenen van verstikking?'

'Geen zichtbare. Maar hij heeft een hoge dosis botuline in zijn bloed.'

Dunja kende botuline, dat in feite hetzelfde zenuwgif was dat in Botox werd gebruikt en in sterkere doses de borstspieren kon verlammen met verstikking als gevolg.

'Hebben ze het infuuszakje onderzocht?'

Hesk knikte. 'Blijkbaar zat er genoeg gif in om half Denemarken te laten stikken. En trouwens...' Hij stak haar glimlachend een zakje Fisherman's Friend toe. Ze had beledigd moeten zijn, maar pakte er zonder te protesteren een uit het zakje.

'Neem er nog een, of twee.'

Ze nam er nog twee en liep verder naar haar kantoor.

'Het is misschien het beste als je het hele zakje neemt,' riep hij haar na en ze stak over haar schouder haar middelvinger op zonder zich om te draaien.

Ze stopte de pastilles in één keer in haar mond en liep naar haar werkplek. Er zat een man in de bezoekersstoel die zich naar haar toe draaide. Ze had hem nog nooit eerder gezien, maar begreep meteen wie het was.

42

Tuvesson, Lilja en Molander zaten aan de ellipsvormige tafel en aten alle drie een in plastic verpakte kipsalade van de ICA Maxi terwijl ze wachtten tot Rots, die de vergadering bij elkaar had geroepen, op zou duiken. Tuvesson keek in haar salade en stelde vast dat de drie kleine stukjes kip die ze allang op had gegeten blijkbaar genoeg waren om de droge ijsbergsalade, met wat maïs uit blik en olijven, te verkopen als *luxe kipsalade*. Ze besloot de ellende op haar bord goed te maken met een sigaret na de lunch.

'Heeft iemand wat van Risk gehoord?' vroeg Molander.

Tuvesson schudde haar hoofd. 'Nee, en waarom zouden we ook. Hij is tenslotte met vakantie.'

Molander knikte zonder iets te zeggen.

'Ingvar, wat had ik moeten doen. Ik had geen keus.'

'Nee, ik weet het. Ik weet het. Het is alleen... zonde.'

'Ja, je bent niet de enige die dat vindt.'

'Dat jullie het weten, ik heb de vrijheid genomen om wat dingen op te zoeken over Risk,' zei Lilja. 'Wisten jullie dat hij de laan uitgestuurd is bij de recherche in Stockholm?'

Molander schudde zijn hoofd.

Tuvesson zuchtte. 'Heb je niet genoeg te doen aan dit onderzoek?'

'Ik dacht alleen dat als je met iemand samen moet werken, het misschien goed is om te weten wat je aan elkaar hebt.'

'Irene, waar wil je eigenlijk naartoe? Ja, hij was zijn beoordelingsvermogen kwijt en is te ver gegaan. Wat jij misschien ook had gedaan in zijn situatie.'

'Je bedoelt als ik verliefd was geweest op de vrouw van het slachtoffer?' vroeg Lilja.

'Dat was een tienerverliefdheid. We hebben geen idee hoe het nu zit.'

'Nee, precies. Dat is precies wat ik bedoel. We weten het niet. En het gaat erom dat het geen eenmalig verschijnsel lijkt te zijn. Ik heb het Stockholmse onderzoek van afgelopen winter gezien en als je tussen de regels door leest, blijkt dat hij daar ook zijn eigen gang ging zonder de anderen op de hoogte te stellen.'

'Wat had hij dan gedaan?' vroeg Molander.

'Ten eerste...'

'Irene, we houden er nu over op,' zei Tuvesson en ze besloot minstens twee sigaretten te nemen.

'Maar...'

'Jullie zijn er al, zie ik. Heel goed,' zei Rots toen hij binnenkwam.

Tuvesson bedankte hem in gedachten. Maar Lilja had zeker een punt, en dat was precies waar Stockholm haar voor had gewaarschuwd toen ze naar Risk informeerde. Bijna iedereen was het erover eens geweest. Risk was een goede agent, een van de beste. Maar hij ging zijn eigen gang en je wist nooit waar dat toe leidde of welke consequenties het kon hebben.

Wat precies was waar ze op uit was. Ze zou het nooit hardop tegen de anderen zeggen, maar haar medewerkers waren te gemakzuchtig geworden. Ze waren weliswaar zowel professioneel als betrouwbaar. Maar het was alsof ze zich niet meer hoefden te bewijzen en daardoor nooit het risico namen om met een onverwachte inval te komen. Niemand van hen deed iets verkeerd en marges werden over het algemeen ruim in acht genomen. Nooit bevonden ze zich eens op de grens. Iets wat er misschien goed uitzag in alle rapporten en onderzoeken. Maar de werkelijkheid vroeg om iets anders, die vereiste soms dat ze zich juist daar moesten bevinden.

Op de grens. Soms zelfs aan de verkeerde kant ervan.

Op dat punt kwam Risk in beeld.

Rots liet een getekende compositietekening rondgaan terwijl hij tegelijkertijd vertelde dat een meisje van de McDonald's in Åstorp hem had benaderd. 'Ze werkte op donderdagavond en herkende Schmeckel noch Mällvik.'

Zo keken ze ernaar, dacht Tuvesson. Schmeckel en Mällvik. Alsof het twee personen waren. Twee verschillende daders. En nu ging er een compositietekening van een derde dader de tafel rond. Met hoeveel daders zouden ze zich nog bezighouden voordat de zaak zou zijn opgelost?

'En wie is dit?' vroeg Molander terwijl hij de compositietekening omhooghield.

'Hij zou donderdag vlak na middernacht naar het restaurant zijn gekomen en daar een Chili McFeast Deluxe-menu hebben besteld. Het probleem was dat dat alleen op donderdag werd geserveerd en donderdag was net overgegaan in vrijdag.'

'Dus toen weigerden ze hem een Chili McFeast te geven,' zei Lilja en Rots knikte.

'Ze volgen gewoon orders op,' zei Molander.

'Maar deze man was het daar niet mee eens,' ging Rots verder. 'Volgens hem was hij in de rij gaan staan toen het nog donderdag was en hij stond erop dat hij zijn menu zou krijgen. Het meisje achter de kassa probeerde uit te leggen dat zij de regels niet bepaalde en er helaas niets aan kon doen, waarna ze de volgende klant begon te helpen, en toen had hij haar gewaarschuwd.'

'Gewaarschuwd voor wat?' vroeg Tuvesson.

'Omdat ze hem negeerde.'

De anderen wisselden een blik uit.

'Dus hij werd kwaad omdat ze hem oversloeg en de volgende klant hielp?'

Rots knikte.

'En toen? Wat gebeurde er toen?'

'Ja, toen kreeg hij zijn menu.'

'Dus zo moet je het aanpakken,' zei Molander met een grijns.

'Ze zag het absoluut niet als een loze bedreiging. Er was blijkbaar geen twijfel over dat hij het serieus bedoelde.'

Tuvesson pakte de compositietekening en bestudeerde die. Zoals gewoonlijk had Rots Gudrun Scheele ingeschakeld, een half blinde, aan een rolstoel gekluisterde, oude tekenlerares die meer dan vijftien jaar geleden met pensioen was gegaan. Ze woonde in hetzelfde tehuis als Rots' moeder en tijdens een bezoek had hij een paar van haar portretten gezien en gevraagd of ze hen niet kon helpen met een compositietekening. Die keer hadden ze achter een verkrachter aan gezeten die het Pålsjöbos onveilig maakte met zijn jacht op joggende vrouwen. Drie uur nadat ze Gudruns tekening uit hadden doen gaan was de man geïdentificeerd en kon hij worden opgepakt. Sindsdien hadden ze regelmatig gebruik van haar gemaakt en het feit dat ze elk moment kon overlijden was iets wat ze elkaar hielpen verdringen.

De compositietekening was zoals gewoonlijk met houtskool gemaakt en Tuvesson was opnieuw onder de indruk van haar talent. Het zou fysiek al onmogelijk moeten zijn om een krijtje vast te houden met die trillende handen. Maar tekenen kon ze en meestal waren een paar strepen genoeg om een persoonlijkheid neer te zetten die gebaseerd was op een paar uiterst beknopte getuigenbeschrijvingen.

Maar er was iets wat deze compositietekening anders maakte dan al haar eerdere. Behalve de blik die haar recht aanstaarde en buitengewoon bedreigend was, ontbrak een duidelijke persoonlijkheid. Een geheel. Het uiterlijk was zo alledaags dat ze de man niet eens herkend zou hebben als hij recht tegenover haar had gezeten. Meestal was dat sowieso het probleem met compositietekeningen. Net als een voorspelling pasten ze op bijna iedereen. Maar dit was de eerste keer dat ze dit gevoel had bij een van Gudruns tekeningen.

'Wat willen jullie doen? Willen jullie deze tekening naar buiten brengen?' vroeg Molander.

'Ik moet met Högsell overleggen,' zei Tuvesson. 'Maar zelf neig ik ertoe om nog even te wachten. De tekening is zo algemeen dat hij op bijna iedereen past. Bovendien zijn er te veel x'en in de vergelijking. De kassamedewerkster heeft Schmeckel noch Mällvik herkend, maar kwam in plaats daarvan met een compleet nieuwe persoon die haar een bedreigende blik toewierp. Dat is bij lange na niet genoeg.'

'Het hoeft geen nieuwe persoon te zijn,' zei Molander. 'Hij heeft zijn uiterlijk eerder veranderd en misschien ziet hij er nu zo uit?'

Het werd stil rond de tafel en na een paar minuten drong het tot Tuvesson door dat deze compositietekening precies overeenkwam met het gevoel waar ze al een tijdje mee rondliep. Ze jaagden op een fantoom, een ongrijpbaar wezen dat zich het ene moment vlakbij leek te bevinden om de volgende seconde in rook op te gaan. Misschien was dit precies hoe hij eruitzag?

Als wie dan ook.

Een Claes of een Rune.

Of hoe hij zich ook mocht noemen.

43

'Hebben jullie het plafond gecontroleerd?'

'Gecontroleerd?'

'Ja, onderzocht.'

'Bedoel je dat hij zich omhoog heeft getrokken en via het dak is gekomen?'

'Is er een andere manier? Behalve dan door de deur.'

Dunja Hougaard schudde haar hoofd en probeerde te begrijpen hoe ze zoiets voor de hand liggends had kunnen missen. Ze voelde zich dom en wilde niets liever dan door de grond zakken. Ze probeerde iets slims te bedenken om te zeggen, maar haar gedachten stonden compleet stil. Ze voelde dat ze rood werd. God, kon ze zich gênanter gedragen? Zeker, hij zag er goed uit. Maar hij was getrouwd en bovendien wist ze nog niet wat ze van hem vond.

De eerste indruk was negatief geweest, zoals met de meeste Zweden. Hij had zich gedragen alsof de wereld van hem was. Hoe dit zijn zaak was en hoe hij, ondanks dat hij officieel uit het onderzoek was gezet, van plan was verder te gaan en het op te lossen. Maar hij kon zich indenken dat hij haar zou kunnen helpen als zij hem op haar beurt zou helpen.

'Je ziet eruit alsof je wat moet eten,' zei hij en ze besefte dat hij misschien toch niet zo kortzichtig was. 'En als ikzelf niet gauw iets binnenkrijg, ben ik het volgende slachtoffer.'

Ze lachte. 'Het lijkt me dat je in de eerste plaats een nieuw overhemd nodig hebt.'

De frisse lucht deed haar goed. Het was alsof ze alleen maar even uit moest waaien. Na een bezoek aan Ilum, waar een overdreven behulpzame verkoper Fabian Risk een van hun duurste overhemden had verkocht, besloot Dunja hem mee te nemen naar Café De Diamant aan het Gammel Strand. Het was maar een steenworp bij hen vandaan en het was er meestal niet zo druk, hoewel het maar een paar straten van het winkelcentrum lag. Om een of andere reden vonden de toeristen nooit de weg naar het Gammel Strand, al was er gegarandeerd zon en waren er meerdere, naast elkaar gelegen restaurants. De Diamant was het minst pretentieuze en haar favoriet.

Ze gingen aan een tafeltje in de schaduw van een parasol zitten. Risk bestelde een caesarsalade en mineraalwater en zij een hamburger en een extra grote cola. Na een paar slokken voelde ze hoe ze weer tot leven kwam. Tot nu toe hadden ze het alleen over koetjes en kalfjes gehad, over het weer, het Deense voetbalfiasco en waarom Denen het zo moeilijk vonden om Skåns te verstaan. Ze hadden als twee katten om de hete brij heen gedraaid en Dunja besloot de eerste stap te zetten.

'Ik hoop dat je begrijpt dat ik veel op het spel zet door hier nu samen met jou te zitten. Ik heb strenge orders gehad om de Zweedse politie zo ver mogelijk bij het onderzoek vandaan te houden.'

'Dan komt het heel goed uit dat ik uit het onderzoek ben gezet en hier alleen maar op vakantie ben.' Risk hief zijn water op en zij haar cola. Dunja kon het niet laten om te glimlachen. Ze begreep niet waarom, maar op de een of andere manier was hij erin geslaagd haar in een goed humeur te brengen.

'Je chef, Kim Sleizner. Heeft hij uitgelegd waarom we niet moeten samenwerken?'

'Kim is niet het type dat de moeite neemt om dingen uit te leggen. Dat laat hij aan anderen over. Ik denk dat hij jullie een tik op jullie vingers wil geven, omdat jullie op zijn teentjes hebben getrapt. Er zijn twee dingen die hij het meest van alles haat: gepasseerd worden en Zweden. Jullie hadden hem eerst moeten bellen.'

'Dat hebben we gedaan. Ik was er zelf bij en geloof me, hij nam niet op.'

'Beweer je dat hij liegt?'

'Ik beweer niets anders dan dat we hebben gebeld en dat hij niet opnam. Toen hebben we een boodschap op zijn voicemail achtergelaten. De situatie was acuut en we konden niet wachten.'

Dunja wist niet wat ze moest geloven. Kim had zich uitgesloofd om zich schoon te wassen, zowel op internet als in de media. Hij had er veel ophef van gemaakt dat niemand contact met hem had opgenomen en dat de verantwoordelijkheid voor de dood van Mette Louise Risgaard volledig bij de Zweedse politie lag.

Het was zijn woord tegen dat van hen.

'Hier is het nummer van Astrid Tuvesson, mijn chef,' ging Fabian verder en hij schreef het nummer op een servet.

Dunja keek naar het Zweedse mobiele nummer. 'Wat moet ik daarmee? Als ik haar bel, zal ze natuurlijk hetzelfde zeggen als jij,' zei ze terwijl ze een patatje in de ketchup op haar bord doopte.

'Je moet haar niet bellen maar de mobiele provider die het gesprek heeft doorgekoppeld.'

Nu begreep ze het. Ze was buitengewoon traag van begrip vandaag. Met behulp van het nummer kon ze controleren of Sleizner werkelijk was gebeld, het exacte tijdstip nagaan en hoe lang het gesprek had geduurd. Ze dacht erover na wat het zou betekenen. In haar ogen niet zoveel. Uiteindelijk. Het meisje en nu ook de politieman waren dood en het zou het beste zijn als ze samen zouden kunnen werken om de dader te pakken te krijgen.

'En wat staat er voor mij tegenover?'

'Toegang tot de auto.'

'Nee, dat gaat niet. We zijn nog steeds met het onderzoek bezig.'

'Ik wil alleen even kijken. Hooguit vijf minuten.'

'En wat krijg ik daarvoor?'

'Behalve het telefoonnummer van mijn chef?'

Ze knikte en hij lachte.

'Nog een cola en alles wat ik weet.'

Ze deed alsof ze even nadacht voordat ze glimlachte. 'Wat weet je van hem?'

'We zaten in dezelfde klas op de basisschool. In die tijd heette hij Claes Mällvik en hij werd gepest en verstoten.'

'Sloegen jullie hem?'

'Ik niet, maar anderen. Twee in het bijzonder.'

'De twee slachtoffers?'

Fabian knikte. 'Maar ik was eigenlijk niet veel beter. Net als alle anderen keek ik weg.'

'En waarom Claes Mällvik?'

'Als ik heel eerlijk ben, weet ik het niet. Hij droeg een bril en had een achternaam waar je grapjes over kon maken. Maar eigenlijk denk ik dat het voornamelijk toeval was. Ze moesten iemand hebben en toevallig werd hij het.'

'En je weet zeker dat hij het is?'

'Wie zou het anders kunnen zijn?'

Dunja haalde haar schouders op. 'Morten Steenstrup herkende de man op de foto die jullie naar buiten hebben gebracht in elk geval niet.'

'Daar kunnen verschillende verklaringen voor zijn. Had hij morfine in zijn lichaam? Heeft hij het gezicht van de dader überhaupt wel gezien? Kan zijn geheugen aangetast zijn door het ongeluk?'

'Hij was er heel zeker van.'

'Kon hij beschrijven hoe hij er wel uitzag?'

'Helaas niet. Hij was te moe. Dat wilde ik hem vandaag laten doen.'

'Dat betekent dat hij waarschijnlijk weer een andere identiteit aan heeft genomen.'

Dunja knikte. 'Wat nog iets anders betekent.'

Risk keek haar aan.

'Hij is nog niet klaar. Hij heeft nog meer namen op zijn lijst staan,' zei Dunja en ze kwam overeind.

Fabian keek haar na terwijl ze het restaurant in liep en dacht na over wat ze net had gezegd. De afgelopen dagen had hij een knagend gevoel gehad. Hij had geprobeerd het te negeren, maar het was steeds teruggekeerd. En nu Hougaard het openlijk had gezegd, was er geen twijfel meer mogelijk. Rune, Claes of hoe hij zich ook noemde was nog niet klaar.

Nog lang niet.

Met Jörgen en Glenn, de twee voor de hand liggendste slachtoffers, was afgerekend. Maar wie was er nog over? Waren er meer die hem gepest hadden? Op zijn werk misschien? Hij had gelezen dat volwassenen die als kind waren gepest vaak ook op hun werk werden gepest. Het was alsof mensen de geur van zwakte konden ruiken, een stigma dat je hele leven bij je bleef. Hij besloot contact op te nemen met Tuvesson en haar te vragen of ze iemand naar Schmeckels collega's kon sturen om te horen hoe de situatie op zijn werk in het ziekenhuis in Lund was geweest. Vooral na het schandaal toen hij een paar klemmen in de urineblaas van een patiënt had laten zitten. En er was nog iemand met wie hij contact op moest nemen.

Maar eerst ging hij een kijkje bij de Peugeot nemen.

Dunja had duidelijk gemaakt dat het het beste zou zijn als niemand te weten kwam dat ze een Zweedse politieagent bij zich had en ze waren daarom het politiebureau via de achterdeur binnengegaan. De auto bevond zich vier verdiepingen onder de grond. De opslagruimte besloeg een hele verdieping en stond vol met in beslag genomen spullen die of op een technisch onderzoek wachtten of als bewijs moesten worden gebruikt bij een eventuele rechtszaak. Alles was er: van auto's tot kapotgetrokken slipjes.

Achter een raam van plexiglas, met gaten op gezichtshoogte, zat een oudere man in een rolstoel aan iets wat donker en van plastic was te frunniken ter hoogte van zijn middel. Achter hem lieten naakte pin-ups uit de vroege jaren tachtig zien dat hij hier al heel wat jaren zonder daglicht zat. Dunja klopte op het raam, maar de man keek niet op. Ze klopte nog een keer, deze keer zo hard dat het raam ervan rammelde, en schoof haar legitimatie door het luikje.

'Hallo! Ik heb niet de hele dag! Ik ben hier voor de Peugeot die een paar dagen geleden is binnengebracht.'

'De Zweedse auto,' zei de man. 'Ik moet alleen even mijn katheter op zijn plaats doen.'

Dunja knikte.

'En wie is dat?' De man knikte naar Fabian.

'Mijn naam is Fabian Risk.' Hij pakte zijn portemonnee om zijn legitimatie tevoorschijn te halen.

'Hij is een potentiële getuige en we zijn hier om te kijken of hij de auto herkent,' onderbrak Dunja hem en ze duwde Fabians portemonnee weg.

De man liet zijn blik heen en weer gaan tussen Dunja en Fabian, alsof hij overwoog om all-in te gaan bij een partijtje poker. Ten slotte gaf hij zich met een diepe zucht gewonnen.

Fabian en Dunja volgden de man, die zijn elektrische rolstoel zo effectief door de opslagruimte stuurde dat ze bijna moesten rennen om niet achterop te raken. Af en toe stopte hij om een hek open te doen. Fabian begreep niet hoe de man de weg kon vinden in dit schijnbaar eindeloze labyrint van gangen, tussen rekken door die even hoog waren als in een Ikea-magazijn, of wist welke sleutel op welk slot paste. Maar dat deed hij blijkbaar, en ten slotte werd hun een garage gewezen die vol stond met auto's. Sommige leken nog het meest op een stapel schroot, andere maakten de indruk compleet ongebruikt te zijn. De Peugeot stond in een hoek achterin.

Fabian trok zijn plastic handschoenen aan, ging achter het stuur zitten en sloot het portier. Hij wilde alleen zijn en Dunja leek het te begrijpen en bleef op een afstandje staan. Ze had gezegd dat de auto nog steeds onderzocht werd. Maar hij zag helemaal geen markeringen van plekken die al onderzocht waren of plekken waar zich vingerafdrukken, haren of dat soort dingen bevonden. Niets. De enige mogelijke verklaring was dat het onderzoek nog niet eens begonnen was. Hij kon niet beweren dat hij Ingvar Molander goed kende, maar uit het weinige dat hij gezien had kon hij wel opmaken dat het onderzoek inmiddels al af zou zijn geweest.

Hij deed het handschoenenkastje open en maakte het leeg. Een balpen met het logo van het ziekenhuis van Lund, een paar AAA-batterijen, een reservelamp voor de koplampen, de handleiding en verzekeringspapieren, waarin Rune Schmeckel als eigenaar van de auto stond vermeld. Niets bijzonders. Hij bladerde door het serviceboekje en zag dat elke servicebeurt keurig was uitgevoerd. De geautoriseerde stempels stonden precies waar ze moesten staan. Schmeckel was een nauwkeurige man en niet iemand die slordig was en zich overal doorheen improviseerde. Zelf bracht hij de auto pas naar de garage wanneer zich een verontrustend geluid kenbaar maakte. Dan was het meestal te laat, in elk geval voor de portemonnee.

In de achteruitkijkspiegel zag hij dat Dunja op haar horloge keek en ongeduldige blikken om zich heen wierp. De oude man was nergens te zien.

Het was tijd om te doen waarvoor hij gekomen was.

Kim Sleizners hoofdpijn begon af te nemen en hij voelde hoe zich eindelijk een innerlijke vrede door zijn lichaam verspreidde. Hij stond bij het raam van zijn kantoor en keek uit over het water. Aan de overkant kon hij Islands Brygge zien liggen en het spectaculairste gebouw aan de kade: Gemini Residence. Twee grote cilinders, samengegroeid als een Siamese tweeling, waarbij de binnenste kern het trappenhuis vormde dat je onwillekeurig aan *A Clockwork Orange* deed denken. Daar woonde hij met zijn vrouw en dochter in een fantastisch appartement. Het grootste van het gebouw.

Maar de afgelopen dagen had hij helemaal geen kans gehad om ervan te genieten. Zijn oude maagzweer was door de stress de kop weer op gaan steken en hij had zich zorgen gemaakt of ze er überhaupt nog wel konden blijven wonen als hij gedwongen zou worden te vertrekken. Maar dat zag hij dan wel weer. Op dit moment leken zijn zorgen van de aardbodem verdwenen te zijn en hij voelde zijn maagzweer bijna niet. Zelfs zijn nek en schouders begonnen zich te ontspannen.

De moord op Morten Steenstrup had hem in de kaart gespeeld. De hele storm over wie er schuld droeg aan de moord op Mette Louise Risgaard was in één keer bedaard. De aandacht die was gericht op het feit of hij of de Zweedse politie had gefaald, was nu verlegd naar de dader zelf. Dat was beter voor het onderzoek, maar vooral beter voor hemzelf. Als zijn afdeling er bovendien in zou slagen de zaak voor de neus van de Zweden op te lossen, zou de overwinning voor hem zijn.

MC Hammers 'Can't Touch This' echode door de kamer en hij draaide zich om naar zijn bureau, waarop zijn mobieltje lag te trillen. Het was zijn dochter die zijn mobiel geruïneerd had door het liedje erop te zetten en alle andere ringtonen te wissen. 'Can't Touch This' was een van de liedjes waar hij de grootste hekel aan had en zodra hij het hoorde kreeg hij een slecht humeur. Het probleem was dat hij niet wist hoe je de ringtoon moest veranderen en er was nu al bijna een jaar verstreken.

Stop! Hammer Time! Woo-o-oo Woo-o-oo...

Hij nam op, alleen maar om dat ding stil te krijgen. 'Ja, hallo?'

'Hallo, u spreekt met Niels Pedersen.'

'Ja?' Sleizner had geen idee wie Niels Pedersen was en hij voelde louter weerzin om het te weten te komen.

'Je weet wel, van de opslagruimte beneden.'

'Je moet me verontschuldigen, maar ik zit midden in een vergadering en...'

'Dit kost maar een tel. Ik wil alleen checken of ik het goed heb begrepen.'

'Wat dan?' snauwde Sleizner en hij voelde hoe zijn maagzweer weer tot leven begon te komen.

'Dat er zonder jouw toestemming niets aan de Zweedse politie mag worden afgegeven in de Peugeot-zaak.'

'Wacht even. Met wie spreek ik eigenlijk?'

'Niels Pedersen van de bewijsafdeling beneden. We zaten tegenover elkaar bij het kerstdiner in 2003.'

'Hoezo, hebben ze contact met je opgenomen?'

'Ze zijn hier nu.'

'Wie dan? De Zweden?' Verdomme. Hoe hadden ze daar in vredesnaam kunnen komen zonder dat hij het wist?

'Zijn naam is Fabian Risk en hij is hier met Dunja Hougaard.'

Dunja... Natuurlijk was het Dunja. Wie kon het anders zijn. Het was niet voor het eerst dat ze zijn bevelen niet opvolgde. Toen hij chef van de afdeling was geworden had hij het meteen duidelijk gemaakt: als zij aardig tegen hem was zou hij aardig tegen haar zijn. Eenvoudiger kon het niet. Vooral niet voor iemand als Dunja Hougaard.

Toen ze elkaar bijna vijf jaar geleden voor het eerst ontmoetten, had hij al geweten wat zij er voor eentje was. Hij had in haar ogen gekeken en direct begrepen waar ze op uit was. Het was alsof ze zelf niet wist hoe geil ze eigenlijk was. Maar nu, nadat het uit was gegaan met haar vriendje, had ze het blijkbaar begrepen. En alle anderen in het korps ook. Het gerucht over haar had zich als een virus verspreid naar elk gehucht waar een politiebureau was. Hoe ze geil als een konijn man na man verslond.

Toch had ze hem ook op het laatste kerstfeest de rug toegekeerd. Hij die drie dagen in de week intensief trainde en het lichaam van een vijfendertigjarige had, geld verdiende en de macht had om haar carrière op het goede spoor te zetten. Of te doen verleggen.

Lange tijd had hij gezocht naar een oplossing waarmee hij van haar af kon komen. Haar ergens naar een uithoek overplaatsen. Het probleem was dat ze een verdomd goede agente was. Hoe hij het ook probeerde, hij zou zijn zaak nooit kunnen beargumenteren.

'Moet ik ze tegenhouden?' vroeg Niels Pedersen.

'Nee, laat ze hun gang maar gaan,' zei Sleizner en zijn blik volgde een sleepboot die op weg was door het kanaal. 'Maar houd ze in de gaten. Vooral als ze iets belangrijks vinden.'

Fabian keek naar de sleutel in zijn hand en drukte op het metalen knopje zodat het sleutelblad naar buiten kwam. Het zag er ongebruikt uit. Hij draaide het lichtknopje om, zodat de koplampen niet automatisch aan zouden gaan, duwde de sleutel in het contactslot en draaide hem om. Langzaam. De motor mocht in geen geval aan gaan.

Het instrumentenpaneel lichtte op, wat precies was wat hij wilde. Niet meer en niet minder. Ook het schermpje boven de radio ging aan en liet het startscherm van de gps zien. De seconden regen zich aaneen als koude honing voordat er een kaart verscheen. Hij kwam dichterbij en zag dat de ingezoomde plek ongeveer tien kilometer ten noorden van Køge op de Cementvej lag bij een merkwaardig weggetje dat recht een akker in leidde, waar het om een bosheuvel heen liep. Daar was de jacht dus geëindigd. Een jacht die twee onschuldige mensen het leven had gekost.

Maar daar was Fabian niet naar op zoek. Hij ging naar het hoofdmenu en drukte op MIJN FAVORIETE PLEKKEN. Een lijst van drie ingeprogrammeerde plekken verscheen op het scherm.

THUIS – ADELGATAN 5, LUND.

WERK – KLINIKGATAN 20, LUND.

WEG – RUE DU THOURON NR. 15, GRASSE.

Hij maakte een mentale aantekening dat hij bij Tuvesson moest informeren of ze iets interessants in Grasse hadden gevonden en drukte op de knop in de linker bovenhoek van het scherm. Hier was hij naar op zoek geweest en dit was de enige reden voor zijn bezoek aan Kopenhagen.

EERDER BEZOCHTE PLEKKEN.

Op het scherm verscheen een lijst van verschillende adressen en tijdstippen. Hij keek hem door en kon al snel constateren dat het tot 19 juni voornamelijk heen en weer tussen thuis en werk was gegaan met uitzondering van een enkel uitstapje naar ICA Kvantum aan Tunavägen 39.

Pas op maandag 21 juni werd het patroon doorbroken en begon het interessant te worden. Op 22 juni, de dag voordat Jörgen Pålsson werd vermoord, was de auto zowel bij het tolstation van de Sontbrug als in Duitsland geweest om ten slotte tot stilstand te komen bij het benzinestation in Lellinge. Maar dat bevestigde alleen maar wat hij al wist. Het was de eenentwintigste waarin hij geïnteresseerd was.

Om 10.23 uur had de auto zich op een plaats bevonden die geen straatnaam had. Fabian drukte erop, waarna de gps de positie op de kaart liet zien. Hij stelde vast dat de auto een flink uitstapje had gemaakt naar Sönderåsen, ongeveer een kilometer ten noorden van Stenestad. De weg leek plotseling in het niets op te houden. Pas uren later had de auto de afgelegen plek verlaten en was verder gereden naar de Tögatan. De straat waar Jörgen Pålsson woonde. Fabian noteerde de coördinaten. 56.084298,13.09021.

Hij had precies gevonden waarop hij had gehoopt.

Dunja keek om zich heen om zich ervan te verzekeren dat geen van haar collega's haar zag terwijl ze de deur opende van de rustkamer, die ze twee jaar geleden hadden gekregen maar die niemand ooit durfde te gebruiken, en naar binnen sloop. Ze ging op de brits liggen en sloot haar ogen. Risk had meer dan tevreden geleken toen ze afscheid namen, al had hij niets interessants gevonden. Dat had hij in elk geval beweerd. Natuurlijk had hij iets gevonden. Maar het enige wat ze uit hem had weten te krijgen was dat hij terug moest naar Zweden en iets moest uitzoeken en als het van belang zou zijn had hij beloofd contact met haar op te nemen.

Ze dacht na of ze ergens geïrriteerd over moest zijn en kwam tot de conclusie dat zij waarschijnlijk hetzelfde zou hebben gedaan. Zij wilde ook nooit iets zeggen in een te vroeg stadium en zweeg erover tot ze het helemaal zeker wist, terwijl ze zich realiseerde dat meerdere van haar collega's zich aan haar ergerden en vonden dat je elke gedachte en inval met de anderen moest delen en dat ze net zo lang besproken moesten worden tot ze tot nul gereduceerd waren. Voor haar was dat niets anders dan ondoordacht geklets dat haar concentratie alleen maar verstoorde.

Haar mobieltje begon te trillen en op het scherm las ze *De Eikel.*

'Met Dunja Hougaard.'

'Je hoeft niet te doen alsof je niet weet wie er belt.'

'Hoi Kim. Altijd goed je stem te horen. Wat kan ik voor je doen?'

'Kom hiernaartoe. Ik moet met je praten.'

'Ik ben bezig met...'

'Nu.'

Dunja sloot de deur achter zich en ging in de bezoekersstoel voor Kim Sleizners opgeruimde bureau zitten. Zijn glimlach voorspelde weinig goeds. Ze voelde zich altijd meer op haar gemak als hij kwaad of chagrijnig was. Dat kon ze aan. Het was anders wanneer hij die zelfingenomen glimlach op zijn gezicht had. Dat betekende meestal dat hij op een idee was gekomen dat volgens hem uitermate geniaal was en nu uitgevoerd moest worden door zijn voetknechten. Dat kon van alles zijn, van een morsdood idee, dat gedwongen opgevolgd zou moeten worden, tot een nieuwe koffieregel, waarbij iedereen één dag verantwoordelijk was voor de koffiebroodjes. Dat wil zeggen iedereen behalve de Eikel zelf.

'Je ziet er moe uit. Is het gisteren laat geworden?'

'Niet zo laat als ik had gehoopt. Zoals je weet kregen we een nieuwe moord op ons bord.' Ze deed haar best er zo onaangedaan mogelijk uit te zien.

'Ja, hoe gaat het daarmee? Is er vooruitgang?'

'Nog niet. Maar Richter is bezig het plafond te onderzoeken. Waarschijnlijk is de dader op die manier binnengekomen.'

'Met andere woorden: op dit moment hebben jullie niets?'

'Zo zou je het kunnen omschrijven.'

'Nog iets anders wat je met me wilt delen?'

Dunja probeerde te bedenken waar hij nu eigenlijk op uit was. Was er een mogelijkheid dat hij op de hoogte was van haar ontmoeting met Risk? Ze nam een besluit en schudde haar hoofd.

'Dus je beschouwt het feit dat je de halve dag hebt doorgebracht met een Zweedse politieman en hem de in beslag genomen Peugeot hebt laten onderzoeken, niet als iets wat je met me moet delen?'

Hoe kon hij dat in vredesnaam weten?

'Vind je dat zelf ook niet een beetje vreemd?' Hij zweeg, wachtte op een reactie die niet kwam. 'Of laten we het anders zeggen,' ging hij verder. 'Wat heb je precies niet begrepen van mijn richtlijn dat niets van het onderzoek naar buiten mag komen, indien het niet door mij persoonlijk is goedgekeurd. En al helemaal niet als het de

Zweden betreft. Waar ben je precies de draad kwijtgeraakt?'

Het moest die ouwe vent zijn geweest. Het kan niemand anders dan hem zijn geweest die het verteld heeft. Dunja stelde zich voor hoe ze zijn katheter losrukte en in zijn bek propte. 'Kim, ik begreep je richtlijn wel. Maar ik vind dat het belangrijkste is dat de dader wordt gepakt, ongeacht wie...'

'Maar niemand heeft je naar je mening gevraagd. Tegelijkertijd is er voor mij ook geen aanleiding om rond te gaan bazuinen dat je over de schreef bent gegaan.'

'Ik ben het er niet mee eens dat ik over de schreef ben gegaan. Ik vind juist dat...'

'Houd je mond! Het maakt niet uit wat jij vindt, je hebt de geheimhoudingsparagraaf in het contract verbroken!'

Dunja begreep niet over welk contract Sleizner het had tot hij haar oude arbeidscontract op tafel legde, zijn nicotinegele nagel op de paragraaf zette en die uit zijn hoofd voorlas.

'*Het verbod om als vertrouwelijk aangemerkte informatie openbaar te maken, naar buiten te brengen of te gebruiken geldt voor de werknemer in even grote mate als voor de overheidsinstantie waarbij deze in dienst is.*' Hij keek op van het contract en richtte zijn blik op haar. 'Ik hoop dat je beseft dat dit meer dan genoeg is om je te laten vertrekken.'

Hij moet een grapje maken, dacht Dunja, ook al wist ze diep vanbinnen dat het niet het geval was. 'Dat kun je niet doen,' zei ze en ze vervloekte zichzelf dat ze zo zielig klonk. Haar façade was ingestort. 'Je kunt niet zomaar...'

'Ik doe precies wat ik wil met jou. Als het toiletpapier op is, heb ik het volste recht om jou ervoor in de plaats te gebruiken. Je begrijpt zelf toch ook wel dat ik geen onbetrouwbare lekken in mijn team kan gebruiken?'

'Het enige wat ik heb gedaan is dat ik een van onze Zweedse collega's die aan dezelfde zaak werkt...'

'Ik weet precies wat je hebt gedaan! Je hebt een onbevoegde binnengelaten en hem kennis laten nemen van ons technisch bewijs, zonder ook maar enig idee te hebben van zijn eigenlijke motieven.'

'Hij wil verdomme toch alleen maar de zaak oplossen, net als wij! Of ik in elk geval!'

'Wat de zaak betreft, kan die Fabian Risk net zo goed als een ander de dader zijn. Ze zaten tenslotte naar ik heb begrepen in dezelfde klas.'

'Je meent toch niet serieus dat...'

'Het enige wat we zeker weten is dat Morten Steenstrup de man op het opsporingsbericht niet herkende, waar Fabian Risk zelf zo'n ophef over heeft gemaakt. Kort daarna wordt hij vermoord en dan blijkt Risk "toevallig" in de stad te zijn. We weten ook dat hij verliefd was en misschien nog wel is op de vrouw van het eerste slachtoffer. Zijn het misschien allemaal toevalligheden? Of niet? Jou kan het in elk geval niet schelen hoe het zit, je rolt de rode loper uit en geeft hem vrije toegang tot de auto, zelfs voordat we hem zelf hebben kunnen onderzoeken. Heb je trouwens enig idee wat hij daar deed? Wie zegt dat hij geen bewijs achterover heeft gedrukt?'

Dunja besefte dat het geen zin had om hem tegen te spreken. Ze zat al diep genoeg in het drijfzand en hoe meer ze spartelde, hoe harder ze zonk. Ze richtte haar blik op hem en bleef hem aankijken. Ze wisten allebei heel goed dat Sleizner uit zijn nek zat te lullen. Maar niemand was er beter in dan hij om volslagen onzin compleet logisch en zinvol te laten klinken. Dat was ook de reden dat hij zover gekomen was. Een goede politieman was hij nooit geweest.

Sleizner stopte het arbeidscontract weg en produceerde een glimlach. 'Gelukkig ben ik zo niet. Ik kan me voorstellen dat we dit akkefietje een tijdje laten marineren, dan zullen we zien hoe de zaken en dingen zich ontwikkelen. Misschien kun je me helpen met een kleine tegenprestatie?'

44

Fabian sloeg de E6 af en reed oostwaarts verder over de 110 die langs Saxtorp kwam. Hij had de coördinaten 56.084298,13.09021 uit de Peugeot ingevoerd in zijn eigen gps en liet zich nu door de vrouwelijke stem door het Skånse landschap voeren.

Hij kwam langs Markhög en een paar grote boerderijen en de

vrouwelijke stem vroeg hem rechts af te slaan op de Eslövsvägen om na honderd meter linksaf de Hedvägen in te slaan. Het zou geen problemen opleveren om er te komen. De vraag was wat hem bij de eindbestemming te wachten stond. Op de kaart zag het eruit als bos en nog meer bos.

Nadat hij de omgeving op Google Maps had bekeken en gezien had dat er een boerderij met twee grote gebouwen stond, had hij geprobeerd te achterhalen van wie de boerderij was, maar toen hem dat niet gelukt was, had hij Irene Lilja maar gebeld en haar verzocht of zij het wilde doen. Ze had zo nadrukkelijk gevraagd waarom hij geen vakantie hield en wat er voor interessants was aan de boerderij dat hij ten slotte had verteld dat hij een reservesleutel van de Peugeot had gevonden, toen ze bij Rune Schmeckel waren, en nu in Kopenhagen was geweest en de auto had onderzocht, die zich volgens de gps op deze boerderij had bevonden op de dag voordat Jörgen werd vermoord.

Het was stil geworden aan de andere kant van de lijn en Fabian had moeten vragen of ze er nog was. 'Noem je dat vakantie,' had ze gezegd en ze was verdergegaan met te zeggen dat hij niet goed snik was dat hij het risico nam om er helemaal alleen naartoe te rijden. Hij had geprobeerd haar gerust te stellen door te zeggen dat het vast een lege, verlaten boerderij zou zijn, maar ze had hem doorzien. 'Is dat eigenlijk niet de reden dat je belde? Je bent bang en wilt dat wij weten waar je bent. Waar was hij eigenlijk op weg naartoe?'

Na Kågeröd veranderde het landschap. De open velden werden vervangen door bos en de wegen werden smaller en slingerden omhoog over de rug van de Söderåsen. De weg was op het eind zo smal dat een tegenligger onmogelijk had kunnen passeren en een plek om uit te wijken was nergens te zien. Op zich geen reëel probleem omdat hij het laatste kwartier niet één auto had gezien.

De weg kronkelde verder naar een boerderij en Fabian keek of de gps hem verkeerd had geleid. Maar volgens de gps ging de weg verder door de boerderij heen, zodat hij het gevoel een ongenode gast te zijn negeerde en het erf tussen de huizen op reed, waar hij vaart minderde en om zich heen keek.

De deuren van de schuur stonden wijd open maar er was nergens iemand te zien. Het was alsof de boerderij verlaten was. Aan zijn lot overgelaten. Een verzameling roestige grasmachines, een paar oude tractorbanden, een badkuip en een stapel besmeurde, naakte etalagepoppen. Hij bedacht dat Laurie Andersons uitspraak – dat mensen in de grote steden over de hele wereld meer met elkaar gemeen hadden dan met hun eigen landgenoten op het platteland – wat hem betrof klopte. Hij wist precies even weinig van het leven op het platteland als van de mensen die er woonden.

Hij zag iets bewegen in zijn rechterspiegel, iets met een samengeklitte vacht dat uit de schuur schoot. Een grote, blaffende herdershond die een meter of tien naast de auto meerende om plotseling uit beeld te verdwijnen. Fabian trapte op de rem en de auto slipte en kwam tot stilstand. Instinctief sloot hij het centrale deurbeveiligingssysteem en wachtte tot de hond tevoorschijn zou komen, maar er gebeurde niets. Hij reed een paar meter achteruit en toeterde, maar hij zag geen spoor van de herder.

Hij vroeg zich af of hij er al was en keek op de gps, die van mening was dat het nog een kilometer verderop was. Zijn mobieltje ging en hij nam op met zijn blik op de achteruitkijkspiegel gericht.

'Urs Brunner.'

Maar hij zag nog steeds geen hond.

'En wie is dat?'

'De eigenaar van de boerderij waar je naartoe gaat.'

'Een Duitser?'

'Blijkbaar. Hij heeft het in 2001 gekocht. Maar je kunt je afvragen of het niet weer een van Schmeckels vele identiteiten is.' De verbinding begon te haperen en Lilja's stem was steeds slechter te horen.

'Ja, waarom niet,' zei Fabian en hij bleef stapvoets rond de hoek van het ene gebouw rijden. 'Heb je gekeken of hij een echt adres in Duitsland heeft of dat het alleen maar een postbus is? Hallo? Irene, hoor je me?'

'En ik moet van Tuvesson doorgeven dat je moet wachten… tot wij…'

Toen hij aan de andere kant kwam, viel Lilja's stem weg, waarna het gesprek werd verbroken. Fabian gooide zijn mobieltje op de passagiersstoel en reed verder, met of zonder hond. Aan de rechterkant van de weg lag een bos en aan de andere kant een open veld.

'Over driehonderd meter links afslaan,' droeg de gps hem op en Fabian sloeg rechts het laatste eindje in.

Ongeveer honderd meter verder hield de weg op en Fabian stapte uit de auto en keek om zich heen. Een paar wolken onttrokken de zon aan het zicht en wekten een misplaatst gevoel van herfst op. De stilte werd verbroken door het geluid van drie zwanen die voorbijvlogen alsof de zwaartekracht voor iedereen gold maar niet voor hen. Door hun enorme vleugels gierde de lucht. Maar al snel was de stilte weer terug. Geen verkeersgeruis, geen gekabbel in de verte, geen wind in de bomen. Het was stil.

Onrustbarend stil.

Achter een paar van de bomen was een meer te zien. Een boerderij zag hij niet. Hij liep verder naar een brievenbus die eenzaam in de schaduw van een paar verwilderde seringen stond. De deksel was bedekt met groen mos. Fabian pakte een stok en veegde het mos eraf. 'Brunner' stond er met dymo-letters op een verbleekt blauw plastic strookje.

Een paadje leidde hem verder bij de brievenbus vandaan door de seringen en aan de overkant kon hij iets zien wat glinsterde in de lucht boven de bomen. Pas toen hij ernaartoe liep, zag hij dat het een grote ronde, blinkende lens was, die vastgezet was op een paal, die op zijn beurt bevestigd was aan de nokken van een huis.

Na een tijdje gaf hij het op om proberen te begrijpen waar de lens voor diende en liep hij over het overwoekerde paadje naar de boerderij en dacht erover hoe het moest zijn om op een boerderij in deze uithoek te wonen. Zelf zou hij het waarschijnlijk niet langer dan een paar dagen uithouden voordat het ontbreken van stadslucht hem tot waanzin zou drijven. Als je daarentegen met rust gelaten en niet gestoord wilde worden, dan was deze plek zo goed als perfect. Geen buren zo ver als het oog reikte. Geen weg die voorbijkwam. Geen inkijk. Niets.

Was dat wat Urs Brunner hier zocht?

In elk geval was het lang geleden sinds hij hier was geweest. Misschien meerdere jaren?

Fabian waadde door het hoge gras naar het huis toe, waarvan de voorgevel uit grijze, met mos bedekte eternietplaten bestond, en liep verder om de hoek van het huis heen, waar hij midden in een stap bleef staan en probeerde te begrijpen wat hij zag. Maar hoe hij zijn best ook deed, hij kon het beeld dat op zijn netvlies werd geprojecteerd niet heel krijgen. Of hij droomde of de dader was een nog veel groter raadsel dan hij ooit had kunnen vermoeden.

Een meter of twintig verder stond een tweelinghuis van het eerste huis. Even groot en met dezelfde grijze eternietfaçade. Maar het was de ruimte tussen de huizen die verbluffend was. Het gras was er kortgeknipt als op een golfgreen voordat Tiger Woods zijn beslissende putt moest maken. Geen grassprietje dat boven de andere uit stak. Midden op de grasmat groeide een paar decimeter hoge heg die een rechthoekig gebied omlijstte dat bedekt was met aangeharkt grind. Als een begraafplaats. Fabian schatte dat de afmetingen ervan drie bij vier meter waren.

Hij liep verder over de grasmat naar het grafachtige gebied en door wat hij zag besefte hij dat het onderzoek in één klap wezenlijk veranderd was. Alles wat ze wisten was nu omvergegooid en ze zouden helemaal opnieuw moeten beginnen. Er met andere ogen naar moeten kijken. Hij had geen idee wat het betekende en welke kant het onderzoek nu uit moest gaan.

De zon kwam weer van achter de wolken tevoorschijn en het werd meteen een paar graden warmer. Fabian stapte over de heg heen, ging in de begrinde rechthoek staan en keek naar de drie centimeter dikke glasplaat die op vier metalen poten een paar decimeter boven de grond rustte. Boven op de glasplaat lag Rune Schmeckel op zijn rug. Hij was naakt en zijn benen en armen waren uitgestrekt naar de vier hoeken van de glasplaat, die elk voorzien waren van een gat, zodat de handen en voeten vast konden worden gebonden met tie-wraps.

Zijn haar was weg en op zijn hoofdhuid zaten grote brandwonden. Op sommige plekken was zijn schedel te zien. Fabian probeerde zijn gedachten te ordenen, te begrijpen wat er eigenlijk was gebeurd, maar de verwarring bleef overheersen. Langgerekte brandwonden die zich kriskras over zowel zijn gezicht als zijn lichaam uitstrekten. Alsof iemand hem gemarteld had met een lasvlam. Maar de brandwonden waren veel te recht om met de hand uitgevoerd te kunnen zijn.

Fabian voelde zich duizelig en misselijk door al zijn gedachten die als vliegen boven een kadaver rondvlogen. Het zweet parelde op zijn voorhoofd en liep in zijn ogen, die pijn deden van het zout. Waarom had hij er niet aan gedacht wat water mee te nemen? Hij probeerde het kleverige gevoel in zijn mond weg te slikken, maar dat riep alleen maar nieuwe braakneigingen op. Hij moest iets drinken. Misschien was er ergens een put met water? Hij liet zijn blik rondgaan toen er vlak achter hem iets begon te knetteren. Een geur van rook en steeds grotere hitte. Hij draaide zich snel om, maar zag niets wat een verklaring bood. Kon het echt zo zijn dat hij droomde? Dat hij in werkelijkheid in zijn bed lag te slapen? Het knetterende geluid klonk nu vlak achter zijn oor, waarin hij een woedende, scherpe pijn voelde.

Nu pas drong het tot hem door dat hijzelf in brand stond.

II

7 juli-10 juli 2010

'Het is niet de dood op zich die ons angst aanjaagt wanneer we op ons sterfbed liggen, maar de kans dat we vergeten worden.' O.M.

8 januari

Zoals gewoonlijk stonden ze allemaal grijnzend te kijken toen ik het schoolplein op kwam. Het schaafde een beetje in mijn ene hand onder de want en ik wou dat ik niet zo nerveus was, maar dat was ik wel. En bang. Bang dat ze iets nieuws hadden bedacht voor het nieuwe semester. Iets nieuws dat vernederend en heel erg was en waar de rest van de idioten om zou moeten lachen.

Maar net als gewoonlijk riepen ze iets over dat ik een homo was en stonk als een pissoir. Ik zei niets en liep ook niet sneller. Ik draaide me alleen om, liep naar de ene toe en sloeg hem in zijn gezicht met de boksbeugel onder de want. Het deed meer pijn aan mijn hand dan ik had verwacht. Maar ik sloeg toch nog een keer omdat ik wist dat één klap niet genoeg was. Hij probeerde terug te slaan maar miste en toen pakte ik hem bij zijn hoofd en trok hem naar de grond en begon zijn hoofd tegen het asfalt te slaan, steeds opnieuw. Ik herinner me niet of hij het was of ik die schreeuwde. Ik denk allebei.

Dat was het beste wat ik heb meegemaakt. Het beste sinds ik voor het eerst in het Gröna Land-park was. Het was alsof ik de angst in de ogen kon kijken en dat maakte me alleen nog maar kwader en kwader terwijl ik me tegelijkertijd sterker en sterker voelde. Hij lag daar maar onder me en verweerde zich niet en niemand deed iets om me tegen te houden. Zelfs zijn vriend niet. Als ik had gewild had ik door kunnen gaan tot zijn schedel was gebarsten. Echt.

ps: Toen ik thuiskwam was Laban dood. Weet niet waarom, maar ik begon te huilen.

45

Fareed Cherukuri had lang nagedacht en was nu zeker van zijn zaak. Hij had ongetwijfeld een van de saaiste banen ter wereld. Als hij had kunnen kiezen had hij liever Tsjernobyl helpen saneren dan op de klantendienst van de TDC te zitten en antwoord te moeten geven op de ene nog idiotere vraag dan de andere. *Mijn abonnement is ermee gestopt. Heb je geprobeerd het opnieuw te vullen?*

Hoewel hij overgekwalificeerd was geweest, had hij de betrekking geaccepteerd om tenminste een baan te hebben. Iets wat bijna onmogelijk was als je Cherukuri heette in een land als Denemarken. Zodra ze zagen wat hij kon, hadden ze hem carrièremogelijkheden voorgespiegeld. Er is altijd behoefte aan goede programmeurs, hadden ze gezegd. Dat was bijna drie jaar geleden en hij zat nog steeds hier in de bunker en voelde hoe de afdruk van de headset steeds dieper werd. *Ik heb mijn mobieltje in de wc laten vallen en nu kan ik er niet meer mee bellen. Je had ook ons onderwaterabonnement moeten nemen.*

Maar vandaag was er voor het eerst een vraag gekomen die hem wakker had geschud. Toen het gesprek even bezig was merkte hij dat hij rechtop was gaan zitten en hij had zelfs zijn eigen hartslag kunnen horen. Hij was opgewonden.

De vrouw die toevallig aan hem was doorverbonden had zich voorgesteld als Dunja Hougaard. Ze werkte bij de recherche in Kopenhagen. Ze had gezegd dat ze eigenlijk de mobiele-zoekdienstafdeling van de TDC had moeten bellen, maar dat het papierwerk te veel tijd zou kosten en dat ze het liefst wilde vermijden dat ze een hele rompslomp in gang zette.

Zijn functiebeschrijving was overduidelijk. Dit was een klantendienst en geen afluistereenheid, en als ze geen probleem met haar TDC-abonnement had kon hij haar niet helpen. Hoe graag hij het ook wilde, hij had niet de bevoegdheid om bij de informatie te komen waarom ze vroeg.

Die hoorde hij tenminste niet te hebben.

In de jaren in de bunker had hij zijn hersenen en zijn programmeringskunsten getraind door het tdc-systeem te hacken. Door de ene firewall na de andere heen tot in het heilige der heiligen – de gesprekken, de sms'jes en het dataverkeer. Sinds een jaar had hij elk gesprek dat door het tdc-net werd doorverbonden af kunnen luisteren. Het maakte niet uit of het koningin Margrethe, de komiek Casper Christensen of de politicus Søren Pind was.

De gesprekken hadden zijn dagen een paar maanden lang opgefleurd, maar al snel was hij teruggezonken in de doodsaaie mist. Hij had gehoopt dat hij een paar sappige schandalen tegen het lijf zou lopen, maar hij had niet één misstap ontdekt. Het was of iedereen zich ervan bewust was dat ze werden afgeluisterd.

Deze keer was het anders.

De politieagente had gevraagd om een bepaald nummer uit Zweden dat ergens op vrijdagavond 2 juli een bepaald nummer in Denemarken had gebeld. Hij had gevraagd van wie het nummer was, maar daar had ze geen antwoord op willen geven. Hij had haar beloofd om te zien wat hij kon doen en haar zo snel mogelijk terug te bellen.

Hij had meteen kunnen vaststellen dat het Zweedse nummer van ene Astrid Tuvesson was, de chef van de recherche in Helsingborg, en dat het Deense nummer van Kim Sleizner, de chef van de politieagente, was. Hij begreep nu waarom ze geen rompslomp in gang wilde zetten. Het werd steeds interessanter. Sleizner was een soort van beroemdheid. Zodra iemand van de politie zich ergens over uit moest spreken was het Kim Sleizner. Het opzoeken van de informatie was totaal geen probleem geweest en hij had Dunja Hougaard al na een paar minuten terug kunnen bellen.

'Het klopt. Het Zweedse nummer belde het Deense op vrijdag om 17.33 uur.'

'Nam het Deense nummer op?'

'Nee, maar de voicemail ging aan en er is een bericht ingesproken. Wil je dat ik het afspeel?' Fareed Cherukuri kon horen hoe de politieagente twijfelde en hij begreep haar. Welk recht had zij om naar de berichten van haar chef te luisteren?

'Oké.'

Fareed Cherukuri drukte op de spatiebalk waarna het geluidsbestand werd afgespeeld:
'Dit is Astrid Tuvesson van de politie van Helsingborg. Er is sprake van een acute situatie in jullie regio. Een uiterst gevaarlijke misdadiger bevindt zich op het benzinestation in Lellinge en we vrezen dat hij misschien iemand van het personeel in gijzeling heeft genomen. Hij heeft zich op zijn minst schuldig gemaakt aan twee moorden in Zweden en moet worden gestopt voordat hij er meer begaat. Bel me meteen als je dit bericht hoort. In de tussentijd zal ik contact opnemen met het bureau in Køge.'

Precies wat Fabian Risk had verteld, dacht Dunja. Er was een acute situatie ontstaan en de Zweedse politie had geprobeerd contact op te nemen met Sleizner, die om een of andere reden niet had opgenomen.

'Heeft het Deense nummer het Zweedse teruggebeld?'

'Nee, en hij heeft het bericht pas een dag later afgeluisterd en gewist.'

'Gewist?'

'Ja, maar we bewaren het evengoed een jaar.'

Hij zei 'hij', dacht Dunja en ze begreep dat hij had uitgezocht van wie het Deense abonnement was. Maar ze was niet van plan daar iets van te zeggen. Ze had antwoord gekregen op haar vraag en nu hoefde ze alleen maar na te denken hoe ze het verder aan zou pakken.

'Nog één ding,' zei hij net toen ze hem wilde bedanken voor zijn hulp en op wilde hangen.

'Ja? Wat?'

'De geografische positie van het mobieltje toen de voicemail in werking werd gezet.'

'Oké.'

'De hoek Halmtorvet-Lille Istedgade.'

Dunja kende het adres goed, dat een van de bekendste prostitutiegebieden van Denemarken was. 'Dat is vast toeval,' antwoordde ze en ze bedankte hem voor zijn hulp en hing op.

46

De gloeiend hete straal raakte de naakte buik vlak onder de navel. Een dun rookpluimpje steeg op vanaf de plek waar de straal de huid raakte en er was een zacht sissend geluid te horen. Alsof iemand een eitje bakte. Het was al over zessen, maar de zon scheen nog alsof het midden op de dag was.

De lucht trilde.

Het rook aangebrand.

Dus zo ruikt verbrande mensenhuid, dacht Fabian en hij keek omhoog naar de gemonteerde lens. Ongeveer als gebraden spek. Helemaal niet als verbrand haar. Die geur had hij leren kennen toen zijn jasje en daarna zijn haar in brand waren gevlogen.

Er waren een paar kostbare seconden verloren gegaan voordat hij had beseft dat hijzelf in brand had gestaan. Hij was op zijn rug gaan liggen in een poging het vuur te doven, maar het had zich niet gewonnen gegeven. Zijn nekhaar was blijven branden en hij was in paniek geraakt. Achteraf vond hij dat de stank bijna even ondraaglijk was geweest als de pijn en pas toen het hem was gelukt om zijn jasje over zijn hoofd te trekken was het vuur helemaal gedoofd.

Er was nu bijna een uur verstreken en hij kon zien hoe dezelfde straal een centimeter op Rune Schmeckels buik had verbrand. Hij had overwogen om het lichaam te verplaatsen, maar de pijn aan zijn rug maakte het bijna onmogelijk om zich te bewegen. Bovendien wilde hij eigenlijk niets aanraken voordat Molander en de anderen er waren. Lilja's verdenkingen tegen hem zouden alleen maar erger worden, zodra ze besefte dat hij er had rondgelopen en sporen had achtergelaten. Hij negeerde de pijn en stapte over de heg, trok zijn schoenen en sokken uit en ging voorzichtig in het gras liggen.

De stilte was nog steeds onwerkelijk. Er was geen vogel te horen en zelfs geen wind in de bomen. Het was alsof de hele plek zijn adem inhield en hij het enige was dat nog leefde. Hij kon zijn ogen niet langer openhouden en gaf ten slotte toe aan de slaap, die hem in zijn grip kreeg en steeds dieper naar beneden trok. Een droomloos zwart gat in.

47

Dunja Hougaard stapte in de lift en drukte op het knopje van de derde etage. Ze voelde nog steeds hoe het in haar rug prikte na het halve uur op de spijkermat. Ze had besloten af te wachten voordat ze gebruik zou maken van de informatie die ze van de TDC-man had gekregen. Voor één keer was ze van plan niets overhaast te doen en voordat ze ook maar iets deed wilde ze er zeker van zijn dat alle informatie klopte.

Het stond in elk geval vast dat Sleizner door de Zweden was gebeld. Maar of hij zich op dat moment werkelijk in Vesterbro op de hoek van de Lille Istedgade bevond en wat hij daar in dat geval deed, was niet even duidelijk. Dat de Eikel naar prostituees ging verbaasde haar niets. Maar als het bleek te kloppen dat hij het onder werktijd deed, zou de hel losbreken als het uitkwam.

De liftdeuren gingen open en ze liep in de richting van de verkeerspolitie. Daar was ze niet op weg naartoe, maar naar de IT-afdeling, die achter in de hoek weggemoffeld zat. Ze wilde nog één ding uitzoeken voordat ze naar huis ging.

'Hé sexy! Je ziet eruit alsof je jezelf hebt verkocht en je drugs bent verloren,' riep Mikael Rønning, vandaag gekleed in een strakke witte spijkerbroek en een heel laag uitgesneden T-shirt met zilverkleurige applicaties.

'Zo voelt het ook ongeveer.'

'Wat is er aan de hand? Naar porno gesurft en weer herpes in de computer gekregen?'

'Zo kun je het ook uitdrukken.' Ze leunde op zijn bureau. Als Mikael hetero was geweest, was ze natuurlijk kwaad geworden. Ze wist niet hoe het kwam, maar van homo's kon ze veel meer hebben. Mikael Rønning kon min of meer tegen haar zeggen wat hij wilde zonder dat ze het zich aantrok. Iets wat hij ten volle uitbuitte. Als er niet iets mis was met haar kleren was het wel met haar haar. Of adem. *Ben je nu alweer vergeten om je tanden te poetsen? Hoe vaak moet ik nog zeggen dat je altijd je tanden moet poetsen na een blow job. Je weet dat ze naar binnen zwemmen en vast blijven zitten tussen...*

‘Ik heb een print nodig van het personeelslog van 2 juli.’

‘Deze vrijdag?’

Dunja knikte met een gezichtsuitdrukking die duidelijk maakte dat ze er verder niets over wilde zeggen.

‘Mag ik vragen waarom?’

‘Vragen mag, maar je hoeft niet op een antwoord te rekenen.’

Mikael Rønning mompelde iets onverstaanbaars, ging achter de computer zitten en gaf een paar snelle commando’s, waarop de printer pagina na pagina uit begon te spugen met alle in- en uitloggegevens van de werknemers in het gebouw. Dunja pakte de vellen voordat ze af hadden kunnen koelen en keek ze door in hetzelfde tempo als de printer ze afdrukte.

Op het vierde vel vond ze Sleizners inloggegevens. Om 11.43 uur had hij zijn inlogkaart tevoorschijn gehaald en zijn code ingetoetst bij de zuidelijke personeelsingang vanaf de parkeerplaats. Daarna was hij naar de rechercheafdeling gegaan waar hij op zijn computer had ingelogd. Daarna kon ze niets vinden tot 22.46 uur, toen hij had uitgelogd en het gebouw had verlaten.

Om 17.33 uur had hij zich volgens de TDC-man opgehouden in de Lille Istedgade. Op zich niet heel ver van het politiebureau. Het probleem was dat hij het gebouw niet had verlaten. Niet volgens het log tenminste. Dus ze had of foute informatie gekregen of Sleizner was erin geslaagd het gebouw te verlaten zonder dat het werd geregistreerd.

‘Ik neem het mee naar huis,’ zei ze en ze maakte dat ze wegkwam.

‘You owe me,’ riep Mikael Rønning haar na.

‘Je mag me hebben wanneer je maar wilt! Laat maar weten!’ Ze gaf zichzelf een klap op haar kont voordat ze verdween. Mikael lachte en dacht dat als hij ooit het ongelooflijk domme idee in zijn hoofd zou krijgen weer in de kast te kruipen, het met Dunja zou zijn.

48

Hij zat in 'het hart'. Zo noemde hij zijn controlekamer. Eigenlijk zou 'het brein' een toepasselijkere naam zijn geweest. Maar hij had een voorkeur voor het hart, vond dat het aangenamer klonk. Het hart was maar een van de vele kamers die hij gedurende meerdere jaren in het geheim onder zijn bungalow had gegraven, tweeënhalve meter onder de grond. De afgelopen maanden was het permanent zijn woning geweest en hij was maar sporadisch boven in het huis gekomen. Als het nodig mocht zijn, zou hij letterlijk ondergronds kunnen gaan en het meer dan een jaar uithouden.

Er was een keukentje met stromend water en een goed voorziene voorraadkast met conservenblikjes en gedroogd vlees. In de slaapkamer was een verwarmd waterbed dat zelfs mooier was dan zijn gewone bed. Omdat er geen ramen waren had hij veel tijd besteed aan de verlichting totdat hij helemaal tevreden was en nu kon hij er prat op gaan dat hij op een bewolkte dag ondergronds meer licht had dan buiten.

Het grootste probleem was de ventilatie geweest. Het makkelijkst zou zijn geweest om de in- en uitlaten ergens in de tuin te plaatsen, maar het geluid van de ventilatoren en schachten zou te veel aandacht trekken. In plaats daarvan had hij een poging gedaan de lucht door het huis naar het dak te leiden en door een nieuwe schoorsteen naar buiten. Maar hoe hij het ook geïsoleerd had, het ruisende geluid was erdoorheen gedrongen en onthulde daardoor dat er meer was dan alleen een bungalow. De oplossing was ten slotte geweest om een klein wegenbouwproject in scène te zetten 'om een waterlekkage te verhelpen' en de luchtschacht helemaal door te trekken naar de hoek van de wijk en de uitlaat naast het elektriciteitshuisje te plaatsen. Het was gecompliceerd, maar zeker de moeite waard.

Toch was hij het meest tevreden over het hart. Het had de vorm van een halfrond met een diameter van iets meer dan twee meter en net als in een cockpit was alles wat hij nodig had binnen handbereik. De betonnen muren had hij rood geverfd en het halvecirkelvormige controlepaneel en de stoel had hij goud gespoten. In een inbouwkast rechts van hem stonden drie draagbare, op maat gemaakte computers, waarnaast de duurste computers op de markt zich even geavanceerd zouden voelen als een Commodore 64, samen met twee NAS-servers van elk 8 terabyte. Alles geluiddicht en afgekoeld. Er was alleen een koel suizend briesje te horen. Elke computer had zijn eigen aansluiting van 100 MB per seconde in elke richting en daarbuiten maakte hij gebruik van een flink aantal proxyservers zodat niemand zijn echte IP-adressen zou kunnen achterhalen.

Op een van de zes schermen voor hem kon hij zien hoe de politie naar Rune Schmeckels lichaam stond te staren. Iedereen was er. Iedereen behalve Fabian Risk, die naar het ziekenhuis was gebracht om zijn brandwonden te laten verzorgen. Toen hij had gezien hoe Risk in brand was gevlogen, was hij in lachen uitgebarsten. Het was te mooi om waar te zijn en als hij in God had geloofd, zou het een duidelijk teken zijn geweest dat hij zijn missie steunde. Hoewel hij genoeg had aan het toeval. Dat werkte prima.

Of het door het toeval kwam dat Risk Rune Schmeckel dagen eerder had gevonden dan hij had gepland, wist hij daarentegen niet. Maar een knagende onrust zei hem dat het helemaal niets met toeval te maken had, maar dat Risk eenvoudig een gevaarlijke tegenstander was. Iets wat hij al had ingezien, maar nu nog een keer bevestigd kreeg.

Toen hij de Peugeot achter had moeten laten, had hij al ingecalculeerd dat dit zou gebeuren. En het was nog niet voorbij. Als het slecht zou uitpakken, kon de auto een veel groter probleem worden dan hij had voorzien. Maar voor elk probleem was meestal een oplossing te vinden. Het ging er alleen om dat je het probleem op tijd moest onderkennen, en voor hem werd de oplossing gespeld als 'Risk'.

Het was natuurlijk het eenvoudigst geweest om hem nu al te doden. Maar wie had gezegd dat het eenvoudig moest zijn? Nee, na alle jaren van voorbereiding en al het geld dat hij erin had gestoken, was hij niet van plan genoegen te nemen met een halve maatregel.

De grootste veranderingen in het plan waren al doorgevoerd. Risk vormde nu de kroon op zijn werk en moest daarom nog een tijdje in leven worden gehouden. Het enige wat hem nog te doen stond was wat nadenken om de laatste puzzelstukjes op hun plek te laten vallen. Iets wat hij vanavond zou kunnen doen nu Risk toch in het ziekenhuis was opgenomen.

Hij schoof een van de regelaars op het mengpaneel omhoog en de stilte werd verbroken door de politieagenten die om Rune Schmeckel heen stonden te praten.

'Het zou het best zijn als we dit zo lang mogelijk intern kunnen houden. Hoe langer het duurt voordat de dader erachter komt dat we Schmeckel hebben gevonden, hoe beter,' zei de vrouw die de chef was.

'We zijn er dus zeker van dat dit hem niet is?' zei de knappe en ze knikte naar het dode lichaam.

'Je bedoelt dat hij zichzelf van het leven zou hebben beroofd?'

'Waarom niet? Een spectaculaire zelfmoord. Kijk om jullie heen, zelfs het grind is aangeharkt. Het hele punt van dit alles moest zijn dat wij het zouden zien.'

'Ja, maar nu nog niet. Ik weet zeker dat we hier eerder zijn dan hij had gedacht. Hij kan er onmogelijk rekening mee hebben gehouden dat Risk zijn weg hier nu al naartoe gevonden zou hebben. En als ik heel eerlijk ben, begrijp ik nog steeds niet helemaal hoe het gegaan is.'

'Bovendien kan hij zichzelf onmogelijk op die manier vast hebben gemaakt,' viel de technicus hen in de rede en hij ging op zijn knieën zitten en wees naar de tie-wraps die in Schmeckels polsen sneden. 'En kijk hier. Duidelijke sporen dat hij geprobeerd heeft los te komen.'

'Hoe lang kan hij hier gelegen hebben?' vroeg de dikke.

'Moeilijk zo te zeggen. Maar de brandwonden zouden ons moeten kunnen helpen.'

'Hoe dan?'

'De rotatie van de aarde rond de zon maakt elke brandwond uniek. Het brandpunt is elke dag op een nieuwe plek begonnen en heeft zich langzaam over zijn lichaam verplaatst.'

Hij kon het niet laten onder de indruk te zijn van het vermogen van de technicus om conclusies te trekken, om het concrete en logische te zien zonder je gevoelens het over te laten nemen. Niet iedereen kon dat, maar hij leek er totaal geen moeite mee te hebben dat er een naakte man voor hem lag. Een man die klaarblijkelijk gedwongen was een onbeschrijflijk lijden door te maken voordat de dood hem had bevrijd en de pijn had weggenomen. Een man op wie ze tot nu toe jacht hadden gemaakt. Een dader die veranderd was in een slachtoffer.

Nog een slachtoffer.

Niets daarvan leek de technicus ook maar iets te doen. Het enige wat hem interesseerde was het bestuderen van de brandwonden om erachter te komen hoe lang Schmeckel op de glazen ruit had gelegen. Indrukwekkend. Zelf zou hij ook een goed forensisch onderzoeker zijn geweest, daarvan was hij overtuigd. Hij zou het zeker leuk vinden en de gedachte was wel bij hem opgekomen. Maar dat zou in een ander leven moeten gebeuren.

Nu had hij gekozen voor een leven als zelfstandig ondernemer en hij hield van zijn werk. Hij wist niets beters dan in zijn werkplaats te werken aan nieuwe innovatieve oplossingen. Soms kon hij dagen achter elkaar doorwerken zonder te eten of te slapen. Het was alsof hij zowel tijd als ruimte door zijn werk vergat. Vergat wat voor zielig figuur hij eigenlijk was.

En hij was er zeker van dat die technicus precies hetzelfde had.

‘Neem deze bijvoorbeeld,’ zei Molander en hij wees naar het lijntje van een brandwond dat zich, met een aantal onderbrekingen, vanaf de linkerheup uitstrekte over zijn borst en gezicht. ‘Dit is dus één dag.’

‘Maar als dat een dag is, waarom is hij hier of hier dan niet verbrand?’ Lilja wees naar de open plekken in het lijntje.

‘Dat zijn waarschijnlijk wolken of bomen die voor de zon zijn gekomen.’

Molander zag er irritant tevreden uit, vond Lilja. ‘Je hoeft dus alleen maar de lijntjes te tellen?’

‘Precies.’

‘Maar dat heb je vast al gedaan, toch?’

Molander knikte en zette zijn bril recht. ‘Zeventien.’

‘Zeventien dagen? Heeft hij hier meer dan twee weken gelegen?’ Tuvesson barstte in ongeloof uit. Molander knikte.

'Dat kan niet kloppen,' zei Rots. 'Dan zou de ontbinding al veel verder zijn ingetreden. Vooral met deze warmte.'

Molander deed zijn bril af en poetste hem langzaam en uitgebreid. 'Dat hij hier zeventien dagen heeft gelegen, hoeft natuurlijk niet te betekenen dat hij zeventien dagen dood is. Zonder eten kan je het maandenlang overleven, maar zonder water maximaal tien dagen.'

'Maar niet met deze warmte.'

'Nee, dat klopt. Daarom moet hij op een of andere manier water tot zijn beschikking hebben gehad,' ging Molander verder en hij bukte en keek onder de glasplaat. 'Precies wat ik al dacht, hier is het.' Hij trok een lege jerrycan tevoorschijn met een doorschijnende slang, die omhoogging door een gaatje in de glazen ruit onder Schmeckels nek.

'Dus wanneer is hij gestorven?' vroeg Tuvesson.

'Dat moet Vlecht bekijken, maar ik zou zeggen maximaal twee, drie dagen geleden.'

Tuvesson en de anderen stonden om het verbrande lichaam heen en keken er zwijgend naar. Het was of ze nu pas beseften hoeveel pijn Rune Schmeckel had moeten verdragen in de laatste dagen van zijn leven.

Het ambulancepersoneel kwam aanlopen met een brancard en een lijkzak en ze vroegen of ze het lichaam mee konden nemen. Astrid Tuvesson knikte, waarop ze de tie-wraps met een tang doorknipten en het lichaam optilden.

Wat ze nu zagen onthutste hen zo mogelijk nog meer. Onder de glasplaat groeide een soort mos, waarin zich de exacte contouren van het lichaam hadden gevormd. Overal waar Rune Schmeckel een schaduw had geworpen was het mos gegroeid. Op alle andere plekken waar de zon bij kon was het weggebrand. Hoewel Rune Schmeckel nu in een lijkzak op weg was naar de ambulance zag het er bijna uit alsof hij nog steeds in het mos lag.

'Wat moet dat in godsnaam betekenen?' vroeg Rots.

Niemand antwoordde.

Zelfs Molander niet.

49

Fabian Risk herkende zichzelf aan de vlammen die uitsloegen op de rug en nek van de man. In zijn hand hield de man een pistool dat buitenproportioneel groot was in verhouding tot zijn lichaam en je kon de kogel door de lucht zien vliegen. Het kon de eerste niet zijn, dacht Fabian, omdat de in het zwart geklede man tegenover hem al was getroffen en op de grond lag met een grote bloedende wond in zijn buik. Het bloed had een grote poel gevormd.

'Dat is de moordenaar,' zei Matilda en ze wees naar de bloedende man. 'En dat ben jij.'

'Maar ik brand nog steeds. Hoe moet ik...'

'Daar,' onderbrak Matilda hem. 'Je rent daarheen en springt erin. Een makkie.' Ze wees naar de diepblauwe zee aan de rand van de tekening.

'Een makkie,' herhaalde Fabian en hij legde de tekening weg. Hij richtte zijn blik op Sonja, die op een stoel naast het ziekenhuisbed zat.

'Hoe gaat het?'

'Naar omstandigheden redelijk. Volgens de arts zijn het maar tweedegraads brandwonden, dus ze hoeven niet te transplanteren of iets dergelijks.'

'Gelukkig.'

'Doet het pijn?' vroeg Matilda.

'Niet zo erg,' loog Fabian en zijn blik kruiste die van Sonja.

'Ik heb me een keer gebrand en dat deed hartstikke pijn. Hier kun je het zien.' Matilda trok haar trui omhoog en liet de brandwond op haar buik zien.

Fabian had gehoopt dat die in de loop der tijd kleiner zou worden, maar het leek juist alsof hij met Matilda mee groeide. Ze was twee jaar oud geweest en hij was alleen met haar. Hij had haar spenen uitgekookt op het fornuis. In die tijd was ze volkomen bezeten van spenen, 'peen' zoals zij ze noemde. Ze had gejammerd en gehuild om haar peen en was totaal niet geïnteresseerd geweest in bacteriën die weggekookt moesten worden. 'Wil peen hebben... Alsjeblief, peen... Papa... Papa, peen nu! Wil hem nu!'

Ten slotte had hij niet meer tegen haar gezeur gekund en de slaapkamerdeur dichtgedaan om rustig het bed op te kunnen maken. Hij had er geen idee van gehad dat ze in staat was een krukje te verplaatsen, erop te klimmen en haar hand naar de pan met kokend water uit te steken.

'Volgens de dokter kan ik misschien morgen of overmorgen al naar huis.'

'Heel goed.'

'En toen dacht ik aan de vakantie en dat we...'

'Lieverd, hou op.'

'Sonja, ik ben eruit gezet.' Hij keek haar in de ogen. 'Ik heb het je niet verteld, maar Tuvesson heeft me er eergisteren uit gezet.'

'En toch lig je hier.'

Ze had gelijk. Het maakte niet uit dat hij eruit gezet en verbrand was. Hij zou toch niet kunnen ontspannen voordat de dader gegrepen was en op dit moment was hij verder van de oplossing verwijderd dan ooit.

'Waar is Theo?'

'Hij wilde niet mee. Hoe ging het gisteren trouwens?'

Fabian schudde zijn hoofd. 'Het enige wat hij wilde was teruggaan naar zijn computer en zich in zijn kamer opsluiten.'

Sonja glimlachte voor de eerste keer sinds ze waren gekomen. 'Jij bent toch zo goed in zaken oplossen, dan zal dit je ook wel lukken.'

Fabian lachte. 'Zo goed is niemand.'

Haar glimlach verdween. 'Matilda en ik nemen vanavond de nachttrein.'

'Oké. En Theo? Wat zegt hij?'

Sonja haalde haar schouders op. 'God mag het weten. Ik heb gevraagd of hij mee wil, maar het nieuwste is dat hij niet eens meer antwoord geeft als hij wordt aangesproken.' Ze zuchtte en schudde haar hoofd.

'Heb je geprobeerd hem te sms'en?'

'Wat?'

'Hij heeft waarschijnlijk oortelefoontjes in en hoort het niet als je roept. Maar zijn mobieltje verliest hij vast niet uit het oog. Lieveling, hij is een tiener. Theo en de meesten van zijn leeftijd vinden dat wij tot het vermoeiendste en gênantste behoren dat er bestaat. Natuurlijk willen ze niet met ons praten.'

'Jaja, als hij absoluut niet mee wil, moet hij maar blijven, dan heb jij je kans om twee zaken tegelijk op te lossen.' Ze kwam overeind, boog zich over hem heen en haar lippen beroerden de zijne. De kus die hen altijd had verenigd. Midden in hun ergste crises was die in staat geweest om hen eraan te herinneren hoeveel ze diep vanbinnen nog steeds van elkaar hielden.

'Tot snel,' fluisterde ze in zijn oor en ze draaide zich om naar Matilda. 'Kom, zeg je vader gedag.'

'Dag.'

'Wat, krijg ik geen knuffel?'

'Neehee,' zei Matilda en ze pakte Sonja's hand vast. 'Als je vergeet wat je moet doen, hoef je alleen maar naar de tekening te kijken.'

Ze liepen naar de deur en klopten erop, waarop die werd geopend door een agent in uniform die hen naar buiten liet.

50

Dunja Hougaard keek door het raam naar de donkerrode hemel waar een paar verderlichte goudglanzende wolken tegenaan geplaatst waren. Ze lag op de bank in haar tweekamerwoning die boven Blågårds Apotheek op Blågårds Plads lag en stelde nog maar eens vast dat deze versleten bank, die ze van haar moeder had geërfd, op deze plek bij het raam, in dit appartement, waarschijnlijk de beste plek ter wereld was. Als er zon was, scheen hij naar binnen. Als het regende, kletterde die tegen het raam.

Ze keek weer naar de loglijsten die ze nu voor de tweede keer doornam. Deze keer rustig en systematisch. Als er iets was zou ze het vinden. Met een kleurpotlood zette ze een streepje bij iedereen die had ingelogd zodra ze had gevonden wanneer ze uitgelogd waren. Als Sleizner had uitgelogd met de identiteit van iemand anders zou ze het vinden. Maar ze kon niets ontdekken wat niet leek te kloppen.

Niemand had meer dan één keer uitgelogd en niemand had uitgelogd zonder eerst in te loggen. Om 11.43 uur was hij aangekomen en om 22.46 uur had hij het gebouw verlaten. Weliswaar een lange werkdag voor een vrijdag, maar op zich niet vreemd.

Helaas.

Ze legde de stapel papieren neer en keek door het raam. In de verte was een glinsterend vliegtuig aan zijn landing begonnen. Ze dacht eraan hoe het zou zijn om parachute te springen. Om gewoon de vliegtuigdeuren open te trekken en je in het onbekende te storten. Ooit zou ze het proberen. Dat had ze zichzelf beloofd als cadeau voor haar dertigste verjaardag.

Nu was ze bijna vijfendertig…

De nooduitgangen. Kon hij die gebruikt hebben? Ze trok de stapel weer naar zich toe, bladerde naar de uren voor 17.33 uur, toen hij zich bij de Lille Istedgade zou hebben bevonden en liep de lijst voor de derde keer door. Deze keer vond ze waar ze de hele tijd naar op zoek was geweest.

Tijd: 16.27 – Nood 23 A

Tijd: 16.28 – Nood 11 A

Precies wat ze had vermoed. De Eikel was via de nooduitgangen in trappenhuis A naar buiten gegaan. Waarschijnlijk had hij ervoor gezorgd dat de deuren niet helemaal dicht waren, om later via dezelfde weg weer terug te kunnen komen en daarna om 22.46 uur uit te loggen met zijn kaart. Het klopte dus. Hij had het politiebureau verlaten om iets te gaan doen op de Lille Istedgade. Iets waar zo weinig mogelijk mensen van mochten weten en wat er waarschijnlijk de directe oorzaak van was dat hij zijn mobieltje niet had opgenomen.

De stilte werd verbroken door haar mobieltje. Ze keek op het scherm.

Onbekend nummer.

'Ja, hallo…?'

'Hoi, met mij. Ik wilde alleen even weten of het goed is dat ik zo langskom om je te nemen?'

Dunja barstte in lachen uit. 'Absoluut! Als je hem opzet, tenminste.'

'Oké. Ik neem de nepsnor en de kaalhoofdpruik mee.'

‘Goed. Dan zijn we compleet.’

‘Heb je trouwens *Ekstra Bladet* gezien?’

‘Nee, waarom?’

‘Kijk zelf maar.’

Dunja pakte haar iPad en ging naar de homepage van *Ekstra Bladet*.

HOOFDCOMMISSARIS KOPENHAAGSE POLITIE LOOG!

Kim Sleizner loog toen hij beweerde dat de Zweedse politie hem niet gebeld had. *Ekstra Bladet* kan nu onthullen dat hij zich in werkelijkheid in de Lille Istedgade bevond toen de Zweedse politie om 17.33 uur contact probeerde op te nemen met hoofdcommissaris Kim Sleizner. In plaats van op te nemen zou hij zijn voicemail aan hebben laten gaan. Deze informatie gaat lijnrecht in tegen Sleizners eigen bewering dat er helemaal geen contact met hem is opgenomen. *Ekstra Bladets* bron zegt bewijs te hebben dat Sleizner zich op dat moment op de hoek van de Lille Istedgade en het Halmtorvet bevond. *Ekstra Bladet* heeft zonder succes geprobeerd Kim Sleizner om commentaar te vragen.

Verdomme.

‘Ben je er nog?’

‘Mm...’

‘Daar zocht je naar, hè?’

‘Ja.’

‘Het is maar de vraag of het zo slim was om ermee naar *Ekstra Bladet* te gaan.’

‘Dat heb ik niet gedaan.’

‘Nee? Wie dan wel?’

‘Geen idee?’ zei Dunja. Maar dat had ze wel. Het kon niemand anders zijn geweest dan die TDC-man. Ze had zelf nagedacht over wat ze met de informatie zou moeten doen, die Kim Sleizner niet alleen in een pijnlijke situatie bracht, maar die indirect ook de schuld van de dood van Mette Louise Risgaard en Morten Steenstrup bij hem legde. En net als Mikael Rønning had ze beseft dat de Eikel ervan uit zou gaan dat zij het was.

51

Door de draadloze webcamera die in de huurauto zat en de ingang bewaakte, had hij gezien dat Fabian Risks vrouw en dochter het huis om dertien minuten over tien 's avonds verlieten. Ze hadden allebei een koffer bij zich en waren in een wachtende taxi gestapt. Het was nu iets na twaalven en in de kamer van de zoon brandde nog steeds licht.

Waar de anderen ook naartoe gingen, hij had besloten achter te blijven.

Hij was van plan geweest naar binnen te gaan nadat de zoon was gaan slapen. Maar hij kon niet heel lang meer wachten. Er stond hem een lange nacht van voorbereidingen te wachten en er mocht deze keer niets fout gaan. Het was tijd geworden om een tandje bij te schakelen, het tempo te verhogen en vooral de verwarring.

Hij moest hun twee botten toegooien. Twee sappige botten, waar de hyena's hun tanden in konden zetten waardoor ze indirect mee zouden werken om zijn daad op te waarderen van een rijksaangelegenheid tot een wereldgebeurtenis.

Hij liep om het blok heen en nam het grindpaadje dat naar de achterkant van de rijtjeshuizen leidde. Bij Risks huis stapte hij over het hek en liep langs de trampoline, die een groot deel van het kleine perceel innam. Hij hoefde zich niet te verbergen of te sluipen. De zoon was de enige die thuis was en hij zat blijkbaar als vastgegoten in zijn kamer op de bovenverdieping die uitkeek op de straat.

Twee grote stappen de trap op en hij was op het terras. Hij keek door het raam van de keuken naar binnen. Behalve de lamp van de afzuigkap brandde er geen licht. De terrasdeur zat zoals verwacht op slot. Maar het slot was een gemakkelijke prooi voor zijn loper en een halve minuut later was hij binnen. Hij hoefde zich niet eens zorgen te maken dat hij geluid maakte want er dreunde death metal, of wat het ook was, van de bovenverdieping.

I am the animal who will not be himself...

Hij haalde de camera tevoorschijn, zette hem aan en liet hem met grote, rustige bewegingen rondgaan. Hij wilde alles erop krijgen omdat hij niet precies wist waar hij naar zocht. Alleen dat het het laatste puzzelstukje was. Het kryptoniet waarmee hij Risk precies daar zou krijgen waar hij hem wilde hebben.

Fuck it! Fuck it! Fuck it! Fuck it!

Toen hij klaar was met de keuken liep hij de woonkamer in waar nog steeds een paar onuitgepakte verhuisdozen stonden. Hij opende er een paar en filmde de inhoud, waarna hij via de trap verder liep naar de bovenverdieping terwijl de camera nog steeds draaide. Hoe hoger hij kwam, hoe luider de vervormde gitaren en rommelende drums dreunden.

Better! Better! Better! Better!

De deur naar de slaapkamer van Risk en zijn vrouw stond op een kier. Hij duwde hem met zijn voet open en deed het kale peertje aan het plafond met zijn elleboog aan. Een onopgemaakt bed, een paar geopende en half leeggehaalde verhuisdozen langs de ene muur en op de grond slingerende kleren. Hij had het gevoel dat hij moest overgeven van de chaos.

In de kamer van de dochter was het een stuk netter. Het bed was opgemaakt met rode hartvormige kussens erop en op het bureau lagen tekeningen die allemaal hetzelfde voorstelden maar in verschillende varianten. Een brandende man schoot een andere man neer. Hij koos degene uit die hij het mooist vond, deed de bureaulamp aan en maakte een foto.

Hij keerde terug naar de hal, waar nu nog twee deuren over waren. De ene van de badkamer en de andere van de kamer van de zoon. Die stond op een kier en de opening spuwde letterlijk muziek uit.

Hey victim, you are the one who put the stick in my hand...

Hij liep naar de deur en duwde hem open.

De zoon zat bij het raam over zijn bureau geleund met zijn rug naar hem toe. De luidsprekers stonden op de vloer en de grootte verklaarde het volume. Deze jongeman had al zijn zakgeld in de geluidsinstallatie gestopt. Hij zette een stap de kamer in en keek om zich heen. Hoewel ze er nog maar een week geleden ingetrokken waren, was de kamer rommelig alsof er jarenlang niet was schoongemaakt. De muren waren volgehangen met affiches van Metallica, Slipknot en Marilyn Manson. Het bed was niet opgemaakt en fungeerde als algemene dumpplaats voor alles van vuile was tot pizzaresten en halters. Hij had blijkbaar de vrije hand gekregen en er moesten al een tijdje geen ogen van volwassenen op hem zijn gericht.

Tot nu toe.

De tevredenheid spoelde als een golf door zijn lichaam en hij voelde zich high.

Het laatste puzzelstukje was net op zijn plaats gevallen.

Hij liep naar de zoon toe, die met inlevingsvermogen meescandeerde met de tekst terwijl hij met frenetieke bewegingen in een boek schreef. Alsof het een gevecht met de tijd was voordat iemand de pen uit zijn hand zou komen rukken.

Fuck it! Fuck it! Fuck it! Fuck it!

De pen bleef stilstaan zodat de inkt zich verspreidde en een vormeloze vlek vormde. Theodor was opgehouden met meezingen en keek van het boek naar het pikdonkere raam, waar hij het spiegelbeeld zag van een schaduw die van achteren op hem af kwam. Er was iemand in zijn kamer.

Hij draaide zich met een ruk om.

52

Fabian Risk voelde zich rusteloos en uitgeput. Hij was altijd beroerd geweest in beroerd zijn. Hij kon niet eens ziek zijn. Koorts was nooit een reden geweest om thuis te blijven en de paar keer dat hij getroffen was door buikgriep en gedwongen was in bed te liggen had hij zoveel geklaagd dat Sonja met een scheiding had gedreigd.

Hij was zich ervan bewust dat hij het voorbeeld van de rest van de afdeling zou moeten volgen en uit moest rusten en op krachten moest komen, maar hij kon niet slapen. Bovendien moest hij met Ingvar Molander praten om te horen of hij tot dezelfde conclusie was gekomen als hijzelf. Dat was het enige waardoor hij zich zou kunnen ontspannen. Op de vindplaats zelf was het niet tot hem doorgedrongen. Pas na een paar uur in het ziekenhuis was de gedachte bij hem opgekomen.

Hoewel het al ruim na middernacht was besloot hij Ingvar te bellen en hij trok zijn mobieltje tevoorschijn om alleen maar vast te kunnen stellen dat de batterij op was. Hij keek om zich heen in de ziekenhuiskamer. Een eindje verderop was een muurtelefoon, maar die was waarschijnlijk alleen voor interne gesprekken. Als hij al aangesloten was.

Hij trotseerde de pijn en strekte zich zo ver mogelijk uit, maar hij kon er niet bij. Met behulp van een van de krukken die tegen de muur stonden lukte het hem om de remmen van het bed los te maken en de hele equipage naar de telefoon te trekken.

Hij hield de hoorn tegen zijn oor en hoorde een signaal. De telefoon was inderdaad alleen voor interne gesprekken bedoeld, maar de nul bracht hem naar iemand die opnam en tot zijn verbazing stemde ze ermee in om hem zonder verdere vragen uit het interne systeem te halen. Hij toetste het nummer van de inlichtingendienst in, vroeg naar het mobiele nummer van Ingvar Molander in Helsingborg en antwoordde ja op de vraag of hij doorverbonden wilde worden.

'Hallo. Dit is de voicemail van Ingvar Molander. Ik kan op dit moment de telefoon niet opnemen. Spreek daarom na de piep je naam en nummer in, dan beloof ik terug te bellen. Of nog liever, stuur een sms'je. Bedankt en tot ziens…'

Fabian verbrak de verbinding. Het was inderdaad laat, maar hij kon onmogelijk al naar bed zijn gegaan. De vindplaats in Söderåsen zou hem op zijn minst de hele nacht en grote delen van de volgende dag bezig moeten houden. Hij sloot zijn ogen en voelde hoe zijn lichaam ergens misschien toch klaar was om de vermoeidheid toe te laten.

Plotseling zag hij Tuvesson naast zijn bed staan. Hij schrok en voelde hoe de pijn van nul naar honderd schoot.

'Sorry, ik wilde je niet wakker maken. Ik had trouwens niet gedacht dat je zou kunnen slapen.'

'Dat kon ik ook niet, tot… Hoe laat is het trouwens?'

'Halfacht. Ik heb een klein ontbijt meegenomen. Dat smaakt nooit zo goed op dit soort plekken.' Ze zette een zak van Seven Eleven op het nachtkastje. 'Ik kwam alleen kijken hoe het met je gaat.'

'Tja, behalve dat ik vergeten ben me in te smeren met zonnebrandcrème, heb ik niet zoveel te klagen.'

Tuvesson lachte. 'Ja, de zon is sterker dan je denkt.'

'Hoe gaat het bij jullie?'

'Er is in elk geval geen gebrek aan dingen die onderzocht moeten worden. Overigens zei Molander dat je geprobeerd had hem te bellen?'

'Ja, maar hij nam niet op. Weet je waar hij is?'

'Het was gisteren zijn en Gertrudes trouwdag en ze zouden overnachten in het Marienlyst in Helsingør.'

Trouwdag... Fabian liet het woord over zijn tong rollen. Het was lang geleden dat hij en Sonja die dag hadden gevierd. De eerste jaren had er niets tussen mogen komen. Ze hadden een oppas geregeld, zich netjes aangekleed en waren erop uit gegaan. Wat er op het programma stond was voor een van hen een verrassing. Het kon van alles zijn, van toneel- en restaurantbezoek tot een picknick of een ballontocht. Zodra dit voorbij was zou hij Sonja verrassen en alle verloren trouwdagen inhalen. 'Oké, en hebben jullie iets ontdekt?' Hij maakte het ontbijtzakje open en zag tot zijn vreugde dat Tuvesson een brownie bij het verse broodje en de koffie had gedaan.

Tuvesson trok een stoel bij en ging naast zijn bed zitten. 'Laat mij de vragen maar stellen. Er is namelijk een punt geweest waarop ik je uit het onderzoek zette en jij vakantie ging houden en ons het verder af liet handelen.'

'Nee, het punt was dat jij een zondebok nodig had. En wat ik in mijn vakantie doe is mijn zaak, zolang ik niets onwettigs doe.'

Tuvesson zuchtte diep en spreidde haar handen. 'Oké... De waarheid is dat we niet veel verder zijn gekomen. En nu jouw theorie totaal niet blijkt te kloppen zijn we vooral verward en in grote lijnen terug bij af.'

'Dus jullie hebben geen nieuwe theorie?'

'Niet meteen. In de huidige situatie kan het iedereen zijn. Iemand anders uit de klas of uit een van de andere klassen. Een leraar voor wie jullie erg lastig waren, of een ouder.' Ze pakte een sigaret en hield hem onder haar neus. 'Nee, ik steek hem niet aan. Ik beloof het. In elk geval zijn Rots en Lilja nu met iedereen in contact geweest die niet weg is en geen van hen kon iemand anders bedenken dan Claes Mällvik. Dus nu vraag ik het aan jou. Herinner je je of er iemand was die op een of andere manier in contact stond met de klas en...'

'Maar wacht nu eens even? Ik begrijp het niet,' onderbrak Fabian haar. 'Hoe kan het dat jullie helemaal niets hebben?'

'Kun je alsjeblieft antwoord geven op mijn vraag?'

'Het onderzoek in Söderåsen moet toch nieuwe sporen hebben opgeleverd. Jullie moeten toch wel iets hebben gevonden?'

Tuvesson gaf het met een zucht op en stopte een hand in haar zak om zich ervan te verzekeren dat er een aansteker was. 'Het enige wat we zeker weten is dat Rune Schmeckel daar twee weken heeft liggen branden en pas een paar dagen geleden is overleden. Er lag een jerrycan verborgen onder de glasplaat en via een rietje kreeg hij water.' Ze zweeg en schudde haar hoofd. 'Ik kan me niet eens voorstellen hoe hij moet hebben geleden, de stakker.'

Fabian dacht na over wat Tuvesson net had gezegd en besefte dat het zijn theorie alleen maar versterkte. 'Dit denk ik. Ik denk dat de hele plek een presentatie is van onze dader en zijn motieven.'

'Ik begrijp het niet. Wat bedoel je?'

'De plek op zich, het was de bedoeling dat we er zouden komen en hem zouden zien. Misschien niet nu, maar te zijner tijd. Al de tijd en energie die hij hierin heeft gestoken, kan niet alleen geweest zijn om Schmeckel van het leven te beroven. Hij wil er meer mee zeggen.'

'De moorden op Jörgen en Glenn waren tenslotte uitgevoerd als een straf voor hun daden.'

'Precies, en waarschijnlijk is hier hetzelfde aan de hand.'

'Maar waar heeft Schmeckel of Claes Mällvik zich schuldig aan gemaakt? Behalve dat hij het slachtoffer was van Jörgen en Glenn?'

'Ik weet het niet, maar daarom wilde ik van Molander horen wat jullie hebben gevonden.'

'Niet veel meer dan wat je al gezien hebt. Ja, nog één ding trouwens. Toen we hem optilden van de glasplaat.'

'Ja?'

'Eronder was een soort mos dat helemaal dood en uitgedroogd was op de plekken waar hij niet had gelegen en die dus niet in de schaduw hadden gelegen. Maar in de schaduw nam het mos de contouren van een mens aan, zodat het eruitzag alsof er nog iemand onder de glazen ruit lag. Hoewel het eigenlijk dus alleen maar mos was. Snap je het? Het is een beetje moeilijk uit te leggen.'

Fabian knikte. Hij begreep het precies. 'Dat is hijzelf waarschijnlijk.'

'Wie? De dader?'

'Dat is zijn beeld van zichzelf. Zijn zelfportret. Zo wil hij dat we hem zien.'

53

De pijn bonkte in haar hoofd met een kracht die ze nooit eerder had gevoeld. Zou migraine zo voelen? Ze had nog nooit migraine gehad, maar ze had gehoord dat het verschrikkelijk moest zijn. Maar dit moest erger zijn, veel erger.

Voor één keer had ze echt uitgekeken naar de avond met Mona en Cilla. Meestal voelde het alleen als een noodzakelijk kwaad. Iets wat je moest doen. Je kon tenslotte niet de hele dag alleen maar voor de tv zitten. Al was dat precies wat ze gewoonlijk wilde. Maar deze keer had ze echt zin gehad om uit te gaan. Ze begreep totaal niet waarom. Ze had alleen maar zin om dronken te worden. Dronken en dwaas en lak hebben aan de dag erna. Zoals gewoonlijk waren ze ten slotte geëindigd op de S/S Swea-restaurantboot bij het Kungstorget. Daar werden ze op de dansvloer aangesproken door een groep jongens en ze herinnerde zich dat Mona met een van hen was verdwenen. Zij die een man en een gezin had en zo. Iets waar ze zelf van had gedroomd, maar waarvan ze had ingezien dat ze het nooit zou krijgen. Niet veel later had Cilla beet gehad en was naar een van de banken verdwenen terwijl een derde haar mee had proberen te krijgen. Maar toen voelde ze zich al beroerd en had alleen maar naar huis gewild.

In fragmentarische beelden herinnerde ze zich hoe ze had geprobeerd de anderen te vinden, maar het ten slotte had opgegeven. Alles had gedraaid en ze had zelfs de uitgang bijna niet kunnen vinden. Het laatste wat ze zich herinnerde was dat iemand haar in een auto hielp.

En nu lag ze hier, met een bonkend hoofd, zonder dat ze enig idee had waar ze was. Ze probeerde haar ogen te openen, maar alleen het linkerooglid gehoorzaamde. Het andere werd tegengehouden door iets vochtigs wat tegen de rechterhelft van haar gezicht drukte. Ze probeerde te voelen wat het was en concludeerde dat het aarde was. Vochtige aarde. Ze was dus ergens buiten. Misschien in een park of een bos?

Ze probeerde zich om te draaien zodat ze op haar rug zou komen te liggen, maar moest het opgeven toen ze een hevige pijnscheut in haar onderlichaam voelde. Ze kermde. Wat was er eigenlijk gebeurd? Ze voelde voorzichtig met haar ene hand en besefte dat ze geen kleren aanhad en dat er iets niet in de haak was daarbeneden.

Ze verzamelde zoveel mogelijk lucht in haar longen en schreeuwde het uit.

54

Rots, Lilja en Molander zaten zwijgend rond de tafel in de vergaderruimte op Tuvesson te wachten. Het onderzoek was nu meer dan een week aan de gang en het feit dat ze in die tijd niet veel hadden geslapen begon zijn tol te eisen. Niemand had de energie om iets te zeggen en ze maakten van de gelegenheid gebruik om even hun ogen dicht te doen. De stilte werd verbroken door het mobieltje van Rots. Hij wierp een blik op het trillende mobieltje, voor hem op tafel, en sloot zijn ogen weer.

'Moet je niet opnemen?' vroeg Molander, maar Rots keek niet eens zijn kant op.

Na een tijdje gaf het mobieltje het op en keerde de stilte terug. Een paar seconden later was het Molanders mobieltje dat tot leven kwam.

'Ja, met Ingvar Molander. Aha... Ja, hallo. Ja hoor, geen probleem.' Hij gaf de telefoon door aan Rots. 'Het is Berit.'

Rots slaakte een lange, diepe zucht en nam het mobieltje aan. 'Ha lieveling... Omdat ik aan het werk ben en we midden in een vergadering zitten... Ja, hij werkt ook en als hij had geweten dat jij het was die belde had hij ook niet opgenomen.' Rots wierp een blik op Molander. 'Nee, lieveling. Dat lukt niet. Niet nu. Heb je gekeken of er niet alleen een zekering is doorgeslagen?'

Tuvesson kwam binnen met een kop latte in haar hand.

'Nee, dat is helemaal niet zo moeilijk,' ging Rots verder terwijl hij zijn ogen ten hemel sloeg. 'Je hoeft alleen maar te kijken of die dingetjes er nog zitten of niet. Je weet wel, die kleine ronde rode metalen schijfjes. Nee, maar oké. Ik moet nu ophangen... Ja echt, Molander heeft zijn mobieltje nodig.'

'Nee hoor, geen haast,' zei Molander en hij kreeg een dreigende blik van Rots.

'Oké, maar je moet het maar aan de buurman vragen, goed? Ik weet het niet.' Rots drukte het gesprek weg, ademde diep uit en gaf het mobieltje terug aan Molander. 'Je wordt bedankt.'

'Graag gedaan.'

'Oké, zullen we beginnen?' zei Tuvesson. 'Zoals jullie weten hebben we een nieuw slachtoffer.'

'Weten we wie het is?' vroeg Lilja.

'Haar naam is Ingela Ploghed en ze is vierenveertig jaar oud.'

'Is? Betekent dat dat ze nog leeft?' vroeg Molander.

Tuvesson knikte en nam een slok koffie. 'Ze wordt voorlopig in coma gehouden. Naar ik heb begrepen is haar toestand kritiek. Ze werd om acht uur vanochtend in het Ramlösa Brunnspark gevonden, zonder een draad aan haar lichaam. Ze was flink onderkoeld en heeft een boel bloed verloren.'

'Messteken?' vroeg Rots.

'Nee, dat is het merkwaardige. Ze heeft geen zichtbare, uiterlijke verwondingen, maar de bloeding bleek uit haar onderlichaam te komen.'

'Weten we waardoor het veroorzaakt is?' vroeg Molander.

'Nog niet, maar ik moet ernaartoe om met de arts te praten zodra we hier klaar zijn.'

'Ploghed... Zat ze niet in dezelfde klas als de anderen?' vroeg Lilja.

Tuvesson knikte en liep naar de uitvergrote klassenfoto en wees een van de meisjes aan. 'Hier is ze.'

‘Hebben we een recente foto?’ vroeg Rots.

‘Ik had zo gedacht dat jij daarvoor moest zorgen.’

‘Wat weten we van haar?’ vroeg Lilja.

‘Op het moment niet meer dan dat ze alleen woonde zonder man of kinderen,’ zei Rots en hij bladerde verder door de documenten. ‘En dit nog. In 2002 moest haar maag leeg worden gepompt nadat ze zelfmoord had proberen te plegen met slaaptabletten.’

‘Als ze het overleeft, hebben we voor de eerste keer een getuige. Wat precies is wat we nodig hebben,’ zei Tuvesson en ze omcirkelde Ingela Plogheds gezicht en zette er een vraagteken bij. Daarna liet ze haar blik van leerling naar leerling gaan tot ze bij Fabian Risk uitkwam. ‘Ik ben trouwens bij Risk langs geweest vanochtend.’

‘En hoe gaat het met onze privédetective?’ vroeg Rots.

‘Hij zal nog wel even op bed moeten liggen.’

‘Heb je hem gevraagd of...’

‘Ja, en hij kon ook geen andere verdachte bedenken dan Claes Mällvik. Maar hij had een theorie.’ Tuvesson draaide zich om naar de anderen. ‘Hij denkt dat de vindplaats een soort enscenering is van de dader zelf en zijn motieven.’ Ze pakte een van de foto’s, die het als een mens gevormde mos onder de glasplaat liet zien, en hield die op voor de anderen. ‘Ik weet niet of ik hem goed heb begrepen, maar ik geloof dat hij bedoelde dat dit het beeld van de dader van zichzelf is.’

Rots barstte in lachen uit. ‘Wow, wat voor medicatie krijgt hij? Dat moeten zwaardere spullen zijn dan Alvedon.’

Geen van de anderen lachte en algauw hield Rots ook op. Er ontstond een gelaten stilte. Het was alsof ze allemaal getroffen waren door het collectieve inzicht dat de dader niet alleen op hen voorlag, maar hen zelfs op een rondje had gezet.

Tuvesson liet haar blik lukraak over de opgehangen foto’s gaan die alles lieten zien, van Jörgens afgezaagde handen op de douchevloer tot de halvemeterhoge lens en het mos dat de contouren vormde van een mens. Ze voelde zich moe en uitgeput en was zich er volledig van bewust dat het zichtbaar was. Maar ze was zelfs te moe om zich daar druk om te maken. Het enige wat ze niet wilde was dat ze zouden zien dat ook zij ontmoedigd was. Want ook al was het een doodzonde in haar beroep en zou niets haar er ooit toe kunnen brengen het toe te geven, diep vanbinnen had ze de hoop opgegeven dat ze erin zouden slagen deze opgave die voor hen lag op te lossen.

Ze hadden niet alle zaken opgelost. De meeste, maar niet alle. Maar ze had er altijd in geloofd en ze was er altijd van overtuigd geweest dat het ze uiteindelijk zou lukken. Het enige wat ze nu voelde was een diep wantrouwen tegenover haar eigen vermogen en dat van de anderen. Een wantrouwen dat, als het zichtbaar was, volkomen vernietigend zou zijn voor het vervolg van het onderzoek.

Onderweg naar het politiebureau had ze de gedachte niet uit haar hoofd kunnen zetten hoe ze ten slotte gedwongen zou zijn het noodlottige besluit te nemen om het hele onderzoek te staken en hoe ze er de rest van haar leven op terug zou kijken als haar grootste mislukking. Hoe het haar schuld was dat ze het nooit af hadden kunnen maken, en hoe zij en niemand anders het fatale besluit had genomen om Fabian Risk uit het onderzoek te zetten. Ze had zelfs met de gedachte gespeeld om hem weer terug te nemen, maar was tot de conclusie gekomen dat het zou zijn alsof ze de rest van de groep onder curatele stelde. Het enige wat ze nu kon doen was de consequenties aanvaarden en er het beste van hopen.

'Ik weet niet hoe jullie je voelen,' zei ze. Vooral om de stilte te verbreken en ze had geen idee hoe ze verder moest gaan. 'Maar wat mij betreft is dit de moeilijkste en meest beangstigende zaak die ik ooit heb meegemaakt, en het voelt alsof we nog steeds een lange weg te gaan hebben voor we zelfs maar in de buurt van een oplossing komen. Maar dat is niet zo. We zullen hem pakken, dat weet ik zeker. Maar...' Ze keek de anderen aan. Lilja, Molander en als laatste Rots. 'Als we een kans willen maken om dit op te lossen, moeten we bereid zijn in nieuwe, onverwachte patronen te denken. In deze situatie zijn er geen domme ideeën. Dat mos kan absoluut een zelfportret van de dader zijn, wat er op zijn beurt toe kan leiden dat we hem begrijpen en een motief vinden.' Ze liet de woorden bezinken.

'Zijn we er überhaupt zeker van dat het een man is?' vroeg Lilja.

'Nee, in de huidige situatie kan het evengoed een vrouwelijke dader zijn.'

'Over onverwachte ideeën gesproken,' zei Molander. 'Heeft iemand iets gedaan met Linkans idee over de krabbels in de Fredriksdalsschool?'

'Maar het is bijna dertig jaar geleden,' zei Lilja. 'Hij moet al meerdere keren zijn gerenoveerd.'

'Blijkbaar niet,' zei Rots. 'Volgens Linkan krijgt de school pas van de zomer zijn eerste echte renovatie, dus misschien kan het. Ik weet het niet.' Rots spreidde zijn handen.

'Ik stel voor dat je er een kijkje gaat nemen,' zei Tuvesson. 'Ik heb niet het gevoel dat we iets te verliezen hebben.'

Rots knikte.

'Irene, jij gaat met mij mee, en Ingvar, jij neemt het Ramlösa Brunnspark.'

Ze dronken allemaal hun koffie op en kwamen overeind.

'Er is nog iets waar we het niet over hebben gehad,' zei Lilja en de anderen draaiden zich naar haar om. 'Eerst waren het Jörgen en Glenn, de twee pestkoppen van de klas. En nu zijn het Claes en die Ingela. Betekent dat dat iedereen in de klas een potentieel slachtoffer is?'

Tuvesson wist niet wat ze moest antwoorden. Ze had precies dezelfde gedachte gehad, maar die uit haar hoofd gezet. Misschien omdat die even beangstigend was als onmogelijk om op te lossen? Of was ze gewoon te moe?

'Eigenlijk zouden we ze allemaal politiebescherming moeten geven,' zei Rots.

'Het probleem is dat we niet genoeg mensen hebben,' zei Tuvesson. 'We hebben nu al vier man in het ziekenhuis bij Risk en Ploghed. Acht man als je bedenkt dat het een vierentwintiguursdienst is. Maar ik zal contact opnemen met Malmö om te vragen of ze niet iets bij kunnen dragen,' zei ze, al wist ze diep vanbinnen wel dat ze nooit zoveel mannen zouden kunnen missen. Uiteindelijk was er maar één manier waarop ze bescherming konden bieden en dat was door de dader te grijpen.

55

Bij de geringste beweging leken er duizend naalden in Fabians rug te prikken. Hij deed zijn best om zo rustig en vooral zo weinig mogelijk te bewegen op zijn weg door de schijnbaar eindeloze gangen van het ziekenhuis. De twee geüniformeerde agenten die 's nachts voor zijn deur hadden gezeten waren afgelost door twee nieuwe, die er met tegenzin mee hadden ingestemd dat hij de kamer verliet om naar de eerste hulp te gaan, waar Ingela Ploghed naar alle waarschijnlijkheid lag. Tot nu toe had geen van hen nog een woord gezegd gedurende de lange wandeling, niet tegen hem en ook niet tegen elkaar, en Fabian vroeg zich af of ze stommetje speelden of kwaad op elkaar waren.

Veertig minuten geleden was hij wakker geworden, had zijn ogen geopend en de krantenkop gezien: NIEUW SLACHTOFFER IN DE KLAS VAN HET KWAAD.

In die klas had hij dus gezeten. De klas van het kwaad. Hij proefde de woorden op zijn tong en probeerde erachter te komen waar het knagende gevoel vandaan kwam dat er iets niet klopte. Voor de eerste keer was het de dader niet gelukt om zijn slachtoffer van het leven te beroven. Als dat nu eens zijn bedoeling was geweest? Bovendien herinnerde hij zich Ingela Ploghed als een van de vriendelijkste leerlingen van de klas. Hij kon zich niet herinneren dat hij haar ooit iets slechts over iemand had horen zeggen. Zij had als enige in de klas de durf gehad op te staan en partij te kiezen voor Claes.

Hij herinnerde zich hoe ze, tijdens een les waarin ze over hun droomberoep moesten praten, had verteld dat ze advocaat wilde worden om alle zwakkeren en bedreigden te helpen. Hij had geen idee hoe het met haar was gegaan. Maar hij had een gerucht gehoord dat ze een zware depressie had gehad en zelfs een zelfmoordpoging had gedaan.

Toen ze eindelijk in de liftruimte kwamen sloeg Fabian een gat in de stilte en riep tegen de ene agent dat hij niet op de knoppen van de lift moest drukken. Dat wilde hij zelf doen.

Als kind had hij ervan gehouden om juist met deze liften te spelen. Ze bevonden zich in het midden van het kruisvormige ziekenhuisgebouw en het waren er vier, een in elke windstreek. Toen was het geweest alsof je rechtstreeks naar de commandobrug in de Enterprise werd gebeamd zodra je een voet in de grote, ronde liftruimte zette waar in het midden een controlepaneel uit de grond omhoogstak. Daar zaten alle liftknoppen op waarmee je de etage kon kiezen waar je naartoe wilde, in plaats van in de liften zoals gebruikelijk was.

Hij liet zijn blik rondgaan en merkte dat hij nog steeds hetzelfde gevoel kreeg. De ruimte was verouderd met dezelfde plastieken waardigheid als *Star Trek* en het enige wat nu ontbrak was Christine Chapels genezende laserstraal. Hij drukte op de groene knop van de begane grond en de liftdeuren gingen direct open.

'Dus je bent alweer op de been?' zei Lilja toen Fabian de eerstehulpafdeling binnen kwam sloffen.

'Nou, op de been is misschien te veel gezegd.'

'Eens kijken hoe het eruitziet.' Lilja liep om hem heen en ging op haar tenen achter Fabian staan en keek van bovenaf zijn nek in onder het ziekenhuishemd. 'O, jezus...'

'Dank je. Precies wat ik nodig heb.'

'Ik neem aan dat je hier om dezelfde reden bent als wij. Vakantie of niet,' zei Tuvesson en Fabian keek haar aan zonder antwoord te geven.

Een arts sloot zich bij hen aan en trok zijn mondkapje naar beneden voordat hij Tuvesson de hand schudde.

'Jullie zijn hier voor Ingela Ploghed, heb ik begrepen?'

'Hoe gaat het met haar?'

'Naar omstandigheden redelijk. We zijn er eindelijk in geslaagd de bloeding te stoppen. Het duurde even voordat we begrepen wat er eigenlijk met haar was gebeurd.' De arts zweeg en keek om zich heen om te controleren of er niemand meeluisterde. 'Een of andere leek heeft blijkbaar geprobeerd een vaginale hysterectomie op haar uit te voeren.'

'Wat betekent dat?'

'Ze hebben haar baarmoeder verwijderd.'

Tuvesson keek naar Fabian, alsof ze verwachtte dat hij iets zou zeggen. Maar zijn gedachten werden te veel in beslag genomen door de vraag waarom iemand Ingela Ploghed een vaginale hysterectomie aan zou willen doen. Of waarom iemand haar überhaupt iets aan zou willen doen.

'Waaruit blijkt dat het een leek was?' vroeg Lilja.

'De incisies zitten totaal niet waar ze horen te zitten en daarna hebben ze geen enkele moeite gedaan om de wond weer dicht te naaien. Bovendien zaten er hoge doses benzodiazepine in haar urine, dat is een geneesmiddel tegen onrust en slaapproblemen.'

'Ze hebben haar dus gedrogeerd en de operatie uitgevoerd toen ze bewusteloos was?'

De arts knikte. 'Maar eerst hebben ze haar verkracht.'

'Wat hebben ze gedaan?'

'Ik zal een schriftelijk verslag sturen. Maar als jullie me willen verontschuldigen, ik moet verder met mijn ronde.' De arts verdween zonder hun de kans te geven meer vragen te stellen. Tuvesson schudde haar hoofd en draaide zich naar de anderen toe. Het was alsof het nieuws van de verkrachting de hele martelingachtige operatie overschaduwde.

Wat Fabian betreft nam de verkrachting alle twijfel weg. Nu wist hij het zeker.

'Het betekent in elk geval dat de dader een man is,' zei Tuvesson.

'En dat we waarschijnlijk rechtsgeldig bewijs hebben,' zei Lilja.

Tuvesson knikte.

'Maar niet tegen onze dader,' zei Fabian. 'Ik denk dat iemand anders dit gedaan heeft.'

'Waarom zou het iemand anders zijn?' vroeg Tuvesson.

'Het komt niet overeen met het eerdere patroon,' zei Fabian en hij stelde voor dat ze in de cafetaria zouden gaan zitten.

'Ik zie vrij veel overeenkomsten,' zei Lilja terwijl ze alle oude koffiekopjes en bordjes van de tafel pakte en de opgedroogde vlekken met een servet weg probeerde te wrijven. 'Behalve het voor de hand liggende feit dat ze in dezelfde klas zat, is er de berekenende handelwijze. Om het niet over de timing te hebben. Net op het moment dat je begon te hopen dat hij klaar was.'

'Ja, dat deden er meer,' zei Tuvesson en ze zette het dienblad met hun bestelling neer.

Fabian nam een slok van wat het ziekenhuis cappuccino bleef noemen en besefte dat Lilja en Tuvesson helemaal gelijk hadden gehad dat ze thee hadden genomen. 'Onze dader verkracht zijn slachtoffers niet.'

'Het heeft er misschien mee te maken dat dit de eerste vrouw is?'

'Behalve Mette Louise Risgaard bedoel je,' zei Lilja.

'Bovendien is Ingela Ploghed een van de aardigste mensen die ik ooit heb ontmoet,' zei Fabian. 'Ze was min of meer de enige in de klas die voor Claes opkwam en altijd zijn kant koos. Ten derde kan ik niet zien wat dit met haar baarmoeder of vrouwelijkheid te maken heeft.'

'Maar het gaat nu niet meer om Claes Mällvik. Hij is dood,' zei Tuvesson.

'En wie zegt dat hij niet van plan is jullie een voor een te doden? Sorry, maar je begrijpt wat ik bedoel,' zei Lilja.

Fabian knikte. Hij begreep het precies. Hij had de afgelopen uren met dezelfde gedachte rondgelopen – waarschijnlijk kwam de hele klas met hem erbij aan de beurt. 'Maar het is nu juist zo dat hij haar niet heeft gedood.' Hij had spijt van de koffie, maar nam toch nog een slok. 'Wat onze dader gedaan zou hebben.'

'Misschien is het alleen maar mislukt?'

'Misschien. Maar als jullie het mij vragen, lijkt hij me niet het type bij wie iets mislukt. Integendeel. Hij is iets aan het bouwen, daar ben ik zeker van.'

'Ja, ik hoorde dat je de theorie hebt dat het mos onder Claes zijn zelfportret zou zijn.'

'Ja. Of meer zijn zelfbeeld.' Fabian nam nog een slok van het bruine goedje, maar gaf het toen op en schoof het kopje van zich af.

'Maar waarom zou het verwijderen van een baarmoeder niet bij zijn bouwsel kunnen passen? Misschien zien we het verband gewoon nog niet,' zei Tuvesson.

Ze had een punt. Natuurlijk kon het dezelfde dader zijn en alles zou te zijner tijd wel een verklaring krijgen. Maar Fabian aarzelde. In tegenstelling tot Tuvesson had hij geen argumenten. Het enige wat hij had was een sterk gevoel dat het niet bij elkaar paste. Dat dit iets heel anders was. Aan de andere kant was hij er zeker van geweest dat

Claes Mällvik de schuldige was, dus er was niets aan deze zaak waar hij helemaal zeker van kon zijn.

Niets behalve het feit dat wie het ook was waarschijnlijk snel weer toe zou slaan.

56

Kim Sleizner had de hele nacht geen oog dichtgedaan. Het nieuws was als een bom ingeslagen toen hij en Viveca op het balkon hadden gezeten met elk een glas wijn in hun hand en uitkeken over het water en de mensen daarbeneden op Islands Brygge. Ze hadden het erover gehad dat ze de komende winter iets anders zouden proberen dan Thailand. Viveca had Vietnam voorgesteld. Dat was blijkbaar een soort onbedorven Thailand. Hij was in een stralend humeur geweest en was positief over al haar voorstellen. Hij had eindelijk grip op Dunja en de nieuwswaarde van het conflict met de Zweden begon af te nemen. Nog even en dan zouden de recordhoogten van de warmtegolf weer op de voorpagina's staan.

Maar net toen ze hadden besloten om een De Saint Gall Brut Rosé open te trekken, was Nanna aan komen rennen.

'Papa, er staat iets over je in *Ekstra Bladet*. Er staat dat je gelogen hebt!'

Aanvankelijk had hij niet begrepen waar ze het over had. Waarom zou er iets in *Ekstra Bladet* over hem staan en waarover zou hij hebben gelogen? Een paar seconden later kroop de onrust door zijn poriën naar binnen en hij had de wijnfles aan Viveca overgelaten en was met Nanna meegelopen naar haar computer.

Daarna had hij zich in de badkamer op moeten sluiten. Water in zijn gezicht moeten spetteren en zich moeten herpakken. Moeten bedenken hoe hij zich uit deze situatie zou kunnen redden. Hoe hij het uit moest leggen. Toen hij was teruggekeerd op het terras had Viveca in het donker recht voor zich uit zitten kijken met de half lege Saint Gall-fles in haar ene hand en haar mobieltje in de andere.

'O, hier moet je erbij blijven als je ook iets wilt krijgen,' had hij gezegd en hij had erbij gelachen om duidelijk te maken dat het een grapje was. Maar zijn lach was te aarzelend geweest en had onthuld dat hij precies wist wat er gaande was.

'Zak. Ik wil dat je vertrekt,' had ze gezegd. In haar stem had geen spoor van bitterheid of woede gezeten. Het was alleen een kalme constatering. Als een caissière in de supermarkt, die je meedeelde dat het 124,50 kronen was. 'Je kunt je spullen morgen op komen halen als ik op mijn werk ben.'

Het werd hem al snel duidelijk dat zij beter voorbereid was op deze specifieke situatie dan hijzelf. Ze had alleen maar gewacht tot wat ze al wist aan de oppervlakte zou komen. Ze had het de hele tijd geweten zonder er iets over te zeggen. Gewacht tot hij een misstap zou maken. Tot hij er met zijn broek op zijn enkels bij zou staan. Allemachtig.

Hij had zonder een woord te zeggen het huis verlaten en zijn intrek genomen in hotel Kong Frederik, waar hij een kamer had gekregen die uitkeek op de Vester Voldgade. En daar lag hij nu te wachten tot de late nieuwsprogramma's op tv zouden beginnen, nerveus over hoe groot ze het op zouden blazen. Maar ze zeiden niets over hem of over zijn activiteiten in de Lille Istedgade. Het nieuws had zich buiten *Ekstra Bladet* dus nog niet verspreid. Toch voelde hij zich er totaal niet rustiger door. Het was maar een kwestie van uren voordat de hel los zou barsten. Hij deed het licht uit en probeerde te slapen, maar gaf het op en deed de minibar open.

De volgende ochtend ontwaakte hij op de vloer met een zeurende hoofdpijn, die van geen wijken wilde weten tot hij het laatste flesje Gammel Dansk had opgedronken. Na een snelle douche checkte hij uit en verliet het hotel.

Onderweg naar zijn auto kon hij constateren dat het brandje zich had verspreid en nu op alle aanplakbiljetten van de kranten stond. *Politiken* schoof de schuld van de dood van Mette Louise Risgaard nu helemaal op hem en *Ekstra Bladet* concentreerde zich op zijn activiteiten in Vesterbro en loofde een beloning van vijftigduizend kronen uit voor wie helderheid kon brengen in deze kwestie.

De autorit naar het appartement op Islands Brygge ging goed, hoewel hij eigenlijk niet in staat was om te rijden. Hij wilde geen taxi nemen omdat hij niet het risico wilde lopen dat hij herkend zou worden door een of andere praatgrage chauffeur. Eenmaal in zijn appartement liep hij meteen naar zijn werkkamer, laadde zijn mobieltje op en opende zijn laptop om de laatste ontwikkelingen te volgen. De kranten waren al zeker twee uur uit, een kleine eeuwigheid in deze context.

Onder het rijden had hij overwogen of hij niet gewoon alles de rug toe moest keren en door moest rijden naar Kastrup om daar het eerste het beste ticket naar een warm land te kopen. Als hij zijn rekening maar snel genoeg leegmaakte, dat wil zeggen sneller dan Viveca's hebberige vingers, zou hij het behoorlijk lang uit kunnen houden in Thailand. Hij zou zich kunnen omscholen tot duikinstructeur. Zijn duikbrevet had hij immers al.

Hij haalde diep adem, klikte naar de homepage van *Ekstra Bladet* en zag direct dat de bekendmaking van een beloning al resultaat had opgeleverd. Jenny 'Wet-Pussy' Nielsen had onthuld dat hij zich op het bewuste tijdstip in haar woning aan de Lille Istedgade had bevonden. Wat ze precies hadden gedaan wilde ze echter niet bekendmaken uit consideratie met haar klant. Ze had er daarentegen geen enkele moeite mee om te onthullen dat hij een vaste klant was.

Dit was allemaal de schuld van die kut-Dunja. Het kon niemand anders zijn dan zij. In plaats van zijn waarschuwing serieus te nemen had ze hem in het openbaar bespuugd en de oorlog verklaard. En als er iets was wat hij zou doen, was het ervoor zorgen dat zij haar oorlog kreeg. Zelfs wanneer ze op haar knieën zou liggen en hem om vergeving zou smeken, zou hij niet ophouden.

Maar eerst moest hij in alle rust nadenken over de ontstane situatie. Zijn gevoelens in toom houden en er van een afstandje naar kijken. Welke mogelijkheden hij had en welke consequenties hij nog meer kon verwachten. Het moest nu voorbij zijn met de verrassingen. Vanaf nu zou hij het roer weer in handen nemen en een stap voor liggen. Zijn gedachten werden onderbroken doordat zijn mobieltje ging. Het was de korpschef van de landelijke politiediensten Henrik Hammersten.

Dunja Hougaard ging achter haar bureau zitten en zette haar computer aan. Haar uren waren geteld. Daarom moest ze snel handelen. De Eikel zou zich waarschijnlijk nog een tijdje gedeisd houden om zijn wonden te likken. Maar niets was gevaarlijker dan een gewonde leeuw en als hij uit de kooi durfde te komen zou hij haar kop willen zien rollen.

Maar dat deed er nu niet toe. Ze had een besluit genomen. De zaak was belangrijker dan zijzelf. Ze had de hele nacht wakker gelegen en de verschillende alternatieven overwogen en ten slotte ingezien dat de keuze eigenlijk heel eenvoudig was. Dit was precies waarom ze bij de politie was gegaan.

Ze logde in met haar naam en wachtwoord en klikte op het tabblad 'formulieren'. Hoewel ze dit formulier nooit eerder had gebruikt, wist ze precies waar ze het kon vinden. H3-49U, het formulier voor de bijzondere verstrekking van technisch bewijs, stond direct onder H3-45R, het formulier voor de registratie van technisch bewijs. Ze klikte op het pdf-symbooltje. Het formulier verscheen op het scherm en ze vulde de gegevens in. In Zweden geregistreerde Peugeot, kenteken JOS 652, archiveringsnummer 100705-B39C, verstrekt aan de Zweedse politie-instantie in Helsingborg voor technisch onderzoek.

Onder 'aanvrager' schreef ze Kim Sleizner en ze drukte op print. Daarna legde ze het uitgeprinte formulier boven op haar oude arbeidscontract en verschoof het tot Kims handtekening op de juiste plaats belandde. Ze koos haar beste pen uit, testte hem op kladpapier en begon aan de vervalsing.

Haar hand had moeten trillen. Ze had nerveus moeten zijn. Ze had alles te verliezen. Maar haar hand trilde niet. Totaal niet. Ze blies de inkt droog, vouwde het formulier op en verliet het kantoor. Misschien voor de laatste keer, dacht ze terwijl ze door de gang liep.

De liftdeur ging meteen open toen ze op de knop drukte. Ze stapte de lift in, pakte haar pasje en drukte op etage -4. De liftdeur sloot zich en de lift zakte naar beneden. Het leek alsof hij ongewoon langzaam ging. Normaal gesproken voelde het alsof de lift pardoes naar beneden viel en je voeten van de vloer kwamen. Nu ging hij langzaam omlaag, als om te treiteren. Ze haalde een paar keer diep adem, maar de rust weigerde te komen. In plaats daarvan remde de lift en bleef staan. Het schermpje boven de deur liet zien dat ze nog niet verder gekomen was dan de begane grond. De liftdeur ging open en de Eikel stapte in hoogsteigen persoon naar binnen.

'Hoi,' zei ze en ze deed haar best om zo ontspannen mogelijk te klinken.

Hij antwoordde niet, wierp haar alleen een blik toe en drukte op etage 6. De liftdeur sloot en de lift ging verder naar beneden.

Het voelde alsof de wanden van de lift haar in elkaar drukten. Ze probeerde een plek te vinden om haar blik op te richten en koos een krasje in de deur. Moest ze iets zeggen? Nee, ze kon zich beter natuurlijk gedragen. Maar wat was natuurlijk in zo'n situatie? Ze zweette, voelde zich warm en kleverig. Voorzichtig slikken, maar de brok in haar keel wilde niet verdwijnen. Naar het krasje in de deur blijven kijken. Daarop blijven focussen en wachten tot de eeuwigdurende seconden voorbij waren.

Sleizner stond nog geen meter bij haar vandaan en ze kon duidelijk voelen hoe zijn blik zich van de zijkant in haar boorde. Wist hij waar ze mee bezig was? Ze kon horen hoe hij op een kauwgompje kauwde. Maar dat hielp niet. De bedompte stank van oude alcohol kwam toch naar buiten en maakte de kleine lift nog kleiner.

Toen de liftdeur eindelijk openging moest ze zich inhouden om er niet uit te rennen.

'Tot ziens,' hoorde ze hem zeggen. Ze draaide zich om, maar de liftdeur was al aan het dichtgaan en het enige wat ze zag was een glimp van zijn glimlach.

Kim Sleizner voelde de lucht als een krachtige punctie uit hem stromen en hij zakte in elkaar op het uitklapbare stoeltje en legde zijn hoofd in zijn handen. Van alle mensen was Dunja absoluut de allerlaatste die hij op dit moment tegen had willen komen. Het was op zich een zegen gebleken. Hij had zich met verve door de situatie heen geslagen. De jaren als hogergeplaatste hadden zich uitbetaald. Hij was direct in de aanval gegaan en had haar groet niet beantwoord. Geen enkele twijfel laten zien. Geen duimbreed geweken.

Iets wat niet van Dunja gezegd kon worden. Ze was volkomen van haar stuk geweest van onzekerheid en schuld. Als hij twijfels had gehad over wie de avondkrant getipt had, dan hoefde hij die nu niet meer te hebben.

Hij kwam met hernieuwde kracht overeind, deed zijn haar goed en liep de lift uit.

'Ja, het is een enorme puinhoop,' zei Henrik Hammersten terwijl hij Sleizner ontving, die altijd het gevoel had dat hij honderd jaar terug in de tijd stapte als hij het kantoor van de korpschef binnenkwam. Het kantoor was nog maar een paar jaar geleden gerenoveerd, maar Hammersten had gestaan op donkere hoge houten panelen, handgeschilderde versieringen op het plafond, chesterfieldfauteuils en een oude globe die dienstdeed als bar.

'Ga zitten.' Hammersten knikte naar de bezoekersstoel voor het grote mahoniehouten bureau, gekocht bij Bruuns veilinghuis voor het aardige sommetje van 55.000 kronen.

Dus niet de fauteuil deze keer, dacht Sleizner en hij stelde zich in op een stevig gesprek. Wilde hij kans maken hier levend uit te komen, dan moest hij zijn kaarten zorgvuldig uitspelen. Hij spreidde zijn handen en ging in de bezoekersstoel zitten. 'Ja, Henrik. Wat moet ik zeggen? Je sluipt door de achterdeur naar buiten om even een wipje te maken en voor je het weet is die hele drijfjacht begonnen.'

Hammersten knikte, liep naar de globe en pakte twee glazen en een fles Gammel Dansk. Het was heel goed geweest om recht op de zaak af te gaan zonder eromheen te draaien. Een wipje op zijn tijd was bovendien iets waar Hammersten zelf niet vies van was. Hij had hem Jenny Nielsen zelfs aangeraden en haar, zoals hij het toen uitgedrukt had, bijzondere vermogen om je behoefte te bevredigen. Maar die kaart zou hij niet uitspelen. Dat zou veel te veel voor de hand hebben gelegen.

'Weet je wie de krant getipt heeft?' vroeg Hammersten terwijl hij het glas tot de rand toe vulde met de geelbruine vloeistof.

'Hougaard, wie anders? Ze heeft al de pik op me sinds de dag dat ik hier begonnen ben.'

Hammersten knikte en hief zijn glas en ze toostten. Sleizner dronk zijn glas in één keer leeg en voelde hoe de warmte zich eerst door zijn keel en daarna door zijn buik verspreidde. Precies wat hij nodig had. Te laat kwam hij erachter dat Hammerstens glas nog steeds vol was. Verdomme. Hammersten vulde zijn glas opnieuw en hij pakte het meteen, iets te begerig, en morste een paar druppels op het mahonie bureau.

'Sorry... Ik heb niet veel geslapen vannacht.'

'Geeft niets, geeft niets.' Hammersten was er zo snel bij met een doekje dat Sleizner hem ervan verdacht dat hij erop gerekend had dat hij zou morsen. Verdomme. Daarom had hij het glas natuurlijk tot de rand gevuld.

'Jammer van die Hougaard.' Hammersten nipte van de drank. 'Ze is anders een fantastische agente.'

'Dat is ze zeker,' zei Sleizner en hij liet zijn glas staan. 'Maar ze heeft haar problemen. Aan de andere kant, wie heeft die niet?'

'Wat voor problemen?'

'Om bevelen te gehoorzamen, om er een te noemen. Verder geloof ik dat ze een alcoholprobleem heeft. Ze had laatst, zoals ik het zou noemen, een flinke kater.'

Hammersten knikte en nipte weer van zijn borrel. 'Zolang ze haar werk maar goed doet.'

'Dat is juist waar de schoen wringt.' Sleizner pakte zijn glas en deed zijn best om zo weinig mogelijk te drinken, al snakte zijn lichaam naar meer.

'Wat zegt Viveca ervan?'

Hij schudde zijn hoofd. 'Ze heeft me eruit gegooid en als ik heel eerlijk ben, kan ik het haar niet eens kwalijk nemen.'

'En dat moeten we zijn, hè?' Hammersten keek Sleizner aan. 'Eerlijk.'

'Dat zijn we toch altijd...'

'Kim,' onderbrak Hammersten hem. 'Ik ben bang dat ik hetzelfde moet doen.'

'Ik weet niet of ik het begrijp.'

'Je weet hoezeer ik jou en alles wat je voor de afdeling hebt gedaan waardeer. Maar deze zaak groeit als een tumor en dreigt het hele korps zwart te maken. Om heel eerlijk te zijn heb ik geen keus.'

Het was allemaal een toneelstukje geweest. Hem een vals gevoel van veiligheid te geven. Hem te laten geloven dat ze in hetzelfde schuitje zaten. Terwijl de klootzak in werkelijkheid allang een besluit had genomen. Hij had niets meer te verliezen. Sleizner dronk zijn glas leeg en zette het met een klap op het mahoniebureau. 'Wat vertel je me nu in vredesnaam? Hoezo heb je geen keus? Wie bepaalt het dan als jij het niet bent?'

'Kim, ik begrijp dat je verontwaardigd bent. Maar...'

'Begrijp je dat? Begrijp je dat echt?'

Hammersten zuchtte. 'Kim, je weet evengoed als ik waar het om gaat. Als het vertrouwen van het publiek in het korps verdwijnt, zitten we allemaal in de problemen.'

'Henrik, dit is niets anders dan een mediahetze, die nergens op gebaseerd is. Dat weet je net zo goed als ik. Oké, ik was niet op mijn plek om dat verdomde telefoontje aan te nemen. So what?! Dat meisje zou toch wel zijn gestorven. Stel dat ik had opgenomen. Stel. Ik had met geen mogelijkheid op tijd een team kunnen sturen, dus het was er toch mee geëindigd dat dat uniform uit Køge zijn bijdrage had moeten leveren. Maar ja, ik kan de schuld op me nemen, als dat mensen gelukkig maakt. Geen probleem.'

Hammersten dacht zwijgend na over Sleizners argument.

'Henrik, jezus. Geef me een dag of twee, dan krijg ik het allemaal wel weer op de rails. Ik beloof het.' Hij weerhield zich er net op tijd van om wat het meest voor de hand lag onder woorden te brengen – Hammerstens tere snaar. Die lag als een rode uitgerolde loper voor hem klaar en hij hoefde er alleen maar op te gaan staan. Maar dat was niet nodig. Ze dachten er toch allebei aan.

'Je krijgt een dag.'

57

Hij had bijna twee uur gewacht. Af zitten wachten in de auto tot de juiste gelegenheid zich voordeed. Met de joystick kon hij het cameraatje, dat op de achterruit zat bevestigd, met de hand besturen en op het schermpje voor hem had hij kunnen zien hoe de kinderen voor de kleuterschool speelden. Hoe ze ruziemaakten over fietsen, met grind gooiden, huilden en snotterden.

Zelf had hij geen kinderen. Hij had nooit van kinderen gehouden. Zelfs niet toen hij zelf nog een kind was geweest. Hij had er alles aan gedaan om een van hen te worden. De goede kleren gedragen en de juiste dingen gezegd. Maar niemand had aandacht besteed aan zijn wanhopige poginkjes en ten slotte was zijn wil om normaal te zijn omgeslagen in verachting jegens zijn leeftijdsgenoten. Tegenwoordig walgde hij vooral van kinderen. Snot, uitslag, schurft, luizen, eczeem... De lijst was onuitputtelijk. Kleine, hulpeloze besmettingshaarden zonder zin of doel. Behalve om gemeen te zijn.

Het was pas tot hem doorgedrongen toen hijzelf volwassen werd. Hoe het kwaad er al vanaf de geboorte als een vanzelfsprekendheid was, in tegenstelling tot goedheid, die getraind, gevoed en verzorgd moest worden. Het kwaad daarentegen redde zichzelf uitstekend op eigen houtje en werd in de loop der jaren steeds uitgekookter.

Om 16.07 uur was hij uit de auto gestapt om ze op te halen. Toen waren er voldoende ouders om ervoor te zorgen dat het personeel niet al te oplettend meer kon zijn. Hij had op Facebook gekeken hoe de kinderen eruitzagen. Lovisa en Mark, drie en vier jaar oud. Hij had ze meteen gezien en ze hadden zijn uitleg zonder protesten geaccepteerd – dat hij een collega was van hun moeder, die in een vergadering zat en hen niet op zou kunnen komen halen voordat de kleuterschool dichtging. Een belofte over McDonald's had geholpen om zijn leugen te onderbouwen.

Met het personeel was het iets minder soepeltjes verlopen. De dikke was wantrouwig geweest en had meteen gevraagd wie hij was en duidelijk gemaakt dat ze de kinderen niet zomaar aan elke vreemde mee konden geven. Gelukkig waren de kinderen toen niet in de buurt en hij kon op gekrenkte toon verklaren dat hij helemaal geen vreemde was, maar de vader van de kinderen.

De dikke was helemaal van haar à propos geraakt en had hem met een verbijsterde blik aangekeken. Hij had uitgelegd dat hij veel moest reizen voor zijn werk en dat hij hen bijna nooit op kon komen halen en dat dit een verrassing was. De dikke had zijn uitleg ten slotte geaccepteerd, maar erop gewezen dat hij het hun de volgende keer dat hij van plan was ze te komen verrassen moest laten weten.

Nu lagen ze in een synthetische slaap op de achterbank en op het schermpje van de camera op de achterruit kon hij zien hoe hun moeder Camilla Lindén het portier dichtsloeg en zich naar de kleuterschool haastte, zoals gewoonlijk te laat. Drie minuten daarna kwam ze snel teruglopen, op haar mobieltje drukkend, niet wetend dat het enige wat ze zou horen een foutmelding was omdat het nummer geen abonnement had.

Hij zag hoe ze het nummer nog een keer intoetste en naar dezelfde foutmelding luisterde terwijl ze haar handtasje op de achterbank van de auto gooide, achter het stuur ging zitten en met gierende banden wegreed. Zelf deed hij het rustiger aan, draaide het contactsleuteltje om, volgde haar en schakelde de automatische gezichtsdetectie van de camera in, die met behulp van zijn zelfgeprogrammeerde algoritmes het cardanisch opgehangen laserkanon bediende.

Als alles werkte zouden ze er nooit achter komen wat er was gebeurd.

58

Een voorbijlopende verpleegster keek Tuvesson aan en wees naar het bordje met een doorgestreepte mobiele telefoon.

'Oké, doe dat. Ik moet nu ophangen.' Tuvesson beëindigde het gesprek en wendde zich tot Lilja. 'Dat was Molander. Ze hebben niets in het Ramlösa Brunnspark gevonden.'

'Niets?'

'Niets, behalve een paar haren van het slachtoffer in de struiken waar ze is gevonden. Geen kleren, geen voetstappen of autosporen, niets. Dus ik heb hem weer naar Söderåsen gestuurd.'

'Ze vinden toch altijd wel iets? Heb jij ooit eerder meegemaakt dat Molander niets vond?'

Tuvesson schudde haar hoofd. 'De dader is buitengewoon goed in het wissen van alle sporen. Maar dat wisten we al van hem. Van de sporen die we hebben gevonden, was het vast de bedoeling dat we ze zouden vinden. Of wat denk jij?' Ze richtte zich tot Fabian voor een reactie toen de arts langs kwam.

'Jullie kunnen met me meelopen.'

Ze volgden de arts door de gang. 'Ze heeft zich al flink hersteld, maar ze is nog steeds zwak. We hebben het met andere woorden niet over een lange sessie, dat jullie dat weten.' Hij bracht hen naar een deur die bewaakt werd door agenten in uniform. 'Ik ben over tien minuten terug.'

De arts verdween en Tuvesson deed de deur open om naar binnen te gaan.

'Wacht even,' zei Lilja. 'Is het wel zo'n goed idee dat Fabian mee naar binnen gaat?' Tuvesson keek Lilja aan. 'Ik dacht dat hij uit het onderzoek was gezet?'

Tuvesson knikte en richtte zich tot Fabian. 'Ze heeft gelijk. Wat je in je vakantie doet, moet je zelf weten. Maar als je Ingela wilt spreken, zul je dat moeten doen nadat wij klaar zijn.'

'Dat is goed,' zei Fabian en hij liep samen met zijn twee zwijgende agenten terug naar de liften. Hij had alle antwoorden al gekregen die hij nodig had.

Tuvesson en Lilja liepen naar het bed, dat aan een uiteinde was opgeklapt, zodat Ingela half overeind zat. Op de kringen onder haar onrustige ogen na was ze even bleek als het laken waarop ze lag. Haar haar was vet en sprieterig en de handen op het dekbed trilden als die van een oud vrouwtje. Maar wat kon je verwachten van iemand die zoveel bloed had verloren en net een onvrijwillige amateuroperatie had ondergaan, dacht Tuvesson terwijl ze een stoel pakte en bij het bed ging zitten.

'Hoi Ingela. Mijn naam is Astrid Tuvesson en ik werk als hoofdinspecteur bij de politie van Helsingborg en dit is rechercheur Irene Lilja.'

Lilja zwaaide naar haar.

'We hebben een paar vragen waarvan we hopen dat je er antwoord op kunt geven.'

Ingela schudde haar hoofd en haar kin verraadde dat ze op het punt van instorten stond. 'Ik heb geen antwoorden. Het spijt me, maar ik kan me niets herinneren.'

'Ingela. Ik wil beginnen met te zeggen dat we het heel erg vinden wat je mee hebt moeten maken. Het moet verschrikkelijk zijn geweest. Maar in tegenstelling tot de andere slachtoffers leef jij nog.'

'Leven? Noem je dit leven? Als ik had mogen kiezen, was ik liever dood geweest. Iemand is in me geweest... met een mes en... en...' Haar gezicht vertrok en ze barstte in een geluidloos huilen uit.

Tuvesson pakte haar hand beet. 'Ik begrijp dat dit moeilijk voor je is. Maar het enige wat we willen is degene vinden en vastzetten die jou dit heeft aangedaan. En de sleutel daartoe ben jij en wat je ons kunt vertellen.'

Ingela knikte en kwam tot bedaren, droogde haar tranen en pakte een glas water aan van Lilja en nam een slok.

'Wat is het laatste wat je je herinnert?'

'Ik was uit met Mona en Cilla.'

'Wie zijn dat?'

'Vriendinnen. We zijn allemaal single en gaan de eerste woensdag van elke maand altijd uit.'

'En waar waren jullie gisteren?'

'Eerst waren we gaan eten bij Haket en... daarna zijn we naar de S/S Swea gegaan om nog wat te drinken.'

'En wat gebeurde er toen?'

Ingela schudde haar hoofd en haalde haar schouders op.

'Herinner je je nog wat voor drankjes je genomen hebt?' vroeg Lilja.

'Caipirinha en white russian.'

'Bij die plek, de S/S Swea, kan je daar dansen?'

Ingela knikte. 'Precies. Opeens voelde ik me duizelig. Ze draaiden Lady Gaga en alles draaide, hoewel ik maar twee, drie drankjes had gehad.'

Tuvesson en Lilja wisselden een blik uit.

'Hadden je vrienden hetzelfde?'

'Ik weet het niet. Ik kon ze niet vinden. Er waren zoveel mensen, alles draaide maar en het enige wat ik wilde was daar wegkomen.

Maar ik kon de uitgang niet eens vinden. Hoewel het er vrij klein is, leek het één groot labyrint.'

'Dus je herinnert je niet hoe je naar buiten bent gekomen?'

Ingela schudde haar hoofd en zag eruit alsof ze haar best deed om niet weer in te storten toen de arts terugkwam en op zijn horloge tikte.

Tuvesson hield afwerend een hand op. 'We zijn bijna klaar. Alles draaide en je probeerde naar buiten te komen, maar dat lukte niet. Wat is het volgende dat je je herinnert?'

Ingela dacht na, maar haalde ten slotte haar schouders op. 'Dat ik wakker werd en niets begreep. Ik had geen idee waar ik was. Ik wist niet eens wie ik was.' Haar onderlip begon te trillen en Tuvesson kneep in haar hand.

'Heb je pijn gevoeld?'

Ze schudde haar hoofd. 'Ik weet het niet. Ik geloof het niet.'

'Herinner je je hoe je lag toen je wakker werd? Op je buik, op je rug of...'

'Ik weet het niet. Ik weet het echt niet. Zijn we zo klaar?'

'Ingela, dit is belangrijk. Probeer je precies te herinneren hoe het was toen je...'

'Ik weet het niet! Ik heb toch gezegd dat ik het niet weet.' Ingela begon te huilen. 'Kunnen jullie nu alsjeblieft weggaan? Ik wil dat jullie nu weggaan.'

'Ingela...'

'Ga toch weg! Ga weg!' schreeuwde Ingela en ze begon zichzelf op haar buik te slaan.

De arts kwam vlug naar haar toe en probeerde te verhinderden dat ze sloeg en rukte en trok aan alles waar ze bij kon.

'Ik wil gewoon met rust worden gelaten!'

Lilja en Tuvesson pakten elk een van Ingela's zwaaiende armen en hielden haar vast terwijl de arts een spuitje vulde en in haar ene dij stak. Ingela hield op zich te verzetten en keek met glanzende ogen naar de arts en de agentes.

'Alsjeblieft... Kunnen jullie me niet gewoon... verdwijnen...' Haar oogleden werden steeds zwaarder.

'Ik denk dat we nu wel klaar zijn,' zei de arts en hij deed de deur voor hen open.

‘Wanneer kunnen we haar weer spreken?’ vroeg Tuvesson terwijl ze naar buiten liep.

‘Jullie zien het toch zelf. Ze heeft een zwaar trauma doorgemaakt en is nog steeds in shock. Ze heeft rust nodig.’

Tuvesson bleef staan en wendde zich tot de arts. ‘Dan vraag ik het nog een keer. Wanneer kunnen we haar weer spreken?’

De arts zuchtte lang en demonstratief. ‘Ik begrijp eerlijk gezegd niet wat het nut ervan is. Zoals ik het begreep, herinnert ze zich niet meer dan wat ze heeft verteld.’

‘Laat mij dat maar bepalen. Wanneer kan ze weer op de been zijn?’

De arts haalde zijn schouders op. ‘Morgen zou ze in elk geval weer rechtop moeten kunnen zitten.’

‘Goed. Dan komen we haar morgen ophalen. Ik ben van plan haar mee te nemen op een autoritje en als iemand van jullie mee wil is dat prima.’

De arts probeerde te protesteren, maar Tuvesson en Lilja waren al doorgelopen.

59

Camilla Lindén kon zich niet herinneren wanneer ze het voor het laatst had gedaan. Twee, drie, misschien zelfs vier jaar geleden. Hoewel ze zichzelf plechtig beloofd had dat ze het nooit meer zou doen, zorgde ze er toch voor dat ze altijd een pakje in haar tas had. Een pakje voor als de nood hoog was en ze geen keus had.

En wie zou er iets tegen in kunnen brengen dat ze er nu een nodig had, dacht ze terwijl ze met haar rechterhand in de handtas op de passagiersstoel wroette. Ergens tussen haar lippenstift, sleutels, mobieltje, tandenstokers en tampons moest hij liggen. Daar… Eindelijk voelde ze het zachte, ritselende pakje met haar vingertoppen en kon ze het naar haar mond brengen. Ze beet het plastic eraf, klemde haar lippen om een sigaret en trok hem uit het pakje. De aansteker was al gloeiend heet en zorgde ervoor dat ze snel een broodnodig trekje kon nemen.

Vroeger voelde ze zich altijd direct rustiger na de eerste trek. Maar nu niet. Dit is verdomme de laatste keer geweest, dacht ze en ze zwenkte naar de buitenste baan, drukte het gaspedaal in en passeerde de wijnrode Volvo voor haar. Ze ademde zo diep mogelijk in, zodat de rook de fijnste capillairen kon bereiken, en voor haar strekte de E6 zich uit als in een 3D-computerspelletje. Ze reed idioot hard, maar dat kon haar geen barst schelen. Als de politie haar wilde aanhouden, moesten ze dat maar doen. Graag zelfs, dan konden ze met haar meegaan en haar helpen.

Dit was niet de eerste keer dat Björne plotseling opdook en de kinderen meenam. Eén keer had hij ze meegenomen naar Tivoli in Kopenhagen en een andere keer had hij besloten dat ze een uitstapje naar Ven moesten maken. Maar dit was wel de eerste keer dat hij de streek had uitgehaald om zijn nummer te blokkeren. De eerste en de laatste keer.

Deze keer had ze er genoeg van. Deze keer was ze niet van plan alleen chagrijnig te zijn en de zaak op zijn beloop te laten. Deze keer was ze van plan alles uit de kast te halen: rechtszaak, bezoekverbod, de hele santenkraam. Ze zou ervoor zorgen dat de hel losbrak. Dat hij zich zo hard brandde dat hij het nooit meer zou wagen in de buurt te komen.

Ze bleef in de buitenste baan en zag dat de snelheidsmeter 150 aangaf. Ze moest alleen de afrit naar Strövelstorp niet missen. Daar woonde hij. De schoft. Ze nam een laatste trek van haar sigaret, schoot hem door het opengedraaide raampje naar buiten en stak een nieuwe op.

Hoe had ze zo naïef kunnen zijn? Ze had in de loop der jaren genoeg waarschuwingssignalen gekregen. Genoeg kansen om rechtsomkeert te maken en haar eigen weg te gaan. In plaats daarvan had ze ervoor gekozen haar ogen te sluiten, de andere wang toe te keren en te doen alsof er niets aan de hand was. Alsof hij best had kunnen stoppen met drinken wanneer hij eenmaal begonnen was. Alsof zijn slechte humeur eigenlijk haar schuld was. Als er een kampioenschap in domheid zou zijn, zou ze niet eens haar best hoeven doen om te winnen.

Ze blies de rook uit, verslikte zich en begon te hoesten. Als een oud vrouwtje, dacht ze en ze zag hoe de wijnrode Volvo haar in de binnenbaan passeerde. Ze wierp een blik op de snelheidsmeter, die tot onder de 140 was gezakt, en stak over naar de binnenbaan, achter de Volvo.

Het was nu meer dan tien jaar geleden. Toch herinnerde ze zich de eerste klap nog als de dag van gisteren. Ze waren uit eten geweest bij haar oude jeugdvriendin 'Pavlan' of Elsa Hallin, zoals ze heette sinds ze getrouwd was met Jerker. Ze hadden besloten een fondueavond te houden, nadat ze de kelder hadden opgeruimd en een fonduepan hadden gevonden. Tijdens het eten hadden ze het erover gehad hoe onterecht het was dat een zo goed gerecht voor onbepaalde tijd naar de kelder was verbannen. Het gesprek was daarna verdergegaan over alles waar ze van hielden uit de verketterde jaren tachtig en daar ergens had ze gemerkt dat Björne stil was geworden.

De remlichten van de Volvo gingen aan en ze moest zelf remmen om er niet op te botsen. Ze keek over haar schouder om te zien of ze erlangs kon maar achter haar was een vrachtwagen die zijn best deed om haar op de helling te passeren. Waarom in godsnaam?

Björne had alles gehaat wat met de jaren tachtig te maken had. Dat hij het in olie gebakken vlees net naar binnen had zitten schrokken alsof hij een groot gat in zijn maag had, speelde geen rol. Als het jaren tachtig was, haatte hij het. Punt uit. De anderen hadden doorgepraat over de kleren en kapsels. Hoeveel leuker het was dan in de jaren negentig, toen iedereen een versleten en gebleekte spijkerboek droeg en alles behalve T-shirts en geruite overhemden uit den boze was.

Dat laatste commentaar kwam van Pavlan, die zich er waarschijnlijk niet van bewust was dat Björne het op dat moment droeg. Een wit T-shirt en een losgeknoopt, geruit houthakkersoverhemd. Of was ze zich er wel van bewust? Dat zou dan typisch iets voor Pavlan zijn geweest. Camilla had geprobeerd de situatie te redden door te zeggen dat geruite overhemden heel leuk konden zijn en voor de eerste keer in twintig minuten had Björne zijn mond opengedaan. De jaren tachtig waren alleen voor nichten en flikkers met hun stomme schoudervullingen en zo. Jerker had zich hardop afgevraagd wat het verschil was tussen nichten en flikkers en met een grijns zijn glas opgestoken om te proosten.

De remlichten van de wijnrode Volvo gingen weer aan en Camilla minderde vaart. De snelheidsmeter stond nu onder de 125.

Ze hadden geproost. Allemaal behalve Björne, bij wie alles erop wees dat zijn humeur ver beneden nul was. Camilla had het gespreksonderwerp op werk proberen te brengen en Pavlan was erop ingehaakt en had verteld dat haar chef consequent kinderliteratuur een lage prioriteit toekende.

Dus jullie menen serieus dat jullie van die flikkermuziek houden die ze toen maakten, had Björne gesnauwd. Het waren niet eens echte instrumenten. Zoals Soft Cell en die Human League. Opgemaakte flikkers die niet eens konden zingen! Zoiets had hij gezegd.

Als ze iets konden dan was het zingen, dacht Camilla en ze zag dat er iets brandde in de achterruit van de Volvo vlak voor haar, iets groens, voordat haar gedachten terugkeerden naar het etentje. Jerker moest dronken zijn geweest, anders had hij zich nooit zo gedragen. Wat had hij ook al weer gezegd? Camilla dacht na terwijl het cameraatje in de auto voor haar bezig was haar gezicht te lokaliseren en de groene straal langs haar voorruit te sturen.

O ja: Zo praat een echte kasthomo, was hij uitgebarsten. En toen was hij begonnen te zingen: *Don't you want me baby? Don't you want me ah-ah-ah-ah...* terwijl hij overeind was gekomen uit zijn stoel en op zijn knieën voor Björne was gaan zitten en hem over zijn dij streelde. *You were working as a waitress in a cocktail bar when I met you. I picked you out. I shook you up and turned you around...*

Pavlan had dubbel gelegen en ze had zelf haar best moeten doen om niet in lachen uit te barsten. Jerker was gewoon doorgegaan met zingen en op de grond kruipen voor Björnes voeten. *Turned you into someone new...* Ten slotte hadden zij en Pavlan gestikt van het lachen. Te laat had ze ingezien dat Björnes blik helemaal zwart was geworden. Ze herinnerde zich hoe hij zo snel op was gestaan dat de stoel omviel, zich naar haar had gewend en gezegd had dat ze nu naar huis moesten gaan.

Dom als ze was had ze hem gehoorzaamd.

Toen ze thuis waren had ze gemerkt dat hij de deur op slot deed, niet alleen met de deurknop maar ook met de sleutel in het onderslot. Hij had met zijn rug naar haar toe gestaan en ze had gezien hoe hij de sleutel in zijn zak stopte en diep had ademgehaald, als om zich op te laden, waarna hij zich naar haar had omgedraaid.

Ze schreeuwde van de brandende pijn in haar linkeroog. Het voelde alsof iemand een naald in haar oog stak of er bijtend zuur in had gegooid. Ze sloot haar ogen en legde haar handen op haar gezicht, maar ze voelde geen naald en geen zuur. Het enige wat ze voelde was een geconcentreerde pijn die recht door haar oogkas bleef branden.

Vanuit haar rechterooghoek zag ze hoe de auto over de rand van de weg dreigde te gaan en ze slaagde erin hem weer recht te krijgen voordat het te laat was. Ze hield op met schreeuwen en probeerde kalm te worden. Wat gebeurde er in vredesnaam. Was ze getroffen door een hersenbloeding of een of andere bloedprop? De pijn bleef steken, maar nam af en was nu hanteerbaarder. Ze was doorweekt van het zweet en toch had ze het ijskoud. Alles plakte en spande. Ze nam het stuur over met haar linkerhand en hield de rechter voor haar rechteroog, om te controleren of ze met het linker kon zien. Dat kon ze niet. Wat was dit voor zieke droom? Of eigenlijk maakte dat ook helemaal niets uit. Het belangrijkste was dat ze wakker werd.

Toen zag ze het groene licht weer, hoe het uit de achterruit van de Volvo schoot en haar voorruit raakte. Het was dus geen droom. De smalle straal zocht zijn weg omhoog over haar borst. Wat was dat voor iets? Veel verder kwam ze niet met haar gedachten voordat ze voelde hoe het weer begon te branden. Dezelfde vlijmscherpe pijn, nu in haar rechteroog. Alles werd wazig en het enige wat ze zag waren verschillend gekleurde velden die zich over haar netvlies bewogen. Ze schreeuwde zo hard als ze kon, terwijl ze de auto op de rijbaan probeerde te houden. Maar haar handen weigerden te gehoorzamen en het stuur had een eigen wil gekregen.

Camilla Lindéns BMW reed tegen de zijkant van de vrachtwagen aan en werd als een flipperkastbal terug de rijbaan op gestuurd en verder het gras op, waar hij het bord STRÖVELSTORP 500 M raakte, dat met zijn paal de rechter voorlamp indrukte waardoor de auto ronddraaide en achterstevoren weer op de snelweg terechtkwam, vlak voor een truck die als een blikje in een leeggoedautomaat de achterkant onder zijn wielen plette. Nadat hij over de kop was geslagen, landde de auto op zijn dak en gleed over het asfalt tot hij uiteindelijk tot stilstand kwam.

De auto's eromheen remden en bleven staan en erachter vormde zich al snel een lange rij. De vrachtwagenchauffeur en een paar andere bestuurders stapten uit hun auto en keken naar de gehavende BMW, die eruitzag als een kever op zijn rug met de wielen draaiend in de lucht. Enkelen pakten hun mobieltje en belden een ambulance. Anderen belden naar huis om hun naasten te vertellen hoeveel ze van hen hielden. Een van de mannen liep naar de auto toe, trok het portier open, voelde aan Camilla's hals of er een hartslag was, maar vond er geen, waarna hij terugkeerde naar zijn wijnrode Volvo, die stationair stond te brommen, en verder reed.

60

Fabian was nu meer dan een dag bedlegerig geweest en had ingezien dat hij met geen mogelijkheid nog een rustdag zou overleven. Een paar uur erbij en hij zou sterven van verveling. Het maakte niet uit hoeveel ziekenhuispersoneelsleden hadden gezeurd over hoe belangrijk rust was. De laatste wending die de zaak had genomen, met de moord op Claes Mällvik, liet hem niet met rust.

En dan was er Tuvessons blik. Ze had er alles aan gedaan om het omgekeerde uit te stralen, maar haar ogen hadden haar verraden. Diep vanbinnen had ze de hoop opgegeven dat ze het geval op zouden lossen. Van de zaak gehaald en bedlegerig of niet, het was nu aan hem om te proberen te begrijpen hoe alles met elkaar samenhing. Als er tenminste een samenhang was.

Eigenlijk wilde hij het ziekenhuis verlaten, maar de pijn in zijn rug was nog te hevig. Hij kon zijn bed niet eens uit komen en betaalde nu de prijs voor zijn uitstapje naar de eerste hulp. Een prijs die zo hoog was dat hij zelfs gezwicht was voor pillen en zich nu een verdovende rust door zijn lichaam voelde verspreiden. Hopelijk kon dat hem helpen om zich op zijn werk te concentreren. Want werken zou hij.

Een koerier was langs de Pålsjögatan gegaan en had zijn computer, mobiele lader en wat ondergoed gehaald, en na wat aandringen had hij de receptionist Florian Nilsson over kunnen halen alles te laten bezorgen wat op zijn tijdelijke werktafel op het politiebureau lag. Een van de verpleegsters had hem geholpen met een stroomverdeler, een kast op wieltjes, een werklamp en een plaat die over het bed gelegd kon worden en uitstekend functioneerde als werktafel.

Het eerste wat hij had gedaan was zijn mobieltje in de oplader stoppen en het aanzetten, en hij had direct een sms van Sonja ontvangen. ZITTEN NU IN DE TREIN. THEO WILDE NIET MEE. GAF HEM EEN BRIEFJE VAN VIJFHONDERD ZODAT HIJ NIET VERHONGERT IN DE TIJD DAT JIJ BENT OPGENOMEN. JE KUNT HEM WEL BELLEN OM TE VRAGEN OF ALLES GOED GAAT. SONJA.

Hij had Theodor meteen gebeld, maar er was niet opgenomen. Toen had hij Sonja maar gebeld en geprobeerd te vertellen hoe hij zich voelde, maar het enige waarin ze geïnteresseerd was was of hij met Theo had gesproken. Hij had uitgelegd dat hij zijn mobieltje nu pas aan had kunnen zetten en beloofd zodra ze klaar waren een nieuwe poging te wagen. Dan moeten we nu maar ophangen, had ze gezegd.

Maar Fabian had helemaal geen zin om op te hangen en had gevraagd hoe het met ze ging, met haar en Matilda. Sonja had verteld dat ze met haar zussen en neefjes en nichtjes naar het Gröna Landpark waren geweest en dat het hartstikke gezellig was. Maar ik moet nu ophangen. Vergeet Theo niet te bellen. Ik houd van je, had hij gezegd en hij had gewacht op haar antwoord. Laat je wat van je horen zodra je met hem hebt gesproken?

Fabian toetste de getallen van hun nieuwe huisnummer in en hoorde hoe de signalen een voor een vertrokken, als een langzame echo in de eeuwigheid, tot een foutmelding het overnam.

Hij deed een nieuwe poging Theodors mobiele nummer te bellen, maar al nadat hij drie keer was overgegaan kreeg hij de voicemail. Waarschijnlijk zat hij op zijn kamer te spelen, dacht Fabian. Hij beloofde zichzelf iets aan het isolement van zijn zoon te doen en hem zover te krijgen dat hij zijn kamer uit kwam, zich in het daglicht waagde en iets anders zou verzinnen dan te doden.

De deur werd geopend door een agent in een uniform dat minstens twee maten te klein was. 'Er is een koerier met wat spullen uit het politiebureau.'

De koerier kwam binnen met een verhuisdoos die tot de rand gevuld was met ordners en documenten en reikte hem een vel aan dat hij moest ondertekenen.

'Je hebt niet toevallig het nummer van je collega die ongeveer een uur geleden bij me thuis was en een computer en nog wat dingen heeft gehaald?' vroeg Fabian terwijl hij het vel ondertekende.

'Pålsjögatan 17?'

Fabian knikte.

'Jocke the Rocker.' De koerier zocht het nummer op in zijn mobieltje en gaf het aan Fabian, die het nummer intoetste op zijn eigen mobieltje.

'Hallo?'

'Spreek ik met Jocke?'

'Waar gaat het over?'

'Je spreekt met Fabian Risk. Je hebt eerder vandaag een computer en wat andere spullen bij me opgehaald op Pålsjögatan 17.'

'Zeg, ik ben klaar voor vandaag. Het is...'

'Ik wil je alleen snel iets vragen.'

Er klonk een overdreven aangezette zucht aan het andere eind van de lijn.

'Toen je in het huis was, was mijn zoon er toen? Hij is veertien en heeft donker haar tot op zijn schouders en is nogal hangerig.'

'Geen idee. Maar er was in elk geval iemand die Marilyn Manson precies zo hard draaide als hij gedraaid moet worden.'

'Dank je, dat was alles wat ik wilde weten.' Fabian drukte het gesprek weg en voelde zich plotseling opgelucht. Dat Marilyn Manson op een luid volume hem dat gevoel zou kunnen geven, had hij nooit gedacht.

Twintig minuten later bliepte zijn mobieltje en gaf aan dat hij een nieuw sms'je had gekregen. TJA PAP. ZAG DAT JE HAD GEBELD. WAS PIZZA HALEN EN WILDE NET GAAN BETALEN. WANNEER KOM JE THUIS?

Hij toetste een antwoord. ZODRA DE ARTSEN ME LATEN GAAN. MOBIEL WERKT WEER, DUS LAAT VAN JE HOREN ALS ER IETS IS OF NOG BETER, KOM ME HIER OPZOEKEN :) Hij stuurde het sms'je en begon meteen aan een ander. LIEVELING, HEB NET CONTACT GEHAD MET THEO, DIE BLIJKBAAR PIZZA EET TOT HET ZIJN OREN UITKOMT. KUS. F.

Hij legde het mobieltje weg. Eindelijk kon hij beginnen met werken.

61

Dat was geen seconde te vroeg, dacht Tuvesson toen ze de pizzakoerier betaalde en naar Lilja, Molander en Rots riep dat het eten er was. Hun concentratie was gelijk met hun bloeddsuiker afgenomen en als ze niet snel iets binnenkregen konden ze er net zo goed mee stoppen. Ze hadden allemaal de hele dag en avond intensief gewerkt en het gebrek aan slaap had allang alle grenzen van de redelijkheid overschreden. In een poging om het gevoel van hopeloosheid dat ze eerder had gehad weg te werken, had ze besloten dat niemand naar huis mocht voordat het onderzoek een flinke stap vooruit was gekomen. Wilde het lukken, dan moesten ze hun tweede adem krijgen en er was niets waar ze meer van hield.

Bij de tweede adem was iedereen in de groep even gefocust – om ten koste van alles de zaak op te lossen. Al het andere was secundair. In plaats van zoals het anders was, dat iedereen naar zijn gezin thuis ging, vormden zij nu het gezin. Het deed haar denken aan toen ze klein was en bij haar beste vriendin bleef slapen en het hele weekend met poppen of met lego speelde. Altijd in pyjama. Er was geen tijd om je aan te kleden en zelfs nauwelijks tijd om te eten. Niets anders was belangrijk. Niets anders dan het spel.

Lilja en Molander kwamen snel aanlopen en maakten de tweeliterflessen cola open en schonken de glazen vol. 'Als ik zou moeten kiezen tussen wijn en cola voor de rest van mijn leven, zou het zonder meer cola worden,' zei Lilja en ze dronk haar glas leeg.

'Wat heb je voor soorten besteld?' vroeg Molander terwijl hij aan de pizzadozen frummelde.

'Wat wil je er voor een?'

'Eh... Tja... Misschien een kebabpizza?'

'Die hebben we hier.' Tuvesson gaf hem de doos aan.

Hoewel hij het zelf niet toe wilde geven, wilde Molander in negen van de tien gevallen een kebabpizza. Tenminste een halve. Daarna kreeg hij er genoeg van en wilde die van de anderen proeven. Maar Tuvesson had zich ingedekt en zes verschillende pizza's besteld.

'Waar is Rots? Wil hij niet?'

'Hij heeft zich opgesloten in de vergaderruimte en komt zodra hij klaar is met die krabbels die hij onderzoekt.'

'Ah ja, dat,' zei Molander en hij schudde zijn hoofd.

'Ik weet dat het spijkers op laag water zoeken is,' zei Tuvesson. 'Maar Rots heeft er veel energie in gestoken, dus ik wil dat we het een eerlijke kans geven. Oké?'

Molander en Lilja knikten, gingen zitten en begonnen te eten alsof hun leven ervan afhing. Een derde van de kebabpizza later verbrak Molander de stilte.

'Is er nog iets meer aan het licht gekomen over die Ingela Ploghed?'

'Tja, meer...' zei Tuvesson. 'Die überaardige arts heeft een schriftelijk verslag van het onderzoek gestuurd. Dat eigenlijk alleen een herhaling is van wat hij eerder vandaag zei.'

'En wat zei hij dan?'

'Dat de ingreep niet is uitgevoerd door een echte dokter.'

'Een hoe weten ze dat?'

'Ja, ten eerste is er gebruikgemaakt van een gewone standaardscalpel, die blijkbaar helemaal niet bedoeld is om een hysterectomie mee uit te voeren. Bovendien was hij niet gesteriliseerd.'

'Ach, jezus...' Lilja schudde haar hoofd.

'En ze zijn vaginaal naar binnen gegaan in plaats van via een snee in de buik, wat eenvoudiger is.'

'Dus vaginaal is moeilijker?' vroeg Molander.

'Ja, maar de ingreep was blijkbaar met indrukwekkende precisie uitgevoerd voor een beginner.'

Molander knikte en sneed een stuk kebabpizza los. 'Wil iemand ruilen?'

Tuvesson en Lilja schudden allebei hun hoofd.

'En jij? Heb jij iets gevonden?'

Lilja knikte en spoelde een hap weg met cola. 'Als ik eerlijk ben, begrijp ik haar niet. Ze ging met de hoogst mogelijke cijfers van de basisschool. Hetzelfde met de middelbare school, waar ze de bètakant deed. Daarna gaat ze tweeënhalf jaar naar de juridische faculteit in Lund, om er dan zomaar mee te stoppen.'

'Wat is ze daarna gaan doen?'

'Niets. Dat is het hem juist. In plaats daarvan ging ze achter de kassa van een supermarkt zitten en daar zit ze voor zover ik heb begrepen nog steeds. Als je het over een verspild leven hebt.'

'Is er nog meer?'

'Ja, in 1992 heeft ze een abortus gehad en tien jaar later stierven haar ouders binnen een jaar aan kanker.'

'Misschien heeft het te maken met de abortus dat de dader haar baarmoeder heeft verwijderd?' zei Molander en hij schoof de pizza van zich af. 'Ik bedoel, eerder zette hij de voeten van Glenn af die trapte en de handen van Jörgen die sloeg. Dus waarom niet de baarmoeder verwijderen van iemand die abortus heeft gepleegd?'

'Als het tenminste dezelfde dader is,' zei Tuvesson.

Molander hield op met kauwen en keek niet-begrijpend naar Tuvesson. 'Natuurlijk is het dezelfde.'

'Niet volgens Risk,' zei Lilja. 'Volgens hem past Ploghed niet in het patroon.'

'Hoezo? Wat bedoelt hij daar in godsnaam mee? Eerst hadden we voeten, daarna handen en nu een baarmoeder, en bovendien zaten ze allemaal in dezelfde klas. Als dat geen patroon is, dan weet ik het niet.'

'Maar Ploghed heeft het overleefd. Bovendien heeft hij haar verkracht.'

'En wat dan nog? Ze is ook het eerste vrouwelijke slachtoffer. Ja, behalve die Deense.'

'Dat is waar, maar volgens Risk was ze de enige in de klas die het opnam voor Claes en partij voor hem koos.'

'Maar zoals we allemaal weten, gaat het niet meer om Claes, maar om een ander en...' Molander zweeg en keek om de beurt naar Lilja en naar Tuvesson. 'Menen jullie serieus dat jullie denken dat het een ander is?'

'Als ik heel eerlijk ben, weet ik niet wat ik moet denken,' zei Tuvesson.

'Ik ook niet,' zei Lilja.

'Maar ik neig ertoe te denken dat het om dezelfde dader gaat,' ging Tuvesson verder. 'Al wil ik niet dat we in dit stadium dingen uitsluiten. Het kan tenslotte iedereen zijn geweest.'

'Is er een dubbele calzone?' riep Rots vanuit de gang.

'Natuurlijk.' Tuvesson schoof de dikste doos naar Rots, die hem oppakte zonder hem open te maken.

'Dan wil ik jullie graag allemaal uitnodigen.' Rots stak zijn arm uit in de richting van de vergaderruimte en zag er buitengewoon tevreden uit.

Tuvesson en de anderen stapten de vergaderruimte binnen en keken om zich heen. Rots had een indrukwekkend karwei uitgevoerd door alle muren vanaf de vloer tot twee meter hoog te behangen met uitgeprinte foto's van de krabbels. Op elke foto zat bovendien een post-it-briefje, waarop stond waar de foto was genomen.

'Wow...' riep Lilja uit. 'Is dit allemaal van de Fredriksdalsschool?'

Rots knikte. 'Ik dacht dat dit de beste manier zou zijn om overzicht te krijgen.'

'Het is net alsof je een groot openbaar toilet binnenloopt,' zei Molander.

'Heb je iets interessants gevonden?' vroeg Tuvesson.

'Ik heb er nog niet naar gekeken.' Rots deed de pizzadoos open en begon te eten terwijl de anderen hun blik over de muren lieten gaan. 'Ik dacht dat we dat nu samen konden doen. Als we elk een muur nemen zou het niet zo lang hoeven duren.'

Zodra Rots zijn ergste honger had gestild, verspreidden ze zich en gingen aan het werk.

'Hoeveel "lul in kutten" hebben jullie?' vroeg Molander.

'Ik heb er al drie gehad,' zei Lilja.

'Telt "zuig m'n lul" ook?' vroeg Rots.

'Nee, dat zijn twee compleet verschillende dingen,' wierp Molander tegen. 'Dat ene is penetratie en het andere is oraal. Een beetje orde moet er zijn.'

'In dat geval heb ik al twee orale,' zei Tuvesson.

Een kwartier later heerste er een geconcentreerde stilte in de kamer. Het was alsof ze allemaal beseften dat het nu aan hen was om ervoor te zorgen dat het enorme karwei dat Rots verricht had iets opleverde. Hij had niet alleen het in het oog vallende gekrabbel op muren en kasten gefotografeerd. Hij had ook de verborgen dingen gevonden, onder banken en stoelen.

Op een van de wc-papierhouders stond: HOOP DAT JE EEN PLAN B HEBT... en op de onderkant van een van de wc-brillen: FLIKKERS SCHIJTEN NET ALS GEWONE MENSEN. ZE VINDEN HET ALLEEN WAT MOOIER. Verder was het meeste in de trant van: CECILIA IS EEN HOER... HIF IS BEST, FUCK THE REST! SLIPKNOT RULES – HELLSTRÖM SUCKS... JÖRGEN (HOUDT VAN) LINA... ROCK IS DOOD! LANG LEVE DE SYNTHESIZER!

Tuvesson liet haar blik over de krabbels glijden en had het gevoel dat ze overspoeld werd door de gedachten van jongeren. Gedachten van vroeger en van nu. Een paar foto's lieten meerdere lagen over elkaar zien. Als jaarringen van verschillende lichtingen leerlingen, waarbij je je moest concentreren om de binnenste laag te kunnen ontcijferen.

Haar blik bleef hangen op MJÄLLE MOET DOOD. Op het post-itbriefje kon ze lezen: ACHTERKANT BANK, KLEEDKAMER JONGENS. Ze rilde en bestudeerde de foto nauwkeuriger. De letters werden gevormd door onregelmatige en hoekige verdiepingen in het hout, alsof ze er met een mes in gekerfd waren. De randen waren afgesleten, wat erop wees dat het inderdaad bijna dertig jaar geleden kon zijn dat ze gemaakt waren. De vraag was door wie? Jörgen, Glenn of de dader?

'Wat vinden jullie hiervan?' Lilja las het hardop voor: "Ik praat, niemand luistert. Ik vraag, niemand antwoordt/De onzichtbare man."'

'Waar stond dat?' vroeg Molander.

'Achter het blusapparaat in de zuidelijke gang.'

'Ik heb er net zo een,' zei Rots. "Ik haat ze allemaal, maar wie kan het wat schelen?/De onzichtbare man."'

'Denken jullie dat het hem kan zijn?' vroeg Lilja en ze wendde zich tot de anderen.

'Waarom niet?' zei Tuvesson.

Ze deden allemaal een paar stappen naar achteren en keken naar de krabbels. Het was alsof ze verwachtten dat de dader zich elk moment kon manifesteren en uit de muur zou stappen.

Een halfuur later liep Molander naar zijn muur, trok een van de foto's los en ging aan de tafel zitten, waar hij de foto met een loep begon te bestuderen. De anderen gingen door met hun muren en toen ze klaar waren verzamelden ze zich achter Molander.

De krabbels die hij onderzocht waren onleesbaar. De tekst was in de loop der jaren zo weggesleten dat er nu alleen nog een paar punten en streepjes in verschillende groottes en hoeken stonden. Iets wat Molander nu tot letters probeerde te herleiden. Het post-it-briefje vertelde dat de krabbels op de binnenkant van kastdeur nummer 349 stonden.

Lilja wendde zich tot Rots. 'Je gaat me toch niet vertellen dat je elk kluisje open hebt gemaakt?'

'Nee, ze waren al open. Waarschijnlijk om ze leeg te halen en schoon te maken in de zomervakantie.'

Tuvesson keek over Molanders schouder en kon delen van de tekst zien. NIEMAND ZIET ME... NIEMAND... Wat er daarna kwam kon ze niet zien. Molanders ene hand zat in de weg en ze wilde hem absoluut niet storen. Als hij zo geconcentreerd bezig was, ging het onderzoek meestel een grote stap vooruit.

Ze bedankte stilletjes de kebabpizza, liep naar het panoramaraam en keek uit over het nachtelijk verlichte Helsingborg. Het zicht was buitengewoon helder en ze kon over de Sont de lichten in Helsingør zien en de knipperende vuurtoren in het Kronborg Slot. Ze kon zelfs de lichten van het eiland Ven zien, waar ze net als de meeste andere Helsingborgers nog nooit een voet op had gezet. Of misschien waren het alleen maar de lichten van een boot.

'Hier hebben we hem,' riep Molander plotseling uit.

Tuvesson draaide zich om. 'Weet je het zeker?'

'Als dit niet door onze dader geschreven is, stop ik ermee en ga iets anders doen.'

'Wat heeft hij geschreven?' vroeg Lilja en ze goot het laatste restje cola in haar glas.

"Niemand ziet me... Niemand hoort me... niemand pest me zelfs/O.M." Molander keek op en zijn blik kruiste die van de anderen.

'Daarom noemde hij zich de onzichtbare man. Niemand schonk aandacht aan hem. Daar hebben we zijn hele motief,' zei Tuvesson. 'Dat moet een van de allerergste dingen zijn. Om de hele tijd genegeerd en voorbijgelopen te worden. Om zelfs niet gepest te worden. Het moet zijn alsof je niet bestaat.'

'Dus daar is hij op uit,' zei Lilja. 'Zijn bestaan, zichzelf op de kaart zetten en bekend worden.'

Tuvesson knikte.

'Voorlopig lijkt hij er nog alles aan te doen om onzichtbaar te blijven,' zei Rots.

'Het betekent in ieder geval dat hij hoogstwaarschijnlijk in dezelfde klas zat,' zei Molander.

Tuvesson knikte en liep naar de uitvergrote klassenfoto. Vier van hen waren doorgekruist. Jörgen, Glenn, Claes en de klassenlerares Monika Krusenstierna. Bij Ingela Ploghed was een vraagteken gezet. Ze voelde hoe haar hartslag toenam. Eindelijk waren ze ergens gekomen. Had het net nog min of meer iedereen kunnen zijn, nu waren ze erin geslaagd de dader terug te brengen tot een van de resterende leerlingen van de klas. 'We moeten met iedereen die nog leeft contact opnemen en hun alibi's checken.'

'Dat hebben Lilja en ik al gedaan,' zei Rots. 'In elk geval van iedereen die niet naar het buitenland is vertrokken.'

'En?'

'Helaas. Hun alibi's zijn waterdicht.'

'Allemaal?'

'Yep. De mijne tenminste,' zei Rots en hij keek naar Lilja.

'De mijne ook,' zei Lilja.

'En degenen die met vakantie zijn?' vroeg Molander. 'Hebben jullie gecontroleerd of ze echt weg zijn?'

'Nee,' antwoordde Lilja.

'Oké. Doe dat meteen en check de alibi's van de anderen nog een keer,' zei Tuvesson en Lilja en Rots knikten. 'Dan is er het feit dat hij heeft ondertekend met *De onzichtbare man*. Betekent dat dat het een man is?'

'Natuurlijk is het een man,' zei Molander. 'Hij heeft Ingela Ploghed toch verkracht.'

'In dat geval hebben we het totaal teruggebracht tot zeven verdachten.'

'Is dat met of zonder Risk?' vroeg Lilja.

Tuvesson richtte haar blik op Fabian Risk, die hetzelfde uniform droeg als de andere leerlingen – middenscheiding, poloshirt en lamswollen vest –, en was in gedachten toen de deur werd geopend en een man in burger naar binnen stormde.

'Zijn jullie met de klassenmoordenaar bezig?'

'Neem me niet kwalijk, maar wie ben je en hoe ben je hier binnengekomen?' vroeg Tuvesson op hetzelfde moment dat twee nachtwakers achter de man aan kwamen rennen en hem in zijn kraag grepen.

'Sorry, we waren te laat om hem tegen te houden en hij had de lift geblokkeerd,' zei de ene bewaker terwijl ze hem uit de kamer probeerden te trekken.

'Rustig, verdomme! Ik wil alleen...'

'Aangifte doen dat je vrouw vermist is. We weten het,' zei de ene bewaker. 'Maar dat doen we niet hier, daarvoor bel je naar de alarmcentrale, waar we je graag mee helpen.' De twee bewakers, die er nu genoeg van hadden, drukten de man op de grond en deden zijn armen op zijn rug tot hij begon te kermen. 'Houd je je nu rustig of moeten we de handboeien pakken?' riep de ene bewaker in het oor van de man.

'Wacht, laat hem los,' zei Tuvesson.

De twee bewakers draaiden zich om naar Tuvesson.

'Het is oké. Ik zal met hem praten.'

De twee bewakers wisselden een blik uit en haalden hun schouders op. 'Oké, he's all yours.' Ze lieten de man los, die overeind kwam en zijn kleren in orde bracht en daarna zijn haar, dat alle kanten op stond. Zijn blik was opgefokt. Alsof hij erop voorbereid was dat hij elk moment weer gegrepen kon worden.

Tuvesson liep naar hem toe en gaf hem een hand. 'Mijn naam is Astrid Tuvesson en ik leid het onderzoek. Waar kan ik je mee helpen?'

'Mijn vrouw, ze... ze is weg... verdwenen. En ik weet niet wat ik moet doen. Hoe ik het moet aanpakken...' De man begon te huilen en Lilja en Rots hielpen hem in een stoel.

'Laten we bij het begin beginnen. Hoe heet je?'

'Jerker... Jerker Hallin.'

'En je vrouw, hoe heet zij?'

'Elsa Hallin.'

'Hallin, was dat haar meisjesnaam?'

'Nee, dat was Pavlan.'

'Elsa Pavlan... Dus zij zat in dezelfde klas als...'

Jerker Hallin knikte. 'Daarom ben ik hier. Het was haar beurt om het eten te regelen, zodat ik kon gaan trainen en toen ik klaar was, had ik meerdere gemiste oproepen en sms'jes van Bea, onze dochter, die zich afvroeg waarom er niemand thuis was.'

'En je hebt natuurlijk geprobeerd haar te bellen?'

'Dan gaat meteen de voicemail aan.'

'Waar werkt ze?'

'In de hoofdbibliotheek in de stad. Maar ik heb al met ze gesproken en daar is ze niet.'

'Konden ze zeggen wanneer ze de bibliotheek had verlaten?'

Jerker Hallin haalde zijn schouders op. 'Kunnen jullie niet iets doen? Naar haar zoeken, patrouilles uitsturen. Wat dan ook.'

'Natuurlijk. Natuurlijk kunnen we dat doen,' zei Tuvesson, hoewel ze wist dat het al te laat was.

62

Dunja Hougaard hield haar ene been boven het water en liet het scheermesje over haar kuit glijden. Ze bewoog haar voet en kon met voldoening vaststellen dat de maanden van pilatesoefeningen er al voor hadden gezorgd dat haar benen er jaren jonger uitzagen. Nee, ze mocht niet klagen. Het kwam niet vaak voor dat iemand haar leeftijd raadde en als ze onthulde dat ze zesendertig was dachten ze meestal dat ze een grapje maakte. En ze begreep hen. Het was een feit dat ze er nooit beter uit had gezien dan nu.

Het laatste halfjaar had ze een zo grote verandering ondergaan dat een paar van haar oude vrienden haar nauwelijks herkenden. Ze had een ander kapsel genomen, kocht haar kleren niet meer bij H&M en doordat ze regelmatig trainde was eindelijk het laatste babyvet weggebrand, waarvan ze zeker had geweten dat ze het mee haar graf in zou nemen.

Ze legde het scheermesje weg, stak haar hoofd onder water en spoelde de conditioner uit haar haar. Eindelijk begon ze zich een beetje rustig te voelen. Het warme bad en al het gepriegel met haar lichaam hadden geholpen om even niet aan haar werk te denken.

Daarvoor had ze nergens anders aan kunnen denken en zelfs haar training moeten onderbreken om naar huis te gaan. Haar gedachten hadden in rondjes gedraaid en de ene seconde had ze geconcludeerd dat ze alles helemaal goed had gedaan om de volgende seconde tot de slotsom te komen dat ze een zo grote blunder had begaan dat ze net zo goed het land uit kon vluchten.

Maar nu was ze er ten slotte op uitgekomen dat ze juist had gehandeld. Als ze haar zouden ontslaan, moesten ze dat maar doen. Het belangrijkste was dat het onderzoek vooruitging en als de auto de Zweden daarbij kon helpen, dan was de schade die haar carrière opliep een redelijke prijs.

Ze ging staan, trok de stop van het bad er met haar tenen uit en zette de douche aan. Nadat ze haar lichaam schoon had gespoeld, ging ze op de badkamermat staan, pakte de bovenste van de stapel pas gewassen handdoeken en droogde zich af bij het geluid van het badwater dat in de afvoer verdween. Ze smeerde haar lichaam in en voelde hoe het brandde op de plekken waar ze zich had geschoren.

Een lang aanhoudend, slurpend geluid gaf aan dat het water uit de badkuip was gelopen, of misschien was het geluid de roep om hulp van de afvoer dat hij schoongemaakt moest worden, waar Dunja zich heel goed bewust van was. Ze was het de laatste tijd vaak van plan geweest, maar er was steeds iets tussen gekomen. En als er niets tussen was gekomen, had ze er wel voor gezorgd dat dat gebeurde. Waarschijnlijk zou ze er niets aan doen voordat het water overstroomde en de gepolijste vloer van de woonkamer op liep.

Ze vroeg zich net af of haar verzekering dat soort schade wel zou dekken toen er werd aangebeld. Op haar horloge zag ze dat het twintig voor twaalf was. Misschien was het gewoon iemand die de weg wilde vragen? De bel ging weer. Deze keer bleef hij lang ingedrukt. Dunja sloeg haar kimono om zich heen en knoopte die op weg naar de hal dicht. Kon het een van haar laatste bewonderaars zijn?

Hoewel ze er altijd op lette dat ze hen nooit mee naar huis nam of haar achternaam zei, waren er drie geweest die haar toch hadden weten te vinden en hadden aangebeld. Bij de eerste twee had ze er niets op tegen gehad en hen met plezier binnengelaten en ze merkte dat iets in haar hoopte dat het een van hen was. De derde was gekomen om haar een aanzoek te doen en was ingestort toen ze vriendelijk maar vastbesloten nee had gezegd. Twee theepotten later had hij er uiteindelijk mee ingestemd om een taxi naar huis te nemen.

Ze boog zich naar de deurspion toe, maar kon niets zien. Het trapgat was helemaal zwart. Er werd weer gebeld, nu met korte, stootsgewijze signalen. Als een waarschuwingssignaal voor een explosie. Ze draaide het slot los en deed de deur open.

'Mm... Net gedoucht?' Kim Sleizner nam een slok van de halflege whiskyfles die hij in zijn hand had.

'Sorry, maar het is bijna twaalf uur 's nachts. Wat wil je?'

Sleizner stak een waarschuwende vinger op en grijnsde. 'Jij en ik... wij moeten... even praten.' Hij wrong zich langs haar het appartement in en ze kon de alcohollucht in zijn kielzog ruiken.

Toen ze de woonkamer binnenkwam, stond hij bij haar iPod-installatie en zette het geluid van Sades *Your Love Is King* harder, waarna hij zich wijdbeens op de bank liet zakken en nog een slok whisky nam. 'Je vraagt je misschien af waarom ik hier ben? Dat zou ik in elk geval hebben gedaan, als ik in jouw schoenen stond. Of jouw kimono aanhad. Mooi trouwens. Sexy.'

'Kim, ik heb geen idee wat je wilt en nee, ik wil het ook niet weten. Het enige wat ik wil is dat je weggaat. Nu meteen.'

'Het geeft geen pas om zo'n toon aan te slaan als iemand uitgeteld is. Ik zou eigenlijk beledigd moeten zijn, maar ik vind toch dat je er goed uitziet. Vooral in die kimono.' Hij sloeg de whisky achterover en veegde zijn mond af met de rug van zijn hand. 'Nu wil ik weten of jij het aan *Ekstra Bladet* hebt verteld.'

Dus daarom was hij gekomen. Voorlopig wist hij dus nog niet dat ze zijn handtekening had vervalst en dat de Peugeot onderweg was naar Zweden. Met wat geluk zou hij er pas achter komen nadat hij gedwongen zou zijn te vertrekken. Wat iedereen verwachtte na *Blowgate*, zoals *Ekstra Bladet* de affaire nu noemde. Dunja zette een paar stappen naar de salontafel toe en keek op hem neer. Niet gaan zitten. Niet uitnodigen tot een gesprek. En in godsnaam geen zwakte tonen.

'Kim, het is geen geheim dat jij en ik niet goed met elkaar op kunnen schieten en meestal verschillende opvattingen hebben over hoe een onderzoek moet worden uitgevoerd. Maar ik zou nooit zo laag zinken dat ik contact op zou nemen met een avondkrant over jouw slippertjes.'

Sleizner liet op zich inwerken wat ze had gezegd, kwam overeind uit de bank en liep langs haar heen naar de hal. 'Dus dat zeg je? Dat jij het dus niet was? Hm... interessant.' Hij bleef staan, draaide zich om en keek haar aan. 'Dus jij had er niets mee te maken?'

Hij moest de zweem van een aarzeling hebben gevoeld terwijl ze nadacht over wat ze moest antwoorden, een microseconde te lang. 'Kim, luister...'

Verder kwam ze niet voordat hij haar een zo harde klap op haar wang gaf dat ze dacht dat haar nek ontwricht was. Ze kon horen dat hij schreeuwde, maar niet wat. Haar wang brandde en klopte in hetzelfde tempo als haar hartslag. Hij greep haar bij haar kimono en trok haar naar zich toe en ze voelde hoe zijn scherpe adem zich aan haar opdrong.

Toen keerde haar gehoor terug. Alsof iemand het geluid weer aanzette.

'Denk je dat ik niet weet dat je liegt?! Denk je dat ik niet weet dat jij het was?!'

Haar benen werden onder haar weggeslagen en ze viel voorover op de vloer. De pas gepolijste houten vloer die van dichtbij nog steeds naar lak rook. Een tel later wierp hij zich op haar en klemde met zijn ene hand haar armen boven haar hoofd vast terwijl hij tegelijkertijd zijn andere hand omlaag liet glijden naar haar schoot. Zijn hijgende, stinkende adem recht in haar gezicht.

'Mm... Helemaal glad en pasgeschoren. Wat aardig. Heb je dat voor mij gedaan?' fluisterde hij in haar oor. 'Je had misschien al aangevoeld dat ik langs zou komen? Ik weet dat je het wilt. Het heeft geen zin het te ontkennen. De eerste keer dat ik je zag, begreep ik meteen wat voor eentje jij er bent. Maar je wilde natuurlijk niet met je chef naar bed en bevoordeeld worden. Want dat zou niet eerlijk zijn. Toch?' Hij liet zijn middelvinger rond haar clitoris gaan. 'Maar ik heb goed nieuws. Ondanks dat ik je chef ben, kan ik je garanderen dat je er geen baat bij zult hebben.' Hij duwde drie vingers in haar. 'Dat je het maar weet. Ik zal op je huid zitten als een bloedzuiger.' Zijn vingers zochten hun weg omhoog en de greep op haar schaambeen werd sterker. Het deed pijn en ze probeerde uit zijn greep te draaien. Maar hij drukte alleen maar harder.

'En ik zal niet loslaten voor je helemaal leeg bent.' Hij trok zijn vingers terug. 'En al ben ik hier niet de hele tijd, je zult bang zijn dat ik plotseling opduik. Wat ook precies is wat ik zal doen. Als je er het minst op bedacht bent.' Hij proefde aan zijn vingers en veegde ze aan haar wang af, kwam overeind en verliet het appartement.

63

Fabian keek naar de klok die achttien over drie aangaf. Het ziekenhuis sliep allang en het enige wat te horen was, was de zwakke ruis van het ventilatiesysteem. Drie keer had hij in de verte sirenes van ambulances gehoord en hij nam aan dat het beschouwd kon worden als een buitengewoon rustige nacht.

Hij liet zijn blik zakken en keek naar het jaarboek dat op het dienblad lag dat hij als werktafel gebruikte. Met uitzondering van de paar keer dat hij was weggedoezeld, had hij de laatste drie uur besteed aan het gedetailleerd bestuderen van het jaarboek van de laatste klas. Rustig en methodisch had hij het van kaft tot kaft doorgenomen, klas voor klas en leerling voor leerling. Bij elk gezicht had hij geprobeerd een herinnering aan de persoon in kwestie boven te halen. Hij kon zich de meesten herinneren, al duurde het bij sommigen even voordat ze weer tot leven kwamen. Zelfs degenen met wie hij nooit iets te maken had gehad, bleken als zwervende geesten aanwezig te zijn in zijn geheugen.

Maar hij had niets verdachts kunnen vinden. Niet een van de gezichten had zich van de andere onderscheidden en zijn aandacht getrokken. Nog maar een paar uur geleden was hij er zeker van geweest dat de dader zich ergens in het jaarboek moest bevinden. Maar nu had de twijfel toegeslagen. Zat hij op een fout spoor?

Hij besloot het jaarboek nog een allerlaatste keer door te bladeren. Als hij deze keer niets vond, zou hij de lamp uitdoen en proberen wat slaap te krijgen. Het jaarboek opende zich inmiddels min of meer uit zichzelf bij klas 9C. Hij wist niet hoe vaak hij de afgelopen week al naar die foto had gekeken. Toch kon hij het gevoel niet kwijtraken dat hij iets over het hoofd zag. Iets met de foto. Het was alsof die een geheim verborg.

Waarom zou de dader die foto anders hebben gebruikt toen hij een kruis door Jörgen Pålsson had gezet? Het moest iets betekenen. Vooral als je bedacht dat er verder niets aan het toeval leek te zijn overgelaten. Hij liep de rijen met gezichten door en de namen onder de foto, maar hoe hij zijn best ook deed, hij was niet in staat iemand aan te wijzen als een potentiële dader. Behalve Claes Mällvik, die nu dood was. Hij legde het jaarboek weg en wreef over zijn slapen. Wat had hij over het hoofd gezien?

Hij dacht aan de offerachtige plek waar hij Claes had gevonden. Hoe hij daar meer dan een uur was geweest, terwijl hij op de anderen wachtte, en toch het mos onder het slachtoffer niet had gezien. Het mos dat gevormd was als een mensenlichaam en dat de eigenlijke boodschap was. Het belangrijkste van de hele installatie. De dader zelf in de schaduw van Claes.

In de schaduw van Claes…

Hij had op de verkeerde manier gekeken. Hij en alle anderen hadden zich blindgestaard op wat er op de foto stond, terwijl het er in feite om ging wat níét op de foto stond.

Fabian voelde hoe zijn energie terugkeerde en stak zijn hand uit naar de otoscoop, die eigenlijk bedoeld was om oren mee te onderzoeken maar die nu dienst kon doen als loep. Hij zette hem aan en hield hem voor de klassenfoto. Nu wist hij precies waar hij moest zoeken op de foto en inderdaad. Daar stond hij. In de schaduw van Claes Mällvik stond de dader.

Weliswaar was hij bijna helemaal verborgen achter Claes, zodat je niets van zijn gezicht kon zien. Het enige wat zijn aanwezigheid verraadde, waren delen van zijn haar. Iets waarvan ze de hele tijd hadden gedacht dat het Claes' haar was, maar in de otoscoop kon je heel duidelijk zien dat het van iemand anders achter hem was.

De vraag was: van wie?

Fabian kon zich totaal niet herinneren dat er nog iemand in de klas had gezeten. Kon hij het echt hebben gemist dat er nog iemand bij hoorde? Hij telde de namen onder de foto. Twintig stuks en geen afwezige. Twintig. Dat waren er precies evenveel als hij de hele tijd had gedacht. Maar op de foto stonden eigenlijk eenentwintig leerlingen. Dus nog een erbij. Iemand die zich de hele tijd tussen hen in had bevonden. Iemand aan wie niemand aandacht had geschonken en wiens naam niet eens onder de klassenfoto stond. Kon dat echt kloppen of was die persoon maar een waanvoorstelling?

64

Tuvesson liep zo snel als ze kon door de ziekenhuisgang terwijl ze wenste dat de arts, die haar als een irritante vlieg volgde, gauw een bericht op zijn pieper zou krijgen zodat hij haar met rust zou laten.

'Dit is echt geen goed idee,' zei hij. Voor god weet de hoeveelste keer. 'Vooral niet als je bedenkt wat er gisteren is gebeurd.'

'Ik beloof dat ik me in zal houden.'

'Ja, maar naar mijn oordeel is ze niet sterk genoeg en daarom is het mijn plicht...'

Tuvesson bleef staan en draaide zich om naar de arts. 'Ik weet niet hoe je het hebt kunnen missen. Maar we bevinden ons midden in een onderzoek met het ene dodelijke slachtoffer na het andere. Voor de eerste keer hebben we een overlevende en als we haar geheugen op weg kunnen helpen is dat *míjn* plicht!'

'Maar waarom kan dat niet wachten tot ze...'

'Omdat we elk moment een nieuw slachtoffer op ons bord kunnen krijgen. Maar misschien wil jij daar wel de verantwoordelijkheid voor nemen?'

De arts zuchtte. 'Maar ik wil dat we het haar vragen en als ze niet wil is het nee, oké?'

Tuvesson koos ervoor geen antwoord te geven en liep verder door de gang. Haar geduld was op en ze was moe tot in haar botten ondanks dat ze een paar uur slaap had gehad terwijl Rots en Lilja controleerden of iedereen van de klas die beweerde het land uit te zijn dat ook echt was. Op een na had iedereen kunnen bevestigen dat ze zich in het buitenland bevonden.

Seth Kårheden zou zich in Spanje bevinden, maar had nog steeds zijn mobieltje niet opgenomen. Bovendien was hij gescheiden en een beetje een zonderling. Of dat betekende dat hij hun dader was, was voorlopig nog te vroeg om te zeggen. Hij was in elk geval een verdachte.

Tuvesson bleef staan bij de twee geüniformeerde agenten die elk aan een kant van de deuren zaten. Ze knikte naar hen en de ene kwam overeind en opende de deur van de kamer waarin Ingela Ploghed nu rechtop in bed zat en in een tijdschrift bladerde.

'Hoi Ingela, herinner je je me nog? We hebben elkaar gisteren ontmoet.'

Ingela knikte zonder haar ogen van het tijdschrift te halen en Tuvesson ging op een stoel naast het bed zitten.

'Je ziet er een stuk beter uit dan gisteren.'

Ingela haalde haar schouders op.

'Ingela, weet je nog waar we het over hadden toen we elkaar gisteren zagen?'

Ingela knikte.

'Je vertelde hoe je uit was met een paar single vriendinnen en wat dronk in de S/S Swea en dat je je opeens onder invloed voelde van iets anders dan alcohol. Zijn er nog meer beelden bij gekomen?'

Ingela schudde haar hoofd zonder het breipatroon met haar ogen los te laten.

'Wat zou je ervan vinden om een autoritje met me te maken? Misschien helpt het om je geheugen op te frissen.'

Ingela keek op van het tijdschrift en haar blik ontmoette die van Tuvesson. 'Ik weet het niet.' Ze richtte haar blik op de arts en daarna weer op Tuvesson.

'Ingela, op het ogenblik ben je onze beste, om niet te zeggen onze enige kans om degene te identificeren en te pakken die jou op deze vreselijke manier heeft aangevallen.'

'Is het dezelfde die de anderen van de klas heeft gedood?'

'Dat weten we nog niet. Er is veel dat erop wijst, maar er zijn ook dingen die het tegenspreken. Met jouw hulp kunnen we er misschien achter komen.'

Ingela Ploghed liet haar blik zakken en leek weer te verdwijnen in de wereld van het breien, waarna ze het tijdschrift dichtsloeg en opkeek.

Astrid Tuvesson draaide het Kungstorget op en vond een lege plek precies voor de S/S Swea, die langs de kade lag aangemeerd. Ingela Ploghed zat in de passagiersstoel en keek naar de boot met een uitdrukking waaruit totaal niet viel af te lezen hoe ze zich voelde.

'Gaat het?'

Ingela knikte en Tuvesson stapte uit de auto, pakte een rolstoel uit de kofferbak, vouwde die open en hielp Ingela om in de stoel plaats te nemen.

'Ik ben hier nog nooit geweest. Is het een leuke plek?'

'Jawel, het is er wel... oké.'

'Kom je hier vaak?'

'Nee, alleen als ik met de meisjes uit ben. Het is zo'n beetje onze plek geworden.'

Tuvesson duwde de rolstoel over de loopplank de salon in, waar een in kokskleren gestoken man hun tegemoet kwam en vertelde dat ze gesloten waren. Ze liet haar politielegitimatie zien en zei dat ze alleen maar even rond wilden kijken. De man mompelde iets over dat dat dan snel moest gebeuren en verdween naar de keuken.

Ingela reed zelf rond en keek om zich heen in de salon, die met mahonie beklede muren had en ronde patrijspoorten van glanzend messing. De gekleurde spotlights en luidsprekers aan het plafond maakten duidelijk dat ze zich op een dansvloer bevonden. Langs de ene muur was een bar met rijen flessen sterkedrank op planken en in de ene hoek stond een bedekte blackjack-tafel. Pover en saai, dacht Tuvesson. Zoals alle nachtclubs overdag.

'Kun je iets vertellen van wat je je herinnert van de nacht dat je hier was?'

'Ik herinner me alleen wat ik heb verteld.'

'Oké, maar kun je dat misschien nog een keer vertellen?'

'Ja, we bestelden drankjes en na een tijdje voelde ik me duizelig en vreemd.'

'Verder niets, toen jullie hier waren? Geen detail, maakt niet uit hoe klein. Soms kan iets heel kleins genoeg zijn om de rest van de herinneringen tot leven te wekken. Zoals bijvoorbeeld wat voor kleren je droeg.'

'Mijn zwarte spijkerbroek en een witte blouse. Zo een die je om je middel moet knopen.'

'En je schoenen, met hoge hakken?'

'Ik draag nooit hoge hakken. Ik kan er niet eens op lopen. Nee, ik had mijn gewone sandalen aan, die ik altijd draag,' zei Ingela en ze keek om zich heen.

Tuvesson bekeek haar van een afstand. Risk had gezegd dat ze een van de meest geliefde leerlingen van de klas was en de enige die het opnam voor Claes. Iets waar zowel moed als een ruggengraat voor nodig was. Een beeld dat totaal niet overeenkwam met de persoon naar wie ze nu keek. Ook als je de aanranding buiten beschouwing hield hing er iets zwaars en grijs over haar. Eigenlijk zag ze er best goed uit. Maar dat piekerige muiskleurige haar, de afgesleten schoenen en haar onopgemaakte gezicht, ja, haar hele uitstraling, vertelden dat dit iemand was die het op had gegeven.

'Hadden jullie het leuk? Voordat het misging, bedoel ik.'

'Ach leuk.' Ingela haalde haar schouders op. 'Ik ga meestal mee voor de anderen en als ik eerlijk ben, was ik liever thuisgebleven. Maar je moet de paar vrienden die je nog overhebt nu eenmaal zien te houden.'

'Heb je veel vrienden verloren?'

'Niet echt verloren. Maar je weet hoe het gaat. Je groeit uit elkaar, leidt verschillende levens en voordat je echt begrijpt hoe het gekomen is, is er te veel tijd verstreken om even op te bellen en te vragen hoe het gaat.'

Tuvesson knikte. Ze herkende het en begreep precies wat Ingela bedoelde. Het verschil was dat er voor de meeste anderen nieuwe vrienden bij kwamen.

'We kunnen net zo goed gaan. Ik ga me toch niets meer herinneren.' Ingela rolde naar de uitgang en Tuvesson hielp haar over de loopplank.

'Herinner je je niets van toen je naar buiten kwam?'

'Nee, ik heb toch gezegd dat ik, of wacht...' Ze bracht de rolstoel midden op de loopplank tot stilstand en keek omlaag naar het water. 'Ja, het voelde alsof ik in het water zou vallen en daarom hield ik me met beide handen aan de reling vast.'

'Zo?' Tuvesson pakte de reling beet en Ingela knikte. 'En daarna? Wat gebeurde er toen?'

Ingela haalde haar schouders op en dacht na. 'Hij was blauw. De auto, hij was blauw. Iets donkerder dan die.' Ze wees naar een auto die voorbijreed.

'Dus er stopte hier een blauwe auto?'

'Nee, hij stond al daar en er was iemand die naar me toe kwam om me te helpen. Eerst voelde hij sterk en veilig, ik was zo bang om in het water te vallen. Maar daarna werd ik bang van hem.'

'Waarom werd je bang?'

'Hij pakte me zo hard vast. Ik probeerde los te komen, maar hij was te sterk en duwde me in de auto.'

'Kun je hem beschrijven?'

'Ik heb zijn gezicht niet gezien.'

'Zijn lichaam dan? Lang, dik of...'

'Ik weet het niet. Normaal.'

'Leeftijd?'

Ingela dacht na. 'Middelbaar... of ik weet het niet. Maar ik herinner me dat het een blauwe auto was.'

'Je weet niet wat voor model het was?'

'Nee, alle auto's zien er tegenwoordig hetzelfde uit.'

Tuvesson pakte haar mobieltje en zocht een vrij recente foto van Seth Kårheden op, die Rots op internet had gevonden, en liet die aan Ingela Ploghed zien. 'Was dit hem?'

'Maar dat is Seth Kårheden.'

'Ja, dat weet ik, maar heeft hij je naar de auto geholpen?'

'Hoe moet ik dat weten als ik hem niet gezien heb.'

Tuvesson gaf het op en duwde Ingela naar de auto. Het was tijd voor de volgende stop.

65

Dunja Hougaards onderlichaam deed nog steeds pijn en zijn duim had vlak boven haar schaambeen een flinke blauwe plek achtergelaten. Erger was het niet. Lichamelijk gezien. De echte pijn was de vernedering die zich steeds dieper in haar vastzette, hoewel het eigenlijk niet meer was dan een eenvoudige machtsdemonstratie van een gekortwiekt alfamannetje.

Ze had haar keuzemogelijkheden doorgenomen. Aangifte van seksuele aanranding zou leiden tot een woord-tegen-woordsituatie. Bovendien had ze hem zelf binnengelaten in haar appartement en haar vervalsing van zijn handtekening zou haar geloofwaardigheid niet bepaald verhogen. Het alternatief was wraak. Ze zou contact op kunnen nemen met zijn vrouw of met *Ekstra Bladet* om het te vertellen. Of hem in een val kunnen lokken.

Maar ze had alle ideeën verworpen en was tot de conclusie gekomen dat het het best was om af te wachten en haar hoofd hoog te houden. Het was zijn bedoeling geweest om haar omlaag te drukken en op haar plaats te zetten. Het zou het effectiefst zijn om hem te laten zien dat hij daar niet in was geslaagd. Dat ze sterker was. Sterker dan hij.

Het probleem was dat hij er wel in was geslaagd. Ze was gebroken en zwak en alleen de gedachte al dat ze haar hoofd hoog moest houden maakte haar uitgeput. De waterkoker floot en ze schonk het water in de theepot, liep naar de woonkamer en kroop op de bank met haar tablet op haar knie. Het eerste wat ze zag toen ze hem opende was zijn blik. Hij keek of liever staarde haar recht aan en het was alsof hij zich nog steeds in haar appartement bevond. KIM SLEIZNER LUCHT ZIJN HART.

Kim had dus een publieke knieval gemaakt. De listige duivel. Ze klikte naar het artikel, waarin hij in berouwvolle bewoordingen vertelde dat hij in de eerste plaats zijn familie maar ook het voltallige Deense volk om vergeving wilde vragen. Hij verklaarde zijn misstap door de te hoge werkdruk, die ertoe had geleid dat hij zijn gezin verwaarloosd had en gedwongen was geweest elders warmte te zoeken. Op de vraag of hij van plan was op te stappen, antwoordde hij:

> Als ze me nog willen, sta ik klaar. Maar eerst moet ik een time-out nemen. Het is niet alleen zwaar voor mezelf geweest, maar zo mogelijk nog erger voor mijn familie. Ik hoop daarom dat jullie onze behoefte respecteren om met rust gelaten te worden terwijl wij in het reine proberen te komen met de situatie. We willen allemaal graag superhelden zijn die alles klaarspelen. Maar uiteindelijk ben je niet meer dan een mens met fouten en gebreken. Een inzicht dat alle leiders zouden moeten hebben, maar te veel helaas missen.

Dunja klapte haar tablet case dicht.

Ze had het gevoel dat ze moest overgeven.

66

'Misschien had ze gewoon genoeg van die man en is ze ervandoor gegaan?' zei Rots tegen Lilja terwijl ze door het lommerrijke stadspark naar de hoofdbibliotheek liepen. 'Het stikt daarbuiten vast van de gefrustreerde vrouwen die niets anders willen dan een enkeltje kopen om zo ver mogelijk te verdwijnen. Om nog maar te zwijgen van gefrustreerde mannen.'

'En de dochter? Zou ze die ook zomaar in de steek laten?'

'Dat hangt ervan af hoe wanhopig ze was.'

Ze liepen de bibliotheek in, waar een koele geconcentreerde rust hing. Lilja haalde diep adem en de onmiskenbare geur van boeken die alleen in bibliotheken te vinden is, bracht haar terug in de tijd. Het was bijna alsof ze thuiskwam.

Toen ze klein was hield ze ervan om in deze bibliotheek te zijn. Elke zaterdag wanneer haar moeder in de Reflex – een exclusieve kleine modewinkel aan de Järnvägsgatan – werkte, had ze haar tijd doorgebracht in de bibliotheek. Ze had naar kindertoneel en films gekeken en bijna alle boeken van de jeugdafdeling gelezen. De uren waren voorbijgevlogen en ze had zich geen moment verveeld.

Af en toe had ze een ontdekkingstocht door het grote gebouw gemaakt, dat bestond uit een aantal aan elkaar gekoppelde huizen, en waar je het het minst verwachtte kon een deur zijn die naar een compleet nieuwe en voor haar onbekende ruimte leidde.

Een keer had ze een deur midden in een van de boekenkasten ontdekt. Een deur waar ze al ontelbare keren langsgelopen moest zijn zonder hem te zien. Hij zat niet op slot en ze was in een studiezaal gekomen die leeg was geweest op twee volwassenen na, die te verdiept in elkaar waren om aandacht aan haar te schenken. Het was de eerste keer dat ze het in het echt had gezien. Een keer had ze het haar moeder horen doen na een dronken nacht in de Charles Dickens. Maar het was anders om het te zien.

Ze had hen allebei herkend. De vrouw die over een tafel stond geleund met haar slipje op haar knieën zat beneden bij de uitleen en de man die achter haar stond en zijn onderlichaam met harde, ritmische stoten tegen haar aan drukte, was de conciërge van de bibliotheek. Bij elke stoot had zijn grote sleutelbos gerinkeld.

Ze had geen afschuw of angst gevoeld, maar was vooral gefascineerd geweest en ze was verder de ruimte in geslopen om het beter te kunnen zien. Toen had de man zich omgedraaid en haar gezien. Ze had niet geweten waar ze naartoe moest en of ze weer naar buiten moest rennen. Er verscheen een glimlach op zijn gezicht en hij bleef zijn onderlichaam met steeds hardere stoten tegen de vrouw aan drukken en bij elke stoot had ze steeds luider gekreund.

Na een tijdje was ook hij begonnen te kreunen en had zijn lid uit de vrouw getrokken en het als een zwaar stuk vlees in zijn hand laten rusten, de hele tijd met zijn blik op haar gericht, en hoewel iets in haar zei dat ze weg moest rennen, had ze niet op kunnen houden met kijken. Nu nog kon ze zich herinneren hoe groot ze had gevonden dat hij was. Nog steeds hard en beaderd en glanzend van de sappen van de vrouw. Met zijn vrije hand draaide hij de vrouw om, duwde haar omlaag en stak hem in haar mond. De hele tijd met zijn blik vastgenageld op Lilja.

'Waar kan ik jullie mee helpen?'

Lilja werd uit haar dagdroom gerukt en zag dat de bibliothecaresse achter de uitleenbalie dezelfde vrouw was, alleen vijfentwintig jaar en waarschijnlijk evenveel kilo later. Ze vroeg zich af of de conciërge er ook nog zou werken terwijl Rots uitlegde waarvoor ze gekomen waren.

'Elsa Hallin,' herhaalde de bibliothecaresse. 'Ja, ze was hier gisteren. Maar vandaag heb ik haar niet gezien.'

'Tot hoelang is ze gisteren gebleven?'

'Even kijken. Gisteren was een donderdag. Dan werkt ze tot halfvijf. Dus dan moet ze rond die tijd zijn weggegaan? Ze stopt eerder op dinsdag en donderdag en moest vast zoals gewoonlijk naar huis en... Ja dat. Ze had tijd voor een gezichtsbehandeling voordat ze naar huis moest om het eten klaar te maken. Zij en haar man hebben een heel strikt en gelijkwaardig schema.'

'Blijkbaar is ze nooit thuisgekomen om het eten klaar te maken,' zei Rots.

'Je hebt niet gezien hoe laat ze precies vertrok?' vroeg Lilja.

'Nee, het spijt me.'

'Wanneer heb je haar voor het laatst gezien?'

'Rond drie uur, denk ik. Toen namen we een koffiepauze.'

'Gisteren?'

De bibliothecaresse knikte.

'Heb je gemerkt of ze zich op een of andere manier anders gedroeg?'

'Hoe bedoel je?'

'Of ze extra nerveus of gespannen was. Of ze iets zei over dat ze zich bedreigd voelde, of überhaupt iets zei wat ongewoon was.'

De bibliothecaresse dacht na en wilde net iets zeggen toen een bezoeker naar de balie kwam.

'Waar is de Engelstalige literatuur?'

'Rechtdoor en het trapje op naar rechts.' De bezoeker liep door en de bibliothecaresse leunde naar de agenten toe en liet haar stem zakken. 'Elsa zat in die klas en we vroegen ons natuurlijk allemaal af of ze zich geen zorgen maakte. Maar ze wilde het er niet over hebben en wuifde het alleen maar weg, alsof het niets met haar te maken had. Maar als wat in de kranten staat klopt, dat die Jörgen en Glenn pestkoppen waren, dan zou ik me zorgen maken als ik in haar schoenen stond.'

'Waarom?'

'Laat ik het zo zeggen. Zelf heb ik niets tegen haar. Helemaal niets. Integendeel zelfs.' Ze keek over haar schouder. 'Maar er zijn er hier die er anders over denken en juist grote problemen met haar hebben. Er zijn er zelfs een paar geweest die ontslag hebben genomen om haar.'

'Wat was de reden daarvan?'

'Hoe zal ik het zeggen, ze heeft een scherpe tong en soms is het op de grens van treiteren. Maar ze heeft nooit iets gemeens over mij gezegd. Niet dat ik weet tenminste.'

Lilja wisselde een blik uit met Rots en zag dat hij precies hetzelfde dacht als zij.

'Hebben jullie een personeelskamer of iets dergelijks?'

'Ja, kom maar mee, dan laat ik hem jullie zien. Hij is hier.' Ze zette een bordje met de tekst GESLOTEN op de balie en leidde hen door de bibliotheek.

Lilja kende de weg. Behalve een kamer met computers en de verbouwde patio zag ze niet dat er iets veranderd was in de afgelopen twintig jaar.

'Hier is ons hoekje.' De bibliothecaresse opende de deur van de personeelskamer.

Hij was kleiner dan Lilja had verwacht. Achter in de kamer stond een hoekbank met een groengestreepte pluizige stof en in de andere hoek was een keukentje met een koffiezetapparaat en een aanrecht. Hier en daar stonden fauteuils met bijbehorende vloerlampen en langs de ene muur twee bureaus.

'Waar zijn haar persoonlijke bezittingen?'

De bibliothecaresse liep naar het achterste bureau en trok een van de laden open. Lilja bekeek de inhoud, die bestond uit een paar verschillende lippenstiften, tandfloss, een doosje pruimtabak, een pakje kauwgom, een paar pennen en een lader voor een mobieltje. Ze zuchtte en had het gevoel dat ze in een kringetje ronddraaiden. Ze had geen idee hoe ze verder moesten gaan. Ze was te moe. Ze had de afgelopen nacht maar twee uur geslapen en het enige wat ze nu wilde was op de groene bank gaan liggen slapen.

'Zijn hier kleren bij die van haar zijn?' vroeg Rots, die bij de hoedenplank stond.

De bibliothecaresse liep naar Rots toe, bekeek de buitenkleding en trok er een beige jas uit. 'Deze. Deze is van haar.'

'Weet je of ze die gisteren aanhad?'

'Ja, ik geloof het wel, en dit zijn haar schoenen. O, lieve god...' Ze legde een hand op haar mond en wees naar een paar goudkleurige sandalen. 'Betekent dat dat hij haar mee heeft genomen?'

'Dat is nog te vroeg om te zeggen,' zei Rots en hij hielp de geschokte bibliothecaresse in een van de fauteuils. Toen ze tot bedaren was gekomen, haalde hij zijn mobiele telefoon tevoorschijn en liet haar de foto van Seth Kårheden zien. 'Heb je deze man hier gisteren gezien?'

De bibliothecaresse staarde aandachtig naar de foto zonder iets te zeggen. Pas na een halve minuut richtte ze haar blik op Rots. 'Is dat hem? Is hij de moordenaar?'

'Dat weten we niet. Het enige wat er nu toe doet is of je hem hier gisteren hebt gezien.'

'Ik weet het niet. Misschien? Of niet?' De bibliothecaresse haalde haar schouders op. 'Er komen hier elke dag zoveel mensen voorbij.'

Rots knikte en liep naar Lilja toe, die bij de hoedenplank stond en de zakken van de beige jas doorzocht. In de ene vond ze een portemonnee, waar behalve een paar bankbiljetten een buskaart, twee creditcards, een legitimatiebewijs en een stapeltje met verschillende lidmaatschapskaarten zaten. Uit de andere zak viste Rots een oude Nokia-telefoon.

'Is die van haar?' vroeg Rots en hij liet het mobieltje aan de bibliothecaresse zien, die knikte en er steeds bezorgder uitzag.

Lilja nam het mobieltje van hem over en drukte op de knoppen zodat het schermpje oplichtte en liet zien dat er achttien gemiste oproepen en zes voicemailberichten waren. Ze had geen pincode nodig om naar de gespreksregistratie te gaan en zag dat dertien van de oproepen van 'Jerker' kwamen, twee van 'Hollywood' en de andere drie van 'Thuis'. 'Ik denk dat het het beste is als we naar buiten gaan,' zei ze en ze wierp een blik op de bibliothecaresse.

Ze verlieten de peroneelskamer, ze toetste 222 in en zette de luidspreker aan.

'Welkom bij uw voicemail. Er zijn zes nieuwe berichten. Ontvangen op 8 juli, om 16.54 uur.' 'Met Freja van Salon Hollywood. Ik wilde alleen horen of je onderweg bent?'

'Ontvangen op 8 juli, 17.13 uur.' 'Hallo, weer met Freja. Ik wilde alleen zeggen dat ik met mijn baas heb overlegd die zegt dat ik het deze keer in rekening moet brengen. Dan weet je dat.'

'Ontvangen op 8 juli, 18.07 uur.' 'Hoi mama. Met mij. Bea dus. Waarom ben je niet thuis? Ik vind het eng om alleen thuis te zijn. En ik heb honger. Kom je snel? Tot straks. Kus.'

'Ontvangen op 8 juli, 18.11 uur.' 'Hallo, waar ben je? Bea belde en ze is blijkbaar helemaal alleen thuis? Ik ben nog steeds in de sportzaal. Bel me zodra je dit hoort.'

'Ontvangen op 8 juli, 18.36 uur.' 'Mama, waar ben je? (Barst in huilen uit.) Hallo? Mama...'

'Ontvangen op 8 juli, 21.46 uur.' 'Ik ben nu thuis. We hebben een pizza genomen en nu slaapt ze eindelijk... (Hij zucht en je kunt horen dat hij op het punt van instorten staat.) Els, dit is echt niet normaal.'

'Ontvangen op 9 juli, 00.03 uur.' Niemand zei iets. Het enige wat te horen was, was dat iemand met hortende, onregelmatige teugen ademhaalde en ten slotte in huilen uitbarstte.

Rots keek Lilja aan. 'Of hij heeft haar op een of andere manier naar buiten gelokt. Of hij heeft haar hierbinnen ergens overmeesterd en naar buiten gebracht zonder dat iemand het merkte.'

'Of ze is hier nog steeds ergens.'

67

Dunja Hougaard lag onder haar dekbed op de bank en had *Wish* van The Cure op repeat staan. Tijdens 'High', een van haar absolute favorieten, ging haar mobieltje. Ze had het geluid afgezet omdat ze met niemand wilde praten, maar ze zag evengoed hoe het oplichtte en het gezicht van Kjeld Richter liet zien. Ze zette Robert Smith op pauze en nam op.

'Waar ben je? Het is al hartstikke laat.'

'Ik moet een heleboel dingen doen en denk niet dat ik voor morgen tijd heb. Is het belangrijk?'

'Ik wilde alleen zeggen dat ik klaar ben en dat je helemaal gelijk had. Hij is inderdaad een kouwe kikker.'

Dunja's brein werkte op volle toeren, maar ze kon niet bedenken waar hij het over had.

'Hij is via het plafond naar binnen gekomen. Helaas heeft hij geen sporen achtergelaten. Behalve die in het stof dan. Hij moet een soort masker hebben gedragen, aangezien het zo stoffig was.'

Risk had weer gelijk gehad. Zonder met zijn ogen te knipperen had hij het idee van het plafond geopperd om daarna doodgewoon een lunch voor te stellen.

'Oké, maar waar is hij het plafond op geklommen?'

'Via de wc in de wachtkamer. Zoals ik al zei is hij een kouwe kikker. Ik denk zelfs dat hij de wc-deur open heeft gelaten. Waarschijnlijk om geen onnodige aandacht te trekken.'

'Dat betekent dat hij met de andere journalisten in de wachtkamer moet hebben gezeten,' dacht ze hardop.

'Waarschijnlijk ja.'

Ze kreeg een idee. 'Met een beetje geluk is er beeld van hem.'

'Dat dacht ik ook al, maar er zijn geen bewakeningscamera's in de wachtkamer. Wat wel zou moeten, als je bedenkt wat er allemaal gebeurt. Diefstallen en god weet wat. Weet je hoe gewoon het is dat mensen seks hebben in de wachtkamer?'

'Nee.'

'Ik ook niet, maar ik kan je beloven dat het vaker voorkomt dan je denkt.'

'Ik dacht aan de journalisten, die hebben massa's foto's genomen. Hij kan er toevallig op staan.'

'Ja, daar heb je gelijk in.'

'We praten later verder. Ik kom vanmiddag.'

68

Tuvesson duwde de rolstoel over de grindpaadjes in het Ramlösa Brunnspark. Ingela Ploghed deed niets om mee te helpen, dus het was zwaar alsof ze een steile helling op ging en ze voelde dat ze elk moment kon beginnen te zweten. Bovendien had ze honger en dorst en het zou niet lang duren voor haar hoofdpijn op zou komen.

Ze had gehoopt dat de plek waar Ingela Ploghed wakker was geworden iets tot leven zou wekken. Maar er was niets gebeurd. Ingela had er alleen met haar hoofd zitten schudden in haar rolstoel en kon zich niet eens herinneren waar ze wakker was geworden. Behalve dat de dader een blauwe auto had, had het uitstapje niets opgeleverd. Ze hadden juist een heleboel verloren van wat op het moment het waardevolst van alles was.

Tijd.

Seconden die minuten werden die uren werden.

Straks was er weer een dag door hun vingers geglipt.

Bovendien waren haar sigaretten op.

Toen ze bij de auto kwamen, hadden ze al een paar minuten geen van beiden iets gezegd. Tuvesson deed het portier open en hielp Ingela in de passagiersstoel, klapte de rolstoel in en ging achter het stuur zitten.

'Je bent toch niet kwaad?'

'Nee hoor, helemaal niet. Ik ben alleen een beetje moe.' Ze draaide het contactsleuteltje om en schakelde.

'Het spijt me dat ik me niet meer herinner en jullie niet beter kan helpen.'

'Ingela, dat geeft niets. Het is jouw schuld niet. Maar mocht er iets bovenkomen, wat voor klein detail het ook is, moet je het laten weten. Oké?'

Ingela knikte en keek door het raam naar het oude houten gebouw, waarin ooit het Ramlösa Logement was gehuisvest maar dat nu veranderd was in een kantoor. Tuvesson deed de autoradio aan, maar ze kon geen goed kanaal vinden en zette hem weer uit. Haar mobieltje verbrak de stilte. Het was Molander wiens glimlachende gezicht op het schermpje verscheen. De foto was van het laatste kerstdiner en je kon duidelijk zien dat hij al een of twee borrels te veel op had. Ze zette de luidsprekerfunctie aan en legde het mobieltje op haar knie.

'Hoi Ingvar. Hoe gaat het?'

'Goed. Kun je praten?'

'Ik zit met Ingela Ploghed in de auto. Maar wacht even, dan pak ik mijn headset.' Ze leunde over Ingela heen. 'Sorry', en deed het handschoenenkastje open. 'Waar ben je?'

'Bij Söderåsen.'

'Ik dacht dat we daar klaar waren?'

'Dat dacht ik ook. Maar dat zijn we blijkbaar niet. Hoe gaat het met de headset?'

'Rustig maar...' Ze tastte met haar ene hand in het handschoenenkastje rond terwijl ze met de andere stuurde. 'Hij moet hier ergens zijn. Wacht, ik moet even stoppen.' Ze remde en bleef vlak voor de tunnel, onder het spoor van de treinen naar het zuiden, aan de rand van de weg staan en leunde opnieuw over Ingela heen, die er steeds gestrester en bedrukter uitzag. 'Sorry Ingela, ik moet alleen... Hier. Hier heb ik hem.' Ze trok het snoertje uit het handschoenenkastje en begon de ergste knopen eruit te halen. Ondertussen hoorde ze Molander luid in het mobieltje snurken.

'Jajajaa! Ik gebruik hem nooit.'

'Nee, dat is nu juist...'

Er dreunde een trein over de brug waarin Molanders stem verdronk.

'Wat?! Wat zei je?'

'Maakt niet uit. Zet die headset nou maar op voordat de wereld vergaat.'

'Jezus, wat zit je te zeuren! Wat een ongeduld, vind je niet?' Tuvesson draaide zich naar Ingela toe, die nu met korte, schokkerige stoten in- en uitademde en haar blik strak op de brug had gericht waarover de trein naar het zuiden verdween.

'Wat is er? Ingela, gaat het?'

Ingela ademde uit en leek weer wat tot bedaren te komen.

'*Houston? Are we having a problem?*'

'Jaa!' Tuvesson keerde terug naar de headset en slaagde er eindelijk in hem aan te sluiten. 'Hallo? Hoor je me?'

'*Loud and clear.*'

'Oké, vertel.'

'Ik dacht dat we de hele plek hadden doorzocht.'

'Maar dat hadden jullie niet?'

'Jawel. Maar wat heb je daaraan als je niet weet waarnaar je moet zoeken?'

'Dus je hebt iets nieuws bedacht?'

'Ja precies. Ik ben ernaartoe gegaan en heb de radiogolven gemeten.'

'Oké... en?'

'Hoewel er niemand in de buurt was en ik mijn eigen mobieltje had uitgezet, was er een activiteit van 2,2 Gigahertz.'

'En dat betekent?'

'Dat er een soort mobiel 3G-netwerk in de buurt moest zijn.'

'En was dat er?'

'Yep. Een draadloze, van een microfoon voorziene pinhole-camera die verborgen zat in een nestkast op vijf meter van de glasplaat.'

'O, lieve god...' Tuvesson voelde de hoofdpijn opkomen. 'Dat betekent dat hij weet dat we Schmeckel hebben gevonden.'

'Naar alle waarschijnlijkheid, ja. Dat verklaart ook waarom hij ons de hele tijd een stap voor was. Als hij daar een camera heeft, kan hij overal een camera hebben. Vermoedelijk weet hij precies hoe ver we zijn met het onderzoek. Hij weet nu bijvoorbeeld dat ik de camera heb gevonden...'

Molander werd onderbroken door nog een trein die over de brug schoot. Deze keer in noordelijke richting naar Helsingborg.

'Wacht, ik kan niet verstaan wat je zegt,' riep Tuvesson voordat ze ontdekte dat Ingela Ploghed zat te huilen met haar blik strak gevestigd op de trein die wegdreunde door het landschap. 'Hé? Ingela, wat is er? Is er iets gebeurd? Komt het door de trein? Maken die je...' Ze legde haar hand op Ingela's been.

'Raak me niet aan! Raak me niet aan!' Ze sloeg Tuvessons hand weg alsof die een dodelijke infectie bij zich droeg en probeerde zo ver mogelijk bij haar vandaan te komen.

'Oké, rustig maar. Rustig maar. Ik zal je niet aanraken. Ik beloof het.' Ze stak allebei haar handen in de lucht. Maar de paniek hield Ingela in haar greep, die huilde en wild om zich heen keek, van het open handschoenenkastje en de headset in Tuvessons oor naar Molanders gezicht op het schermpje van het mobieltje. 'Ingvar, ik moet ophangen. Ik bel je terug.' Ze trok de headset uit haar oor en draaide zich naar Ingela toe, die nu buiten adem en bezweet was.

'Ik wil nu terug. Terug naar het ziekenhuis.'

'Absoluut, Ingela. Ik beloof dat ik je er meteen naartoe breng. Als jij me vertelt wat er allemaal aan de hand is.'

Ingela schudde haar hoofd en barstte in huilen uit. 'Alsjeblieft, breng me terug. Alsjeblieft.'

'Zijn het de treinen? Reageerde je daarop?'

Er denderde nog een trein voorbij.

'Maar ga dan toch! Ga gewoon!' schreeuwde Ingela en ze bonkte op het dashboard.

Tuvesson besefte dat ze niet verder zou komen en draaide het contactsleuteltje om.

69

De lichtkegel van de zaklamp gleed over de oude computers die samen op een rij stonden met stoffige schermen, printers en toetsenborden. Lilja liet het doek dat voor de meters grote opening in de muur hing weer terugvallen. De ruimte was oorspronkelijk bedoeld voor een enorme verwarmingsketel. Maar de komst van de afstandsverwarming had de cv-ketel overbodig gemaakt en de ruimte werd nu gebruikt als een kerkhof voor computers die niets anders begrepen dan Basic en MS DOS.

Elsa Hallin was er in ieder geval niet.

Terwijl ze er zo zeker van was geweest dat Elsa zich ergens in de bibliotheek moest bevinden. Maar ze waren nu bijna klaar met de kelder en zij en Rots hadden geen enkele aanwijzing gevonden die hun theorie kon onderbouwen. Misschien had de dader het te riskant gevonden om haar in de bibliotheek achter te laten? Het was tenslotte een openbare ruimte en er kwamen elke dag duizenden bezoekers.

Aan de andere kant hadden ze de indruk dat de dader tot alles in staat was. Ze kon zich niet herinneren wanneer ze zich voor het laatst zo onzeker en verward had gevoeld in een onderzoek. Toen drong het tot haar door.

Lilja en Rots liepen snel langs de uitleenbalie.

'Zijn jullie klaar?' riep de bibliothecaresse hen na.

'Bijna,' zei Lilja en ze liep verder naar het hoofdgebouw van de bibliotheek met Rots op haar hielen.

'Irene, kun je vertellen waar je mee bezig bent? Hier zijn we al geweest.' Rots zuchtte en uit zijn hele lichaamstaal sprak dat zijn bloedsuikerniveau tot het minimum was gedaald.

Lilja trok zich er niets van aan en liep de trap naar de bovenverdieping op en verder naar de afdeling voor vakliteratuur. Ze voelde hoe haar hartslag versnelde. Als ze het maar niet weer fout had. Maar daar was hij. Exact als in haar herinnering was daar de deur, nauwelijks zichtbaar voor de oningewijde, in het midden van de boekenkast, omgeven door boeken voor de verstoktste technische nerds. Achter zich kon ze Rots horen hijgen.

Ze legde haar hand op de koude deurkruk en liet hem daar even rusten voordat ze hem naar beneden drukte. Net als toen was de deur niet op slot en gleed geluidloos en bijna vanzelf open. De studiezaal was totaal niet veranderd. Dezelfde groengestreepte gordijnen hingen bij de ramen en hetzelfde bureau stond er op exact dezelfde manier als twintig jaar geleden. Het enige wat ontbrak waren de copulerende collega's.

In plaats daarvan zat er een vrouw op een stoel. Haar hoofd was op haar borst gezakt en haar lange donkere haar bedekte haar gezicht en grote delen van de witte blouse. Ze liepen naar de vrouw toe, wier armen en benen met tie-wraps aan de stoel waren vastgemaakt. Onder de stoel had zich in een straal van een meter een donker, spiegelglad poeltje bloed verspreid.

Lilja liep tot aan de rand van het bloed, waar ze bleef staan, op haar hurken ging zitten en met haar vinger het gestolde oppervlak aanraakte zodat er ringen in verschenen. Rots pakte een bezem die tegen de muur stond, hield hem tegen het voorhoofd van de vrouw en duwde voorzichtig tot haar gezicht te zien was.

Het leed geen enkele twijfel dat het Elsa Hallin was die op de stoel zat. Maar dat was niet de reden dat Lilja heel even haar blik afwendde. Vanaf de onderkaak tot aan de bovenkant van haar borstbeen was een diepe incisie gemaakt en uit de open wond hing iets omlaag over de witte blouse, die rood gekleurd was. Iets wat deed denken aan een bloederige filet.

'Die schoft heeft haar tong eruit getrokken,' wist Rots ten slotte uit te brengen.

Lilja probeerde het te begrijpen, maar ze kon haar gedachten niet bij elkaar houden.

'Een Colombiaanse necktie,' ging Rots verder. 'Dit is voor het eerst dat ik er een in het echt zie. En is dat niet precies wat ze zei? De bibliothecaresse.'

'Wat zei ze dan?'

'Dat Elsa een scherpe tong had.'

Precies, dacht Lilja. Elsa Hallin had een scherpe tong gehad en nu had de dader hem eruit getrokken, rechtstreeks uit haar keel, zodat hij nu als een dikke bloederige das over haar borst hing.

Een Colombiaanse necktie.

Volgens Rots was het een regelmatig voorkomende executiemethode tijdens de Colombiaanse burgeroorlog en het belangrijkste doel ervan was degenen die het slachtoffer vonden doodsbang te maken. De methode bestond eruit een verticale incisie over de keelholte te maken en de tong eruit te trekken zodat die over de borst hing. Als een stropdas. En dit alles terwijl het slachtoffer nog leefde. Afhankelijk van of het slachtoffer stierf aan bloedverlies of verstikking kon de dood pas na een uur intreden.

'Dus ze heeft hier misschien een uur lang geprobeerd om hulp te roepen?'

Rots haalde zijn schouders op. 'We kunnen onmogelijk zeggen hoe lang ze nog geleefd heeft. Maar het maakt niet uit hoeveel ze geroepen heeft. Er was toch niemand die haar hoorde omdat haar stemband totaal verwoest is.'

Lilja kwam overeind en schudde haar hoofd. De theorie waar ze vanaf nu van uit moesten gaan was dat de dader niet zou stoppen voordat met de hele klas was afgerekend. Haar mobieltje ging. Het was Tuvesson.

'We hebben een nieuw slachtoffer.'

'Je bedoelt Elsa Hallin?' vroeg Lilja.

'Nee, Camilla Lindén. Maar hoezo, hebben jullie Hallin gevonden? Hebben jullie haar gevonden?'

Lilja voelde hoe ze haar evenwicht aan het verliezen was.

◆

9 januari

De eerste dag van mijn nieuwe leven. Was op gesprek bij de juf en de rector. Papa en mama waren erbij. Ik gaf alles toe en zei dat ik er spijt van had. Al had ik dat niet. Geen greintje. Maar je kunt maar beter meespelen. Ze *laten geloven dat ik ben die ik was. Bedroefd lijken terwijl ik ze alleen maar in hun gezicht uit wilde lachen. Op ze wilde spugen! Ze zeiden dat hij een hersenschudding had en de hele volgende week thuis moest blijven. Welke hersens dan?*

In de lunchpauze waren er die keken, maar niemand durfde iets te doen. En zodra ik terugkeek wendden ze hun blik af. Die laffe klootzakken. Maar zijn maat was er en hij keek me vals aan. Alsof hij wat van plan was te doen. Ik liep naar hem toe en gaf hem een klap op zijn wang. Hij wilde terugslaan, maar toen bedreigde ik hem met de vork. Binnenkort is het zijn beurt om mijn dienblad te dragen.

Na school kwamen een paar van mijn oude vrienden naar me toe en wilden praten, maar ik zei dat ze naar de hel konden lopen. Ik heb geen vrienden meer. Zocht ruzie met Jonas. Heb me altijd geërgerd aan zijn vieze kleren. Sloeg hem in zijn buik tot hij omviel. Zag de angst in zijn ogen. Zo verdomde heftig.

Te doen:

1. Beginnen met trainen.

2. Een stiletto regelen.

3. Op bezoek gaan bij de hersenschudding.

70

Fabian Risk rende zo snel als hij kon over de grindweg. Achter hem roepende stemmen: 'Theo! Theo! Theo!' Hij draaide zich om en zag hoe Lina en Jörgen en anderen uit de klas achter hem aan renden, allemaal rond de vijftien jaar.

Hij bevond zich midden in een niemandsland, met ontbloot bovenlichaam, en de stralen van de zon brandden in zijn nek. Hij kon zijn hartslag horen en het smakkende geluid wanneer hij een slok water door probeerde te slikken. Maar hij had geen water. Hij kon bijna niet meer. De stemmen achter hem werden steeds luider: THEODOR!

Wat zou er gebeuren als hij het op zou geven? Nee, dat kon niet. Dat was onmogelijk. Hij mocht niet opgeven. Voor geen goud. Hij kwam bij een bergwand en er waren nu andere stemmen te horen. Stemmen die riepen en om hun leven smeekten. Hij begon de berg op te klimmen, steeds hoger, zo snel als hij kon, en hoe verder hij kwam, hoe steiler de berg werd. Hij keek naar beneden en zag hoe zijn twee oud-collega's uit Stockholm, Tomas en Jarmo, achter hem aan klommen en naar hem schreeuwden. Als hij zijn evenwicht zou verliezen, zou hij naar beneden vallen en dan zou alles verloren zijn.

Vanuit het niets trok een hand hem over de rand heen en leidde hem een grote onderaardse ruimte binnen. Overal opgedofte mensen. Of wezens met grote, ronde hoofddeksels. Als grote bollen. Hij boog voorover en liet een jongen met een geelbruine huid net zo'n bol op zijn hoofd zetten terwijl iemand anders een dikke, witte ruisende doek over zijn schouders legde. Het was verfrissend.

Een oude man kwam naar hem toe, keek hem in de ogen en zei iets, maar hij kon het niet verstaan. Toch wist hij precies wat hij moest doen en hij stak zijn linkerhand uit en liet de oude man een instrument met een lichtstraal over de rug van zijn hand halen. Het licht drong zijn hand in en borrelde door zijn aderen, terwijl op hetzelfde moment een paar centimeter hoge pauw langs zijn arm omhoog snelde.

Fabian Risk deed zijn ogen open. Alles werd lichter, maar niet veel duidelijker. Hij wreef in zijn ogen en zag twee langwerpige tl-buizen aan het plafond. De armatuur ontbrak, zodat je zowel de kabels als de condensator kon zien. Tl-buizen gaven niet alleen lelijk licht, ze waren ook lelijk om naar te kijken, dacht Fabian en hij probeerde rechtop te gaan zitten. De brandende pijn in zijn rug stak direct weer de kop op en verspreidde zich naar zijn nek.

Hij stak zijn hand uit naar zijn mobieltje om te kijken hoe laat het was, maar zag het nergens liggen. Het was weg. Net als de computer en het jaarboek. Hij begreep het niet. Had hij de dader niet verborgen achter Claes in het jaarboek gevonden? Of was dat ook een droom? Hij strekte zich uit naar de alarmknop en voerde een bombardement van oproepen uit, al kon hij bij de eerste keer al horen dat het alarm afging in de gang.

De deur ging open. Het was de bruinharige en niet zo heel erg behulpzame.

'Zo, je vindt dat het tijd is om op te staan?'

'Waar zijn mijn spullen? Mijn telefoon en computer en...'

'Je hebt blijkbaar tot vijf uur vanochtend zitten werken.'

Kon dat waar zijn?

'En dat noemen wij geen rusten. Als je het voorschrift van de dokter had opgevolgd, had je nu al naar huis kunnen gaan.'

'Maar ik moet bellen en...'

'Nee, je moet rusten.' Ze drukte hem in het bed. 'Je lichaam werkt op het moment onder hoge druk om te genezen en heeft alle kracht nodig die het kan krijgen. Wil je thee of koffie bij het ontbijt?'

'Ik wil alleen weten hoe laat het is.'

'Iets na tweeën. Thee of koffie?'

Fabian wilde geen van beide. De koffie was dun als thee en hij was er zeker van dat ze het koffiezetapparaat gebruikten om het theewater mee te verwarmen. 'Sap, geef me maar twee glazen sap. En als het mogelijk is om boterhammen te roosteren en een ei te koken, dan zou ik je eeuwig dankbaar zijn.'

De verpleegster veroorloofde zich een scheve glimlach. 'Met de regering die we nu hebben, kun je eieren wel vergeten. Maar brood roosteren moet wel lukken.'

Fabian wist het nu zeker. Hij had niet gedroomd. De offerplek bij Söderåsen en de klassenfoto uit de negende. Alles had met elkaar te maken en zodra de verpleegster de kamer had verlaten negeerde hij de pijn en ging rechtop zitten. Hij had maximaal vijf minuten voordat ze klaar zou zijn in de keuken. Daarna zou ze weer achter de receptiebalie zitten en vrij zicht hebben op de gang. Hij gleed van het bed en probeerde zo goed als het ging rechtop te lopen. In de kleerkast vond hij zijn broek, sokken en schoenen. Zijn overhemd en jas hadden te veel brandschade opgelopen om te kunnen worden gebruikt. Hij begreep niet waarom iemand überhaupt de moeite had genomen om ze op te hangen.

Hij deed de deur open en zag een van de stille agenten in een *Wheels Magazine* zitten bladeren.

'Ik moet alleen wat spullen bij de receptie halen.'

De agent knikte en richtte zijn aandacht weer op de hot rodreportage.

De receptie was zoals verwacht onbemand. Hij zocht tussen de mappen en de stapels papier, maar kon niets vinden. Er lag niets in zijn kamer en als het niet bij de receptie was had hij geen idee waar hij moest zoeken.

De verpleegster kwam de gang op lopen met het ontbijtblad in haar handen en Fabian bukte achter de balie en beet op zijn tanden. Er verschenen druppels zweet op zijn voorhoofd van de pijn in zijn rug. En daar, helemaal onder in de receptiebalie, lagen zijn computertas en een zak met zijn mobieltje en zijn documenten. Hij liet de verpleegster passeren, pakte zijn spullen en liep verder naar de liften.

71

WEER EEN SLACHTOFFER UIT DE KLAS VAN HET KWAAD

Tuvesson, Lilja, Rots en Molander stonden rond de tafel en staarden naar de *Kvällsposten*, waarvan op de voorpagina een foto stond van de onttakelde auto die ondersteboven midden op de E6 lag.

'En waarom wisten wij dat niet?' vroeg Tuvesson terwijl ze overwoog of ze Florian de opdracht kon geven sigaretten te gaan kopen.

'Volgens de centrale werd het aangegeven als een verkeersongeluk en verder niets,' zei Rots.

'Dus niemand vond het belangrijk dat ze in dezelfde klas zat als de anderen?' vroeg Lilja.

'Het is hun taak niet om dat in de gaten te houden maar de onze. En aangezien wij niet eens wisten dat ze dood was...'

'De vraag is hoe de *Kvällsposten* er lucht van heeft gekregen,' zei

Molander en hij begon in de krant te bladeren.

'Of hij heeft ze zelf getipt of ze hebben gewoon hun werk gedaan en een en een bij elkaar opgeteld,' zei Lilja.

'Maar voorlopig weten we nog niet zeker of het een ongeluk was of niet,' zei Tuvesson. 'De auto is onderweg hiernaartoe, dus we moeten afwachten of Molander iets vindt. Maar voorlopig vind ik dat we ervan uit moeten gaan dat de dader erachter zit.'

'Je bedoelt dus dat hij gisteren twee moorden heeft begaan?' vroeg Rots. 'En dan hebben we het niet over gewone moorden. Ik heb geen idee wat er op de E6 is gebeurd, maar de bibliotheek kan niet eenvoudig zijn geweest. Alleen al om haar in die ruimte te krijgen zonder dat het iemand opvalt, en het ritueel zelf, dat...' Rots raakte de draad kwijt en schudde zijn hoofd. 'Hij moet zo verdomde koelbloedig zijn.'

'Ik weet het niet. Het kan ook zo zijn als Risk denkt. Twee verschillende,' zei Tuvesson.

'Wacht even nu en laten we proberen er logisch naar te kijken,' zei Molander. 'Het enige wat we zeker weten over het auto-ongeluk, of wat het ook was, is dat het gisteravond om 17.38 uur op de E6 plaatsvond. Of de dader ter plekke was of iets in de auto heeft aangebracht moet mijn onderzoek uitwijzen. En wat de bibliotheek betreft. Is Vlecht al met een tijdstip gekomen waarop ze daadwerkelijk is overleden?'

'Gistermiddag tussen drie en vijf uur,' zei Tuvesson.

'Oké. Stel dat hij haar rond één uur, halftwee heeft opengesneden en dat ze een à anderhalf uur later is overleden. Dat geeft hem meer dan genoeg tijd om zowel het een als het ander te doen.'

'We kunnen in elk geval constateren dat hij weer bezig is. En goed ook,' zei Tuvesson. 'Als we het vergelijken met Jörgen en Glenn. Wat had Elsa Hallin dan bijvoorbeeld gedaan?'

'Volgens een van haar collega's had ze een scherpe tong,' zei Lilja.

'Oké, dus ze was ook een pestkop, maar dan verbaal? Dat zou in elk geval kloppen met de uitgetrokken tong.' Tuvesson wendde zich tot Rots. 'Heeft niemand in de klas er iets over gezegd?'

'Nee, niet met zoveel woorden.' Rots bladerde door zijn papieren. 'Het enige wat van haar werd gezegd, is dat ze nogal verwaand was.'

'En wie zei dat?'

'Camilla Lindén.'

Tuvesson zuchtte. 'Natuurlijk. En zei Elsa Hallin iets over haar?'

'Jawel, maar alleen dat ze altijd toe stond te kijken als Jörgen en Glenn Claes molesteerden.'

'Dus niets dat aan een auto-ongeluk te koppelen valt.'

'Nee, niet zoals het er nu uitziet.'

'En we hebben nog steeds niets gehoord van Seth Kårheden?' vroeg Tuvesson terwijl ze controleerde of er nog koffie in de thermoskan zat.

'Nee,' antwoordde Lilja. 'Maar ik heb bevestigd gekregen dat hij op 15 juni op het vliegtuig naar Pamplona zat en hij heeft trouwens voor vanavond laat een vlucht naar huis geboekt vanuit Santiago de Compostella.'

'Misschien heeft hij die pelgrimsroute gevolgd?' zei Rots.

'Of misschien wil hij alleen maar die indruk wekken?' zei Molander. 'Hij kan net zo goed terug zijn gereden in een auto.'

'Wat had hij ook al weer in het kluisje geschreven?' vroeg Tuvesson.

'Niemand ziet me. Niemand hoort me. Niemand pest me zelfs.'

'Niemand pest me zelfs. Komt dat niet erg overeen met Risks theorie over het mos?' Tuvesson pauzeerde en keek de anderen aan. 'Dat het zijn beeld van zichzelf was, in de schaduw van Claes Mällvik, die tenminste werd gepest.'

'Ja, met hem wil iedereen natuurlijk ruilen,' zei Rots.

'Dat is makkelijk voor ons om te zeggen. Maar het is nog maar de vraag wat erger is. Om gepest te worden of om totaal genegeerd en als lucht behandeld te worden.'

'Je bedoelt dat hij daar verandering in wil brengen?' vroeg Lilja.

'Ja, precies. Daar gaat het allemaal om. Hij wil iemand worden. Iemand met wie rekening moet worden gehouden. Iemand om wie je niet heen kunt. Iemand die niemand ooit nog zal kunnen vergeten.'

'Maar dan moet hij zijn identiteit bekendmaken,' zei Rots. 'Wat heb je eraan om bekend te zijn als niemand weet wie je bent?'

'Dat hangt ervan af hoe bekend hij wil worden,' zei Molander. 'Stel dat zijn identiteit door ons of door hemzelf onthuld zou worden. Dan zou er natuurlijk over geschreven worden. Maar na een paar jaar zou de aandacht bekoelen en het zou in de vergetelheid raken en als hij zijn straf had uitgezeten, zou niemand meer weten wie hij was. Daarom moet hij blijven bouwen.'

'Precies.' Tuvesson knikte. 'Hij bouwt aan zijn eigen mythe. Hij wil iedereen laten zien hoe slim en onoverwinnelijk hij is. Hoe niemand, zelfs de politie niet, hem kan stoppen.'

'Hij berooft zijn oude klasgenoten dus van het leven om zelf onsterfelijk te worden,' zei Lilja en de anderen knikten. 'En hoeveel moet hij er vermoorden voordat het gelukt is?'

'Wil je een getal hebben?' vroeg Tuvesson.

'Ja. Hoeveel moet hij er vermoorden voordat hij door de ruis heen breekt en nooit meer wordt vergeten?'

'Neem Columbine,' zei Molander. 'Daarbij zijn twaalf leerlingen en een leraar gestorven. En dat herinneren we ons nog steeds.'

'Dus je bedoelt dat hij de dertien moet halen?'

Molander schudde zijn hoofd. 'Helaas, ik denk niet dat dat genoeg zal zijn. Columbine was het eerste schoolbloedbad in zijn soort. De andere die in het kielzog daarvan plaatsvonden, herinnerden we ons na een halfjaar al niet meer. En hoewel deze dader uniek is als het om de uitvoering gaat, is hij toch niet meer dan een seriemoordenaar en die hebben we al eerder gezien. Maar natuurlijk, als hij achttien, twintig slachtoffers maakt is het een heel ander verhaal.'

'Dat zou de hele klas zijn.'

Molander knikte en het werd stil aan tafel.

'Nou, de stemming is top hier.'

Ze draaiden zich allemaal om en zagen Fabian Risk in de deuropening staan, licht voorovergebogen en met zijn ene hand steun zoekend bij de deurpost.

'Fabian? Wat doe jij hier? En waar is je politiebescherming?' Tuvesson liep naar Fabian toe, die afwerend een hand opstak.

'Ik weet wie het is.' Hij zette een paar stappen de kamer in en keek om zich heen naar de uitgeprinte krabbels die aan de muren hingen. 'Oei, hier heeft iemand hard gewerkt.'

'Fabian, wat wilde je...'

'Ik heb hem gevonden. Hier is hij. Hier hebben jullie hem.' Fabian stond bij het whiteboard en wees met zijn vinger vlak boven Claes op de uitvergrote klassenfoto. 'Hij is daar al die tijd geweest. Recht voor onze ogen.'

Tuvesson en de anderen kwamen om Fabian heen staan en keken naar de klassenfoto.

'Dat is Claes toch?' Rots draaide zich om naar Fabian. 'Fabian, Claes is dood.'

'Nee, niet Claes, maar degene die recht achter hem staat. Wat jullie hier zien, is Claes' haar niet.'

'Mag ik kijken,' zei Molander en hij drong naar voren met een loep en bestudeerde de foto, om zich na een tijdje om te keren en te knikken. 'Hij heeft gelijk.'

'Helaas hebben ze zijn naam er niet onder gezet,' zei Fabian.

'Dat is toch niet zo vreemd?' zei Lilja. 'Hij is makkelijk te missen.'

'Maar in dat geval zou zijn naam toch bij de afwezigen moeten staan?' zei Rots.

'Ja, dat zou je denken.'

'Niet als je het logisch bekijkt,' zei Molander. 'Hij is er klaarblijkelijk en is dus niet afgemeld.'

'Oké, met andere woorden zou hij dus in een van de jaarboeken van de andere jaren moeten staan,' zei Tuvesson en Fabian knikte.

'En dat is exact de reden dat ik hier ben.' Fabian richtte zich tot Rots, die zijn handen spreidde.

'Iedereen met wie we in contact zijn geweest heeft beloofd ernaar te zoeken. Maar voorlopig hebben we nog niets gekregen.'

'Misschien is zijn naam op de verkeerde plek terechtgekomen en staat hij ergens anders?' zei Lilja en ze begon het jaarboek door te bladeren.

'Dat is mij toevallig weleens overkomen, of liever gezegd de hele klas,' zei Rots. 'Ik geloof dat het in de vijfde was, al onze namen waren verwisseld met de namen van een klas uit het derde jaar. Ik heette opeens Ragnar Blom en werd de rest van de tijd op de basisschool Blommetje genoemd.' Rots lachte en ging verder. 'Een van de andere jongens kreeg de naam Greta en werd Greetje genoemd.'

'Fabian, gaat het?' onderbrak Tuvesson hem en ze greep Fabian vast, die zijn evenwicht dreigde te verliezen en elk moment tegen de vlakte leek te zullen gaan. Molander schoot te hulp en samen brachten ze hem naar een stoel.

Fabian voelde de vermoeidheid over zich heen komen samen met het koude zweet en de misselijkheid die erbij hoorden. 'Het gaat... Geef me alleen wat water, dan gaat alles goed...'

Tuvesson zette een groot glas water voor hem neer op tafel. 'Het gaat helemaal niet goed. Je bent gewond en zou in het ziekenhuis moeten liggen. Volgens de dokter zou je op zijn minst tot overmorgen in bed moeten blijven.'

'Ik moet naar huis... Theo, mijn zoon. Hij is helemaal alleen...' Fabian tilde het glas op en dronk, voelde hoe het water zich als een verkoelende liefkozing door zijn lichaam verspreidde. 'En ze lieten me niet werken in het ziekenhuis, ik had geen keuze.'

Tuvesson wachtte tot hij het glas leeg had gedronken, ging naast hem zitten en keek hem in de ogen. 'Fabian, luister nu even naar me. Wij werken aan deze zaak. Wij. Niet jij. Oké?'

'Ik moet contact met de school opnemen en achter zijn naam komen.'

'Dat hoef je helemaal niet. Fabian, je bent eruit gezet. Je werkt niet langer mee aan dit onderzoek. Je bent met vakantie, bovendien ben je ziek. Het enige waaraan je moet denken is rusten, dan achterhalen wij zijn naam wel. Zo moeilijk kan het niet zijn. We weten tenslotte in welke klas hij zat en ergens moet wel een naam te vinden zijn. Het is belangrijk dat je het doktersvoorschrift opvolgt. Bovendien is er een duidelijke bedreiging tegen zowel jou als de rest van de klas. Daarom wil ik dat je teruggaat naar...'

'349? Is dat het nummer van het kluisje?' Fabian wees naar het post-it-briefje bij de foto waarop het afgesleten gekrabbel aan de binnenkant van een kluisje te zien was. Rots knikte.

'Fabian, hoor je wat ik zeg?'

'We denken dat de dader het geschreven kan hebben,' zei Molander.

Fabian pakte de foto en probeerde de tekst te lezen.

'Niemand ziet me. Niemand hoort me. Niemand pest me zelfs. O.M.,' zei Molander.

Fabian keek op naar Molander. 'O.M.?'

'Onzichtbare man. Daar heeft hij op meerdere plekken mee ondertekend.'

'De onzichtbare man die niet langer onzichtbaar wil zijn. Hij wil dus naar buiten treden en gezien worden.'

Tuvesson knikte. 'Maar we denken dat hij zijn identiteit niet zal bekendmaken voor hij voldoende slachtoffers heeft gemaakt.'

'En wat zijn voldoende slachtoffers? De hele klas?'

'Ik vrees het, ja.'

Tuvesson had gelijk. Als je herinnerd wilde worden, waren een paar slimme moorden niet genoeg. Het mediamoeie publiek eiste op zijn minst tweecijferige getallen. Dus waarom niet voor de strike gaan en de hele klas uit de weg ruimen nu hij toch bezig was? Iedereen was tenslotte medeschuldig aan het feit dat ze hem onzichtbaar hadden gemaakt. Dat was exact de reden waarom hij niet in bed kon gaan liggen wachten tot Rots en de anderen 'zijn werk' zouden doen. Als hij niets deed, zou het allemaal zo voorbij kunnen zijn.

Hij kwam met hernieuwde energie overeind. Hij had een idee.

'Fabian, laat ons dit nu afhandelen.'

'Oké.' Hij verliet de kamer.

Een idee dat niet kon wachten.

Tuvesson liep naar de uitvergrote klassenfoto en keek naar het haar achter Claes Mällvik. Het haar dat van de jongen was die niemand zich herinnerde. Het enige wat ze nu nodig hadden was een naam.

Eén enkele naam.

Als ze dat hadden zou de rest vanzelf komen, zoals de laatste woorden in een kruiswoordraadsel. Ze naderden nu de laatste fase en het was daarom extra belangrijk dat ze alles correct deden. De regels volgden. Een over het hoofd geziene paragraaf. Een ontbrekende handtekening op een document. Overtuigend bewijs dat op een verkeerde manier verkregen was. Ze zouden over alles beentje gelicht kunnen worden in de komende rechtszaak, met als gevolg dat de dader op vrije voeten kwam voordat ze zelfs maar een vrije dag hadden kunnen nemen.

Het was Risk al een keer overkomen. Dat wist ze. Bij een onderzoek in Stockholm dat minstens even groot was als dit. Zo niet groter. Risk wist niet dat zij het wist en ze was ook niet van plan er ooit over te beginnen.

'Oké. Irene en Rots, jullie nemen weer contact op met iedereen uit de klas. Hopelijk herinnert iemand zich hem en kan ons een naam geven. En vergeet hen er niet aan te herinneren dat ze naar jaarboeken moeten zoeken.'

'Wat doen we met politiebescherming?' vroeg Rots. 'Heb je het er met Malmö over gehad?'

'Nee, ik heb nog geen tijd gehad. Maar dat doe ik meteen.'

Lilja en Rots knikten en liepen naar de deur. Tuvesson haalde haar mobieltje tevoorschijn, toetste een nummer in en keek naar Molander, die nog stond te wachten. 'En jij kunt aan de gang gaan met dat autowrak, zodat we duidelijkheid krijgen over wat er nu eigenlijk met Lindén is gebeurd.'

Molander knikte en maakte aanstalten om weg te gaan, maar draaide zich toen weer om. 'Trouwens... Hoe ging je uitstapje met Ingela Ploghed?'

'O ja, dat was ook nog vandaag.' Ze riep Lilja en Rots terug. 'Sorry, ik ben iets vergeten. Ik ben vanmiddag met Ingela Ploghed naar buiten geweest.'

'O ja, hoe ging dat?' vroeg Lilja.

'Als ik heel eerlijk ben, ik weet het niet. Ik ben met haar naar de boot gegaan en het enige wat ze zich herinnerde was dat ze was opgepikt door een man in een blauwe auto.'

'Blauw?' vroeg Rots. 'Ze wist niet wat voor model het was? Of hij oud of nieuw was?'

'Nee. Alleen dat hij blauw was.'

'Hoeveel mensen zijn er niet met een blauwe auto?' zei Molander.

'Heb jij geen blauwe auto?' Lilja wendde zich tot Molander, die knikte en zijn schouders ophaalde.

'Was dat het enige wat je te weten bent gekomen?'

'Ja, daarna reden we naar het Ramlösa Brunnspark en daar gebeurde ook niets, behalve dat ik helemaal bezweet raakte omdat ik die rolstoel door het grind moest duwen... Maar op de terugweg...' Tuvesson zweeg, liep naar het raam en keek uit over de stad. 'Ik moest aan de rand van de weg stoppen. Ingvar, jij belde toen om over de camera te vertellen die je bij Söderåsen had gevonden... vlak voor de spoorbrug. Hij was bijna recht boven ons en zodra er een trein aankwam toen...' Ze zweeg weer.

'Nou, wat was er?' zei Lilja.

'Ik weet het niet. Ze flipte helemaal en kreeg een soort paniekaanval, sloeg met haar armen en schreeuwde dat ik door moest rijden. Ik probeerde haar tot bedaren te brengen en contact met haar te krijgen, maar het was onmogelijk.' Tuvesson draaide zich om naar de anderen en haalde haar schouders op.

'Het geluid van de trein triggerde misschien iets in haar geheugen,' zei Rots.

'Zou de aanranding in een trein hebben plaatsgevonden?' zei Lilja.

'Nee, dat klinkt te ingewikkeld. Maar misschien in de buurt van een spoorlijn?'

'Maar was ze niet gedrogeerd en bewusteloos tijdens de ingreep?' vroeg Molander.

'Misschien kreeg ze het geluid mee in haar onderbewustzijn?' zei Rots.

Molander snoof en schudde zijn hoofd.

'Waarom niet? Die treinen denderen daar keihard voorbij,' ging Rots verder. 'Ik pluk vaak paddenstoelen in de buurt van de spoorlijn ten zuiden van het Ramlösa-park en je moet bijna je handen voor je oren houden als ze langskomen.'

'Oké, maar als ik wat mag zeggen, dan denk ik dat jullie op het verkeerde spoor zitten,' zei Molander.

'Waarom?' vroeg Tuvesson.

'Het hoeft helemaal niet het geluid te zijn waar ze op reageerde. Het kan evengoed de donkere tunnel onder het spoor zijn geweest.'

'Oké, daar heb je helemaal gelijk in. Als je bedenkt hoe gecompliceerd de ingreep was, heeft hij haar waarschijnlijk naar een plek gebracht waar hij ongestoord zijn gang kon gaan.'

Lilja en Rots knikten. Molander haalde zijn schouders op.

'Het zou dus een alleenstaand huis zonder buren moeten zijn,' vervolgde Tuvesson.

'Of een soort werklokaal,' zei Rots.

'In de buurt van het spoor,' zei Lilja.

Tuvesson knikte bedachtzaam. 'Ja, waarom niet? Ik denk dat ik even een kijkje ga nemen in de omgeving van het Ramlösa Brunnspark. We hebben tenslotte niets te verliezen.'

'Jawel, tijd. Ik weet niet hoe jullie erover denken maar ik zou het op het moment een schaars artikel willen noemen,' zei Molander en hij verliet de kamer.

Lilja keek hem na en draaide zich om naar de anderen. 'Wat heeft hij? Waarom is hij zo chagrijnig en zeurderig?'

'Hij is gewoon moe,' zei Tuvesson. 'En wie is dat niet?'

'Ik denk dat hij chagrijnig is omdat het zijn idee niet was,' zei Rots op het moment dat Tuvessons mobieltje ging.

'Met Astrid Tuvesson. Ja, dat klopt... Wat? Hoezo zelfmoord? Wat bedoelt u...' Ze draaide zich om naar Lilja en Rots. 'Maar ik begrijp het niet. Hoe dan? En waar ergens?'

72

Dunja Hougaard had nog nooit zo haar best gedaan om er onaangedaan uit te zien als nu terwijl ze de lift uit liep en koers zette naar de afdeling geweldsdelicten. Ze was hier om te werken en verder niets. Sleizner was nergens te bekennen. Maar de deur van zijn kantoor zat op slot, wat betekende dat hij er was. Als hij tenminste niet via een of andere nooduitgang naar buiten was geslopen.

Ze logde in op haar computer, klikte op de inbox van haar mailprogramma en zag dat ze antwoord had gekregen van min of meer alle kranten waarmee ze contact had opgenomen. Ze had gevraagd of ze alle foto's wilden sturen die genomen waren in de wachtkamer van de ziekenhuisafdeling waar Morten Steenstrup had gelegen, en tot haar verbazing waren ze er over het algemeen zonder protesten mee akkoord gegaan. Van de grote kranten had alleen de *Jyllandsposten* gemopperd en de garantie bedongen dat zij de primeur kregen als hun foto's iets interessants opleverden.

Daarom begon ze met het bekijken van hun foto's en ze was bijna opgelucht toen ze er niet één gezicht op zag dat ze niet herkende. Ze wist precies voor welke krant iedereen schreef. Ze ging verder met *Politiken* en bladerde door een overvloed van foto's van zichzelf waarop ze eruitzag als een wrak dat alle zorg nodig had die er te krijgen was. Bezweet, onopgemaakt en met wallen onder haar ogen die zo donker waren dat ze er bijna op geschilderd leken.

Het enige lichtpuntje was dat niet een van de foto's gepubliceerd was. Misschien konden zelfs journalisten barmhartig zijn. Of zouden ze hebben begrepen dat ze niet één interview en geen enkele voorafinformatie meer van haar konden verwachten als zelfs de gedachte ook maar bij ze opkwam om een van die foto's te publiceren?

Anderhalf uur later zag ze hem. Het kon niemand anders zijn. De foto was vanuit vogelperspectief genomen, alsof de fotograaf de camera hoog boven zijn hoofd had gehouden en op goed geluk een paar foto's had genomen. Uit publicatieoogpunt was de foto waardeloos met de afgeknipte dunharige hoofden aan de onderkant. Maar voor haar was de foto zo goed als perfect.

In het midden van de foto stond de rij met stoelen langs de achterste muur. Daar zat een man met een krant in zijn hand die de opschudding van een afstandje bekeek. Ze zoomde in op de man en stelde vast dat de scherpte bijna perfect was, al was er iets vaags en onduidelijks aan zijn gezicht. Maar ze was er zeker van dat hij het was. Het kon niemand anders zijn.

Sleizner zou er natuurlijk nooit mee akkoord gaan om de foto aan de Zweden te geven. Dat het het enige juiste was maakte hem niets uit. De Zweden moesten zich maar zonder hun hulp zien te redden. De Denen zouden de zaak zelf oplossen, of liever gezegd Kim fucking Sleizner. En als dat niet ging, dan moest de zaak maar onopgelost blijven.

Wat haatte ze hem. Elke cel in haar lichaam liep over van haat en de gedachte waar ze de afgelopen jaren zo vaak mee gespeeld had, veranderde nu steeds meer in een concreet besluit. Ze had geen keuze. Ze moest van Kim af. Niet alleen voor zichzelf, maar ook voor de zaak en voor het hele Deense politiekorps moest ze er alles wat in haar macht lag aan doen om te zorgen dat hij ontslagen werd.

Voordat ze zich kon bedenken pakte ze de telefoon en toetste het nummer in van de landelijke korpschef Henrik Hammersten. Hij nam zelf op en stemde in met een vertrouwelijk gesprek later op de dag. Ze hing op en haalde een paar keer diep adem.

'Maar daar ben je,' hoorde ze een stem vlak achter zich. Hoe lang had hij daar al gestaan? Ze draaide zich om en keek hem aan, maar kon niets van zijn gezicht aflezen.

'Zou je even naar mijn kantoor willen komen om... te praten?'

'Is het een probleem om het hier te doen?'

'Helemaal niet. Helemaal niet. Maar als ik jou was zou ik de voorkeur geven aan een gesloten deur.'

Kim Sleizner deed de deur achter Dunja dicht, die al haar alarmbellen negeerde en in de bezoekersstoel ging zitten. De Eikel liep om zijn bureau heen en ging in zijn stoel zitten. Tot haar verbazing ontbrak de gebruikelijke hooghartige grijns op zijn gezicht.

'Om te beginnen wil ik me verontschuldigen voor wat er vannacht is gebeurd.'

Droomde ze of maakte hij een grapje?

'Als ik heel eerlijk ben, kan ik me niet herinneren wat er precies gebeurd is. Maar het weinige dat ik me herinner is meer dan genoeg om in te zien dat niets mijn gedrag kan verontschuldigen. Het enige waarachter ik mij kan verschuilen, is dat ik te veel had gedronken en mijn zelfbeheersing kwijt was.' Hij pauzeerde en keek haar strak aan. 'Maar dat is geen excuus. Het rechtvaardigt mijn gedrag op geen enkele manier. Ik wil dat je weet dat ik me vreselijk schaam.'

Hij zag eruit alsof hij het werkelijk meende, dacht Dunja en ze vroeg zich af of het de bedoeling was dat ze nu iets zei. Maar waarom zou ze het hem makkelijk maken?

'Dunja, ik was er heel zeker van dat jij *Ekstra Bladet* had getipt. Pas achteraf heb ik ingezien dat jij het helemaal niet was. Daarom ben ik bereid de strijdbijl te begraven. Als je me niet aanklaagt voor mijn walgelijke gedrag van gisteren, geef ik jou niet aan wegens het weigeren van een bevel en valsheid in geschrifte.'

Hij wist dus van haar streek met de auto.

'Ik weet precies wat je nu denkt,' ging Sleizner verder. 'En het antwoord is ja. Ik weet precies wat je hebt gedaan. Dat heb ik altijd geweten. Maar ik ben bereid overal een streep doorheen te zetten en je bovendien totale vrijheid te geven in je werk aan het onderzoek.'

Meende hij dat echt? Had hij zich echt zo gebrand dat hij zich alleen nog maar volledig kon terugtrekken? Had hij geen andere keuze dan zijn ego te begraven en haar haar werk te laten doen? Dunja kende Sleizner te goed om zich te durven ontspannen en bleef op haar hoede. Maar als hij het nu echt meende dat ze aan het onderzoek mocht blijven werken, wilde ze geen spaken in het wiel steken. Het was niet haar stijl om haar eigenbelang voor het belang van het onderzoek te stellen en dat zou het ook nooit worden. Ze schonk hem een nauwelijks merkbaar knikje.

'Goed. Nu we dat achter de rug hebben,' vervolgde Sleizner. 'Hoe gaat het met het onderzoek? Hebben jullie iets ontdekt wat ik zou moeten weten?'

Ze zou een ambtsovertreding begaan als ze niets over de foto van de dader zei. Tegelijkertijd moest de foto direct naar de Zweden worden gestuurd. Iets wat Sleizner tot nu toe verboden en op alle mogelijke manieren tegengehouden had. Ze besloot hem op de proef te stellen. 'Ik denk dat ik een foto van hem heb.'

Sleizners gezichtsuitdrukking veranderde. 'Ja? En hoe heb je dat voor elkaar gekregen?'

Dunja vertelde over Kjeld Richters onderzoek waaruit bleek dat de dader via het plafond bij de gewonde politieagent binnen was gedrongen, en hoe ze toen had begrepen dat hij in dezelfde wachtkamer als de journalisten moest hebben gezeten.

'Dat is fantastisch, Dunja. Goed gedaan.'

'Ik stel voor dat we de foto naar de Zweden sturen en afwachten wat ze zeggen voordat we verdergaan,' zei Dunja.

'Oké. Als jij dat wilt.' Hij liep om het bureau heen en ging op de rand voor haar zitten. 'Dunja. Ik meen echt wat ik heb gezegd. Jij en ik, we zijn op de verkeerde voet begonnen en dat is voornamelijk mijn schuld. Je bent de hele tijd een fantastische politieagent geweest en vanaf nu laat ik je dat ook zijn. Dus als jij vindt dat we de foto naar de Zweden moeten sturen, dan doen we dat.'

Dunja knikte en kwam overeind.

'Nog één ding.'

Ze draaide zich om.

'Je had, begreep ik, een afspraak met Hammersten gemaakt. Als je er niets op tegen hebt, zouden we daar misschien samen naartoe kunnen gaan?'

Dunja wist niet wat ze moest antwoorden, maar ze merkte dat ze knikte.

73

Zevenendertig... Achtendertig, telde ze bij zichzelf en ze bleef staan om een korte pauze te nemen. Ze was al buiten adem en voelde hoe het zweet door haar dunne blouse was gedrongen. Het was zwaarder dan ze had gedacht, hoewel ze op haar krukken kon steunen. Pijn voelde ze nauwelijks nadat ze vier paracetamoltabletten had geslikt. In het ziekenhuis hadden ze haar aangeraden om minstens een week in bed te blijven zodat ze niet het risico zou lopen nieuwe bloedingen te krijgen. Een probleem dat ze had opgelost met behulp van een ziekenhuishemd en drie lagen verband. Haar twee politiebewakers hadden er eerst op gestaan mee naar boven te gaan, maar hadden er na wat heen-en-weergepraat mee ingestemd beneden te blijven om de ingang te bewaken.

Ze liep weer verder de trap op, die spiraalsgewijs omhoog ging, en dronk het laatste restje vruchtensap uit de fles die ze bij de kiosk op het Stortorget had gekocht. Ze had er spijt van dat ze geen grotere fles had gekocht. Die had ze eigenlijk willen hebben, maar omdat de literprijs hetzelfde was, had ze uit balorigheid de kleine gekocht. Tegen wie en met welk nut? Straks zou het allemaal toch niet meer uitmaken.

Negenenvijftig.

Zestig. Nog honderdenzes treden voordat ze boven was.

Eenenzestig.

Het was voor de tweede keer in haar leven dat ze boven in de Kärnan was. De eerste keer was met de klas geweest toen ze in de achtste zaten. Die keer moesten ze de verschillende zalen in om naar de schilderijen te kijken en te horen hoe de vijfendertig meter hoge toren door de Denen gebouwd was in het begin van de veertiende eeuw om samen met het Kronborg Slot de wacht te houden en de toegangsweg tot de Sont te verdedigen. Maar het enige waar zij en haar klasgenootjes in geïnteresseerd waren was zo snel mogelijk alle treden naar de top te tellen.

Glenn Granqvist was de eerste geweest die boven kwam. Honderdnegenendertig treden had hij gezegd dat er waren, wat fout was. Ze herinnerde het zich nog als de dag van gisteren. Misschien omdat zij zelf de eerste was die boven was gekomen en het juiste aantal treden had geroepen? Honderdzesenveertig waren het er. Niet meer en niet minder.

Vierenzeventig.

Ze herinnerde zich de jaren in de bovenbouw als de beste van haar leven. Toen was ze op haar top geweest. Ze had in alle vakken de hoogste cijfers gehaald en was toch een van de populairste leerlingen van de klas geweest. Toen was Ingela Ploghed iemand naar wie geluisterd werd. Ze was toen van plan geweest om een van de beste advocaten van het land te worden en al haar energie te stoppen in het helpen van de zwakkeren op de bodem van de samenleving. Ze was zonder problemen op de juridische faculteit in Lund gekomen en was op het eerste gezicht verliefd geworden op het studentenleven.

Achteraf begreep ze niet hoe de studie zo goed had kunnen gaan. Er was geen avond geweest waarop er geen feest werd gehouden, het ene nog gekker dan het andere. De ene avond had ze zich in het zweet gedanst op top 40-liedjes om de volgende avond verkleed als The Log Lady naar een Twin Peaks-feest te gaan. Tweeënhalf jaar later was de verliefdheid opgehouden.

Honderddertien.

Onderweg naar huis na een late nacht in een studentenflat was ze Gerhard Kempe tegengekomen, haar docent in civiel recht. Hij had erop gestaan haar naar huis te brengen en onderweg hadden ze gediscussieerd over de grote salarisverschillen tussen mannelijke en vrouwelijke juristen. Gerhard was van mening geweest dat het vooral kwam doordat mannen beter onderhandelden en zich meer bewust van hun waarde waren. Zelf had ze beargumenteerd dat het niet uitmaakte hoe vrouwen onderhandelden. Ze zouden toch een lager loon krijgen dan mannen. Tegenwoordig zou ze het met hem eens zijn.

Bij haar huis aangekomen had hij gevraagd of ze niet nog een afzakkertje zouden nemen. Ze had het afgeslagen en gezegd dat nog meer alcohol het laatste was waar ze nu behoefte aan had. Daarna was alles zo snel gegaan dat ze er alleen nog sporadische herinneringen aan had.

Honderdzesentwintig – Harde klap in haar gezicht, viel.

Honderdzevenentwintig – Hoofd sloeg tegen het asfalt. Overal handen.

Honderdachtentwintig – Probeerde te krabben, zich vrij te slaan, te schreeuwen.

Honderdnegenentwintig – Nieuwe klap, voortand los. Smaak van bloed.

Honderddertig – Het geluid van haar broekje dat werd stukgetrokken.

Honderdeenendertig – Begerige dikke vingers, ver naar binnen.

Honderdtweeëndertig – Gaf het op, liet hem zijn gang gaan.

Honderddrieëndertig – Werd op haar buik gedraaid.

Honderdvierendertig – Aan haar haar getrokken, pijn in anale opening.

Honderdvijfendertig – Een waarschuwing, voor als ze het iemand zou vertellen.

Honderdzesendertig – Rennende voetstappen, steeds verder weg.

Ze nam de laatste treden zo snel als ze kon en stapte in het licht, waar ze haar bezwete lichaam liet afkoelen in de lichte bries.

Behalve haarzelf was er een Nederlands gezin, twee volwassenen en twee kinderen. Ze kon niet verstaan wat ze zeiden, maar begreep dat de dochter, die bij de verrekijker stond, om geld zeurde en dat de zoon de hele tijd op de rand probeerde te klimmen.

Ze ging in de hoek staan die het verst van het gezin verwijderd was en werd getroffen door het wonderschone uitzicht. Ze kon zich niet herinneren dat ze er net zo van onder de indruk was geweest toen ze hier met de klas was. Meestal was het andersom. Als kind leek alles groter, steiler en dieper. Maar die keer was ze met andere dingen bezig geweest.

Zoals gewoonlijk hadden Jörgen en Glenn Claes niet met rust kunnen laten. Ze hadden hem op de rand getild en gedreigd hem eraf te duwen. Ze kon zijn stem nog steeds horen. Hoe hij smeekte of ze op wilden houden. De anderen van de klas waren een voor een, buiten adem, boven gekomen en deden een bod op het aantal treden. Maar zodra ze hadden gezien wat er aan de hand was, waren ze snel aan de andere kant gaan staan en hadden gedaan alsof ze het uitzicht bewonderden.

Zelf was ze naar hen toe gelopen en had gezegd dat ze hem naar beneden moesten halen. Naar beneden gaat hij sowieso, had Jörgen met een grijns geantwoord. Camilla en Elsa waren er ook bij geweest. Camilla had alleen maar staan staren terwijl ze met hem bezig waren. Dat deed ze altijd. Het was of ze ervan genoot om te zien hoe Claes leed. Elsa had zoals gewoonlijk haar mond opengetrokken. 'Kom op! Waarop wachten jullie? De wind zal zijn roos als sneeuw rond laten dwarrelen! Bah!'

Het had een eeuwigheid geleken voordat Monika was verschenen en het juiste aantal treden had gezegd. Daarna had ze geen aandacht meer voor Claes gehad, die nog steeds snikte en helemaal rood van het huilen zag.

Het Nederlandse gezin liep de trap af en ze was alleen. Eindelijk.

Ze liet de krukken tegen de muur leunen, trok haar sandalen uit en zette ze naast elkaar, samen met haar horloge, haarspeld en ketting. Toen ze op de rand van de muur klom en ging zitten, voelde ze hoe de pijn terugkeerde, maar dat kon haar niets schelen. Ze keek over de daken van de huizen en de bomen uit en liet haar voeten in de lucht bungelen. Ze had er rekening mee gehouden dat ze duizelig en misselijk zou kunnen worden, maar het enige wat ze voelde was een gevoel van vrijheid. Nog even en alles zou voorbij zijn.

Al na de eerste verkrachting had ze erover gedacht om zelfmoord te plegen. Ze had zelfs een paar onhandige pogingen gedaan. Ze had ergens gelezen dat degenen die er niet in slaagden zich van het leven te beroven eigenlijk wilden leven en dat een zelfmoordpoging alleen maar een roep om hulp was. Maar dat gold niet voor haar. Na de gebeurtenis in Lund was ze zichzelf gaan verachten tot ze diep vanbinnen niets anders meer wilde dan sterven. Ze kon zonder te overdrijven constateren dat de laatste jaren van haar leven niets anders waren geweest dan een aaneenschakeling van mislukkingen.

De dader aanwijzen die zich nu aan haar had vergrepen, zou alleen nog maar een schakel aan de verzameling toevoegen. Want ze kon hem aanwijzen. In de auto van die agente was haar geheugen teruggekomen. De denderende trein en zijn gezicht. Ze dacht dat ze het niet gezien had, maar dat had ze blijkbaar toch. Wat deed het er nu nog toe? Er was toch niemand die haar zou geloven. Als het iemand anders was geweest. Misschien. Maar niet bij hem. Geen denken aan. Het zou haar woord tegen het zijne zijn. Een gedrogeerde, half bewusteloze vrouw of een...

Ingela Ploghed wuifde haar gedachten weg, sloot haar ogen en leunde naar voren.

74

Fabian Risk vond vlak voor het huis aan de Pålsjögatan een lege parkeerplek. De autosleutel had op Hugo Elvins bureau gelegen, samen met een briefje waarop te lezen was dat de auto op de parkeerplaats stond. Iemand was dus zo aardig geweest om zijn auto helemaal vanaf Söderåsen hiernaartoe te brengen.

Hij deed de auto op slot en keerde zich om naar het rijtjeshuis van rood baksteen. Het voelde niet alsof hij thuiskwam, eerder alsof hij bij iemand op bezoek ging. Wat misschien niet zo vreemd was als je bedacht dat hij er nog maar negen dagen woonde en er in die tijd nauwelijks was geweest. Nu was hij drie hele dagen weg geweest en als hij Theodor een beetje kende was dat één lange roes van bezorgpizza's, computerspelletjes en hardrockgedreun geweest.

Hij liep het trapje op, stak de sleutel in de deur en kon het doffe, ritmische gebonk van de geliefde doodsmuziek van zijn zoon al horen. Hij had nooit iets begrepen van dat gemangel. Hij vond het niet levendig en niet swingend, alleen maar angstwekkend. Maar hij had zichzelf beloofd nooit te klagen over de muziek van zijn kinderen en ook al had het hem een paar keer moeite gekost, tot nu toe had hij zijn belofte kunnen houden. Zijn eigen ouders hadden niets anders gedaan dan klagen. Voor hen maakte het niet uit of het nu Kraftwerk, Depeche Mode of Heaven 17 was. Het was allemaal toch alleen maar *bonk bonk* en ze gebruikten niet eens échte instrumenten.

'Jij moet de nieuwe buurman zijn,' klonk een stem achter hem.

Fabian draaide zich om en zag een peervormige vrouw die een korte broek met grote zakken, een T-shirt en een zonnehoed droeg. In haar handen had ze een glazen pot met rode bessen.

'Mijn naam is Ulla Stenhammer. Wij wonen op nummer 15.'

Fabian stapte het trapje weer af en gaf de vrouw een hand. 'Hallo. Fabian Risk.'

'Ah, en wat doet u, als ik vragen mag?'

'Wat ik doe?'

'Ja, wat voor werk bedoel ik.'

'Voorlopig heb ik nog vakantie en doe ik mijn uiterste best om niet aan mijn werk te denken.' Fabian produceerde een glimlach ten behoeve van de goede verstandhouding met de buren en hoopte dat de eerste indruk die hij van de vrouw had gekregen fout was.

'Aha, ja... Ik wilde jullie alleen hartelijk welkom heten.' De vrouw gaf de pot met bessen aan hem. 'Je bent toch altijd een beetje nieuwsgierig naar wie erin zal trekken en toen ik begreep dat het een normaal gezin was, was ik op zijn zachtst gezegd dolblij.'

'Ja? Was er iets mis met de vorige buren?'

'Ach, mis... Ze waren absoluut een beetje vreemd als je het mij vraagt. Ze deden bijvoorbeeld nooit mee aan het lente- of herfstfeest en... Ja, je hebt gezien hoe het er aan de achterkant uitziet. Je reinste jungle. Het werpt een schaduw over ons hele terras, dus het enige wat daar groeit is mos. Niet zo leuk, als je het mij vraagt.'

Fabian stelde vast dat zijn eerste indruk helaas bleek te kloppen. 'Ik beloof dat ik ga knippen en snoeien zodra ik tijd heb.'

'Ja, ik wil me er niet mee bemoeien natuurlijk.'

Het werd stil en Fabian maakte aanstalten om zich weer om te draaien.

'De muren zijn vrij dik in die oude huizen, dus je zou kunnen denken dat het niet zo gehorig is. Maar ik kan je vertellen, dat het dat wel is. En heel erg. Vraag me niet hoe het geluid erdoorheen komt. Ik weet alleen dat het het doet.'

'Draait mijn zoon te luide muziek?'

'Ik weet niet of ik het muziek zou willen noemen. Maar als het 's nachts ietsje zachter kan, dan zou dat geen kwaad kunnen, als je het mij vraagt. Al is het niets vergeleken bij de Paldynski's. De oude buren dus.'

'Aha, draaiden zij ook muziek?'

'Nee. Of jawel, soms wat klassiek. Maar dat was het probleem niet. Dat waren al hun ruzies.'

'Ruzies?'

De vrouw deed een stap naar Fabian toe en keek over haar schouder, alsof ze bang was dat ze werd afgeluisterd. 'Je hebt geen idee hoe ze tegen elkaar konden schreeuwen. Soms klonk het alsof... Ja, ik weet niet wat. *Friday the 13th*. Als we in onze slaapkamer lagen was het alsof we ons in dezelfde ruimte als hen bevonden. Ik weet het niet helemaal zeker, maar ik ben er vrij zeker van dat hij haar sloeg.'

Fabian realiseerde zich dat de eerste indruk aangepast moest worden. De vrouw was nog veel erger dan hij had vermoed.

'Maar uiteindelijk is ze ervandoor gegaan en dat neemt niemand haar kwalijk. Al was het niet op de meest sympathieke manier, als je het mij vraagt. Maar daar heb ik niks mee te maken. Er is niets ergers dan buren die hun neus in andermans zaken steken.'

'Nee, dat is zeker waar. Bedankt voor de rode bessen.' Fabian deed een nieuwe poging om het trapje op te lopen.

'Hij was maar een paar dagen op reis, moet je weten. Naar Berlijn, geloof ik. Dat is een vreemde stad, niet? Ik was er een keer op vakantie en moest daarna vakantie nemen. Maar toen hij terugkwam, waren alle kleren en speeltjes uit het huis gehaald. Toen waren zij en de kinderen er met volle koffers vandoor gegaan. Gewoon hups, weg. Niet erg aardig, als je het mij vraagt.'

Dus daar had de makelaar naar verwezen toen hij het over privé-omstandigheden had. 'Nee, dat klinkt niet erg aardig. Weet iemand waar ze naartoe is gegaan?'

'Dat is nu juist het vreemde eraan.' Ze stak haar wijsvinger in de lucht en trok haar wenkbrauwen op om aan te geven hoe vreemd het was. 'Het feit dat het hem niets uit leek te maken. Het was alsof hij gewoon zijn schouders ophaalde en verder ging met zijn leven.'

'Heeft hij niet geprobeerd haar te vinden?'

'Niet dat ik weet. Als je het mij vraagt, was hij opgelucht.' De vrouw schudde haar hoofd. 'Ik begreep er niets van, voor mij was het volkomen onbegrijpelijk. Stel je voor dat je thuiskomt en dat de rest van je gezin weg is.'

'Dus niemand weet waar ze naartoe zijn.'

Het gezicht van de buurvrouw brak open in een brede glimlach. 'Nu kon ik mijn nieuwsgierige snoet natuurlijk niet in bedwang houden, dus ten slotte heb ik het aan hem gevraagd, op de man af, en toen bleek dat hij precies wist waar ze waren. Wat zijn op zijn zachtst gezegd vreemde gedrag wel enigszins verklaarde.'

'Aha,' zei Fabian en hij wachtte tot er meer zou komen. Maar er kwam niet meer. 'Zei hij waar ze ergens waren?'

'Nee, hij zei alleen dat hij wist waar ze waren en toen wilde ik niet doorvragen. Zelfs ik heb mijn grenzen.' De buurvrouw barstte in lachen uit. 'Maar nog maar een week geleden hoorde ik van de Wingårds op nummer 13 dat de vrouw naar Denemarken is vertrokken, waar ze voor zover ik heb begrepen samenwoont met een nieuwe man. En als je het mij vraagt, zou ik zeggen dat ze hem al eerder gekend moet hebben.'

Fabian knikte en haalde zijn schouders op. 'En wanneer is dit gebeurd?'

'Een paar maanden geleden, in de lente. Precies, het duurde maar een paar weken voordat hij het huis aan jou verkocht. Maar hij wilde hier natuurlijk niet blijven met al die herinneringen.'

Fabian liep het trapje weer op. Hij wist niet meer voor de hoeveelste keer. Hij dacht na over hoe hijzelf zou hebben gereageerd als Sonja zoiets zou hebben gedaan. Hij draaide de sleutel om, deed de deur open en moest toegeven dat een deel van hem het waarschijnlijk fijn zou vinden.

Dead will dance for what is left!

Hij zou er heel wat voor over hebben gehad om de doom-metal, die als een muur van vuilnis over hem heen sloeg, niet te hoeven horen. Maar het was in elk geval fijn om weer thuis te zijn, dacht Fabian, die de deur achter zich sloot en constateerde dat het er precies zo uitzag als toen hij woensdagochtend het huis had verlaten om naar de begrafenis in Denemarken te gaan. Drie dagen die aanvoelden als drie weken.

Save yourself from this!

Hij liep door naar de keuken en kon een aantal sporen zien die Theodor had achtergelaten. Maar niet zoveel als hij had verwacht. Behalve een half opgegeten pizza die nog in zijn doos lag, een onaangeroerde salade en een leeg colablikje zou je de keuken bijna schoon kunnen noemen. Zou hij eindelijk zijn begonnen te leren hoe je dingen achter je op moest ruimen?

The world spread its legs for another star!

Marilyn Manson schreeuwde zijn boodschap uit op een muur van vervormde gitaren en een spervuur van drums. De afgelopen jaren was hij de grote favoriet van Theodor geweest en hij stond voortdurend op repeat. Fabian kon begrijpen dat de buurvrouw er iets van had gezegd. Als je muur aan muur woonde met zijn stereo-installatie dan maakte het niet uit hoe dik de muren waren. Maar voorlopig was het nog maar kwart voor vijf, dus hij was nog niet van plan om naar boven te gaan om te vragen of het zachter kon. In plaats daarvan stuurde hij een sms'je waarin hij vroeg of hij thuis was en zin had om samen koffie te drinken op het terras.

Everyone will suffer now!

Twee minuten later kwam het antwoord: COD. MIDDEN IN EEN MISSIE. SLA KOFFIE OVER. ZIE JE LATER. T

Dat was precies waarop Fabian had gerekend en diep vanbinnen ook had gehoopt. Ook al zou het fijn zijn geweest om koffie te drinken, hij had geen tijd. Voordat de dag voorbij was, moest hij een naam hebben. Een naam van iemand die hij duizenden keren had gezien maar aan wie hij geen enkele herinnering had. Van een dader die opnieuw toe zou slaan als hij niet werd tegengehouden.

Hij wist hoe hij aan de naam kon komen. Het was een gok en hij had geen idee of het zou werken, maar bij gebrek aan iets beters was het een poging waard. Eerst zou hij douchen en schone kleren aantrekken. Onderweg naar de badkamer op de bovenverdieping probeerde hij zich te herinneren wanneer hij voor de laatste keer meer dan drie dagen niet gedoucht had en kwam erop uit dat het in 1995 op het Roskildefestival moest zijn geweest.

Ondanks emmers bier en constante evenwichtsproblemen herinnerde hij het zich alsof het gisteren was. Achteraf gezien was het een absoluut topjaar geweest met Oasis, Blur, The Cure en Suede. Het programma van dit jaar, met Prince, LCD Soundsystem en Vampire Weekend, kon er ook mee door. Het was hem zo verleidelijk voorgekomen dat hij zelfs aan Sonja had voorgesteld om er met het hele gezin naartoe te gaan. Ze had hem alleen maar aangekeken en gevraagd of het niet wat laat was voor een midlifecrisis.

Hij deed de badkamerdeur op slot, trok het ziekenhuishemd en zijn broek uit, maakte voorzichtig het gaasverband los dat rond zijn bovenlichaam was gewikkeld. Rond en rond tot het ophield. Hij was er weliswaar de hele tijd geweest. De pijn, zeurend en prikkend, maar hij had er de laatste uren niet meer aan gedacht. Pas nu hij het laatste stuk verband afwikkelde, werd hij eraan herinnerd hoe gewond hij eigenlijk was. Het met bloed vermengde wondvocht was een soort lijm geworden tussen de wond en het gaasverband en hij moest onder de douche gaan staan om het verband stukje voor stukje los te trekken. De pijn werd nog een flink stuk erger en hij was dankbaar dat Marilyn Manson hem overstemde.

Toen het laatste stukje gaasverband los was gekomen zette hij de thermostaat op de koudste stand en liet het water over de gloeiende wonden stromen. Hij stond een paar minuten te genieten voordat hij zich inzeepte, zijn haar waste en midden op de badkamermat ging staan om zich aan de lucht te drogen.

Hij bekeek zichzelf in de spiegel. Meestal zorgde dat ervoor dat hij zich jong voelde. Hij was drieënveertig jaar, maar had een lichaam dat er minstens tien jaar jonger uitzag. Geen extra kilo's, zoals zoveel anderen van zijn leeftijd met zich mee torsten. Geen beginnende kaalheid. Hij had nog niet eens grijze haren. Maar de man naar wie hij nu keek zag er minsten tien jaar ouder uit. Hij was lijkbleek en zijn gezicht hing alsof de zwaartekracht opeens was verdubbeld. Hij overwoog zich om te draaien om de wonden te bekijken, maar besloot dat het beter was om dat niet te doen.

I lift you up like the sweetest angel…

Zijn kleren zaten nog steeds in de verhuisdozen aan zijn kant van het bed en hij zocht er net zo lang in tot hij een schone onderbroek, een paar sokken, een rood loshangend linnen overhemd dat het gaasverband moest vervangen en een kreukelige linnen broek vond.

I'll tear you down like a whore…

In de keuken stopte hij zijn mobieltje in de lader en nam de pizzaresten mee naar de kelder. Hij wist precies wat hij zocht. Het groene ladeblok. Maar dat stond niet meer waar hij het voor het laatst had gezien. Toen had het tegen een van de muren in de kelder gestaan. Nu niet meer. Hij wist niet of Sonja er was geweest en spullen had herschikt of dat hij het zich verkeerd herinnerde. Het voelde op de een of andere manier anders, alsof alles was verplaatst.

Bovendien stond de kelder nu vol met spullen die direct naar de stortplaats hadden gemoeten als Sonja er geen stokje voor had gestoken. Ze kon zich er niet toe zetten dingen weg te gooien. Volgens haar kon alles vast nog weleens van pas komen. Haar gebruikelijke argument waren haar eigen ouders, die nooit iets hadden bewaard, en alleen al een klein vermogen hadden uitgegeven aan keukenapparatuur die uit de mode was geraakt en daarna weer hartstikke hip was geworden. Maar wat ze met kapotte fietsen, ondergekliederde autokinderstoeltjes en dozen met VHS-banden moesten, kon Fabian niet begrijpen.

Twintig minuten later vond hij de groene ladekast achter een oude bruine bank met drie mandflessen erop. Hij trok de middelste la open en haalde zijn oude fotoalbum eruit, ging tussen de mandflessen op de bank zitten en begon te bladeren. Meerdere foto's waren losgeraakt en de verkeerd gespelde commentaren waren achtergebleven als vergeten lichtjes in een weggegooide kerstboom.

De foto's waren genomen met zijn Instamatic-camera, die hij had gekregen toen hij tien werd, en ook al waren de kleuren veranderd en was de scherpte verdwenen, de foto's deden wat ze moesten doen en voerden hem terug naar de tijd toen hij op zijn Rampriderplank met Tracker Trucks en rode Kryptonics reed, op schoolreisje ging naar Kopenhagen en drie cheeseburgers in de McDonald's tegenover Tivoli at, de eerste sneeuw wegruimde en de Grote Berg bouwde, een heuveltje om vanaf te skiën, gemaakt van afval.

Bijna alle foto's waren genomen in de schoolvakantie na de zesde klas en vanaf het moment dat hij in de zevende zat, was de camera blijven liggen. Op één dag na in de achtste klas toen hij hem mee naar school had genomen en een heel rolletje had volgeschoten. Zesendertig foto's met maar één onderwerp. Al deze jaren had hij geen moment meer aan de fotoreeks gedacht. Hij was het bestaan ervan zelfs vergeten. Pas toen hij Rots' foto van de deur van het kluisje met de krabbels erop had gezien, was de herinnering aan de fotoreeks weer teruggekomen.

En daar waren ze, alle zesendertig, goed verstopt in een van de albums van de basisschool. Onder alle foto's had hij hetzelfde geschreven.

Eén woord.

LINA.

Ze stond op elke foto. Niet altijd in het centrum, maar ze was er altijd als de vanzelfsprekende blikvanger van de foto. Dat de fotograaf verliefd was, was niet te missen, en Fabian herinnerde zich dat hij voorzichtig was geweest en de foto's in het geheim had genomen zodra Jörgen niet in de buurt was. Hij had er alles aan gedaan om te zorgen dat Lina het niet merkte. Het laatste wat hij wilde was Jörgen op zijn nek krijgen. Maar nu kon hij duidelijk zien hoe bewust ze zich was geweest van zijn camera. De blikken die zogenaamd wegkeken. De glimlachjes die onbewust probeerden te zijn. Ze had het leuk gevonden en er nooit iets over tegen Jörgen gezegd. Het was hun geheim geweest.

Fabian keek op uit het album en luisterde. Het was alsof hij in de verte een stem hoorde, iemand die riep. Maar hij zag niets wat het kon verklaren. Tegelijkertijd was hij er zeker van dat hij het zich niet had ingebeeld. Ergens in de verte klonk een stem. Omdat alle discanten en het middenregister wegvielen en alleen de laagste frequenties overbleven, was het onmogelijk om te horen wat de stem zei.

Fabian kwam overeind en lokaliseerde de stem bij de gemetselde muur achter hem en hij voelde zich meteen kalmer. De muur grensde aan het huis van de buren en dan was het natuurlijk de buurvrouw die hij hoorde. Hij keerde terug naar het album en vond al snel de foto die hij zocht. Precies zoals hij zich herinnerde stond Lina erop terwijl ze een paar boeken in haar kluisje legde. Het kastje naast haar was gesloten, maar het nummer kon je niet ontgaan.

349.

Lina had het kluisje naast dat van de dader gehad.

75

De auto, een zilvergrijze BMW 1-serie M Coupé, was in een paar seconden veranderd van een hoogtechnologisch wonder in een hoop schroot.

Ingvar Molander had altijd van Duitse auto's gehouden en de laatste jaren consequent geweigerd over te stappen naar een ander merk. Daarom was het extra pijnlijk voor hem om de vernielde auto te onderzoeken. En alsof dat nog niet genoeg was, was hij er nog steeds niet in geslaagd de oorzaak van de crash te vinden en had daarom geen andere keuze dan nog een keer zijn aantekeningen door te nemen om te kijken of hij iets had gemist.

LINKERKANT, DEUKEN EN DIEPE KRASSEN IN CIRKELFORMATIES. De auto reed in op de zijkant van de vrachtwagen en raakte de middelste wielen. De afgeschraapte zilvergrijze kleur op de wielmoeren van de vrachtwagen had hij al veiliggesteld. GRAS EN AARDE IN ALLE VIER DE WIELEN, VOORAL RECHTS VOOR EN ACHTER. De auto stuiterde naar de rand van de weg en het gras op. RECHTER VOORLICHT VERBRIJZELD. Daar reed hij recht met de rechter voorkant tegen het verkeersbord op, draaide een keer rond en kwam weer op de snelweg terecht. ACHTERKANT GEDEELTELIJK INGEDRUKT. De vrachtwagen reed er recht overheen. OVERAL DIEPE KRASSEN EN DEUKEN, VOORAL OP HET DAK. Hij sloeg over de kop en kwam ten slotte op zijn dak terecht voordat hij tot stilstand kwam.

Molander was gefrustreerd. Hij had alles doorgenomen, hij wist niet hoeveel keer al, zonder iets te vinden wat erop wees dat er sprake van moord was. Hij had geen doorgeknipte remkabels of losse wielmoeren gevonden. Met het stuurslot en de servo was ook niets mis en er waren geen sporen van een andere passagier in de auto of een van afstand bestuurd vreemd onderdeel. Niets. De auto zag er precies zo uit als je kon verwachten nadat hij was overreden door een vrachtwagen en met 140 kilometer per uur over de kop was geslagen.

Drie uur had hij erin gestoken. Drie uur zonder resultaat.

Hij was bijna vijftien jaar geleden gestopt met roken. Sindsdien rookte hij alleen bij speciale gelegenheden. Of dit een gelegenheid was die als speciaal geboekstaafd kon worden, wist hij niet. Maar de sigarettenlucht in de auto had hem ervan overtuigd dat kleine mislukkingen ook een sigaret waard konden zijn.

Hij trok de bovenste la van de werkbank open en pakte het zakje Fisherman's Friend, trok een sigaret uit het John Silver-pakje en ging op een stoel in de avondzon voor de garage zitten. De vlam van de aansteker liet de tabak gloeien en hij inhaleerde de rook zo diep als hij kon en probeerde te genieten van zijn nederlaag.

Zijn mobieltje ging. Hij wilde niet opnemen, niet midden in een sigaret terwijl hij geen idee had of er zich een nieuwe gelegenheid voor zou doen. Maar het irritante melodietje bleef maar doorgaan. Beperkte batterijtijd of een derde wereldoorlog, het maakte niet uit. Niets kon het stil krijgen.

'Ja, hallo.'

'Hé, met Irene. Ik ben alleen nieuwsgierig hoe het met de auto is gegaan?'

'Slecht.'

'Hoezo, ben je nog niet klaar?'

'Jawel.'

'Maar...'

'Ik kan niets vinden wat niet klopt.'

Ze zwegen allebei even en Molander maakte van de gelegenheid gebruik om een eindje van het mobieltje af een trekje te nemen. Op datzelfde moment zag hij hoe een bergingsauto het politieterrein op draaide.

Hij hoorde Lilja zuchten aan de andere kant van de lijn. 'Oké, dan is het belangrijker dat ik hier ben.'

'En waar is hier?'

'Het forensisch instituut. Vlecht gaat me Elsa Hallin laten zien en dan kan ik proberen hem over te halen ook naar Camilla Lindéns lichaam te kijken.'

'Hebben ze nog niet naar haar gekeken?'

'Vlecht niet. Ze is tenslotte binnengebracht als een gewoon verkeersslachtoffer.'

Nu was het Molanders beurt om te zuchten.

'Denk je dat het niets op zal leveren?'

'Ik weet niet meer wat ik moet denken.'

'Bedoel je dat Camilla Lindén niet vermoord is?'

'Mensen verongelukken nu eenmaal. Hij hoort van het ongeluk en tipt de pers dat hij erachter zat. En terwijl wij ons inspannen om bewijs te vinden dat niet bestaat, kan hij verdergaan met de voorbereidingen voor het volgende slachtoffer.'

'Denk je aan Hallin?'

'Bijvoorbeeld. Of iemand anders? We gaan er nu tenslotte van uit dat hij niet zal stoppen voor de hele klas als sardientjes in een blik bij Vlecht ligt.'

'Misschien heb je gelijk, maar dat verandert niets aan de zaak. Het enige wat we kunnen doen is doorgaan met het onderzoek. Maar ik moet nu ophangen. Vlecht is er.'

Het werd stil en Molander stopte zijn mobieltje weer in zijn zak, nam een laatste trek en drukte de sigaret uit op het asfalt. De bergingsauto kwam achteruit aanrijden en bleef voor de garage staan. Nu zag hij pas dat hij een Deens nummerbord had en een Peugeot op sleeptouw had.

'Ben jij Molander?'

Molander knikte en ondertekende de vrachtbrief.

'En dit was er ook nog.' De chauffeur gaf hem een met de hand geschreven briefje.

Aan Ingvar Molander. Fabian Risk geeft hoog van je op en aangezien er hier niets gebeurt, kunnen jullie hopelijk iets doorslaggevends vinden? Hartelijke groet, Dunja Hougaard, politie van Kopenhagen, afdeling moordzaken.

Molander kende Dunja Hougaard. Ze was een competente rechercheur, maar had geen enkele bevoegdheid om bewijsmateriaal naar Zweden te sturen. Wat betekende dat ze een groot risico nam. Hij keek naar de Peugeot, die geluidloos op het asfalt gleed terwijl de staalkabel van de bergingsauto werd gevierd, en dacht na over wat voor geheimen de auto zou kunnen verbergen. Hij had Risk al naar de moordplaats bij Söderåsen gebracht. Kon er nog meer zijn? Waarom eigenlijk niet?

De moeite die de dader had gedaan om de auto weg te halen, wees erop dat er meer moest zijn. De moordplaats bij Söderåsen was gemaakt om ontdekt te worden. Met of zonder gps. Risk had hem weliswaar eerder gevonden dan verwacht, maar de plek had de hele tijd klaargestaan om, wanneer de tijd rijp was, gevonden te worden, zodat ze hem konden onderzoeken en zich konden verbazen. Söderåsen was niets anders dan een uitgebreide machtsdemonstratie, in scène gezet om te laten zien hoe ver ze achter lagen en vooral hoe machteloos ze waren.

Maar dat verklaarde het enorme risico niet dat hij tijdens de jacht genomen moest hebben. De enige mogelijke verklaring daarvoor was dat er nog iets in de auto te vinden moest zijn. Iets waarvan de dader ten koste van alles wilde voorkomen dat ze het vonden.

Irene Lilja had hem laten roepen. Zonder onderbroken te worden had Einar Greide, deze dag met vier vlechten, haar uitgebreid laten zien hoe de incisie, van de onderkant van Elsa Hallins keel naar haar borstbeen, met chirurgische precisie was gemaakt. Hij had zijn uitleg over hoe de dader de slagaderen had ontweken om het slachtoffer zo lang mogelijk in leven te houden zo uitgebreid mogen maken als hij zelf wilde. Ze had hem zelfs laten demonstreren hoe het gegaan moest zijn toen de dader haar tong eruit had getrokken en hem over de borst van het slachtoffer had laten hangen. Pas toen hij zweeg en helemaal klaar was, had ze de bom losgelaten.

'Einar, ik ben hier niet voor Elsa Hallin.'

'Hè? Wat?' Greide zag eruit als een goed gedresseerde hond die net zijn beste trucje had gedaan en toch geen snoepje kreeg.

'Ik weet dat de manier waarop de dader het slachtoffer zoveel en zo lang mogelijk heeft laten lijden indrukwekkend is. En ik weet dat je zoiets nog nooit hebt gezien, wat trouwens ook voor mij geldt. Maar daarom ben ik hier niet.'

'Waarom ben je hier dan wel?'

'Camilla Lindén.'

'En wie is Camilla Lindén?' Einar deed nu meer aan een kwaaie straathond denken.

'Ze is gisteren overleden bij een ongeluk op de E6 en we vermoeden dat onze man erachter zit.'

'Ze zat in dezelfde klas?'

Lilja knikte en Greide begon aan een van zijn vlechten te frunniken. Iets wat hij alleen deed als het hem tegenzat. Ze moest hem nu vooral niet onder druk zetten. De kleinste aanzet om het proces te versnellen zou direct een tegengesteld effect hebben. Hij zou zijn hakken in het zand zetten en weigeren een vinger uit te steken.

Twee minuten later kwam waar ze op had zitten wachten. De gekunstelde vermoeide zucht begeleid door een ingehouden hoofdschudden. Het volgende moment had Greide de kamer verlaten, en Lilja moest half door de lange tunnel rennen om hem bij te houden.

'Arne moet haar binnen hebben gekregen en je weet wat zijn devies is.' Greide spuugde de woorden uit alsof het een fluim was.

'Nee, ik...'

' "Waarom dingen onnodig ingewikkeld maken." ' Hij maakte aanhalingstekens in de lucht. 'Maar in zijn geval betekent het eigenlijk: "Waarom zou je überhaupt je werk doen?" '

'Einar, we weten niet of het klopt. Het kan gewoon een ongeluk zijn geweest.'

Greide schudde zijn hoofd. 'Natuurlijk klopt het. Dit is niet voor het eerst dat Arne iets gemist heeft. Zijn vakantie begint volgende week, maar hij is al twee weken even helder als een sponzig vaatdoekje. Normaal gesproken controleer ik zijn lichamen altijd, maar deze keer heb ik...'

'Het te druk gehad met een Colombiaanse necktie.'

Greide wierp een blik op haar, bleef voor het mortuarium staan en haalde zijn veiligheidspasje tevoorschijn. Eenmaal binnen liep Lilja meteen naar de muur met koellades, terwijl Greide een kopie van het obductierapport zocht.

'Hier is het: Bla bla bla bla... Harde klap tegen het hoofd, linksachter... Bla bla bla bla... Schedelbreuk achterhoofd, bloedingen tussen de hersenvliezen, zwelling in hersenen, bloedingen in hersenen, duidelijke sporen van druktoename in de hersenen... Hm...'

'Dat klinkt toch niet zo onlogisch?' zei Lilja en ze trok de lade open waarop Camilla Lindéns naam met sierlijke letters stond.

'Nee, maar dit is standaardformulier IA. Als je zo'n hevig ongeluk meemaakt zonder tot moes te worden gedrukt, stoot je waarschijnlijk je hoofd zo hard dat je sterft aan een hersenbloeding. Dit rapport zou je kunnen schrijven zonder het lichaam onderzocht te hebben en in acht van de tien gevallen zou het kloppen. Het probleem is dat er verder niets staat.' Greide hield het rapport tussen zijn duim en wijsvinger omhoog, alsof hij het met geen tang aan zou willen raken.

Lilja trok het laken weg dat het naakte lichaam bedekte.

'Geen enkele beschrijving van de persoonlijke kenmerken op het lichaam,' ging Greide verder. 'Geen eigen commentaren of bevindingen. In feite staat er helemaal niets behalve het voor de hand liggende.'

'Dus je denkt dat hij haar niet onderzocht heeft?'

'Ik denk het niet, ik wéét het.' Hij liet het rapport achteloos op de grond vallen en ging aan de andere kant van het lichaam tegenover Lilja zitten.

Haar ogen waren gesloten en haar gezicht verraadde dat het harde klappen en stoten had gekregen. Greide trok een paar plastic handschoenen aan, rolde het stijve lichaam op zijn zij en keek onder het hoofd, waar in het blonde haar een grote wond zat met een kring van geronnen bloed. Hij liet het lichaam weer zakken, zuchtte en friemelde aan een van zijn vlechten.

Lilja had al spijt voordat ze de vraag had gesteld, maar hij was onmogelijk tegen te houden en glipte als een muis door een deuropening. 'Heb je gevonden wat hij over het hoofd heeft gezien?'

Greide liet zijn vlecht los en keek haar aan alsof ze het verdiende om bij het ochtendgloren doodgeschoten te worden, waarna hij zijn hand op Camilla's gesloten ogen legde en de oogleden omhoogtrok.

Zowel het linker- als het rechteroog zag eruit alsof iemand zijn sigaret erin had uitgedrukt.

76

'Ik moet rond halfzeven weg om een paar holes te slaan, dus laten we dit zo kort en effectief mogelijk houden,' zei Henrik Hammersten en hij ging achter zijn bureau zitten.

Dunja knikte en liet zich in een van de bezoekersfauteuils zakken met Sleizner naast zich. Ze wilde niets liever dan dat het gesprek voorbij zou zijn, zodat ze verder kon gaan met het onderzoek en contact op kon nemen met de Zweden.

'Dunja, dit was jouw initiatief. Ik stel voor dat jij begint.'

'Dat klopt.' Ze schraapte haar keel, die droog was geworden. 'Ik heb contact met je opgenomen omdat ik vond dat de gebeurtenissen in Kims privéleven alles overschaduwden en hem verhinderden de afdeling te leiden op een manier die het onderzoek vooruithielp.'

Hammersten knikte en richtte zijn blik op Sleizner. 'Kim? Wat vind jij? Zit er iets in Dunja's kritiek?'

Sleizner knikte. 'Absoluut. De afgelopen dagen zijn op zijn zachtst gezegd overdonderend geweest. Mijn privéleven is op zijn kop gezet en publiek gemaakt. Mijn vrouw heeft me verlaten en onze dochter meegenomen. Het enige wat ik overheb is mijn baan en ik ben van plan dat zo goed mogelijk te doen. Het is trouwens lang geleden dat we gespeeld hebben. Wat heb je tegenwoordig voor handicap?'

'18,7.'

'Wow. Je moet hard getraind hebben.'

Niemand kon hielen likken als Sleizner, dacht Dunja. Het maakte niet uit in hoeveel hondenpoep ze hadden getrapt. Zolang hij er iets aan had, likte hij door. Hammersten knikte en richtte zijn blik op Dunja. 'Hoe denk je er nu over? Nog steeds hetzelfde?'

Dunja dacht na. Wilde eigenlijk knikken, maar schudde haar hoofd. Ze wilde dit gewoon achter de rug hebben en doorgaan met haar werk.

'Moet ik daaruit opmaken dat je je kritiek terugneemt?'

'In ieder geval zolang ik me op mijn werk kan concentreren.'

'En dat kun je nu?'

'Dat hoop ik.'

Hammersten richtte zich tot Sleizner. 'En Kim? Wat vind jij? Heb je er iets aan toe te voegen of zijn we klaar?'

Sleizner had moeten knikken. Hij had moeten inzien dat haar stilte een geschenk was en dat hij het gordijn nu moest laten zakken. Om Hammersten meer toneel te besparen. Maar nee. In plaats daarvan bewoog hij heen en weer op zijn fauteuil en stak zijn hand op, om aan te geven dat zowel Hammersten als Dunja nog even moesten wachten. 'Helaas moet ik zeggen dat mijn vertrouwen in Dunja tot het nulpunt is gedaald.'

'O ja? En hoe komt dat?'

'Daar kan ze misschien zelf antwoord op geven, want ik begrijp het ook niet goed. Ik heb haar altijd als een uitstekende agente beschouwd en het staat sowieso buiten kijf dat ze van grote waarde voor de afdeling is geweest. Maar helaas kan ik haar niet meer vertrouwen, en als je je collega's niet kunt vertrouwen, zit er iets goed fout. Dat is mijn vaste overtuiging.'

'Waarom kun je haar niet meer vertrouwen?'

Ze wist het. Ze had het aan voelen komen en de alarmklokken gehoord, maar was toch recht in de val gelopen.

Sleizner zuchtte. 'Ik weet niet waar ik moet beginnen. Om te beginnen heeft Dunja voor een groot deel de hand gehad in de hele affaire. Zij heeft een onderzoek naar mijn belgedrag laten doen en toen bleek dat ik in de buurt van de Lille Istedgade was geweest, heeft ze *Ekstra Bladet* gebeld om het door te vertellen. Wat niet precies is wat ik onder "je concentreren op je werk" versta.'

Ze wilde overeind komen. Protesteren en schreeuwen dat hij loog. Maar dat was geen goed idee. Het zou allemaal terugkaatsen en haar in hun ogen nog belachelijker maken.

'Bovendien,' ging Sleizner verder, 'als we het over het werk zelf hebben. Ze heeft een paar keer dingen achter mijn rug om gedaan en heeft mijn orders genegeerd. Ze heeft niet alleen mijn handtekening vervalst. Ze heeft zelfs belangrijk bewijsmateriaal naar Zweden gestuurd, zonder dat onze eigen forensisch onderzoekers ernaar hadden kunnen kijken. En als kers op de taart heeft ze nu net het feit proberen achter te houden dat we een foto van de dader hebben. Dit alles bij elkaar maakt dat ik het uitgesloten acht dat Dunja op mijn afdeling kan blijven.'

'Dunja, klopt het dat je Kims handtekening hebt vervalst?'

Dunja knikte.

'Maar waarom in godsnaam?'

'Het was ten behoeve van het onderzoek, omdat Kim er alles aan deed om de Zweden tegen te werken.' Ze kon zien dat hij niet luisterde. Het maakte niet uit wat ze zei. Hammersten had zijn besluit al genomen.

'En dat je een onderzoek naar zijn belgedrag hebt laten doen, klopt dat ook?'

Dunja knikte weer. 'Maar niet om de reden die Kim zich in zijn hoofd heeft gehaald. Ik deed het om te controleren of...'

'Zo is het genoeg.' Hammersten stak zijn hand op en keek op zijn horloge. 'Dunja, het spijt me. Ik heb je altijd een fantastische rechercheur gevonden, maar ik begrijp eerlijk gezegd niet waar je mee bezig bent, dus ik zie geen andere mogelijkheid dan Kims lijn te volgen.' Hij draaide zich naar Sleizner toe, die met een tevreden gezichtsuitdrukking een al ingevuld document op tafel legde.

'Hier is je ontslagaanvraag. Je krijgt drie maanden loon en het enige wat je hoeft te doen is hem ondertekenen.'

'En anders?'

'Ik heb gehoord dat ze mensen zoeken op de Faeröer.'

Dunja zette haar naam op de stippellijn en verliet het kantoor.

77

Astrid Tuvesson kon het maar niet uit haar hoofd zetten dat Ingela Ploghed van de Kärnan-toren was gesprongen. Er waren te veel vragen die zich opdrongen. Was het haar schuld? Had ze haar te veel onder druk gezet? En was ze echt een van de slachtoffers van de dader? Of zat er, zoals Risk dacht, iemand anders achter? Het was of al die vragen het nog belangrijker voor haar maakten om uit te vinden wat er was gebeurd.

Ze had zich voorbereid door op Google Maps naar huizen te zoeken die afgezonderd lagen, zodat de dader ongestoord de operatie op Ingela Ploghed uit had kunnen voeren, maar toch niet te ver van het spoor, zodat het geluid van de treinen zich in haar onderbewuste had kunnen nestelen. Voorlopig had ze tien van de geplande zevenentwintig huizen kunnen bezoeken in de paar uur dat ze bezig was.

Behalve drie woningen die ze meteen had kunnen afschrijven, waren het kantoren en werkplaatsen geweest, waarvan de meeste in verband met de vakantie gesloten waren. Ze had daardoor over hekken moeten klimmen, door ramen moeten kijken en in vuilnisbakken moeten wroeten. Maar het enige wat het haar had opgeleverd waren vieze nagels, stinkende kleren en een jeukende hoofdhuid. Molander had gelijk gehad. De dader was hoogstwaarschijnlijk druk bezig een nieuwe moord te plannen of uit te voeren terwijl ze hier door vieze, gesloten ramen liep te loeren.

Ze reed de Gamla Rausvägen op en sloeg links af. De weg was smal en slingerde zich door de dichte begroeiing, een tegenligger zou er vrijwel onmogelijk langs kunnen. Ze parkeerde de auto, stapte uit, liep naar het gesloten hek en keek naar het erf. Op Google had ze gezien dat het erf meerdere vijvers en losstaande huizen van verschillende groottes had. Maar ze had er niet uit op kunnen maken of het particuliere woningen waren of een of ander bedrijf.

Wat het ook was, het gevoel dat ze erbij kreeg was precies waarop ze had gewacht. Het gevoel van 'tot hier en niet verder. Dank u, maar liever niet'. Het hek was voorzien van prikkeldraad en op de gesloten poort zat een bordje dat liet weten dat de toegang verboden was voor onbevoegden. Ze keerde terug naar de auto, ging achter het stuur zitten en parkeerde hem zo dicht mogelijk bij de poort, klom op het dak, sprong eroverheen en probeerde zo zacht mogelijk te landen, zodat haar heupgewrichten op hun plek bleven zitten.

Links van de grindweg die rechtdoor liep waren drie vijvers ter grootte van een zwembad en aan de rechterkant was een vijver die even groot was als de andere drie bij elkaar. Als een meertje. Aan de rand van de weg lag een verlaten vissersbootje en hier en daar waren oude hengels, schepnetten en lepels te zien. Ze telde vijf verschillende huizen en besloot te beginnen met het achterste huis aan de overkant van de drie kleine vijvers. Dat was het huis dat achter de computer haar aandacht had getrokken. Het lag aan de rand van het erf en slechts dertig meter van de spoorlijn. Toen ze dichterbij kwam, stelde ze vast dat het huis nog het meest leek op een barak van ongeveer twintig vierkante meter.

DE KRIJGSHAMER stond er op het wit geëmailleerde bordje dat op de groen geverfde deur zat. Een minder verbleekte groene lijst rond het bordje en enkele oudere schroefgaten vertelden haar dat het naambordje onlangs was vervangen. Waarschijnlijk op hetzelfde moment dat het blinkende nieuwe slot erin was gezet. Ze trok een handschoen aan en voelde aan de deurkruk om zich ervan te vergewissen dat de deur op slot zat.

Ze liep om de hoek van het huis heen, scheen met haar zaklamp onder de kruipruimte en zag dat er zowel een badkamer als een keuken met stromend water was. Aan de achterkant stond een roestige oude Vespa tegen de muur onder een raam en ze klom erop, ging op het zadel staan en keek naar binnen.

De gordijnen waren dichtgetrokken, maar de kier ertussen was groot genoeg. Recht onder het raam, op een soort werkbank, lagen een paar doorzichtige plastic handschoenen, een paar potten en flessen en een aantal werktuigen die allemaal thuishoorden in een gewone gereedschapskist.

Allemaal behalve de scalpel.

Haar mobieltje ging.

'Ja, met mij.'

'Met Rots. Ik denk dat het het beste is als je terugkomt.'

'Hoezo? Is er iets gebeurd?'

'Gebeurd? Dat zou je wel kunnen zeggen. Anders zou ik je niet bellen. Ik heb acht van de mensen in de klas te pakken kunnen krijgen.'

'Was er iemand die wist hoe hij heette?'

'Nee, maar ze zijn in elk geval allemaal aan het zoeken naar hun jaarboeken.'

'En hoeveel moeten er nog?'

'Vijf. Als we Risk niet meetellen. Die neemt Lilja voor haar rekening. En o ja, ze heeft Vlecht Camilla Lindén laten onderzoeken. Blijkbaar had die Arne haar eerst op zijn bord gekregen.'

'Ja? En?' Ze hoorde zelf hoe geïrriteerd ze klonk, maar trok zich er niets van aan. Ze was tenslotte geïrriteerd. Als er iets met haar zou gebeuren, zou Rots haar plek innemen. Daar was op zich niets mis mee. Rots had zowel de bekwaamheid als de ervaring. Hij was secuur en methodisch en er was geen taak die te groot voor hem was. Of te klein, trouwens. En dat was waar de schoen wrong. Rots had de neiging zich te verliezen in onbelangrijke details die niet alleen zijn tijd in beslag namen maar ook die van de anderen. 'Rots, ik heb geen tijd. Wat heeft Arne deze keer gemist?'

'Haar ogen. Die waren naar ik heb begrepen compleet verbrand.'

'Hoezo verbrand?'

'Dat weet ik niet. Verbrand.'

'Met vuur of hoe dan?'

'Ik weet het niet en ik geloof dat Vlecht het ook nog niet weet. Het punt is dat de botsing waarschijnlijk veroorzaakt is doordat ze blind was.'

'Was zij niet degene die ervan hield om toe te kijken wanneer Claes werd mishandeld?'

'Precies.'

'En ze zijn er zeker van dat het oogletsel niet veroorzaakt is door de botsing?'

'Antwoord: ja.'

Tuvesson wist niet wat ze ervan moest denken. Een gevoel dat steeds gewoner werd in dit onderzoek. Als Camilla Lindén niet al blind was geweest toen ze in de auto stapte, had de dader haar verblind door haar ogen onder het rijden te verbranden terwijl hij er zelf in geslaagd was de botsing te vermijden. Hoe meer ze erover nadacht, hoe verwarder ze zich voelde, en hoe bovennatuurlijker en onverklaarbaarder de dader overkwam. 'Is er nog meer?'

'Als je tijd hebt?'

'Nee, maar ga door.'

'Camilla Lindén had in haar eentje de voogdij over twee kinderen van drie en vijf jaar.'

'Kinderen? Maar er zaten toch geen kinderen in de auto?'

'Precies.'

'Waar waren die dan?'

'Dat vroeg ik me ook af, en daarom heb ik contact met de kleuterschool opgenomen en volgens de directrice had haar ex Björn Hiertz hen ongeveer een halfuur voor het ongeluk opgehaald.'

'Heb je contact met hem opgenomen?'

'Zijn nummer werkt niet en hij woont in Strövelstorp, slechts een kilometer of zo van de plek van het ongeval. Ik heb er twee agenten heen gestuurd, dus we moeten nog afwachten wat dat oplevert.'

'Oké. Nog meer?'

'Heb je tijd?'

Tuvesson sloot haar ogen en spande al haar krachten in om te voorkomen dat ze een woedeaanval kreeg.

'Astrid? Ben je er nog?'

'Ja.'

'De Denen hebben de Peugeot eindelijk gebracht. Dus daar is Ingvar nu mee bezig en naar ik heb begrepen is hij niet van plan op te houden voordat hij iets gevonden heeft.'

'Heel goed. Laten we hopen dat het hem lukt.'

'En hoe gaat het met jou?'

'Ik weet het niet zeker, maar ik denk dat ik de plek heb gevonden waar Ingela Ploghed haar baarmoeder is kwijtgeraakt.'

'Je denkt?'

'We kunnen het niet zeker weten voordat we naar binnen zijn gegaan en om dat te doen moeten we toestemming van Högsell hebben. Als er iets is, moeten we het in een rechtszaak kunnen gebruiken.'

'Absoluut. Maar dan reken ik erop dat ik je hier snel zie. We moeten praten.'

'Hebben we dat niet net gedaan?' Ze kon een diepe zucht aan de andere kant van de lijn horen.

'We moeten praten over wat we met de mensen uit de klas aan moeten en dat is niet iets wat ik over de telefoon wil doen. Bovendien denk ik dat het beter zou zijn als Irene er ook bij is.'

'Ik heb toch gezegd dat ik met Malmö moet overleggen of ze...'

'Astrid, ik vind dat we niet op Malmö kunnen wachten. Ze vragen ernaar als we met ze praten en we weten niet wat we moeten antwoorden, terwijl we weten dat ze in gevaar zijn. Het is niet de vraag óf maar wannéér hij toeslaat en tegen wie. Ik weet niet hoe het met jou zit, maar ik heb het gevoel dat...'

Het oorverdovende gedreun kwam uit het niets en sloeg als een blok tegen Tuvesson aan, die haar evenwicht verloor en van de Vespa viel, maar voordat ze de grond raakte was de trein alweer weg en de stilte teruggekeerd. Ze bracht het mobieltje naar haar oor. 'Hallo? Rots?' De verbinding was verbroken.

78

Voor het huis van Lina Pålsson stonden al enkele auto's, zodat Fabian Risk gedwongen was door te rijden en twee huizen verderop in de straat te parkeren. Hij deed een laatste poging om te bellen, maar kreeg opnieuw een stem die hem vertelde dat het nummer geen aansluiting had. De inlichtingendienst had gezegd dat ze waarschijnlijk een geheim nummer had genomen.

Hij wilde liever niet onaangekondigd verschijnen, maar had nu geen keus en wrong zich langs de auto's voor het huis en belde aan. De deur werd geopend door een man in pak met keurig gekamd haar en te veel aftershave.

'We zijn open, kom binnen. Vergeet alleen deze niet.' De aftershave hield twee blauwe schoenbeschermers omhoog. 'Roep maar als er iets is.'

Fabian kreeg niet de kans om iets te zeggen voordat de man weer naar binnen verdween. Lina was dus bezig haar huis te verkopen. Dat kon hij zich goed voorstellen. Dit was haar kans om het achter zich te laten. Hij kon niet zeggen dat hij het haar kwalijk nam. Zelf zou hij het nooit volhouden in een jarennegentighuis in Ödåkra. Hij voelde zich al ongemakkelijk wanneer hij hier op bezoek kwam. Hij had het idee nooit begrepen van op het platteland wonen en tegelijkertijd samendrommen in gekloonde villawijken.

Na Jörgens dood was er vast een soort levensverzekering vrijgekomen en als ze geen al te hoge leningen hadden, kon ze een nieuw leven beginnen zonder man die haar mishandelde. Had ze daarom een geheim nummer genomen of was het een poging om aan de dader te ontsnappen?

Fabian deed de schoenbeschermers om en zocht de makelaar op. ‘Neemt u me niet kwalijk, ik ben hier eigenlijk om Lina Pålsson te zien. Ze is niet toevallig in de buurt?’

De makelaar keek hem met een nieuwsgierige blik aan. ‘Ben je hier voor het eerst?’

‘Eh, nee…’

‘Oké, dan moet ik je woensdag hebben gemist. My bad. Ed Pärsson is de naam.’

Ze gaven elkaar een hand.

‘Fabian Risk. Maar het is niet…’

‘Risk. Het lijkt een spannende veiling te gaan worden. Een waarschuwende vinger kan echter op zijn plaats zijn. In deze tijd weet niemand wat de rente gaat doen.’ De makelaar gaf Fabian een klap op zijn schouder en drukte hem een prospectus in zijn handen.

‘Ik ben hier niet om naar het huis te kijken. Ik ben hier om Lina Pålsson te zien.’ Fabian gaf de prospectus terug.

‘Kijk, het zit zo. Lina heeft een contract met mij en met niemand anders. Wat betekent dat ze niet nog iets ernaast kan ritselen, als ze dat zou willen. De veiling gaat via mij en niemand anders. Alright?’

‘Zoals ik al zei. Ik ben helemaal niet geïnteresseerd in het huis. Ik wil alleen haar nieuwe mobiele nummer hebben.’

‘Kan ik u ergens mee van dienst zijn?’ De makelaar liet Fabian staan ten gunste van een echtpaar van middelbare leeftijd.

‘Wat ik me afvroeg, dit huis is gebouwd op een bodemplaat uit het begin van de jaren negentig. Dus hoe zit het eigenlijk met de funderingsbalken? In ons huis moesten we namelijk de…’

‘Dat staat allemaal te lezen in het bouwrapport. Maar ik kan u nu al zeggen dat die funderingsbalken nooit in betere staat hebben verkeerd. Of ruiken jullie misschien iets van schimmel?’

Het echtpaar wisselde een blik uit.

‘Ik in ieder geval niet,’ ging de makelaar verder. ‘En ik verzeker u, mijn neus zou zo aan het werk kunnen bij de luchthavendouane.’

Fabian ging tussen de makelaar en het echtpaar in staan. 'Neem me niet kwalijk, maar staat er ook in het bouwrapport dat het eerste slachtoffer van de klassenmoordenaar hier woonde? Jörgen Pålsson heette hij, geloof ik.'

'Woonde hij hier?' vroeg de vrouw, waarna de makelaar Fabian terzijde nam en een briefje in zijn hand stopte.

79

Als Ingvar Molander zijn dagen had geclassificeerd, zou deze zonder enige moeite in de absolute top van de ergste-dagen-van-mijn-leven-lijst zijn gekomen. Het was zelfs de vraag of hij niet op de eerste plaats zou komen en de dag waarop de kettingfabriek in Ljusne failliet ging en hij al zijn spaargeld verloor, zou verdringen.

Hij had twee auto's binnengekregen en onderzocht. Twee auto's die boordevol sporen en aanwijzingen zouden moeten zitten. Maar tot nu toe had hij geen resultaat geboekt.

Oftewel: helemaal niets gevonden.

Eerst de bmw. Op zich had Lilja hem verteld dat de ogen van de bestuurder verbrand waren, wat de aanrijding kon verklaren. Maar de verklaring hóé haar ogen verbrand waren ontbrak nog steeds. Hetzelfde met de Peugeot. Hij had van alles en nog wat onderzocht zonder zelfs maar de aanzet van een spoor te vinden. Met het oog op wat de dader had geriskeerd om de auto terug te krijgen, moest er meer te vinden zijn dan Fabians gps-spoor. Er zou kryptoniet in moeten zitten. Iets wat zo ruïneus was dat het zijn hele plan in gevaar bracht als het in handen van de politie kwam.

Hij moest nog een ding controleren. Nog één klein ding dat hij tot het allerlaatst had bewaard. Vooral omdat het zo dom en voor de hand liggend was dat hij er eigenlijk helemaal niet in geloofde. De dader met wie ze te maken hadden was intelligent, bijna hoogintelligent. Om dan zo'n spoor achter te laten zou ver beneden zijn waardigheid liggen en dus weinig waarschijnlijk zijn. Eigenlijk was er maar één reden voor hem om het te doen. Voor de vorm. Om een kruis in een vakje te zetten. Check. Niemand zou hem achteraf kunnen verwijten dat hij niet alles had gedaan.

Hij ging in de bestuurdersstoel zitten en begon het stuur en het dashboard met het witte poeder te bestrijken.

'Hoe gaat het hier?' Het was Tuvesson.

'Slecht. Ik wil er niet eens over praten.'

'Dat hoeft ook niet. We kunnen het over mijn dag hebben.'

Molander richtte zijn blik op Tuvesson. 'Heb jij iets gevonden?'

Tuvesson knikte. 'Ik denk het wel. Maar je hoeft niet zo bezorgd te kijken. Ik beloof dat ik het niet tegen je zal gebruiken.'

'Tegen mij?'

Tuvesson glimlachte. 'Was jij het niet die zo zeker wist dat ik niets zou vinden en dat het alleen maar tijdverspilling zou zijn?'

Molander stapte uit de auto en strekte zijn rug. 'Astrid. Wat heb je precies gevonden?'

'Als wat ik vermoed klopt: de plek waar Ingela Ploghed is geopereerd. Het is versperd, afgelegen en maar zo'n twintig, vijfentwintig meter van de spoorlijn. Zelf verloor ik van pure schrik mijn evenwicht toen er een trein voorbijkwam. Het voelde alsof je op de rails lag, en ik weet zeker dat Ploghed daarop reageerde.'

Molander dacht even na en krabde in zijn baardstoppels – het bewijs dat hij de afgelopen dagen non-stop had gewerkt. 'Wat is het adres?'

'De Gamla Rausvägen. Een merkwaardige plek, met meerdere vijvers.'

'Ik denk dat ik weet waar het is. Ik ben er zelf een paar jaar geleden geweest.'

'Jij? Wat deed je daar?'

'Vissen. Ze kweekten er vissen, alle mogelijke soorten, en je kon er dus hengelen. Je hoefde ze alleen maar binnen te halen. Het leverde niet meteen strijd op. Maar aan de andere kant, wat is wel een eerlijke strijd?'

Ze zwegen en Tuvesson keek naar de onttakelde BMW. 'Ik hoorde dat ze verblind was.'

Molander knikte.

'Heb je enig idee hoe dat gebeurd kan zijn?'

'Nog niet. Er zat niets in de auto wat ervoor gezorgd kan hebben en ik kan me moeilijk voorstellen dat de dader bij haar in de auto zat.'

'Dat betekent dat het iets van buitenaf moet zijn geweest. Toch?'

'Zoals ik zei heb ik op het moment geen idee. Maar weer terug naar de Gamla Rausvägen. Ben je binnen geweest en heb je iets gezien?'

'Alleen door het raam. Ik wilde niet naar binnen gaan zonder de toestemming van Högsell.'

'Dan zullen we tot na het weekend moeten wachten.'

'Helemaal niet.' Tuvesson hield een ondertekend huiszoekingsbevel omhoog, dat Molander naar zich toe trok en las.

'Verdomd.'

'Dit heeft de hoogste prioriteit. Malmö heeft aangeboden hun technische recherche te sturen, maar ik wil dat jij het doet. Als je nog kan.'

Er verscheen een vermoeide glimlach op Molanders gezicht. 'Ik heb de afgelopen dagen bijna niet geslapen, dus wat maken een paar uurtjes erbij dan uit? Ik moet hier nog één ding doen, dan ga ik er op de terugweg langs.'

Tuvesson omhelsde hem en de overrompelde Molander wist niet wat hij moest doen en koos ervoor stokstijf te blijven staan. 'Dank je, Ingvar. Wat zou ik zonder jou moeten?'

'Ik weet het niet. Maar als je me niet snel loslaat, zal ik je aan moeten klagen wegens seksuele intimidatie.'

Tuvesson siste als een kat en liep overdreven met haar heupen wiegend naar de deur. Molander nam weer in de bestuurdersstoel van de Peugeot plaats en ging verder met het verspreiden van het poeder op alle plekken waar iemand met zijn vingers aan gezeten kon hebben.

De meeste forensisch onderzoekers gebruikten goud- of zilverkleurig poeder en doorzichtige gelatinefolies. Molander gaf de voorkeur aan het oude, eerlijke witte poeder samen met zwarte folie, ook al was het resultaat een negatief beeld dat je moest fotograferen om er een positief beeld van te maken. Het voordeel was dat de afdruk direct zichtbaar werd.

Hij vond geen afdrukken op het stuur of op het dashboard. Er waren alleen sporen van een microfiberdoekje. Hij vond ze wel op de hendel van de tankdop, rond het handschoenenkastje, op de zonneschermen en op de knoppen van de elektrische ramen. De dader had het onder stress schoongeveegd en was de minder voor de hand liggende plekken vergeten. Maar dat was niet de reden dat de hartslag van Molander toenam. Dat kwam heel ergens anders door, en om de geringste twijfel te elimineren moest hij de afdruk onder een microscoop bestuderen.

Hij haalde het schutblad van de uitgeknipte gelatinefolie, waar hij een hoekje vanaf had gehaald om duidelijker te kunnen zien wat boven en beneden was, en legde het stukje folie tegen de afdruk, duwde de luchtbellen eruit en trok de folie voorzichtig los. Daarna legde hij het schutblad terug, waarmee de afdruk was veiliggesteld. Achtennegentig minuten en tweeëntwintig vastgelegde afdrukken later stapte hij uit de auto met een rug die gevaarlijk dicht tegen een hernia aan zat.

Gedurende zijn bijna twintig jaar als forensisch onderzoeker had Molander een groot aantal afdrukken geanalyseerd en een blik ontwikkeld die direct kon zien om welke vinger het ging, of die van een linker- of rechterhand was en of de afdruk van een en dezelfde persoon kwam. Of zoals in dit gevall: van verschillende.

Twee verschillende.

Onder de miscroscoop werden zijn vermoedens bevestigd. Twintig van de afdrukken behoorden toe aan Rune Schmeckel. De andere twee, een duim en een wijsvinger, allebei van een rechterhand en hoogstwaarschijnlijk van een en dezelfde persoon, waren van iemand anders.

Was dat de reden dat de dader zoveel risico had gelopen? Voor twee vingerafdrukken die hem in het ergste geval aan de auto zouden linken. Was dat echt reden genoeg om een onschuldige vrouw en een politieagent te vermoorden? Aan de auto gelinkt worden was niet hetzelfde als gelinkt worden aan de moorden in Zweden. De reden ervoor moest iets anders zijn geweest. Het antwoord was even voor de hand liggend als eenvoudig.

De dader stond al in het politieregister.

Om een of andere reden was hij erin terechtgekomen, en samen met de vingerafdrukken leidde dat tot identificatie.

Molander stopte de veiliggestelde afdrukken in een map die hij op zijn beurt op de gebruikelijke plek legde, waarna hij een e-mail naar Lilja schreef waarin hij haar vroeg er in het register naar te zoeken.

Zelf zou hij zich met heel andere zaken bezighouden.

80

Fabian Risk draaide vanuit de Tögatan de Frostgatan op, om een paar bochten later veel te hard door Väla Centrum te rijden en daarna te accelereren op de E4 naar het zuiden. Het nummer dat hij van de makelaar had gekregen, bleek te kloppen. Lina Pålsson had opgenomen en hij had gemerkt dat hij verbaasd was. Wat had hij dan verwacht? Dat Lina achter de moorden zat en nu was ondergedoken?

Hij had gevraagd waarom ze een ander nummer had genomen en ze had geantwoord dat ze geen keuze had. Sinds Jörgen was gestorven, hadden de kranten haar dag en nacht achtervolgd voor interviews of om haar uitspraken te ontlokken, hoewel ze duidelijk had gezegd dat ze daar niet in geïnteresseerd was. Ze had verteld dat ze naar Norra Hamnen was verhuisd en dat hij meer dan welkom was om langs te komen zodra hij tijd en zin had. Hij had geantwoord dat hij nu meteen tijd had en had gehoord hoe overrompeld ze was voordat ze had gezegd dat hij kon komen en alleen maar aan hoefde te bellen.

Maar hij kon de gedachte niet loslaten dat er iets niet klopte. Hoe ze eerst afhoudend was geweest om het volgende moment bij te draaien en bijna overdreven uitnodigend te zijn. Het was of ze had zitten wachten tot hij van zich zou laten horen en om haar hulp zou vragen. Alsof ze wist waar hij op uit was. Ze had een nieuw adres en een nieuw telefoonnummer. Misschien was hij de enige die wist waar ze was en liep hij recht in een val? Moest hij Tuvesson en de anderen bellen om het te vertellen?

Maar het kon Lina niet zijn. Hij wist dat het de jongen was die verborgen achter Claes stond. Toch? Of was hij het helemaal niet?

Had hij daarom geen enkele herinnering aan hem? Was de jongen op de foto in werkelijkheid gewoon weer een ander dwaalspoor en was de foto gemanipuleerd? Kon dat echt zo zijn? Was er een mogelijkheid dat iemand zijn jaarboek had omgewisseld met een ander? Een van de verhuizers?

Fabians gedachten dwaalden onbeheersbaar als vrije elektronen rond en pas toen hij de Hälsobacken af reed, lukte het hem om, met behulp van Of Montreals 'Disconnect the Dots', de controle terug te krijgen en de conclusie te trekken dat zijn samenzweringsgedachten te wijten waren aan slaapgebrek.

Hij vond een lege parkeerplek achter het stadstheater en liep schuin langs de oude Sandrewsbioscoop, waar het hem op zijn twaalfde was gelukt binnen te glippen bij *Halloween* en hij na afloop de filmoperateur moest vragen om zijn moeder te bellen om hem te komen halen.

Hij stak de Roskildegatan over en stelde tot zijn vreugde vast dat de lunchroom Kafferepet er nog steeds was. Er was niet veel veranderd in deze wijk. Dat was anders in de buurt van de Sont. Wat ooit de achterkant van de stad was geweest – een industrieterrein met spoorlijnen, oude magazijnen en roestige silo's – was tijdens zijn jaren van verbanning veranderd in een charmante jachthaven met steigers, restaurants en cafés.

De deurtelefoon was voorzien van een camera en Fabian deed zijn best om er ontspannen uit te zien. De deur klikte en hij kon naar binnen lopen. De deur van het appartement stond open en de geur van vers gezette koffie verspreidde zich door het trappenhuis. Hij riep hallo. Er kwam geen antwoord en hij stapte op het afdekplastic dat de vloer in de hal bedekte, sloot de deur achter zich en liep verder over het ritselende plastic tot hij in een grote ongemeubileerde woonkamer met een open keuken kwam.

Een koffiezetapparaat in de keuken pruttelde zijn zwarte gif uit en de balkondeur stond wijd open. Fabian liep naar buiten en keek uit over de Sont met al haar verkeer en bedacht dat als het om boten ging je er niet dicht genoeg bij kon wonen. Met auto's was dat anders. Hij vroeg zich af wat het appartement gekost zou kunnen hebben en concludeerde dat alleen het uitzicht al meer dan een miljoen moest zijn geweest.

'Daar ben je.'

Fabian draaide zich iets te snel om.

'O, sorry. Heb ik je laten schrikken?' Lina zette het dienblad met kopjes en een gevulde koffiepot neer. Fabian haalde het koffiebroodje uit de zak en legde het erop.

'Mm... Kafferepet?'

Fabian knikte. 'Wat een fantastisch uitzicht.'

'Dank je. Al vanaf het moment dat ze deze wijk bouwden, wilde ik hiernaartoe verhuizen. Maar Jörgen weigerde Ödåkra te verlaten. *Nooit van mijn leven*, zei hij altijd.' Ze schonk de koffie in. 'Melk?'

'Ja, graag.' Fabian proefde van de koffie, die buitengewoon goed was voor filterkoffie. 'Lina, hoe gaat het eigenlijk met je?'

Ze ging zitten en haar blik verdween in de richting van de Sont. 'Als ik heel eerlijk ben, is het lang geleden dat ik me zo goed heb gevoeld.'

'Je weet dat de dader nog steeds op vrije voeten is en dat een heleboel mensen zeggen dat hij...'

'Ja, maar ik heb er nooit aan meegedaan. Ik heb ze niet op staan hitsen zoals Pavlan of er zoals Camilla de hele tijd naar staan staren.'

'Maar Lina, we geloven niet langer dat het motief te maken heeft met...'

'Fabbe,' onderbrak Lina hem en ze draaide zich naar Fabian toe. 'Wat mij betreft is Jörgens dood het beste geweest wat me kon overkomen. Niet dat hij zo heeft geleden. Maar het feit dat hij uit mijn leven verdwenen is. Je hebt geen idee door wat voor hel ik ben gegaan. Het is alsof ik voor het eerst sinds, sinds ik weet niet wanneer, weer kan ademen. Ik heb zo lang bang rondgelopen dat ik het nu niet meer kan. Begrijp je dat? Ik kan nu niet meer bang zijn.'

Fabian knikte. 'Waarom heb je hem niet verlaten?'

Lina lachte. 'Jörgen Pålsson is geen man die je verlaat.' Ze schudde haar hoofd alsof het het verhaal van iemand anders was en niet het hare. 'Je had mijn hulp nodig.'

Fabian pakte het jaarboek en zijn fotoalbum. 'Ik denk dat ik weet wie het is.'

Ze keek hem aan en zag eruit alsof dat het laatste was wat ze verwacht had te horen. Hij zocht de klassenfoto uit de negende op en wees naar het haar van Claes.

'Zie je dat er hier iemand achter Claes staat?'

Lina nam het jaarboek over en bekeek het van dichtbij. 'Ja, ik zie het... Maar god, wie is dat?'

Fabian haalde zijn schouders op. 'Ik had gehoopt dat jij me zou kunnen helpen. Heb jij misschien ook een jaarboek? Het liefst een van de eerdere klassen.'

Lina zuchtte en schudde haar hoofd. 'Het spijt me, ik heb niets. Jörgen heeft alles verbrand.'

'Verbrand?'

Lina knikte. 'Al heel lang geleden, ergens in het begin van de jaren nul. Hij en Glenn waren de hele avond en tot diep in de nacht weg. Ik herinner het me omdat Anki belde en vroeg of ik wist waar ze waren. Ik had zoals gewoonlijk geen idee, maar er moet iets zijn gebeurd, want toen hij thuiskwam kon ik horen dat hij dronk en dingen uit de boekenkast trok. Ik was al naar bed gegaan en durfde niet op te staan, want dat was nooit een goed idee als hij in zo'n bui was. Maar de volgende ochtend kon ik zien dat hij alles van de schooltijd had verbrand. Foto's en rapporten, school- en jaarboeken. Alles was weg, veranderd in as in de barbecue.'

'Weet je waarom?'

Lina schudde haar hoofd. 'Ik heb het nooit durven vragen.' Ze keek weer naar het jaarboek. 'Dus hij is daar de hele tijd geweest.'

'Als je je er beter door voelt, ik zag het zelf gisternacht pas en ik geloof niet dat iemand anders in de klas het heeft gezien. Zelfs degenen die het jaarboek hebben gemaakt, lijken hem niet gezien te hebben.'

'Waarom denk je dat?'

'Er staat geen naam bij. Iedereen heeft er een behalve hij. Kijk maar.'

'Ik geloof je wel. En je weet zeker dat hij het is?'

Fabian knikte. 'Het enige wat ik nodig heb is een naam en daar heb ik jou voor nodig.'

'Ik begrijp niet hoe ik je daarbij zou kunnen helpen. Ik had geen idee dat er nog iemand bij ons in de klas zat. Weet je het echt zeker?' Ze pakte het koffiekopje en probeerde te drinken, hoewel haar handen trilden.

'Lina. Hij had het kluisje rechts van het jouwe.'

'Wat? Hoe kun je weten...'

'We weten welk kluisje hij had. Kijk.' Hij sloeg het fotoalbum open en wees naar de foto waarop Lina met haar rug naar de camera stond en een paar boeken in haar kluisje legde. Lina keek naar de foto en daarna naar de andere foto's op de pagina waarop ze vanuit verschillende hoeken was gefotografeerd, zich steeds min of meer bewust van het feit dat de foto's werden genomen.

'Heb jij die allemaal genomen?'

Fabian knikte. 'Maar dat je het weet, jij bent de eerste en hopelijk de laatste die deze foto's onder ogen krijgt.'

Ze keek hem aan. 'Ik weet niet wat ik moet zeggen. Fabian, het spijt me.'

'Dat hoeft niet. Er was een tijd dat ik alles voor je zou hebben gedaan. Maar dat was toen. Nu ben ik gelukkig getrouwd en heb geen...'

'Dat bedoelde ik niet,' onderbrak Lina hem. 'Ik heb alleen geen idee van wie dat kluisje was. Behalve dat het iemand geweest moet zijn met wie ik nooit praatte. Zat hij echt bij ons in de klas?'

Fabian knikte.

'Oké. Maar ik heb helaas geen enkele herinnering aan hem.'

'Weet je het zeker? Weet je het echt heel zeker?'

Lina knikte en Fabian voelde hoe alle energie uit zijn lichaam verdween. Hoewel hij niet had verwacht dat Lina de naam zomaar op zou hoesten zodra hij over de drempel was gestapt, had hij toch gehoopt dat er een paar herinneringen boven zouden komen die er in het gunstigste geval toe zouden leiden dat de naam op het puntje van haar tong zou liggen. In plaats daarvan gebeurde er niets. Lina's geheugen was precies even leeg als dat van hem.

'Is het goed als ik nog even kijk?'

Fabian liet Lina verder bladeren naar nog een pagina met vergeelde foto's van zichzelf. 'Kijk. Dat zal ik nooit vergeten.' Ze wees naar een foto waarop ze op het punt stond een tennisbal met een platte houten knuppel weg te slaan. Jörgen stond ernaast met een ronde in zijn handen.

'Hoezo?'

'Herinner je je dat niet? Jörgen werd vreselijk chagrijnig. Hij wilde altijd dat ik de ronde knuppel pakte, maar ik kon alleen raak slaan met de platte en juist deze keer raakte ik hem perfect. Het was de allerverste slag. Vraag me niet hoe het kon, maar iedereen kwam binnen en ik kon zelfs nog een tweede rondje lopen.'

'Aha, was dat toen,' zei Fabian, die zich er niets van kon herinneren.

Lina knikte en haar blik bleef hangen op een foto waarop ze in een schoolbank zat en er uitgeput uitzag. 'En dat, de Duitse les. God, wat haatte ik die. Meer dan wat dan ook. Aus ausser bei mit... Hoe ging het verder?'

'Nach seit von zu.'

'Precies. Duits was jouw specialiteit.'

'Ach, dat weet ik niet. Dat was eerder...'

'Hou maar op. Ik weet nog precies hoe je helemaal vooraan zat en je hand opstak en je de hele tijd uit zat te sloven.'

'Ik sloofde me helemaal niet uit. Ik was alleen geïnteresseerd. Ik vond het leuk.'

'Duits? Leuk? Je maakt een grapje?'

'Nein, ich mach kein Witz! Für mich war Deutsch immer viel spaß! Immer! Immer!'

Lina barstte in lachen uit. 'Hoe heette hij ook al weer?'

'Wie?'

'De leraar Duits!'

'Helmut nog-iets, was dat het niet?'

'Precies, Helmut... Krull...'

'Of nee, wacht, Kroppen... Kroppenheim. Dat was het. Daar hebben we het! Helmut Kroppenheim!' Fabian had het gevoel dat hij zojuist een langdurig partijtje Trivial Pursuit had gewonnen.

Maar hij kreeg geen applaus of hoerageroep van Lina. Haar blik was strak op de Sont gericht. 'Precies ja...'

'Wat?'

'Hoe krap het bij de kluisjes was. Herinner je je dat?'

Fabian knikte. Hij herinnerde zich nog heel goed hoe krap het was en hoe vaak je moest wachten voordat je er zelfs maar in de buurt van kon komen. Maar hij wilde niets zeggen. Hij begreep wat er gebeurde en wilde voor geen goud het risico lopen dat hij haar concentratie verstoorde. Dit was precies waarvoor hij was gekomen.

'Ik ben een paar keer toen ik achteruitstapte tegen hem op gebotst, omdat ik niet eens doorhad dat hij er was. "O, ben jij daar. Sorry." En dan deed ik exact hetzelfde na de volgende les. God, wat verschrikkelijk als je erover nadenkt.' Ze schudde haar hoofd en bleef recht voor zich uit in het niets staren.

De stilte die volgde duurde niet langer dan een paar minuten. Maar voor Fabian voelde het als een eeuwigheid, en hij begon in gedachten naar iets te zoeken wat hij kon zeggen zodat ze weer op gang zou komen.

'En ja precies... Zat hij niet altijd bij Claes?' vroeg ze plotseling en ze richtte zich tot Fabian. 'Toch? Er was toch niemand anders die bij hem wilde zitten.'

Fabian knikte, al herinnerde hij zich alleen dat Claes altijd zo dicht mogelijk bij de tafel van de leraar zat. Hij had geen idee wie er naast hem zat. Maar Lina had ongetwijfeld helemaal gelijk. Het kon niemand anders zijn dan hij.

'Torgny... Heette hij niet zo?' ging ze verder en ze draaide zich naar hem toe. 'Torgny Sölmedal.'

Fabian herhaalde de naam bij zichzelf en dacht na of hij hem eerder had gehoord.

En zeker had hij dat.

81

Met zijn mobieltje tegen zijn oor gedrukt deelde Rots de identieke hamburgers met patat uit en cola voor Lilja en Tuvesson, die er zwijgend bij zaten en zijn gehum probeerden te duiden.

Ze zaten op het kleine terras voor de snackbar aan de Rundgången, op slechts een steenworp afstand van het politiebureau. Rots had voorgesteld dat ze naar buiten zouden gaan. Na de ontdekte camera bij Söderåsen wilde hij onder geen beding het risico lopen dat de dader deelgenoot was van wat ze bespraken.

'Goed. In dat geval laat ik van me horen. Dag.' Rots stopte zijn mobieltje in zijn borstzakje en nam een iets te grote hap van de hamburger. Tuvesson en Lilja wachtten rustig af en lieten hem uitkauwen en slikken, om hem daarna een nieuwe hap te zien nemen.

'Is er misschien een mogelijkheid dat je ons gaat vertellen wat ze gezegd hebben?' vroeg Tuvesson.

Rots knikte en wees naar zijn hard werkende mond. 'Sorry, maar ik heb vreselijke honger. De kinderen zijn in elk geval bij Björn Hiertz.'

'O, dat is goed.'

'Ja, so far so good. Het probleem is dat hij ze niet van de kleuterschool heeft opgehaald,' zei Rots en hij nam een nieuwe hap.

Tuvesson en Lilja konden alleen maar afwachten. 'Oké, dus de kinderen zijn bij hem, maar hij heeft ze niet opgehaald, hoewel de kleuterschool dat beweert?' zei Lilja.

Rots knikte en begon te praten hoewel hij nog niet uit was gekauwd. 'Ik denk dat het zo zit: omdat de vader geen voogdij over de kinderen heeft is hij waarschijnlijk nog nooit op de kleuterschool geweest, of op zijn hoogst één keer. Wat het heel eenvoudig voor de dader maakte om zich voor de vader uit te geven. Herinner me er morgen aan dat ik een foto van de vader naar de directrice stuur.'

Tuvesson en Lilja wisselden een blik uit. 'En hoe zijn de kinderen bij hun vader terechtgekomen?'

'Dat is nu juist het punt.' Rots propte zijn mond vol met patat. 'Onze man was er en heeft hen er achtergelaten.'

'Wat? De dader? Was hij daar?'

Rots knikte. 'In het begin was het blijkbaar heel verwarrend. De vader had natuurlijk geen idee dat de kinderen zouden komen of wie ze bij hem had achtergelaten.'

'Maar wat heeft hij gezegd?'

'Hij had zich voorgesteld als een vader van een kind op dezelfde kleuterschool en verteld over het ongeluk op de E6 en dat hij het daarom op zich had genomen om de kinderen te brengen.'

'Ik begrijp niet waarom hij er zoveel tijd voor uittrekt om de kinderen van het slachtoffer te brengen en te halen,' zei Tuvesson.

'En waarom reed de moeder naar het noorden op de E6 in plaats van naar de kleuterschool?' vroeg Lilja.

'Ze is bij de kleuterschool geweest. Maar toen waren de kinderen er niet en er werd haar net als ons verteld dat de vader ze had opgehaald,' zei Rots. 'Wat op zijn beurt inhoudt dat hij waarschijnlijk wist dat ze naar Strövelstorp zou rijden om hen op te halen.'

'En dus rijdt hij vanaf de kleuterschool achter haar aan,' zei Lilja.

'Maar dat verklaart nog niet hoe hij erin geslaagd is haar ogen te verbranden,' zei Tuvesson. Ze zwegen en richtten zich weer op hun eten, dat nu koud was geworden en zo mogelijk nog slechter smaakte. Met nog een halve hamburger te gaan gaf Tuvesson het op en schoof het papieren bordje van zich af. 'Ik denk dat we dit even moeten laten rusten. Met hoeveel van de klas hebben we contact?'

'Ik heb er acht,' zei Rots.

'En ik vier,' zei Lilja.

'We hebben ze dus allemaal bereikt behalve één.'

'Als we Risk niet meetellen.'

'Dat doen we niet. Wie hebben we niet kunnen bereiken?'

'Seth Kårheden,' zei Lilja.

'Precies, de pelgrim,' zei Rots. 'Maar zou hij vanavond niet op de luchthaven van Kopenhagen landen?'

Lilja knikte en dronk haar cola op.

'En niemand herinnerde zich dat er nog iemand in de klas zat,' zei Tuvesson.

Rots schudde zijn hoofd.

'Twee van de mijne, Stefan Munthe en Annika Nilsson, zeiden dat ze zich vaag herinnerden dat er nog iemand was,' zei Lilja.

'En dat vertel je nu pas? Hebben we een naam?'

'Helaas niet.'

Tuvesson zuchtte en voelde hoe de drang weg begon te ebben. De drang om elk spoor van alle kanten te bekijken, dit te beredeneren en dat aan te nemen, samenhangen te zien die niemand anders ziet, die misschien zelfs niet eens bestaan. Alles om een dader te grijpen die niemand zich herinnert, maar die niemand straks meer kan vergeten.

'Maar Astrid, we kunnen het toch niet zomaar opgeven?' zei Rots.

'Natuurlijk geven we het niet op. Wie heeft het over opgeven?'

Vanuit haar ooghoek kon ze zien hoe Lilja en Rots een blik uitwisselden. 'Het is alleen de vraag hoe we verder moeten gaan.'

'Als ik iets mag zeggen, dan vind ik dat we de verantwoordelijkheid hebben om iedereen een vorm van bescherming te bieden. Ze zijn heel duidelijk in gevaar en niets doen zou onverantwoordelijk zijn,' zei Rots.

Tuvesson knikte. 'Hoeveel bevinden zich er op dit moment in het buitenland?'

'Vier van mij. Maar morgen landen er twee.'

'Van mij alleen de pelgrim, maar die komt dus straks,' zei Lilja.

'Zijn er nog die op vakantie in Zweden zijn?'

'Nee, maar Christine Vingåker huurt met haar gezin een huis in Lysekil.'

'Dan zitten we op elf stuks. Zijn er daarvan bij die niet meer in Skåne wonen? Laten we zeggen meer dan vierhonderd kilometer daarvandaan.'

'Lotta Ting, ze woont in Oslo,' zei Lilja.

Rots schudde zijn hoofd.

'Tien mensen. Dan zijn er twintig man nodig die voortdurend aanwezig moeten zijn. In ploegendienst hebben we dan minstens vijftig man nodig,' zei Tuvesson. 'En hoeveel kunnen wij er bij elkaar schrapen? Vijf? Jullie begrijpen het wel.'

'Malmö dan?' zei Rots. 'Heb je nog contact met ze gehad?'

'Ja, maar zij kunnen maximaal tien man afstaan, wat al meer is dan ik had verwacht. Bovendien kan dat pas vanaf maandag.'

Rots slaakte een lange, diepe zucht. 'We kunnen hem niet gewoon de ene na de andere te pakken laten nemen. Dat kan niet. Want hij zal doorgaan en op dit moment... op dit moment ligt het doel voor hem open.'

Tuvesson kon het alleen maar beamen.

'En als we hen bij elkaar zetten?' zei Lilja. 'Stel dat we hen allemaal op één plek bij elkaar brengen. Dan zou vijf man genoeg zijn. Toch?'

Rots knikte en Tuvesson haalde haar schouders op.

'Wat zou dat voor plek moeten zijn?'

'Dat weet ik niet. Een paar hotelkamers? Bij iemand thuis of waar dan ook?'

'Ik weet het!' zei Rots en Tuvesson en Lilja draaiden zich naar hem toe. Hij zag eruit alsof hij drie keer de woordwaarde had gelegd met zowel de z als de c. 'Dat ik er niet eerder aan heb gedacht. Het is alleen de vraag of iedereen eraan mee wil werken.'

'Rots, wáár?' zei Tuvesson, maar het was te laat. Hij had al een te grote hap van haar hamburger genomen.

82

Fabian Risk deed de auto op slot, haastte zich de straat over en voelde hoe zijn hartslag ver boven het normale lag. Hij begon eindelijk licht aan het einde van de tunnel te zien. Precies zoals hij had gehoopt, was Lina Pålsson op de naam van de dader gekomen. De rest wilde hij aan zijn collega's overlaten. Met een naam als Torgny Sölmedal zou een adres binnen bereik moeten liggen.

Het was iets na negenen toen hij de sleutel in het het slot stak en de deur opende van het rijtjeshuis aan Pålsjögatan 17. Het was stil. Geen muur van Marilyn Manson die hem tegemoet sloeg. Zou Theodor er eindelijk genoeg van hebben gekregen om opgesloten in zijn kamer te zitten en zijn oren op te blazen, of zou de buurvrouw langs zijn geweest om te klagen?

De keuken zag er exact hetzelfde uit als toen hij hem eerder op de avond had verlaten, wat betekende dat Theodor waarschijnlijk al uren niet had gegeten. Hij werd vast volledig in beslag genomen door zijn *Call of Duty* en had geen tijd om te merken hoe hongerig hij was. Fabian kon niet begrijpen hoe computerspelletjes konden bijdragen aan de gewichtstoename van de jeugd. Het zou precies andersom moeten zijn. Hij riep dat hij thuis was, maar kreeg geen antwoord. Daarom pakte hij zijn mobieltje en stuurde een sms'je.

HOI THEO, BEN NU THUIS. WAAR BEN JIJ? ZULLEN WE OVER CIRCA EEN HALFUUR EVEN IETS GAAN ETEN BIJ CAFÉ PÅLSJÖ? PAPA.

Nog een halfuur. Dan zou hij aan zijn vakantie beginnen door Sonja te bellen en haar en Matilda te vragen op de eerste trein hiernaartoe te stappen. Daarna zou hij Theodor uit zijn kamer trekken en hem hun nieuwe woonplaats laten zien. Op een warme zomeravond als deze was er niets beters dan een wandeling over de heuvels en door het bos naar café Pålsjö. Hij zette de computer aan en logde in terwijl op hetzelfde moment Theodors antwoord op zijn mobieltje bliepte.

BEN THUIS. COD NOG STEEDS MET KOPTELEFOON OP, MAAR PÅLSJÖ KLINKT NICE. HEBBEN ZE HAMBURGERS?

Fabian schoot in de lach. DAT HEBBEN ZE ZEKER. MAAR BEN BANG DAT ZE HONDERD KEER NICER ZIJN DAN BIJ MCDONALD'S.

LEUK...

Zodra de computer contact had gemaakt met de buitenwereld ging Fabian naar het telefoonboek en typte Torgny Sölmedal in het zoekveld. Precies zoals hij had gedacht was er maar één en hij woonde in Helsingborg op Motalagatan 24 in Husensjö. Google gaf daarentegen 879 resultaten, wat Fabian verbaasde, die niet meer had verwacht dan een link naar het telefoonboek.

Bovenaan stond een advertentielink: SÖLMEDALS TECHNIEK BV – BEDENKT, CONSTRUEERT EN BOUWT – VOOR ONS IS GEEN ENKEL TECHNISCH PROBLEEM ONOPLOSBAAR!

Natuurlijk had hij een technisch uitvindersbedrijf. Wat zou hij anders hebben, dacht Fabian en hij klikte op Contact en noteerde het adres: Frejagatan 2. Ze zouden zich op moeten delen in twee teams en tegelijkertijd naar beide adressen moeten gaan.

Hij keerde terug naar de zoekpagina en scrolde tussen de resultaten. De meeste gingen over verschillende patenten op alles van kleine machineonderdelen tot elektronische besturingssystemen. Een paar pagina's verder omlaag vond hij de link LEES MEER OVER T. SÖLMEDAL, die hem terugbracht naar de site van Sölmedals Techniek BV en waar te lezen stond:

> Torgny Sölmedal werd op 12 augustus 1966 geboren in Ekeby. Hij reikt tot 185 cm boven de grond en belast de aardkorst met minder dan 73 kilo, is ambidexter en heeft een IQ van 131 of meer, afhankelijk van de test. Sinds hij als kind een Meccano-doos voor kerst kreeg houdt hij van technische constructies. In 1986 startte hij Sölmedals Techniek BV met het devies dat er geen problemen bestaan die niet opge-

lost kunnen worden. Iets wat heeft geresulteerd in verschillende patenten en economische onafhankelijkheid. Desondanks blijft hij zijn bedrijf voortzetten. 'Omdat het leuk is,' zoals Torgny Sölmedal zelf zegt.

Omdat het leuk is, herhaalde Fabian bij zichzelf en hij wist niet of hij moest lachen of huilen. Iets verder naar beneden vond hij een link naar een artikel dat zijn aandacht trok. Het ging over hoe de chirurg Rune Schmeckel had nagelaten twee plastic klemmen te verwijderen na een prostaatoperatie. DE PATIËNT TORGNY SÖLMEDAL HEEFT OP HET OGENBLIK GEEN PLANNEN OM EEN AANKLACHT IN TE DIENEN. Had hij daarom Claes Mällvik als zijn hoofdslachtoffer uitgekozen? Eerst had hij op school alle aandacht van hem afgenomen en daarna dit.

Fabians gedachten werden onderbroken door een lawaaitapijt vanaf de bovenverdieping. Het werd steeds luider en klonk alsof iemand door een megafoon sprak. Een minuut later was er gefluit en applaus van publiek te horen en de seconde voordat de drums en de vervormde gitaren losbarstten besefte hij dat Marilyn Manson weer begon. Op het hoogste volume.

I am so all-american…

De klok liet zien dat het dertien over negen was. Niet overdreven laat, maar aangezien de buurvrouw, zij het in milde bewoordingen, al blijk had gegeven van haar ongenoegen en Marilyn waarschijnlijk de hele dag al uit volle borst had geschreeuwd, moest het nu genoeg zijn, dacht Fabian en hij liep de trap op.

Fuck it! Fuck it! Fuck it! Fuck it!

Op de bovenverdieping was het geluidsvolume aanzienlijk luider dan normaal, bijna ondraaglijk. Hij begreep niet hoe Theodor het volhield om in dezelfde kamer te zitten als de luidsprekers. Had hij daarom een koptelefoon op?

De deur stond op een kier en Fabian wilde hem net openduwen toen zijn mobieltje in zijn zak begon te trillen. Het was Sonja. Ze was natuurlijk benieuwd hoe het allemaal ging. Hij had haar al een paar keer willen bellen, maar er steeds geen kans toe gezien en hij haastte zich de trap weer af, liep naar het terras om de muziek zoveel mogelijk buiten te sluiten en nam op.

'Ha lieveling.'

'Dat duurde lang. Bel ik ongelegen?'

'Nee hoor. Het gaat best nu.'

'Ik wilde vooral horen hoe het met je gaat?'

'Ja, ik weet het niet. Het gaat zoals ik verdien,' zei Fabian en hij besefte dat hij de afgelopen uren geen tijd had gehad om aan zijn brandwonden te denken.

'Ben je nog in het ziekenhuis?'

'Nee, ik kom toevallig net thuis. Sonja, ik heb...'

'Aha, dus je hebt Theo gezien? Vond hij het niet vervelend om alleen te zijn?'

'Eh... ik geloof het niet. We hebben alleen nog maar ge-sms't. Maar dan antwoordt hij in ieder geval en zijn stereo-installatie staat zo hard dat het voelt alsof je oren...'

'Fabian, ik heb haar ontmoet.'

'Wat? Hoezo? Wie?'

'Niva Ekenhielm. We hebben vandaag koffiegedronken. Lisen paste op de kinderen, dus we konden rustig praten.'

Fabian wist niet wat hij moest zeggen.

'Ze heeft alles verteld. Tot in de kleinste details. Ik vond dat je dat moest weten.'

Ze gaf het niet op, dacht Fabian. Ze kon hem en zijn gezin niet met rust laten. Kwam het alleen maar doordat hij haar om een gunst had gevraagd? Hij vroeg zich af wat ze eigenlijk had gezegd. Hoeveel ruimte haar levendige fantasie en wensgedachten deze keer hadden gekregen. Hij wilde protesteren. Zeggen dat Niva vast alleen maar had overdreven om een wig tussen hen te drijven. Maar hij hield zich in en besefte dat het niet uit zou maken. De slag was allang verloren.

'Oké. Voelt het beter?'

'Ik weet het niet. Misschien wel.'

'Wil je erover praten?'

'Nee.'

Hij wachtte tot ze nog iets zou zeggen, maar dat deed ze niet. Blijkbaar wilde ze dat hij iets zou zeggen. 'Ik houd van je. Dat je dat weet, ik houd van je.'

'Bel me als je klaar bent en je moet tegen Theo zeggen dat hij op moet nemen als hij gebeld wordt.'

'Maar lieveling, je kunt al een kaartje boe...'

Er klonk een klik in zijn oor en hij stopte het mobieltje met een zucht in zijn zak en liep naar binnen.

I'd rape the raper!

Terwijl hij de trap weer op liep, werd het gevoel dat hem bekropen had sinds hij het huis binnenkwam steeds sterker en toen hij opnieuw voor Theodors deur stond was het geen gevoel meer. Hij wist zeker dat er iets mis was. Gruwelijk mis. Hij duwde de deur open en stormde de kamer in.

I am the idiot who will not be himself!

Hij drukte op de ene knop na de andere van de versterker maar die bleef onverminderd herrie maken.

Fuck it! Fuck it! Fuck it! Fuck it!

Ten slotte trok hij de hele versterker met kabels en al los en gooide hem op de grond. De stilte die volgde was allesbehalve aangenaam en hoewel hij wist dat het zinloos was keek hij onder het bed, achter de gordijnen en in de kleerkast. Maar Theodor was niet in zijn kamer.

Hij verwachtte niet dat hij antwoord zou krijgen, maar toch riep hij hem, steeds opnieuw, zo hard als hij kon. De woorden raakten op. Toch bleef hij schreeuwen tot hij niet meer kon en zakte toen huilend in elkaar op het bed en probeerde zijn gedachten te ordenen. Maar dat was onmogelijk. Iets in hem wilde de hele tijd terugkeren naar de huilbui en de paniek. Alsof hij diep vanbinnen wist dat alles verloren was. Dat alles zijn schuld was.

Hij sloot zijn ogen en probeerde zichzelf te dwingen diep en langzaam te ademen. Een paar minuten later kon hij zijn ogen opendoen en om zich heen kijken. Was Theodor hier wel geweest toen hij eerder op de avond langs was gekomen? Toen was dezelfde muziek over hem heen gespoeld. Dezelfde cd met lawaai uit de hel. De laatste keer dat ze elkaar hadden gezien, was toen ze naar de bioscoop en naar Denemarken waren gegaan. Dat was dinsdag. Nu was het vrijdag. Drie hele dagen waren voorbijgegaan zonder dat ze met elkaar hadden gesproken.

Sonja had erop aangedrongen dat hij hem moest bellen, wat hij ook had gedaan. Maar hij had geen antwoord gekregen. Alleen in de vorm van een sms'je. En daar had hij genoegen mee genomen. Hoewel hij de stem van zijn zoon niet had gehoord, waardoor hij zeker zou hebben geweten dat alles in orde was, had hij er genoegen mee genomen.

Hij had alleen maar aan het onderzoek kunnen denken.

Hij legde zijn hoofd in zijn handen en hoopte dat zou blijken dat Theodor gewoon van huis was weggelopen. Dat zou volstrekt begrijpelijk zijn. Zelf zou hij waarschijnlijk precies hetzelfde hebben gedaan. Maar dat was niet wat er gebeurd was. Dat wist Fabian zeker. Hij wist heel zeker dat er iets anders aan de hand was. Iets veel ergers.

Hij kwam overeind en begon te kamer te doorzoeken. De meeste spullen zaten nog in verhuisdozen. Behalve wat kleren waren alleen de computer en de stereo-installatie uitgepakt. Op het bureau lag een zwart notitieboekje dat hij nooit eerder had gezien. Er zat een pen aan het koordje dat om het boekje heen zat. Hij trok de pen eruit, wikkelde het koordje los en sloeg het notitieboekje open.

Dit dagboek hoort toe aan:

Theodor Nils Risk

Als je de bovenstaande niet bent en ook geen toestemming van bovenstaande hebt, doe dit boek dan onmiddellijk dicht.

Zou het echt zo zijn dat zijn zoon een dagboek bijhield? Hij begon erin te bladeren en las een paar fragmenten.

Dit is de eerste keer dat ik je schrijf hoewel ik je twee kerstmissen geleden van mama heb gekregen en zij heeft gezegd dat het goed is om te kunnen schrijven om niet te vergeten dus nu doe ik dat...

Heb geprobeerd te ruiken of ik stink. Geloof het niet. Maar ik weet dat ik lelijk ben. Afschuwelijk lelijk... Ik haat school. Haat het er!... hoorde hoe ze zochten en riepen dat ik een homo was... stompten ze me in mijn buik en zeiden dat het mijn eigen schuld was... spuugde me in mijn gezicht... haat mijn ouders. Ze begrijpen er helemaal niets van!... pakten ze mijn pet en pisten erin en dwongen me hem weer op te zetten...

...haat mezelf!... wilde terugslaan maar kon het niet... in zijn kooi alsof hij sliep, maar hij sliep niet. Stak een naald in zijn rug en eerst piepte hij en probeerde weg te komen... Erg grappig... liep naar de ene toe en sloeg hem in zijn gezicht met de boksbeugel onder de want... trok hem naar de grond en begon zijn hoofd tegen het asfalt te slaan... Het beste sinds ik voor het eerst in het Gröna Land-park was.

7 juli. Er is nu een week voorbijgegaan sinds we naar dit klotegat zijn verhuisd. Papa's briljante idee. Alles zou zo reuzemooi en goed worden. Verdomme ook. Hij is goed in dingen beloven... als een taaie, uitgesponnen hel... Zit alleen maar in m'n eentje te haten... COD... Papa nam me mee naar een of andere klotefilm en probeerde te praten. Hartstikke zielig. Heb zin om iemand keihard te slaan. Gewoon uithalen en...

De tekst hield op en de laatste 'n' eindigde met een uithaal. Alsof hij midden in een gedachte onderbroken was. Fabian wist niet wat hij ervan moest denken.

Goed, het was geen geheim dat Theodor het moeilijk had op school en dat hij zo nu en dan ook wel gepest werd. Maar dit. Dit was iets heel anders. Wist Sonja het? Hij bladerde nog een pagina verder om er zeker van te zijn dat er niets meer stond.

Als je je geliefde kleine nietsnut van een zoon ooit terug wilt zien stel ik voor dat je de pet op de verhuisdoos aan de linkerkant opzet en mijn instructies opvolgt/O.M.

Fabian hapte naar adem. Diep vanbinnen had hij het geweten op het moment dat hij de kamer binnenstapte, maar nu had hij het bevestigd gekregen. Alles draaide en om zijn evenwicht niet te verliezen moest hij weer op de rand van het bed gaan zitten. Hij was hier geweest, hier in zijn eigen huis, en had zijn zoon meegenomen. Het patroon was nu compleet doorbroken. Tot dit moment was hij uit geweest op degenen die in de klas hadden gezeten. Niet op hun kinderen. Dit was iets anders. Hij pakte zijn mobieltje en stuurde een sms naar Theodor.

KOM JE NAAR BENEDEN. DAN GAAN WE. DE HAMBURGER WACHT...

Zijn handen trilden zo hevig dat hij het mobieltje neer moest leggen terwijl hij op het antwoord wachtte. Het bliepte al, veel sneller dan hij had verwacht.

GOEDE POGING, MAAR HET IS BETER OM MIJN RAAD OP TE VOLGEN.

Fabian besefte dat hij geen keuze had en keek om zich heen in de kamer. De pet lag inderdaad op een van de verhuisdozen aan de linkerkant van het bureau. Hij was zwart en lag met de klep naar hem toe. Hij kende de pet, met de vijf ledlampjes voor aan de klep die aangingen als je op een knopje drukte. Hij had er zelf over gedacht er een te kopen toen hij laatst bij de bouwmarkt was, maar had zich bedacht toen hij in gedachten Sonja's spottende stem hoorde.

Hij liep naar de pet toe, pakte hem op en zag dat het middelste lampje vervangen was door een cameraatje. Hij aarzelde, liep zijn keuzemogelijkheden na, kwam tot de conclusie dat hij die niet had en zette hem op zijn hoofd. Hij paste perfect, alsof hij al voor hem op maat was gemaakt. Er kwam een nieuw sms'je:

LOG IN OP: HTTP:89.162.38.99:8099/CAM12 PASSWORD: SNARISLUT

Fabian toetste het adres in de browser van zijn mobieltje en logde in met de code.

Op het schermpje was het korrelige beeld te zien van een camera die in een krappe ruimte was geplaatst waar Theodor met vastgebonden handen op zijn rug lag. Bloederige wonden op zijn armen en handen verraadden dat hij geprobeerd had los te komen. Hij tilde zijn hoofd op en keek recht de camera in, verstijfd van schrik. Je kon zien hoe hij schreeuwde voor zijn leven.

'Theo, waar ben je? Zeg waar je bent, dan kom ik je halen!' schreeuwde Fabian tegen zijn mobieltje.

HIJ KAN JE TOCH NIET HOREN.

'Hè? Kun je me horen?'

NIEMAND WEET HOE LANG ER NOG ZUURSTOF IS. HET ENIGE WAT

ZEKER IS, IS DAT HET OP EEN GEGEVEN MOMENT OP IS. MISSCHIEN MORGEN? MISSCHIEN VOLGENDE WEEK OF OVER TWEE UUR?

'Waarom heb je mijn zoon erbij betrokken? Wat heeft hij ermee te maken? Neem mij in plaats van hem!'

JE MOET EEN OPDRACHT UITVOEREN ALS JE HEM LEVEND TERUG WILT ZIEN.

Fabian keek op zijn mobieltje. Het adres stond nog in de adresbalk en het enige wat hij hoefde te doen was het wachtwoord intoetsen. Maar in plaats van het beeld van de webcamera kreeg hij de mededeling: INCORRECT PASSWORD! UNAUTHORIZED ENTRY DENIED. Hij deed een nieuwe poging en kreeg dezelfde mededeling.

NEEM JE AUTO, RIJD NAAR HET POLITIEBUREAU, PARKEER ZONDER DAT IEMAND JE ZIET.

Fabian kreeg niet eens de tijd om na te denken over wat hem te wachten stond of het mobieltje bliepte alweer.

TIKTAK TIKTAK...

83

'Het enige wat we op het moment met zekerheid weten is dat de persconferentie zondagochtend om tien uur zal plaatsvinden, maar de speculaties waarover die zal gaan zijn al in volle gang. Wat is jouw commentaar daarop?' vroeg de ene gestreepte stropdas aan de andere.

'Ja, dit is absoluut zijn laatste strohalm. Met het oog op wat er gisteren bekend werd, had Kim Sleizner toen meteen een persconferentie moeten houden. Maar in plaats daarvan gaf hij een interview in *Ekstra Bladet*, wat bij lange na niet genoeg was om het vertrouwen weer te herstellen. Daarom is de persconferentie morgen absoluut noodzakelijk.'

Dunja Hougaard was totaal niet verbaasd. Als het op Sleizner aankwam, verbaasde niets haar meer. Na zijn laatste streek was het alsof alle energie uit haar weg was gelopen. Ze drukte op de afstandsbediening en verruilde de stropdassen voor een jonge Julia Roberts, die samen met haar collega-prostituee bij de rode Ferrari op Hollywood Boulevard stond. '*And remember, don't mouth off. They don't like that.*' Ze had de scène al minstens honderd keer gezien en stelde vast dat dit de meest vertoonde film ooit moest zijn.

Hoewel ze het niet wilde, kon ze het niet laten en zapte terug.

'En waar denk jij dat het over zal gaan?'

'Het meest waarschijnlijke is dat hij zijn aftreden bekendmaakt en de schijn probeert te wekken dat het zijn eigen keuze is.'

'Betekent dat dat hij in werkelijkheid de laan uit is gestuurd?'

'Ja, waarschijnlijk wel. Maar er is altijd plek voor een man met Sleizners ervaring en kwaliteiten. Er wordt zelfs al beweerd dat hij onze volgende minister van Justitie kan worden. Dus wie weet wat hij in zijn achterzak houdt?'

'En als de persconferentie niet over zijn aftreden gaat?'

'Ja, dan moet hij iets concreets laten zien binnen het onderzoek. Iets wat laat zien dat er vorderingen worden gemaakt en dat hij nog steeds een kracht binnen het politiewezen is waarmee rekening gehouden moet worden.'

'Maar dat acht je niet waarschijnlijk?'

'Nee.'

Dunja zette de tv uit, haalde de batterijen uit de afstandsbediening en gooide die weg om niet in de verleiding te komen hem weer aan te doen. Ze wist precies waar Sleizners persconferentie over zou gaan.

De foto van de dader.

Haar foto.

Hij zou zichzelf op de borst kloppen en de boodschap erin hameren hoe goed de afdeling werkte met hem als leider. Hoe de zaak nu snel opgelost zou zijn en de dader gepakt zou worden. Niet door de Zweden, maar door de Denen.

Alsof Kim fucking Sleizner ook maar ene donder om de zaak gaf.

Het was allemaal nep. Een toneelstukje om de aandacht af te leiden van zijn privéschandalen. Hij was er niet in geïnteresseerd om te overleggen met de Zweden om te zien hoe ver zij waren voordat ze het aan de grote klok hingen. Deze persconferentie ging alleen maar over hemzelf. Koste wat het kost.

Zonder met zijn ogen te knipperen had hij recht in haar gezicht gelogen en zowel haar als haar werk opgeofferd. De inkt van haar ontslagbrief was nog nauwelijks droog toen hij haar sleutels, identiteitsplaatje, pasje en dienstwapen al opeiste. Twee minuten had ze gekregen om haar spullen bij elkaar te zoeken en hij had de hele tijd als een havik over haar schouders meegekeken.

Net als Fabian Risk was ze in de kou gezet en net als hij kon ze het niet loslaten. Ze zou zich er met geen mogelijkheid buiten kunnen houden zolang de zaak er als een open, etterige wond bij lag.

Wat Sleizners zet morgen voor gevolgen zou hebben wist ze niet. Maar ze vreesde het ergste. De dader zou vermoedelijk onderduiken en nooit meer gevonden worden. Hoe langer hij in onzekerheid verkeerde over hoeveel de politie wist, hoe beter. Dat verhoogde de kans dat hij overmoedig werd, slordig te werk ging en een fout zou maken die hem noodlottig zou worden.

Ze moest iets doen. Ze kon niet tegenhouden dat Sleizner de foto publiek zou maken, maar ze kon er wel voor zorgen dat de Zweden hem daarvoor al tot hun beschikking hadden. Ze pakte haar mobieltje en zocht Fabian Risks nummer op. De telefoon ging over, maar niemand nam op. Het was pas twintig over negen. Niet heel erg vroeg, maar ook niet te laat om te bellen. Ze deed een nieuwe poging en sprak deze keer ook een kort bericht in. Dat ze iets had wat hij moest zien en dat ze nu onderweg naar Zweden was om het naar hem te brengen.

Omdat het risico bestond dat iemand zijn voicemail afluisterde, wilde ze niet bekendmaken wat het was. Ze was niet van plan geweest om te zeggen dat ze onderweg was naar Zweden. Ze was niet eens van plan om te gaan. Maar nu ze erover nadacht, was het helemaal geen slecht idee. Ze had zijn e-mailadres, maar net als met de voicemail wist ze niet of ze erop kon vertrouwen dat Risk de enige was die er toegang toe had.

Dunja opende haar computer en startte het mailprogramma om de foto te downloaden. Maar in plaats van dat al haar e-mails tevoorschijn kwamen, werd er naar een wachtwoord gevraagd. Ze tikte SHAWARMAPAJ55 in – een wachtwoord dat ze op veel te veel plekken gebruikte en zodra ze tijd had zou moeten veranderen.

WRONG PASSWORD.

Ze probeerde het opnieuw.

WRONG PASSWORD.

Had die schoft haar wachtwoord al laten veranderen?

Ze kon maar één iemand bedenken die hem in dat geval kon hebben geholpen.

'Ja, met Rønning...'

'Heb jij het wachtwoord van mijn mail veranderd?'

'Hé, spetter. Zeg, het komt niet zo goed uit nu,' fluisterde hij. 'Ik heb bezoek en we zijn net klaar met de sushi en...'

'Mikael, verdomme,' onderbrak Dunja hem. 'Dit is belangrijk. Heb je het veranderd of niet?'

Ze kon horen hoe hij zuchtte terwijl de tune van *Titanic* op de achtergrond klonk.

'Ik hoorde dat je was opgestapt.'

'De Eikel gaf me geen keus en nu moet ik in mijn mail.'

Er klonk een nieuwe zucht.

'Zodra je weg was, kwam hij naar me toe en beval me het te veranderen. En juridisch gezien is het eigenlijk je mail ook niet meer.'

'Mikael, het is heel belangrijk dat ik nu in een van mijn mails kom. Niet later. Nu. Begrijp je dat?'

'Waarom?'

'Hoe minder je weet, hoe beter. Je moet me maar gewoon vertrouwen. Het enige wat je hoeft te doen is mij het nieuwe wachtwoord geven.'

'Sorry, dat gaat niet. Sleizner zit zo goed als zeker op ditzelfde moment je mail te bekijken. Hij moet morgen tenslotte een persconferentie houden. En hij zal het meteen zien als een ander IP-adres binnen probeert te komen en zodra hij doorheeft dat jij het bent, zal hij begrijpen dat ik je heb geholpen.'

Hij had gelijk. Verdomme.

'Maar... ik had al een vermoeden dat je zou bellen, dus heb ik een kopie van de harddisk gemaakt voordat Sleizner er zijn tanden in kon zetten. Ik kan een Dropbox voor je maken.'

'Perfect. Het liefst nu meteen.'

'Oké, mijn gezelschap en de evenwichtsbal lijken elkaar toch gevonden te hebben.'

Vijfentwintig minuten later kon Dunja de foto van de dader overzetten op een usb-stick en weer vijftien minuten later had ze de opgedroogde inktpatronen van de printer schoongemaakt en een uitdraai gemaakt. Tien seconden daarna had ze haar appartement op de Blågårdsgade verlaten en haastte zich naar Station Nørreport.

84

'Het huis van bewaring?' herhaalde Tuvesson.

'Ja, waarom niet? Alleen voor het weekend,' zei Rots. 'Dat is al bewaakt en we hoeven niet te wachten tot Malmö personeel af zou kunnen staan. Dan zien we maandag wel of er een betere oplossing te bedenken is.'

Ze hadden de snackbar verlaten en volgden de Rundgång naar rechts en ze konden nu zowel het huis van bewaring als het politiebureau aan de overkant zien. Tuvesson had nog niet besloten wat ze van het idee vond. Ze moest wennen aan de gedachte. Om degenen die nog over waren van de klas bescherming aan te bieden door ze op te sluiten in het huis van bewaring was zonder meer een drastische oplossing en allesbehalve oncontroversieel. Maar misschien was het toch het minst slechte idee.

'Het staat natuurlijk buiten kijf dat we eerlijk tegen ze moeten zijn. Wat kunnen we anders?' zei Rots, alsof hij haar gedachten las.

'Begrijp je hoeveel gedonder we hiermee kunnen krijgen?'

'Niets vergeleken bij hoeveel gedonder we krijgen als we niets doen en hem de een na de ander te pakken laten nemen.'

Rots had gelijk. Alles wees erop dat de dader elk moment weer toe kon slaan en niet van plan was te stoppen voor de hele klas uit de weg was geruimd. Wat voor het idee sprak was de tijdwinst. Als ze er nu mee begonnen, zouden ze, als alles goed ging, iedereen vannacht binnen kunnen hebben. Wat ertegen sprak was het idee op zich.

'Had Risk zijn auto niet mee naar huis genomen?' vroeg Lilja en ze wees naar Risks auto, die op de parkeerplaats voor het bureau stond.

'Blijkbaar niet,' zei Rots. 'Hij is vast toch nog niet in staat om te rijden?'

'Oké, we doen het,' zei Tuvesson. 'We halen ze binnen voor het weekend. Maar dit kan alleen maar werken als we het profiel zo laag mogelijk houden en alleen mensen informeren die het echt moeten weten. Het mag onder geen enkele voorwaarde uitlekken.'

Ergens lag zijn zoon, met zijn handen en voeten vastgebonden, in een ruimte die even nauw was als een kist en met een zuurstofvoorraad die elk moment op kon zijn. Misschien was die al op? Het beeld van de opgesloten Theodor had zich vastgezet op Fabians netvlies en hij kon niet ophouden te denken aan wat zijn zoon doormaakte. Niet alleen nu, de afgelopen dag, maar al die jaren op school. Hoe kon hij het zo volledig hebben gemist? Was hij werkelijk zo egocentrisch geweest? En Sonja? Als ze het wist zou ze het hebben verteld. Toch?

Hij herinnerde zich dat ze een keer haar bezorgdheid over Theodor had uitgesproken toen hij thuis was gekomen met twee gebroken ribben en een hersenschudding. Zelf had hij gevonden dat ze overdreef. Hij was van mening geweest dat jongens van Theodors leeftijd nu eenmaal in vechtpartijen terechtkwamen. Had nog de grap gemaakt dat hijzelf een rib had gebroken tijdens een verkoudheid met een hevige hoest.

Maar Sonja had het er niet bij laten zitten en had een uitvoerig gesprek met de klassenleraar gehad en was meegegaan naar school om zich een beeld te kunnen vormen van hoe Theodor het er had. Alles had volkomen normaal geleken. Zoals hijzelf en Theodor de hele tijd al hadden gezegd. Ten slotte was ze gekalmeerd en had toegegeven dat ze overdreef.

Wat had hij ernaast gezeten.

Wat had hij er verschrikkelijk naast gezeten.

Nu was de rekening gekomen en hij en niemand anders was ervoor verantwoordelijk. Wat het ook kostte, hij moest betalen. Wat voor opdracht hij ook kreeg, hij zou hem uitvoeren. Als er nog een mogelijkheid bestond om Theodor te redden, dan was hij bereid al het andere overboord te gooien. Zowel het onderzoek als zijn eigen leven speelde geen rol meer. Als het te laat zou blijken te zijn, dan...

Het mocht niet te laat zijn.

Hij had elk bevel keurig opgevolgd, was in de auto gaan zitten en via de kortst mogelijke route naar het politiebureau gereden, had een eindje van de andere auto's af geparkeerd en de hele tijd zijn pet op gehouden. De dader, of Torgny Sölmedal zoals Fabian nu wist dat hij heette, kon zowel zien wat hij zag als horen wat hij hoorde. Maar in omgekeerde richting verliep de communicatie via sms'jes. De Deense politieagente had hem gebeld, maar hij mocht geen gesprekken aannemen.

Er was geen collega te zien geweest toen hij door de nachtelijk verlichte entree naar binnen was gelopen. Geen Florian Nilsson achter de receptiebalie. Hij hoefde alleen maar zijn pasje door de lezer te halen, zijn code in te typen en door te lopen. Het doel was Ingvar Molanders lab. Hij was er nooit geweest, maar had begrepen dat het ergens op de benedenverdieping lag. Hij had gevraagd wat hij moest doen als Molander er bleek te zijn en het antwoord had niet op zich laten wachten.

REGEL HET MAAR.

FORENSISCH-TECHNISCH ONDERZOEK I. MOLANDER stond er op het bordje naast de gesloten deur. Fabian stak zijn hand in de zak van zijn jasje en voelde dat zijn dienstwapen lag waar het hoorde te liggen, deed de deur open en ging naar binnen. De kamer zag eruit als een grote garage, met een betonnen vloer en betonnen muren en verschillende verlichte eilandjes die als werkstations dienden. Molander was nergens te zien.

GA IN HET MIDDEN STAAN, DRAAI IN DE RONDTE. LANGZAAM.

Fabian deed wat hem werd gezegd en besefte op hetzelfde moment dat de dader ook niet wist waar hij op uit was. Hij was hier om dat uit te vinden. Duidelijk was in ieder geval dat hij vermoedde dat Molander iets gevonden had.

PAK EEN DOEK, LOOP NAAR DE PEUGEOT.

Fabians blik was op de onttakelde zilvergrijze BMW blijven hangen en hij had tot dit moment niet gezien dat de Peugeot er ook was. Dat betekende dat de Denen eindelijk hun verstand hadden gebruikt en hem over hadden laten komen. Hij liep ernaartoe en las het handgeschreven briefje op de voorruit.

Aan Ingvar Molander. Fabian Risk geeft hoog van je op en aangezien er hier niets gebeurt, kunnen jullie hopelijk iets doorslaggevends vinden? Hartelijke groet, Dunja Hougaard, politie van Kopenhagen, afdeling moordzaken.

De Deense zat er dus achter. Zodra dit voorbij was, als hij het tenminste overleefde, zou hij contact met haar opnemen om haar te bedanken. Een goed contact aan de overkant van de Sont kon niet overschat worden.

GA IN DE BESTUURDERSSTOEL ZITTEN, KIJK OM JE HEEN.

Fabian deed het portier open, ging achter het stuur zitten en scande de binnenkant van de auto met zijn pet. Hier en daar op het dashboard, rond het handschoenenkastje en op de versnellingspook zaten kleine stukjes plakband met pijlen en cijfers erop. Het waren markeringen van de plekken waar Molander afdrukken had gevonden en veiliggesteld. Was de auto daarom zo belangrijk?

HAAL DE MARKERINGEN WEG, VEEG HET SCHOON.

Fabian haalde de stukjes plakband weg en begon het paneel af te vegen. Af en toe kreeg hij een terechtwijzing om beter te vegen of de camera in een andere richting te draaien. Tweeëntwintig minuten later kon hij uit de auto stappen.

PAK DE AFDRUKKEN.

'Ik heb geen idee waar die zijn.'

ZOEK.

Het zou ergens tussen negen en tien uur moeten zijn, misschien half maar absoluut niet later dan kwart voor, dacht Astrid Tuvesson, hoewel het haar eigenlijk niet kon schelen. Wat ze ook deden, ze raakte het gevoel niet kwijt dat ze een stap achter lagen. Dat alles op een of andere onbegrijpelijke manier toch berekend en voorbestemd was. Maar Rots had gelijk gehad. Het zou onverantwoordelijk zijn geweest om de overgebleven leerlingen van de klas geen tijdelijke bescherming aan te bieden.

Ze lag op haar rug op de bank, had de gordijnen dichtgetrokken en alle lampen uitgedaan die ze uit kon doen. Maar zo donker als ze had gehoopt dat het zou worden, werd het helaas niet. Dat werd effectief voorkomen door een vijftiental blinkende ledlampjes. Ze kon niet begrijpen waarom elektronicafabrikanten die maar overal in bleven zetten, en kwam tot de conclusie dat ze in hun jeugd waarschijnlijk te veel sciencefiction hadden gezien.

Ze had met Ragnar Palm gesproken, de verantwoordelijke man in het huis van bewaring, en hem de situatie uitgelegd. Hij had haar maar twee lege cellen aan kunnen bieden, wat op zijn hoogst plaats zou bieden aan vier van de negen personen. Een groepscel zou perfect zijn geweest, maar voor zover ze wist bestonden die niet in Zweden. In plaats daarvan had Palm aangeboden om een gedeelte van de gemeenschappelijke ruimte af te zetten. Daar zouden ze met gemak tien bedden in kwijt kunnen. Bovendien zouden ze toegang hebben tot een tv-kamer, een keuken en een kleine bibliotheek, wat ertoe zou bijdragen om het gevoel dat ze in een gevangenis zaten op afstand te houden.

Lilja en Rots hadden aangeboden om rond te bellen en iedereen te informeren en zij had van de gelegenheid gebruikgemaakt om te gaan rusten. Iets zei haar dat dit daarvoor de laatste kans was. Helaas weigerden haar gedachten een pauze te nemen. Het leek juist alsof ze gas gaven wanneer zij probeerde te remmen.

Te midden van alles kwam Ingela Ploghed binnendwarrelen. De broze kleine vrouw die zich helemaal niet goed had gevoeld en niet mee had gewild met het autotochtje. Die geprobeerd had te weigeren. Maar zij had ervoor gekozen niet te luisteren. Niet naar Ingela Ploghed en niet naar de arts. In plaats daarvan had ze haar zo hard gepusht als ze kon, en ze was er zeker van dat haar geheugen in de treintunnel was teruggekeerd. Het geluid van de trein was opgelicht in haar onderbewuste. Opgelicht in het donker met een sterk oranjekleurig licht.

Ze voelde hoe de zon haar deed zweten. Hoe de warme stralen op haar lichaam vielen en ervoor zorgden dat haar hart bonsde en al dat oranje rondpompte. Ze hield van warmte en kon er niet genoeg van krijgen. Dertig, vijfendertig graden, een strandstoel en het geluid van golven die tegen het strand sloegen in Koh Chang. Het kon niet beter. Zodra ze de kans had zou ze haar slag slaan en de noordse duisternis voorgoed achter zich laten. Ze wist niet waar ze oud zou worden. Het enige wat ze wist was dat het niet uit zou maken zolang er maar goed eten en een fijn klimaat was.

Maar ze zou Sten nooit in beweging kunnen krijgen. Hij was als een chagrijnige maanvis die alles weigerde. Ze nam nog een slok, direct uit de fles, en begon moeite te krijgen om haar blik scherp te stellen. Maar ze kon zien hoe hij naar haar toe kwam. Die klootzak... Had het lef om te zeggen dat ze de fles weg moest zetten. Dat moest híj zeggen. Ze schreeuwde hoe ze hem haatte en gooide een schaal weg, die kapotsloeg tegen de muur. Hij kwam naar haar toe en probeerde haar tegen te houden en ze sloeg naar hem met de fles, hoorde hoe die kapotging, maar bleef er toch mee slaan...

Het geluid van haar mobieltje drong ten slotte door haar diepe slaap heen en Tuvesson besefte dat ze helemaal niet op een strand in Thailand of thuis in de keuken met Sten was, maar dat ze op de bank op kantoor lag.

'Dat duurde lang. Je sliep toch niet?' vroeg Molander aan het andere eind van de lijn.

'Nee hoor. Hoi Ingvar. Heb je iets gevonden?'

'Heel veel. Maar niets wat voor ons interessant is.'

Tuvesson ging rechtop zitten. 'Weet je het zeker?'

'Astrid...'

'Ja, maar... Ben je wel in het goede huis?'

'Je zei toch dat het het meest linkse vanaf het hek was? Dat met het bordje "De Krijgshamer" op de deur.'

'Precies. Maar ik weet zeker dat ik een scalpel zag.'

'Dat is ook zo. Maar deze is niet gebruikt om baarmoeders mee te verwijderen, maar om Warhammer-figuurtjes te bouwen en aan te passen.'

'Warhammer? Wat is dat voor iets?'

'Het nerderigste nerdspel. Maar je hebt twee borsten te veel en een penis te weinig om het te begrijpen en bij een uitvoerigere uitleg zou het flatrate van mijn mobiele provider naar de knoppen zijn, dus dat doen we een andere keer.'

'En je hebt het hele huis doorzocht?'

Ze kon een diepe zucht aan de andere kant van de lijn horen. 'Het is niet bepaald groot om zo te zeggen.'

'En de andere? De andere huizen?'

'De huiszoeking geldt alleen voor dit huis. Dan moet je weer met Högsell gaan praten.'

'O ja... Verdomme.'

'Heeft Lilja trouwens al in het register kunnen kijken?'

'Wat? Waarvoor dan?'

Ze kon horen hoe hij opnieuw zuchtte. 'Ik heb afdrukken in de auto gevonden en haar gemaild of ze ze door het register wilde halen.'

'Ik denk niet dat ze haar mail al heeft kunnen lezen. We zijn even naar buiten geweest en nu is ze met Rots alle...'

'Oké, maar jij zou ervoor kunnen zorgen dat ze het meteen leest. Ik ga nu een paar uur slapen.'

'Wacht nog even, wat zijn dat voor afdrukken?'

'Dat staat in de mail. Goedenacht.'

Er klonk een klik en Tuvesson keek naar haar mobieltje, verbaasd dat Molander midden in het gesprek had opgehangen. Ze had al ontelbare keren meegemaakt dat de hoorn erop werd gegooid, maar nooit door Molander. Ze liep haar kantoor uit en moest haar ogen dichtknijpen in het sterke tl-licht van de gang terwijl ze op weg was naar Lilja, die op het matras in haar kamer zat te bellen.

'Oké, goed... Daar kan ik op het moment geen antwoord op geven, maar ik zal erop terugkomen zodra ik meer weet. Zorg er alleen voor dat we je op dit nummer kunnen bereiken.' Ze hing op en keek Tuvesson aan.

'Hoeveel heb je er te pakken gekregen?'

Lilja hield demonstratief twee vingers op.

'Maar twee?'

Lilja schudde haar hoofd. 'Jafaar Umar en Cecilia Holm nemen niet op en ik wilde nu net Stefan Munthe gaan bellen. Maar met Nicklas Bäckström en Helene Nachmansson is het in elk geval gelukt. Hoe gaat het met Rots?'

'Geen idee. Maar ik sprak net met Molander en hij heeft je blijkbaar een belangrijk mailtje gestuurd.'

Lilja trok een vragend gezicht en stond op van het matras, liep naar het volgestouwde bureau en zette de computer aan.

VAN: ingvar.molander@politie.se
ONDERWERP: Belangrijk!
Denk dat ik afdrukken van de dader heb gevonden. Denk bovendien dat hij in het register staat. Dat moet meteen onderzocht worden en omdat Tuvan mij naar het Ramlösa-park heeft gestuurd, berust al mijn hoop op jou. De afdrukken vind je op de gebruikelijke plek./I.

'Oké, zoek jij dit meteen uit, dan bel ik Stefan Munthe wel,' zei Tuvesson.

Lilja knikte en trok haar versleten Converses aan. 'Nog één ding. Seth Kårheden landt over twintig minuten, dan zullen we zien of hij nog steeds weigert om zijn mobiele telefoon aan te zetten. In dat geval duurt het nog minstens twee uur voordat hij bij zijn huistelefoon kan zijn.'

Tuvesson knikte. 'En wat doen we met Cecilia en Jafaar?'

'Laten we hopen dat ze gewoon naar de bioscoop zijn of zo.'

'Oké, we wachten het even af en dan probeer ik het nog een keer.'

'O, Nachmansson vroeg zich af of ze zelf moest rijden of dat iemand haar op kwam halen?'

'Ik denk dat Rots en ik hen op moeten gaan halen in onze auto's. Ik wil er zo weinig mogelijk mensen bij betrekken.'

Lilja knikte en liep naar de deur.

'Trouwens. "Tuvan"? Noemen jullie mij zo?'

Lilja glimlachte en maakte zich uit de voeten.

Fabian Risk had in alle laden gekeken die hij kon vinden. Hij had de hele oude archiefkast doorgenomen, die vol zat met mappen van eerdere onopgeloste zaken. Hij had zelfs in de kleerkast met Molanders werkkleren gekeken en in de grote metalen kast die was gevuld met technisch gereedschap. Maar hij had nergens iets gezien wat zelfs maar in de verte deed denken aan vingerafdrukken.

'Misschien zijn ze hier niet? Hij kan ze mee hebben genomen of ze door hebben gegeven of wat dan ook?'

Het mobieltje zoemde.

BEL HEM. ZEG DAT JULLIE ELKAAR MOETEN SPREKEN.

Fabian zocht in alle hoeken en gaten van zijn gedachten naar een uitweg, maar kon niets anders vinden dan massieve, ondoordringbare rotswanden. Er zat niets anders op dan de confrontatie met Molander aan te gaan. Hij wilde net bellen toen de deurkruk omlaag werd gedrukt en de deur openging.

Hij keek snel om zich heen naar een plek om zich te verstoppen, maar het was te laat. Lilja stond al in de kamer en had hem gezien.

'Fabian? Wat doe jij hier in godsnaam?'

Hij wist niet wat hij moest zeggen en zweeg.

'Ik dacht al dat ik je auto op de parkeerplaats zag staan. Zou je niet thuis uit moeten liggen rusten?'

'Ik kan niet rusten voor dit onderzoek ten einde is. Je kent me... Of nee, eigenlijk niet. Maar zo ben ik in elk geval.' Hij liet er een lach op volgen en probeerde die ontspannen te laten klinken. Maar te oordelen naar Lilja's gezichtsuitdrukking liet ze zich niet om de tuin leiden.

'Fabian, vertel. Waar ben je mee bezig?'

Hij voelde zijn mobieltje weer trillen.

MOLANDER VROEG OF JE DE AFDRUKKEN DOOR HET REGISTER WILDE HALEN.

Hij keek Lilja aan en zette een paar stappen naar haar toe. 'Molander belde. Vraag me niet waarom hij juist mij belde, ik heb geen idee. Misschien dacht hij dat jullie het allemaal te druk hadden en dat ik thuis toch niet zou kunnen liggen uitrusten. Ik weet het niet.' Hij zweeg, besefte dat hij te veel praatte. De woorden stroomden uit hem in een wanhopige poging om het voor de hand liggende te verbergen. Hij wachtte op een reactie van Lilja, maar die kwam niet. Ze stond alleen maar naar hem te kijken, en om de stilte niet al te pijnlijk te laten worden, had hij geen andere keus dan door te gaan. 'In elk geval zei hij dat hij een paar vingerafdrukken in de Peugeot had gevonden, die van de dader kunnen zijn, en hij wilde dat ik ze door het register zou halen.'

Ze keek hem met een wantrouwige blik aan. 'Vreemd. Want precies hetzelfde heeft hij ook aan mij gevraagd.'

Fabian haalde zijn schouders op. 'Hij wilde er vast zeker van zijn dat het zou gebeuren? Het probleem is dat ik ze niet kan vinden.'

'Ze liggen vast op de gebruikelijke plek, maar jij weet niet waar dat is.'

'Nee, hoe zou ik dat kunnen weten? Zo lang werk ik hier nog niet.'

'Nee, precies.'

Fabians mobieltje trilde.

SNAR2SLUT.

Hij ging terug naar de browser van zijn mobieltje, tikte het nieuwe wachtwoord in en zag Theodor opnieuw in de nauwe ruimte liggen. Deze keer tilde hij zijn hoofd niet op. Kon het waarschijnlijk niet. Maar hij leefde tenminste nog. Fabian kon zien hoe zijn borstkas op en neer ging bij elke ademhaling, die met aanzienlijk kleinere tussenpozen kwam dan eerder.

'Fabian, waarom kijk je de hele tijd op je mobieltje?' vroeg Lilja en hij keek op. 'Je kunt naar huis gaan. Ik regel dit wel.'

Hij schudde zijn hoofd. 'Nee, het is beter als ik het doe, dan kun jij doorgaan met wat je aan het doen was. Je hebt het vast hartstikke druk.'

'Wat is er? Is er iets gebeurd?'

'Nee, niets anders dan dat Molander ons allebei heeft gevraagd hetzelfde te doen en het is het beste als je het mij laat doen.'

'Maar je snapt toch wel dat ik dat niet kan doen?'

'Waarom dan niet?'

Hij keek haar aan en probeerde er zo vragend mogelijk uit te zien. Ze antwoordde hem met een toegeeflijke, bijna verdrietige glimlach.

'Omdat hij geen contact met je heeft opgenomen. Als hij dat had gedaan, had je geweten waar ze lagen. Of niet soms?'

Fabian kon niets anders doen dan knikken, zijn vergissing toegeven, terwijl hij ondertussen zijn rechterhand in de zak van zijn jasje stak en het pistool omklemde. Lilja probeerde bij hem weg te komen, maar er was geen plek. Alleen maar muur. Ze hief haar armen op om zich te beschermen. Hij duwde ze weg om haar hoofd vrij te krijgen en verbaasde zich erover hoe sterk ze was toen hij iets hards tegen zijn benen voelde en zijn evenwicht verloor. Lilja sprong boven op hem terwijl ze schreeuwde dat hij tot bedaren moest komen.

De klap met het pistool was precies goed en ze zakte boven op hem in elkaar. Er kwam bloed uit de wond, dat op zijn overhemd druppelde. Hij legde haar op de vloer en kwam overeind. Hij wist nu waar hij moest zoeken. Haar blik omhoog naar de armatuur had haar verraden. Hij trok een stoel naar voren, klom erop en rekte zich uit naar de tl-armatuur, en daar vond hij de map met afdrukken.

Hij stopte de map in zijn broek, stapte van de stoel af, keek naar links en naar rechts, om te laten zien dat hij niets had achtergelaten. Ten slotte draaide hij zijn hoofd naar Lilja, omdat hij dacht dat het heel natuurlijk over zou komen, en strekte zijn rechterarm buiten het oog van de camera uit en krabbelde iets op een envelop. Het mobieltje trilde.

LAAT ZIEN WAT JE MET JE RECHTERARM DOET!

Fabian gehoorzaamde en richtte zijn blik op de envelop, waar met onregelmatige letters stond: SORRY. HIJ HEEFT MIJN ZOON. ZIJN NAAM IS TORGNY SÖLMEDAL.

Het antwoord liet niet lang op zich wachten.

ALS JE OOK MAAR IETS OM HEM GEEFT, WEET JE WAT JE MOET DOEN.

85

Hij had niet begrepen dat hij echt wakker was geworden. Het voelde alsof hij nog steeds droomde. Het kon niets anders. Er waren meerdere minuten voorbijgegaan voordat hij was begonnen te vermoeden dat hij echt wakker was. Dat wat hij zag en voelde echt was in zijn allerrauwste vorm. Donker, hard en vooral krap. Hij was overeind gekomen, maar had zijn voorhoofd zo hard gestoten dat hij voelde hoe er bloed in zijn rechteroog liep. Hij had geprobeerd het weg te vegen, maar zijn handen waren vastgebonden en met een touw aan zijn voeten bevestigd.

Toen had de paniek toegeslagen. Die was over hem heen gespoeld en in een fractie van een seconde was zijn lichaamstemperatuur met een paar graden gedaald en was hij doorweekt van het zweet. Hij had zo hard geschreeuwd als hij kon, recht het donker in, en pas toen zijn longen helemaal leeg waren, was hij stil geworden en was er plaats gekomen voor gedachten.

Hij had thuis aan zijn bureau in zijn notitieboekje zitten schrijven. De woede van zich af geschreven die in hem rondpompte en hem het gevoel gaf dat hij uit elkaar zou barsten. Hij had naar Marilyn Manson geluisterd en er lak aan gehad dat het volume te hoog stond. Papa was toch niet thuis. Toen had hij vanuit zijn ooghoek iets gezien, maar er niet op gereageerd. Een nauwelijks merkbare beweging in de weerspiegeling in het raam, als een schaduw in een schaduw, en hij had opgekeken, naar het raam, en gezien hoe iemand zijn kamer binnenkwam.

Zijn eerste gedachte was dat het papa was die kwam om de muziek zachter te zetten en nog zo'n belachelijk 'praatje' te houden. Maar er had iets niet geklopt met de kleren. 's Zomers droeg zijn vader zo goed als altijd lichte kleren. Deze kleren waren donker, bijna legerachtig. Toen had hij zich omgedraaid, maar de man was al bij hem en had een lap in zijn gezicht gedrukt.

Een paar keer had de ruimte in een licht gebaad dat zo sterk was dat hij zijn ogen moest sluiten. Hij was ervan uitgegaan dat er een luik werd geopend. Een teken dat hij uit zijn gevangenschap verlost zou worden. Maar er kwam nooit iemand die zijn vastgebonden handen en voeten losmaakte, en na een paar keer had hij ingezien dat er helemaal niet iets werd geopend, maar dat er alleen een sterke lamp aanging.

Eén keer had hij gehoord dat er iemand in de buurt was. Hij dacht tenminste dat hij iemand hoorde. De geluiden waren door de muur gekomen. Dof en van veraf. Hij had zo hard geroepen als hij kon, geschreeuwd en met zijn ellebogen gebonkt. Maar wat het ook was, het had niet gereageerd en hem niet vrijgelaten. Misschien was het de man in legerkleding? Sindsdien had hij niets meer gehoord. Niets behalve zijn eigen hartslag en ademhaling.

Voelde het zo om levend begraven te zijn? Het zou niet moeilijk zijn om gewoon zijn ogen te sluiten en in slaap te vallen. Maar hij mocht niet slapen. Niet weer. Hij wilde de volgende keer dat er iets te horen was niet missen. Hij mocht dan niet slapen. De volgende keer – als er een volgende keer kwam – kon zijn laatste kans zijn.

Hij was nu beter voorbereid en zou niet alleen roepen en zijn ellebogen tot bloedens toe tegen de stenen muur slaan. Een paar uur geleden was het hem gelukt om zich een paar decimeter te laten zakken tot hij iets kouds en metaalachtigs tegen zijn voeten had gevoeld. Een luik.

Hij had weer hoop gekregen. Ondanks alles zou hij het misschien toch overleven. Hij had met zijn voeten op het luik gebonkt, dat zat weliswaar op slot, maar het geluid dat het had gemaakt had geklonken als een basdrum en zou onmogelijk te missen zijn als je je ergens in de buurt bevond. Maar er kwam niemand en de stilte begon steeds onmetelijker te worden. De hoop die hij had gehad, was afgenomen naarmate de zuurstof opraakte.

In het begin had hij er niet op gereageerd. Niet begrepen waarom het hem steeds meer moeite kostte om zijn gedachten te ordenen en hij met steeds kortere tussenpozen wegdoezelde. Pas toen hij besefte dat hij ademde alsof hij tien kilometer had gerend, was het tot hem doorgedrongen. Toen had hij pas ingezien dat hij langzaam bezig was te stikken.

Hij had nooit gedacht dat hij het zou doen, nooit van zijn leven, maar nu deed hij het toch.

Hij vouwde zijn handen en bad.

86

Ze moest haar blik afwenden van het sterke, verblindende licht van de tl-buizen aan het plafond, en toen ze haar hoofd omdraaide, drong de doffe pijn achter haar linkerslaap door. Ze streek met haar vingers over de zwelling boven haar oor en voelde geronnen bloed. Niets ernstigs, maar het was de eerste keer dat ze door een collega was neergeslagen. Risk had haar bewusteloos geslagen.

Ze had haar verdenkingen tegen hem gehad sinds ze gelezen had over de gebeurtenissen in Stockholm. Maar dat hij zover zou gaan dat hij haar neersloeg was als een totale verrassing gekomen.

En nu was hij er met de afdrukken vandoor.

Het kon hem toch niet zijn? Nee, dat kon gewoon niet.

Of toch?

Ze zocht steun tegen een van de werkbanken, kwam overeind en verliet het lab. Onderweg naar de afdeling deed ze een poging hem te bellen. Zoals verwacht kreeg ze alleen zijn voicemail.

'Nee, Stefan, natuurlijk word je niet opgepakt. Het is alleen de enige manier waarop we jullie op dit moment kunnen beschermen...' Tuvesson hield de telefoon een stukje van haar oor en sloeg haar ogen ten hemel naar Rots, die tegenover haar in zijn telefoon zat te praten.

'Goed. Dan komen we jullie straks halen. Het is moeilijk te zeggen wanneer precies, maar we zullen van tevoren bellen. Absoluut. Dag.' Rots hing op en rekte zich uit.

'Nee, we hebben het helemaal niet opgegeven. We werken op volle kracht aan de zaak, maar naar ons oordeel bevinden jullie je allemaal in gevaar en daarom vinden we... precies... ja, precies. Dan bel ik zodra ik weet wanneer we komen. Dag.' Tuvesson hing op en slaakte een lange zucht. 'Wat een idioot. Hij zou blij en dankbaar moeten zijn. Maar mooi niet.'

'Elk huis heeft een lastige buurman,' zei Rots en hij geeuwde terwijl Lilja binnenkwam.

'Mijn god! Irene, wat is er gebeurd?' Tuvesson liep naar Lilja toe en keek naar de wond boven haar slaap.

'Ik liep Risk tegen het lijf in Molanders lab.'

'Risk? Wat had hij daar te zoeken?'

'Hij was op dezelfde afdrukken uit als wij en beweerde dat Molander hem had gevraagd ze door het register te halen.'

'Wat? Maar waarom zou hij dat doen?'

'Dat vroeg ik me ook af en toen gebeurde dit.' Lilja wees naar de wond.

'Wat? Bedoel je dat hij je heeft neergeslagen?'

'Yes ma'am.'

'Maar... Gaat het met je?'

'Ja, het is niet erg. Ik was heel even buiten bewustzijn, maar nu gaat het goed.'

'Ik begrijp er niets van. Jij wel?' Tuvesson richtte zich tot Rots, die zijn hoofd schudde.

'Heb je hem geprobeerd te bellen?'

'Hij neemt niet op.'

'Dit is misschien heel far out,' zei Rots. 'Maar om het maar gezegd te hebben. Het kan toch niet... Of wel? Hij kan het toch niet zijn?'

Ze zwegen en wisselden blikken uit.

'Nee. Kom op. Er is vast een verklaring voor. Dat moet wel,' zei Tuvesson en ze ging weer zitten.

'Die gedachte is ook bij mij opgekomen,' zei Lilja.

'Kom op, nu moeten jullie toch echt...'

'Maar luister nu even. Op de eerste moordplek laat hij de klassenfoto achter, wat ertoe leidt dat wij hem inschakelen en volledige inzage geven in het onderzoek, dat hij daarna precies de richting in kan sturen die hij wil. Geef toe. Hij is nu niet bepaald een kei geweest in het communiceren aan ons waar hij mee bezig is. Daarna gaat hij door, ondanks dat jij hem uit het onderzoek hebt gezet, en "vindt" Rune Schmeckel, alsof hij een magische gave heeft om de hele tijd alles op het juiste moment te ontdekken. Terwijl hijzelf boven alle verdenking verheven is.'

'En de jongen op de klassenfoto?' vroeg Rots. 'Wie is dat dan?'

'Je bedoelt het haar?' Lilja haalde haar schouders op. 'Geen idee. Maar wie heeft hem ons aangewezen? En uit wiens jaarboek hebben we de foto gekopieerd? Just saying.'

Een tijd lang zei niemand iets. Het was alsof ze allemaal de hele zaak vanaf het begin door moesten nemen om te controleren of Lilja's vermoeden echt kon kloppen. Na een paar minuten hief Tuvesson haar hoofd op en keek de anderen aan.

'Nee, weten jullie. Het kan gewoon niet kloppen.'

'Waarom niet?' vroeg Rots. 'Nog niet zo lang geleden was geen enkel idee te vergezocht.'

'Rots, ik weet het niet. Maar ik weiger te geloven dat het Risk is. Wanneer had hij het moeten doen? Neem alleen de keer dat dat meisje van het benzinestation belde. Toen was hij met ons bij Molander.'

'Ja. Maar Risk voerde dat gesprek. Of het echt dat meisje was dat belde of dat ze al dood was, weten we niet.'

'Oké, maar er was hoe dan ook iemand die over de Deense politieagent heen reed toen Risk bij ons was. Kunnen we het daar tenminste over eens zijn?'

'Misschien zijn ze met z'n tweeën,' zei Rots.

'Nee, echt, er moet een andere verklaring zijn. Irene, is je nog iets anders opgevallen? Iets in zijn gedrag of wat dan ook?'

'Ik ken hem dan wel niet zo goed, maar hij leek zichzelf niet te zijn. Er was iets met zijn blik. Angst. Schrik. Ik weet het niet. En hij was de hele tijd met zijn mobieltje in de weer, alsof hij...'

'Alsof hij wat?' vroeg Tuvesson.

'Ik weet het niet.'

'Misschien staat hij in contact met de dader. Dus ook als hij niet medeschuldig is,' zei Rots en de anderen draaiden zich naar hem toe. 'Stel dat hij een of andere greep op Risk heeft en hem daardoor kon gebruiken om hier binnen te komen en beslag te leggen op de afdrukken.'

'Dat houdt in elk geval in dat hij waarschijnlijk in gevaar is en misschien zelfs wel het volgende slachtoffer zal zijn,' zei Tuvesson.

'Van één ding kunnen we tenminste zeker zijn,' zei Rots. 'Molanders vermoeden dat de dader in het register staat klopt. Anders zou hij al die moeite niet doen. Toch?' Tuvesson en Lilja knikten. 'En omdat hij zijn vingerafdrukken per ongeluk in de auto heeft achtergelaten, kan hij dezelfde vergissing ook op andere plekken hebben begaan.'

'Niemand is perfect.'

Lilja besefte dat Rots helemaal gelijk had. Er was op zijn minst nog één plek waar de dader zijn afdrukken vergeten kon zijn.

En ze wist precies waar.

87

Hoewel het pas half juli was, kon je al voelen hoe het donker elke dag vroeger aan kwam sluipen. Te weinig om je druk over te maken, maar duidelijk genoeg om je eraan te herinneren dat de zomer binnenkort alleen nog maar een herinnering zou zijn.

Fabian Risk zette de motor uit en wierp een blik op de rode cijfertjes die 22.13 aangaven. Zijn instructies waren om in de Östhammarsgatan te parkeren, een dwarsstraat van de Motalagatan, waarin Torgny Sölmedal op nummer 24 woonde. Hij keek door het autoraampje en constateerde dat hij zich in een omgeving met villa's en nog meer villa's bevond, waarvan de meeste uit de eerste helft van de twintigste eeuw stamden. Husensjö. Hij had er gedurende zijn hele jeugd over gehoord, maar hij had nooit iemand gekend die er woonde en daarom ook nooit een reden gehad om ernaartoe te gaan. Dit was de eerste keer.

Hij hield zijn hoofd schuin naar rechts, zodat de camera in de pet kon zien hoe hij de map met de vingerafdrukken van de passagiersstoel pakte. Op hetzelfde moment trilde zijn mobieltje. Een nieuw sms'je. Maar deze keer was het geen nieuw bevel. Het was integendeel een geschenk uit de hemel. Een kans om iets te doen.

WAAR BEN JE? WAT HEB JE MET DE CAMERA GEDAAN?

'Ik ben er en moet alleen de auto nog afsluiten,' zei hij om te testen of zijn vermoeden klopte.

IK GA ERVAN UIT DAT JE JE BEWUST BENT VAN DE RISICO'S ALS JE MIJN BEVELEN NIET OPVOLGT.

Hij stuurde snel een sms'je terug. BEN ER BIJNA. BATTERIJ MISSCHIEN OP? Hij deed de pet af en legde hem op de grond bij de achterbank, opende het handschoenenkastje en haalde er twee magazijnen voor zijn Sig Sauer P228 uit, die verborgen lagen achter het servicehandboek.

Hij hield er eigenlijk helemaal niet van om een wapen te dragen en deed er alles aan om het te vermijden. Hij had nog nooit een schot op iemand afgevuurd. In tegenstelling tot wat de meesten dachten, kwamen dat soort situaties heel zelden voor in zijn vak. Hij had het van de winter voor het eerst meegemaakt. Toen had hij moeten schieten en hij kon nog steeds niet uitleggen waarom hij het niet had gedaan.

Twee collega's. En het was zijn schuld.

En de kreten.

Hij kon ze nu weer horen. Het was alsof ze hem tijdens de verhuizing uit het zicht waren verloren en pas nu zijn geur weer terug hadden gevonden en als hyena's achter hem aan kwamen.

De kreten die snotterend en wanhopig smeekten en baden om hun leven.

En daarmee kwamen ook de herinneringen aan hoe zijn collega's op hun knieën werden gedwongen in de onderaardse zaal, die toen nog niet was ingewijd maar nu waarschijnlijk volledig in gebruik was genomen. Hoe ze hadden gevraagd waar hij zich bevond, of hij daar was, maar geen ander antwoord hadden gekregen dan snikkend gehuil. Ze konden tenslotte niet weten hoe dichtbij hij was geweest, hoe hij de mogelijkheid had gehad om het anders af te laten lopen. Hoe het wapen in zijn hand had gelegen. Maar het was een volkomen waardeloze hand geweest. Een hand die niet in staat was de trekker over te halen.

Er werd in het Engels geroepen dat ze te ver naar binnen waren gekomen en te veel hadden gezien. Daarna werden de pistoollopen naar hen opgeheven en hij had gericht. Had het geprobeerd, maar het niet gekund. De schoten hadden weergalmd en hij had gezien hoe ze in elkaar zakten op de glanzende nieuwe tegels, die rood waren gekleurd. Toen waren de kreten stilgevallen, maar dat had niet lang geduurd. Nu kon hij ze weer horen, luider dan ooit.

En de vraag die door zijn hoofd spookte.

Zou hij ook deze keer weer falen?

Fabian sloeg zichzelf een paar keer hard in zijn gezicht, in een poging de herinneringen weg te dringen, en drukte een van de magazijnen in het pistool. Hij stapte uit de auto met de sleutel nog in het contact, en liep langs de Östhammarsgatan in de richting van de Motalagatan, waar hij naar rechts ging en de weg overstak om aan de kant met de even nummers te komen. Hij liep verder over de stoep en stootte na een paar meter met zijn ene voet tegen een kleine oneffenheid in het asfalt en viel bijna plat voorover.

'Je moet oppassen. Het is hier altijd wat hobbelig,' zei een man in een trainingsbroek die zijn hond uitliet. Fabian glimlachte geforceerd naar de man en zag nu pas dat delen van de stoep geasfalteerd waren op een manier die een boel te wensen overliet.

'Ja, zeg dat wel,' zei Fabian en hij maakte aanstalten om door te lopen.

'Vraag me niet waarom ze het op deze manier maar op blijven lappen. Het ziet eruit als het werk van een amateur.'

Fabian voelde het mobieltje trillen.

IK BEN NIET DEGENE DIE TIJDGEBREK HEEFT.

'Zoals van de winter, toen struikelde Kerstin van nummer 5 en brak haar heup. Reken de kosten maar eens uit en ik verzeker je dat het goedkoper was geweest om de hele boel te asfalteren.'

Fabian knikte plichtmatig en liep vlug door. Hij kwam aan bij huisnummer 26, waarvan de tuin zo verwaarloosd was dat die een effectieve belemmering voor elke vorm van inkijk vormde. Je kon nauwelijks het huis achter alle begroeiing zien. Maar Sölmedal woonde niet daar, maar op nummer 24, dat het exact tegenovergestelde van nummer 26 en van wat Fabian had verwacht bleek te zijn. Open en uitnodigend. Het was bijna alsof het vroeg om onverwacht bezoek. Een laag wit hek en daarachter een kortgeknipte grasmat voor het volledig in het zicht liggende huis met een garage aan de rechterkant en een hoge, dichtbegroeide heg aan de linkerkant.

Fabian kon het niet rijmen. Kon het echt zo zijn dat de man die ze zochten hier woonde? Open en bloot en met vlak ernaast buren. Op de brievenbus stond in elk geval T. SÖLMEDAL en achter het raam dat uitkeek op de straat brandde licht. Hij bleef staan en deed alsof hij zijn veters vastknoopte om een beter overzicht te krijgen en kon al snel constateren dat zijn eerste indruk aangepast moest worden. De uitnodigende openheid gold alleen voor de voorkant aan de straat. De rest van het perceel was een ander verhaal. Een schutting en een hoge heg maakten elke inkijk onmogelijk.

Hij kwam overeind en liep verder de Växjögatan op, waar hij links afsloeg. In het eerste huis aan de linkerkant brandde licht en hij kon schaduwen zien die zich achter de ramen bewogen. Een etentje op vrijdag met gasten en pas geopende wijn. In het volgende huis brandde geen licht en de garageoprit was leeg. Hij liep langs het huis naar de achterkant, waar een groepje tuinmeubels zo stond opgesteld dat het regenwater eraf stroomde met ernaast een barbecue die een maandloon moest hebben gekost. Fabian stak de grasmat over en kwam bij een muur van rozenstruiken, stopte zijn handen in de mouwen van zijn jasje, duwde de takken weg met zijn ellebogen en wrong zich door de doornige muur.

Hij bevond zich nu in de verste hoek van Sölmedals perceel. Van daaruit kon hij constateren dat het huis groter was dan hij in eerste instantie had gedacht. Het was aan de achterkant in meerdere etappes uitgebouwd en was nu zeker twee keer zo groot als het oorspronkelijke huis.

Onder dekking van de schaduw van de rozenstruiken sloop hij verder langs de grens van het perceel tot aan een voorraadschuurtje, waar hij achterlangs liep. Door een vies raam kon hij een grasmachine, een paar ski's, een paar opgerolde tapijten en onderdelen van een tandartsuitrusting onderscheiden, die op een hoop waren gegooid.

Zijn mobieltje zoemde weer in zijn zak. Deze keer was het geen sms'je, maar een oproep van Irene Lilja. Ze was dus wakker geworden, wat betekende dat Tuvesson en de anderen binnen een paar minuten te horen zouden krijgen wat er was gebeurd. Hij liet zijn voicemail aangaan en liep verder langs de achterkant van het schuurtje. Bij de rand aangekomen schatte hij dat de afstand naar het huis ongeveer vijf meter was.

Vijf onbeschermde meters over het gras.

De adrenaline pompte als voor een honderdmetersprint. Hij had geen idee wat hem te wachten stond en aarzelde. Maar zijn lichaam had een besluit genomen en hij had geen andere keuze dan het te volgen, over het gras naar de muur van het huis en om de volgende hoek heen, waar een trap naar een terras met een paar ligstoelen leidde. Fabian trok zijn wapen en laadde het door voordat hij de trap op liep.

Op het terras klopte zijn hart zo snel dat hij het bloed door zijn aderen kon horen pompen. Een geluid dat hem in herinnering bracht dat hij nog steeds leefde. Dat hij nog steeds iets kon bereiken.

Hij zette een paar stappen naar een glazen schuifdeur en kon de verlichte woonkamer in kijken. Midden in de kamer stond een vleugel en de ene hele wand werd ingenomen door een boekenkast die deed denken aan die in zijn eigen ouderlijk huis. Aan de andere kant van de kamer stond een hoekbank voor een grote flatscreen-tv en...

Er klonk een geluid. Een even onbeduidend als essentieel geluid. Een nauwelijks hoorbaar knarsen. Het kon eigenlijk van alles zijn. Behalve in deze specifieke situatie. Fabian draaide zich om naar de ligstoelen.

'Het is chic om te laat te komen, dat is bekend. Maar om aan de achterkant aan te komen sluipen, dat is nieuw.'

'Waar is mijn zoon? Ik wil alleen mijn zoon terug.' Fabian richtte het pistool op de schaduw die overeind kwam uit de ligstoel en een soort wapen met een geluiddemper naar hem ophief.

'Ik stel voor dat we naar binnen gaan. De koffie wordt koud.'

'Wat heb je verdomme met mijn zoon gedaan?'

'Daar komen we zo op. We hebben zoals gezegd nog wat anders dat geregeld moet worden en ik ben tenslotte niet degene die tijd heeft gerekt.' Hij liep naar Fabian toe met zijn vrije hand voor zich uit gestrekt. 'Daarom stel ik voor dat we het beschaafd houden. Je krijgt het terug als we klaar zijn. Oké?'

Fabian aarzelde en kon zijn blik niet afhouden van de man voor hem in het donker. Had hij hem eerder gezien of was dit de eerste keer? Hadden ze echt samen in de klas gezeten of was het allemaal alleen maar een spelletje?

'Je wilt me toch niet neerschieten voor je weet waar de kleine Theodor is.'

Hij herkende de man niet. Of wel? Misschien was het alleen te donker? Het was alsof dit de eerste keer was dat ze elkaar ontmoetten terwijl er tegelijkertijd iets bekends aan was. Als een déjà vu.

Hij gaf zijn poging op om het zich te herinneren, overhandigde zijn pistool en liet zich het huis in leiden, door de woonkamer, waar Wagners *Walküre* op de achtergrond klonk, en verder door een paar vertrekken naar de keuken, waar de tafel gedekt was met twee kopjes, een cafetière en een dienblad met koekjes.

'Ga zitten.'

Fabian dwong zichzelf plaats te nemen op een van de stoelen, hoewel zijn hele lichaam schreeuwde dat hij zich op de man moest werpen, zijn hoofd tot bloedens toe tegen de tafel moest slaan en hem moest dwingen te vertellen waar hij zijn zoon verborgen had.

Torgny Sölmedal ging op de stoel tegenover hem zitten, legde zijn wapen op zijn knie en begon langzaam de koffie door het water te drukken. 'Je vraagt je vast af waarom.'

'Ik vraag me niets af. Ik wil alleen dat je Theodor loslaat. Hij heeft hier niets mee te maken.'

'Niet dat het ook maar enigszins mijn motief was, maar door meerderen van onze klas van het leven te beroven heb ik eraan bijgedragen dat de wereld een klein beetje beter is geworden. Een positief bijeffectje waar we ons allemaal over kunnen verheugen.' Hij glimlachte terwijl hij de koffie naar de bodem bleef drukken.

'Mijn zoon! Waar is hij!'

'Toen ik iedereen in kaart begon te brengen, werd ik vooral niet goed van hun domheid. Je denkt misschien dat ik overdrijf. Maar neem het autotochtje met Jörgen. Dat was een van de ergste dingen die ik ooit heb meegemaakt. Ik verzeker je, een amoebe heeft een hoger IQ.' Het filter was eindelijk naar de bodem gedrukt en hij schonk de koffie in de kopjes.

Fabian deed zijn best om niet in te storten, terwijl hij Torgny Sölmedals gezicht bestudeerde in het licht van de plafondlamp. Hij kon begrijpen waarom niemand zich hem herinnerde. Zijn gezicht was zo alledaags en in zo hoge mate anoniem dat er niets was om zijn uiterlijk aan op te hangen. Neus, wangen, mond, ogen – alles zag er doodnormaal uit, tot in het kleinste detail.

'Kijk maar. Er is toch niets wat beklijft. Vraag me niet waarom. Als we elkaar over een week op de Kullagågata tegenkomen, zul je me niet herkennen.'

Fabian dacht dat hij waarschijnlijk gelijk had. Maar dat maakte niet uit. Op dit moment was dat volkomen onbelangrijk. Hij haalde de map met vingerafdrukken tevoorschijn en legde die op tafel. Er zaten meerdere donkere vlekken van zijn zweet op. 'Hier zijn je afdrukken. Nu wil ik mijn zoon.'

Torgny Sölmedal keurde de map geen blik waardig. 'Met of zonder melk?'

'Kun je me uitleggen wat onze kinderen hiermee te maken hebben?'

'Is dat een met of een zonder?'

'Geef antwoord!' Fabian sloeg met zijn vuist op tafel zodat de koffie opspatte.

Torgny Sölmedal wierp hem een blik toe en droogde de gemorste koffie met een gebloemd servetje. 'Ik vat dat op als een zonder.' Hij schoof de zwarte koffie naar Fabian toe en nam een koekje. 'Helaas, en dat meen ik echt, denk ik dat je te laat bent. Zoals ik de hele tijd al zei, wist ik niet hoe lang er voldoende zuurstof zou zijn. Maar ik moet toch toegeven dat het langer duurde dan ik had gedacht. Zesenveertig uur en drieëndertig minuten is niet slecht voor zo'n krappe ruimte. Om zeventien over tweeëntwintig gaf hij het op.' Hij schoof een tablet van zich af waarop hetzelfde beeld te zien was dat Fabian eerder had gezien. Met dit verschil dat Theodor nu helemaal stil lag.

Zelfs zijn borstkas bewoog niet meer.

88

Ingvar Molander was er zeker van geweest dat hij niet had geslapen. Dat hij op de brits in de kelder had gelegen, om Gertrud niet wakker te maken, en de gebeurtenissen van de afgelopen dagen steeds opnieuw door zijn hoofd had laten spelen. Rond en rond waren ze gegaan, als in een slacentrifuge. Toch was hij ineens wakker geworden.

Hij pakte het mobieltje op dat afging. Het was Lilja. Hij had helemaal geen zin om op te nemen. Wilde het liefst doen alsof hij het niet hoorde en verder slapen. Maar dat zou niet overtuigend zijn geweest. Iedereen op het bureau wist dat hij licht sliep en van het geringste geluid wakker werd, hoe moe hij ook was.

'Molander.'

'Hoi, met Irene. Heb ik je wakker gemaakt?'

'Laten we hopen dat het belangrijk is.'

'De vingerafdrukken die je in de Peugeot gevonden hebt zijn weg. Risk heeft ze meegenomen en ze vermoedelijk aan de dader gegeven.'

Molander ging rechtop zitten. 'Wat zeg je nu allemaal?' bracht hij uit, hoewel hij het heel goed had gehoord.

'Ik leg het later wel uit. Het belangrijkste is dat de afdrukken weg zijn en dat we...'

'Maar wacht nu even. Stond hij in het register?'

'Geen idee. Ik heb het niet na kunnen gaan voordat ze verdwenen.'

'Maar hoe kunnen ze in godsnaam gewoon verdwijnen?'

'Zoals ik al zei heeft Risk ze gepakt, maar dat doet er nu niet toe. Prioriteit nummer één is dat we zo snel mogelijk nieuwe afdrukken vinden.'

'En hoe had je gedacht dat we dat gingen doen?' Molander voelde hoe een slecht humeur als een Duitse invasie binnen kwam rollen en dat hij niets had om ertegenover te stellen. Hij was niet alleen uit een broodnodige slaap gewekt. Ze waren er bovendien in geslaagd de afdrukken kwijt te raken waarmee de dader geïdentificeerd moest worden. Bewijs waar hun Deense collega haar baan voor op het spel had gezet om het door hem te laten veiligstellen.

'Ik dacht dat aangezien hij blijkbaar slordig is geweest in de auto, hij vast op andere plekken ook slordig moet zijn geweest. Denk je niet?'

'Ja, dat kan. En als hij dat is geweest, blijft de kleine maar niet geheel onbelangrijke vraag over: waar?'

'Bij Glenn thuis.'

'Wat?'

'Glenn Granqvist, je weet wel, het tweede slachtoffer.'

'Ja, natuurlijk weet ik dat. Maar waarom...'

'Hij was met zijn achterhoofd tegen het schoenenrek gevallen en had gebloed, toch?'

Precies. Zijn geheugen begon tot leven te komen uit de cryoslaap en kroop nu langzaam omhoog uit zijn sigaarvormige slaappil.

'Je hebt me zelf laten zien hoe de dader al het bloed in de hal met een dweil weg had geveegd, en die daarna zelfs schoon heeft gespoeld en uitgewrongen, zodat hij niet zou druppelen.'

'Ja. En?'

'Denk je niet dat hij zijn handschoenen heeft uitgetrokken toen hij de dweil uitspoelde en uitwrong?'

Lilja had gelijk. Natuurlijk was de kans groot dat hij zijn handschoenen uit had getrokken en een paar afdrukken had achtergelaten in de bezemkast. 'We gaan er meteen naartoe.'

89

Zijn kleren plakten van het zweet hoewel hij trilde van de kou. De bloedvaten hadden zich samengetrokken en het bloed was herverdeeld naar de belangrijkste organen. Hij was in een shocktoestand en zijn lichaam reageerde daarnaar. Alles wat eerder belangrijk was geweest, was nu vaag en onduidelijk. Hij wilde huilen en in een foetushouding kruipen, maar dat kon niet. Niet nu.

Hij steunde met zijn handen op de tafel om overeind te komen, maar gaf het op toen hij voelde dat hij er de kracht niet toe had. 'Waar is hij? Waar heb je hem opgesloten?'

'Ironisch dat je plotseling zoveel naar je zoon vraagt.'

'Ironisch?'

'Ja. Het is aan de late kant om je nu om hem te gaan bekommeren. Nu heb ik zelf geen kinderen, maar ik zou toch willen beweren dat het een beetje laat is. Ik ga ervan uit dat je in elk geval delen van zijn dagboek hebt gelezen en de vraag die daarbij oprijst is: waar zijn de ouders? Die vraag had jij je vast ook gesteld als je niet een van de ouders was geweest. Denk je niet?' Torgny Sölmedal keek hem aan alsof hij instemming verwachtte, maar Fabian gaf geen krimp. 'We zouden het er in elk geval over eens kunnen zijn dat je geliefde zoontje zich tot een halfuur geleden afvroeg waar zijn ouders waren.'

Elke spier in Fabians lichaam kreeg de impuls om zich op de man tegenover hem te storten en zijn honende gezicht kapot te slaan. Maar hij hield zich in, wilde zich ten koste van alles beheersen. 'Ik begrijp alleen niet waarom je hem erbij hebt betrokken?'

'Laten we het er liever over hebben waarom je hier überhaupt zit. In feite maakte je niet eens deel uit van het basisplan. Je woonde in Stockholm en je enige doel zou zijn om de cijfers aan het eind te verbeteren. Behalve jij en Lotte Ting woonde iedereen nog hier. Toen verhuisde je terug. Vraag me niet waarom. Ik heb nooit begrepen waarom mensen terugkeren naar de plek van het misdrijf. Maar daar was je en toen kon ik je net zo goed wat meer bij het plan betrekken, en als ik heel eerlijk ben heb ik me geen moment zorgen gemaakt. Wat je tot nu toe hebt uitgericht, is nu niet bepaald indrukwekkend te noemen. Dus ik zag je niet als een reële bedreiging. Iets wat een grove misrekening bleek te zijn. Dat wil ik graag toegeven – dat is tot nu toe absoluut mijn grootste vergissing geweest en heeft me bijna de hele operatie gekost. Dus op jou en je, hoe zullen we het noemen, politie-instinct.' Hij zweeg en nam een slok koffie. 'Dat met die auto was echt indrukwekkend. Ik heb geprobeerd te bedenken hoe je hem gevonden hebt, maar het is me nog niet echt gelukt. En zeg niets, want ik kom er uiteindelijk wel achter. Je koffie wordt trouwens koud.'

'Laat maar koud worden.'

'Dat moet je zelf weten. Hoe dan ook dwongen jouw kleine tackles me om wat veranderingen in het plan aan te brengen, en dat plan is er veel beter op geworden nu jij de kroon op het werk bent in plaats van Monika Krusenstierna. Herinner je je haar? Onze juf, die altijd een geruite rok droeg en haar blik afwendde zodra er iets lastigs gebeurde. Net als jij eigenlijk. Zodra er iets moeilijks gebeurde keek jij de andere kant op. Ik durf te wedden dat je heel vaak hebt aangevoeld dat het niet goed ging met je zoon. Maar net als Monika koos je ervoor om hem de rug toe te keren.'

Fabian kon zich niet langer inhouden en sprong op uit de stoel, gooide de tafel om en wierp zich op Torgny Sölmedal, die zijn evenwicht verloor en van de stoel viel. Fabian zag zijn pistool wegglijden over de vloer en hield het met zijn ene hand tegen, en voelde vervolgens hoe zijn lichaam verkrampte en hoe een felle, brandende pijn zich vanaf zijn buik verspreidde.

Torgny Sölmedal zette het stroomstootwapen uit en maakte zich los uit Fabians greep. 'Noem je dat beschaafd?'

Fabian kon niet reageren. Hij lag spastisch te spartelen. De gedachten waren er, maar de motoriek niet. Vanuit zijn ooghoek kon hij zien hoe Sölmedal de wapens opraapte van de vloer en ze op de aanrecht legde, een van de bestekla's opentrok, er een vleesschaar uit haalde en een injectienaald uit de koelkast pakte. Hij probeerde iets te zeggen, maar het enige wat hij kon uitbrengen was een zwak gekreun.

Ondertussen stak Sölmedal de schaar in de kraag van zijn overhemd en knipte er een groot stuk uit om zijn keel bloot te leggen. Fabian probeerde zich te verzetten, maar zijn lichaam weigerde hem te gehoorzamen en Sölmedal kon in alle rust zijn halsslagader opzoeken.

90

Irene Lilja reed langzaam, gleed bijna, om de slapende villawijk niet te wekken, en stelde vast dat zij voor één keer als eerste arriveerde. Ze stuurde naar de rand van de weg en kwam tot stilstand. In tegenstelling tot haarzelf was hij altijd op tijd en het was eerder regel dan uitzondering dat hij een stap voorlag en al een oplossing had voor alle anderen er waren.

Maar deze keer lag zij voor en ze was op zo'n goed idee gekomen dat het niet tot morgen kon wachten. Liet hij haar daarom zo lang wachten? Ze speelde met de gedachte om naar binnen te gaan en de afdrukken zelf veilig te stellen, maar besloot dat het risico te groot was dat hij het verkeerd opvatte en kwaad zou worden. Bovendien had hij de sleutels.

Ze zette de motor uit, waardoor de ruitenwissers midden in haar gezichtsveld bleven staan. Dat was een van de dingen aan haar auto waaraan ze zich doodergerde en ze had daarom de gewoonte om de ruitenwissers uit te doen voordat ze de motor afzette. Maar deze keer blijkbaar niet. Ze was vast te moe. Ze nam niet eens de moeite geïrriteerd te raken.

In plaats daarvan deed ze de ruggensteun een stukje naar achteren en keek naar de regen. Die was nog maar een paar minuten geleden begonnen en was even geruisloos en welkom als onverwacht. De zomer was zo warm en wolkeloos geweest dat ze bijna was vergeten dat er zoiets als regen bestond.

De druppels bleven op de voorruit liggen en groeiden uit tot kleine amoebevormige poeltjes die bij elkaar werden gehouden door de oppervlaktespanning. Algauw lukte het niet meer om naar buiten te kijken en het schijnsel van de straatlantaarn werd verwrongen en vormde reflecties en kleuren in een hypnotische samenvloeiing. Ze zakte steeds dieper weg en probeerde uit te rekenen hoeveel uur ze de afgelopen week had geslapen.

Twaalf minuten later deed ze haar ogen open en keek om zich heen zonder iets anders te zien dan de regen, die nu zo hard neersloeg op de auto dat ze bang was dat de lak zou beschadigen. Maar daar was ze niet wakker van geworden. Nu was ze er niet meer zo zeker van, maar ze dacht dat ze een paar seconden geleden een hard gebons had gehoord. Toen hoorde ze het weer. Vlak naast haar, en ze kon nu zien dat er iemand buiten stond, maar het water vervormde alles zodat ze niet kon zien wie het was.

Ze draaide het zijraampje omlaag en zag Ingvar Molanders natte gezicht.

'Denk je dat ik het leuk vind om hier op je te staan wachten?'

'Dus jij hebt moeten wachten?' zei Lilja, maar Molander was al op weg naar het huis en ze stapte de stortregen in, vouwde haar paraplu open en liep snel achter hem aan. 'Waarom heb jij geen paraplu bij je?'

Molander snoof terwijl hij de ene na de andere sleutel probeerde. 'Wie heeft die klotesleutels in godsnaam gemerkt?'

'Wacht, laat mij maar.' Lilja nam de sleutelbos over en Molander aarzelde niet om de paraplu te pakken en die zo te houden dat ze kon voelen hoe nat de druppels waren.

'Hier. GG, zoals in Glenn Granqvist,' zei ze en ze deed de deur open.

Zonder iets te zeggen gaf Molander haar de paraplu terug en verdween in het huis. Lilja vroeg zich af of het een kwestie van effectiviteit of gewoon van een slecht humeur was en terwijl het water van haar jas op de deurmat stroomde, bedacht ze dat het niet uitmaakte.

Toen ze bij de bezemkast aankwam was Molander al druk bezig de lichtschakelaar in te smeren, en hoewel hij zijn best deed om het te verbergen zag ze de nauwelijks waarneembare glimlach op zijn gezicht.

'Je hebt geluk. Hier zijn meerdere afdrukken, zowel bij de kraan als bij het lichtknopje.'

'Geluk? Je bedoelt dat ik gelijk had?' zei Lilja, waarop een diepe stilte volgde. 'En je weet zeker dat ze van hem zijn en niet van Glenn?'

Hij schonk haar een vermoeide blik en haalde de afdrukkenfilm tevoorschijn.

91

Hij veegde de gemorste koffie van de vloer. Het kopje was nog heel. Hij hoefde het alleen maar samen met het andere kopje af te wassen en te drogen en ze op hun plek in de kast te zetten. Hij pakte twee koekjes en stopte ze in zijn mond. De andere deed hij in de vuilniszak, die hij dichtknoopte. Hoewel hij er nooit meer zou terugkeren, was het belangrijk voor hem dat hij het schoon en netjes achterliet. Hij sloot de koelkast en de vriezer en trok de stekker van het broodrooster en het koffiezetapparaat uit het stopcontact, deed het licht uit en verliet de keuken. De andere kamers waren al gereedgemaakt. Het enige wat hij nog moest doen was afscheid nemen.

Hij had er bijna achttien jaar gewoond. Het was een goed huis en hij had het er over het geheel gezien uitstekend naar zijn zin gehad. Maar nu was het verkocht en een tijdperk was ten einde gekomen. Begin oktober zouden de nieuwe eigenaars erin trekken, wat de politie voldoende tijd moest geven om hun onderzoeken af te ronden. Hij kon het nu al voor zich zien, hoe ze de vondsten zouden tonen die hij zo zorgvuldig had neergelegd.

Hij zette het geluid harder met de afstandsbediening – *Die Walküre* vormde een goede soundtrack voor hun komst –, deed de deur open en stapte naar buiten. Het was begonnen te regenen. Voorlopig nog rustig, maar hij had gezien dat het erger zou worden en vouwde zijn paraplu open, sloot de deur en vertrok.

De auto stond veertien minuten daarvandaan geparkeerd in de Malmögatan, op de kruising met de Köpingevägen. Hij had geen haast en kon in een rustig tempo lopen. De afgelopen uren was alles volgens plan verlopen en voor de eerste keer in dagen lag hij op schema. De enige reden dat hij zijn pas versnelde, was de regen die straks op zijn paraplu zou kletteren. Het laatste wat hij wilde was nat worden. Hij had weliswaar een extra stel kleren in de auto, maar de kleren die hij aanhad waren bedoeld voor de komende gebeurtenissen van die nacht en hij zou geen mogelijkheid hebben zich om te kleden voordat hij klaar was.

Helemaal klaar en onderweg in de boot.

Zonder zijn pas te vertragen liet hij de huissleutel samen met het regenwater in de straatput verdwijnen, waarna hij rechtsaf de Jönköpingsgatan in ging en zoals altijd, wanneer hij zich in de buurt van de Tycho Braheschool bevond, moest hij denken aan hoe hij zijn eindexamen had gehaald met een gemiddelde van 10,0, het hoogste dat jaar, en toch toe had moeten zien hoe de beurs naar Claes Mällvik was gegaan, die maar 9,26 had gehad. Het zat hem nog steeds dwars als hij eraan dacht. Hoe iedereen zich er zo overdreven van bewust was hoe moeilijk Claes het had gehad en ze hem de beurs hadden gegeven als een pleister op de wonde.

Zeker, Jörgen en Claes, om nog maar te zwijgen van Elsa en Camilla, hadden allemaal vreselijk rot tegen hem gedaan op de basisschool en verdienden hun straf. Maar dat veranderde niets aan het feit dat hij vanaf de eerste klas een hekel aan Claes had gehad. Wat hij ook deed, het maakte niet uit, want Claes trok toch al het licht naar zich toe.

Op de basisschool was het nog grotendeels onvrijwillig geweest. Maar in zijn middelbareschooltijd had Claes geleerd er voordeel uit te trekken. Toen was er niemand die hem iets deed. Toch zorgde hij ervoor dat het niemand ontging hoe moeilijk hij het had gehad. Hoe vreselijk zielig het allemaal voor hem was. De diploma-uitreiking had ten slotte de emmer doen overlopen en hij had zichzelf beloofd om nooit meer in de schaduw van Claes te staan.

Een belofte die een paar weken later al een direct gevolg had gekregen. Hij was net aangenomen op de Technische Hogeschool van Lund en maar een dag later had hij te horen gekregen dat Claes ook naar Lund zou gaan. Direct had hij besloten zijn universiteitsplannen in de prullenbak te gooien en in plaats daarvan voor zichzelf te beginnen. Het diploma van de middelbare school moest genoeg zijn.

Zijn visioen was een soort uitvinderswerkplaats geweest met speciaal ontworpen machines als specialiteit. De bestellingen waren niet meteen binnengestroomd, maar hij had in elk geval de huur kunnen betalen, en toen de microprocessors hun intrede deden, ploegde hij alle boeken door waar hij maar aan kon komen en werkte vijftien uur per dag. En hij vond het heerlijk. Een paar patenten later – onder andere een messenslijper die Ikea nu over de hele wereld verkocht en een invoersysteem voor de meeste statiegeldmachines – was zijn financiële situatie veiliggesteld.

Achteraf had hij ingezien dat hij zich nooit zo goed had gevoeld als in die tijd. Zelfs Claes was uit zijn leven verdwenen. Dat hij een paar jaar later weer op zou duiken en hem zoveel pijn zou bezorgen dat die weer tot leven kwam zodra hij eraan dacht, had hij toen niet kunnen bevroeden. Nee, het enige echte probleem was hetzelfde geweest als waar hij zijn hele jeugd mee geworsteld had.

Eenzaamheid.

Het begon harder te regenen en hij moest zijn paraplu met beide handen vasthouden om niet nat te worden. Hij sloeg linksaf de Malmögatan in en kon de auto nu zien. Een blik op zijn horloge bevestigde dat hij nog steeds ruim op tijd was. Hij had genoeg speelruimte en zelfs genoeg energie om te lachen om de herinnering aan de keer dat hij uit pure wanhoop om iemand te ontmoeten een profiel had aangemaakt op een datingsite. Wat verdomde zielig.

Hij had verschillende vrouwen ontmoet. Maar het was nooit meer geworden dan koffiedrinken en elke keer had hij de vernedering moeten slikken van de verschillende uitvluchten over waarom ze alweer weg moesten. De leugentjes die bedoeld waren om de pijn te verzachten maar die het alleen maar erger maakten.

Het had hem extra veel moeite gekost om over een van hen heen te komen. Zij had niet eens de moeite genomen met een uitvlucht te komen. Midden in het gesprek was ze opgestaan om naar het toilet te gaan en nooit meer teruggekeerd. Drieënveertig minuten lang had hij zitten wachten tot hij had ingezien hoe het zat en de hele rekening had moeten betalen. Tegenwoordig kon hij niet begrijpen waarom hij het zo zwaar had opgevat, waarom hij de vernedering niet gewoon had kunnen slikken en verder was gegaan.

Hij moest het op een of andere manier afsluiten en besloot daarom weer contact met de vrouw op te nemen en een verontschuldiging van haar te eisen. Omdat ze hem als contact had geblokkeerd, had hij een nieuw profiel aangemaakt waarop hij zich voorstelde als art director bij een reclamebureau die daarnaast ook als model werkte. De foto had hij uit een advertentie van Stenströms-overhemden gehaald. Het had niet lang geduurd voordat hij weer contact met de vrouw had en haar zover kreeg dat ze elkaar zouden ontmoeten bij Le Cardinal.

Hij was een kwartier voor de afgesproken tijd op een verscholen plek aan de bar gaan zitten, waar hij een vrij uitzicht op de entree had en kon zien hoe ze binnenkwam en haar blik door het vertrek liet gaan op zoek naar haar date. Hij had haar in alle rust kunnen bekijken terwijl ze naar een tafel werd geleid, ging zitten en een glas rode wijn bestelde, en hoe ze op haar horloge had gekeken en zich steeds ongemakkelijker had gevoeld omdat ze er in haar eentje zat en voor de derde keer tegen de kelner moest zeggen dat ze nog niet klaar was om te bestellen. Niet meer dan nog een glas wijn en een bakje noten. Hij had haar laten zitten en van elke seconde genoten. Alsof ze druppels waren van de beste champagne die net uit een oud scheepswrak was gered.

Achtenvijftig minuten had het geduurd voordat ze betaalde en het restaurant verliet, zich niet bewust van het feit dat iemand haar volgde. Haar passen waren vlug en geïrriteerd geweest terwijl ze naar het Knutpunkten was geklepperd en op een bus was gestapt, en hij had zonder problemen direct achter haar plaats kunnen nemen. Net als alle anderen had ze hem niet opgemerkt. Ze was bij Adolfsberg uitgestapt en hij was haar vanaf een afstandje gevolgd naar haar trappenhuis. Vijf minuten later was hij naar binnen gegaan en had bij haar aangebeld.

Hij was bij de auto. Het regende nu zo hard dat hij de paraplu pas in de auto dichtdeed. Hij legde hem op de vloer voor de passagiersstoel en sloot het portier, draaide het contactsleuteltje om en liet de motor stationair draaien om de damp weg te krijgen.

Het had iets langer dan een minuut geduurd voor ze opendeed. Maar hij herinnerde zich het als een van de langste minuten van zijn leven. Ze had hem met een vragende blik aangekeken. Of dat door zijn baardstoppels of anonieme uiterlijk kwam wist hij niet. Ze had gevraagd wie hij was en wat hij wilde, en hij had haar herinnerd aan hun korte date.

Ze had geprobeerd de deur te sluiten, maar hij was sneller geweest en naar binnen gedrongen en had haar verkracht. Direct daar op de vloer van de hal had hij haar genomen. Niet omdat hij haar wilde. Hij was alleen uit op de vernedering.

Zoals zij hem had vernederd.

Ze had natuurlijk aangifte tegen hem gedaan en hij had voor verhoor langs moeten komen. Ze hadden zijn vingerafdrukken genomen en geprobeerd een bekentenis uit hem te krijgen. Maar hij had hardnekkig ontkend dat er sprake was van een verkrachting. Ze hadden absoluut seks gehad, en zeker, af en toe was het er misschien een beetje heftig aan toe gegaan. Maar daar had ze zelf aan meegedaan. Uiteindelijk, na een paar dagen voorarrest, hadden ze niets anders kunnen doen dan hem vrijlaten.

Hij programmeerde het adres in de gps, schakelde en draaide de Malmögatan af naar de Södra Stenbocksgatan. Over achttien minuten zou hij bij de eerste zijn.

92

'Leuker dan dit wordt het niet.' Ragnar Palm wees met zijn ene arm naar de gemeenschappelijke ruimte die ter beschikking was gesteld.

Tuvesson liet haar blik rondgaan. 'Het voelt nog steeds heel erg aan als een gevangenis.'

'Dat komt misschien omdat het dat ook is?'

Ze zuchtte. 'Hoeveel badkamers hebben ze tot hun beschikking?'

'Twee. Hoe zit het trouwens met de geslachtsverhouding?'

'5-5.'

De tien britsen stonden tegenover elkaar langs de muren met een paar meter tussenruimte. Tussen de britsen stonden stoelen die als nachtkastjes dienstdeden. Tuvesson ging op een van de britsen zitten en vroeg zich af of zij er zelf mee zou hebben ingestemd om hier te slapen. Als het toch maar om een weekend ging. Om eerlijk te zijn hadden ze geen idee hoe lang het zou kunnen duren.

Palm ging op de brits ertegenover zitten. 'Denk je dat het zal werken?'

'Het moet werken. We hebben geen alternatief.'

'Ik hoop dat je begrijpt dat als dit uitkomt, dat...'

'Ragnar, het mag niet uitkomen. Onder geen enkele voorwaarde. Niet voordat de dader is gepakt. Hoeveel weten er bij jou van?'

'Alleen degenen die het moeten weten. Mijn baas en sommigen van het personeel. Zij zijn het probleem niet. Ze hebben allemaal zwijgplicht. Maar dat hebben de gedetineerden niet.'

Tuvessons mobieltje ging. Het was Rots.

'Ik heb iedereen te pakken kunnen krijgen en dacht erover om ze maar op te gaan halen.'

'Hebben ze allemaal ja gezegd?'

'Ja, maar ze stellen een hoop vragen waar ik niet op kan antwoorden. Hoe gaat het bij jou?'

'Ik ben in het huis van bewaring en... ja, laten we hopen dat ze hier niet lang hoeven te blijven.'

'Heb jij ze allemaal gesproken?'

'Allemaal behalve Seth Kårheden. Hij zou tweeënhalf uur geleden geland zijn in Kopenhagen en zou nu ongeveer thuis moeten zijn.'

'Dus hij heeft nog steeds zijn mobieltje niet aangezet?'

'Nee, het lijkt van niet.'

'Waar woont hij?'

'Domsten. Maar ik ga eerst de anderen ophalen en blijf hem ondertussen bellen en als hij niet opneemt zal ik er toch moeten gaan kijken.' Ze verbrak de verbinding, kwam overeind en liep naar de uitgang.

Fabian Risk was ervan overtuigd geweest dat hij nu aan de beurt was en dat hij net als de anderen van de klas zou sterven. Maar aangezien hij net wakker was geworden, zij het met een stevige hoofdpijn, was dat blijkbaar niet zo. Nog niet. Wakker worden was zo mogelijk een nog ergere straf dan de dood. Een zweepslag in zijn gezicht en hij was terug in de nachtmerrie. De wakende nachtmerrie dat hijzelf leefde en dat zijn zoon Theodor dood was.

Hij kon een zwak, nauwelijks merkbaar gezoem horen en voelde hoe zijn hoofd lichtjes trilde. Vlak daarna was de vacuümachtige stilte terug. Hij probeerde zich te bewegen, maar besefte dat hij vastgesnoerd zat in een oude tandartsstoel. Zijn voeten, benen en armen zaten vast met spanband en zijn hoofd... Hij kon niet zien hoe dat vastzat, maar wanneer hij het probeerde te bewegen nam de pijn boven zijn slapen toe. En wat het ook was, het stak aan beide kanten van zijn gezicht uit, als twee oogkleppen die alles in zijn gezichtsveld afschermden behalve recht vooruit. Het enige wat hij kon zien was een afgesloten scherm dat schuin voor hem aan de muur hing.

Het zwakke gezoem keerde terug en hij voelde hoe zijn hoofd trilde. Op hetzelfde moment ging het scherm voor hem aan en liet een zwart-witportret van een jonge Torgny Sölmedal zien. De foto moest ergens halverwege de basisschool zijn genomen, door een echte fotograaf in een echte studio, met een reflector en professioneel volgens alle regels van de kunst. Sölmedal zat op een hoge kruk, met een keurige scheiding en in zijn mooiste overhemd, en keek met een warme glimlach recht in de camera.

Dat hij hem nooit had opgemerkt. Fabian kon niet begrijpen hoe dat kon. Dat niemand in de klas hem had opgemerkt. Zelfs hun klassenlerares niet, Monika Krusenstierna. En nu had hij haar plaats in moeten nemen in deze raamloze kleine kamer met gewelfde, donkere, met draperieën beklede muren, waarin de enige lichtbron het scherm was. Opnieuw klonk het zwakke gezoem en deze keer, ook al was het heel gering, merkte hij een kleine verschuiving van zijn gezichtsveld aan de rechterkant.

Het drong tot hem door wat er zou gaan gebeuren. Alles viel op zijn plaats en hij besefte dat Torgny Sölmedal gelijk had gehad. Hij had zich schuldig gemaakt aan exact hetzelfde als Monika.

Alleen ten opzichte van zijn eigen zoon.

Irene Lilja zat schuin achter hem en keek toe hoe Molander de afdrukken inscande en door de computer liet analyseren en doorsturen naar het register. Haar vermoeidheid was compleet verdwenen. Hetzelfde gold voor Molanders slechte humeur. Het was of ze allebei voelden dat ze vlak bij een doorbraak stonden. Alles wees erop dat er iets uit zou komen. Het probleem was dat het net zo goed een paar minuten als meerdere uren kon duren voordat ze het antwoord wisten.

'Kunnen we iets doen om het zoeken te versnellen?' vroeg Lilja.

'Ja, filteren tot mannen die geboren zijn tussen 1965 en 1967.'

'En hoe lang kan het duren?'

'Joost mag het weten,' antwoordde Molander met een zucht, en hij legde een kussen op de grond, ging languit liggen en sloot zijn ogen.

Lilja besefte dat Molander het enige verstandige deed. Maar ze kon nu onmogelijk slapen. Niet nu ze zo dichtbij waren. Ze kon haar blik niet van het scherm afhouden, waarop het register van geanalyseerde vingerafdrukken voorbijflikkerde, alsof het nooit op zou houden. Maar ze voelde het. Ze voelde het in haar hele lichaam.

Heel snel, elk moment nu, zou het geflikker ophouden.

93

ONBEKEND NUMMER.

Hij was om kwart over één 's nachts thuisgekomen en was er op zijn hoogst vijftig minuten. Toch had de telefoon al een keer of vijf, zes gerinkeld. Onbekende nummers waren een van de ergste dingen die hij kende. Hij vond het het toppunt van lafheid en was van mening dat als je niet durfde te staan voor wie je was je ook niet verdiende dat iemand opnam.

Hij had een douche genomen en zich geschoren. Zijn baard was flink gegroeid in de vakantieweken en hij moest er eerst een keer met de trimmer doorheen voordat hij erop los kon gaan met het mes. Zijn snor liet hij staan. Die had hij al zo lang hij zich kon herinneren en was zijn grote trots. In de loop der jaren had de mode de ene keer dit en dan weer dat voorgeschreven. Alles van dunne snorretjes tot volle baarden. Maar hij had nooit een haartje aan de zijne veranderd, behalve dan dat hij hem twee keer per week trimde.

Het was waarschijnlijk toch Kerstin die belde. Zij was de enige die hij kende met een onbekend nummer. Ze was er een paar jaar geleden mee begonnen en beweerde dat ze dat deed omdat hij anders nooit opnam als ze belde. Alsof hij nu vaker opnam. Als ze nu maar ophield met bellen en hem rustig thuis liet komen.

Hij probeerde de gedachte aan Kerstin van zich af te schudden, trok zijn pyjama aan en liep naar de open haard, waar hij een paar oude kranten en wat houtspaanders tot een bal in elkaar frommelde en er drie tegen elkaar leunende houtblokken op zette. Zoals altijd was één lucifer genoeg.

Hij voelde zich totaal niet moe en keek uit naar het *Helsingborgs Dagblad*, dat straks op de deurmat zou moeten ploffen. Dat had hij nog het meest gemist tijdens zijn reis. Om voor het haardvuur te zitten wanneer alle anderen sliepen en de complete ochtendkrant te lezen. Kerstin had het nooit geaccepteerd, en zich er altijd aan geërgerd dat ze een 'oude' krant moest lezen wanneer zij uit bed was gekomen.

Ze had hem vast ook op zijn mobiele telefoon proberen te bellen. Ze kon tenslotte niet weten dat hij die van de hand had gedaan. Het plan was geweest om zijn mobieltje de hele wandeling uit te laten staan, en tot zijn verbazing was dat helemaal niet moeilijk geweest. Het was juist een waar genot om niet bereikbaar te zijn. Bij een van de diepste dalen van de Pyreneeën had hij de koe bij de hoorns gevat en het weggegooid, en de rest van de wandeling had hij ervan genoten om zichzelf en de stilte als enig gezelschap te hebben.

Af en toe hadden andere wandelaars contact met hem gezocht en waren tegen hem gaan praten. Maar hij had geen antwoord gegeven. Niet één keer. Mensen mochten denken wat ze wilden. Hij was in elk geval niet van plan de stilte te doorbreken die elke dag belangrijker aanvoelde. En na een tijdje kwamen ze – zijn compleet eigen gedachten. Broos en net uitgebroed als een schildpadjong. Hij kon zich niet herinneren wanneer hij voor het laatst de mogelijkheid had gehad om een gedachte uit te denken tot die uitgegroeid en helemaal klaar was, zonder onderbroken te worden door zijn baas, Kerstin of...

Er werd weer gebeld. Maar deze keer was het niet de telefoon, maar de buitendeur. Wie kon dat zijn op dit uur van de dag? De telefoon was één ding. Die kon je gewoon laten rinkelen. Je kon zelfs de stekker eruit trekken. Een deurbel was iets heel anders. Hij liep naar de deur en deed open. Onder een paraplu in de regen stond een man die hij nog nooit eerder had gezien.

94

Hij haalde adem, maar had niet het gevoel dat hij lucht binnenkreeg. Of ademde hij helemaal niet? Misschien functioneerde zijn lichaam al niet meer en was het idee dat hij ademhaalde niets anders dan een laatste overgebleven gedachte voordat zijn hersenen ermee stopten. Als een spartelende spinnenpoot die van zijn lichaam wordt getrokken.

Voelde het zo om te verdrinken? Hij had gehoord dat het een van de moeilijkste manieren was om dood te gaan. Dit deed helemaal geen pijn. Hij voelde bijna niets, niet eens het metalen luik tegen zijn voeten. Het enige wat hij gewaarwerd was het vage gevoel dat hij langzaam aan het vervagen was. Afzwakte. Verdween.

Maar toen kwam de gelegenheid waar hij dagenlang op gewacht had. Of was het urenlang? Hij had geen idee, zijn tijdsbesef was allang verdwenen. Het vage geluid dat door de muren kwam. Een deur die in de verte geopend en gesloten werd. Iemand die riep. Hij kon niet horen wat, maar het was duidelijk iemand die riep. Als het nu maar niet alleen een wanhopige gedachte van zijn geest was die de feiten weigerde te erkennen. Een hallucinatie dat redding nabij was.

Hij besloot dat het niet uitmaakte. Als hij dood was, dan was hij dat. Als hij het niet was, was dit absoluut zijn laatste kans. Met alle krachten die hij aan kon spreken, tilde hij zijn voeten omhoog. Hij dacht in elk geval dat hij dat deed. Wat belangrijk was, was dat hij ze tegen het luik probeerde te bonken om zoveel mogelijk lawaai te maken. Hij probeerde te schreeuwen, maar meer dan gefluister werd het niet. Maar de klappen tegen het luik kon hij horen. Als doffe trommelslagen.

Drie keer probeerde hij zijn voeten op te tillen en ze tegen het luik te slaan. Daarna was het voorbij. Hoe hij zijn best ook deed, hij kon zijn voeten niet optillen. Zelfs niet in gedachten. De verstikkende stilte was terug en het voelde alsof hij zijn adem inhield.

Te lang en nog iets langer.

Hij had gehoord dat het wereldrecord adem inhouden op zeven minuten stond. Hoe lang zou hij het zelf redden? Hij wilde eigenlijk niet sterven, niet nu. De afgelopen jaren had hij aan niets anders gedacht dan aan hoe mooi het zou zijn. Opgeven, accepteren en ophouden met tegenstribbelen. Jezelf het niets in laten drijven.

De duisternis sloot zich als een prettige, warme omarming om hem heen. Had hij maar geweten dat het zo makkelijk zou zijn. Had hij het maar gedurfd. Dan had hij geen weerstand hoeven bieden, niet zo bang hoeven zijn en zich niet hoeven te verwonden. Hij zonk steeds dieper weg en eindelijk...

Eindelijk zag hij het licht.

95

Zijn gezicht vulde het hele scherm. Hoewel hij een stevige, volle baard had, was zijn gezicht zo anoniem dat Irene Lilja nu pas begreep waarom niemand notitie van hem had genomen. Waarom hij geen indruk achterliet in het bewustzijn van mensen. Ze staarde naar het scherm en vergat te knipperen tot haar ogen traanden, koortsachtig zoekend naar iets wat ze in haar geheugen kon prenten. Maar dat was er niet. Geen kleine asymmetrie, geen grote of kleine neus. Zelfs zijn ogen hadden geen duidelijke kleur. Ze sloot haar ogen en probeerde zich een voorstelling van zijn gezicht achter de baard te maken, maar het werden alleen twee ogen, een neus en een mond. Zo normaal en alledaags dat het er was en meteen weer verdween.

Hij zag er niet uit als iemand die de handen van zijn slachtoffer af kon zetten terwijl dat nog leefde, of die iemands keel open kon snijden om een Colombiaanse necktie uit te voeren. Hij zag er eerder uit als iemand die... Ja, hoe zag hij er eigenlijk uit? Ze gaf het op. Ze zou zijn uiterlijk toch nooit kunnen beschrijven. In elk geval niet gedetailleerder dan dat hij een baard had en er heel gewoon uitzag.

Maar er was iets aan de naam dat bekend klonk. *Torgny Sölmedal.* Ze had hem eerder gehoord.

'Wat doe je? Heb je iets gevonden?'

Lilja, die helemaal vergeten was dat Molander vlak naast haar op de grond lag te slapen, knikte zonder iets te zeggen. Ze was bezig haar gedachten steeds dieper in haar geheugen te laten graven tot de koppeling gemaakt was.

Ondertussen was Molander overeind gekomen en las voor wat er op het scherm stond. 'Torgny Sölmedal... In 2005 in hechtenis genomen wegens verkrachting...'

'Maar hij werd vrijgelaten wegens gebrek aan bewijs. Bovendien is hij eerder langsgekomen in het onderzoek,' ging Lilja verder en Molander draaide zich naar haar toe. 'Claes Mällvik of Rune Schmeckel, zoals hij toen heette, heeft hem in 2004 aan zijn prostaat geopereerd en liet twee plastic klemmen achter in zijn, ja, je weet wel... Het werd breed uitgemeten in de kranten en hij kreeg zelfs een tijdje een beroepsverbod.'

'Precies, dat herinner ik me. Het doet al pijn als je eraan denkt.'

Met haar mobieltje tegen haar oor gedrukt liep Astrid Tuvesson door de stortregen om de auto heen en hielp Lena Olsson op de achterbank. 'Jullie weten zeker dat hij het is?'

'Zo zeker als je maar kan zijn,' antwoordde Lilja. 'Er is er maar een en hij staat ingeschreven op Motalagatan 24 in Husensjö.'

'In Helsingborg?'

'Yes, sir. Ik en Molle kunnen er in tien minuten zijn.'

'Niet zonder versterking,' zei Tuvesson terwijl ze Lena Olssons tas in de bagageruimte stopte. 'Bel Malmö en wacht op ze.'

'Astrid, kom op. We kunnen niet op Malmö wachten. Dat gaat meer dan anderhalf uur duren. We moeten er nu naartoe.'

Irene had gelijk, dacht Tuvesson. Daar bestond geen twijfel over. Ze trok de lompe tas eruit en sloeg de klep dicht. Maar ze wilde niet twee van haar beste collega's verliezen in een eventuele hinderlaag.

'Hallo? Ben je er nog?'

'Oké. Maar ik wil dat jullie voorzichtig zijn.' Ze duwde de natte tas in de voetruimte van de passagiersstoel en deed het portier dicht. 'De minste twijfel en jullie trekken je terug, oké?'

'Ja ja.'

'Irene, ik meen het.'

'Oké, oké. Hoe gaat het trouwens bij jou?'

‘Ik heb net Lena Olsson en Stefan Munthe opgehaald en ga zo op weg naar Lina Pålsson.’

‘En de eenzame wandelaar? Heeft hij nog steeds niet opgenomen?’

‘Nee, ik doe nog één poging en als hij dan niet opneemt, rijd ik ernaartoe en bel bij hem aan.’

Ze beëindigden het gesprek en Tuvesson liep om de auto heen en zocht het nummer van Kårheden op. Ze hoorde de telefoon overgaan en opende het portier om in de auto te stappen toen de belsignalen plotseling ophielden.

‘Ja, met Kårheden,’ klonk een stem aan het andere eind van de lijn.

‘Hallo, ik had niet meer verwacht dat je zou opnemen. Mijn naam is Astrid Tuvesson.’ Ze twijfelde of ze in de auto moest gaan zitten of het gesprek in de regen zou moeten voeren en concludeerde dat ze toch niet nog natter kon worden.

‘Neem me niet kwalijk, maar kennen we elkaar?’

‘Sorry, ik ben inspecteur bij de recherche in Helsingborg.’

‘Ja?’

‘En ik heb de hele avond geprobeerd je te pakken te krijgen.’

‘Ik ben net teruggekomen van een reis naar Spanje.’

‘Ja, dat hadden we begrepen. Heb je meegekregen wat er gebeurd is in de tijd dat je op reis was?’

‘Nee, totaal niet. Dat is toch juist de bedoeling van op reis gaan? Maar de aanplakbiljetten van de kranten op de luchthaven konden me moeilijk ontgaan. Klopt het echt wat ze beweren? Is hij op de hele klas uit?’

‘Dat weten we niet. Maar er is helaas niet veel dat erop wijst dat het niet zo zou zijn.’

‘Dat is verschrikkelijk. En jullie zijn hem helemaal niet op het spoor?’

‘Jawel, maar daar kan ik nu niet op ingaan. De reden dat ik bel is dat de enige manier waarop we op dit moment bescherming kunnen bieden in het huis van bewaring is, samen met een paar van je oudklasgenoten. Dus mijn vraag is hoe je ertegenover staat als ik je op kom pikken?’

‘Nu meteen?’

'Ja, over ongeveer een halfuur.'

Er klonk een diepe zucht.

'Kan het niet wachten tot morgen of de dag erna? Ik ben net aangekomen, begrijp je, en ik ben een maand weg geweest.'

'Laat ik het zo zeggen. We beoordelen het risico als extreem hoog, maar uiteindelijk is het je eigen beslissing. We kunnen er niemand toe dwingen.'

Opnieuw stilte.

'Oké. Ik begrijp het.'

Ze hing op, ging achter het stuur zitten en startte de motor. Op de achterbank heerste een gespannen, afwachtende stilte. Niemand zei iets. In de achteruitkijkspiegel kon ze zien hoe ze met ontwijkende blikken naar de regen keken.

En ze begreep hen.

96

Het zoemde en Fabian voelde hoe zijn hoofd weer een klein stukje werd verschoven. Hij was nu zeker negentig graden gedraaid, misschien zelfs wel meer, en er ging nog een scherm aan in zijn gezichtsveld. Ook daarop was een zwart-witportret van Torgny Sölmedal te zien. Even keurig gekamd en vriendelijk glimlachend als op de eerdere portretten, maar met dit verschil dat hij hier volwassen was.

Zo wilde hij gezien worden, en als alles achter de rug was zouden de foto's ongetwijfeld in de buitenwereld worden verspreid, en precies zoals hij hier zelf zat met zijn hoofd vastgeklemd in een tandartsstoel, zou niemand weg kunnen kijken.

Maar toen gebeurde er iets met de foto. Of was het iets dat hij zich in het hoofd haalde? Nee, nu wist hij het zeker. Er gebeurde absoluut iets. De ruimte tussen de ogen was kleiner geworden en de neus zag er niet langer hetzelfde uit. Hetzelfde met het haar. Het was zowel donkerder als langer geworden. Hij wist niet of hij nog steeds naar Torgny keek of naar iemand anders. Het enige wat hij zeker wist was dat het gezicht voor hem veranderde.

Het gezoem klonk weer en zijn hoofd draaide nog een stukje. Het trok en spande nu echt, al was er voorlopig nog geen sprake van echte pijn. Wat maar een kwestie van tijd zou zijn, daar bestond geen twijfel over. Hij vroeg zich af hoeveel graden hij nog aan zou kunnen. Of zijn nek in één keer zou breken of dat de weg naar het onvermijdelijke einde begeleid zou worden door meerdere kleine catastrofes. Maar hij kwam niet verder. Hij wist niet eens waar hij de voorkeur aan gaf. Met de gedachte dat hij dood zou gaan had hij niet zoveel moeite. De gedachte dat hij het zou overleven was erger.

Het gezicht op het scherm voor hem veranderde nog steeds en hij kon nu duidelijk zien dat het steeds meer op Theodor ging lijken. Hij had de foto zelf genomen in het voorjaar. Theodor was jarig geweest en ze hadden het gevierd met een etentje in het Hard Rock Café, en het enige waaraan hij had kunnen denken was dat ze irritant luide muziek draaiden.

Het zoemde en net als eerder draaide zijn hoofd weer een stukje. Maar deze keer was het anders. Deze keer kon hij zowel horen als voelen hoe zijn nek knakte.

97

De regen was eindelijk opgehouden, alsof iemand de kraan dicht had gedraaid, en bestond nu alleen nog uit sporadische druppels. Maar het water liep, of liever gezegd gutste nog steeds in de goot, op jacht naar een put die nog niet overstroomd was. Irene Lilja drukte haar voeten in haar laarzen, liep naar Molander toe en hielp hem met het kogelvrije vest. Hij zei niets, maar het was duidelijk dat hij totaal geen zin had om mee te gaan.

Ik ben forensisch onderzoeker, geen stomme ME'er, zei hij met zijn ogen en geïrriteerde zuchten terwijl ze de riempjes aantrok. Het dichtst in de buurt van iets wat op wapenhantering leek, kwam hij waarschijnlijk wanneer hij aan het vissen was. Toen Irene klaar was met Molander trok ze haar eigen vest aan, stopte de headset van haar mobieltje in haar oor en belde hem.

‘Hoor je me?’

‘Ja.’

‘Goed, dan gaan we.’

Ze deden de auto op slot, pakten allebei een van Molanders tassen met apparatuur en liepen de Motalagatan in, die er verlaten bij lag. Dat was niet vreemd, dacht Irene. Deels was het midden in de nacht, deels moesten de meeste nachtbrakers binnen zijn gebleven door de wolkbreuk van het afgelopen uur. Ze kwamen aan bij nummer 24 en constateerden dat het huis er precies hetzelfde uitzag als de andere huizen aan de straat. Wat had ze eigenlijk verwacht? Een vervallen, oud houten kasteel, waar iemand zijn waanzin ventileerde door orgel te spelen?

‘Oké, hoe pakken we het aan?’ vroeg Molander.

Lilja dacht na. Hoewel er licht brandde achter een paar ramen wees het meeste erop dat hij niet thuis zou zijn. Aan de andere kant konden ze nergens zeker van zijn. Behalve dat ze haast hadden.

‘De snelste weg.’ Lilja liep vlug naar het trapje aan de voorkant van het huis, voelde aan de deurknop, stelde vast dat de deur op slot zat en liet Molander komen, die hem snel open had.

Ze ontgrendelden hun pistolen en liepen de hal in. Het licht uit de woonkamer lekte over de vloer naar binnen, vergezeld door de klanken van een klassiek stuk.

‘Wagner,’ fluisterde Molander achter haar. ‘Dat is Wagners *Walküre*.’

Ze liepen door de hal naar de woonkamer, waar de lampen brandden en de muziek luid aanstond. Lilja maakte aanstalten om de kamer binnen te gaan, maar Molander legde zijn hand op haar arm.

‘Hij wil dat we naar binnen gaan. De brandende lampen en de muziek. Hij wil zien met hoeveel we zijn.’

‘Kunnen we de muziek niet gewoon uitzetten. Ik word er gestrest van.’

Molander knikte naar een stoppenkast en deed hem open. De stoppen waren gemerkt met keurig geschreven etiketten. Een voor elke kamer van het huis. Hij haalde de zekering eruit waar woonkamer op stond, maar de muziek bleef gewoon doorgaan. Hij probeerde een paar van de andere stoppen, zonder resultaat.

'Het lijkt alsof hij om de stoppenkast heen geschakeld heeft. Je moet de muziek maar accepteren. Het is trouwens een van zijn betere werken.'

'Maar als dat nu precies is wat hij wil? Dat we niet naar binnen gaan en de angstmuziek aan laten staan? Misschien wil hij iets verbergen met het geluid. En als hij buiten camera's heeft geplaatst, waarom zou hij dat dan ook niet overal in het huis hebben gedaan?'

Molander zuchtte en ging de woonkamer binnen, liep recht op de stereo-installatie af en drukte op de stopknop, zodat de muziek ophield. 'Tevreden?'

Lilja liep de kamer in en keek om zich heen. Het meubilair bestond uit een leren bank en een leren fauteuil, een glazen tafel en een boekenkast, die afgezien van de stereo-installatie leeg was. Toen Molander klaar was met de kamer en vast had gesteld dat er geen verborgen camera's of microfoons waren, begonnen ze aan de rest van het huis, dat grotendeels opgeruimd en leeggehaald was. Overal was er schoongemaakt, tot in het kleinste detail. Zelfs in de keuken en badkamer kon Molander geen afdrukken vinden. Het enige schoonheidsfoutje was een porseleinen scherfje op de keukenvloer. Hetzelfde met de kelder en de zolder. Schoongemaakt en leeg.

Molander begon ongeduldig te worden en vond dat ze naar het andere adres moesten gaan waar hij zijn werkplaats had, maar Lilja was nog niet zover dat ze het huis wilde verlaten. Nog niet. Ze had het gevoel dat ze iets gemist hadden. Het probleem was dat ze niet wisten waar ze moesten zoeken. Ze waren overal al geweest en het leed geen enkele twijfel dat het huis was ontdaan van elk spoor dat ze verder zou kunnen helpen.

Het was duidelijk dat hij erop had gerekend dat ze zouden komen en zich had voorbereid. Waren ze echt zo voorspelbaar? Lilja slaakte een zucht en ging op de rand van het bed in de slaapkamer zitten wachten tot Molander met zijn stethoscoop naar alle muren had geluisterd. Dat was echt het allerlaatste, had hij haar duidelijk gemaakt. Als hij niets verdachts hoorde, zouden ze weggaan, hadden ze afgesproken.

Hij draaide zich naar haar toe.

'Niets?'

Molander schudde zijn hoofd. 'Helaas. Zelfs geen ventilatiebrom.'

'Waar is hij dan verdomme?'

'Risk of Sölmedal?'

Lilja haalde haar schouders op. 'Allebei.'

'Ze kunnen overal zijn, maar we hebben nog een adres dat we kunnen gaan bekijken. Zijn werkplaats.'

Lilja knikte. Molander had gelijk. Ze zouden er nu meteen naartoe moeten gaan. Ze stond op en liep naar de kleerkast die tegenover het bed stond en deed hem open.

'Nou, wat gaan we doen,' zei Molander terwijl zij naar de kleren keek die aan de hangertjes hingen. Beige, nietszeggende spullen.

'Oké, we gaan naar de werkplaats. Waar was die ook al weer?'

'Frejagatan 2. Dat is bij het industrieterrein ten noorden van Råå.'

Ze liepen de slaapkamer uit en gingen verder door de hal, waar *Die Walküre* net weer opnieuw begon. Ze wisselden een blik uit, verlieten het huis en liepen terug naar de auto. Lilja voelde de frustratie in zich opborrelen. Het was alsof ze steen, papier, schaar speelden met het verschil dat hij de hele tijd van tevoren wist wat ze gingen doen. Als zij papier hadden, had hij schaar. Elke keer had hij ze verrast met een onverwachte zet.

Ze had niet verwacht dat hij thuis zou zijn en ze verwachtte ook niet dat hij in zijn werkplaats zou zijn.

Maar dit was het enige wat ze konden doen, ernaartoe rijden en hopen dat ze iets vonden. Dat wist hij natuurlijk allemaal. Zij hadden steen en hij hoefde alleen maar papier tevoorschijn te halen. Het was alleen de vraag wat papier deze keer in zou houden. Een ander adres, onder een andere naam? Nee, dat zou zijn wat ze verwachtten. Als hij ze wilde verrassen, had hij iets anders nodig. Iets...

Lilja's gedachten werden onderbroken doordat Molander bleef staan bij de kruising naar de Östhammarsgatan en naar een van de tuinen staarde.

'Wat is er?'

Molander gaf geen antwoord en liep naar het elektriciteitskastje dat omhoogstak uit het trottoir bij het tuinhek.

'Ingvar, wat is er? Wat doe je?'

'Hier zit het.' Hij boog voorover en legde zijn oor tegen de brommende ventilatieopening naast het elektriciteitskastje.

'Zou je zo vriendelijk willen zijn uit te leggen wat je...'

'Kijk. Hij heeft het helemaal hiernaartoe getrokken zodat het in het huis niet te horen zou zijn.' Molander wees naar het trottoir, waar een halve meter brede strook helemaal tot aan Sölmedals huis nieuw geasfalteerd was.

Ik wist het. Ik wist het, dacht Lilja en ze keek naar Molander, die al rechtsomkeert maakte.

98

Lina Pålsson stond al voor haar deur in Norra Hamnen te wachten toen Tuvesson haar op kwam halen.

'Hallo, ik ben Astrid. Als jij je op de achterbank wringt, dan zorg ik voor je tas,' zei Tuvesson en ze maakte de kofferbak open.

Lina knikte en overhandigde haar tas. 'Ik begrijp uit dit alles dat jullie hem nog niet gepakt hebben. Maar hoe gaat het? Ik bedoel, nu jullie weten wie het is?'

'Sorry, maar hoe weet jij dat?' vroeg Tuvesson en Lina vertelde over Fabians bezoek in de namiddag en hoe ze op de naam waren gekomen van de vergeten leerling.

Tuvesson wist niet wat ze ervan moest denken. Had Fabian zich daarom zo eigenaardig gedragen? De gedachten maalden zo snel door haar hoofd dat ze er bijna duizelig van werd. Ten slotte besefte ze dat ze te gestrest was om de consequenties te kunnen overzien en ze vroeg Lina om er voorlopig nog niets over tegen de anderen te zeggen.

Twaalf minuten later draaide ze het kleine grindterrein voor Seth Kårhedens huis op. Geen van de drie voormalige klasgenoten op de achterbank had tijdens de rit een woord gezegd. Ze had een paar keer geprobeerd gaten te prikken in de stilte die als een uitdijende ballon alle zuurstof in de auto in beslag nam. Ze had gevraagd of ze klassenreünies hadden gehouden en verteld over haar eigen klas in Malmö, en dat ze had begrepen dat een groot deel van de klas elkaar nog regelmatig zag. Maar ze had hooguit een paar plichtmatige antwoorden gekregen en de ballon was blijven uitdijen. Ze had zelfs een poging gedaan de radio aan te zetten, maar ook dat had ze snel opgegeven. Tomas Ledins 'Right Now!' had niet helemaal passend geleken.

Maar nu was ze er eindelijk en ze zag dat Seth Kårheden buiten op haar stond te wachten met een tas tussen zijn voeten en een omlaag getrokken pet op die zo verbleekt door de zon en versleten was dat hij hem de hele wandeling bij zich moest hebben gehad. Ze wenkte hem en wees naar de lege passagiersstoel. De regen was op zich gestopt, maar ze bleef liever zitten zodat de warmte van de stoel haar spijkerbroek kon drogen. Kårheden liep om de auto heen en deed het portier aan de passagierskant open, ging zitten en deed zijn best om Lena Olssons tas, die het grootste deel van de voetenruimte in beslag nam, zo min mogelijk vuil te maken.

'Hallo. Jij moet Astrid Tuvesson zijn.'

Tuvesson schudde zijn hand, heette hem welkom en constateerde dat hij er in werkelijkheid bijna beter uitzag dan op de foto die ze op internet hadden gevonden. Best knap, als hij die vreselijke snor niet had gehad. Hij draaide zich om naar de anderen op de achterbank.

'Wacht, niets zeggen. Jij moet Lena Olsson zijn?'

Lena knikte.

'Het is een tijd geleden. Maar ik kan je beloven dat ik nooit zal vergeten hoe goed je kon hinkelen. Toch? De anderen maakten geen schijn van kans tegen jou.'

Lena begon te lachen.

Tuvessons mobieltje ging en ze nam op terwijl ze achteruit begon te rijden. Het was Lilja, die vertelde dat zij en Molander terug waren gegaan naar het huis nadat Molander een paar tuinen verderop een ventilatieopening had gevonden. Tuvesson begreep niet helemaal wat dat betekende, en hoewel ze volledig op Molanders instinct vertrouwde wilde ze graag begrijpen wat ze aan het doen waren. Maar ze kreeg de kans niet om het te vragen.

'Ik moet ophangen,' hoorde ze Lilja's stem aan de andere kant van de lijn. 'Ik geloof dat hij iets heeft gevonden.'

'Oké, maar doe voorzichtig,' was het enige wat ze nog kon zeggen voordat er een klik in haar oor klonk.

'En daar hebben we onze vrolijke frans! Stefan, hoe gaat het? Ik hoorde dat je voor jezelf bent begonnen op je oude dag.'

Stefan Munthe knikte en vertelde over zijn consultfirma, die zich bezighield met het verbeteren van de interne communicatie bij verschillende bedrijven.

'Zelf heb ik drie weken lang met helemaal niemand gecommuniceerd, dus jullie moeten het me vergeven als ik wat babbelig ben. Ik heb wat je een opgekropte behoefte zou kunnen noemen.'

'En mij?' vroeg Lina Pålsson. 'Herken je mij niet?'

Seth Kårheden richtte zich tot Lina en glimlachte. 'Het beste bewaar je tot het laatst. Het mooiste meisje van de klas vergeet je tenslotte niet.'

Lina lachte en Tuvesson slaakte een zucht van verlichting. De rit naar het huis van bewaring zou nu wat minder langdradig worden. Ze remde en bleef op de Drottninggatan voor het Stadstheater voor een rood stoplicht staan. Het was halftwee geweest en de duisternis lag nog steeds als een natte deken over de straat, waar een paar verspreide feestgangers verdwaald rondspeurden naar een nieuwe drinkplaats nadat de lichten een halfuur geleden onbarmhartig aan waren gegaan. Ze had alle onderzoeken gelezen en kende alle feiten. Maar dat alles veranderde niets aan haar mening dat de paternalistische openingstijden een misdaad tegen de mensenrechten waren en meer kwaad dan goed deden.

Het verkeerslicht sprong op groen en ze kon de Hälsobacken op rijden en verder de Ängelholmsvägen op, die op een paar taxi's na verlaten was. Ze trapte het gaspedaal in en genoot ervan dat ze de lichten mee had.

Toen ze het terrein van het huis van bewaring op draaide zag ze dat Rots net was aangekomen met zijn busje en dat Ragnar Palm de entree uit kwam lopen om hen te begroeten. Ze keek om zich heen, maar zag nergens journalisten of andere nieuwsgierigen. De timing had niet beter kunnen zijn. Nu moesten ze hen alleen nog zo snel mogelijk binnen zien te krijgen.

Ze reed verder en stopte achter Rots' busje en vroeg of iedereen uit wilde stappen, hun bagage wilde pakken en de anderen naar binnen wilde volgen. Ze gehoorzaamden zonder te protesteren. Maar ze zag scepsis in hun blikken. Scepsis tegen het pas gebouwde, maar extreem gesloten gebouw. Tegen de hoge afrastering met prikkeldraad. Het elektrische hek, dat nu weer dichtging. Tegen Ragnar Palms grimmige gezichtsuitdrukking. Zijn uniform. Wapen.

En het werd er niet beter op bij de veiligheidscontrole, waar hun bagage stuk voor stuk werd doorzocht. 'Nee, dit nagelschaartje mag je niet meenemen. Je kunt ze hier lenen. Maar ik moet toch shampoo hebben... Nee.' Gevolgd door een plichtmatig helaas.

De bewakers waren ingelicht over de bijzondere gasten, maar hun houding zat zo ingebakken dat een verandering van het jargon zo goed als onmogelijk was, en zoals alle geïnterneerden werden de nieuwe gasten van het huis van bewaring gefouilleerd. 'Voor hun eigen veiligheid.' Een paar protesteerden en herinnerden het personeel eraan wie ze waren.

Seth Kårheden was het luidst en hij weigerde zich te laten koeioneren. Hij verklaarde luid dat hij gekomen was om bescherming te krijgen, geen straf, en dreigde ermee weer naar huis te zullen gaan. Iets wat leek te helpen, want hij mocht zelfs zijn insulinenaalden meenemen, hoewel de arts van het huis van bewaring niet ter plekke was om zijn goedkeuring te geven.

Tuvesson kon aan Rots zien dat hij precies hetzelfde dacht, maar net als zij deed hij er alles aan om het niet te laten blijken en zijn gezicht in de plooi te houden. Te doen alsof het allemaal doordacht en gegrond was.

Dat ze helemaal niet opgesloten werden als gevangenen.

99

Hij kon het nauwelijks waarneembare getik horen waarvan hij inmiddels had geleerd dat het voorafging aan het zoemende geluid – het draaimoment. De eerste keren, nadat hij begrepen had wat er ging gebeuren, had hij zijn nekspieren gespannen en geprobeerd zich schrap te zetten. Maar nu had hij ingezien dat het het beste was om je te ontspannen en zoveel mogelijk mee te geven.

Zijn nek had al een aantal maal geknakt en hij had het al veel langer volgehouden dan hij had durven hopen. Maar nu zou het snel voorbij moeten zijn. Nog vier zoemen, hooguit. Hij had uitgerekend dat de pauzes tussen de zoemen iets minder dan drie minuten duurden en dat elke vijfde zoem iets krachtiger was en een aantal graden extra draaide. Nog zo een zou hij niet overleven.

Het scherm voor hem liet nu een nieuwe foto van zijn zoon zien.

Zijn ogen waren gesloten en hij lag op de vloer in zijn kamer van het huis waar ze nog maar een week geleden in waren getrokken. Hij herkende het gestreepte vloerkleed dat ze een paar jaar geleden bij de Ikea in Kungens Kurva hadden gekocht. Theodor had een effen zwart kleed gewild, maar Sonja had erop gestaan dat ze dat met de gekleurde strepen namen. Nu lag hij erop, met zijn armen uitgestrekt, als Jezus aan het kruis. Waarschijnlijk omdat hij verdoofd was.

Toen begreep hij het.

Iets wat hij al lang geleden begrepen had moeten hebben.

Theodor had het huis nooit verlaten. Hij was er de hele tijd geweest. Een min of meer volwassen lichaam naar buiten dragen was niet iets wat je in een handomdraai deed en het risico dat buren of een toevallige passant het zouden zien en argwaan zouden krijgen was levensgroot aanwezig. Waarom had hij daar niet eerder aan gedacht? De geluiden die hij in de kelder had gehoord, waren helemaal niet van de buurvrouw gekomen, maar van Theodor.

Hij had opgesloten gezeten in de bakoven waar Sonja het over had gehad. Daar had hij geprobeerd de aandacht te trekken van zijn vader. Maar zijn vader had hem niet gehoord. Of jawel, maar hij had het van zich afgezet. Zijn gedachten waren ergens anders geweest.

Altijd ergens anders.

Daar kwam het weer. Het nauwelijks merkbare getik.

Straks zouden er nog maar drie zoemen over zijn.

'Daar. Zie je het niet?' Molander wees naar de vloerplint.

Lilja liet haar blik langs de bruine vloerplint glijden, maar ze kon niets zien wat haar aandacht trok. 'Jawel. Ik zie een bruingebeitste vloerplint.'

'En daarbovenop?'

'Een kabel.'

'Precies. Die ook bruingebeitst is en naar de kleerkast leidt, toch?'

Lilja knikte.

'Maar waarom?' ging Molander verder en hij deed de kleerkast met de beige kleren open. 'Er is hier geen lamp of iets anders.'

'Misschien loopt hij door naar het bed?'

Molander schudde zijn hoofd. 'Nee, hij verdwijnt hier ergens achter. Kom, dan trekken we hem naar voren.'

Ze pakten elk een kant beet en probeerden de kleerkast van de muur te trekken, maar er was geen beweging in te krijgen.

'Hij zit waarschijnlijk zowel aan de muur als aan de vloer vast,' zei Molander en hij probeerde achter de kast te kijken.

Ondertussen bekeek Lilja de beige kledingstukken. Iets daaraan zat haar dwars. Ze wist alleen niet wat, maar nu ze hier weer stond besefte ze dat ze precies hetzelfde gevoel had gehad toen ze voor het eerst naar de kleren keek. Ze waren beige en saai, maar dat was het niet. Twee paar ribbroeken, drie paar chino's, een aantal overhemden en truien. Maar pas toen ze een plastic zakje met twee extra knopen in de manchetten van een van de overhemden vond, besefte ze wat het was. Ze keek naar Molander, die nu op zijn buik lag en met zijn zaklamp onder de kast scheen.

'Hé, die kleren zijn compleet ongebruikt.'

'Oké.'

'Allemaal dus. Ze zijn nooit gebruikt en hangen hier alleen voor de schijn.' Ze duwde de kleren aan de kant en voelde met haar handen over de achterkant van de kast, maar ze kon geen kier vinden.

Molander kwam bij Lilja voor de garderobekast staan en scheen met zijn zaklamp langs de randen en kon al snel constateren dat er wel degelijk een kier was. Op zich een heel kleine, maar hij was er. Ze hielpen elkaar om alle kleren uit de kast te halen en probeerden de achterkant weg te drukken. Maar die weigerde in beweging te komen. Molander begon op verschillende plekken te kloppen, maar waar hij ook klopte, hij kreeg elke keer hetzelfde doffe geluid.

'Waarschijnlijk is er een soort van afstandsbediening voor nodig,' zei hij en hij stapte weer uit de garderobekast en keek om zich heen.

'Probeer de kabel door te knippen.'

Molander knikte en kneep de kabel door met een nijptang.

Lilja, die in de kleerkast was blijven staan met haar oor tegen de achterkant gedrukt, voelde direct een verandering in de lucht. Een zwakke tocht. Molander kwam bij haar staan en samen slaagden ze erin de achterkant een paar decimeter naar achteren te krijgen waarna ze hem als een schuifdeur naar de zijkant weg konden duwen. Voor hen ging een rij kale gloeilampen aan en in het schijnsel was een houten trap te zien die ondergronds leek te gaan.

Fabian had geprobeerd zichzelf af te leiden door ergens anders aan te denken. In feite had hij geprobeerd aan alles te denken. Aan Sonja en aan Matilda en wat ze nu deden. Of ze nog wakker waren of dat ze al naar bed waren gegaan. Hij had geprobeerd aan Stockholm te denken en aan hoe streng de winters daar konden zijn, vooral de laatste. Aan de vakantie naar Thailand drie jaar geleden en aan het nieuwe huis. Maar niets had geholpen. Het enige waar hij aan kon denken was de pijn. Die had alles overgenomen en eiste nu al zijn aandacht op.

Toen hoorde hij het zachte getik weer waar hij drie minuten op had gewacht, en een seconde erna kwam het gezoem. De vierde en laatste in de rij, voordat het tijd zou zijn voor de vijfde krachtige zoemtoon. Die een einde zou maken aan het lijden. Drie minuten.

Drie lange minuten.

Lilja en Molander liepen de steile houten trap af met ontgrendelde pistolen. Toen ze beneden waren, verdween het gevoel dat ze zich in een ondergrondse bergplaats bevonden direct. Het zag eruit een ruimteschip uit de jaren zestig. Het plafond werd zwak verlicht en ze zagen dat ze zich in een smalle buisvormige gang bevonden, die naar beneden afliep en bedekt was met luchtige rode vloerbedekking. Aan de rand stond een schoenenrek met een paar pantoffels en op een haak hing een witte overjas.

Ze bukten om hun hoofd niet tegen het plafond te stoten en liepen verder door de buis, die zich na een paar meter vertakte in een linker- en een rechtergang, allebei circa vijf meter lang. Daar konden ze rechtop staan en er waren rechte muren met twee deuren aan allebei de kanten in elke ganghelft. In totaal acht deuren.

'Neem jij de linkerkant, dan ga ik naar rechts,' zei Molander en hij opende de eerste deur aan de rechterkant. Die leidde naar een roodgeverfde kamer met knipperende ledlampjes aan het plafond en fitnessapparatuur op de vloer. Uit een paar ingebouwde luidsprekers kwam loungemuziek.

Lilja opende de eerste deur aan haar kant en kwam in een kamer die gevuld was met keurig opgehangen kleren. In de ene hoek stond een opmaaktafel met een verlichte spiegel en op een plank stond een aantal verschillende pruiken op afgekapte paspophoofden. Er was meer dan genoeg om te bestuderen, maar de details moesten wachten. Ze stapte de gang weer op.

Molander keek rond door de kamer die eruitzag als een klein appartement, met een opgemaakt bed en een nachtkastje aan de ene kant en een bankstel met een tv aan de andere. De muren waren behangen met klassiek art-decobehang, en langs een hele muur strekte zich een boekenkast uit die vol stond met boeken en lp's. De kamer had nog twee deuren. Een zichtbare, die naar een badkamer leidde, en nog een die verborgen was achter het van een patroon voorziene behang. Als de vloerbedekking niet zo duidelijk platgetreden was geweest, zou hij hem nooit hebben ontdekt.

Hij stak zijn vinger in het gaatje en schoof de deur open. De warmte uit de aangrenzende kamer sloeg hem tegemoet, en toen hij de duizenden en nog eens duizenden ledlampjes zag knipperen in het donker begreep hij precies welke kamer hij had gevonden.

Lilja draaide de deurknop om, maar de deur zat op slot. Ze nam een aanloop, voor zover de ruimte in de gang dat toestond, en gaf de deur een harde trap en daarna nog een. Maar de deur gaf niet mee. Pas na drie schoten tegen het slot kon ze de deur intrappen. Ze zag een compacte duisternis voor zich en voelde aan de muur naar een lichtknopje, voordat ze besefte dat er drie zware gordijnen voor de deur hingen. Ze trok de gordijnen een voor een weg en liet haar blik snel door de halvecirkelvormige kamer gaan, terwijl ze tegelijkertijd haar wapen op de man richtte die met zijn rug naar haar toe in een stoel zat die deed denken aan een oude tandartsstoel.

Ze riep naar hem dat hij langzaam overeind moest komen en zijn handen boven zijn hoofd moest houden. Maar er kwam geen reactie. De man was dood of om een of andere reden niet in staat te antwoorden. Ze liep om de stoel heen en zag dat het Fabian Risk was. Een deel van haar had zich zorgen gemaakt dat hij in gevaar was. Een ander deel dat hij misschien de dader was. Ze was totaal niet voorbereid op wat ze nu zag. Zijn hoofd zat vastgespannen in twee platen en was zo ver opzij gedraaid dat ze misselijk werd door ernaar te kijken.

Ze legde haar hand op zijn uitgestrekte nek en stelde vast dat hij nog steeds een hartslag had. Waarschijnlijk was hij flauwgevallen van de pijn. Ze riep zo hard als ze kon naar Molander, maar hield op toen ze een zwakke trilling voelde in de platen die zijn hoofd vasthielden. Wat het ook voor merkwaardige constructie was, het was bezig zijn nek om te draaien.

Ze stopte haar pistool in haar broekband en greep alles vast in een poging te verhinderen dat het ding zou draaien terwijl ze zich tegelijkertijd schrap probeerde te zetten met haar ene voet tegen de armleuning. Maar ze kon er geen grip op krijgen en voelde duidelijk hoe de constructie door bleef draaien. Ze wilde er uit pure woede op slaan, maar was bang dat dat meer kwaad dan goed zou doen.

Of het door haar inspanningen kwam of ergens anders door, wist ze niet. Maar plotseling hield het gezoem op en gingen alle lichten uit en ze kon zonder enige moeite de constructie terugdraaien. Ze zocht met haar trillende vingertoppen naar Fabians hartslag in de pikzwarte duisternis en het voelde alsof ze verdronk in de golf van vragen die in haar opwelde.

Het licht van een zaklamp danste langs de gewelfde muur naar binnen en algauw hoorde ze Molanders stem.

'Ik denk dat ik de stoppenkast heb gevonden.'

100

Fabian werd wakker met hevige pijn in zijn nek en barstende hoofdpijn. Hij had dorst en zweette. Hij wilde slikken maar het schuurpapier in zijn mond maakte dat onmogelijk. Het was licht, zo licht dat hij zijn ogen niet open durfde te doen. Hij probeerde zijn gedachten te ordenen, maar moest ten slotte toegeven dat hij geen idee had wat er was gebeurd of waar hij zich bevond.

Hij recapituleerde de laatste gebeurtenissen die hij zich kon herinneren. Hoe de zomer een nieuw record in armzaligheid had gevestigd en hoe ze hadden besloten een last-minutereis naar de warmte te maken. Hij, Sonja en de kinderen. Naar Mallorca. Precies, Illetas, dan moest hij daar zijn. In een strandstoel bij het zwembad.

Hij probeerde zijn hoofd te draaien maar zijn nekspieren riepen het een halt toe. Hij moest in een domme houding in slaap zijn gevallen. Of had hij een zonnesteek? Was hij daarom zo verward? Eigenlijk hield hij niet van strandvakanties. Die verdomde warmte die je hoofdpijn alleen maar erger maakte. Om het niet te hebben over die schreeuwende kinderen overal. Ze konden toch op zijn minst een leeftijdsgrens invoeren in de omgeving van het zwembad? Als het zijn hotel was geweest, had er een totaal verbod voor kinderen gegolden.

Misschien moest hij even een duik nemen? Misschien was dat precies wat hij nodig had. Een duik. En daarna een biertje, dan voelde hij zich vast weer prima. Hij deed zijn ogen open, maar het felle licht dwong hem ze weer half dicht te knijpen. Waar waren de anderen? Hij kon hun strandstoelen en natte handdoeken zien. Kerstin Ekmans *Zwart water* lag opengeslagen in Sonja's stoel. Ze was al halverwege. Hij moest urenlang weg zijn geweest.

Hij kwam overeind en voelde hoe zijn bloeddruk even nodig had voordat hij verder kon gaan naar het zwembad. Hij liep langs de rand die een platform vormde naar het twee meter lager gelegen zwembad. De kinderen bleven de hele tijd voorbijglippen en omlaag springen en probeerden zoveel mogelijk water op de zonnende hotelgasten te spatten. Maar nu was hij aan de beurt.

Het was belangrijk dat de sprong redelijk mooi werd zonder dat het eruitzag alsof hij enorm zijn best deed. Er waren altijd mensen die keken. Buik intrekken. Handen voor zijn hoofd en naar beneden. Rechte, bij elkaar gehouden benen. Het koele water omsloot zijn lichaam. Zijn handen raakten iets hards. Daarna was zijn voorhoofd aan de beurt. Hij kon horen hoe er iets kraakte in zijn nek. Het water kleurde rood.

Een man probeerde hem omhoog te helpen, sprak Duits en probeerde hem zover te krijgen dat hij ging liggen. Maar hij wilde geen hulp. Wilde het zwembad niet met zijn bloed besmeuren. Het enige wat hij wilde was daar weg komen. Weg van het zwembad en het kleverige water. Weg van Sonja en de kinderen. Weg van alles.

Iemand drukte een glas water tegen zijn mond en hij deed zijn ogen open. Alles schommelde heen en weer. En dan een vrouwengezicht. Hij herkende haar. Ze zag er goed uit. Hij wist zeker dat ze elkaar eerder hadden gezien. Of was het allemaal maar een droom? Nee, hij kon zich duidelijk herinneren hoe hij in het zwembad was gedoken en zijn hoofd had gestoten. En het bloed, hoe het met grote druppels op de rand van het zwembad was gevallen toen de Duitser had geprobeerd hem zover te krijgen dat hij ging liggen. Hij legde zijn hand op zijn voorhoofd maar voelde geen wond.

Leefde hij sowieso wel? Hij voelde hoe er iets om zijn keel en nek werd gedaan. Daarna hoorde hij een stem. Hij had hem eerder gehoord, maar kon hem niet plaatsen. *Fabian... Fabian...* Hij deed zijn ogen weer open en zag dezelfde vrouw en hoe alles achter haar bewoog. Ja, precies, zij was het. Hoe heette ze ook al weer? Lilja... Irene Lilja. Dat moest betekenen dat hij leefde. Als zij tenminste ook niet dood was? Theodor... Hij moest naar huis om voor Theodor te zorgen. Hij probeerde overeind te komen, maar Lilja duwde hem terug op de harde brits.

'Je moet blijven liggen tot we er zijn.'

'Waar zijn?'

'De eerste hulp. We zijn er bijna. Je kunt je het best ontspannen.'

Maar hij wilde zich niet ontspannen. Laat staan naar de eerste hulp rijden om uren te moeten wachten voor je geholpen werd. Terwijl hij niet eens hulp nodig had.

'Ik voel me goed. Ik moet alleen naar huis. Naar Theo.'

'Dat komt door de verdoving,' zei Lilja en ze gaf hem een klopje op zijn voorhoofd. 'Maak je niet druk en probeer je te ontspannen.'

Hij schreeuwde tegen haar dat ze zich vergiste en dat hij naar huis moest. Naar Theo, zijn zoon. Maar ze wilde niet luisteren, glimlachte geruststellend en herhaalde keer op keer dat hij zich niet druk moest maken. Dat alles goed zou komen. Het was niet de bedoeling dat hij het zou zien, maar hij zag het. Hoe ze op het raam bonkte van de chauffeurscabine. Toen sloeg hij haar weer. Voor de tweede keer in minder dan een dag sloeg hij haar met zijn vlakke hand.

Ze zweeg en legde haar hand op haar rood kleurende wang.

Eindelijk luisterde ze.

Hij kon zich niet herinneren hoe hij uit de ambulance was gestapt en op het trapje was gekomen, of Lilja hem tegen probeerde te houden en of de deur op slot was. Het enige wat hij zich herinnerde was dat hij plotseling in zijn eigen kelder stond en zag hoe Theodor op de grond lag.

Op zijn rug. Levenloos.

Er zat een vrouw schrijlings op hem die haar mond tegen de zijne drukte. Wie het was en wat ze deed? Hij was tenslotte dood. De vrouw kwam overeind en begon ritmisch met allebei haar handen op zijn borstkas te drukken.

'Vijftien... Zestien... Zeventien...'

Nu pas drong het tot hem door dat het de agente uit Kopenhagen was. Maar wat deed zij daar, bij hem thuis? Hij probeerde het te vragen, maar kreeg geen antwoord.

'Ze kan nu niet praten,' zei Lilja, die blijkbaar vlak achter hem stond.

Hij draaide zich naar haar om, maar ze liep de trap alweer op. Hij had geen idee hoe lang ze weg was of hoe lang hij toekeek terwijl de Deense politievrouw zijn dode zoon tot leven probeerde te wekken.

Het was alsof de tijd stil was blijven staan, en plotseling waren ze er. De ambulancemannen die hun koffers openmaakten, hun apparatuur tevoorschijn haalden en snoeren en slangen in verschillende kleuren aansloten. Een buis met een blaasbalg die in Theo's mond werd gestopt, een schaar die zijn kleren openknipte en iets kleverigs dat op zijn borst werd gesmeerd. Naast hem lag de Deense politievrouw, uitgeput. Lilja zat op haar hurken naast haar en gaf haar iets te drinken.

Een hoog piepend geluid en de twee handgrepen tegen de te jonge borst. Het lichaam kwam in een brug overeind en viel weer terug. Levenloos en zonder hartslag. De ene controleerde of de snoeren goed waren aangesloten. De andere drukte op de blaasbalg.

Opnieuw een hoge toon en een nieuwe brug.

Hoe lang en hoeveel keer? Fabian had geen idee.

Het enige wat hij zeker wist, was dat het zijn schuld was.

101

Astrid Tuvesson constateerde dat Ragnar Palm had gedaan wat hij kon om het gevangenisgevoel weg te toveren sinds ze hier de laatste keer geweest was. Op de wanden hadden ze gordijnen gehangen om het ontbreken van ramen te verbergen en op de andere muren hingen ingelijste affiches van alle tentoonstellingen in het Louisiana Museum. Waarschijnlijk die van Palm zelf. Tuvesson wist dat Palm nooit een tentoonstelling miste.

Maar de poging was even zinloos als het beitsen van een gelakt oppervlak. Er was geen enkele twijfel aan waar ze zich bevonden. Hopelijk riep het een gevoel van veiligheid op, dacht ze terwijl de tijdelijke gasten een bed uitzochten.

Het werd precies zoals ze zich het had voorgesteld. Mannen langs de ene muur en vrouwen langs de andere. Waar ze geen rekening mee had gehouden, waren alle vragen. In haar naïviteit was ze ervan uitgegaan dat iedereen even kapot was als zij en nu niets liever meer wilde dan slapen. In plaats daarvan kwamen er allerlei vragen langs waar ze geen antwoord op had: *Hoe lang denken jullie dat we hier moeten blijven? Is er wifi? Mijn kinderen komen zondag thuis. Moeten zij hier ook naartoe? Hebben jullie hier überhaupt wel over nagedacht?*

Ze wilde tegen hen schreeuwen. Eén langgerekt *neeeee*. Dit was zo ver verwijderd van doordacht als maar mogelijk was. Het besluit was in één tel genomen in wat het best kon worden beschreven als een panieksituatie, waarin met elke verspilde minuut het risico groter werd dat de rij met slachtoffers langer zou worden, dat de kranten nieuwe losse nummers zouden verkopen en dat de mythe toe zou nemen over de onovertroffen dader die er als niemand voor hem in geslaagd was de politie voor de gek te houden.

Maar wie was zij om te beweren dat er geen andere en misschien zelfs betere manieren waren om de ontstane situatie aan te pakken? Dat ze niet gewoon te moe was geweest om helder na te denken?

Ze woog haar woorden en probeerde een enigszins verstandige uitleg te geven over waarom ze niet op al hun vragen antwoord kon geven, en hoe belangrijk het was dat onder geen beding bekend werd waar ze zich bevonden. Maar op het moment dat de woorden haar mond verlieten, voelde ze hoe leeg ze klonken. *Wat probeer je te zeggen? Ik moet nu weg om de kinderen te halen. En ik moet naar mijn werk en wil hier alleen slapen.*

Ten slotte moest Rots op een stoel klimmen en de bijl laten vallen. 'Het is maar het beste als jullie het meteen weten! Onder de huidige omstandigheden heeft dit alleen kans van slagen als niemand het huis van bewaring voorlopig verlaat.'

'En als we weigeren?' vroeg Stefan Munthe.

'Zoals ik al zei, zal niemand het huis van bewaring voorlopig kunnen verlaten! Het hele punt van dit alles is dat niemand te weten komt waar jullie je bevinden. Wat betekent dat ik zelfs jullie mobiele telefoons in beslag zal moeten nemen. Jullie krijgen ze terug zodra dit allemaal voorbij is en overdag zal het personeel jullie kunnen helpen om eventuele noodzakelijke telefoontjes te plegen. Begrepen?'

Rots stapte van de stoel en begon de telefoons in te zamelen. Niemand zei iets. Tuvesson vroeg zich af of dat kwam omdat ze in een soort van shock waren of omdat ze gewoon te moe waren om te protesteren. Een deel van haar wilde naar voren stappen om hem tegen te houden. De telefoons terug te geven en te zeggen dat ze naar huis konden gaan en alles moesten vergeten. Maar Rots had helemaal gelijk. Vreemd dat ze er niet eerder aan hadden gedacht. Het risico was levensgroot dat iemand een familielid, een vriend of waarom geen journalist zou bellen en de hele onderneming zou onthullen.

'Ik weet dat jullie het niet weten. Maar hoe lang schatten jullie dat dit zal duren?' vroeg Seth Kårheden en verbrak daarmee de stilte.

'Ja, dat vraag ik me ook af,' zei Cecilia Holm. 'Jullie kunnen ons niet eeuwig opgesloten houden, alleen omdat jullie de mogelijkheid niet hebben om ons thuis te beschermen.'

'Nee, dat kunnen we niet,' zei Tuvesson en ze dacht na over hoe ze verder moest gaan. 'We rekenen erop en hopen dat dit niet al te lang zal duren.'

'Hopen?'

Tuvesson keek naar Lena Olsson en zag haar ontmoedigde gezichtsuitdrukking. Een gezichtsuitdrukking die meer zei dan alle protesten bij elkaar. Ze besefte dat ze hun iets moest geven. Anders zouden ze haar nooit met rust laten. Iets waardoor ze zich konden ontspannen en konden gaan slapen.

'Dit is iets wat we eigenlijk nog niet naar buiten wilden brengen. Maar omdat jullie toch afgeschermd zijn van de buitenwereld, kan ik vertellen dat we niet zover van een oplossing van de zaak zijn als het er misschien uitziet. Dus zonder te veel te willen beloven, zou het om niet meer dan een paar dagen moeten gaan. Hoogstens. En als het langer mocht duren, beloof ik dat ik er persoonlijk op toe zal zien dat degenen van jullie die naar huis willen, dat kunnen doen en daar bescherming zullen krijgen.'

De meesten knikten en leken tot haar grote verbazing te vinden dat het redelijk klonk.

'En wat weten jullie dat niet naar buiten mag komen?' Weer was het Kårheden die met een moeilijke vraag kwam. Hij had er blijkbaar meer problemen mee dan de anderen om zich erbij neer te leggen.

'Daar kan ik om voor de hand liggende redenen niet op ingaan. Dit is alles wat ik kan zeggen. Goedenacht. Ik hoop dat jullie nog een paar uur kunnen slapen.' Ze draaide hun haar rug toe en liep snel naar de uitgang om weg te kunnen zijn voordat er meer vragen kwamen.

Theodor was altijd mooi geweest. Al bij de bevalling had de vroedvrouw zijn schoonheid geroemd en beweerd dat hij een van de mooiste baby's was die ze ooit had verlost. Fabian herinnerde zich hoe blij hij ervan was geworden, maar ondertussen had gedacht dat ze dat vast tegen alle ouders zei. Iets wat ze geleerd hadden op een of andere cursus.

Pas toen de vroedvrouw de gang op liep en haar collega's erbij riep, had hij begrepen dat zijn zoon echt iets bijzonders was. En die schoonheid was gebleven tijdens zijn kinderjaren. Zijn blonde, krullende haar dat hardnekkig voor zijn blauwe ogen met die naar binnen gerichte, wat mystieke blik bleef hangen. De geprononceerde wangen en de soepele huid, die voor zover hij wist zelfs nog nooit een puistje had gehad.

Nu had hij zijn haar zwart geverfd en hield het meestal verbogen onder een pet. Hij had allebei zijn wenkbrauwen laten piercen en er in het algemeen alles aan gedaan om lelijker te worden. Iets waarin hij niet bijzonder goed was geslaagd. Theodor was nog steeds een van de mooiste dingen die Fabian kende.

Een paar jaar geleden had Sonja voorgesteld dat hij contact moest opnemen met een modellenbureau om wat extra geld te verdienen, maar hij had alleen minachtend zijn neus opgehaald. Het was alsof mooi het allerlaatste was wat hij wilde zijn. Alsof het de absolute vernedering was.

Nu lag hij daar in het bed met gesloten ogen, totaal ontspannen, en Fabian kon het niet laten te denken dat hij naar de dood keek. De dood wanneer die op zijn mooist was. Hij wilde niets liever dan in huilen uitbarsten, maar zelfs daartoe was hij niet in staat.

Gelukkig was zijn zoon niet dood. Maar het had zo weinig gescheeld dat hij even doodverklaard was geweest, voordat zijn hart weer was begonnen te slaan. Nu lag hij hier, verdoofd en aangesloten op een heel machinepark dat hem in de gaten hield.

Als Dunja Hougaard er niet was geweest, zou hij nog steeds zijn doodverklaard. Dankzij haar vervoerde zijn bloed zuurstof en werd het rondgepompt. Ze was de laan uitgestuurd omdat ze de Zweedse politie had geholpen. Toch was ze de Sont overgestoken om hem persoonlijk de foto van Torgny Sölmedal te geven, maar hij was niet thuis geweest en had ook zijn telefoon niet opgenomen als ze belde.

Maar hij moest zijn vergeten om de deur op slot te doen en dus was ze naar binnen gegaan en had hem geroepen. Het was midden in de nacht geweest en ze had even gewacht voordat ze opnieuw had geroepen. Deze keer harder en de derde keer nog harder. Ze had geen antwoord gekregen, maar had geluid in de kelder gehoord. In tegenstelling tot hemzelf had ze begrepen dat de geluiden niet uit het buurhuis kwamen, maar van iemand in de muur. Een gedachte die niet eens bij hem was opgekomen. Terwijl hij zelfs wist dat er een bakoven was.

Toen het haar was gelukt om Theodor eruit te trekken, had hij geen hartslag gehad en niet geademd. Toch had ze het niet opgegeven en was meteen begonnen eerste hulp te geven en was niet gestopt voordat de hulpverleners kwamen, bijna een uur later. Hoe zou hij haar ooit terug kunnen betalen?

Fabian zat zo dicht bij het bed als hij kon en hield de hand van de slapende Theodor vast. Als het aan hem had gelegen had hij die niet losgelaten voordat hij wakker werd. Maar de bedreiging tegen hem werd te groot geacht om hem in het ziekenhuis te laten blijven. Hij had geprotesteerd en geprobeerd zijn nekschade uit te spelen. Maar toen de röntgenfoto's uitwezen dat er niets gebroken was hadden de artsen hem toestemming gegeven het ziekenhuis met een steunkraag en een doosje pijnstillers te verlaten.

De deur ging open en een verpleegster gaf hem een telefoon aan. Ze hoefde niets te zeggen. Hij wist precies wie het was en had geprobeerd zich voor te bereiden op wat hij moest zeggen, maar hij had niets kunnen bedenken.

'Hoi.'

'Hoi.'

'Heeft Irene het verteld?'

'Ja.'

Hij zei niets en zij ook niet. Voor één keer was de stilte niet moeilijk. Hij kon haar ademhaling horen en voelde hoe hij er rustig door werd. Hij sloot zijn ogen en het voelde alsof zij er was en dicht tegen hem aan lag en in zijn oor ademde. God, wat miste hij haar.

'Sonja, ik... ik had geen idee.'

'We komen morgen. Dan moeten we praten over hoe we alles aanpakken.'

'Oké.'

Er klonk een klik in zijn oor en hij gaf de telefoon terug aan de verpleegster, die verdween en Lilja tegenkwam, die naar binnen liep.

'Ben je klaar?'

Fabian knikte en kwam overeind, kuste de hand van zijn zoon en volgde haar naar buiten.

103

Blacksburg, Kauhajoki, Bailey, Montreal, Jacksboro, Red Lake, Cold Spring, Red Lion, Erfurt... De lijst van de verschillende schoolmassacres kon zo lang worden gemaakt als je maar wilde. Ze hadden allemaal hun tijd in de schijnwerpers gehad, maar nu deelden ze hetzelfde lot. De onmetelijke diepte van de vergetelheid. Tegenwoordig wist niemand wat dat voor lijst was. Niemand behalve de directe nabestaanden. De rest van de wereld was het allang vergeten.

Dit was anders. Op alle fronten was dit anders. Dit zou nooit in de vergetelheid raken. Het zou in de geheugens gegrift worden van miljoenen mensen en zijn naam zou niemand ooit nog onberoerd laten. Het proces was al in volle gang. Het nieuws over de spectaculaire moorden had zich tot ver buiten de Zweedse grenzen verspreid en de afgelopen dagen had CNN de zaak als een van hun vaste hoofdonderwerpen behandeld.

En dat terwijl ze nog maar kennis hadden van zes van de sterfgevallen. Hoe zou het er dan uitzien wanneer de volgende vijf, met wie nu zo langzamerhand wel afgerekend zou zijn, werden gevonden? Wanneer ze inzagen dat niemand veilig was alleen omdat ze Skåne verlaten hadden en zich in Oslo hadden gevestigd of toevallig op vakantie in het buitenland waren.

Hij was nu dichter bij zijn doel dan hij ooit had durven dromen. De afgelopen jaren had hij zichzef wijsgemaakt dat er geen ander alternatief was dan dat het hem zou lukken. Dat het het voor de hand liggende en volkomen logische gevolg was van al zijn minutieuze voorbereidingen. Nu durfde hij pas voor zichzelf toe te geven hoe naïef hij was geweest en hoe slecht de kansen eigenlijk waren geweest. Maar nu was het min of meer een feit. Hij was op het laatste rechte eind en kon de finishlijn zien liggen.

Negen stuks waren er nog over. Negen stuks die volgens zijn oorspronkelijke plan een nachtelijk bezoek bij hen thuis hadden gekregen. Een voor een. Hij had er rekening mee gehouden dat het met al het gereis vijf uur zou duren. Nu waren de voorwaarden totaal veranderd.

Nu bevonden alle negen zich in dezelfde kamer.

In dezelfde kamer als hijzelf.

Hij probeerde eruit te zien alsof hij sliep, maar het kostte hem moeite om zijn glimlach te verbergen. Het was bijna te mooi om waar te zijn. Het was alsof God zijn doorzettingsvermogen had getest en hem nu beloonde door de rode loper uit te rollen. Hij was zonder enig probleem binnengelaten in het heilige der heiligen.

Niemand leek te vermoeden dat hij niet degene was die hij uitgaf te zijn. De snor had zijn werk gedaan en het gestolde bloed werkte in combinatie met de contactlijm die hij had gevonden beter dan hij had durven hopen. Bovendien had hij zijn rol goed gespeeld en het verbaasde hem hoe makkelijk het was, gezien het feit dat hij helemaal geen tijd had gehad om zich voor te bereiden.

Het voor de hand liggende zou zijn geweest om zich zo gedeisd mogelijk te houden. In de schaduw te blijven en de anderen op de voorgrond te laten treden. Zoals hij altijd had gedaan. Maar zodra hij in de auto was gestapt, had hij zin gekregen om precies het tegenovergestelde te doen. Om te praten. En voor het eerst hadden ze geluisterd. Het afgelopen uur had hij meer met zijn oude klasgenoten gesproken dan gedurende de hele basisschooltijd.

Toen hadden ze nauwelijk geantwoord als hij ze aansprak. Dat was nu anders. Nu vertelden ze zo graag over zichzelf. Over de kinderen en hun huwelijk. Over de scheiding en ontrouw. Over de carrière die ze hoog in de hiërarchieën van Ericsson had gebracht, om daarna ontslagen te worden en nu terug in de schoolbanken te zijn om te leren hoe je een cv moest maken. Over vermorzelde hoop en depressies, de nieuwe badkuip in het buitenhuis en de rente op de hypotheek.

Ze dachten allemaal dat ze wisten met wie ze praatten. In werkelijkheid hadden ze geen enkel idee. En wat genoot hij ervan. Hun pathetische, mislukte leventjes waren als muziek in zijn oren en werkten als een effectief geneesmiddel tegen de jaloezie die hij jarenlang had gevoeld. Tegen alle klasgenoten die altijd zo geslaagd waren, tegen alles wat ze hadden gehad en wat hij nooit zou krijgen.

Hij had zich altijd afgevraagd hoe alle anderen zo natuurlijk in hun rollen konden zijn. Iedereen behalve hijzelf. Hoe ze zonder enig probleem de hoofdrol op zich konden nemen in de film over zichzelf. Nu vroeg hij het zich niet langer af. Nu was alles anders. De rollen waren omgedraaid. Nu waren ze niets anders dan figuranten in de film over hém. Een groepje verliezers. Een grijze, nietszeggende massa, met zulke oninteressante levens dat het hem verbaasde dat ze erover konden vertellen. En vooral dat ze ze konden leiden.

Het leed geen enkele twijfel dat hij de meesten een grote dienst bewees door er een punt achter te zetten. Als ze de mogelijkheid hadden gehad, zouden meerderen hem ook zeker achteraf bedankt hebben. Nu zouden hun nietszeggende leventjes in elk geval een zinvol einde krijgen. Ze zouden nog een kruis in de rij worden. Een cijfer dat samen met de andere een getal vormde waar niemand tegenop kon. Niemand had ooit zijn hele klas omgebracht.

Niemand.

Nog negen te gaan, dan was hij klaar.

Twintig van de twintig.

De meesten zouden niet eens iets merken. Een kleine prik en een paar seconden later zou het voorbij zijn. Een paar zouden zeker proberen zich te verweren, maar dat zou er niets aan veranderen. De uitkomst zou hetzelfde zijn.

Twintig van de twintig.

Een paar uur lang zou het lijken alsof het er negentien van de twintig waren. Alsof er één overlevende was. Iemand die erin geslaagd was zich te verdedigen en de spuit in de dader had gestoken. Namelijk de held Seth Kårheden. En voordat ze er in de chaos achter zouden komen dat Kårheden ook dood was, zou hij allang weg zijn. Wie hij zou uitkiezen als dader stond nog te bezien.

Ze hadden nu allemaal hun bedlampjes uitgedaan, al kon hij horen hoe een van hen het doosje van zijn gebitsbeschermer opende en een ander zijn sokken uittrok, terwijl een derde een pil uit de verpakking drukte. Binnen een kwartier zouden ze allemaal slapen. Zijn horloge gaf aan dat het twintig over drie was en hij kon voelen hoe zijn energie toenam bij elke stap die de secondewijzer wegtikte.

Hij hoorde hoe iemand met zijn sleutels rammelde en kon niet begrijpen waarom. In ieder geval niet tot hij hoorde hoe de zware metalen deur werd geopend. Zonder zich te verroeren deed hij zijn ogen open en zag hoe twee bewakers nog een bed naar binnen brachten en in de rij tegenover hem neerzetten. Zou er nog een bij komen? Hij begreep er niets van. Ze waren er toch allemaal?

Hij zag hoe ze het bed opmaakten en er een stoel bij zetten. Misschien zou een van de bewakers daar slapen? Dat zou op zich geen probleem zijn. Behalve dat hij dan op zijn minst nog een halfuur zou moeten wachten.

Zijn vermoedens bleken niet te kloppen. In plaats daarvan werd er een man binnengeleid, maar het was te donker om te kunnen zien wie het was. Pas toen hij zijn jas uittrok en de steunkraag zichtbaar werd, werd het hem duidelijk. Maar hij begreep er nog steeds niets van. Kon dat echt Fabian Risk zijn die op de rand van het bed ging zitten en zijn blik door de slaapzaal liet gaan?

Het was onmogelijk dat hij erin geslaagd was op eigen houtje te ontsnappen. De enige mogelijke verklaring was dat ze zijn schuilplaats hadden gevonden, wat op zijn beurt inhield dat ze hem hadden geïdentificeerd. Hij kon niet begrijpen hoe. De afdrukken uit de auto had hij geregeld. Of konden er nog meer zijn?

Hij sloot zijn ogen en deed zijn best om niet te laten merken dat hij klaarwakker was en dat zijn hartslag was verdubbeld. Eigenlijk wilde hij naar die duivel toe rennen en een spuit in hem drukken. Voor eens en altijd met hem afrekenen. Maar dat ging niet. Nog niet.

Hij moest nu zijn ogen dichthouden. De alternatieven doornemen. Hij moest niet het risico lopen in het zicht van de finish te struikelen. Niet nu. Hij was al te ver gekomen.

Dat hij geïdentificeerd was, hoefde op zich niet erg te zijn, gezien het feit dat het nog maar een paar uur zou duren voordat hijzelf zijn identiteit vrij zou geven. Het proces was al in volle gang en er waren op dit moment op zijn minst honderd personen mee bezig. Dus bij nadere beschouwing was er eigenlijk geen reden tot ongerustheid.

Toch was dat precies wat hij op dit moment voelde.

Onzekerheid. Die aan hem knaagde. En daar had hij nu totaal geen behoefte aan. Wat wisten ze nog meer? Wisten ze dat hij hier was? En wisten ze in dat geval wie van hen hij was? Was dat de reden dat Fabian hier was? Of dachten ze gewoon dat dit voor hem ook het veiligst was?

Hij besloot dat ze er geen idee van konden hebben. Bij de geringste argwaan zouden ze allang met een arrestatieteam naar binnen zijn gestormd en hen allemaal mee hebben genomen om verhoord te worden. Hoe meer hij erover nadacht, hoe zekerder hij werd.

Ze hadden geen idee.

Dat gold in elk geval voor Tuvesson en haar collega's. Wat er in Risks hoofd omging was daarentegen een heel andere zaak. Daar speelden logische redenaties geen rol. Die les had hij geleerd. Nee, Fabian Risk leefde blijkbaar onder compleet andere natuurwetten dan zijn collega's.

Hij had al iets meer dan twee uur dood moeten zijn. Maar daar zat hij op zijn bed schuin tegenover hem, achter aan de rij waar de meisjes waren gaan liggen, uit te kijken over het slapende gezelschap. Niets verbaasde hem meer als het over die man ging. Er waren geen garanties dat Risk niet vermoedde dat hij zich onder hen bevond. Dat hij er op een of andere onverklaarbare manier in was geslaagd precies uit te dokteren hoe het in elkaar zat en er daarom op eigen initiatief voor had gekozen om hier de nacht door te brengen. Weliswaar zou hij dan zijn collega's moeten hebben ingelicht.

Moeten hebben.

Het zou niet de eerste keer zijn dat Risk niet deed wat hij zou moeten hebben gedaan. Hij kon net zo goed hebben besloten zijn vermoedens voor zichzelf te houden. Of vermoedde hij niets en wilde hij alleen maar een paar uur in veiligheid slapen?

Hij draaide zich op zijn zij en probeerde de beweging eruit te laten zien alsof die in zijn slaap werd gemaakt. Niemand mocht zien dat hij glimlachte toen hij de timer op zijn horloge aanzette.

Dertig minuten. Geen seconde langer.

Hij had zijn dader gevonden.

104

De foto was bijna perfect. In tegenstelling tot de foto uit het archief was hij de wilde baard hier kwijt en zijn gelaatstrekken, al waren ze dan anoniem, waren er allemaal. Zo zag Torgny Sölmedal er tegenwoordig uit.

'Je bent dus ontslagen omdat je deze aan ons door wilde geven?' vroeg Tuvesson en Dunja Hougaard knikte.

'Dat en de auto,' zei Dunja en ze probeerde zo Zweeds mogelijk te praten.

Tuvesson schudde haar hoofd en wisselde een blik uit met Lilja, Rots en Molander. Ze wist niet wat ze moest zeggen. Ze had Kim Sleizner een paar keer ontmoet en hem altijd beschouwd als een verwaande bullebak. Maar verwaande bullebakken waren verre van ongewoon in het politiewezen, aan beide kanten van de Sont. Natuurlijk had ze, net als alle anderen, verhalen over Sleizner gehoord, maar ze had ze opgevat alsof ze dat ook waren. Verhalen. Niet meer en niet minder. Dat hij uit eigenbelang een politieonderzoek in Zweden had tegengewerkt, was iets heel anders.

'Dus hij heeft er geen idee van dat je hier bent?'

'Nee, hij weet niet eens dat ik de foto heb. Die psychopathische fucking klootzak heeft mijn mail meteen geblokkeerd nadat hij mij ontslagen had.'

Tuvesson en de anderen keken elkaar aan.

'Sorry,' zei Dunja. 'Wat ik bedoel is dat hij...'

'Ik geloof dat we het begrijpen,' zei Tuvesson. 'Maar hoe ben je dan aan de foto gekomen?'

'Ik heb een heel goede vriend op de IT-afdeling.'

'Daar kun je er niet te veel van hebben,' zei Rots.

'Dat je het weet, je kunt ons hier allemaal als je vrienden beschouwen,' zei Tuvesson. 'Zonder jou hadden we... Ik wil er niet eens aan denken.'

'Ik kan niet begrijpen waarom hij erop tegen is dat wij de foto krijgen,' zei Lilja.

'Mijn gok is dat hij hem over een paar uur zelf wil laten zien op de persconferentie.'

'Het gaat dus alleen om de eer.'

'En om de aandacht af te leiden van het feit dat hij niet opnam toen Astrid hem probeerde te bellen,' voegde Rots eraan toe.

Tuvesson dacht na, hoewel ze eigenlijk al had besloten wat ze zou doen. Sleizner zou woedend worden, hemel en aarde bewegen en ervoor zorgen dat de relatie tussen de Deense en de Zweedse politie-instanties zo mogelijk nog slechter werd.

'We brengen een opsporingsbericht uit. Nu meteen.'

Dunja voelde hoe de klomp in haar buik aan het slinken was. Eindelijk was ze op een afdeling beland waar de politie het onderzoek op de eerste plaats zette.

'Ik zet hem op de server,' zei Molander en hij verdween.

Rots en Lilja waren al bezig de ochtendkranten te bellen.

'Dunja, als je iets wilt eten of drinken, dan is de keuken daarachter. Doe alsof je thuis bent,' zei Tuvesson. 'En als je uit wilt rusten, hebben we een...'

'En als ik mee wil helpen?'

105

Sinds 16 juni was ze er alleen maar voorbijgelopen, en dat had elke keer even vreemd aangevoeld. Drieënhalve week lang had ze de krant niet bezorgd. Een kleine eeuwigheid als je Kårheden was. In de bijna tien jaar dat ze krantenbezorger was, kon ze zich niet herinneren dat ze ooit eerder een zo lange onderbreking had gehad. Nu ze erover nadacht kon ze zich niet eens herinneren dat er ooit een onderbreking was geweest.

Het was een saaie periode en als ze heel eerlijk moest zijn, miste ze hem. Niet omdat ze hem kende. Ze wist zelfs nauwelijks hoe hij eruitzag. Maar één ding wist ze en dat was hoe er werd uitgekeken naar de krant die ze bracht, en dat het lezen ervan waarschijnlijk het hoogtepunt van Kårhedens dag was.

Nu was de droogte in ieder geval voorbij. De krant zou weer bezorgd worden en de orde was hersteld. Ze stapte van haar brommer, pakte een *Helsingborgs Dagblad* en vouwde het op terwijl ze naar het huis liep. Zoals gewoonlijk kwam er rook uit de schoorsteen, hoewel het midden in de zomer was. Het had vannacht weliswaar flink geregend en het oude huis was vast vochtig. Maar als Kårheden ergens aan vasthield dan waren het zijn routines. Zoveel had ze begrepen.

Halverwege het pad naar de deur bedacht ze zich en liep terug naar de brommer en pakte ook een *Dagens Nyheter* en een *Svenska Dagbladet*. Een 'welkom thuis'-geschenkje. Dat was het minste wat ze kon doen, om blijk te geven van haar waardering. Bij de deur gekomen vouwde ze het *Svenska Dagbladet* op en liet het zachtjes in de brievenbus vallen. Ze vroeg zich af hoe hij zou reageren. Zou hij ervan uitgaan dat ze hem de verkeerde krant had gegeven en snel de deur opendoen, of zou hij hem nieuwsgierig oppakken en het beschouwen als een klein avontuur in het alledaagse leven?

Maar er gebeurde niets.

De krant viel dood neer op de vloer van de hal en bleef er liggen alsof het niemand iets kon schelen. Geen hand die hem oppakte. Niets. Ze vouwde vlug de *Dagens Nyheter* op en duwde die ook naar binnen. Hetzelfde gebeurde.

Niets.

Wat betekende dat? Het was tenslotte niet zo dat hij niet thuis was. Misschien was hij in slaap gevallen? In een opwelling drukte ze op de deurbel terwijl ze het *Helsingborgs Dagblad* door de brievenbus duwde. Ze kon zien hoe hij omlaagviel en boven op de andere kranten terechtkwam. Dit voelde helemaal niet goed. Wat moest ze doen? Verdergaan en doen alsof er niets aan de hand was?

Dat zou ze eigenlijk moeten doen.

In plaats daarvan drukte ze het handvat omlaag en stelde vast dat de deur niet op slot zat. Ze stapte naar binnen en liet de kranten op de vloer liggen. Precies zoals ze had gefantaseerd stond er een klassieke, mooie leesfauteuil voor de open haard, waarin het hout lag te smeulen.

Maar waar was Kårheden? Ze hoorde geen douchegeluiden. Ze riep hallo en kreeg het antwoord dat ze had verwacht. Hij was niet thuis. De vraag was waarom niet. En wie had het haardvuur aangemaakt? Eigenlijk deed het er niet toe. Wat er ook aan de hand was, het was in ieder geval niet haar zaak. Ze zou het huis moeten verlaten, terug naar haar brommer moeten lopen en haar ronde moeten voortzetten. Kårheden was tenslotte niet de enige die zijn krant nodig had.

Ze liep de huiskamer in en liet haar blik rondgaan. Een deur stond op een kier. Waarschijnlijk leidde die naar de slaapkamer. Misschien lag hij gewoon daarbinnen te slapen. Ze had geen idee waar hij was geweest tijdens de lange onderbreking. Misschien had hij een jetlag?

Ze zou nu echt moeten gaan.

Ze duwde de deur met haar voet open en daar lag hij inderdaad in bed, in zijn pyjama. Maar hij sliep niet. Hij was dood, met zijn armen en benen vastgebonden aan het hoofd- en voeteneinde van het bed.

Ze begreep er niets van en dacht aan alle misdaadromans die ze had gelezen en aan alle sporen die op een moordplaats gevonden konden worden. Ze mocht echt niet naar binnen gaan, maar ze moest wel. Dit was de eerste keer dat ze in het echt een dode zag. Behalve die keer toen ze langs een auto was gereden die over de kop was geslagen op de 111. De ambulance was er al geweest en ze was langzamer gaan rijden en had de bedekte brancard gezien. Dit was anders.

Ze drukte met haar wijsvinger tegen de blote voet. Die voelde koud aan en er bleef een lichte plek achter. Ze vroeg zich af of dat iets zei over hoe lang hij al dood was. Alle speurders hadden hun trucjes, maar het was maar de vraag hoeveel er eigenlijk overeenkwam met de werkelijkheid. Zoals dat het lichaam direct stijf begon te worden nadat de dood was ingetreden.

Ze liet haar blik langs zijn arm omhooggaan. De pyjama was opgerold en er was wat opgedroogd bloed te zien dat over zijn onderarm was gelopen. Ze keek beter en ontdekte een klein rood prikje in de binnenkant van zijn elleboog. Hij was vergiftigd. Iemand had een spuit in zijn arm gestoken en hem vergiftigd. Ze voelde hoe haar hartslag toenam. Ze was hier goed in.

Wat ze niet kon begrijpen was het gezicht. Toen ze voor de eerste keer haar hoofd om de hoek van de kamer had gestoken, was ze ervan uitgegaan dat het een snor was. Maar nu ze dichterbij kwam, besefte ze dat het precies het omgekeerde was. De snor was verwijderd. Die was er met huid en al afgesneden en er was een brij van gestold bloed achtergebleven.

106

Kim Sleizner werd koud en bezweet wakker en de lakens in het bed waren nat. Het was pas tien voor vier. Hij had nog twee uur kunnen slapen en dan toch nog tijd genoeg gehad voor een lange douche en een goed ontbijt voordat de persconferentie begon. Hij kon nauwelijks wachten. Eindelijk zouden de schijnwerpers worden gericht op wat er werkelijk toe deed.

De echte dader.

De dader die zes Zweden en twee Denen van het leven had beroofd. Zo meteen zouden de kranten iets wezenlijks hebben om over te schrijven in plaats van te blijven doorzeuren over zijn privéleven. Hij keek door het grote panoramaraam en richtte zijn blik naar het oosten. Het was nog steeds donker, ongewoon donker voor juli, maar in de verte, in de buurt van Zweden, was de hemel niet helemaal even donker. Ondanks alles kwam er altijd weer een nieuwe dag. Een nieuwe dag vol mogelijkheden.

Er kwam een boot voorbij in het kanaal die met brandende lampen in de richting van de Langebro voer, en hij vluchtte even in een fantasie waarin hij naar de garage stormde, met de auto naar de brug reed en op het dek sprong en deze hele klotezooi achter zich liet. Op weg naar nieuwe avonturen, om nooit meer terug te keren.

Zijn hartslag draaide nog steeds op volle toeren, dat voelde hij duidelijk. Hij begreep alleen niet waardoor het kwam. Hij had gisteren geen koffie gedronken en alles was volgens plan verlopen. Dunja was uit beeld verdwenen en straks zou hij met nieuws komen dat in één keer alle kritiek op hem zou doen verstommen. Hij zou vol vertrouwen moeten zijn, maar het enige wat hij voelde was onrust.

Hij ademde een paar keer in en uit, boog zo diep voorover als hij kon en kwam overeind terwijl hij tegelijkertijd diep ademhaalde, stak zijn armen boven zijn hoofd en bracht ze in een cirkel naar beneden, precies zoals hij Viveca had zien doen tijdens haar yoga-oefeningen voor de tv. Hij probeerde het opnieuw, maar kon geen enkel verschil voelen.

Hij gaf het op en liep naar zijn bureau, zette zijn laptop aan en keek of er nog nieuwe berichten waren.

Er waren er drie door zijn spamfilter gekomen.

10 juli 2010 02.12.40 CET viveca.sleizner@googlemail.com:
Ben in contact geweest met makelaar, die de woning om 13:00 uur vandaag komt bekijken. Zorg ervoor dat het schoon en netjes is en dat je uit de buurt blijft./V

10 juli 03.32.51 CET jens.duus@politie.dk:
De foto is geprint, ingelijst en op onze server gezet met als wachtwoord Kb48Grtda7. Tot ziens! Jens

Sleizner begreep niet waarom Jens Duus altijd van die ingewikkelde wachtwoorden moest nemen. Over een paar uur zou het verspreid worden onder alle journalisten van het land zodat ze konden inloggen om de foto te downloaden, en hij wist nu al dat op zijn minst een derde daarvan de verkeerde code in zou tikken.

10 juli 03.51.10 CET niels.pedersen@politie.dk:
http://politiken.dk/

Geen groet. Alleen maar een link naar *Politiken*. Sleizner keek op de klok en begreep dat het bericht net binnen was gekomen. Maar wie was Niels Pedersen? Hij kende geen Niels Pedersen. Of wel? Hij klikte op de link, zodat de browser geopend werd en de homepage van *Politiken* liet zien.

Hij geloofde zijn ogen niet en begreep er niets van. Helemaal niets.

Ze hadden de foto al. De foto die hij had laten inlijsten en waar hij voor gezorgd had dat hij en niemand anders hem naar buiten zou brengen. En nu was hij daar al en vulde het volledige scherm.

> Hier is hij!
> De Zweedse politie brengt een opsporingsbericht naar buiten van de klassenmoordenaar Torgny Sölmedal en zegt dat ze hem op het spoor zijn. 'Hij zou nu snel moeten worden opgepakt.'

Sleizner klikte verder naar de homepage van de *Berlingske* en werd begroet met dezelfde foto.

> Zweedse politie boekt grote vooruitgang in de jacht op de klassenmoordenaar Torgny Sölmedal!

Ze wisten nu zelfs zijn identiteit. Het moest Dunja zijn geweest. Het kon niemand anders zijn. Maar hoe had ze dat in vredesnaam voor elkaar gekregen? Ze was nog erger dan een kakkerlak. Hoe hij ook stampte, ze bleef maar rondlopen. Hij had haar mailbox laten blokkeren. Maar toch was ze erin geslaagd de foto bij de Zweden te krijgen. De foto die, ondanks alle geruchten dat hij zijn aftreden bekend zou maken, de spil vormde van zijn persconferentie.

Hij zou de persconferentie af moeten zeggen. Dat betekende natuurlijk een aanzienlijk prestigeverlies en Hammersten zou zijn wenkbrauwen fronsen. Maar hij had geen keus. Zonder de foto had hij niets te vertellen en dan zou het allemaal weer over zijn eventuele aftreden gaan. Hoe hij de situatie ook bekeek, hij kwam telkens op hetzelfde uit. Die walgelijke kleine hoer had gewonnen en hij was neergegaan.

Maar hij was wel vaker weer opgestaan.

Uitgeteld was hij nog lang niet.

107

'En hé...'

'Ja?'

'Vergeet niet dat hij extreem levensgevaarlijk is.'

Een klik en het gesprek was voorbij.

Hij pakte het koffiekopje, maar zijn hand trilde zo erg dat hij het met allebei zijn handen vast moest houden. De koffie was koud geworden, maar de suiker zou hem hopelijk de energie geven die hij nodig had. Hij voelde een instinctieve onwil, maar wist dat hij geen keus had. De geringste twijfel van zijn kant zou in het ergste geval tot nieuwe slachtoffers kunnen leiden. Hij kwam overeind en voelde dat zijn benen het in elk geval hielden. Hij hoorde hoe het toilet werd doorgetrokken en vlak daarna kwam zijn collega uit de wc met een krant in zijn hand.

'Wat is er? Je ziet er helemaal... Wat is er in godsnaam gebeurd?'

'D-de r-recherche belde. Je weet wel die T-Tu-Tuvesson.'

'Ja? En wat wilde ze?'

'Hij is hier. De k-k-klassenmoordenaar.'

'Wat? Wat zeg je nu allemaal? Hoezo hier?'

'S-Seth Kårheden is in zijn huis gevonden,' antwoordde hij, opgelucht dat het stotteren eindelijk op leek te houden.

'Bedoel je dat de dader vermomd als Seth Kårheden daarbinnen bij de anderen ligt?'

Hij knikte en voelde hoe hij tot bedaren leek te komen. Nu ze met zijn tweeën waren, voelde alles veel beter.

'Allemachtig.'

'Ze zijn bezig versterking in te roepen. Maar jij en ik, wij... wij moeten naar binnen gaan en hem pakken voor hij nog meer uithaalt. We kunnen niet wachten.'

'Oké. Dan doen we dat meteen. Kom op. Als je het tenminste aankunt?'

'Natuurlijk. Waarom zou ik het niet aankunnen?'

Zijn collega gaf hem een lichte por tegen zijn schouder. 'Wat cool. Jij en ik gaan die schoft pakken.'

Ze controleerden vlug hun uitrusting en liepen de hoofdwacht uit. Toen ze bij de gesloten deur aankwamen die naar de slaapzaal leidde, bleven ze staan en wisselden een blik uit.

'Klaar?'

Hij knikte en zijn collega draaide de sleutel zo voorzichtig als hij kon om en schoof de deur open.

'Trouwens, wacht. Misschien moeten we onze schoenen uittrekken zodat we niemand wakker maken?'

'Oké.'

Ze trokken hun schoenen uit en liepen op hun sokken naar binnen, sloten de deur achter zich en wachtten tot hun ogen zich hadden aangepast aan het donker. Ze wisten precies wie hij was en in welk bed hij lag. Hij was degene die van iedereen het meest had gepraat en het meeste bezwaar had gemaakt tegen het feit dat ze in het huis van bewaring moesten overnachten. Stel je voor, hij was de hele tijd in hun midden geweest. Over een kouwe kikker gesproken. Maar nu zou hij gepakt worden. Hij voelde zich totaal niet meer zenuwachtig. Zo zou het gaan, daar was hij zeker van.

Een paar minuten later konden ze de rij met bedden langs de ene muur zien en begonnen naar het een na laatste bed aan de linkerkant te lopen. Zijn collega hield de handboeien gereed. Het was een geniale inval geweest om hun schoenen uit te trekken. Het was onmogelijk om hun stappen over de vloer te horen.

Toen ze bij het bed aankwamen konden ze zien dat hij op zijn buik lag te slapen. Zijn hoofd was van hen afgewend, zijn rechterhand had hij onder het kussen gestoken en de linker lag naast zijn lichaam. Het zag er niet bepaald comfortabel uit, maar gedurende zijn zeventien jaar als nachtwaker had hij de merkwaardigste slaaphoudingen gezien.

Ze wisselden een blik uit en knikten. Meer gereed konden ze niet zijn.

Hij tilde zijn linkerknie in de lucht en stootte die naar voren terwijl hij zich tegelijkertijd over de slapende man heen boog, om de knie in zijn rug te zetten en allebei zijn armen naar achteren te trekken – een beweging die een tweede natuur van elke bewaker was geworden en die hij zelf vaker had uitgevoerd dan hij zich kon herinneren.

Maar net op het moment dat zijn knie neer zou komen, gleed de man weg en draaide zich om, waarna hij een steek voelde in zijn linkerdij. Hij probeerde te zien wat het was, maar daar kreeg hij geen tijd voor omdat de man uit het bed sprong en de keel van zijn collega dichtkneep, die zonder een geluid te maken in elkaar zakte.

Zelf realiseerde hij zich dat hij op de grond lag. Zijn benen moesten het onder hem begeven hebben. Waarom voelde hij niets? Hij probeerde op te staan, maar kon zijn benen niet bewegen. Hij probeerde te helpen met zijn armen, maar zelfs die kon hij niet bewegen.

Hij kon niet eens ademen.

108

De deuren sloten zich maar gingen weer open. Dat was altijd zo op dit uur van de dag. Altijd stond er wel een draaikont die verhinderde dat de deuren dichtgingen, terwijl hij zijn vriend riep die in slaap was gevallen tegen een van de pilaren op het perron.

Sievert Sjödal wist nog hoe hijzelf precies die leeftijd had gehad en tegen precies dezelfde pilaar had geleund op precies hetzelfde station en precies even dronken was geweest. Dat was in het midden van de jaren tachtig geweest en hij was ervan overtuigd dat het toen leuker was. Lustans Lakejer hadden hun afscheidsconcert gegeven in de Ritz en hij had helemaal vooraan gestaan en na afloop zelfs een handtekening van Johan Kinde gekregen.

Toen had hij, net als nu, op de trein staan wachten. Het enige verschil was dat hij nu wachtte tot de trein zou vertrekken, zodat hij op het spoor kon springen met de emmer, de borstel en de ladder over zijn schouder.

Je moest opletten waar je je voeten neerzette, ook al deed hij het nu al zoveel jaar dat hij de hele procedure zonder enig probleem met een doek voor zijn ogen had kunnen uitvoeren. Hij zou in elk geval niets missen. De reclame die hij de afgelopen jaren had opgehangen, was zo oersaai en stom geweest dat hij zeker wist dat niet een van de miljoenen passagiers die de metro gebruikten zich er ook maar iets van aantrok. Zelfs dat was in de jaren tachtig beter geweest met de 'Onverwacht bezoek'-campagne van Gevalia of die van Nokia, die niemand begreep maar waarover iedereen het had.

Maar de campagne die hij nu op ging hangen was iets anders en hij merkte aan zichzelf dat hij het niet kon laten erover na te denken waar het eigenlijk reclame voor was.

Eerst een portret van een man die er precies zo uitzag als wie dan ook en dan helemaal onderin met rode letters:

IK HEB HET GEDAAN

TORGNY SÖLMEDAL

109

Fabian werd wakker van zijn eigen hartslag. Hij was buiten adem en moest weer hebben gedroomd. Hij droomde eigenlijk nooit. Maar de afgelopen dagen gebeurde het zodra hij zijn ogen sloot. Zieke, verwrongen gebeurtenissen die niets te maken leken te hebben met zijn werkelijke belevenissen. In tegenstelling tot de eerdere dromen kon hij zich er deze keer niets van herinneren. Het was alsof hij eigenlijk helemaal niet had gedroomd. Maar dat had hij wel, dat wist hij zeker.

Of was er iets anders waar hij wakker van was geworden?

Hij ging rechtop in bed zitten en zag de op een rij gezette bedden langs de muur tegenover hem. O ja, hij bevond zich samen met zijn oud-klasgenoten in het huis van bewaring. Hij pakte zijn horloge van de stoel en zag dat het 04.23 uur was.

Hij was moe, te moe om na een paar uur slaap al wakker te worden. Hij keek naar de andere bedden, maar alle anderen leken te slapen. Waardoor was hij wakker geworden? Hij werd nooit midden in de nacht wakker. Hij moest naar de wc. Misschien had zijn blaas druk uitgeoefend en hem gewekt.

Hij kwam overeind en liep naar de deuren aan het achterste eind van de kamer. Op een van de deuren zag hij een badkamerbordje. Hij opende de deur zo zachtjes als hij kon, ging naar binnen en tastte naar het lichtknopje op de muur, maar liet het licht uit. Anders zou hij op de terugweg geen moer zien.

Het was pikdonker in de badkamer en hij moest de weg vinden met beide armen voor zich uitgestrekt. Aan de rechterkant voelde hij een plastic gordijn, een douchegordijn dat dicht was getrokken. Hij liet zijn hand langs het gordijn omlaag glijden tot hij iets kouds en hards voelde en begreep dat het de rand van een badkuip was. Misschien zou hij morgen een bad kunnen nemen?

Hij liep verder de badkamer in, langs een wastafel, voordat hij bij een toiletpot kwam. Hij voelde met zijn handen aan de koude, enigszins kleverige porseleinen rand. Zowel de deksel als de wc-bril waren omhooggeklapt. Hij tastte verder met zijn vingers, deed de bril omlaag en ging zitten. Zoals gewoonlijk wanneer hij midden in de nacht plaste, kwam er veel te weinig om de moeite waard te zijn. Maar als hij wakker was geworden, kon hij onmogelijk weer in slaap vallen zonder eerst een poging te hebben gedaan.

Op de tegelmuur aan de rechterkant vond hij een grote closetrolhouder, maar om papier te pakken moest hij zijn hele hand erin steken en proberen het eind te vinden van wat er over was van de rol. Hij droogde zich af, stond op en trok door. Dat was luider dan hij had gedacht en hij hoopte dat niemand er wakker van was geworden. Hij vond de kranen en zelfs vloeibare zeep en waste zijn handen.

Er was niets om ze mee af te drogen en dus keerde hij terug naar de deur met het douchegordijn tegen zijn linkerhand. Hij stootte met zijn ene voet tegen iets op de vloer en hoorde hoe het wegrolde over de tegels. Het klonk hard en metaalachtig en hij bukte en tastte met zijn handen over de vloer om uit te vinden wat het was.

Ten slotte vond hij het bij de ene muur en het was inderdaad van metaal en gevormd als een halfrond met een diameter van een centimeter. Op de gewelfde kant voelde hij een soort reliëfpatroon en op de andere een kleine lus die uitstak. Hij begreep wat het was.

Een knoop.

Een uniformknoop.

De dingen begonnen op hun plek te vallen. Waarom hij wakker was geworden en het dichtgetrokken douchegordijn.

Hij liep naar de badkuip, ging op zijn hurken zitten, stak zijn ene hand erin en voelde meteen wat hij al had vermoed. Een been en daarna een hand. Een voet, maar geen schoen. Een nek en een gezicht. En daarnaast nog een.

Twee bewakers, allebei dood.

Hij was hier.

Torgny Sölmedal was hier. Natuurlijk. Waar zou hij anders zijn? Toch was het niet eens bij hem opgekomen, en blijkbaar ook niet bij de anderen.

De vraag was wie hij was. Waarschijnlijk niet Jafaar of een van de vrouwen. Stefan A of Stefan M? Seth? Nicklas? Het moest een van hen zijn.

Fabian verliet de badkamer en ging zo snel als hij kon zonder argwaan te wekken terug door de slaapzaal, en liep voorbij zijn bed naar de ingang. Maar de deur zat op slot en hij kon geen alarmknop vinden. Hij had geen mobiele telefoon en de anderen waarschijnlijk ook niet. Hij wreef over zijn slapen en voelde dat hij eigenlijk te moe was. Kon hij de sleutels van de bewakers hebben gebruikt en al naar buiten zijn gegaan?

Fabian keerde terug naar zijn bed en maakte van de gelegenheid gebruik om zijn blik over de andere bedden te laten glijden. In elk bed lag iemand behalve in het zijne. Hij was er dus nog. Hij maakte zijn toilettas open en peuterde voorzichtig het spiegeltje los dat in de klep zat en liep naar de rij bedden tegenover hem.

In het eerste, rechts voorin tegen de buitenmuur, lag een man op zijn rug met zijn mond half open. Hoewel hij flink was aangekomen herkende Fabian hem direct als Jafaar Umar. Hij ging op zijn hurken aan de rand van het bed zitten en herinnerde zich hoe Jafaar het hele lesuur met zijn grappen kon vullen en het er altijd over had gehad dat hij komiek wilde worden. Hij hield het spiegeltje vlak boven zijn mond en probeerde zich te herinneren of hij hem ooit ergens had gezien of gehoord, maar kon niets bedenken.

Geen wasem.

Voor de zekerheid drukte hij licht op de halsslagader.

Niets.

Jaffe was al dood en dat verbaasde Fabian niet. De vraag was hoe ver hij was gekomen met de anderen.

Hij liep naar het bed ernaast waarin Stefan Andersson op zijn zij lag. Hier ook geen wasem. Verdomme. Hij was te laat. Hij ging gauw naar het volgende bed en daar lag Seth Kårheden. De snor was niet te missen. Die had hij al zo lang Fabian zich kon herinneren. Hij hield het spiegeltje boven zijn mond en besefte al snel dat het hier hetzelfde was. Hij veegde het spiegeltje af aan zijn broekspijp en probeerde het nog een keer, maar er verscheen geen wasem.

Zou hij echt tijd genoeg hebben gehad om hen allemaal om te brengen? En hoe kon het dan dat hijzelf nog leefde? Was hij daardoor wakker geworden? Toen hij bezig was met de beddenrij tegenover hem? Fabian was te moe om helder na te denken en hij voelde hoe de wanhoop als een virus om zich heen greep. Het enige wat hij eigenlijk wilde was het opgeven. Terug naar zijn bed gaan, erin kruipen en zijn ogen sluiten. Wachten tot hij aan de beurt was.

Hij legde zijn hand op Seth Kårhedens halsslagader en constateerde wat hij al wist. Maar er was iets anders. Iets wat niet klopte.

De snor.

Die zat scheef. Alsof hij... Hij voelde er voorzichtig aan en hij zat inderdaad los. Hij keek ernaar in zijn hand en constateerde dat hij voor een namaaksnor ongelooflijk goed gemaakt was, in elk geval voor zover hij het in het donker kon zien, tot hij zich realiseerde dat het helemaal geen namaaksnor was. Hij liet hem vallen alsof hij besmet was en richtte zijn blik op Seth Kårheden en toen drong het pas tot hem door. Het was Seth Kårheden helemaal niet die daar dood in het bed voor hem lag.

Het was Nicklas Bäckström.

Hij probeerde te begrijpen hoe het allemaal in elkaar stak, maar het lukte hem niet en hij had het gevoel dat er zich iets bewoog op de vloer aan de andere kant van het bed. Maar hij kon niet zien wat het was en de volgende seconde voelde hij een steek in zijn linkerkuit. Hij probeerde weg te komen, maar kon zich niet bewegen. De handen onder het bed hadden zijn enkels al beet en trokken die naar zich toe.

Fabian viel en voelde hoe de steunkraag tegen de rand van het bed sloeg waarin Stefan Andersson lag. Hij zag hoe de armen zich als twee tentakels van onder het bed uitstrekten. Hij probeerde zich los te trappen van de begerige handen en kon zien hoe de injectienaald uit zijn kuit stak. Daar wilden de handen bij komen. Zelf kon hij er ook niet bij, de spuit zat te ver naar beneden, en het enige wat hij kon doen was doorgaan met schoppen en zich verzetten.

Hij raakte iets hards en voelde hoe de handen loslieten. Hij probeerde zijn benen naar zich toe te trekken, maar kon ze niet bewegen. Als hij niet snel wegkwam, zouden de handen weer terug zijn. Hij draaide zich op zijn buik en probeerde op handen en voeten te gaan staan, maar zijn benen gehoorzaamden niet. De handen konden elk moment bij de injectienaald komen en het gif erin drukken.

Hij strekte zich uit naar de poot van Anderssons bed, maar kon er niet bij. Hij kwam tien centimeter tekort. Hij tijgerde en hoorde hoe het bed achter hem omviel. Hij kreeg de beddenpoot te pakken en probeerde zich er uit alle macht vandaan te trekken.

Hij moest weg zien te komen van wat het ook was achter hem. Dat was het enige waaraan hij kon denken terwijl hij zich met behulp van zijn armen voortsleepte over de vloer. Hij moest ten koste van alles bij de deur zien te komen. Het gevoel verdween steeds meer, en hoewel niets in hem geloofde dat hij het zou halen voordat het te laat was bleef hij zich voorttrekken over de glimmende linoleumvloer. Was alleen hij nog over of waren er nog enkele van de anderen in leven?

Hij zoog zijn longen vol om te schreeuwen, maar werd op hetzelfde moment achteruit getrokken en omgedraaid. Torgny Sölmedal ging met een been aan elke kant van hem staan, glimlachte, nam een aanloop en sprong recht omhoog. Fabian besefte wat er ging gebeuren en probeerde weg te draaien. Maar hij kon zich niet meer verroeren, en Sölmedal landde met zijn knieën eerst boven op zijn borst.

Hij kon horen hoe meerdere ribben knakten en voelde hoe een intense pijn zich door zijn longen verspreidde. Hij hoestte en proefde de smaak van bloed. Hij hapte naar adem maar kreeg geen lucht. Sölmedal glimlachte en boog zich naar hem toe. Fluisterde in zijn oor.

'Het heeft geen zin om nog tegen te spartelen. Het is voorbij.'

Hij had gelijk. Er was niets meer wat hij kon doen. Niets anders dan toekijken hoe hij zich omdraaide en zijn hand uitstak naar de injectienaald in zijn been. Maar waar wachtte hij op? Waarom drukte hij niet gewoon het gif naar binnen en maakte er een einde aan? Fabian hoestte nog meer bloed op en hij hoorde hoe het elke keer als hij adem probeerde te halen piepte in zijn borst.

Sölmedals hand trilde alsof die zich inspande om bij de spuit in zijn been te komen. Zijn andere hand was bij zijn keel en probeerde de riem los te krijgen die steeds strakker werd aangetrokken. Wie was het die hem vasthield? Zijn gezicht werd steeds bleker, bijna blauw. Toch spartelde hij tegen, alsof hij weigerde te accepteren dat het maar een kwestie van tijd was voordat het voorbij zou zijn.

Seconden of minuten? Fabian had geen idee. De strijd leek een eeuwigheid te duren en het zag eruit alsof het Cecilia en Annika, die achter hem stonden en aan de riem trokken, niet zou lukken. Fabian hoorde hoe ze om hulp schreeuwden, maar zag niemand komen. De kleur keerde terug in het gezicht van Sölmedal en daarmee de kracht om bij de spuit te komen. Fabian deed een laatste poging om zijn been te verplaatsen, maar kon zich totaal niet bewegen.

Toen verscheen, als uit het niets, een andere hand die de spuit vastgreep en hem uit zijn been trok. Fabian begreep niet wat er gebeurde tot hij zag dat het Lina was. Het volgende moment had ze hem in Sölmedals hals gestoken en leeggedrukt.

Toen pas was het voorbij.

Toen pas lag hij daar, dood en met zijn tong uit zijn mond hangend.

Lina, Cecilia en Annika hielpen om het lichaam van zijn borst te trekken terwijl Lena de spuit verwijderde en het gif probeerde weg te zuigen. Daarna gingen de lampen aan het plafond aan en hij kon rennende voetstappen over de vloer horen. Hij moest zijn ogen dichtknijpen. Het licht stak als naalden in zijn ogen. Er kwam meer bloed en hij kon geschokte stemmen horen die door elkaar heen schreeuwden.

Tuvesson, Lilja en Rots waren er. Iemand voelde met een hand aan zijn keel en riep iets in het Deens. Hij begreep niet wat, maar het klonk als iets ernstigs. Ze riep nog een keer, maar hij wist niet zeker of iemand luisterde.

Hij hoestte en voelde hoe zijn mond volliep met bloed en hoe het langs zijn keel stroomde. Maar het deed niet langer pijn. De pijn was aan het verdwijnen. Met de stemmen mee.

Ten slotte werd het helemaal stil.

Donker en stil.

110

Hoewel het nog steeds vroeg in de ochtend was, had het licht het allang overgenomen, en de zon was bezig de temperatuur een flink stuk boven de twintig uit te duwen. Het zou waarschijnlijk weer een dag worden met een warmterecord. Het verkeer op de wegen kon nog steeds als weinig worden aangeduid, maar nam elke minuut toe en beneden bij de veerbootterminal kronkelden al lange rijen volgepakte vakantieauto's.

Bij Fria Bad kwamen de eerste badgasten aan en spreidden hun handdoeken uit in het zand om zich te verzekeren van de beste plaatsen en een klein beetje rust. Over een paar uur zou het strand veranderd zijn in een kakofonie van schreeuwende gezinnen met ijs morsende kinderen en vermoeide ouders.

De winkels langs de Kullagågata zouden pas over een poosje opengaan, maar bij lunchroom Fahlmans op de hoek van het Stortorget waren de vakantiekrachten al druk bezig de tafels en stoelen buiten te zetten.

De aanplakbiljetten waren nog van gisteren en gingen, behalve over de dubbele moord op de E6 en in de hoofdbibliotheek, over zonnebrandcrèmetesten en tips over hoe je vakantieruzies kon vermijden.

Over het geheel genomen een volkomen normale zaterdagochtend in het midden van juli.

Behalve één ding.

Ze spraken allemaal over hetzelfde.

Overal. In het hele land.

Over het gezicht dat nog niet op de aanplakbiljetten was verschenen, maar dat ze desondanks overal tegenkwamen zodra ze hun huis verlieten.

Op bussen en haltes. Reclamepilaren en pendeltreinen.

Degenen die al op internet hadden gekeken, konden het uitleggen aan iedereen die zich erover verbaasde. Uitleggen dat het geen merkwaardige reclame was. Dat iedereen het anonieme gezicht straks zou herkennen. Dat het toebehoorde aan Torgny Sölmedal.

Dat hij het had gedaan.

III

Fabian Risk huiverde en besefte dat hij zijn ogen dichthield. Dus leefde hij. Hij probeerde zijn tenen te bewegen, maar wist niet of het hem lukte. Eigenlijk zou hij blij en opgelucht moeten zijn, maar het enige wat hij voelde was een groot zwart gat van verdriet. Hij moest weer denken aan de cijfers. De cijfers die hem met rust weigerden te laten.

Hij had het zo koud dat hij rilde, hoewel hij voelde dat hij onder een dik dekbed lag. Hij probeerde aan iets anders te denken, maar de cijfers bleven, als een dwanggedachte, terugkomen en zich tot in het oneindige herhalen.

Lina, Cecilia, Annika en Lena hadden hem gered. Vier stuks. Vier die het hadden overleefd. Met hemzelf erbij waren ze met zijn vijven. Vijf van de eenentwintig. Zestien van zijn voormalige klasgenoten hadden het leven moeten laten, als je Ingela Ploghed meetelde. Met de klassenlerares erbij zeventien. Eén-zeven. Een catastrofe zonder weerga. Weliswaar konden er vraagtekens worden gezet bij de drie die zich niet in de buurt van Skåne bevonden, maar Fabian koesterde geen hoge verwachtingen. Torgny Sölmedal was over het algemeen geslaagd in alles wat hij zich had voorgenomen.

Zelf had hij op alle denkbare manieren gefaald.

Twintig met de Deense politieman en de twee bewakers erbij.

En dan was Mette Louise Risgaard nog niet eens meegeteld.

Hij deed zijn ogen open en zag het plafond met zijn tl-buizen en geperforeerde platen in dezelfde kleur als de tanden van een roker. Hij herkende het. Hij was hier nog helemaal niet zo lang geleden geweest. Hij draaide zijn hoofd zo ver als de pijn het toeliet en zag dat Theodor in het bed naast hem lag. Hij was wakker, keek terug en hun blikken kruisten elkaar. Ze zeiden niets. Het was alsof de stilte op dit moment het waardevolste was wat ze hadden en onder geen enkele voorwaarde verbroken mocht worden. Er was zoveel dat toch wel gezegd zou worden. Er was tijd genoeg. Zoveel betekenisloze excuses. Zoveel geforceerde verklaringen. Beloftes die nooit zouden worden nagekomen.

Theodor strekte zijn hand uit en hij nam hem in de zijne en kon voelen hoe de warmte zich door zijn arm en daarna door de rest van zijn lichaam verspreidde.

Epiloog

Acht dagen na de gebeurtenis in het huis van bewaring in Helsingborg bevond Anders Andersson zich nog steeds met zijn gezin in een all inclusive-hotel in Alcudia op Mallorca. Hoewel hij niet één krant had gelezen, had het hem toch niet kunnen ontgaan wat er gebeurd was. Iedereen had het erover en het had niet meer dan twee dagen geduurd voordat iedereen in het hotel wist dat hij in de klas had gezeten en was begonnen over beschermengelen en een geluk bij een ongeluk.

Zelf geloofde Anders daar niet in, maar wat wist hij? Misschien hadden ze wel gelijk, dacht hij en hij bestelde nog een biertje aan de bar, pakte het laatste meegebrachte doosje snus en opende het, zonder te weten dat het drie weken eerder ingespoten was met een injectienaald.

Ondanks de massale inzet van doktoren overleed hij kort daarna.

Drie dagen nadat er een einde was gekomen aan Lotta Tings vakantie werd ze opgesloten in een kist op haar voorraadzolder aan de Colbjørnsens Gata nummer 12 in Oslo gevonden, met vastgebonden armen en benen. Volgens het forensisch onderzoek hadden de hoge zomertemperaturen eraan bijgedragen dat het stervensproces niet langer had geduurd dan vijf dagen.

Op zondag 11 juli verlieten Christine Vingåker en haar man het huis dat ze in Lysekil hadden gehuurd om naar huis te gaan en een week te werken voordat ze met de kinderen zouden gaan eilandhoppen in Griekenland. Maandagochtend vroeg nam Christine plaats in haar Nissan Micra en reed naar haar kantoor, dat aan de Drottninggatan in Helsingborg lag. Zoals gewoonlijk had ze haar drinkfles bij zich met het voedselsupplement dat ze elke ochtend en avond nam. Eigenlijk kon ze het zich niet veroorloven, maar precies zoals haar vriendin haar had beloofd was ze niet één keer ziek geweest sinds ze ermee begonnen was en ze was nu in haar vijfde gezonde jaar.

Niemand anders raakte gewond toen de bestuurderloze auto tegen een van de betonnen pilaren reed in de parkeergarage onder het Knutpunkten.

Mensen verscheurden de reclamefoto's van Torgny Sölmedal of spoten er scheldwoorden op. Er gingen steeds meer stemmen op dat de campagne weggehaald en vervangen moest worden. Iets wat in de praktijk niet zo eenvoudig bleek te zijn midden in de vakantietijd, waardoor Zweden de twee daaropvolgende hoogzomerweken versierd bleef met Torgny Sölmedals gezicht.

Dank aan

Mi
Voor alle hulp en alle gedachten. Zonder jou en je overtuiging dat het allemaal zou lukken, was het nooit gelukt. Daarom hou ik van je, en om al het andere.

Kasper, Filippa en Sander
Omdat jullie het al die jaren hebben uitgehouden.

Peter en Mikael
Omdat jullie de tijd namen en een mening durfden te hebben. Dat heeft meer voor me betekend dan jullie geloven.

Jonas, Julie, Adam, Andreas en Sara
Om jullie ongelooflijke energie en professionaliteit tot in het kleinste detail.

Café String en Lilla Caféet på Söder
Voor alle keren dat jullie me in mijn hoek hebben laten zitten terwijl ik een kopje thee probeerde te rekken tot het allang koud was geworden.